H. P. LOVECRAFT
러브 크래프트 전집 2

- 우주적 공포 -

H. P. LOVECRAFT

러브크래프트 전집

2

H. P. 러브크래프트 | 정진영 옮김

황금가지

| 러브크래프트 전집 2권 - 우주적 공포 - |

러브크래프트 전집에 대하여

러브크래프트는 60여 편의 단편과 세 편의 중장편을 비롯한 소설 외에도 시와 문학론 등을 남겼다. 물론 러브크래프트의 삶과 문학을 조명하는 주춧돌이자, 당대 문학을 연구하는데 귀중한 자료가 되는 서신도 빼놓을 수 없다. 실제로 러브크래프트는 역사상 유례 없이 편지를 많이 쓴 작가일 것이다. 무려 10만 통으로 추산되는 그의 방대한 서한들은 간단한 우편엽서부터 수십 페이지에 달하는 장문에 이르기까지 다양하며, 이중에서 최소 2만 통만 보존되어 있다고 해도 지금까지 출간된 서한집은 그중에서 극히 미미한 수준이다. 미국과 영국을 비롯해 세계 10여 개국에서 러브크래프트의 작품들 — 소설, 시, 문학론을 망라해 — 해마다 지속적으로 출간이 되고 있으며, 나머지 서한에 대해서는 발굴과 출판 작업이 동시에 진행되고 있다.

러브크래프트가 공포와 환상 소설에 남긴 유산을 한마디로 단언하기는 어렵다. 그러나 지금 이 시간에도 유명, 무명의 작가들이 러브크래프트의 상상력을 기반으로 창작에 몰두하고 있는 것만은 틀림없는 사실이다. '우주적 공포'로 대변되는 독특한 주제 의식, 이미지와 분위기를 통해 구축한 SF 코드에 이르기까지 적어도 수십 년을 앞서 갔다는 러브크래프트의 상상력은 문화 전반에서 끊임없이 재생산되고 있다. 그 일례가 문학, 영화, 만화, 게임, 음악, 캐릭터 산업에 이르기까지 광범위하게 재생산되는 크툴루 신화이다. 물론 '크툴루 신화'라는 말 차제는 러브크래프트 사후 오거스트 덜레스가 한 말에서 유래했으며, 작품 내에서 실제로 신화가 차지하는 비중이나 역할에 대해서는 계속적인 논란이 있다. 그러나 피상적인 작품 평가나 편견에서 벗어나, 애드거 앨런 포와 더불어 정통 문단에서도 가장 많이 거론되는 공포 문학 작가라는 사실에는 별다른 이견이 없어 보인다.

러브크래프트의 작품은 크게 공포와 판타지를 큰 축으로 한다. 그러나 여러 가지 요소가 혼합된 러브크래프트의 작품 성격을 명쾌하게 재단하기란 쉬운 일이 아니다. 공포는 전통적인 고딕 소설, 공포와 SF를 결합한 독특한 작품 세계로 나눌 수 있으며, 여기에는 크툴루 신화와 코스믹 호러의 작품들이 속한다. 러브크래프트의 판타지는 로드 던새니 풍의 초기 소설과 '드림랜드'를 중심으로 한 작가 특유의 환상과 꿈을 주제로 한 작품이 있다.

이번 전집 구성에 있어서 제1권 『러브크래프트 전집1: 크툴루 신화』에 수록할 작품으로 대표성과 작품성을 기준으로 삼되, 러브크래프트를 처음 접하는 독자에게 안내 역할을 할 만한 소설을 택했다. 1권의 수록 작품 중에서 크툴루 신화의 서막을 알리는 「크툴루의 부름」, 가상의 책 『네크로노미콘』이 가장 많이 인용된 「더니치 호러」, 러브크래프트를 시작하는데 최고의 작품으로 꼽히는 「인스머스의 그림자」, 문학적 완숙미를 느낄 수 있는 「누가 블레이크를 죽였는가」에 이르기까지 크툴루 신화의 작품들이 중심을 이룬다. 2권 『러브크래프트 전집2: 우주적 공포』는 공포와 SF를 결합하는 러브크래프트의 후기 대표작들을 망라하며, 러브크래프트를 심화해서 읽을 수 있는 대표작과 작가 자신의 야심작들을 수록했다. 「우주에서 온 색채」, 「광기의 산맥」, 「시간의 그림자」, 「어둠 속에서 속삭이는 자」 등 러브크래프트 SF의 백미로 꼽히는 작품들이 수록됐다. 3권 『러브크래프트 전집3: 드림랜드』(가제)는 러브크래프트 문학의 양대 축이라고 할 수 있는 환상 소설이 중심을 차지한다. 「랜돌프 카터의 진술」에서 「미지의 카다스를 향한 몽환의 추적」에 이르기까지 '랜돌프 카터 연작'의 환상 소설과 주제 면에서 여러 가지 특징이 혼합된 「찰스 덱스터 워드의 사례」가 여기에 포함된다. 4권 『러브크래프트 전집4: 아웃사이더』는 고딕 계열의 공포 환상 소설에서 풍자 소설에 이르기까지 딱히 분류하기 어려운 반면 다양하고 색다른 작가의 문학 세계를 접할 수 있는 작품들로 구성되었다. 이들 작품은 작가가 스스로를 '아웃사이더'라고 즐겨 칭했듯이 문단의 소외와 일상의 고단함 속에서 성취한 문학적 실험과 열정이 녹아있다.

황금가지의 이번 전집은 일차적으로 공동 저작과 유년 시절의 습작을 제외한 러브크래프트의 작품(미완성작 포함)을 모두 실었다. 러브크래프트가 다른 작가와 공동 집필한 작품들의 경우, 그 형태가 단순한 교정에서 대필에 이르기까지 다양한데, 러브크래프트가 어느 정도까지 참여했는지 분명하지 않다. 그래서 4권의 구성으로도 명실상부한 러브크래프트 전집이라고 해도 좋을 것이다.

FROM BEYOND

저 너머에서

작품 노트 | 저 너머에서 From Beyond

1920년에 집필되어 1934년 《판타지 팬Fantasy Fan》지에 발표되었고, 1938년 《위어드 테일즈》에 재수록 되었다.

이 작품은 휴 엘리엇(Hugh Elliot)의 『현대 과학과 유물론』(1919)에서 영향을 받아 쓰여졌다. 특히 인간의 감각과 인식 능력의 한계를 강조한 엘리엇의 사상은 비슷한 시기에 쓰여진 러브크래프트의 작품들에도 영향을 미쳤다. 이 작품은 《위어드 테일즈》와 《고스트 스토리》 등의 펄프 잡지에 발표하려다가 거절당하기도 했다.

이 작품은 『좀비오Re-Animator』(1985)의 스튜어트 고든(Stuart Gordon)이 다음 해인 1986년에 만든 『지옥인간From Beyond』의 원작이다.

절친한 내 친구 크로포드 틸링해스트에게 일어난 변화는 상상을 초월하리만큼 섬뜩한 것이었다. 두 달 반 전, 그러니까 그가 자신의 자연과학과 형이상학 연구의 목표에 대해 말해준 그날 이후로 나는 그를 본 적이 없다. 그때 나는 외경심과 공포에 사로잡혀 그에게 충고를 했는데, 그는 격분하더니 실험실과 집에서 나를 내쫓았다. 내가 알기로 그는 거의 모든 창문을 닫아놓은 다락방 실험실에 그 빌어먹을 전기 장치와 함께 틀어박힌 채 제대로 먹지도 않고 하인들의 출입마저 막고 있었다. 나는 10주라는 단기간에 인간의 외모가 그리도 변하고 망가질 수 있는지 지금도 믿어지지 않는다. 건장했던 남자가 갑자기 앙상해져 있는 모습을 보고 있자니 기분이 좋지 않은 것도 물론이다. 전에는 통통했지만 지금은 노르스름한 잿빛으로 변해버린 피부, 움푹 꺼진 눈구멍에서 무섭게 이글거리며 주변을 살피는 눈동자, 핏줄이 돋고 주름진 이마, 덜덜 경련이 이는 손이 더욱 고약하게 보였다. 덧붙여 혐오스러울 정도로 마구 헝클어지고 너저분한 옷차림, 모근이 하얗게 변하고 부스스해진 검은 머리칼, 한때 면도를 말끔히 했었건만 지금은 제멋대로 덥

수룩해진 흰 수염 등 전체적인 인상이 가히 충격적이었다. 날 쫓아낸 지 몇 주 만에 횡설수설하는 전갈을 보내어 나를 자신의 집으로 다시 부른 그날 밤, 그는 그런 몰골을 하고 있었다. 베네벌런트 가의 뒤편에 외따로 떨어진 낡은 집에서 한 손에 촛불을 든 채, 보이지 않는 것을 두려워하듯 어깨 너머를 힐끔거리고 나를 방 안으로 들이며 부들부들 떨던 틸링해스트. 그는 그런 유령의 모습이었다.

크로포드 틸링해스트가 과학과 철학을 연구한 것은 실수였다. 그런 일은 감정적이고 행동적인 사람에게는 비극적인 선택이 될 수 있기에 냉정하고 객관적인 연구자들에게 맡겨져야 옳았다. 틸링해스트 같은 사람에게는 그 연구의 실패가 곧 절망이고, 성공은 형언할 수도, 상상할 수도 없는 공포이거나 성공 둘 중에 하나일 테니까 말이다. 한때 틸링해스트는 실패와 고독과 우울의 희생양이었다. 그러나 이제 나는 혐오스러운 공포 속에서, 그가 성공의 희생양이 되었음을 알게 되었다. 발견을 앞두고 있다면서 그가 격정적으로 말을 쏟아냈던 10주 전, 나는 그에게 진심으로 경고하였다. 그러나 당시 그는 변함없이 학자연하면서도 날카롭고 부자연스러운 말투로 얼굴까지 붉히며 말했었다.

"우리 주변의 세상과 우주에 대해 우리가 알고 있는 게 뭐지? 인상을 받아들이는 우리의 감각 수단은 터무니없이 부족하고, 주변 세계에 대한 우리의 개념은 지독히도 편협하거든. 우리는 보이는 대로만 사물을 볼 뿐 그 순수한 본질에 대해선 아무것도 몰라. 하찮은 오감에 의지해서 끝없이 복잡한 우주를 이해하는 척하지. 그러나 광대하고 강한 다른 존재들, 혹은 색다른 감각 능력을 보유한 존재들이라면 우리와는 아주 다르게 사물을 볼 수 있을 거야. 그들이라면 우리 가까이 있으면서도 인간의 감각으로는 찾아내지 못한 물질과 에너지와 생명의 전부를 보고 연구할 수 있을지도 모르지. 나는 항상 우리가 사는 곳 아주 가까이에 접근할 수 없는 미지의 세계가 있다고 믿어 왔어. 그 장벽을 어떻게 허물 수 있을지 내가 그 방법을 찾아낸 것 같아. 농담이 아니야. 24시간 안에 저기 탁자 옆에 있는 기계에서 파동이 나올 걸세. 그 파동은 우리 육체에서 퇴화되었거나 발달되지 않아서 우리도 모르고 있는 감각 기관들을 활성화시키지. 알려지지 않은 새로운 전망, 인간이 유기체라고 간주해온 것들에 대해 밝혀지지 않은 몇 가지 사실을 알려줄 거야. 어둠 속에서 개가 짖고, 자정이 지나 고양이가 귀를 쫑긋 세울 때 일어나는 일들을 보게 될 거라고. 시공간과 차원을 뛰어넘어, 육체를 움직이지 않는 상태에서 창조의 참모습을 보는 거지."

틸링해스트의 말을 듣고 나는 충고했다. 그 이유는 그가 기뻐하기보다는 두려워하는 것을 알았기 때문이었다. 그러나 광신에 사로잡힌 그는 나를 집에서 쫓아내었던 것이다. 지금도 그는 여전히 광적인 상태겠지만, 자기 과시욕을 이기지 못한 듯했다. 그래서 내게 알아보기 힘든 필체로 다급히 전갈을 보낸 것일 터였다. 친구의 집은 난데없이 오싹한 괴물로 변해버린 느낌이어서 어두운 공간 속속들이 전염될 듯한 공포가 스며들어 있었다. 10주전에 들었던 친구의 말과 확신이 촛불로 밝혀진 원형의 작은 공간 너머에서 실체를 띠고 다가오는 것 같았다. 게다가 공허하게 변해버린 친구의 목소리도 메스꺼웠다. 주위에 하인이라도 있었으면 했던 나로서는 사흘 전에 그들이 전부 떠나버렸다는 친구의 말이 달갑지 않았다. 그레고리 노인마저 주인의 친구인 내게 한마디 말도 없이 떠났다는 것이 이상했다. 격분한 틸링해스트에게서 쫓겨난 이후 내게 그 친구의 소식을 알려준 사람이 바로 그레고리 노인이었다.

그러나 곧 나는 점점 강해지는 호기심과 매혹으로 인해 두려움을 억눌렀다. 크로포드 틸링해스트가 지금 내게 바라는 것이 무엇인지는 짐작만 할 뿐이지만, 내게 굉장한 비밀이나 발견을 알려주려 한다는 것은 분명해 보였다. 전에는 있을 법하지 않은 일에 몰두한다며 그를 비난하기도 했다. 그런데 그가 상당한 지점까지 성공했음이 분명한 현재는 그의 도취감을 함께 나누고픈 기분이 들기도 했다. 그로 인해 승리의 영광뿐 아니라 섬뜩한 공포를 감당해야 한다고 해도 말이다. 덜덜거리는 친구의 손에 맞춰 흔들리는 촛불을 따라 어둡고 빈 집 안을 올라갔다. 전기불이 꺼져 있는 것 같아서 내가 그 이유를 묻자, 친구는 그래야만 하는 이유가 있다고 말했다.

"그가 감당하기에는 너무……. 그래서 불을 켤 수가 없어."

그는 계속 중얼거렸다. 혼잣말 같지는 않았고, 전에 없던 버릇이라서 나는 특히 주의를 기울였다. 다락방 실험실로 들어가자 역겨운 전기 장치가 불쾌하고 불길한 보라색 빛을 발하고 있었다. 그것은 고성능 화학 전지에 연결되어 있었지만 전류가 흐르고 있는 것 같지는 않았다. 전에는 장치가 작동 중일 때면 탁탁 하는 소리와 그르렁거리는 엔진 소리가 났기 때문이었다. 내가 장치에 대해 묻자 틸링해스트는 그것이 영구적인 발광체이며, 내가 아는 전기 회로와는 완전히 다른 것이라고 중얼거렸다.

그는 기계 오른쪽에 나를 앉히고는 최고급 다발전구 아래쪽에 있는 스위치를 켰다. 탁탁하는 익숙한 소리에 이어 윙윙거림으로 바뀌었고, 곧 조용한 상태로 돌아오려는지 윙윙 소리가 작아졌다. 그 동안 빛이 밝아졌다가 다시 약해지더니 딱히 설명할 수 없는 창백하고 기묘한 색을 띠었다. 줄곧 나를 살피던 틸링해스트는 내가 당황하는 표정을 눈여겨보고 있었다.

"저게 뭔지 알겠어? 자외선이야."

화들짝 놀라는 내 모습에 그는 이상하게 킬킬거리며 속삭였다.

"자외선은 눈에 보이지 않는다고 생각했지? 맞아. 하지만 지금 네 눈으로 보고 있잖아. 그 밖에도 보이지 않은 것들을 볼 수 있을 거야. 내 말 잘 들어! 이 장치에서 나오는 파동이 우리 안에 잠들어 있는 무수한 감각들을 깨우고 있어. 태곳적에 분리된 전자로부터 생물체가 진화를 시작해 인간이라는 유기체가 되기까지 우리에게 유전되어 온 감각들 말이야. 난 이미 진실을 보았고, 네게도 보여줄 생각이야. 어떤 모습일까 궁금하겠지? 내가 알려 주지."

그쯤에서 틸링해스트는 내 맞은편에 앉더니 촛불을 끄고 섬뜩한 눈으로 나를 노려보았다.

"네가 가진 기존의 감각기관 중에서 제일 먼저 귀를 통해 많은 정보를 얻게 될 거야. 정지 상태의 기관들과 밀접하게 관련된 것이 귀니까. 귀 다음에는 다른 감각 기관들이 활동하겠지. 송과선[1]이라는 말 들어 봤지? 프로이트 학파랍시고 거들먹거리며 벼락출세한 어설픈 내분비 학자들을 보면 웃음이 나와. 송과선은 뛰어난 감각 기관이지. 내가 발견한 것이 바로 그거야. 송과선은 시각 기관과 마찬가지로 시각적인 이미지를 뇌에 전달해. 정상인이라면 송과선을 통해 대부분의 시각적 정보를 얻는데…… 저 너머에 있는 증거의 상당부분도 말이지."

나는 남쪽 벽이 경사져 있는 커다란 다락방을 둘러보았다. 방 안은 평범한 시력으로는 볼 수 없는 광선들로 희미하게 밝혀져 있었다. 멀리 떨어진 구석 자리마다 짙은 어둠으로 물들어 있었고, 방 안 전체에 드리워진 몽롱한 비현실성은 상징주의와 환상주의적인 상상력을 불러일으켰다. 틸링해스트가 오랫동안 침묵하는 동안, 나는 오래 전에 죽은 신들의 어마어마한 신전 안에 들어와 있다는 공상에 잠겨 있었다. 꿈처럼 어렴풋이 보이는 건물들이 보였는데, 무수한 검은 돌기둥으로 이루어져 있는가 하면 축축한 석판 바닥부터 시야가 닿지 않는 구름 높이까지 솟구쳐 있었다. 그 영상은 잠시간은 매우 명료했으나 점차 더더욱 소름끼치는, 즉 전적으로 무한하고도 끝없으며 고요한 장소에서의 완전하고 절대적인 고독에 대한 개념으로까지 치달아가고 있었다. 잠시 아주 선명하게 나타났던 그 풍경은 점점 더 섬뜩한 생각을 떠올리게 만들었다. 그것은 보이는 것도 소리도 없는 무한 공간의 절대적인 고독감이었다. 아무것도 존재하지 않는 공허의 공간, 어린애처럼 겁에 질린 나는 이스트 프로비던스에서 강도를 만난 밤 이후로 날이 저물면 가지고 다니던 권총을 뒷주머니에서 빼들었다. 곧이어 가장 멀리 떨어진 곳에서 음향이 부드럽게 미끄러져 들어왔다. 그것은 극도로 희미하고 미묘하게 떨리는 음악 소리가 틀림없었다. 그러나 음률에 담긴 가공할 만한 난폭함은 온몸에 묘한 고문을 가하는 듯한 충격을 주었다. 우연히 유리 가루를 긁었을 때의 느낌과 비슷했다. 그와 동시에 냉기가 느껴졌는데, 멀리 음악이 들려오는 방향에서 불어와 나를 훑고 지나는 것 같았다. 숨죽이고 기다리는 동안 소리와 바람이 더 강렬해지는 것이 느껴졌다. 거대한 기관차가 다가오는 상황에서 철로 양쪽에 온몸이 묶여 있는 것처럼 이상한 기분이었다. 그러나 틸링해스트에게 말을 거는 순간 기묘한 인상들은 순식간에 사라져 버렸다. 앞에 있는 것은 친구와 빛을 발하는 기계 장치와 어둠침침한 방 안이 전부였다. 틸링해스트는 내가 무심결에 빼든 권총을 보고 쓴웃음을 지었지만, 그 표정으로 봐서는 나보다 더 많이, 아니면 적어도 나만큼은 보고 들었음이 분명했다. 내가 경험한 느낌을 설명하자, 그는 가능한 조용히 받아들이라고 말했다.

"움직이지 마." 그가 주의를 주었다. "이 광선 속에서는 우리가 보는 것만큼 우리 자신도 노출될 수 있으니까. 하인들이 떠났다고는 했지만, 어쩌다가 그리 되었는지는 말하지 않았지. 가정부가 참으로 어리석었어. 내가 경고를 했는데도 1층에 전등을 켰으니 말이야. 전선들이 공명하고 말았어. 겁에 질린 것도 무리는 아니야. 그 여자의 비명소리가 어찌나 크던지 다른 쪽에 집중하고 있었던 내게까지 들려왔지. 업다이크 부인, 그러니까 가정부는 집 주변에 쌓여 있는 옷가지를 보고 더 놀랐겠지. 부인의 옷은 현관 스위치 가까이서 발견되었어. 그녀가 전기 스위치를 켰다는 증거인 셈인데, 그 때문에 모두 잡혀간 거야. 하지만 움직이지만 않는다면 우리는 분명히 무사할걸세. 우리가 어찌할 수 없는 끔찍한 세계를 상대하고 있다는 점 명심하라고……. 가만!"

나는 그가 밝힌 사건의 자초지종과 갑작스러운 명령조의 말에 충격을 받고 얼어붙듯 꼼짝하지 못했다. 두려움 속에서 내 마음은 또다시 틸링해스트가 '저 너머'라고 부르는 곳에서 다가오는 인상들을 향해 활짝 열렸다. 풍경을 어지럽히는 소리가 눈앞에 가득했고, 나는 움직임의 소용돌이 한복판에 있었다. 방의 윤곽이 흐릿해졌지만, 어디선가 무엇인지 모를 형태의 구름 기둥 같은 것이 오른쪽 정면의 단단한 지붕을 뚫고서 맹렬하게 쇄도하고 있었다. 그때 일종의 인상처럼 신전의 모습이 스쳐갔다. 그러나 이번에는 기둥들이 빛으로 가득한 창공의 바다 속으로 솟구치더니, 방금 전에 본 구름 기둥을 따라 눈부신 광선이 내려왔다. 만화경과 같은 장면들이 지나간 뒤, 풍경과 소리와 정체불명의 감각적인 인상들이 뒤섞이면서 금방이라도 온몸이 녹아내리거나 육체의 본래 형태를 잃어버릴지 모른다는 기분이 들었다. 하나의 분명한 섬광, 나는 영원히 그것을 기억하리라. 빛나는 회전체로 가득한 기묘한 밤하늘의 일부를 순간적으로 본 것 같았다. 밤하늘이 사라지자, 이글거리는 태양이 천체 혹은 일정한 형태의 은하계를 형성하는 모습이 보였다. 그리고 그 형태는 크로포드 틸링해스트의 일그러진 얼굴이 되었다. 또 한 번 거대한 생물체가 나를 스쳐갔고, 이따금씩 내 육체라고 생각되는 단단한 부위를 걷거나 떠다니며 꿰뚫고 지나갔다. 틸링해스트 역시 훨씬 숙련된 감각으로 그 장면을 생생하게 바라보고 있는 모습이 보였다. 그가 송과선에 대해 한 말이 떠올랐는데, 그 초자연적인 눈으로 보고 있는 것이 무엇인지 궁금했다.

갑자기 확대된 풍경 같은 것에 얼이 빠지고 말았다. 모호하면서도 일관적이고 영속적인 특성을 지닌 장면 하나가 빛과 어둠의 혼돈 위로 떠오른 것이었다. 그것은 상당히 눈에 익은 장면이었다. 극장의 은막에 영사된 영화의 장면처럼 일상적인 지상의 장면에 비범한 부분이 중첩된 것이었기 때문이다. 나는 다락방의 실험실, 전기장치, 맞은편에 앉아 있는 틸링해스트의 초라한 몰골을 보았다. 그러나 친숙한 사물들로 채워지지 않은 공간일망정 한 치라도 비어 있는 곳은 없었다. 살아 있는 것과 죽어 있는 것, 설명할 수 없는 두 가지 형태들이 역겨울 정도로 뒤죽박죽 섞여 있었고, 누구나 알고 있는 존재 가까이에 미지의 외계 존재들이 사는 세계가 있었다. 알려진 익숙한 존재들이 미지의 다른 존재의 조합 속으로 들어와 있거나, 아니면 그 반대인 것 같았다. 생물체 중에서 맨 앞쪽에 새카만 해파리처럼 생긴 괴생물체가 기계장치의 진동에 맞춰 흐느적거리고 있었다. 징그러울 정도로 그 수가 많았고, 그것들이 겹쳐지는 광경은 소름이 끼쳤다. 그들은 반유동체로서 서로의 몸을 통과하거나 우리가 고체라고 알고 있는 것까지 꿰뚫고 지나갔다. 잠시도 가만있지를 않았으며 악의를 품은 채 주변을 떠다니는 것 같았다. 때로는 서로를 잡아먹는 것 같았다. 공격자가 달려드는 순간, 그 희생자의 모습이 순식간에 시야에서 사라져버렸기 때문이다. 무엇이 그 집의 불행한 하인들을 없애버렸는지를 깨닫고는 소름이 끼쳤다. 우리 주변에 보이지 않는 형태로 존재하는 또 다른 신세계를 구경하는데 집중하려고 애썼음에도, 그 괴생물체의 모습은 머리에서 떠나지 않았다. 그런데 나를 줄곧 지켜보고 있던 틸링해스트는 이렇게 말하는 것이었다.

"그들이 보이나? 그들이 보여? 네 주변에서, 매순간 네 삶을 꿰뚫고 펄럭거리며 떠다니는 그들 말이야? 인간들이 깨끗한 공기와 파란 하늘이라고 말하는 것을 이루고 있는 그 생물체가 보이나? 내가 그 장벽을 깨는데 성공하지 못했다고? 그 어떤 인간도 보지 못한 것을 내가 너한테 보여 주지 않았느냔 말이야?"

오싹한 혼돈을 꿰뚫고 그의 고함소리가 들려왔다. 그의 난폭한 얼굴이 위협적으로 코앞까지 불쑥 다가왔다. 불꽃 구덩이 같은 그의 두 눈이 엄청난 증오심으로 이글거리며 나를 노려보았다. 기계는 단조롭고 듣기 고약한 저음으로 윙윙거리고 있었다.

"허우적거리는 저것들이 하인들을 없애 버렸다고 생각하나? 멍청한 놈, 저것들은 해롭지 않아! 그런데도 하인들은 사라졌어, 안 그래? 너는 나보고 그만두라고 했지. 내게 격려의 말 한마디가 절실할 때, 너는 오히려 찬물을 끼얹었어. 너는 우주적 진실을 두려워했어. 빌어먹을 겁쟁이 놈, 그러나 너는 내 손 안에 있어! 무엇이 하인들을 쓸어가 버렸냐고? 그들이 왜 그리 요란하게 비명을 질렀냐고? 모르겠지, 응? 너도 곧 제대로 알게 될 거야. 나를 봐, 내 말 잘 들으라고. 시간이니 크고 작은 것이니 하는 개념이 실제로 존재한다고 생각하나? 형태나 물질 같은 것들이 있다고 생각하나? 내 말 똑똑히 들어, 네놈의 아둔한 머리로는 상상도 못하는 깊이까지 나는 가 봤어. 난 무한의 경계 너머를 보았고, 별에서 악마들을 끌어내렸지……. 어둠이 이 세계에서 저 세계로 활보하면서 죽음과 광기의 씨를 뿌리도록 내가 손을 써 놨거든……. 우주는 내 것이야, 알겠나? 놈들이 지금 나를 뒤쫓고 있지. 집어삼키고 녹여버리는 그놈들 말이야. 하지만 놈들을 피하는 수가 있지. 놈들이 하인들을 데려간 것처럼, 이번에는 너를 겨냥하고 있다고……. 움직이고 싶나, 형씨? 움직이면 위험하다고 말했을 텐데. 내가 가만히 있으라고 경고한 덕분에 여태 네놈의 목숨이 붙어 있는 거야. 더 많이 보고 들으라고 살려둔 거라고. 만일 조금이라도 움직였더라면 오래 전에 놈들한테 당했을 걸. 걱정 마, 놈들은 널 다치게 하진 않으니까. 하인들도 다친 게 아니야. 그 가여운 버러지들은 그저 눈으로 보이는 것 때문에 비명을 질러댄 거지. 미적 기준이 아주 다른 곳에서 온 내 애완동물들이 그리 예쁘지는 않거든. 장담하건대, 분해 과정은 그리 고통스럽지 않아. 하지만 네가 그것들을 봐 주었으면 좋겠어. 나는 놈들을 거의 본 것이나 진배없지만, 멈추는 방법을 알거든. 궁금해지지? 나는 네가 과학자가 아니라는 걸 잘 알지. 떨리나, 엉? 내가 발견한 절대적 존재들을 보고 싶어서 온몸이 떨리나 보네. 움직여 봐, 해 보라고? 피곤한가? 허허, 걱정 말라니까, 친구. 그들이 오면……. 저길 봐, 저기, 빌어먹을, 보란 말이야……. 네 왼쪽 어깨 바로 뒤에 있잖아……."

이제 아주 간단한 이야기만 남았는데, 신문 기사를 통해서 이미 알고 있는 사람들도 있을 것이다. 경찰은 틸링해스트의 낡은 집에서 한발의 총성을 듣고, 우리 ―죽은 틸링해스트와 의식불명인 나―를 발견했다. 내 손에 권총이 쥐여있었기에 경찰은 나를 체포했지만, 세 시간 만에 석방했다. 틸링해스트의 사망 원인이 뇌출혈이고, 내가 쏜 총알은 지금 실험실 바닥에 부서져 있는 고약한 기계를 향한 것이었기 때문이다. 나는 검시관의 의심을 살까봐 내가 본 것의 대부분을 말하지 않았다. 다만 대충의 이야기만 애매하게 말했는데, 검시관은 앙심을 품은 살인광의 최면술에 내가 걸려든 것이라고 단정 지었다.

나도 검시관의 말을 믿을 수 있었으면 좋겠다. 지금이라도 주변에 있는 공기와 하늘에 대한 생각을 떨쳐버릴 수만 있다면 불안정한 내 신경에 도움이 될 것이다. 혼자 있을 때면 편안한 기분이 들지 않는데다, 피곤할 때마다 이따금씩 추격당하는 섬뜩한 느낌 때문에 으스스해진다. 내가 검시관의 말을 믿지 못하는 이유는 한 가지 단순한 사실에서 비롯되었다. 경찰은 크로포드 틸링해스트가 하인들을 살해했다고 하지만, 정작 그 시체들을 찾지는 못했기 때문이다.

---

1) 송과선(松果腺, pineal gland): 척추동물의 간뇌에 돌출해 있는 내분비선으로 두부의 피부를 통과하여 들어오는 빛을 감수할 수 있다. 주야 명암의 길이나 계절의 일조시간 변화 등 광주기를 감지하여 생체리듬에 관여하는 호르몬을 형성한다.

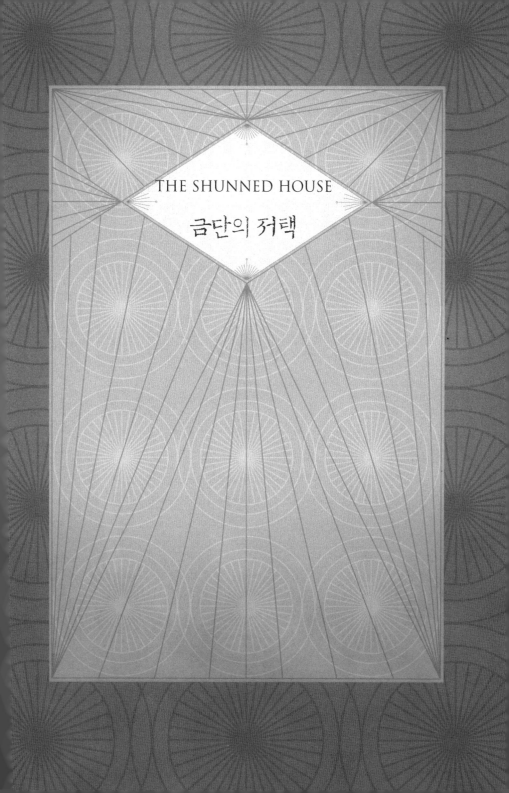

THE SHUNNED HOUSE

금단의 저택

작품 노트 │ 금단의 저택 The Shunned House

1924년에 쓰여져, 1928년에 책자 형태로 출간되었다가 《위어드 테일즈》에 재수록 되었다. 이 작품은 프로비던스 주 베니피트 가 135번지의 실제 저택을 모델로 집필 했다고 알려져 있다. 프로비던스의 역사적 사실과 허구를 결합한 작품으로, 뱀파이 어를 등장시키는 초자연적인 소설에서 과학 소설 쪽으로 이야기가 전개된다. 이 과정 에서 흥미로운 점은 뱀파이어를 과학적으로 규명하기 위해 아인슈타인의 상대성 이 론과 양자 이론이 언급된다는 것이다. 그래서 러브크래프트의 뱀파이어는 심장에 말 뚝을 박는 것으로는 죽지 않는다.

책자 형태로 출간되기는 했으나, 생전에 출간 운이 없었던 러브크래프트에게 이 작품 도 예외는 아니었다. 처음에 아마추어 편집인이었던 폴 쿡(William Paul Cook, 1881~1948)이 소책자로 출간하기로 나섰다가 건강과 재정 문제로 300부 정도만 인쇄하고 포기했다고 한다. 그 뒤를 이어 1934년에 발로우(Robert Hayward Barlow, 1918~1951)가 맡았지만, 역시 진행이 지지부진했다. 두 사람이 인쇄하고 배포한 책자 가운데 150부 정도가 마침내 러브크래프트 전문 출판사인 아컴 하우스 를 세운 오거스트 덜레스(August Derleth, 1909~1971)의 손에 들어갔다. 그러나 도중에 제본되지 않은 원고를 바탕으로 위작이 출간되는 우여곡절을 겪은 작품이다.

I

가장 거대한 공포에서조차 아이러니는 존재한다. 때로는 사건의 구성에 직접적으로 포함되기도 하고, 때로는 인물과 사건 사이에서 우연한 국면과 관련을 맺는데 그치기도 한다. 후자의 경우와 일치하는 기막힌 일례로서 프로비던스라는 옛 도시에서 벌어진 한 사건이 있다. 프로비던스는 1840년대 말에 에드거 앨런 포가 재능 있는 여류 시인 휘트먼 부인에게 순탄치 않은 구애를 펼치는 동안 머물곤 하던 곳이었다. 포는 대부분 베니피트 가의 대저택 ─ 나중에 '골든 볼' 여인숙으로 이름이 바뀌었고, 워싱턴, 제퍼슨, 라파예트도 묵었던 곳 ─ 에 머물렀다. 그가 좋아했던 산책로는 베니피트 가의 북쪽을 따라 휘트먼 부인의 집과 인근의 세인트 존 교회묘지로 가는 길이었다. 눈에 띄지 않는 곳까지 늘어서 있는 세인트 존 교회묘지의 18세기 묘비들은 특히 포의 관심을 끌었다.

아이러니라는 것은 이렇다. 무수히 오고간 이 산책로에서 섬뜩함과 기괴함을 장기로 하는 세계적인 대문호는 매번 거리의 동쪽에 있는 독특한 저택 하나를 지나가야 했다. 때 묻고 노후한 그 저택은 옆으로 느닷없이 솟구친 언덕 위에 자리 잡고 있었다. 저택의 커다란 마당은 인근 지역의 일부가 넓은 공터였을 때부터 쭉 방치되어 있었다. 포가 그 저택에 대해 글을 쓰거나 말을 한 적은 없는 듯하고, 그것을 눈여겨보았다고 증명할 만한 것도 없다. 그럼에도 모종의 정보를 입수한 두 사람이 판단하건대, 그 저택은 공포에 있어서 천재의 광활한 상상력과 맞먹거나 능가할 뿐 아니라, 극도의 섬뜩함에 대한 완벽한 상징으로 버티고 선 건물이었다.

그 저택은 예나 지금이나 호기심을 자아낸다. 원래는 농장 혹은 그와 비슷한 건물이었다가 18세기 중엽에 뉴잉글랜드 식민지 풍의 일반적인 건축 양식, 그러니까 당시에 흔했던 뾰족지붕과 지붕창이 없는 다락으로 구성된 2층 구조로 바뀌었다. 구체적으로는 유행에 따른 조지아 풍의 현관과 판벽널을 댄 내부라고 할 수 있겠다. 박공이 하나인 남향 건물인데, 동쪽으로 솟구친 언덕 방면은 낮은 창문들의 모습이 제대로 보이지 않을 정도인 반면 거리 방면은 저택의 토대까지 드러나 있었다. 백오십 년 전부터 그 건물은 인근 지역의 도로면 완화와 직선화 작업에 따라 변화를 겪어왔다. 처음에는 백 가(街)로 불리다가 이름이 바뀐 베니피트 가는 애초에 1세대 정착민의 묘지 사이를 구불구불 누비는 오솔길이었다가, 노스 공동묘지로 묘를 이장한 뒤에야 옛 선조들의 땅을 조심스레 관통하는 직선도로가 되었기 때문이다.

초창기, 저택의 서쪽 벽은 도로에서 6미터쯤 떨어진 잔디밭 위에 세워져 있었다. 그러나 독립전쟁 무렵에 도로를 확장하는 과정에서 방해가 되는 공간을 대부분 깎아버림으로써 건물의 토대가 드러나게 되었다. 그 결과 지하실의 한쪽 벽을 벽돌로 새로 만들어야 했는데, 도로와 정면으로 마주보는 지하실 벽면에 문과 두 개의 창문이 지상으로 올라왔고, 사람들이 오가는 새로운 보도와도 가까워졌다. 그 보도가 만들어진 백 년 전에는 도로의 중간지가 모두 제거되었다. 산책을 하던 포는 아마도 보도 면에서 직각으로 버티고 서서 원래의 저택 지붕널까지 3미터 높이로 솟아 있는 둔중한 회색빛의 벽돌담 밖에는 보지 못했을 것이다.

농장과 비슷한 토지는 뒤쪽의 언덕 깊숙이까지 펼쳐져 휘튼 가까지 거의 닿아 있었다. 베니피트 가를 향해 돌출해 있는 저택의 남쪽 공간은 물론 기존의 보도보다 훨씬 위쪽이었고, 축축하고 이끼 낀 높은 돌벽이 테라스처럼 둘러싸고 있었다. 돌벽 사이로 협곡처럼 나 있는 비좁고 가파른 계단을 올라가면 지저분한 잔디밭 고지대와 음습한 벽돌 담장들이 나타난다. 그곳의 버려진 정원에는 깨진 시멘트 화분과 삼각대에서 떨어진 녹슨 주전자 따위의 잡동사니가 나뒹굴고, 무너져가는 이오니아식 벽기둥과 지저분한 삼각 박공벽으로 이루어진 현관은 세월의 풍파에 찌들어 채광창도 부서져 있다.

내가 어렸을 때 그 금단의 저택에 대해서 들은 소문은 그곳에서 죽은 사람이 이상할 정도로 많다는 것이 고작이었다. 그래서 건물을 지은 지 이십 년 쯤 지나서 주인 가족이 떠나 버렸다는 것이다. 분명히 건강에 좋지 않은 건물인 모양인데, 습기와 지하실에서 자라는 균류, 역겨운 악취, 통풍 혹은 우물이나 양수(揚水)의 수질 때문일지도 몰랐다. 그 정도로도 충분히 나쁘긴 했지만. 그게 내가 아는 사람들이 그 저택에 대해 믿는 전부였다. 결국에는 골동품 수집가인 엘리후 휘플 삼촌의 노트만이 오래 전 저택의 하인들과 소박한 주민들 사이에서 나온 구전의 뿌리를 내게 알려주었다. 실로 음산하고 모호한 추측들이 대부분이었는데, 그런 소문들도 멀리까진 나돌지 않았으며, 프로비던스가 유동인구가 많아지고 거대도시가 되면서 대부분 잊히고 말았다.

결국 그 저택이 지역 사회의 '흉가'로 낙인찍히지는 않았다는 것이다. 그 저택에서 의자가 덜커덕거린다거나, 냉기가 흐른다거나, 불이 꺼지거나 창가에 얼굴들이 나타난다는 따위의 말은 전혀 없다. 과격한 사람들이 이따금씩 그 저택을 '재수 없다'고 말하는데, 그나마 그곳에 직접 가는 경우에나 해당되는 말이다. 논란의 여지가 없는 것은 이상하게 많은 사람들이 그곳에서 죽었다는 사실뿐이니까. 좀 더 정확히 말하면, 그 저택이 세를 줄 수 없을 정도로 철저히 버려지기 60년 전 쯤에 벌어진 일련의 독특한 사건들 이후에 사람들이 죽었다는 것이다. 그들은 한 가지 원인에 의해 한꺼번에 돌연사한 것은 아니었다. 그보다는 생명력이 서서히 고갈되다가 선천적인 질병 때문이든 아니든 누군가가 최초로 숨을 거둔 직후부터 차례차례 죽었다는 편이 옳았다. 죽지 않은 사람들은 다양한 증상의 빈혈증이나 기력 저하를 나타냈고, 간혹 정신이상 증세를 보임으로써 그 저택의 유해성에 대해 안 좋은 소문이 도는 계기가 되었다. 덧붙여 말해둘 것은, 이웃집들은 그런 나쁜 질병에 조금도 영향을 받지 않은 것으로 보인다는 점이다.

이 정도가 삼촌에게 노트를 보여 달라고 끈질기게 부탁하기 전까지 내가 그 저택에 대해 알고 있던 것이었다. 그리고 얼마 후 우리 두 사람은 마침내 오싹한 조사에 착수했다. 내가 어렸을 때 금단의 저택은 비어 있었다. 지대가 높은 마당에는 마르고 옹이 지고 흉측한 고목(古木)과 이상할 정도로 창백하고 긴 풀, 소름끼치도록 보기 흉한 잡초들만 가득했고, 새 한 마리 얼씬하지 않았다. 우리들은 그곳에서 달리기 시합을 하곤 했다. 지금도 기억하는 어린 시절의 공포는 불길한 식물들의 병적인 기이함 때문만이 아니라, 무서움을 찾아 열린 현관으로 들어섰을 때 느꼈던 저택의 섬뜩한 공기와 악취 때문이기도 했다. 작은 창유리를 끼운 창문들은 대부분 깨져 있었고, 꺼림칙한 판널벽을 따라 까닭 모를 쏼쏼한 공기가 감돌았다. 그리고 덜커덕거리는 창문의 덧문, 벗겨진 벽지, 떨어진 회반죽, 삐걱거리는 층계, 여태 남아 있는 가구들의 부서진 잔해들이 나뒹굴었다. 먼지와 거미줄도 공포 분위기를 더해 주었다. 개중에서 정말 담력이 센 아이는 사다리를 타고 다락방까지 올라가기도 했다. 박공의 양쪽 끝에 있는 작은 창문으로 들어오는 햇빛 외에는 어두컴컴한 곳이었다. 서까래는 크고 길었는데, 다락에 가득한 부서진 상자와 의자, 물레들은 무수한 세월동안 수의와 꽃술처럼 내려앉은 먼지로 인해 기괴하고 오싹한 모습을 하고 있었다.

그러나 다락방이 그 저택에서 가장 끔찍한 장소는 아니었다. 최고는 습하고 눅눅한 지하실이었다. 지하실은 거리 쪽에서 지상으로 완전히 올라와 있는데다 빈약한 문 하나와 창문이 나 있는 벽돌 벽 바로 너머에 사람들로 붐비는 보도가 있음에도 우리에게 강한 반감을 주는 곳이었다. 우리는 유령의 매혹을 따라 지하실을 탐험해 볼 것인지, 영혼과 정신의 건강을 위해 피해야 할지 갈피를 잡지 못했다. 무엇보다 집 안의 악취가 지하실에서 가장 심했다. 게다가 우리는 간혹 비오는 여름날이면 단단한 땅바닥을 뚫고 나오는 하얀 균류를 싫어했다. 바깥마당에 있는 식물과 마찬가지로 기괴했던 균류들은 생김새가 정말이지 소름이 끼쳤다. 다른 상황이었다면 결코 볼 수 없을 독버섯과 수정란풀[2]을 혐오스럽게 모방해놓은 듯한 생김새였다. 균류들은 빠르게 시들었고, 그 과정에서 한 번씩 옅은 인광을 발했다. 그래서 한밤이면 그곳을 지나던 행인들이 악취로 스멀거리는 지하실의 부서진 창문 너머로 이글거리는 마녀의 불을 보았다는 말들이 나돌고는 했다.

우리는 밤에는 단 한 번도 — 떠들썩한 할로윈의 분위기에 젖어 있을 때조차도 — 그 지하실을 찾지 않았다. 그러나 그곳을 찾아간 낮에는, 특히 흐리고 습한 날엔 인광을 발견하고는 했다. 가끔씩 우리가 찾아냈다고 생각되는 좀 더 미묘한 뭔가가 있기도 했는데, 아주 기묘하면서도 딱히 뭐라고 설명하기 어려운 것이었다. 굳이 표현하자면, 지저분한 바닥에 있는 희끄무레한 무늬라고 해야겠다. 옮겨 다니는 곰팡이 혹은 초석3)의 군집처럼 애매한 것으로서 지하실 주방의 커다란 난로 가까이 드문드문 자라 있던 균류 사이에서 본 적이 있는 것 같았다. 근거는 희박했지만 이따금씩 그 군집 덩어리가 두개로 겹쳐진 사람 같다는 으스스한 생각이 들기도 했다. 그런 느낌이 강해진 어느 비오는 오후, 노르스름하게 희미한 빛을 발하는 엷은 수증기가 초석 무늬에서 솟더니 벽난로의 문 쪽으로 움직이는 광경이 얼핏 스쳤다. 그 일을 말하자 삼촌은 내 기발한 상상에 미소를 머금었지만, 어딘지 그 미소에는 회상의 빛이 어려 있었다. 나중에 알게 된 얘기인데, 그와 비슷한 일이 흉흉한 옛 구전 속에 전해지고 있다고 했다. 그 저택의 커다란 굴뚝에서 구울이나 늑대처럼 생긴 연기가 빠져나왔다거나, 벌어진 주춧돌 틈새를 비집고 지하실까지 내려온 얽히고설킨 나무뿌리들이 괴상한 모양을 하고 있었다는 것이다.

II

삼촌이 금단의 저택과 관련하여 수집해 온 노트와 자료를 내게 보여 준 것은 내가 어른이 된 후였다. 내 삼촌 엘리후 휘플 박사는 건전하고 보수적인 성향의 의사로서 저택에 대한 내 큰 관심에도 불구하고 나 같은 젊은이에게 비정상적인 자극을 줄 분이 아니었다. 그저 비위생적인 건물에 대한 단순한 호기심으로 저택을 조사해 온 그분의 견해는 더없이 과학적이어서 비정상성과는 거리가 멀었다. 삼촌은 당신의 관심 때문에 어린 내가 온갖 기괴한 상상에 사로잡힐까봐 신중을 기했던 것이다.

삼촌은 독신이었다. 말끔하게 면도를 한 백발의 고전적인 신사로서, 시드니 라이더와 토머스 빅넬[4] 등의 전통주의자 논객들과 심심찮게 논쟁을 벌이던 꽤 유명한 향토 사학자이기도 했다. 삼촌이 남자 하인 한 명과 살고 있는 조지아 풍 저택에는 문 고리쇠와 철제 난간이 있는 계단이 있었다. 그 저택이 아슬아슬하게 자리 잡고 있는 노스 코트 가의 가파른 오르막길은 외증조부 — 유명한 사략선[5] 선장으로 1772년에 자신의 종범선 개스피 호를 불태운 휘플 선장의 사촌 — 가 1776년 5월 4일에 로드아일랜드의 독립을 위해 투표했던 옛 벽돌 건물과 콜로니 하우스[6] 근처에 있었다. 곰팡내 나는 흰색 판벽으로 둘러싸인 삼촌의 서재는 습하고 천장이 낮았는데, 육중한 조각 장식과 덩굴로 가려진 아담한 창문이 있었다. 그곳이야말로 삼촌에게는 오랜 가문의 유적이자 기록의 산실이었다. 그중에는 베니피트 가에 있는 '금단의 저택'과의 관련성을 어렴풋이 암시하는 것들도 있었다. 그곳에서 베니피트 가의 유해한 저택까지는 그리 멀지 않았다. 베니피트 가는 1세대 정착민들이 오르내리던 가파른 언덕을 따라 법원 바로 위쪽으로 곧장 이어져 있었기 때문이다.

삼촌에게 수집한 민담을 보여 달라고 끈질기게 청하는 사이에 내가 어느덧 성인이 되자, 마침내 내 앞에 충분히 기이한 기록물이 펼쳐지게 되었다. 상당수의 족보가 그렇듯이, 지루하고 쓸쓸한 통계적 계보 뒤로 음울하고 집요한 공포 및 불가사의한 악의가 느껴졌다. 거기서 내가 받은 인상은 선량한 삼촌이 받았을 그것보다 훨씬 더 강렬한 것이었다. 독립된 사건들이 기괴하게 맞아 떨어졌고, 서로 무관해 보이는 면면들은 섬뜩한 가능성의 원천을 이루고 있었다. 시시하고 불완전했던 어린 시절의 호기심과는 달리, 새롭고도 강렬한 호기심이 내 안에서 꿈틀거렸다. 그 최초의 폭로는 철저한 조사로 이어졌고, 결국에는 내게 파국을 안겨준 끔찍한 탐색으로 끝을 맺었다. 내가 먼저 시작한 조사에 삼촌은 합류하겠다고 고집을 피웠고, 그 저택에서 보낸 그날 밤 이후로 삼촌은 영영 나와 함께 하지 못할 운명이었다. 명예와 덕망, 고상한 취미, 선행과 학식으로 평생을 살아온 온후한 삼촌이 없는 지금 나는 몹시도 쓸쓸하다. 그분을 기리고자 나는 세인트 존 교회묘지 — 포가 사랑했던 그곳 — 에, 커다란 버드나무 숲이 숨겨진 그 언덕에 대리석 묘비를 세웠다. 고색창연한 교회 건물과 주택들과 베니피트 가의 담장들 사이에 무덤과 묘비가 조용히 모여 있는 그곳에 말이다.

날짜가 뒤죽박죽인 가운데 출발한 그 저택의 초기 역사는 건물 자체나 그것을 지은 부유하고 고귀한 가족들과 관련해서 그 어떤 불길함도 내비치지 않았다. 그러나 불행의 징후가 최초로 나타난 이래, 그것은 곧 구체적이고 불길한 의미로 자리 잡았다. 삼촌이 꼼꼼하게 수집해 놓은 기록은 그 저택이 세워진 1763년을 출발점으로 해서 이후 상당량의 세부적인 사실들을 추적해 가고 있었다. 그 금단의 저택에 맨 처음 등지를 튼 사람은 윌리엄 해리스와 그의 아내 로비 덱스터로 보였다. 그리고 그들의 자녀, 1755년생 엘카나, 1757년생 애비게일, 1759년생 윌리엄 주니어, 1761년생 루스도 함께였다. 해리스는 서인도 무역에서 수완 좋은 상인이자 선원이었고, 오비다이어 브라운과 그의 조카들이 운영하는 회사와도 긴밀한 관계를 맺고 있었다. 1761년에 오비다이어 브라운이 죽고 니콜라스 브라운이 새로 세운 회사에서 해리스는 프로비던스에서 만든 120톤급 쌍돛대 범선 프루던스 호의 선장이 되었다. 그 일로 해리스는 결혼 이후 늘 원해 왔던 새 집을 지을 수 있게 되었다.

그가 선택한 부지 — 인파로 북적이는 칩사이드 위의 언덕 한쪽을 따라 펼쳐진 백 가 중에서 새 단장을 끝낸 지 얼마 안 된 지역 — 는 더할 나위 없이 좋은 입지였고, 저택도 그런 장소에 걸맞게 세워졌다. 큰돈을 들이지 않고 얻을 수 있는 최고의 저택이었기에 해리스는 온가족이 고대하던 다섯 번째 아이의 출산을 앞두고 서둘러 그 저택으로 이주했다. 그 아이는 12월에 태어났다. 그러나 사산이었다. 백오십 년 동안 그 저택에서 살아서 태어난 아이는 없었다.

이듬해 4월 아이들 사이에 병이 돌았고, 그 달이 가기 전에 애비게일과 루스가 숨을 거두었다. 다른 의사들이 소모성 질환이라고 주장한 것과는 달리, 욥 아이브스 박사는 유아 열병으로 진단했다. 게다가 그 병은 전염성인 것으로 보였다. 두 명의 하인 중에서 한나 보웬이 6월에 사망했기 때문이다. 다른 하인인 엘리 리디슨은 계속해서 기력 감퇴를 호소했다. 그는 리호보스에 있는 부친의 농장으로 돌아갈 생각이었으나, 한나의 후임으로 고용된 메히타벨 피어스를 보는 순간 사랑에 빠지고 말았다. 그녀는 다음해에 죽었다. 이어 윌리엄 해리스마저 세상을 떠난 그해는 무척 슬픈 시기였다. 해리스는 일 때문에 오랫동안 마르티니크에 체류하다가 그곳의 기후로 인해 건강을 해쳤던 것이다.

남편을 잃은 충격에서 벗어나지 못하던 미망인 로비 해리스는 그로부터 2년 뒤에 장남 엘카나마저 세상을 떠나자 최후의 일격을 받게 된다. 1768년에 그녀는 가벼운 정신질환에 걸렸고, 그 후로 저택의 2층에 따로 격리되었다. 결혼을 하지 않은 그녀의 언니 머시 덱스터가 살림을 맡기 위해 저택으로 이주해 왔다. 평범한 외모에 비쩍 말랐어도 기운이 넘쳤던 머시는 그 저택에 들어서는 순간부터 눈에 띄게 쇠약해져 갔다. 그녀는 불운한 동생에게 헌신적이었고, 특히 유일하게 살아남은 조카 윌리엄에게 남다른 애정을 쏟았다. 유아였을 때는 튼튼했던 윌리엄도 병약하고 마른 소년이 되어 있었다. 그해에 하인 메히타벨이 죽었고, 꼿꼿했던 또 다른 하인 스미스는 이렇다 할 설명도 없이 저택을 떠났다. 그가 저택의 냄새를 싫어했다는 불분명한 소문이 나돌기는 했다. 5년 동안에 일곱 명이 죽거나 정신병에 걸린 비극은 난롯가에서 오가는 소문으로 시작했다가 나중에는 아주 기괴하게 바뀌었는데, 머시로서는 속수무책이었다. 그러나 그녀는 결국에 외지에서 하인들을 새로 들였다. 지금은 엑서터 사건으로 시끌벅적한 노스 킹스타운 출신의 무뚝뚝한 여자 앤 화이트, 보스턴 출신의 유능한 남자 제나스 로가 그들이었다.

불길하고 근거 없는 소문에 처음으로 분명한 형태를 제공한 사람이 앤 화이트였다. 머시는 누스넥 힐 지역에서 사람을 고용할 때 좀 더 신중했어야 했다. 지금과 마찬가지로 당시에도 외딴 오지였던 그곳은 가장 불편한 미신들의 온상이었기 때문이다. 1892년 말 엑서터8) 마을에서는 시체 한 구를 발굴한 뒤, 공공의 건강과 평화를 해치는 재앙을 막는다는 취지로 의식을 치르듯 그 시체의 심장을 불태운 일이 있었다. 어쩌면 1768년에 같은 지역에서 벌어진 사건을 기억하는 사람들도 있을지 모르겠다. 머시는 간악할 정도로 수다쟁이였던 앤을 몇 달 만에 해고하고, 뉴포트 출신의 충직하고 상냥한 마리아 로빈스를 고용했다.

한편 실성한 로비 해리스는 더없이 섬뜩한 꿈과 상상을 입에 올리기 시작했다. 때때로 듣기 고약한 비명을 지르기도 하고, 소름끼치는 공포를 호소하는 바람에 그녀의 아들은 어쩔 수 없이 신축한 대학교 건물과 가까운 장로교회에서 펠레그 해리스라는 친척과 지내야 했다. 아이는 친척집에 다녀온 후에 눈에 띄게 건강이 좋아졌고, 선량하고 현명했던 머시는 아이를 아예 펠레그 집에서 지내게 했다. 해리스 부인이 격렬한 발작 상태에서 고함을 지른 내용이 무엇인지는 구전에서도 밝히기 꺼리고 있었다. 아니, 너무도 터무니없는 얘기들이라 저절로 수그러들었는지 모르겠다. 아무튼, 프랑스어의 기초만 배웠다는 그녀가 서툴기는 해도 관용적인 표현까지 섞어서 프랑스어로 몇 시간 동안 고함을 질렀다거나, 따로 격리되어 보호받는 상황에서 집요한 시선의 괴물이 자신을 물어뜯고 씹어댄다고 불평했다니 이해가 되지 않는다. 1772년에 하인 제나스가 죽었을 때, 그 소식을 들은 해리스 부인은 평소의 그녀답지 않게 극도로 기뻐하며 웃어댔다. 이듬해 그녀는 숨을 거두었고, 노스 공동묘지의 남편 곁에 묻혔다.

1775년 영국과의 전쟁이 발발하자[9], 열여섯이라는 어린 나이와 허약한 건강에도 불구하고 윌리엄 해리스는 그린 장군이 이끄는 정찰대(Army of Observation)에 지원했다. 그때부터 그의 건강과 평판이 꾸준히 좋아졌다. 1780년, 에인절 대장이 인솔하는 뉴저지 주둔 로드 아일랜드군의 대위가 된 그는 엘리자베스타운[10] 출신의 피비 헷필드를 만나 결혼했고, 이듬해 명예제대를 한 직후에 아내와 함께 프로비던스로 돌아왔다.

젊은 군인의 귀환은 완벽한 행복만을 의미하지 않았다. 그 저택은 아직 양호한 상태였다. 넓혀진 거리는 백 가에서 베니피트 가로 명칭이 바뀌었다. 그러나 한때 건강이 넘쳤던 머시 덱스터는 축 늘어지고 이상할 정도로 기력이 없어서 공허한 목소리와 당황스러우리만큼 창백한 안색을 지닌 구정하고 가련한 모습으로 변해 있었다. 유일하게 남아 있는 하인 마리아도 독특할 정도로 머시와 비슷한 특징을 하고 있었다. 1782년, 피리 해리스는 여아를 사산했고 그해 5월 15일에는 머시 덱스터가 헌신적이고 금욕적이며 유덕했던 삶을 마감했다.

마침내 자기 집의 유해함을 확신하게 된 윌리엄 해리스는 그곳을 떠나 저택을 영구히 폐쇄하기로 결심했다. 신장개업한 골든 볼 여인숙에 아내와 함께 임시 거처를 정한 뒤, 그레이트 브리지 맞은편의 한창 번창중인 웨스트민스터 가에 좀 더 좋은 새집을 알아보기 시작했다. 그곳에서 1785년에 그의 아들 듀티가 태어났고, 상업화에 쫓겨 강 건너 언덕 너머의 에인절 가, 당시에 새로 형성된 이스트사이드 거주 지역으로 이주할 때까지 살았다. 먼 훗날인 1876년, 새로 이주한 지역에 아처 해리스가 화려하면서도 오싹한 프랑스 풍 지붕의 저택을 세웠다. 윌리엄과 피비 부부가 1797년에 황열병으로 둘 다 사망하자, 사촌인 펠레그의 아들 래스본 해리스가 듀티를 양육했다.

현실적인 성격의 래스본은 베니피트 가의 저택을 영원히 비워 두려던 윌리엄의 바람에도 불구하고 그 집을 세놓았다. 그는 듀티의 후견인으로서 아이 몫의 재산을 최대한 불리는 것이 의무라고 생각했기에, 죽음과 질병 등 세입자들에게 찾아온 숱한 변화뿐 아니라 그 저택에 대해 나날이 강해지는 세인들의 혐오감에는 아랑곳하지 않았다. 그가 유일하게 동요를 느꼈을 때는 아마 1804년으로, 시 의회가 저택에서 죽은 네 사람과 관련하여 말이 많다면서 당시에 수그러들던 전염성 열병이 원인으로 보이니 유황과 타르, 장뇌로 저택을 소독하라는 명령을 내린 해였다. 의회 보고서엔 저택에서 열병으로 생기는 악취가 난다는 말이 있었다.

사략선 선원이 된 듀티는 그 저택에 대해 거의 신경을 쓰지 않았고, 1812년 전쟁 때는 카후니 선장의 비질런트 호에서 훌륭하게 임무를 수행했다. 그는 무사히 귀향하여 1814년에 결혼했으며, 기억에 남을 1815년 9월 23일 밤에 아버지가 되었다. 그날 밤에 몰아친 거대한 돌풍으로 마을의 반이 물에 잠겼고, 웨스트민스터 가를 떠다니던 슬루프 범선의 돛대가 해리스 집의 창문에 거의 닿을 듯 스쳐갔는데, 그때 태어난 웰컴이 선원의 아들이라는 사실을 확인하는 듯한 상징처럼 여겨졌다.

웰컴은 1862년 프레데릭스버그에서 명예롭게 전사함으로써 아버지보다도 짧은 삶을 살았다. 웰컴과 그의 아들 아처 모두 베니피트 가의 저택은 세를 줄 수 없을 정도로 역겨운 곳으로, 곰팡내와 오랜 세월의 악취가 그 원인이라고만 알고 있었다. 연이은 죽음이 극에 달했던 1861년, 전쟁의 흥분이 아니었다면 세인의 관심을 끌었을 그 사건 이후로 그 저택에는 아예 사람이 살지 않았다. 해리스 가문의 남자로서는 유일한 생존자인 캐링턴 해리스마저 내가 겪은 일을 알려주기 전까지는 그저 그 저택이 전설이 담긴 폐가라고 생각해왔다. 캐링턴은 애초에 그 저택을 허물고 아파트를 지을 계획이었으나, 내 이야기를 들은 후에는 저택에 새로 수도관을 설치한 뒤 세를 놓기로 결심을 바꾸었다. 그리고 아직까지 그 저택에 세입자가 없어 어려움을 겪는 일은 없다. 공포가 사라진 것이었다.

III

내가 해리스 가문의 일대기에 얼마나 강한 인상을 받았는지는 충분히 이해할 것이다. 계속 이어지는 가문의 기록에서 나는 전부터 알고 있던 것을 뛰어넘는 집요한 악의 기운을 느낄 수 있었다. 악의 기운은 해리스 가문이 아니라 그 저택과 관련이 있었다. 이런 생각은 약간은 난삽해 보이는 삼촌의 잡다한 자료를 통해서 확인되었다. 자료에는 하인의 입에서 전해진 구전, 신문 기사, 삼촌의 동료 의사들에 의해 확인된 사망 진단서 사본 따위가 포함되어 있었다. 삼촌은 지칠 줄 모르는 골동품 수집가인데다 그 금단의 저택에 지대한 관심을 가지고 있던 터라, 자료의 양이 일일이 거론할 수 없을 정도로 방대했다. 그러나 산발적인 출처에서 입수된 자료임에도 지속적으로 반복되는 몇 가지 핵심적인 부분이 존재했다. 예를 들어 하인들의 입에서 나온 이야기들은 균류와 지하실의 악취를 사악한 기운의 가장 큰 주범으로 꼽았다는 점에서 모두 일치했다. 특히 앤 화이트를 비롯한 하인들은 지하실의 주방을 사용하기 꺼려했고, 적어도 세 가지의 구체적인 구전에 따르면 지하실 주방의 나무뿌리와 곰팡이류가 사람을 닮은 기묘한 형상을 하거나 악마의 윤곽을 그리고 있었다고 한다. 구전 부분은 유난히 내게 흥미로웠는데, 내가 어렸을 때 목격한 것과 같았기 때문이었다. 그러나 구전에서 가장 핵심적인 부분들에 유령 민담처럼 상투적인 이야기가 첨가되는 바람에 대부분 불분명해졌다는 느낌이 들었다.

엑시터의 미신에 사로잡혀 있던 앤 화이트는 가장 터무니없는 동시에 가장 그럴듯한 이야기를 퍼뜨렸다. 저택의 땅 밑에 틀림없는 뱀파이어 — 육체적인 형태를 갖고 생물체의 피나 숨결에 의지해 살아가는 시체 ─ 가 묻혀 있으며, 그 무시무시한 무리들이 밤마다 약탈적인 형태나 악령으로 돌아다닌다는 것이었다. 뱀파이어를 멸하기 위해서는, 그녀의 할머니가 말해 준 대로 그 시체를 찾아내 심장을 불태우거나 최소한 심장에 말뚝을 박아야한다는 말이었다. 지하실 바닥을 수색해야 한다고 집요히 주장하던 그녀는 결국 해고당했다.

그러나 그녀의 이야기는 저택의 터가 본래 묘지였었다는 이유 때문에 많은 사람들에게 공감을 얻었다. 내 판단으로는 하인 스미스가 저택을 떠나면서 '밤마다 내 숨결을 빨아들이는' 뭔가가 있다고 불평한 것과 맞아떨어짐으로써 사람들의 관심을 끈 것으로 보인다. 게다가 스미스는 앤보다 일찍 그 저택을 떠났기 때문에 그녀와 이야기를 맞추었을 리도 없었다. 게다가 1804년 열병으로 죽은 사람들에 대해 채드 홉킨스 박사가 작성한 사망 확인서를 보면 그 저택에서 죽은 네 사람은 모두 기이하게도 혈액이 결핍된 상태였다. 또한 가엾은 로비 해리스는 모호한 광증 상태에서 유리알 같은 눈과 날카로운 이빨을 가진 괴물을 언급하기도 했다.

나는 근거 없는 미신을 믿는 사람이 아니지만, 그런 기록들은 내 안에 이상한 감정을 불러일으켰다. 이 감정은 상당히 오랜 시차를 두고 나타난 신문 기사, 그러니까 금단의 저택에서 죽은 사망자를 다룬 기사로 인해 더욱 강해졌다. 《프로비던스 가제트》와 《컨트리 저널》의 1815년 4월 12일자 기사, 그리고 《데일리 트랜스크립트 앤 크로니클》지의 1845년 10월 27일자 기사가 그것이었다. 각각의 기사들은 기막히게 일치하는 사망 사건 당시의 섬뜩하고 으스스한 상황을 자세히 다루고 있다. 두 사건에서 임종의 순간에 있던 사람들 ─ 1815년에 스태퍼드라는 점잖은 노부인, 1845년에 엘리자 더피라는 중년의 교사 ─ 은 모습이 끔찍하게 바뀌었다. 그들은 유리알 같은 눈을 반짝이면서 의사의 목을 물어뜯으려고 했다. 그러나 더욱 당혹스러운 것은 저택의 임대를 중단하게 만든 마지막 사건이었다. 진행성 정신병을 앓다가 빈혈증으로 죽은 사람이 친척들의 목과 손목을 노리고 공격한 일이 있었던 것이다.

그 사건은 1860년과 61년 사이에 벌어졌는데, 당시에 삼촌은 개업의 생활을 막 시작한 때였다. 그리고 그 사건이 세간에 알려지기 전부터 삼촌은 선배 의사들로부터 이미 많은 것을 전해 들었다고 한다. 도무지 설명하기 힘든 부분은 무식한 희생자들 — 악취와 괴소문 때문에 교양 있는 사람들은 세 들기를 꺼려했으므로 — 이 평생 배운 적이 없는 프랑스어로 저주를 쏟아냈다는 점이었다. 삼촌은 거의 백 년 전의 불행한 로비 해리스를 떠올리게 하는 그 사건에 깊은 인상을 받았다. 그는 곧 전쟁터에서 돌아온 얼마 후부터 체이스와 휘트마시 박사로부터 직접 이야기를 전해 듣고는 그 저택에 대한 역사 자료를 수집하기 시작했다. 실제로 내가 보기에도 삼촌은 그 문제를 아주 진지하게 여겼고, 심지어 다른 사람들이라면 웃어넘길 문제에 대해 솔직한 공감을 나눌 수 있게 되었다며 내가 관심을 보이는 것을 반겼다. 나만큼 상상의 나래를 편 것은 아니지만, 삼촌도 그 저택이 보기 드문 상상력의 보고이자 기괴하고 오싹한 영감을 줄 만큼 충분한 가치가 있다고 믿었던 것 같다.

나는 그 모든 문제를 진지하게 받아들였고, 지체 없이 기존의 증거를 검토함과 동시에 내 나름의 정보 수집을 시작했다. 당시 저택의 소유주였던 초로의 아처 해리스가 1916년에 사망하기 전까지 그와도 많은 이야기를 나누었다. 그와 함께 아직 생존해 있는 독신의 누나 앨리스로부터 삼촌이 수집한 가족사를 전부 확인받기도 했다. 그러나 저택에 오갔다는 프랑스어, 그리고 프랑스라는 국적이 가진 의미를 묻자 두 사람은 나만큼이나 당혹해 하면서 모르는 일이라고 털어놓았다. 아처는 아무 것도 몰랐고, 해리스 양이 말할 수 있는 것이라고는 할아버지 듀티 해리스로부터 오래전에 스치듯 전해들은 내용이 고작인데, 그게 그나마 일말의 실마리를 제공할 수 있을 것 같았다. 늙은 선원이었던 듀티 해리스는 전사한 아들 웰컴보다 두 해를 더 살았지만 그 자신은 떠도는 소문에 대해 알지 못했다. 그러나 유년 시절의 보모였던 마리아 로빈스를 떠올리던 중 로비 해리스가 쏟아냈던 프랑스어에 대해 단서가 될 기이하고도 음침한 무엇을 깨달았던 모양이다. 마리아 로빈스는 불운한 로비 해리스가 임종을 앞두고 말한 프랑스어를 자주 들은 바 있었다. 마리아는 1769년부터 해리스 가족이 이사를 간 1783년까지 금단의 저택에 있으면서 머시 덱스터의 임종까지 지켜보았다. 한번은 그녀가 어린 듀티에게 머시의 임종 때 벌어진 아주 독특한 상황을 넌지시 말한 적이 있다는데, 듀티는 얼마 지나지 않아 그 이야기가 아주 이상했다는 인상 외에는 내용을 다 잊어버렸다. 그러니 이제 와서 그의 손녀딸인 앨리스가 기억해내기에는 더 어려운 일이었다. 현재의 소유주로서 내가 겪은 일을 말해 준 아처의 아들 캐링턴과 마찬가지로, 아처와 앨리스 남매는 그 저택에 큰 관심을 기울이고 있었다.

해리스 가문과 관련된 정보에 지친 나는 마을의 초창기 기록으로 관심을 돌렸고, 같은 일을 진행했던 삼촌보다 더 열정적으로 파고들었다. 내가 원했던 것은 1636년 정착기부터 시작되는, 아니면 내려갠섯 인디언 전설들과도 이어져 있을지 모르는 그 이전부터의 포괄적 향토사였다. 맨 처음 발견한 것은 그 저택의 부지가 원래는 존 스록모턴에게 할당된 좁고 긴 토지의 일부였다는 점이다. 즉 강변의 타운 가에서 시작해서 언덕 너머까지, 현재의 호프 가와 흡사한 지선을 따라 펼쳐져 있던 무수한 토지 중의 하나였다. 물론 스록모턴의 토지는 나중에 복잡한 구획으로 세분되었다. 나는 아주 주도면밀하게 백 가 혹은 베니피트 가가 나중에 관통하게 될 지역을 추적해 나갔다. 실제로도 일설에 의하면, 그 지역에 스록모턴 가의 가족 묘지가 포함되어 있다고 했다. 그러나 더 신중하게 기록을 조사한 결과, 스록모턴 묘지는 초기에 포턱셋 웨스트 로드에 위치한 노스 공동묘지로 이장되었음이 밝혀졌다.

그런데 뜻밖에도 — 기록물의 본문을 벗어나 기재되어 있어서 자칫 빠뜨렸을 뻔한 — 뭔가를 발견했다. 그것은 그 일의 가장 기묘한 국면 중에서 몇 부분과 일치하는 자료로서 나는 조바심까지 느꼈다. 1697년의 임대 계약 기록인데, 에티네 룰레와 그의 아내에게 소량의 토지를 빌려주는 내용이었다. 마침내 프랑스와 연결고리가 나타난 것이었다. 그 프랑스 식 이름은 내가 읽어온 유사하게 기이한 책의 음침한 구석을 떠올리게 하는 공포의 또 다른 요소이자 더 깊은 울림이었다. 나는 1747년과 1758년 사이의, 백 가의 도로 직선화 작업으로 인해 토지가 구획되기 이전의 도면을 열심히 검토했다. 혹시나 했던 것, 다시 말해서 금단의 저택이 지금 위치한 지점이 과거에 어디였는지를 알아냈다. 룰레 가족은 다락방이 있는 1층짜리 시골집 뒤에 가족 묘지를 만들었는데, 그 묘지가 이장되었다는 기록은 없었다. 계약 내용이 있는 그 기록은 마지막 부분이 무척 혼란스러웠다. 그래서 나는 에티네 룰레의 이름이 등장할 만한 출구를 찾기에 앞서 로드아일랜드 역사 학회와 셰플리 도서관을 샅샅이 뒤져야했다. 그리고 나는 마침내 뭔가를 찾아냈다. 그 사실은 내가 곧 조사하려는 금단의 저택 지하실 자체에 새롭고도 활기찬 세부 정보와 함께 모호하면서도 기괴한 느낌을 더해주었다.

룰레 가족은 내러갠섯의 서부 해안에 자리 잡은 이스트 그리니치에서 1696년에 이주해온 것으로 보였다. 위그노 교도[11]였던 그들은 이 지역에 정착을 허가받기 전까지 프로비던스 행정부로부터 상당한 탄압을 받았다. 낭트 칙령[12]이 폐지된 후인 1686년에 이주해 산 이스트 그리니치에서도 그들 가족은 배척을 당했고, 일설에 의하면 그들에 대한 세인의 혐오감은 일반적인 인종적 민족적 차별을 뛰어넘은 것으로, 행정관 앤드로스마저 해결하지 못한 프랑스인 정착민과 영국인 사이의 토지 분쟁과도 관련이 있다고 했다. 그러나 열렬한 신앙심과 곤란한 처지를 함께 가진 그들을 위한 안식처가 나타났다. 결국 농사일보다는 이상한 책과 이상한 도형을 그리는데 능숙했던 가무잡잡한 피부의 에티네 룰레는 타운 가의 먼 남쪽 파든 틸링해스트 소유의 선창가 창고에서 사무직까지 얻게 되었다. 그러나 나중에 — 40년쯤 후로, 룰레 노인이 죽고 난 뒤에 — 폭동이 일어났고, 그 후로는 룰레 가족에 대한 소식이 끊겼던 것이다.

뉴잉글랜드 항구 도시에서 백년 넘게 조용히 살면서 룰레 가족은 생생한 일화로서 사람들의 입에 자주 오르내리며 기억된 모양이다. 에티네의 아들 폴은 험상궂고 엉뚱한 행동 때문에 가족의 파멸을 가져온 폭동의 원인 제공자로 지목되는 등 특히 자주 회자되었다. 프로비던스는 청교도 이웃들이 간직한 마녀에 대한 공포가 영향을 미치지 않았던 지역이었음에도, 늙은 아낙들을 중심으로 특정한 시간이나 특별한 일을 진행하는 동안에는 기도를 하지 않는 습관이 퍼져 있었다. 그런 관행이 아마도 마리아 로빈스 노파에 의해 알려진 전설의 근저를 이루었을 것이다. 그것이 로비 해리스를 비롯해 금단의 저택에 거주한 다른 사람들이 보여준 프랑스어 장광설과 어떤 관련이 있을지는 상상력이나 앞으로의 조사에 따라 결정될 것이다.

저택과 관련된 전설을 아는 사람들 중에서 그 일이 또 다른 연결고리를 제공하고 있음을 눈치 챈 이가 과연 몇 명이나 있을지는 의문이었다. 나는 보통 사람들보다 더 많은 정보를 접함으로써 모종의 섬뜩함을 깨닫게 되었다. 그것은 병적인 공포의 일대기에서 한 장을 차지하는 불길한 이야기에서 시작하는데, 자크 룰레가 흉악 범죄를 저질러 1598년에 사형을 언도받았으나 나중에 파리 의회에 의해 극적으로 살아나 정신병원에 감금되었다는 사실이었다. 그는 피와 살점으로 뒤범벅인 된 채 숲에서 발견되었는데, 한 소년이 한 쌍의 늑대에게 갈가리 찢겨 죽은 직후의 일이었다. 늑대 한 마리가 상처 하나 없이 뛰어가는 모습이 목격되었으며, 이름과 장소에서 묘한 의미를 풍기는 그 이야기는 난롯가에서 오가는 한담으로 더없이 좋은 소재였다. 그러나 내 생각에 룰레 가족을 두고 프로비던스에 나돈 괴소문들은 사건의 진상을 제대로 모르고 나온 것들이었다. 억측이 대부분인 소문이 나중에 마을에서 룰레 가족을 없애 버린 최후의 폭동으로 이어진 것은 아닐까?

나는 점점 더 자주 그 저주받은 저택을 방문했다. 정원의 병적인 식물을 관찰했고, 건물의 벽을 모조리 조사했으며, 지하실의 흙바닥을 속속들이 살펴보았다. 마침내 캐링턴 해리스의 허락을 구하여 베니피트 가로 곧장 나 있지만 사용하지 않던 지하실 출입문의 열쇠를 마련했다. 어두운 계단과 1층의 현관, 현관문을 통하지 않고 외부에서 곧장 지하실로 들어가는 것이 나았기 때문이다. 비정상적인 느낌이 가장 강한 그곳에서 나는 바깥의 평온한 보도와 고작 몇 걸음 떨어진 채 지상의 거미줄 쳐진 출입문으로 햇살이 스며드는 기나긴 오후 동안 샅샅이 조사를 벌였다. 답답한 곰팡내와 악취의 흔적, 그리고 바닥에 있는 초석의 윤곽은 예전과 변함이 없었고, 그 밖에 새로운 것도 없었다. 많은 행인들이 부서진 창문으로 나를 이상하게 바라본다는 생각이 들었다.

이윽고 삼촌의 제안에 따라 나는 밤에 지하실을 조사하기로 결심했다. 어느 폭풍우 치던 밤, 이상하게 비틀려 옅은 인광을 발하는 균류와 더불어 곰팡이 낀 지하실 바닥이 손전등 불빛 속에 나타났다. 이상할 정도로 기분이 침울한 그날, 지하실에서 나오려던 나는 그것을 보고 말았다. 아니, 봤다는 생각이 들었다. 그것은 어린 시절에 본 것처럼 '겹쳐진 사람 형태'였는데, 유난히 분명한 윤곽을 띤 채 희끄무레한 균류 무리의 복판에 나타나 있었다. 그 분명한 윤곽 때문에 깜짝 놀랐지만 신기하기도 했다. 오래 전의 비오는 오후 나를 깜짝 놀라게 했던, 노르스름한 빛을 발하는 옅은 안개를 다시 본 것 같았다.

난로 옆의 사람을 닮은 균류 위쪽에서 안개가 솟았다. 미묘하고 메스껍게 반짝이는 수증기는 습한 공기 중에서 떨다가 모호하면서도 충격적인 모습을 띠었고, 조금씩 길어지면서 형태가 흐릿해지더니 악취를 남기고는 커다란 굴뚝의 어둠을 따라 사라져버렸다. 정말이지 오싹한 광경이었고, 그곳을 잘 아는 내게는 더욱 그랬다. 나는 도망치지 않고 사라지는 자취를 지켜보았다. 지켜보는 동안 그것이 진짜가 아닌 가공의 눈으로 탐욕스럽게 나를 바라본다는 느낌이 들었다. 이런 말을 들려주자 삼촌은 크게 놀랐다. 한 시간 동안 생각에 골몰하던 삼촌은 분명하면서도 과감한 결정을 내렸다. 이 중요한 사안에 관련된 우리의 입장에 따라, 곰팡이와 균류로 채워진 그 지하실에서 우리 둘이 하루나 이틀 밤에 걸쳐 불침번을 서자는 말이었다. 그럼으로써 저택의 공포를 추적하고, 없앨 수 있다면 그렇게 할 계획이었다.

IV

1919년 6월 25일 수요일, 캐링턴에게 구체적이진 않지만 적절한 고지를 한 뒤 나와 삼촌은 금단의 저택으로 꽤 무겁고 복잡한 과학 장비와 더불어 두 개의 간이 의자와 침대를 옮겨놓았다. 그것들을 낮 동안에 갖다놓고, 종이로 창문을 가린 뒤 그날 저녁에 돌아와 첫 번째 불침번을 서기로 했다. 우리는 지하실에서 1층으로 통하는 문을 잠갔다. 그리고 혹시 불침번을 서는 날이 늘어날 경우 고가의 섬세한 장비들 — 비밀리에 큰돈을 들여 구입한 — 을 지켜야 했기 때문에 거리로 통하는 지하실의 외부 출입문도 잠그고 열쇠를 가져왔다. 늦은 시간까지 함께 망을 보다가 한 사람씩 — 처음에는 나, 다음에는 삼촌 순으로 — 두 시간 간격으로 불침번을 서고 그 동안 나머지 한 사람은 간이침대에서 휴식을 취하기로 했다.

브라운 대학의 실험실과 크랜스턴 가의 무기 판매점에서 장비를 구입했을 뿐 아니라 본능적으로 우리가 해야 할 일의 방향을 이끌었던 삼촌은 타고난 통솔력은 물론, 여든한 살이라는 나이가 믿겨지지 않을 정도로 활력과 민첩성이 대단한 분이었다. 나의 삼촌 엘리후 휘플 박사는 세상을 두고두고 시끄럽게 한 그곳에서의 사건을 제외하면 의사답게 평생을 철저한 학자 관념 속에 살아왔다. 캐링턴과 나 두 사람만이 무슨 일이 벌어졌는지 짐작할 뿐이다. 해리스는 저택의 소유주로서 거기에서 벌어진 사건을 알 권리가 있기에, 나는 그에게 그날의 일을 말해주었다. 게다가 우리가 조사를 하기에 앞서 그에게 미리 언질을 준 상태였다. 삼촌이 돌아가신 경우 당연히 해야 할 공식적인 설명을 위해서라도 그의 이해와 도움이 필요하다는 생각도 들었다. 그는 창백하게 질렸지만 나를 돕기로 약속했고, 앞으로는 저택을 세놓아도 아무 문제가 없다는 내 말을 믿어주었다.

비 내리던 그날 밤의 불침번에 대해 우리가 조금도 불안해하지 않았다고 말한다면 터무니없는 과장일 것이다. 앞에서 말했듯이 우리는 유치한 미신이 아니라 과학적인 연구와 성찰을 신봉했다. 그러한 연구와 성찰을 통해 우리는 현실의 3차원 세계가 물질과 에너지로 이루어진 전체 우주의 극히 일부만 포함하고 있음을 알게 되었다. 이번 사건의 경우, 공인된 무수한 출처에서 나온 하나의 유력한 증거를 통해 거대한 힘을 지닌 집요한 존재, 인간의 관점으로 볼 때 대단히 악의적인 존재가 있음이 드러났다. 그렇다고 우리가 정말로 뱀파이어나 늑대인간의 존재를 믿었노라 말한다면 무책임한 진술이 될 것이다. 그보다는 낯설고 정체를 알 수 없는, 엷은 생명력으로 이루어진 물질 변형체의 존재 가능성을 부인하지 않았다고 말하는 편이 적절할 것이다. 그런 존재들은 이질적인 공간에 속하기에 3차원 공간에는 아주 드물게 나타나지만, 간헐적으로 우리에게 모습을 드러낼 정도로 우리의 경계 가까이에 존재한다. 다만 지식의 부족으로 인해 우리가 그 존재의 출현을 알아챌 가능성은 앞으로도 없다.

간단히 말해, 삼촌과 나는 논쟁의 여지가 없는 사실들을 바탕으로 금단의 저택을 배회하는 존재의 여부를 믿었다는 뜻이다. 2백 년 전 한두 명의 기분 나쁜 프랑스인 정착민에게 모습을 보인 후로 여전히 불가사의한 원자와 전자의 운동 법칙에 따라 활동하고 있는 존재 말이다. 기록이 증명하듯이, 룰레 가족은 외부 존재 — 정상인에게는 혐오와 공포만 일으키는 음산한 영역 — 에 어울리는 비정상적인 특질을 지니고 있었다. 그렇다면 1730년대에 발생한 폭동은 그들 — 특히 음산한 성격

의 폴 룰레 — 의 병적인 두뇌에 모종의 역학적인 형질이 작용한 결과
는 아닐까? 그리고 그 형질은 폭도에 의해 살해되어 암매장된 육체를
초월하여 눈에 띄지 않게 생존해 오면서, 적성 집단에 대한 광적인 증
오심으로 결집된 최초의 에너지와 더불어 다차원의 공간에서 활동을
하고 있는 것은 아닐까?

상대성 이론과 원자 내부의 에너지 이론을 포함하는 첨단 과학의 견
지에서 본다 해도 그러한 일이 발생할 물리적, 생화학적 근거가 아예
없지는 않다. 물질 혹은 에너지, 무형 혹은 유형으로 이루어진 외부의
핵이 있을 거라는 사정이 가능하기 때문이다. 그것은 육체의 섬유 조
직, 혹은 좀 더 구체적인 생명체의 유체 따위에서 추출된 미세하고 비
물질적인 생명력 형태로 존재하다가, 때때로 숙주의 섬유조직과 완벽
하게 결합할 수도 있을 것이다. 그런 존재는 자기 보존이라는 맹목적인
동기만을 따를지도 모르기에 매우 적대적일 수 있다. 어떤 경우든 그
괴물은 필연적으로 우리의 질서 체계에 반하는 돌연변이이자 침입자
이므로, 인류의 삶과 건강, 정신적 안정을 위해 그것을 없애는 것이 시
급하다.

어떤 괴물을 상대해야 할지 전혀 알 수 없어서 우린 당혹스러웠다.
정신이 온전한 사람은 그것을 본 적이 없었고, 그 존재를 분명하게 느
낀 이도 극소수에 불과했다. 어쩌면 그것은 완벽한 에너지의 형
태 — 기체 혹은 외계 물질로 이루어진 형태 — 이거나 일부만 물질로
이루어진 존재일 수 있었다. 성형력(成形力)을 지닌 미지의 복합체로서
고체, 액체, 기체 혹은 입자가 아닌 미세한 상태로 언제든지 모호하게
형태를 바꿀 수도 있을 것이다. 사람의 모습을 띠고 있는 바닥의 균류
무리, 노르스름한 기체 형태, 그리고 옛 이야기에 등장하는 나무뿌리의

일그러진 모양들은 적어도 인간 형태와의 관련성을 말해 주고 있다. 그러나 주로 혹은 영속적으로 어떤 형태를 띠고 있는지 자신 있게 말할 수 있는 사람은 아무도 없었다.

괴물과의 결전을 위해 우리는 두 가지 무기를 고안했다. 하나는 특수 제작한 대형의 크룩스관으로, 고성능 축전지로 작동하며 특수한 스크린과 반사기를 갖추고 있었다. 그 장비는 매우 파괴적인 에테르[13] 발광만이 괴물에게 효과가 있을 경우를 대비한 것이었다. 또 하나는 제1차 세계대전에서 사용한 것과 유사한 군용 화염 방사기로, 괴물이 부분적으로나마 물질화해 있을 경우 물리적으로 파괴시키기 위해서였다. 엑시터의 미신에서와 같이, 우리도 괴물에게 심장이 있다면 그것을 불태워 버릴 계획이었다. 그런 공격 장비들은 전부 간이침대와 의자, 균류가 이상한 형태를 띠었던 난로 전방의 위치를 따라 지하실에 신중하게 배치되었다. 장비를 배치한 후 본격적인 불침번을 위해 저녁에 돌아왔을 때까지 그 암시적인 균류의 형태가 아주 희미하게 나타나 있었다. 좀 더 분명하게 묘사할 수 있을 정도로 형태가 또렷해진 느낌을 받았으나, 당시에는 그저 내가 전설에 사로잡혀 있었기 때문일 것으로 생각했다.

지하실의 불침번이 시작된 시각은 서머타임으로 밤 10시, 어느 정도 진척이 있을지는 여전히 불투명한 상태였다. 밖에서 빗방울에 시달리는 가로등 불빛이 희미하게 새어들고, 안에서는 역겨운 균류로부터 흐릿한 인광이 빛나는 가운데, 물방울이 뚝뚝 떨어지는 돌벽에서 희끄무레한 흔적은 모두 사라지고 없었다. 축축하고 악취와 곰팡이로 물든 딱딱한 흙바닥, 그곳에 자리 잡은 야릇한 균류, 등이 없는 걸상과 의자와 탁자, 그 밖에 형체를 알아볼 수 없는 가구들의 썩은 잔해들, 머리 위로 보이는 1층의 육중한 널빤지와 들보, 지하실의 저장고와 저택의 또 다른 지하 공간으로 통하는 낡은 판자문, 1층으로 올라가는 부서진 돌계단과 나무계단, 투박하게 움푹 들어간 상태로 까맣게 그을려 있는 벽돌 난로, 불쏘시개가 과거에 거기 있었음을 알려주는 녹슨 쇳조각, 장작받침대, 급수대 그리고 고기 굽는 오븐의 문짝. 그런 것들과 함께 우리가 가져온 간소한 침대와 의자, 육중하고 복잡한 살상 무기들이 그 지하실에 있었다.

예전에 내가 홀로 탐사했을 때처럼 우리는 거리로 나 있는 문을 열어 두었다. 대적할 수 없는 상대를 만나는 경우를 대비해서 최후의 실제적인 탈출로를 마련해 둔 셈이었다. 우리는 거기에 숨어 있는 사악한 존재가 무엇이든 간에 분명히 모습을 드러낼 것이라고 생각했다. 그리고 그것을 식별하고 관찰하는 대로, 계획에 따라 준비해 둔 무기로 지체 없이 놈을 처치할 것이었다. 괴물을 불러내고 처치하기까지 얼마나 시간이 걸릴지는 알 수 없었다. 또한 괴물의 힘이 어느 정도일지 예측할 수 없는 만큼 우리의 안전을 조금도 보장받기 어렵다는 것도 알고 있었다. 그러나 그것은 둘이서라도 위험을 무릅쓰고 도전할 만한 가치가 있는 게임이었다. 외부에서 도움을 구하려고 한다면 우리는 조롱감이 될 뿐 모든 계획이 수포로 돌아갈 것이었다. 우리는 밤늦게까지 그런 이야기를 나누었다. 삼촌이 점점 졸린 기색을 보여서 예정대로 삼촌 먼저 두 시간의 수면을 취하기로 했다.

잠자는 사람을 옆에 두고 잠깐 동안 혼자 그곳에 앉아 있자니, 정말 혼자 있는 것이나 다름없어서 두려움에 으스스해졌다. 실제로 깨닫는 것보다 훨씬 더 혼자라는 생각이 들었던 모양이다. 삼촌의 깊고도 무거운 숨소리에 섞이는 바깥의 빗소리, 그리고 지하실 내부에서 신경을 거슬리면서 희미하게 떨어지는 물방울 소리가 유독 도드라졌다. 건조한 날에도 끔찍할 정도로 눅눅한 그 저택은 그런 폭우 속에서는 아예 늪지나 다름없었다. 나는 균류의 빛과 막힌 창으로 새어드는 희미한 가로등 불빛에 의지해 오래되고 틈이 벌어진 지하실의 돌벽을 살펴보았다. 한번은 지하실의 악취에 욕지기가 날 것 같아서 외부 출입문을 열고 거리를 위아래로 훑어보았다. 익숙한 경치로 눈의 피로를 풀고 상쾌한 공기를 들이마시면서 말이다. 그때까지 아무 일도 벌어지지 않았다. 연신 하품이 나왔고, 불안보다도 피로가 짙어져갔다.

그때 잠을 자던 삼촌의 뒤척임이 내 시선을 잡아끌었다. 잠든 지 삼십 분 정도 지났는데, 간이침대에서 몇 차례 이리저리 뒤척이던 삼촌은 숨소리까지 불규칙해졌고, 간간이 숨이 막히는 사람처럼 한숨을 내쉬었다. 손전등을 비춰보니 삼촌의 얼굴이 반대편으로 향해 있어서, 혹시 고통스러운 것은 아닌지 살피려고 침대 너머로 불빛을 올려 보았다. 결국에는 별일 아니라는 생각을 하면서 놀란 가슴을 쓸어내렸다. 아마도 우리가 있는 장소와 일의 불길한 성격, 묘한 주변상황이 겹쳐서 벌어진 일이었을 것이다. 사실 그때 내가 본 광경 자체는 무섭거나 부자연스럽지는 않았다. 내가 본 것은 단지 삼촌의 얼굴 표정이었는데, 그는 주변 상황 때문에 묘한 꿈을 꾸는 것 같았고 상당히 동요하는 표정이 평소답지 않았다. 평소 삼촌의 얼굴 표정은 온화하고 중후하면서도 침착했건만, 온갖 감정들에 시달리는 표정이었다. 그 다양한 표정들이 나를 심란하게 만들었다. 점점 더 불안하게 숨을 헐떡거리면서 뒤척이던 삼촌이 급기야 눈을 번쩍 치켜떴다. 그런 모습은 한 사람이 아니라 여러 사람, 평소의 그분과는 전혀 다른 사람들을 떠올리게 만들었다.

삼촌이 곧 잠꼬대를 시작했는데, 입과 치아의 모습이 꺼림칙했다. 처음에는 무슨 말인지 알아들을 수 없었으나, 뜻밖에도 나는 싸늘한 공포에 사로잡히고 말았다. 삼촌의 폭넓은 학식과 언젠가 르뷔데되몽드 지[14])에 실린 인류학과 골동품에 대한 기사를 옮긴 긴 번역문이 동시에 떠올랐다. 나이 지긋한 삼촌이 중얼거리는 프랑스어 중에서 내가 알아들을 수 있는 몇 문장은 예전에 프랑스 파리의 유명한 잡지에서 그분이 인용했던 아주 음산한 신화와 관련이 있는 것 같았다.

갑자기 삼촌의 이마에 식은땀이 맺히더니, 반쯤 깨어서 펄쩍 몸을 일으켰다. 프랑스어로 된 중얼거림이 곧 영어로 바뀌었고, 거친 목소리로 흥분 속에서 이렇게 외치는 것이었다.

"내 숨, 숨!"

삼촌은 곧 잠이 깨어 평소의 표정을 되찾고는, 내 손을 잡고 꿈에 대해 말해 주었다. 나로선 그 꿈을 짐작만 할 뿐이지만 매우 중요한 의미였다.

삼촌의 말에 따르면, 지극히 평범한 꿈을 꾸다가 도무지 알 수 없는 기이한 광경으로 빠져들었다고 한다. 지상의 광경인 듯하면서도 아닌 듯싶었다. 익숙한 것과 완전히 낯설고 어리둥절한 것이 뒤죽박죽이 된 것처럼 기하학적인 혼란이 일었고, 주위가 온통 어두웠다. 겹겹이 중첩되어 기묘하게 난잡해진 그림들을 보는 것 같았다. 시공간의 본질이 가장 비논리적인 형태로 해체되고 결합된 느낌이었다. 환상적인 영상들이 주마등처럼 빙빙 도는 가운데, 이런 표현이 적절한지는 모르겠지만 간헐적으로 아주 선명하면서도 생경한 요소들이 스냅사진처럼 끼어들기도 했다.

삼촌은 아무렇게나 파낸 구덩이 속에 누워 있다는 감각을 받았으며, 헝클어진 머리에 삼각 모자를 쓴 군중들이 성난 얼굴로 내려다보고 있었다고 했다. 잠시 후에는 어느 집 — 언뜻 보기에 낡은 집 — 안에 있다는 생각이 들었는데, 세부적인 모습이나 거주자들이 계속 바뀌어서 딱히 떠오르는 얼굴이나 가구가 없을 뿐더러, 문과 창문들이 거대한 모빌처럼 계속해서 움직이는 상태여서 어떤 방에 있는지조차 설명하기 어려웠다. 지독하리만큼 기묘한 그 꿈을 내가 믿지 않을 거라고 생각했는지, 삼촌은 몹시 저어하는 기색으로 그 이상한 얼굴들이 분명히 해리스 가문 사람들의 외모와 닮았다고 말했다. 끝으로, 몸속에 스며든 무엇인가가 저절로 퍼지면서 생명력을 빼앗으려는 것처럼 숨이 막히는 느낌이 들었다는 것이다. 여든 한 해 동안 쉼 없이 활동하느라 쇠약해진 삼촌이 아무리 젊고 강한 활력의 소유자라도 두려웠을 미지의 힘과 사투를 벌였다고 생각하니 절로 소름이 끼쳤다. 그러나 곧 그것은 꿈에 불과하다는 생각이 들었다. 그 불편한 꿈의 인상들도 최근동안 우리의 마음을 송두리째 채우고 있는 조사 작업과 기대감이 투영된 결과일 뿐이라고 말이다.

삼촌과 대화를 나누다 보니 이상했던 내 감정이 사라지는 것 같았다. 그리고 이번에는 내가 졸음을 이기지 못하고 잠시 눈을 붙이기로 했다. 정신이 말짱해진 삼촌은 악몽 때문에 예정된 두 시간보다 훨씬 일찍 일어나야 했음에도 기꺼이 나를 대신해 불침번을 맡았다. 나는 곧 잠이 들었고, 더없이 혼란스러운 꿈이 달려들었다. 우주적이고 한없이 깊은 고독이 느껴졌다. 나를 가둔 감옥의 사방에서 적개심이 밀려들었다. 나는 포박당하고 재갈 물린 채, 아득히 먼 곳에서 무수한 존재들이 내 피를 원하며 울부짖는 메아리에 조롱을 당하고 있었다. 삼촌의 얼굴이 깨어 있을 때와 달리 불쾌한 느낌으로 나타났고, 비명을 지르려고 몸부림처도 아무 소용이 없었다. 유쾌한 꿈이 아니었다. 그래서 잠시 후에 꿈의 장벽을 뚫고 들려오는 비명 소리에 깜짝 놀라 깨어난 것이 아쉽지가 않았다. 원래의 현실보다 더 생생하고 사실적으로 지하실의 풍경이 눈앞에 펼쳐져 있었다.

V

삼촌의 의자에서 얼굴을 돌린 상태로 잠이 들었기에, 화들짝 깨어난 순간에는 거리로 통하는 외부 출입문과 북쪽 창문 그리고 지하실의 북쪽에 가까운 벽과 바닥만 눈에 보였다. 그 모든 것이 균류의 인광이나 새어드는 가로등 불빛보다 더 밝은 한줄기 빛으로 인해 병적이리만큼 생생한 사진처럼 내 머릿속에 각인되었다. 사실 그 빛을 강렬했다고 할 수는 없다. 책을 읽기에도 부족한 정도였으니까. 그러나 그 빛으로 인해 나 자신과 간이침대의 그림자가 바닥에 드리워져 있었는데, 노르스름하면서도 어딘지 발광체보다 더 강한 존재를 암시하는 힘이 느껴졌다. 그것이 당시에 청각과 후각이 맹렬히 공격을 당하고 있었음에도 내가 기분 나쁠 정도로 또렷하게 목격한 광경이었다. 내 귓가에는 날카로운 비명의 울림이 가득했고, 콧속으로는 지하실에 가득한 악취가 확 끼쳤다. 감각처럼 정신도 바짝 긴장한 상태에서 나는 아주 심각한 상황임을 알아챘다. 나는 거의 본능적으로 난로 앞의 곰팡이 낀 곳에 놓아둔 무기를 잡으려고 획 돌아섰다. 돌아섰을 때, 눈앞에 펼쳐진 광경에 그만 얼어붙고 말았다. 비명의 주인공은 바로 삼촌이었고, 그분과 나 자신을 위해 싸워야할 상대가 무엇인지를 알 수 없었다.

결국에는 겁에 질리는 것보다 더 나쁜 상황이 펼쳐졌다. 공포를 초월하는 공포였다. 그것은 저주받고 불행한 자들을 멸하고자 우주가 비축해 놓은 가장 가공할 만한 공포의 핵심이었다. 균류로 뒤덮인 흙바닥에서 시체처럼 솟아오른 노르스름한 수증기가 부글부글 끓다가, 어렴풋이 인간과 괴물이 반씩 뒤섞인 듯한 거대한 형체로 바뀌더니 굴뚝과 난로 뒤편으로 지나가는 것이었다. 탐욕스러우면서도 비웃는 듯한 눈동자가 수없이 박혀 있었고, 주름진 곤충의 머리 같은 것이 옅은 증기로 바뀌어 악취와 함께 주변을 휘감다가 마침내 굴뚝을 따라 사라졌다. 내가 그것을 보았다고는 했으나, 사실은 형태를 이루어가는 그 끔찍한 과정을 분명히 내가 보았다는 믿음에 의지해서 말했을 뿐이다. 그 순간만큼은 소용돌이치는 균류의 섬뜩하고 희미한 인광이라고 생각했으며, 그것이 서서히 오싹한 변형 과정을 거치면서 어떤 사람, 그러니까 내가 정신을 온통 집중하고 있던 사람의 모습으로 바뀌었다. 그 사람이란 삼촌이었다. 존경하는 엘리후 휘플 박사가 새카맣게 부패한 모습으로 나를 흘끔거리며 알아들을 수 없는 말을 했고, 그 괴물이 심어놓은 격분 속에서 나를 찢어발기고자 물이 뚝뚝 떨어지는 발톱을 뻗치고 있었다.

그런 상황을 대비해 왔기에 나는 미치지 않았다. 그런 위기의 순간을 대비해서 늘 훈련을 해왔고, 그 맹목적인 훈련 덕분에 살아남았다. 부글부글 끓는 그 사악한 형체는 유형의 물질이나 화학 성분으로 이루어진 것이 아님을 깨닫고, 왼쪽에서 얼핏 스치는 화염 방사기 대신에 크룩스관을 집어 들었다. 나는 불경스러운 그 불멸의 존재를 향해 크룩스관을 겨냥했고, 지상에서 인간의 기술로 끌어낼 수 있는 가장 강력한 에테르를 발사했다. 푸르스름한 안개와 탁탁하는 맹렬한 소리가 들려왔다. 노르스름한 인광은 점점 눈앞에서 희미해져갔다. 그러나 희미해졌다는 것은 상대적인 표현일 뿐이고, 크룩스관에서 나오는 파동은 더 이상 효력을 발휘하지 못했다.

그때, 오싹한 광경 속에서 또 다른 공포에 직면한 나는 비명을 지르고는 열어놓은 출입문을 더듬어 비틀비틀 거리로 빠져나오고 말았다. 내가 세상으로 불러낸 비정상적인 공포 혹은 내 머릿속에 떠올랐을 뿐인 상상이나 판단과는 무관하게 거리는 고요했다. 파랗고 노란 빛으로 뒤섞인 희미한 삼촌의 모습은 이루 말할 수 없으리만큼 역겨운 액체 상태로 변하기 시작했고, 사라지는 삼촌의 얼굴에 스쳐가는 여러 가지 변화들은 오직 광인만이 상상할 수 있는 것이었다. 삼촌은 곧 악마가 되었다가 한 무리의 사람이 되었고, 납골당이 되었다가 화려한 행렬로 바뀌었다. 뒤섞인 불분명한 빛 속에서 젤라틴 모양의 얼굴은 수십, 수백 명의 인물로 변해갔다. 수지처럼 녹아 있는 흙바닥의 시체를 향해 가라앉는 동안, 그 얼굴은 낯설면서도 낯설지 않은 무수한 인물 군상의 만화경처럼 히죽 웃고 있었다.

나는 남자와 여자, 성인과 아이, 젊거나 늙은 혹은 투박하거나 단아한 외모를 비롯해 익숙하거나 익숙하지 않은 해리스 가의 특징들을 보았다. 내가 디자인 박물관에서 본 적이 있는 로비 해리스의 인물상을 일그러뜨려 모방한 듯한 모습이 순식간에 눈앞을 스쳐갔다. 뿐만 아니라, 캐링턴 해리스의 집에서 초상화로 보아 알고 있던 머시 덱스터의 앙상한 얼굴도 스쳐갔다. 그 섬뜩함은 상상을 초월한 것이었다. 마지막 순간에 가까워졌을 때, 하인과 아기의 얼굴이 기묘하게 뒤섞이면서 초록빛의 기름 웅덩이가 퍼져 있던 균류 낀 흙바닥까지 거의 내려갔을 때, 바뀌던 얼굴들이 서로 다툼을 벌이면서 삼촌의 온화했던 얼굴로 돌아오려고 애쓰는 것 같았다. 그 순간만큼은 삼촌의 마음이 아직 남아 있어 내게 마지막 작별을 고하려고 애쓴 것이라 생각하고 싶다. 비틀거리며 거리로 나오는 순간, 내 입에서 나온 딸꾹질이 결국은 마지막 인사가 되고 말았다. 가느다란 기름 한 줄기가 출입문을 지나 비에 젖은 보도까지 나를 따라왔다.

나머지 부분은 불분명하고 기괴하다. 비에 젖은 거리엔 아무도 없었다. 세상 어디에도 내가 감히 말을 건넬 사람은 없었다. 나는 정처 없이 칼리지 힐과 학당을 지나 남쪽으로 홉킨스 가를 따라 내려갔다. 다리를 건너 상업 지구로 들어섰을 때, 고층 건물들이 태고의 유해한 의혹으로부터 나를 비호하듯 현대적이고 분명한 실체로서 모습을 드러냈다. 곧이어 잿빛 새벽이 동쪽에서 축축하게 펼쳐졌고, 새벽의 음영이 드리워진 태고의 언덕과 첨탑들이 아직 섬뜩한 작업을 끝내지 못한 곳으로 오라고 내게 손짓하고 있었다. 마침내 모자도 없이 흠뻑 젖고 아침 햇살에 어찔해진 채, 나는 조금 열어둔 채로 떠났던 베니피트 가의 그 오싹한 문으로 다시 들어갔다. 부지런한 가장들은 그 출입문을 은밀하게 여닫는 나를 똑똑히 보았겠지만, 나는 그들에게 아무 말도 할 수 없었다.

곰팡이 핀 흙바닥은 흡수력이 좋았기 때문에 기름은 사라지고 없었다. 벽난로 앞, 초석으로 겹쳐졌던 거대한 형태는 흔적조차 없었다. 나는 간이침대와 의자, 놔두고 갔던 내 모자와 삼촌의 노란색 밀짚모자를 바라보았다. 극심한 현기증, 무엇이 꿈이고 무엇이 현실인지 기억할 수 없었다. 그리고 조금씩 떠오르는 기억들, 나는 악몽보다도 더 무서운 것들을 목격했음을 깨달았다. 자리에 앉아서, 온전한 정신으로 무슨 일이 벌어졌는지, 그것이 현실이라면 어떻게 결말을 지어야할지 생각하려고 애썼다. 그것은 물질 같지는 않았고, 그렇다고 에테르도, 인간이 상상할 수 있는 그 어떤 것도 아니었다. 그렇다면 미지의 에마나티온[15], 혹은 엑시터 등지의 교회묘지에 숨어 있다고 알려진 뱀파이어 종류였을까? 그 해답을 찾기 위해, 균류와 초석이 이상한 형태를 띠었던 난로 앞의 흙바닥을 다시 한 번 살펴보았다. 십 분 후 나는 결론을 내렸다. 모자를 쓰고 집으로 돌아와서 목욕을 하고 요기를 했다. 그리고 곡괭이와 삽, 방독마스크, 황산이 담긴 여섯 통의 카보이[16]를 전화로 주문하여, 다음 날 아침까지 베니피트 가의 금단의 저택 지하실 문 앞으로 배달해 달라고 했다. 그후 나는 잠을 청했으나 잠이 오지 않아서 몇 시간 동안 책을 읽었고, 기분전환 삼아서 말도 안 되는 시를 지으며 시간을 보냈다.

다음 날 오전 11시, 나는 땅을 파기 시작했다. 날씨가 화창해서 다행이었다. 여전히 혼자였다. 내가 추적해온 미지의 공포도 두려웠으나 누군가에게 알리는 것도 똑같이 두려웠기 때문이다. 나중에 해리스에게 말을 한 것은 어쩔 수 없는 필요 때문이기도 하고, 노인들에게서 이상한 얘기를 들어온 해리스가 좀처럼 믿으려 하지 않아서였다. 난로 앞의 악취 나는 검은 흙바닥을 뒤집어엎자, 삽에 부딪친 흰 균류에서 노란 점액질이 새어나왔다. 뭔가를 찾아낼지 모른다는 애매한 생각 때문에 전율이 일었다. 흙속의 비밀들은 인류에게 해로운 것이었으며, 그때 눈앞에 나타난 것도 그중에 하나라는 생각이 들었다.

두 손이 눈에 띄게 떨렸지만 나는 계속 파 들어갔다. 얼마쯤 지났을 때, 나는 커다란 구덩이 속에 서 있었다. 2미터 가량의 정방형으로 구덩이를 깊이 팠는데, 아래로 갈수록 악취가 심해졌다. 백오십 년 동안 그 저택에 저주를 내렸던 괴물과의 조우가 임박한 순간이었다. 어떻게 생기고 어떤 물질로 이루어졌을까, 오랫동안 생명력을 흡수해온 만큼 크기는 얼마나 될까 궁금했다. 마침내 구덩이를 기어 올라온 다음, 가장자리에 쌓여진 흙더미를 고르게 폈다. 그리고 구덩이 양쪽 가장자리에 커다란 황산 카보이를 갖다놓았다. 필요에 따라 신속하고 연속적으로 구덩이에 황산을 쏟아 붓기 위해서였다. 구덩이의 나머지 가장자리에는 흙을 둑처럼 쌓았다. 악취가 심해짐에 따라 방독면을 착용했지만, 갈수록 작업 속도가 느려졌다. 구덩이 바닥의 정체모를 괴물과 거의 가까워졌다는 생각과 함께 온몸에서 기운이 빠져나갔다.

갑자기 삽 끝에 흙보다 부드러운 뭔가가 부딪쳤다. 나는 몸서리를 치면서 목 높이까지 파낸 구덩이에서 빠져나가려고 했다. 그런데 용기가 되살아나기에, 손전등에 의지해 흙을 더 파 보았다. 비린내가 나는 유리 같은 표면이 드러났는데, 투명한 젤리 같은 것으로 악취가 나는 물체를 응고시킨 것 같았다. 표면을 좀 더 긁어보니, 그것은 일정한 형태를 띠고 있었다. 물체를 여러 겹으로 접은 부분 한 곳이 갈라져 있었다. 밖으로 드러난 부위는 커다란 원통형 같았다. 매머드를 청백색의 연통 속에 두 겹으로 접어 넣은 것 같았는데, 가장 커다란 부분은 직경이 60센티미터에 달했다. 흙을 더 긁어내던 나는 화들짝 구멍에서 뛰쳐나와 그 불결한 것으로부터 도망치고 말았다. 그리고 납골당 같은 구덩이를 향해, 내가 방금 본 거대한 팔꿈치의 괴물을 향해 미친 듯이 카보이를 하나씩 기울이고 황산을 쏟아 부었다.

황산이 쏟아진 구덩이에서 초록빛을 띤 황색 기체가 맹렬하게 솟더니, 정신없이 소용돌이쳤다. 언덕 주변에 사는 사람들은 그 황색의 날을 두고 공장에서 유독한 매연을 뿜은 것이라고, 쓰레기 더미가 프로비던스 강 속에 매립될 때였다고 말하지만, 그들이 착각하고 있음을 나는 잘 알고 있다. 사람들은 같은 시간 고장 난 배수관이나 지하의 가스관에서 섬뜩한 으르렁거림이 들려왔다고도 말하는데, 내게 용기만 있다면 그것을 바로잡아 줄 수도 있을 터이다. 그것은 더없는 충격이었다. 내가 어떻게 그 충격을 감당하고 살아남았는지 모르겠다. 수증기가 방독마스크를 뚫고 들어오기 시작했을 때 나는 네 번째 카보이를 비웠고 그 직후에 기절하고 말았다. 그러나 정신을 차렸을 때는 구덩이에서 수증기가 더는 솟구치지 않고 있었다.

남은 카보이 두 통을 마저 비웠으나 다른 추가적인 변화는 나타나지 않았고, 구덩이를 다시 메우는 것이 안전하겠다는 생각이 들었다. 일을 마쳤을 때는 황혼녘이었으나 공포는 그곳에서 사라지게 되었다. 눅눅한 공기 속의 악취가 덜해졌고 이상한 균류들은 전부 무해한 회색빛 가루로 변해서 재처럼 바닥을 따라 휘날렸다. 지하의 괴물 중 하나가 영원히 사라진 셈이었다. 하지만 지옥이라는 곳이 정말로 있다면, 불경한 그 괴물의 사악한 영혼을 받아주었으리라. 한 삽 가득한 마지막 흙으로 구덩이를 메우고 다졌을 때, 그제야 사랑하는 삼촌을 향한 진심어린 애도와 함께 하염없이 눈물이 흘러내렸다.

이듬해 봄, 금단의 저택 속 계단식 정원에는 창백한 풀이나 기이한 잡초가 생겨나지 않았다. 그리고 얼마 뒤 캐링턴 해리스는 그 저택을 세놓았다. 으스스한 그 저택의 기이함은 지금까지도 나를 매료시킨다. 그곳을 허물고 천박한 상점이나 세속적인 아파트를 세운다면, 아마 나는 안도감과 함께 기묘한 아쉬움을 느낄 것 같다. 정원에 있는 불모의 고목들도 작지만 달콤한 사과를 맺기 시작했고, 비틀렸던 작년의 그 가지마다 새들이 둥지를 틀었다.

2) 수정란풀(Indian Pipe): 죽은 식물체에서 양분을 흡수하여 살아가는 부생식물로 아시아와 북아메리카 전역에서 자란다. 밀랍처럼 흰 색깔로 보통은 습하고 그늘진 곳에서 볼 수 있다.

3) 초석(nitre, niter): 보통 초석(질산칼륨), 칠레 초석(질산나트륨), 석회 초석(질산칼슘)으로 구별되는 천연에서 산출되는 3가지 질산염. 화약 성분이나 약품으로도 사용되었다.

4) 시드니 라이더(Sidney Smith Ryder, 1833~1917)는 편집자 겸 출판업자로 로드아일랜드 역사에 관한 많은 글을 썼다. 토마스 빅넬(Thomas W. Bicknell, 1834~1925)은 식민지 시대의 로드아일랜드와 프로비던스에 관한 역사서를 집필했다.

5) 사략선(privateer): 민간 소유의 무장 선박으로 대개는 상선이다. 교전 중일 때는 정부로부터 권한을 부여받아 적국의 선박을 공격할 수 있다. 나중에 선박을 약탈하는 등의 불법적인 행동으로 인해 해적선과의 구별이 모호해졌으며, 미국 독립전쟁 당시에는 1,000척이 넘는 사략선이 활동하면서 영국 해군과 교전을 벌였다.

6) 콜로니 하우스(Colony House): 로드아일랜드에 남아 있는 주요 식민지 건물 중의 하나로, 1739년에 지어졌다.

7) 마르티니크(Martinique): 소(小)앤틸리스 제도에 속하는 섬으로 프랑스에서 약 7,000km 거리의 동부 카리브 해에 위치하고 있다. 열대성 기후에 강우량이 많고 열대 우림의 초목이 울창하다.

8) 엑시터(Exeter): 미국 로드아일랜드의 주도 프로비던스에서 50킬로미터쯤 떨어진 시골마을. 이 작품에서 언급하고 있는 뱀파이어 관련 사건은 실제로 1892년《프로비던스 저널Providence Journal》에 몇 차례 기사화되었다고 한다.

9) 영국의 식민지였던 북아메리카 13개주의 독립전쟁(1775~1783). 영국의 토머스 게이지 장군이 매사추세츠 콩코드의 식민지군 탄약 창고를 파괴하기 위해 보스턴에 주둔하던 군대를 파견하면서 촉발되었다.

10) 엘리자베스타운(Elizabethtown): 미국 뉴저지의 도시 엘리자베스(Elizabeth)의 옛 명칭. 러브크래프트는 이곳을 방문한 직후에 「금단의 저택」을 집필한 것으로 알려져 있다.

11) 위그노(huguenot): 16, 17세기경의 프랑스 신교도를 통틀어 이르던 말.

12) 낭트칙령(Edict of Nantes): 앙리 4세가 1598년 브르타뉴의 낭트에서 공포한 칙령으로, 프랑스 신교도인 위그노에게 정치적 종교적 자유를 부여했다. 1685년 루이 14세가 낭트칙령을 철폐함으로써 프랑스의 위그노들은 영국, 미국, 네덜란드 등지

로 이주했다.

13) 에테르(aether, ether): '맑고 신비한 대기'라는 뜻으로 빛을 매개하는 가상의 물질로 알려졌지만, 그 정체와 운동성에 대해 논란이 많았다. 파동설을 확립한 프레넬(Augustin Jean Fresnel)을 비롯해 많은 학자들이 실험을 거듭했지만, 마이컬슨(Albert Abraham Michelson)이 그 존재를 부정하고, 아인슈타인의 상대성 이론이 등장하면서 그 존재 자체의 의미를 잃게 되었다. 러브크래프트가 즐겨 사용하는 말로, 단순히 '대기'라는 의미로 쓰일 때도 많다.

14) 르뷔데되몽드(Revue des Deux Mondes): 1829년부터 파리에서 발간된 격주간지로 문학과 예술에 관한 비평을 다루었다. 1944년에 발행이 정지되었으나 1948년부터 《두 세계의 문학 · 역사 · 예술 · 과학평론》이라는 이름으로 복간되었다.

15) 에마나티온(emanation): 에머내이션이라고도 하며, 방사성 물질에서 방출되는 기체 원소의 고전적 호칭.

16) 카보이(carboy): 강산액이나 음료수를 운반하기 편리하도록 채롱이나 나무 상자에 넣은 원통 모양의 병으로 유리, 플라스틱, 금속 따위로 만든다.

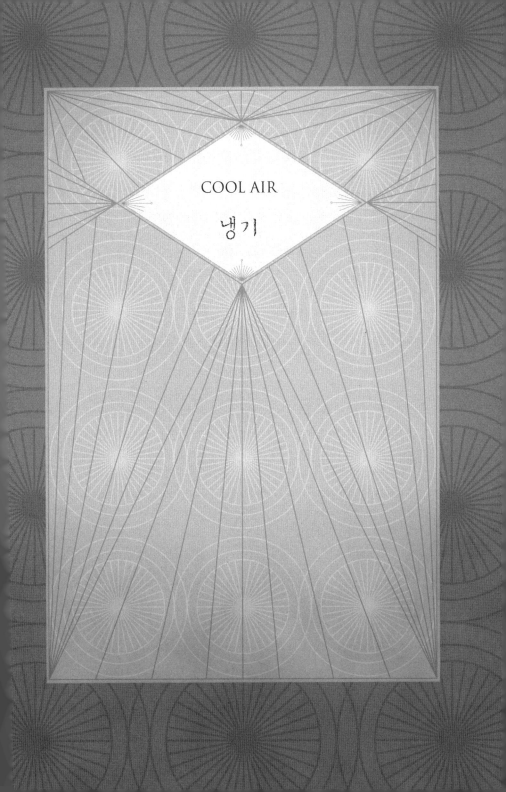

COOL AIR

냉기

작품 노트 | 냉기 Cool Air

1926년 3월에 쓰여졌지만 《위어드 테일즈》로부터 원고를 거절당했는데, 그 이유는 정확하지 않다. 우여곡절 끝에 1928년 《테일즈 오브 매직 앤 미스터리Tales of Magic and Mystery》지에 최초로 실렸다.

러브크래프트는 두 달간 뉴욕에 체류할 당시 맨해튼의 한 낡은 아파트에서 이 작품을 집필했는데, 그 자신도 냉기에 민감했다는 사실이 흥미롭다. 실제로 그는 영하 5도 정도만 되어도 호흡 곤란과 구토 증세를 보였고, 영하 10도 정도의 기온에서는 정신을 잃은 예도 있었다. 자신의 병증과 두려움을 작품의 소재로 삼은 셈이다. 저온과 관련된 개인 문제는 1932년 동료 작가이자 친구인 로버트 E. 하워드(Robert E. Howard. '코난' 시리즈의 원작자이며 1936년 서른 살의 나이로 자살한다)에게 보낸 편지에 상세하게 적혀 있다.

에드거 앨런 포와 아서 매컨의 작품과도 자주 비교되며, 이보다 6년 전에 쓴 『허버트 웨스트-리애니메이터』에서처럼 프랑켄슈타인 류의 주제를 다시 다루었다는 의미도 있다.

이 작품은 영화와 텔레비전 시리즈물로 만들어졌는데, 세 개의 옴니버스 형태로 이루어진 영화판 「네크로노미콘」(1994)에서 한 부분을 차지한다. 러브크래프트의 소설을 영화화한 작품 대부분이 원작을 제대로 살리지 못했다는 아쉬움을 남기듯, 이 작품을 비롯해 「벽속의 쥐」, 「어둠 속에서 속삭이는 자」 등 세 편을 원작으로 한 「네크로노미콘」 역시 러브크래프트 독자들에게 좋은 평가를 받지는 못했다. 텔레비전 시리즈물은 NBC에서 로드 설링(Rod Serling)이 「환상 특급The Twilight Zone」 이후 계속해서 진행 겸 각본을 맡은 「나이트 갤러리Night Gallery」를 통해 방영됐다.

사람들은 내가 찬 공기를 극도로 두려워하고, 서늘한 방에 들어서면 유난히 몸을 떨며, 온화한 가을 오후가 저물어 찬 기운이 엄습할 때 심히 역겨워하는 이유에 대해 묻곤 한다. 어떤 이들은 내가 냉기를 마치 고약한 냄새라도 되듯이 반응한다고 말하기도 한다. 사람들이 잘못 생각하고 있다고 말하고 싶지는 않다. 내가 지금부터 하고자 하는 이야기는 내 일생에서 가장 끔찍한 경험인데, 그것으로 내 기행이 설명될 수 있을지는 독자 여러분의 판단에 맡기겠다.

공포가 어둠과 침묵과 고독과 묘하게 얽혀 있는 감정이라는 생각은 잘못이다. 나는 훤한 대낮 소란스러운 도심의 보잘것없는 하숙집 한복판에서 평범한 여인과 건실한 두 사내와 더불어 공포를 경험했으니까. 1923년 봄, 나는 뉴욕에서 따분하고 돈벌이도 안 되는 잡지사 일을 하고 있었다. 그러다 보니 괜찮은 집을 빌릴 여력이 없어서 그런대로 깨끗하고 최소한의 가재도구가 비치된 싸구려 하숙집을 찾아 전전하기 시작했다. 얼마 후에는 조금이나마 덜 나쁜 곳을 물색하게 되었는데, 내가 말한 기준에서 그나마 괜찮은 웨스트 14번 가의 집을 찾아냈다.

갈색의 사암으로 40년대 말에 지어진 그 4층짜리 건물은 목재와 대리석이 적절히 조화를 이루고 있었다. 당당한 외관이 더럽혀지고 훼손되기는 했어도, 부유한 상류층의 취향이 느껴지는 곳이었다. 널찍하고 천장이 높은 방마다 괴상한 벽지와 어울리지 않게 치장 벽토를 바른 처마 장식이 있었는데, 갑갑한 곰팡내와 불분명한 음식 냄새가 스멀거렸다. 그러나 바닥이 깨끗했고, 보통 크기의 리넨 시트는 참을 만 했으며 온수가 자주 끊기지는 않아서 새로운 도약을 위해 잠시 겨울을 나기에는 아쉬운 대로 합격이었다. 어딘지 단정치 못하고 수염까지 난 것 같기도 한 하숙집 주인은 헤레로라는 이름의 스페인계 여자로, 말참견을 하지 않았고 3층 거실등을 너무 늦게까지 켜 둔다는 따위의 잔소리로 성가시게 하는 일이 없었다. 대부분 스페인 출신인 다른 하숙생들은 나의 바람대로 조용하고 비사교적인 사람들이었는데, 점잖지 않긴 해도 무례한 정도는 아니었다. 나중에야 알았지만 창 아래 가도를 지나가는 시내전차의 소음만이 유일하게 성가신 문제였다.

그곳에서 3주 정도를 보낸 어느 날, 처음으로 이상한 사건이 벌어졌다. 그날 저녁 6시경, 마룻바닥에 뭔가 후두둑 떨어지는 소리가 들리더니 돌연 어디선가 톡 쏘는 암모니아 냄새가 풍기는 것이었다. 주위를 둘러보니 천장이 물에 젖어 물방울이 떨어지고 있었다. 거리 쪽의 천장에서 물이 흐르는 게 분명했다. 나는 급히 아래층으로 내려가 주인 여자에게 알렸다. 주인여자는 곧 조치할 테니 걱정 말라고 나를 안심시켰다.

"뮤노즈 박사님!"

헤레로 부인은 나를 앞질러 위층으로 올라가면서 소리쳤다.

"박사님이 약품을 엎질렀나 보네. 연구에 몰두하다 보니 그래요. 매일 죽어라 연구만 하는 분이죠, 그런 데다 다른 사람들의 도움을 절대

받으려 하지 않아요. 무슨 놈의 연구를 하는 건지, 하루 종일 묘한 냄새를 풍기며 목욕을 하질 않나, 안에 틀어박혀 좁은 방 안을 온통 병이랑 기계들로 가득 채워 놓았죠. 게다가 이제는 환자 진료도 보지 않는 답니다. 바르셀로나에서 사시는 우리 아버님 말이, 한때는 꽤 실력 있는 사람이었대요. 얼마 전에도 사고를 당한 배관공의 팔을 고쳐주었는걸요. 외출도 안 하고 방에만 틀어박혀 있어서 우리 아들 에스테반이 음식이랑 세탁물, 약, 화학 약품 같은 것들을 날라주고 있죠. 세상에, 염화암모니아인가 뭔가로 몸을 항상 차갑게 한다는군요!"

헤레로 부인은 4층 계단으로 사라졌고 나는 방으로 돌아왔다. 더는 암모니아가 떨어지지 않았다. 떨어진 용액을 닦고 환기를 위해 창문을 열었다. 머리 위에서 헤레로 부인의 육중한 발소리가 들려왔다. 뮤노즈 박사는 그때 처음 알게 된 사람이었는데 발소리가 워낙 조용하고 나긋나긋해서 가끔 가솔린으로 작동되는 기계 소리만 들려 올 따름이었다. 나는 잠시 그 사내가 기이한 고통에 시달리고 있는 것은 아닐까 생각하다가, 다른 사람의 도움을 한사코 거절하는 것이 과연 그저 괴팍함 때문일지 의구심이 들었다. 하릴없는 생각 속에서 몰락한 저명인사의 한없는 비애감 같은 것이 상상되기도 했다.

어느 날 오전 내가 방에서 글을 쓰다가 심장 발작을 일으키지 않았더라면, 뮤노즈 박사와 대면하는 일은 결코 없었을 것이다. 전부터 의사들에게서 그러한 발작이 얼마나 위험한지에 대해 들어 왔기에 꾸물거릴 시간이 없었다. 그 병약한 노인이 부상자를 치료해 주었다는 말을 떠올리며 위층으로 몸을 끌고 간 나는 박사의 방문을 힘겹게 두드렸다. 곧이어 유창한 영어로 내 이름과 용건을 묻는 호기심 어린 목소리가 들려왔다. 이러저러한 사정 이야기를 하자, 내가 두드린 방문이 아니라 그 옆문이 열리는 것이었다.

냉기가 확 끼쳤다. 그날은 6월말의 몹시 무더운 날씨였음에도, 그 커다란 방의 문간을 넘는 순간에 온몸이 떨렸다. 황량하고 음울한 건물에서 그처럼 호화롭고 고상하게 꾸며진 방을 보고 깜짝 놀라고 말았다. 낮에는 소파로 쓸 수 있는 접이식 침상, 마호가니 가구와 화려한 커튼, 오래된 그림들과 미려한 책장들은 하숙방이라기보다 중후한 저택의 서재에 가까웠다. 나는 그제야 일전에 헤레로 부인이 병과 기계로 가득한 '좁은 방'이라고 했던 내 방의 위쪽 공간이 박사의 실험실임을 알 수 있었다. 그리고 그의 주거 공간은 옆에 딸린 널찍한 방으로, 아늑한 벽감과 커다란 욕실이 옷장을 비롯해 돌출된 가구들을 표 나지 않게 가려주고 있었다. 뮤노즈 박사는 고귀한 혈통에 세련되고 분별 있는 인물임이 틀림없어 보였다.

그는 작은 키에 비해 기막힐 정도로 균형 잡힌 체격이었고, 완벽하게 맞춘 정장을 입고 있었다. 회색의 짧고 뺏뺏한 턱수염 위로 귀족적인 얼굴이 나타났지만 거만해 보이지는 않았다. 크고 검은 눈을 뒤덮고 있는 구식의 코안경은 매부리 코 위에 걸쳐져서 마치 무어인과 같은 분위기를 풍겼는데, 코안경만 아니라면 켈트족이 분명한 인상이었다. 정기적으로 이발사가 방문하는지, 잘 다듬어진 숱 많은 머리칼이 이마 위로 우아하게 가르마를 타 있어서 전체적으로 지적이면서도 귀족적인 풍모가 물씬 풍겼다.

그럼에도, 냉기와 함께 그를 대면했을 때의 첫 느낌은 까닭모를 묘한 적개심 같은 것이었다. 납빛의 안색이라든지 온기 없는 손길이 그런 적개심의 구체적인 근거랄 수 있을 터인데, 그런 것도 그의 병약한 상태를 감안한다면 그리 문제될 것이 없는데도 말이다. 아마도 섬뜩한 냉기가 이질감을 주었는지도 모른다. 그토록 무더운 날에 오싹할 정도의 냉기를 대하는 것은 이상한 일이고, 그 때문에 혐오감과 불신, 공포와 같은 감정들이 치밀어 올랐을 것이다.

그러나 적개심은 곧 감탄으로 바뀌었는데, 그 불가사의한 의사의 얼음장처럼 차갑고 핏기 없는 손끝에서 놀라운 의술이 펼쳐졌던 것이다. 그는 한눈에 내 상태를 파악하고 대가답게 노련한 조치를 취했다. 그는 나를 안심시키느라 섬세하면서도 공허하고 무감각한 말투로 입을 열었다. 자신은 지독한 냉혈한으로서 엉뚱하고 무의미한 실험에 일생을 바치는 바람에 재산과 친구를 모두 잃었다는 말이었다. 그러나 그의 내부엔 끈끈하고 열정적인 무엇인가가 자리 잡고 있는 듯이 보였다. 내 가슴에 청진기를 대고는 수다스러울 정도로 이야기를 늘어놓았고, 실험실에서 이런 저런 약을 꺼내서 섞었다. 그는 누추한 환경에서 나와 같은 지식인을 만남으로써 행복했던 시절의 감회에 젖었는지 말투가 평소와 달랐다.

그의 목소리는 이상하기는 해도 위로가 되었다. 그가 점잖게 달변을 구사하는 동안에 숨을 쉬고 있는지조차 느낄 수 없었다. 그는 자신의 이론과 실험에 관한 이야기들로 내 마음에 짓눌린 병마의 그림자를 떨쳐주려고 했다. 또한 사람의 의지와 의식은 생명력 자체보다 더 강하므로, 육체를 건강하고 세심하게 돌본다면 치명적인 손상이나 결함, 심지어는 생명이 정지된 상태에서도 소생할 수 있는 과학적 방법이 있다면서 능숙하게 나를 위로했다. 게다가 농담조로 말하기를, 나중에 기회가 된다면, 심장이 없이도 살아가는 — 물론 의식이 살아 있는 상태로 — 방법을 가르쳐 주겠다는 것 아닌가! 그 자신은 지속적으로 냉기를 공급하는 것을 포함해서 철저한 관리가 필요한 합병증으로 고통받고 있다고 했다. 기온이 올라가는 것이 그에게는 치명적이었다. 그래서 날마다 섭씨 12도 내지 13도의 기온을 유지하느라 암모니아 냉각 장치에 의지하고 있었는데, 그 장치의 가솔린 엔진 소리가 내방까지 종종 들려왔던 것이다.

나는 곧 심장 발작에서 벗어났고, 그 서늘한 방을 떠날 때는 이미 뛰어난 은둔자의 제자이자 추종자가 되어 있었다. 그 후로 나는 코트를 갖춰 입고서 자주 그를 방문했고, 비밀스런 연구와 가공할 만한 그 결과에 대해 전해 들었다. 게다가 그의 서재에서 발견한 혁신적인 내용의 고서적들을 보면서 전율하였다. 결국 나는 뛰어난 그의 의술 덕분에 심장병의 불안에서 완전히 벗어날 수 있었다. 그는 중세학자들의 주술적인 요소도 무시하지 않았는데, 그러한 비술(秘術)들이 신경계의 물질에 영향을 미칠 수 있는 희귀한 정신적인 자극을 다룬다고 믿었기 때문이다. 나는 발렌시아의 토레스라는 노(老)박사에 대한 이야기에 감명을 받았다. 두 사람은 18년 전에 중병에 관한 초기 실험을 함께 했는데, 그때부터 뮤노즈 박사는 지병을 얻었다. 고매한 정신의 토레스 박사는 동료인 그를 구하고 그 자신은 병마에 무릎을 꿇고 말았다. 아마도 극도의 긴장으로 인해 병마를 이기지 못했던 모양이다. 뮤노즈 박사는 토레스 박사에 대해 간략하게나마 생생히 전해 주었다. 병의 치료 방법이라는 것이 지나치게 상궤를 벗어난 것이라 보수적인 의사들에게 환영을 받지 못했다는 이야기도 뒤따랐다.

몇 주가 지나자, 안타깝게도 나는 헤레로 부인의 말대로 뮤노즈 박사가 서서히, 그러나 분명하게 육체적으로 쇠약해지고 있음을 알게 되었다. 납빛의 안색이 점점 굳어가고, 목소리도 더욱 공허해져서 알아듣기조차 어려웠다. 뿐만 아니라, 근육의 움직임에서도 탄력이 느껴지지 않왔고, 정신과 의지는 쾌활함과 독창력을 잃어갔다. 그러나 정작 본인은 그 서글픈 변화를 전혀 눈치 채지 못하는 것 같았고, 조금씩 그의 표정과 대화가 섬뜩한 아이러니를 자아내면서, 그를 처음 만났을 때처럼 미묘한 반감이 다시 내 마음 속에 되살아나기 시작했다.

그의 기벽은 점점 더 심해져서, 이국적인 향료와 이집트 향에 집착하더니 나중에는 방에서 왕들의 계곡[17]에 묻힌 파라오의 납골당 같은 냄새가 날 정도였다. 게다가 더욱 냉기에 대한 의존성도 커져서 내게 방 안의 암모니아 관을 증폭시키고 펌프를 개조해 달라고 부탁하는 바람에 냉각기의 기온을 섭씨 1도에서 4도, 영하 2도까지 내리기도 했다. 욕실과 실험실은 약간 온도를 높여서 액체가 얼거나 화학 실험에 방해가 되지 않도록 배려했다. 옆방 하숙생이 뮤노즈 박사의 방문에서 나오는 차디찬 냉기에 연신 불평을 하기에 내가 그 하숙생 방에 두꺼운 커튼을 달아 준 적도 있다. 기이하고 병적인 공포감이 점점 강하게 박사를 엄습하는 것 같았다. 그는 끊임없이 죽음을 입에 올렸지만, 매장이나 장례와 같은 화제를 내가 조심스레 꺼낼 때면 공허하게 웃었다.

날이 갈수록 그는 불안하고 두렵기까지 한 동료로 변해 갔다. 그렇지만 나는 병을 고쳐준 고마움 때문에라도 그를 이방인들 사이에 내버려 둘 수가 없어서 날마다 그의 방에 가서 조심스럽게 먼지를 털어 내고 그에게 필요한 것들을 챙겨 주었다. 특별히 두꺼운 외투까지 준비했음은 물론이다. 그를 위해서 필요한 물품을 사러 나가기도 했는데, 그가 약국과 실험 기자재 상점에서 사오라고 적어준 물품 중에는 아연실색할 만한 것들도 있었다.

설명하기 어려운 공포의 징후가 그의 방 주변에서 증폭되고 있는 느낌이었다. 하숙집 전체가 곰팡내를 풍기기 시작했고, 그의 방에서 나는 냄새는 더욱 지독했다. 온갖 향냄새가 진동하는데다, 내 도움까지 끝끝내 거절하던 목욕을 언제부터인가 내리 해대는데, 욕조에 톡 쏘는 화학 물질까지 첨가하는 바람에 방 안의 냄새가 말이 아니었다. 그 모든 것들이 그의 병과 관련된 것이었으며, 그 병의 정체가 무엇인지에 생각이 미치자 소름이 돋았다. 헤레로 부인은 그를 볼 때마다 성호를 그었지만, 그쯤에는 거리낌 없이 내게 그를 맡기고는 뒤로 물러나 있었다. 아들 에스테반이 하던 심부름도 그만두게 한 것도 그 무렵이었다. 의사를 찾아가 보는 것이 어떻겠느냐는 제안에 뮤노즈 박사는 격분하여 불같이 화를 냈다. 격렬한 감정이 육체에 미칠 효과를 두려워하면서도 그는 가만히 침대에 갇혀 있기를 거부했다. 처음의 무력증을 대신해 맹렬한 목표 의식이 되살아나서 자기를 움켜잡은 오랜 병마에 대해 거센 저항을 시작했다. 단, 식사는 아예 포기한 상태였다. 전부터 이상할 정도로 언제나 건성으로 먹는 둥 마는 둥 하긴 했지만. 정신력만이 완전한 파멸로부터 그를 지켜주고 있는 것 같았다.

그는 장문의 글을 쓰는 버릇까지 생겼고, 그가 죽은 후에 누구에게 보내라며 내게 주는 지침과 함께 글을 세밀하게 봉해놓았다. 수신인 대부분은 동인도 사람들이었고, 한 사람은 한 때 꽤 유명했으나 지금은 죽은 것으로 알려진 프랑스인 의사로서 그에 관한 믿을 수 없는 이야기들이 은밀히 나돈다고 했다. 그러나 정작 그가 죽었을 때, 나는 열어 보지도 않은 채 그 서류들을 모조리 불태워 버렸다. 그의 태도나 목소리는 말 그대로 공포를 자아냈고 그의 몰골은 거의 참기 어려울 정도였다. 9월의 어느 날, 책상 램프를 고치러 온 사내가 무심히 그를 보고는 간질 발작을 일으켰다. 뮤노즈 박사는 자신의 모습을 가린 상태에서 사내의 발작을 훌륭하게 치료해 주었다. 기묘한 일을 겪은 사내는 제1차

세계 대전에 참전했을 때도 그 정도로 무섭지는 않았다고 말했다.

10월 중순경, 극한 공포가 난데없이 찾아왔다. 어느 날 밤 11시경에 냉각기의 펌프가 고장이 나서 3시간 동안 암모니아 냉각 장치를 가동할 수가 없었다. 뮤노즈 박사는 쿵쿵 발을 구르며 나를 불렀다. 내가 필사적으로 냉각 장치를 고치려고 애쓰는 동안, 그는 포악한 노예 상인처럼 온갖 욕설을 퍼부었는데, 무엇보다 소름이 끼친 것은 그 쩌렁쩌렁한 목소리에 깃든 죽은 사람 같은 공허함이었다. 그러나 나의 노력은 결국 수포로 돌아갔다. 가까운 야간 정비소에서 정비공을 데려 왔지만, 피스톤을 교체해야 했으므로 아침이 될 때까지 기다리는 수밖에 없었다. 죽어 가는 은둔자의 분노와 두려움은 육신이 초라할 정도로 부풀어 올랐다. 한번은 경련이 일자, 박사가 손으로 눈을 가린 채 욕실로 달려갔다. 그러고는 얼굴에 붕대를 동여맨 채 더듬거리면서 나왔는데, 나는 그 후로 다시는 그의 눈을 볼 수 없었다.

방의 냉기는 현저히 사라졌고, 새벽 5시경에 박사는 욕실로 향하며 심야 약국과 식당 등지에서 구할 수 있는 얼음은 모두 구해 오라고 내게 명령하였다. 별 소득 없이 돌아와 이미 녹기 시작한 얼음을 욕실 문앞에 놓을 때마다 안에서는 끊임없이 첨벙대는 소리가 들렸고, "더, 더!"라고 외치는 탁한 목소리가 들려왔다. 마침내 날이 밝으면서 가게들도 하나 둘 문을 열기 시작했다. 나는 에스테반에게 피스톤을 구해오는 동안 얼음을 가져오던지 아니면 얼음을 나르는 동안 피스톤을 좀 주문해 달라고 부탁해 보았지만, 어머니의 다짐을 받았는지 매정한 거절이 돌아왔다.

결국 8번가의 골목에서 만난 초라한 행색의 부랑자에게 부탁해 한 작은 가게로 데려가 얼음을 박사에게 갖다 주게 한 후, 나는 부지런히 피스톤과 그것을 능숙하게 설치해 줄 일꾼을 찾아 다녔다. 그 일은 좀처럼 해결될 기미가 보이질 않았다. 숨 돌릴 틈도 없이 몇 시간째 식사도 하지 못하고 여기 저기 전화로 물어보고, 지하철과 자동차를 타고 이곳저곳 발품을 팔았지만, 결국에는 은둔자만큼이나 엄청난 분노에 휩싸이게 되었다. 정오쯤에 멀리 시내에서 가까스로 적당한 가게를 발견해서 오후 1시 30분쯤 필요한 장비와 두 명의 정비공을 데리고 하숙집에 도착할 수 있었다. 나는 최선을 다했고 너무 늦지 않았기를 바랄 뿐이었다.

그러나 음산한 공포가 엄습해 왔다. 하숙집은 혼란에 빠져 있었고, 겁에 질린 소곤거림 너머로 한 남자가 깊은 저음으로 기도하는 소리가 들려왔다. 주위에 사악한 기운이 흘러넘쳤고, 박사의 방문 틈으로 흘러나오는 냄새 때문에 하숙생들은 저마다 로자리오의 묵주를 쥐고 기도를 하고 있었다. 내가 얼음을 가져다주라고 부탁했던 부랑자는 비명을 지르며 줄행랑을 친 후였다. 얼음을 두 번째 날라간 직후 그가 미친 사람처럼 돌변해 버렸다고 하니, 아마도 호기심이 너무 지나쳤던 모양이다. 분명히 문도 잠그지 못하고 나왔을 것이다. 그런데 지금은 단단히 잠겨 있는 것이 아마도 안에서 잠근 것 같았다. 안에서는 정체불명의 뚝뚝 떨어지는 소리만이 느리고 둔중하게 들려왔다.

영혼을 갉아대는 공포에도 불구하고, 나는 헤레로 부인 및 정비공들과 서둘러 사태를 의논했다. 내가 문을 부수고 들어가자고 하자, 헤레로 부인은 철사 같은 것으로 밖에서 문을 열 수 있다고 말했다. 이미 다른 방문들은 모조리 열고 창까지 활짝 열어 놓은 상태였다. 손수건으로 코를 틀어막은 우리는 이른 오후의 따사로운 햇빛 속에서 저주받은 남쪽 방을 향해 몸서리를 치며 다가가기 시작했다.

열린 욕조 문에서 복도 문 쪽으로 까맣고 끈적끈적한 물질이 이어져 있었고, 그곳에서 다시 이어진 책상 쪽에는 고약한 웅덩이가 고여 있었다. 그곳에서 연필로 긁힌 듯한 자국과 쫓기듯이 종이에 휘갈겨 놓은 글들이 눈에 띄었다. 그리고 그 자국은 소파로 이어졌고, 거기서 완전히 끝나 있었다.

소파에 무엇이 있었는지 혹은 있었던 것인지 여기서 감히 언급할 수조차 없을 것 같다. 그러나 끈적거리는 종이 위에서 솟구쳤던 전율과 충격, 헤레로 부인과 두 명의 정비공들이 미친 듯이 뛰쳐나가 경찰서에서 두서없는 이야기를 지껄이는 동안 나를 공포의 심연 속에 가두어 놓은 것은 바로 그 종이에 쓰여진 글이었다. 황금빛 햇살 아래, 분주한 14번가의 요란한 자동차와 트럭의 소음 속에서, 그 역겨운 글은 터무니없어 보였다. 그럼에도 나는 당시에 그것을 믿었다고 고백해야겠다. 지금도 그 글을 믿고 있는지는 솔직히 잘 모르겠다. 때론 깊이 생각하지 않는 편이 나을 때가 있는 법이다. 지금 말할 수 있는 것이라고는 나는 지금도 암모니아 냄새를 질색하고, 비정상적인 냉기를 대하면 조금씩 정신이 혼미해진다는 것이다. 악취 나는 글은 이렇게 휘갈겨져 있었다.

"드디어 끝장이군. 얼음이 다 떨어졌고, 그 남자는 나를 보고 도망가 버렸어. 시시각각 기온이 올라가고 있으니 견딜 수 없네. 자네만은 알 거라고 믿어. 내가 말한 의지와 신경 이론, 사망 상태에 이른 후에도 소생하는 방법 등등을 말일세. 훌륭한 이론이지만 영원히 지속시킬 수는 없었네. 점점 기능이 떨어진다는 점을 예상치 못했어. 토레스 박사는 알았지만 그 충격으로 인해 죽어 버렸지. 자신이 해야 할 일을 견딜 수 없었던 게지. 나를 살려 두기 위해서는 이상하고 어두운 장소에 나를 옮겨 놓고 돌봐야 했으니까. 그는 죽었고 결국 신체 조직은 다시 살아

나지 않았지. 내 방식, 즉 인공 보존을 행해야 했어. 자네도 알겠지만, 나는 18년 전 그때 이미 죽은 몸이네."

---

17) 왕들의 계곡(Valley of Kings): 이집트 테베 서부의 좁고 긴 골짜기로, 투트모세 1세 부터 람세스 11세에 이르는 파라오의 묘가 있다. 이곳에 있는 60기 가량의 무덤은 대부분 도굴되었으나, 1922년에 영국인 하워드 카터(Howard Carter)에 의해 발굴 된 투탕카멘의 무덤은 완전히 보존된 상태여서 세간의 이목을 집중시켰다.

THE COLOUR OUT OF SPACE

우주에서 온 색채

작품 노트 │ 우주에서 온 색채 The Colour Out of Space

1927년에 쓰여져 같은 해 9월 《어메이징 스토리즈Amazing Stories》에 실렸다. 러 브크래프트는 서한에서 "제가 창조한 대부분의 괴물들은 제가 원하는 우주적 주제 의식을 만족스럽게 전달하지 못합니다. 그러나 제가 유일하게 자부심을 느끼는 「우 주에서 온 색채」에서 색으로 표현된 존재만은 예외입니다."라며 이 작품을 최고라고 자평했다. 평단과 독자들도 이 작품에 대해 찬사를 보냈다. 이 작품은 러브크래프트 사후까지 따로 출간되지는 않았지만, 미국 대표 단편집을 비롯해 여러 선집에 실리 기도 했다. 《어메이징 스토리즈》에 실렸을 당시, SF의 전기를 마련했다는 평가도 받았다.

이런 평가가 나온 이유는 분명하다. 「크툴루의 부름」 이후 후기 작품의 중요한 특징 으로 자리 잡은 공포와 SF의 결합이 본격화되고 정점에 오른 소설이기 때문이다. 어 느 날 불쑥 우주에서 찾아든 색채는 순박한 농부 나훔과 그 가족을 파멸시킨다. 색채 는 나훔의 파멸에 대해 아무런 이유도 설명하지 않으며, 동정하지도 않는다. 러브크 래프트는 냉정하고 거대한 우주와 상대적으로 나약한 인간 사이에 색채라는 실체 없 는 분위기를 주입함으로써 긴장감을 이끌어간다. 러브크래프트의 말대로 '분위기'로 승부하고, 성공을 거둔 작품이다.

「우주에서 온 색채」는 프랑켄슈타인 역의 원조로 꼽히는 보리스 칼로프(Boris Karloff)가 나훔으로 분한 「악령의 미스테리Die, Monster, Die!」(1965)와 「커스The Curse」(1981)로 각각 영화화됐다.

아컴[18] 서부, 여기저기 솟아 있는 험준한 산과 울창한 골짜기에는 천연 그대로의 야성이 숨쉬고 있다. 비좁은 계곡마다 나무들이 기괴한 형상으로 얽혀 있고, 묵묵히 흐르는 실개천엔 햇빛도 닿지 않는다. 완만한 비탈에 웅크리고 있는 농가들은 이끼에 뒤덮인 채, 거대한 암벽 그늘 속에 숨겨진 뉴잉글랜드의 비밀을 회상하고 있다. 그러나 현재 농가는 모두 비어 있으며 큼지막한 굴뚝도 무너진 지 오래, 낮은 박공지붕 양쪽으로 처마가 위태롭게 기울어져 있다.

사람들도 하나둘 마을을 떠났고, 외지인들도 그곳을 기피하고 있다. 프랑스계 캐나다인, 이탈리아인, 폴란드 인들이 차례차례 새로운 보금자리를 찾아 몰려왔다가 이내 그곳을 등지고 말았다. 사람의 눈과 귀를 괴롭히는 처치 곤란한 일들이 있어서가 아니었다. 상상력을 자극하는 그 무엇이 문제였다. 그곳은 인간의 상상력에 좋지 않은 영향력을 미쳤으며, 사람들은 밤에도 편안한 꿈에서 안식을 얻지 못했다. 그래서 외지인들도 서둘러 짐을 꾸려야 했을 것이다. 그러나 아미 피어스 노인이 그 '기이한 날'에 대해 귀띔이라도 해 주었다면 상황이 어느 정도 달라졌을지 모른다. 요 몇 년 사이 반미치광이가 되었다는 아미 노인은 그곳에 남아 있는 유일한 토박이였으며, 그 기이한 날에 대해 정확히 말해줄 수 있는 사람이었다. 그가 만약 그날을 감히 입에 올릴 수 있다면, 탁 트인 들녘과 아컴 도로 주변에 살고 있다는 이유 때문일 것이다.

예전에는 언덕 너머로 길이 나 있어서 골짜기를 지나 지금은 '마의 황무지'로 불리는 지역까지 곧장 이어졌다고 한다. 그러나 사람들은 더이상 그 길을 이용하지 않았고, 남쪽으로 멀리 우회하는 도로가 새로 만들어졌다. 숲속의 잡초 사이를 더듬어보면 버려진 길의 흔적이 남아 있는데, 앞으로 골짜기의 반 이상이 저수지로 바뀐다 해도 그 흔적은 완전히 사라질 것 같지 않았다. 그때쯤이면 울창한 숲은 모두 베어지고, '마의 황무지'도 저수지 속에 고요히 누워 수면에 반짝이는 잔물결과 파란 하늘을 올려다 볼 테지만 말이다. 그렇게 기이한 날의 비밀은 가장 아득한 전설의 뒤안길로 사라질지 모른다. 유구한 바다에 숨겨진 자장가와 태초의 땅에 파묻힌 신비처럼.

내가 저수지 자리를 알아보기 위해 아컴 서부의 산과 골짜기를 찾았을 때, 사람들은 그곳이 악마의 땅이라고 수군거렸다. 나는 아컴에서 그런 소문을 접하면서 수백 년 동안 할머니가 손자에게 들려주던 귀신 얘기를 떠올렸다. 그러나 '마의 황무지'라는 이름은 매우 기이하고 극적으로 느껴졌으며, 과연 그런 얘기들이 청교도의 민담에 어떻게 섞일 수 있었을까 의아심이 들었다. 그런데 막상 짙은 어둠에 빠져 있는 서부 골짜기와 비탈을 직접 대하는 순간, 전설이 허황된 것이라는 생각은 마음에서 싹 가시고 말았다. 그 광경을 마주한 것은 아침나절이었는데, 어디에나 음침한 그림자가 잔뜩 웅크리고 있었다. 빽빽하게 자라 있는 나무들은 그 두께와 모양에서 건실한 뉴잉글랜드의 숲과는 전혀 어울리지 않았다. 어슴푸레한 샛길마다 괴괴한 침묵이 스며 있고, 숱한 세월이 덧씌워진 듯 이끼 무성한 바닥은 이상할 정도로 부드러웠다.

버려진 길을 따라 이따금씩 나타나는 툭 트인 공간에도 농가의 자취는 거의 보이지 않았다. 이따금 한두 채의 건물이 스치거나 부서진 굴뚝이며 텅 빈 헛간이 고즈넉한 풍경을 자아냈고, 우거진 잡초와 가시나무 덤불 사이에서 야생 짐승들이 은밀하게 부스럭거렸다. 어디에나 불안과 우울의 그림자가 똬리를 틀고 있었다. 원근법과 명암이 묘하게 뒤틀린 그림처럼 비현실적이고 기괴한 분위기, 이런 곳에서 과연 잠드는 것이 가능할까? 외지인들이 정착하지 못한 이유를 알 것 같았다. 그곳의 풍경은 살바토르 로사[19]의 풍경화와 흡사했으며, 괴담을 표현한 금기의 목판화에서나 접할 만한 것이었다.

그러나 이런 괴이한 분위기도 마의 황무지에 비하면 아무것도 아니었다. 골짜기에서 그곳을 맞닥뜨리는 순간, 바로 여기구나 직감이 들 정도였는데, 이름과 대상이 그토록 절묘하게 맞아떨어지기도 힘들 것이었다. 어느 시인이 그곳을 보는 순간 마의 황무지라는 말을 새롭게 만들었다는 생각이 들었다. 한눈에도 불에 탄 흔적이 역력했다. 산성 물질에 녹아버린 듯한 6천 평 남짓의 잿빛 대지 위로 태양이 비추고 있었지만, 생명의 기운이 전혀 없는 것이 기이하기만 했다. 대부분의 지역이 버려진 북쪽 도로에 면해 있었고 남쪽으로는 약간 걸치기만 한 상태였다. 발을 들여놓기가 꺼림칙했지만, 맡은 업무 때문에 어쩔 수 없이 그곳을 지나갈 수밖에 없었다. 넓게 펼쳐진 공간에는 잡초조차 눈에 띄지 않았으며, 바람 한 점 없는데도 미세한 잿빛 먼지와 재 같은 것이 흩날렸다. 메마른 나무들은 발육이 비정상적으로 정지됐는지, 대부분 죽어 있거나 가장자리부터 썩어 있었다. 서둘러 발걸음을 재촉하는 순간 오른쪽에서 낡은 굴뚝과 헛간에서 떨어져 나뒹구는 벽돌과 함께 버려진 우물이 시커먼 입을 드러냈는데, 그 위로 햇빛과 어울려 기묘한 증기가 아른거리는 느낌이었다. 굳이 그 뒤편으로 길게 이어진 음침한 숲을 통해 갈 필요는 없었지만, 나는 아컴 사람들이 쉬쉬하며 속삭이던 말들에 개의치 않을 마음이었다. 농가에선 딱히 폐허의 흔적이라 할 만한 것이 눈에 띄지 않았으며, 그저 예전부터 사람의 발길이 닿지 않아 고립된 지역처럼 보였다. 그러나 그날 저녁, 나는 볼일을 마친 후 다시 그 불길한 길목을 택하는 대신 남쪽으로 난 우회 도로를 따라 마을로 돌아왔다. 길 위에서 바라본 하늘은 너무도 공허하여 줄곧 마음 한편이 서늘해지는 느낌이었고, 그 때문인지 구름이라도 잔뜩 낀 흐린 날씨였으면 하는 바람이 절로 들었다.

마을로 돌아온 후, 나는 아컴의 나이든 사람들에게 마의 황무지와 여기저기서 수군대는 '기이한 날'이라는 게 대체 무슨 의미인지 물어보았다. 그러나 그 기괴한 사건이 생각보다 최근에 일어났다는 것 외에는 별다른 대답을 들을 수 없었다. 오랜 전설이 아니라 수십 년 전, 그러니까 그날을 기억하는 사람들 생전에 일어난 일이었다. 1880년대에 벌어진 일이며 그 결과 한 가족이 실종되거나 죽었다는 것이다. 사람들의 말을 곧이곧대로 믿기 어려웠고, 한결 같이 아미 피어스라는 미치광이 노인의 말은 귀담아 듣지 말라고 당부하기에, 나는 다음 날 아침 그 노인을 찾아 나섰다. 아미 피어스는 나무들이 갑자기 빽빽해지는 지점, 다 쓰러져 가는 농가에서 혼자 살고 있다고 했다. 실제로 어느 순간부터 을씨년스러운 광경이 펼쳐지는가 싶더니, 공기 중에 스며든 독한 냄새가 무너져가는 아미의 농가에도 짙게 배어 있었다. 연거푸 문을 두들기자 노인이 겨우 인기척을 내며 문간에 나타났는데, 나를 꺼리는 기색이 역력했다. 노인은 생각보다 건강해 보였다. 다만 눈동자가 기이하게 풀려져 있었고, 누추한 옷차림과 무성한 백발 때문에 많이 늙고 음산해 보였다. 나는 무슨 말부터 시작해야할지 몰라 짐짓 저수지 문제 때문에 찾아온 척하며 인근 지역에 대해 이것저것 묻기 시작했다. 아미 노인은 소문과는 딴판으로 교육 수준이 높고 사리분별이 정확했으며, 그때까지 내가 아컴에서 만난 누구보다도 그 지역에 훨씬 밝은 인물이었다. 앞으로 저수지 예정 지역에 살고 있는 시골 사람들과도 여러 면에서 달랐다. 저수지에서 제외되는 숲과 농지의 반경을 알려 주며 그의 농가가 수몰될 것이라는 말을 했지만 그는 별다른 항의를 하지 않았다. 오히려 그는 평생 삶의 터전이었을 골짜기가 물속에 영원히 잠긴다는 말에 안도의 표정을 지었다. 물속에 잠기는 편이 낫다고, 아니 그 기이한 날 이후 진작부터 그랬어야 했다는 말까지 덧붙였다. 그는 그렇게 착 가라앉은 쉰 목소리로 말을 계속했는데, 몸을 앞쪽으로 수그린 채 오른손 검지를 부들거리며 감회에 어린 듯 창밖을 가리키는 것이었다.

그 이야기를 전해들은 것은 그때였으며, 두서없는 목소리가 과거의 시간을 더듬거리며 속삭일 때 나는 한여름 날씨에도 연신 달려드는 냉기에 몸을 떨어야했다. 나는 그가 힘겹게 풀어내는 기억의 실타래에서 막히는 부분을 이따금씩 거들어주며 기억의 단편을 이어주기도 했다. 특히 그는 과학적 지식과 관련된 부분을 더듬거리며 힘거워 했는데, 그런 내용은 대부분 교수들의 대화나 골짜기 너머에서 주워들은 것 같았고, 그의 기억력에서 논리성과 일관성을 방해하는 장애물이었다. 이야기가 끝나자 나는 그의 정신에 약간 문제가 있거나, 아컴 주민들이 마의 황무지에 대해 뭔가 숨기거나 둘 중 하나라고 확신하게 되었다. 나는 휑한 창공에 드러날 별빛이 두려워 해가 떨어지기 전에 서둘러 호텔로 돌아왔다. 그리고 다음 날 곧바로 보스턴으로 돌아가 저수지 관련 일을 그만두겠다고 밝혔다. 그 숲과 골짜기의 정체 모를 혼돈 속으로 다시 들어갈 자신이 없었으며, 나뒹구는 벽돌과 돌멩이 사이에서 음침한 우물이 깊은 동공처럼 열려져 있는 잿빛의 그 땅을 두 번 다시 마주할 자신도 없었기 때문이다. 곧 저수지 공사가 시작되면, 오랜 비밀도 물속에 영원히 잠길 터였다. 그러나 그런 날이 멀지 않았다고 해도, 나는 한밤에 그 마을을 다시 찾을 마음이 없다. 적어도 그 불길한 별빛 아래를 걸을 엄두가 나지 않았으며, 어떤 달콤한 유혹이 있더라도 아컴의 새로운 저수지물을 식수로 들이켤 생각도 없다.

아미 노인의 이야기는 유성과 함께 시작된다. 그 전까지만 해도 아컴은 마녀 재판 같이 으스스한 전설이나 내력이 존재하지 않았으며, 인디언의 역사보다 더 오래된 기이한 돌 제단 옆에서 악마가 집회를 연다는 미스캐토닉[20]의 섬보다 당연히 훨씬 안전한 마을이었다. 숲에 유령이 출몰하지도 않았고, 기이한 날이 오기 전까지는 그곳의 몽환적인 황혼이 그토록 끔찍하지도 않았다. 그처럼 평온했던 마을에 난데없이 일련의 폭발음과 함께 흰색 구름이 피어났고, 숲속 멀리 골짜기에서 연기 기둥이 솟구친 것이다. 그날 밤 아컴 주민들은 하늘에서 거대한 운석이 떨어지는 소리를 들었으며, 그 지점이 바로 나훔 가드너의 집 우물가라는 것을 알았다. 나훔 가드너의 농가는 얼마 후 마의 황무지로 불리게 될 지역에 자리 잡고 있었으며, 비옥한 밭과 과수원 사이 한복판에 있는 말끔한 흰색 집이었다.

나훔은 마을로 내려와 사람들에게 운석이 떨어졌다고 말한 후, 돌아오는 길에 아미 피어스의 집에 들렀다. 당시 아미는 마흔 살이었는데, 나훔의 말을 듣고는 온갖 기괴한 생각이 머릿속을 맴돌았다고 한다. 다음 날, 미스캐토닉 대학에서 교수 세 명이 미지의 우주 공간에서 날아온 기묘한 방문객을 보기 위해 다급히 아미의 집으로 들이닥쳤다. 아미와 그의 아내도 그들과 함께 나훔의 집을 찾았다. 교수 일행은 그 전날만해도 운석이 아주 거대했다는 나훔의 설명에 몹시 의아해 했다. 남아있는 운석의 크기가 그다지 크지 않았던 것이다. 나훔은 앞마당 우물가까이 그을린 풀밭과 파헤쳐진 땅 앞에 생긴 큼지막한 갈색 둔덕을 가리키며 암석이 하룻밤 새 줄어들었다고 했다. 그러나 대학 교수들은 암석이 줄어들 수는 없다고 대꾸했다. 나훔은 주변에서 뜨거운 열기가 이어졌고, 밤새 희미한 빛이 떠돌았다고 항의하듯 말했을 뿐이다. 한편 교수들은 지질학 연구용 해머로 암석을 두들겨 보았는데, 이상할 정도로 부드러워 플라스틱처럼 느껴질 정도였다. 그들은 학교에 가져가 실험할 목적으로 암석 표본을 채취했다. 그런데 표본용으로 채취한 작은 암석 덩어리가 몹시 뜨거워서 할 수없이 나훔의 부엌에 있는 낡은 들통에 담아야했다. 돌아가는 길에 교수들은 아미에 집에 들러 잠깐 휴식을 취했는데, 암석 표본이 점점 작아지고 들통 바닥이 타들어 가기 시작하자 저마다 깊은 생각에 골몰하는 눈치였다. 원래 표본이 큰 편이 아니었지만, 그들이 보기에도 크기가 줄어들어 있었기 때문이다.

교수들이 매우 상기된 표정으로 다시 들이닥친 것은 바로 다음 날, 82년 여름의 어느 날이었다. 그들은 아미의 집을 지나면서 암석 표본이 일으킨 이상한 현상에 대해 들려주었다. 실험용 비커에서 암석이 온데간데없이 사라져 버렸다는 것이다. 첨단 장비가 갖춰진 연구실에서는 도저히 불가능한 현상으로 보였다. 비커 역시 암석과 함께 사라졌는데, 교수들은 그 암석이 실리콘의 일종인 것 같다고만 말했다. 충분히 가열한 상태에서도 다른 성분이 추출되지 않았고, 붕사 시약에도 아무 반응이 없었으며, 수소 취관 분석을 비롯해 온도 변화에도 전혀 변화를 보이지 않았다. 신축적이어서 쉽게 변형이 가능했고, 어두운 곳에서 특히 또렷하게 감지되는 발광 현상도 특징이었다. 게다가 좀처럼 식지 않는 높은 온도 때문에 암석은 대학 관계자들을 흥분의 도가니로 몰아넣었으며, 특히 분광 분석에서 일반적인 스펙트럼과는 전혀 다른 색이 검출되자, 교수들은 새로운 원소이자 기막힌 광물의 발견이라며 더욱 들뜬 분위기였다. 그러나 과학자들을 당혹스럽게 만든 수수께끼들은 여전히 미궁에 남아 있었다.

과학자들은 뜨거운 상태 그대로 암석을 도가니 속에 넣은 후, 가능한 시약을 총동원하면서 반응을 살폈다. 물에 아무런 반응이 없었다. 염산도 마찬가지였다. 질산과 왕수도 고작 쉭 하는 소리와 함께 튀어 오를 뿐, 암석은 난공불락 그대로였다. 아미는 화학 관련 부분을 묘사하는데 어려움을 겪었지만, 내가 중간 중간 거들듯 일러주는 촉매제를 알아듣고 기억의 방향을 잡아나갔다. 암모니아와 가성 소다, 알코올과 에테르, 이황화탄소……. 그러나 시간이 지남에 따라 무게가 조금씩 줄어들고, 온도가 약간 떨어진 것을 제외하고는 어떤 촉매에도 암석은 별다른 변화가 없었다. 그렇지만 금속이라는 점은 분명해 보였다. 그 추측에 힘을 실어준 것은 암석에서 발견되는 자력이었다. 또한 산성 촉매제에 집어넣자, 희미하게나마 운석에서 발견되는 비드만스테텐 구조[21]가 나타났다. 암석의 온도가 눈에 띄게 떨어졌을 때 그걸 유리컵에 옮겨 실험을 계속했고, 나중에 비커에 담아 보관하게 되었다. 그러나 다음 날 아침, 암석 표본 조각과 비커가 흔적도 없이 사라졌으며, 비커가 놓여 있던 목재 선반에 검게 그을린 자국만 남아 있었다.

지금까지의 내용이 아미의 집 앞에서 교수들이 알려준 전부였다. 아미는 교수 일행과 함께 별세계에서 날아든 낯선 바위 사자(使者)를 보기 위해 다시 한 번 나훔의 집으로 향했다. 이번엔 아내를 데려가지 않았다. 냉철한 과학자들도 또 다시 암석이 줄어들었다는 사실을 인정할 수밖에 없었다. 크기가 작아진 암석 주변의 갈색 토양이 움푹 패인 상태였다. 아무튼 전날 만해도 2미터가 족히 넘었던 암석의 크기가 1.5미터 남짓으로 줄어 있었다. 온도는 여전히 뜨거웠으며, 과학자들은 암석 표면을 유심히 살펴보면서 해머와 끌을 이용해 좀 더 커다란 표본을 채취하기 시작했다. 이번에는 좀 더 깊숙이 파냈는데, 일행은 그렇게 채취한 암석 덩어리를 잘게 쪼개 보다가 마침내 전날과는 전혀 다른 성분을 발견했다.

그들은 암석 본체에 박혀있는 큼지막한 구체 모양의 물질과 그 측면에 나타나 있는 색깔에 주목했다. 전날 운석 표본의 기이한 스펙트럼에서 발견됐던 색깔과 흡사했지만, 정확히 어떤 색깔이라고 설명하기는 어려웠다. 그저 유추에 의해 그것을 색깔이라고 부를 수 있지 않을까 하는 정도였다. 표면에 광택이 있었으며, 가볍게 두드려본 결과 부서지기 쉬운 성분이고 내부가 비어 있을 확률이 컸다. 그런데 교수 중 한 명이 해머에 약간 힘을 주는 순간, 구체는 펑하는 작은 폭발음과 함께 부서지고 말았다. 따로 방출된 성분은 없었지만 구체가 흔적도 없이 사라져 버렸다. 남은 것이라고는 직경 7센티미터 정도의 둥그런 공간뿐이었다. 그 때문에 과학자들은 암석을 분해하다 보면 다른 물질을 발견할 수 있으리라 추측하게 되었다.

그러나 그들의 추측은 빗나갔다. 착암기를 동원해 다른 물질을 찾아보려고 애썼지만, 새로운 표본을 얻는데 그쳤다. 물론 그 표본 역시 전날 실험실에서 접했던 수수께끼를 다시 던져 주었다. 플라스틱과 거의 유사한 조직, 높은 열과 자력, 희미한 빛을 내며 강한 산성에서 약간씩 온도가 떨어지고, 정체불명의 스펙트럼이 나타나며, 공기 중에서 줄어들고, 실리콘 화합물과 만나면 둘 모두 파괴된다는 점 등을 종합해 볼 때, 그것의 정체를 도저히 규명할 수 없다는 결론만 나왔다. 갖가지 실험을 통해 과학자들이 도달한 결론은 결국 미궁이었다. 지구가 아닌 거대한 외계의 일부분, 외계의 속성을 간직하고 외계의 법에 순종하는.

그날 밤 강풍과 함께 뇌우가 몰아쳤고, 다음 날 나훔의 집을 찾아간 교수들은 몹시도 절망적인 상황에 직면해야 했다. 암석이 자성을 띠고 있다는 건 이미 밝혀진 바지만, 이번에는 전기적 속성까지 있는 것으로 보였다. 나훔은 암석이 '번개를 잡아당겼다'는 말을 줄기차게 해댔다. 한 시간에 여섯 번씩 앞마당 텃밭으로 번개가 내려쳤으며, 폭풍이 지나간 후에 살펴보니, 낡은 우물가 곳곳이 초토화 되다시피 움푹 패어 있을 뿐 암석은 자취를 감추었다는 것이다. 과학자들이 땅을 파내기 시작했지만, 감쪽같이 사라진 암석은 다시 나타나지 않았다. 완전히 절망적인 상황이었다. 그들은 결국 대학 실험실로 돌아가 전날 채집한 후 납 상자 안에 조심스럽게 보관해 두었던 암석 표본을 다시 찾는 수밖에 도리가 없었다. 그 암석 표본은 과학자들의 무익한 실험을 일주일간 견뎌낸 뒤 예상대로 티끌 하나 남기지 않은 채 사라져 버렸다. 과학자들은 부릅뜬 눈앞으로 스쳐간 외부 세계의 깊디깊은 심연의 자취가 도저히 믿기지 않을 뿐이었다. 다른 세계, 물질과 힘과 영원의 또 다른 왕국에서 날아온 그 기이하고도 쓸쓸한 메시지.

대학 당국의 후원 하에 아컴 지역 신문들이 일제히 그 사건에 많은 지면을 할애하고, 상당수의 기자들이 나훔 가드너와 그 가족에게 몰려든 것은 당연한 일이었다. 지역 신문 뿐 아니라 보스턴에서도 통신원을 파견한 일간지가 있었으며, 나훔은 어느새 지역의 유명 인사가 되어 있었다. 나이는 쉰 살가량, 깡마른 체구에 순박한 성품의 소유자로서 아내와 세 아들을 둔 단란한 가정의 가장 나훔. 그와 아미는 절친한 사이였으며, 안사람끼리도 왕래가 잦았다. 아미는 그 사건 이후 한동안 나훔을 치켜세우느라 바빴다. 나훔 덕분에 자기까지 세인의 주목을 받는다는 사실에 자부심까지 느꼈으며, 몇 주 동안 누구와 마주치기만 해도 그 운석 얘기를 꺼내곤 했다. 그 해 7월과 8월은 몹시 무더웠다. 나훔은 채프먼 개천을 가로지르는 만여 평의 목초지에서 부지런히 건초를 말렸으며, 으슥한 오솔길은 그가 끌고 다니는 짐수레의 바퀴 자국으로 채워지고 있었다. 그러나 어느 때보다도 농사일이 힘에 부쳤는데, 나훔 자신은 나이 탓으로 여겼다.

곧이어 결실과 수확의 계절이 다가왔다. 배와 사과가 천천히 익는 모습을 지켜보며, 나훔은 생애 최고의 풍년을 예감했다. 과일의 크기가 놀랄 만큼 컸으며, 빛깔도 예사롭지 않았다. 예년과는 달리 수확량도 엄청나리란 예상에 과일 담을 들통을 더 주문할 정도였다. 그러나 과일이 무르익자 곧 쓰디쓴 절망이 찾아왔다. 그 짙고 독특한 향기는 도저히 식용 과일이라고는 믿기지 않을 정도였는데, 달콤한 향기와는 딴판으로 사과와 배의 맛이 상상할 수 없을 만큼 쓰고 역겨웠다. 아주 약간만 베어 먹어도 구역질이 한동안 끊이지 않았다. 멜론과 토마토도 마찬가지였으며, 나훔은 모든 농작물이 헛것이 되는 광경을 피 끓는 심정으로 지켜보아야 했다. 별의별 생각 끝에 그는 운석 때문에 토양이 중독됐으며, 도로변 고지대는 하늘의 은총 덕분에 피해를 입지 않았다는 말을 하기 시작했다.

그 해 겨울은 일찍 찾아 왔고 몹시 추웠다. 아미는 평소보다 나훔의 얼굴을 자주 보지 못했으며, 이따금 보더라도 수심이 가득한 얼굴이었다. 나훔뿐 아니라 나머지 가족들도 점점 말수가 적어졌고, 좀처럼 빠지지 않던 예배를 비롯해 각종 마을 모임에도 모습을 드러내지 않았다. 그러나 누구도 나훔 일가의 침묵과 침울함의 원인이 무엇인지 알 수 없었으며, 나훔 자신도 몸이 좋지 않고 마음이 편치 않다는 말만 몇 차례 되뇌었을 뿐이다. 그런 나훔도 눈 속에 난 발자국 때문에 마음이 심란하다는 말을 할 때만큼은 또렷하고 강한 어조였다. 붉은 날다람쥐와 토끼, 여우 발자국은 여느 겨울에도 으레 발견되는 것이지만, 나훔은 시름에 잠겨 그 발자국의 특성과 모양이 어딘가 석연치 않다고 말했다. 그는 더 이상 구체적인 말은 하지 않았지만, 붉은 날다람쥐와 토끼, 여우의 발자국과는 전혀 달랐던 듯했다. 아미는 어느 날 밤 클라크 상가에 들렀다가 썰매를 타고 집으로 돌아가는 도중 우연히 나훔의 농가를 지나쳤다. 그는 그때까지만 해도 나훔의 말에 그리 관심을 기울이지 않았다. 달빛 아래 토끼 한 마리가 길을 가로질러 뛰어가는 걸 보고 달갑지 않게 생각한 순간, 고삐를 단단히 쥐고 있었음에도 불구하고 말이 미친 듯이 달려갈 태세를 취하는 것이었다. 그때부터 아미는 나훔의 말에 귀를 기울이기 시작했고, 나훔이 기르는 개들이 아침이면 전에 없이 낑낑대며 안절부절못한다는 말도 진지하게 받아들였다.

이듬해 2월, 메도우 언덕에 사는 맥그리거 집안 아이들이 마못[22])을 사냥하다 나훔 농가에서 멀지 않은 곳에서 아주 특이한 종류를 발견한 일이 있었다. 겉모양으로 보아 아주 묘한 방법으로 변형된 것 같았는데, 그 얼굴에 남아 있는 표정이 그때까지의 마못들과는 전혀 다른 기이한 것이었다. 아이들은 완전히 겁에 질려 마못을 내버렸고, 그 얘기는 곧 마을 사람들에게 전해졌다. 한편, 나훔의 농가 주변에만 오면 말들이 불안해하는 일이 잦아지면서 쉬쉬하던 소문들이 시시각각으로 일정한 형태를 취하기 시작했다.

다른 곳에 비해 나훔의 집 주변에 쌓인 눈이 유독 빠르게 녹는다는 말이 들려왔고, 3월초에 이르러 클라크 상가 내 포터 잡화점에서 일련의 괴이한 일들이 벌어져 주민들 사이에 공론이 오가기도 했다. 그 자리에 모인 사람들 중 스티븐 라이스는 그날 아침 나훔 농가를 지나오다 도로 건너 숲가 진흙 구덩이에 앉은부채[23]가 피어 있는 것을 목격했다. 생김새도 이상하거니와 크기도 엄청났고 색깔이 기이해서 무슨 색이라고 딱히 말할 수 없었다. 스티븐의 말(馬)은 앉은부채의 냄새를 맡았는지 연신 코를 벌름거렸는데, 스티븐 역시 그런 냄새는 난생 처음이었다. 그날 오후 몇몇 사람들은 그 기이한 식물을 관찰한 후 건전한 토양에서는 도저히 자라기 힘든 식물이라는 결론을 내렸다. 사람들은 지난 가을 나훔의 과수원에서 나온 과일 얘기를 이구동성으로 입에 올렸고, 그 이후 나훔의 농작지가 모두 중독됐다는 소문이 파다해졌다. 물론 운석을 둘러싼 소문도 끊이지 않았다. 당시 대학 교수들과 몇 마디 말을 주고받았던 사람들은 정체불명의 암석에 대해 전해들은 말을 분명히 기억하고 있었다.

어느 날 마을 사람들이 나훔의 집을 방문했다. 항간에 난무하는 소문들과 함께 직접 자신들의 추측이 맞는지 냉정하게 확인하고자 하는 마음이었다. 식물의 모양새가 분명 기이한 구석이 있었지만, 앉은부채는 그 형태와 색깔, 냄새에서 정도의 차이만 있을 뿐 그다지 이상한 부분은 없었다. 운석에 포함된 광물 성분이 토양에 스며들었을지 모르지만, 그것도 토양의 정화 작용에 의해 곧 씻겨 사라질 터였다. 이상한 발자국이 발견된 일도, 말들이 겁에 질리곤 했던 일들도 운석 때문에 과장된 사소한 사건일 수 있었다. 그래서 당시 소문들을 심각하게 받아들이는 사람들은 없었으며, 수다를 좋아하고 무엇이건 믿는 미신적인 시골 사람들의 일상 정도로 여겨졌다. 게다가 이후엔 대학 교수들도 그 문제에 대해서 귀찮아하는 기색이 역력했다. 운석 사건 후 1년 반이 지났을 무렵, 두 병 분량의 분진을 분석해 달라는 경찰의 요청에 응한 사람은 교수들 중 단 한 사람뿐이었다. 그는 앉은부채의 기묘한 색깔이 실험실 분광기에 나타났던 암석 표본과 암석 본체에서 채취한 작은 구체의 색깔과 유사하다는 점을 지적했다. 분진을 분석한 결과 처음에는 암석 표본과 같은 속성을 보였지만, 나중에는 그런 성질이 사라졌다.

한편 나훔의 농가 인근에서는 끊임없이 식물이 싹을 틔우고, 밤마다 바람에 실려 사방으로 흩어지고 있었다. 나훔의 둘째 아들 새디어스는 열다섯 살이었는데, 바람 한 점 없는 날에도 식물의 종자가 공기 중으로 떠다닌다고 말했다. 이쯤 되자 남의 말 옮기기 좋아하는 사람들도 새디어스의 말은 쉽게 믿으려 들지 않았다. 그러나 공기 중에 불안한 그림자가 떠돌고 있다는 사실만은 분명해 보였다. 나훔 가족은 너나할 것 없이 주변에서 들려오는 소리에 귀를 쫑긋 세우는 버릇이 생겼지만, 그 소리의 정체를 짐작조차 할 수 없었다. 그러나 실제로 무슨 소리가 들려 왔다기보다는 넋 나간 사람들이 접하는 환청에 가까운 듯 보였다. 불행히도 환청과 비슷한 음향이 시간이 흐를수록 더 분명하게 나훔 일가를 괴롭혔고, '나훔네 가족이 전부 정신이 이상해졌다'는 소문이 별 의심 없이 받아들여지기 시작했다. 나훔의 농가에 범의귀풀이 얼굴을 내밀었는데, 그것의 색깔 역시 기이해서 무슨 색인지 정의할 수 없다는 점이 앉은부채와 마찬가지였다. 나훔은 범의귀 몇 송이를 꺾어 아컴으로 가져가《가제트》지의 편집장에게 보여주었다. 하지만 신문은 그것을 익살스런 장난으로 치부했으며, 시골 마을에 떠도는 맹목적인 공포감을 점잖게 조롱하는 소재로 썼을 뿐이었다. 이상한 나비들이 범의귀 주변에 날아든다는 얘기를 편집장처럼 냉담한 도시인에게 한 것이 나훔의 실수였다.

4월에 접어들면서 시골 마을에 불어닥친 소문은 또 하나의 광풍이 되었다. 이제 사람들은 나훔의 농가로 난 도로를 외면하기 시작했다. 이번에는 나무가 문제였다. 과수원의 나무가 죄다 괴상한 색깔을 띠기 시작했으며, 울퉁불퉁한 자갈밭과 인근 방목지에서 불쑥불쑥 솟아나는 나무들의 괴상한 형태는 식물학자만이 겨우 그 정체를 추측할 수 있을 정도였다. 녹색을 유지하는 풀이나 잎사귀 류를 제외하곤 어디에서도 정상적인 색깔이 보이지 않았으며, 일반적인 토양이 아니라 병적인 근원에서 광기로 변형된 생명력이 일대를 지배했다. 금낭화는 불길한 위협을 자아냈으며, 혈근초는 온갖 과잉된 색채와 무시무시한 번식력을 뽐내고 있었다. 아미와 나훔 가족에겐 그 색깔 대부분이 꺼림칙한 기억을 되살려 내는 것만 같아서, 그들은 운석에 박혀 있던 작은 구체를 떠올리지 않을 수 없었다. 나훔은 1만2천여 평 정도의 목초지와 고지대를 주로 경작했지만, 집 주변의 땅은 대부분 그대로 놔둔 상태였다. 사실 집 주변은 볼모지로 둔갑해 버렸으며, 한 가지 희망이 있다면, 그 괴상망측한 식목의 번식력이 토양의 독성까지 흡수해 주었으면 하는 것이었다. 나훔은 이제 모든 의욕을 잃고 그저 주변에서 들려온다는 음향에 신경을 곤두세웠다. 물론 이웃들의 외면도 그에게 큰 상처를 주었다. 그러나 아내를 비롯한 가족들의 상처가 더 깊었다. 아이들은 별 탈 없이 학교에 다녔긴 해도 떠도는 소문들을 감당하기에는 어린 나이였다. 특히 예민했던 새디어스가 겪어야했던 고통은 남다른 것이었다.

5월에는 곤충이 날아들었다. 나훔의 농가는 우글대는 곤충 때문에 끝없는 악몽에 빠져들었다. 대부분의 곤충들은 생김새와 행동이 유별났으며, 특히 야행성이라는 점이 이전에 그곳을 찾았던 곤충과 완전히 대조를 이루었다. 가드너 가족은 밤마다 사방에서 일어나는 불길한 움직임을 느끼면서도 그것이 무엇인지 알 수는 없었다. 그 정체를 깨달은 것은 새디어스가 최초였다. 새디어스 다음으로 가드너 부인이 창가에서 단풍나무를 바라보다 그것을 목격했다. 나뭇가지들이 움직였지만, 바람은 없었다. 수액이 흘러나오는 것 같았다. 모든 것이 밝게 빛을 발하고 있었다. 그러나 나훔의 가족 중에서 그 같은 광경을 목격한 사람은 새디어스와 가드너 부인뿐이었다. 나훔 가족은 이제 이상한 일에도 어느 정도 익숙해진 상태였으며, 시간이 흐를수록 무감각해져 갔다. 그런 그들도 보지 못한 광경을 우연히 목격한 사람이 나타났다. 소형 풍차를 판매하는 볼튼 출신의 소심한 외판원이 나훔의 농가를 지나갔던 것이다. 그는 마을에 떠도는 소문에 대한 사전 지식이 전혀 없었다. 그의 목격담은 《가제트》지에 짤막한 기사로 실렸으며, 나훔을 비롯한 인근 농부들 모두가 그 기사를 읽었다.

그날 밤은 칠흑같이 어두웠으며, 2륜 마차에 달려있는 낡은 등불도 큰 도움을 주지 못했다. 그러나 골짜기에 틀어박힌 한 농가 주변은 유독 어둡지 않았다. 물론 이방인만 몰랐을 뿐, 누구나 그곳이 나훔 가드너의 집이라는 사실을 잘 알고 있었다. 희미하지만 분명한 빛이 나무와 수풀과 잎사귀, 이름 모를 꽃봉오리를 휘감고 있었으며, 어느 순간 푸른빛 인광이 농가의 헛간에서 강렬하게 일렁였던 것이었다. 그때까지도 잔디밭은 손길 한 번 닿지 않아 무성했고, 젖소들은 마음대로 집 주변을 배회하고 있었다. 그러나 5월말에 접어들면서 젖소에서 나오는 우유에 이상이 생기기 시작했다. 나훔이 고지대로 젖소를 옮긴 후에야 문제가 해결됐다. 그 후 얼마 지나지 않아 잔디와 풀밭, 나뭇잎이 눈에 띄게 변하기 시작했다. 푸른 색 기운이 모조리 잿빛으로 변해갔으며, 모두 손만 갖다대도 부서질 것처럼 보였다. 학교가 방학에 들어가자 나훔 일가는 세상을 완전히 등지게 되었고, 이따금 아미가 시내에 들러 심부름을 해주는 정도였다. 정신적으로 육체적으로 그들 가족은 몰락해 갔으며, 가드너 부인이 미쳐 주위를 배회한다는 소식이 전해졌을 때 마을 사람들 누구도 놀라지 않았다.

운석이 떨어진지 꼭 1년이 되는 6월, 가엾은 가드너 부인은 알 수 없는 뭔가가 허공에 있다며 미친 듯이 비명을 질렀다. 그녀가 내지르는 광란의 울부짖음에는 특별한 대상을 지칭하는 명사가 없었으며, 그저 동사와 대명사가 거칠게 섞인 것이었다. 뭔가 움직이고 변화하며 퍼덕거리는 무엇, 그녀의 귀는 집요하게 불완전한 음향을 쫓아갔다. 그녀는 다른 힘에 의해 압도당하고 있었다. 몸에서 뭔가 빠져나가고, 그녀에게 비친 한밤의 광경은 벽이며 창문이며 모든 게 무엇이든 움직이고 있었다. 나훔은 아내를 정신병원으로 보내지 않았으며, 그녀가 자해를 하거나 다른 사람을 해치지 않는 한 집 주변을 방황해도 제지하지 않았다. 그녀의 표정이 완전히 달라진 후에도 아무런 조치를 취하지 않은 것이다. 그러나 아이들은 어머니를 점점 무서워했으며, 특히 새디어스가 어머니의 시선에 기겁을 할 정도 놀라는 상황이 되자 결국 나훔은 아내를 다락방에 가두어 놓기로 결심했다. 7월경 가드너 부인은 말을 잃고 기어다니기 시작했는데, 그 달이 채 끝나기 전에 나훔은 아내의 몸에서 희미한 빛이 나온다는 미친 소리를 전해 왔다. 얼마 후 그는 집 주변의 야채와 식물에서도 똑같은 현상이 벌어지고 있음을 목격했다.

그보다 약간 앞서 나훔의 마구간에서도 소동이 일어났다. 말들이 사납게 울고 마구 발길질을 하면서 공포에 빠져들었던 것이다. 말들을 아무리 달래보아도 소용이 없었다. 마구간 문을 여는 순간 겁에 질린 사슴 떼처럼 말들이 우르르 몰려 나왔다. 꼬박 사흘 동안 헤맨 끝에 네 마리의 말을 찾아냈지만, 더 이상 쓸 수 없을 정도로 심신이 상하고 몹시 거칠어진 상태였다. 뇌에 이상이 생긴 것 같았으므로 나훔은 마지막 자비를 베푸는 마음으로 네 마리 말을 향해 하나씩 총구를 겨누었다. 이제 나훔은 퇴비를 만들기 위해 아미에게 말을 빌릴 수밖에 없었다. 하지만 아미의 말은 나훔의 마구간 가까이 다가서는 것조차 질색을 했다. 결국 말을 마당에 남겨두고, 나훔과 아미가 퇴비를 놓기 좋은 곳까지 무거운 마차를 끌고 가야했다. 한편 채소는 모두 잿빛으로 변해 만지면 곧 부서질 듯 푸석푸석해져갔다. 꽃도 잿빛으로 변하기는 마찬가지였고, 과일 역시 색 바랜 채 작게 오므라들어 맛까지 형편없었다. 과꽃과 기린초도 역시 잿빛으로 비비꼬인 형태였으며, 나훔의 장남 제나스가 앞마당에서 꺾어 온 장미와 백일홍, 접시꽃은 모습이 섬뜩하기 짝이 없었다. 그때쯤 무수히 날아다니던 곤충들이 모두 죽었으며, 꿀벌마저 벌집을 놔두고 숲속으로 날아가 버렸다.

9월에 접어들면서 채소들이 잿빛으로 부서져 버리자, 나훔은 토양에서 독성이 사라지기 전에 나무가 모두 죽어버릴지 모른다며 불안해했다. 가드너 부인은 이제 주기적으로 끔찍한 비명을 질렀고, 나머지 가족은 늘 극도의 긴장감 속에서 생활해야 했다. 그들은 사람들의 시선을 무조건 피하기 시작했으며, 방학이 끝난 후에도 아이들은 학교에 나타나지 않았다. 아미는 그때까지도 나훔의 농가를 찾는 극소수 사람 중한 명이었으며, 우물이 못 쓰게 된 사실을 처음으로 발견한 이도 그였다. 우물에서 악취가 진동했으나 무슨 냄새인지 정체가 묘연했고, 짠 기운이 느껴지는 듯하면서도 그 맛을 딱히 설명할 길이 없었다. 아무튼 도저히 식수로 사용할 수 없는 상태인 것만은 분명했기에 아미는 좀 더 위쪽에 우물을 새로 파고, 토양이 예전으로 돌아갈 때까지 만이라도 지금의 우물을 사용하지 말라고 당부했던 것이다. 그러나 나훔은 당시 어지간한 일에는 무감각해져 있던 터라 아미의 그런 충고를 귀담아듣지 않았다. 그와 아이들은 그 후로도 여전히 옛 우물의 물을 길어와 마셨고, 아무렇게나 만든 형편없는 음식을 기계적으로 입 속에 집어넣으며 아무런 결실이나 보상도 없이 단조로운 노동으로 하루하루를 보내고 있었다. 그들은 분명하고도 익숙한 운명을 향해 한발 한발 다가서듯 이미 전혀 다른 세계의 한복판으로 빠져든 상태였다.

새디어스가 미쳐 버린 것은 9월 어느 날 우물에 갔다 온 직후였다. 그는 물통을 가져갔으나 빈손으로 돌아와 사지를 부들부들 떨며 공허한 너털웃음을 터뜨리는가 하면, '저 아래서 색깔들이 움직이고 있어요!' 라는 말을 불쑥 내뱉는 것이었다. 가족 중에서 두 사람이 이미 미쳐 버렸지만, 나훔은 이상할 정도로 낙관적이었다. 그래서 미쳐 버린 새디어스가 한 주 동안 바깥을 쏘다녀도 말리지 않았으며, 결국 아이가 비틀비틀 곤두박질치다 몸까지 다치게 되어서야 어머니가 갇힌 맞은 편 다락방에 아이를 가두어 버렸다. 이제 어머니와 아들이 저마다 갇힌 방에서 미친 듯이 울부짖는 상황이 벌어졌는데, 특히 막내둥이 메르윈에게는 그들의 비명 소리가 더욱 끔찍했을 것이다. 메르윈은 점점 더 무시무시한 상상에 사로잡혔으며 단짝 친구나 마찬가지였던 둘째형이 갇힌 이후 불안증이 심해졌다.

나훔 일가에 드리워진 불길한 운명이 거의 같은 시기에 가축들에게도 마수를 뻗치기 시작했다. 닭과 칠면조, 오리 등이 잿빛으로 변하다 곧바로 죽어 버렸는데, 배를 갈라보니 죄다 말라빠진 상태에 지독한 악취를 풍겼다. 반대로 돼지들은 살이 터질 듯 비만해졌는데, 역시 눈뜨고 볼 수 없는 변화를 겪고 있었다. 고기를 먹을 수 없는 것이 당연했지만, 나훔이 손쓸 수 있는 방법은 없었다. 마을 수의사들은 나훔의 집을 찾아가려 하지 않았고, 가까스로 불러온 아컴 시내의 수의사들은 눈앞에 펼쳐진 광경에 망연자실할 뿐이었다. 돼지는 잿빛으로 변하는가 싶더니 이내 몸통이 조각조각 떨어지면서 죽어갔다. 특히 눈과 주둥이 부분에 독특한 변화가 나타났다. 돼지에게 마당에서 나는 채소 비슷한 어떤 것도 먹인 일이 없었으므로 그런 변화를 설명할 방법도 없었다. 다음 차례는 젖소였다. 젖소의 몸뚱이 일부 혹은 전체가 오그라들면서 죽었고, 역시 몸통이 덩어리씩 떨어져 나가는 경우도 있었다. 이제 가축이 나자빠지는 게 놀랄 일이 아니게 되었지만, 잿빛으로 변해 푸석푸석해진 마지막 단계에서 몸통이 분해되는 현상만은 예사로 넘길 수 있는 일이 아니었다. 축사가 철저히 격리된 상태였다는 사실을 떠올리면 독극물에 의한 중독 현상으로 보기 어려웠으며, 가축들이 다른 동물을 물거나 하지도 않았으니 바이러스 감염일 확률도 극히 적었다. 무엇보다 철저히 막아놓은 축사의 벽을 뚫고 들어갈 만한 생물체가 없으리라는 것이 더욱 그러했다. 그렇다면 자연적인 병사라는 결론만 남게 되지만, 그처럼 유례가 없을 정도로 악랄한 병증을 일으킬만한 질병이 존재하는지 의문이었다.

추수의 계절이건만 가축은 떼죽음을 당하고 개들은 모두 어디론가 도망쳐버린 나훔의 농가에는 생명의 기운이 느껴지지 않았다. 개 세 마리가 어느 날 밤 한꺼번에 사라지기도 했고, 고양이 다섯 마리도 언제인지 모르게 농가를 떠났다. 주변에 잡아먹을 쥐 한 마리 얼씬하지 않았던 데다 정성껏 돌봐 주던 가드너 부인마저 정신 착란으로 다락방에 갇히는 신세가 됐으니 남아 있었다면 그 역시 이상한 일이었다.

10월 19일, 나훔은 비틀거리며 아미의 집을 찾아가 끔찍한 소식을 전했다. 새디어스가 다락방에 갇힌 채 죽고 만 것이었다. 나훔은 농장 뒤 울타리를 쳐 놓았던 자투리땅에 무덤을 파고, 새디어스(그 시신을 사람의 형상이라고 할 수 있다면)를 묻었다. 새디어스가 갇혀 있던 다락방은 항상 문을 잠그고 작은 창문마저 막아 놓았으므로 어떤 것도 외부에서 침입할 수 없었다. 새디어스의 마지막 모습은 축사에서 벌어진 광경 그대로였다.

아미와 그의 아내는 절망에 몸부리치는 나훔을 정성껏 위로했지만, 그들도 끔찍한 파멸의 그림자에 몸을 떨어야 했다. 묵직하고 견고한 공포가 가드너 일가의 주변에 버티고 서서 그들의 운명을 옥죄고 있었건만 그 정체를 알 길이 없었다. 아미는 무척 주저하는 낯빛으로 나훔을 집까지 바래다주었으며, 막내 메르윈의 발작적인 흐느낌을 진정시키기 위해 할 수 있는 일을 다 동원했다. 반면 제나스는 따로 보살피지 않아도 될 만큼 담담한 상태였다. 장남 제나스는 늦게 집에 돌아와 그저 멍한 눈빛으로 앉아 있다가 아버지가 시키는 일을 묵묵히 해냈다. 아미는 제나스를 지켜보며 그나마 천만 다행이라고 생각했다.

메르윈이 간헐적으로 비명을 지를 때마다 2층 다락방에서도 희미한 소리가 들려왔다. 아미가 나훔의 아내를 좀 봤으면 좋겠다고 말하자, 나훔은 아내가 몹시 허약해진 상태라며 망설였다. 땅거미가 지기 시작하면서 아미는 겨우 그 집에서 발걸음을 뗄 수 있었다. 채소밭과 나무 사이에서 희미한 불빛이 일렁이고, 바람 한 점 없는 날씨에도 이리저리 흔들리는 모습을 지켜보면서 아미는 아무리 우정이 소중하다 해도 그곳에 더 이상 머무를 엄두가 나지 않았던 것이다. 그가 상상력이 풍부한 사람이 아니었다는 것이 천만 다행이었다. 농장 주변의 기이한 광경에 약간 동요를 느끼기는 했지만, 만약 목격한 광경을 곰곰이 따져봤다면 아미 또한 완전한 광기에 빠져들었을 것이 틀림없다. 어스름한 황혼녘, 미친 여자와 아이의 울부짖음이 좀처럼 귓가에서 떠나지 않는 채로 그는 서둘러 집으로 향했다.

그로부터 나흘 후, 나훔은 새벽 여명을 등지고 아미의 부엌으로 뛰어들었다. 아미가 자리에 없었지만, 그는 피어스 부인의 소매를 붙잡고 또 한 번의 절망적인 소식을 토해냈던 것이다. 피어스 부인은 마음을 다해 나훔의 얘기를 들어주었지만, 그녀 역시 온몸에 한기가 돋는 것을 어쩌지 못했다. 이번에는 메르윈이었다. 그 아이가 사라져 버린 것이었다. 한밤에 등잔불과 들통을 들고 우물을 향한 아이가 이후 돌아오지 않았다. 아이는 며칠 동안 완전히 넋이 나간 상태였고, 무엇이든 눈에 띌 때마다 비명을 질러댔다고 했다.

메르윈이 실종되기 직전 마당에서 비명 소리가 들려왔다. 나훔이 부랴부랴 우물가로 달려갔지만 아이는 이미 없어진 후였다. 아이가 들고 나간 등잔불의 불빛도 보이지 않았고, 아이의 흔적도 온데간데없었다. 문득 나훔은 등잔불과 들통도 함께 사라진 것을 깨달았다. 새벽녘까지 밤새 숲과 들판을 헤매었지만, 나훔이 발견한 것은 우물가에 남겨진 기이한 물체뿐이었다. 녹다 만 철제 물건으로 상당히 찌그러져 있었지만, 나훔의 생각에는 메르윈이 가져갔던 등잔처럼 보였다. 한편 반원형 손잡이와 뒤틀린 철제 버팀목으로 보아 들통의 잔해도 남아 있는 것 같았다. 그것이 전부였다.

나훔이 간밤에 일어난 일을 설명하는 동안 피어스 부인은 멍하니 귀를 기울였고, 마침 집에 돌아온 아미는 무슨 말을 해야 할지 애처롭고 당혹스러울 뿐이었다. 메르윈이 실종된 사실을 주변에 알려도 아무 소용이 없었다. 이미 사람들이 나훔 가드너 일가를 피한지 오래됐기 때문이었다. 그렇다고 아컴 시내에 도움을 청해 보았자 돌아오는 것은 비웃음과 조롱뿐일 터였다. 새디어스가 죽었고, 이제 메르윈이 사라졌다. 어떤 형체가 줄기차게 다가오고 있으며, 곧 그 모습과 음향을 드러낼 것만 같았다. 나훔은 잠시 후 집으로 향하며 만약 자신에게 무슨 일이 생긴다면 제나스와 아내를 돌봐 달라고 아미에게 부탁했다. 아미는 나훔의 얼굴에서 뭔가 심판의 순간이 오고 있음을 깨달았다. 그러나 왜 하필 자신의 친구 나훔에게 그런 일이 벌어져야 하는지 알 수가 없었다. 그가 아는 한 나훔은 신앙심이 독실하고 큰 욕심 없이 성실한 삶을 살아온 인물이었기 때문이다.

그로부터 2주 넘게 아미는 나훔의 모습을 볼 수 없었다. 또 무슨 일이 벌어졌을까 줄곧 전전긍긍하던 터라, 아미는 두려움을 억누르고 가드너 농가를 찾아갔다. 불을 땐 흔적조차 보이는 않는 큼지막한 굴뚝을 바라보며 아미의 근심은 순간 절정에 달했다. 잿빛으로 시든 풀밭과 낙엽, 낡은 건물 벽과 박공에서 부스스 늘어진 덩굴손, 11월의 창공을 향해 헐벗은 모습으로 서 있는 나무들, 농가의 모습은 가히 충격적이었다. 아미는 나무 가지가 기이하게 기울어져 있는 모습에서 뭔가 악의적인 기운이 자신을 노려보고 있다는 섬뜩한 전율을 느꼈다.

그러나 다행히 나훔은 살아 있었다. 병든 채 천장이 야트막한 부엌 소파에 누워 있었다. 제나스를 부르며 간단한 심부름을 시키는 등 정신은 아직 온전한 것 같았다. 집 안은 소름이 돋을 정도로 추웠다. 아미가 줄곧 몸을 떨자, 나홈은 나무를 더 가져오라며 그때까지도 모습을 보이지 않는 제나스에게 고함을 질렀다. 움푹한 벽난로는 휑하니 빈 채 거센 바람에 쫓긴 매연이 굴뚝 밑으로 시커멓게 가라앉을 뿐, 정말 필요한 것이 있다면 그의 말대로 땔감인 것 같았다. 이윽고 나홈은 아미에게 땔감을 더 가져오면 좀 편해질 것 같다며 입을 열었다. 그제서야 아미는 사태를 파악할 수 있었다. 그 꿋꿋했던 나홈의 정신력이 마침내 파탄에 이른 게 분명했다. 그 가엾은 농부에겐 더 이상 절망할 여지도 없었던 것이다.

조심스럽게 질문을 해 보았지만, 아미는 제나스의 행방에 대해 아무런 얘기도 들을 수 없었다.

"우물에 있어……. 우물에서 살고 있다고."

그것이 아들의 행방을 묻는 질문에 아버지가 한 답변의 전부였다.

문득 가드너 부인에 대한 생각이 아미의 뇌리로 스쳐갔다. 그는 자세를 고쳐 앉으며 가드너 부인에 대해 물었다.

"집사람? 여기 있잖아!"

가엾은 나홈은 느닷없이 그렇게 소리를 질렀고, 아미는 직접 가드너 부인을 찾아볼 생각으로 자리에서 일어섰다.

헛소리를 지껄이긴 해도 별 일 없으리라는 생각에 나홈을 그대로 놔둔 채, 아미는 삐거덕거리는 계단을 올라갔다. 점점 악취가 진동할 뿐 아무 소리도 들리지 않았다. 네 개의 방문 중 한 곳에만 자물쇠가 채워져 있었고, 아미는 1층에서 가져온 열쇠꾸러미를 더듬거리며 열쇠를 맞춰 나갔다. 가까스로 문이 열리자 아미는 잠시 머뭇거리다가 그 흰색 문을 활짝 열어 젖혔다.

작은 창문마저 널빤지로 막아놓은 상태라 방 안은 몹시 어두웠다. 아미는 널찍한 마룻바닥에서 아무것도 볼 수 없었다. 악취를 참기 어려웠으므로 그는 밖으로 나갔다가 숨을 몰아쉰 후 다시 방 안으로 들어왔다. 그때 한쪽 구석에서 검은 물체가 보이는 것 같았다. 그는 그쪽으로 다가갔고, 이내 단말마의 비명을 질렀다. 아미는 비명을 지르는 동안에도 순간적으로 구름이 창가를 뒤덮는 느낌을 받았다. 곧바로 기이한 증기가 그의 몸을 휘감았고, 그는 미친 듯이 몸을 털며 증기를 쫓아내려고 애썼다. 눈앞에서 기묘한 색깔들이 춤을 추고 있었다. 그가 발작적인 공포에 사로잡히지 않았다면, 언젠가 대학 교수 중 한 사람이 해머로 부순 작은 구체와 그 해 봄에 싹을 틔웠던 병적인 채소의 색깔을 떠올릴 수 있었을지 모른다. 그러나 당시 그의 머릿속에 떠오른 것은 이 불경스러운 괴물이 새디어스와 가축의 운명을 농락했다는 확신뿐이었다. 무엇보다 끔찍한 것은 그 괴물이 아주 느릿느릿 움직이며 끊임없이 여러 갈래로 분열하는 듯한 모습이었다.

아미 노인은 그때의 광경에 대해 자세한 언급을 하지 않았으며, 다락방 구석에서 보았다는 움직이는 물체에 대해서도 다신 입에 올리지 않았다. 세상에는 불가해한 일들이 많으며, 평범한 인간에게도 자연의 가혹한 형벌이 내려질 때가 있는 법이라고 덧붙였을 뿐이다. 나는 그 물체가 다락방에 남아 있을 거라고 생각하지 않는다. 만약 그게 아직 건재하다면, 그건 인간에게 영원한 저주와 고통을 의미하는 것일 테니까 말이다. 아무리 건장하고 굳센 농부라고 해도 정신을 잃거나 미쳐 버릴 상황이었지만, 아미는 가까스로 다락방 문을 닫고 그 저주스러운 비밀에 다시 자물쇠를 채울 수 있었다. 이제 나훔을 돌봐야 한다는 생각도 들었다. 적당한 곳으로 데려가 요양을 취해야 할 터였다.

아미가 어두운 계단을 내려갈 때, 아래쪽에서 쿵 하는 소리가 들려왔다. 방금 전 다락방에서 온몸을 휘감던 차갑고 끈적끈적한 기체가 떠올라 아미는 심장이 얼어붙는 것 같았다. 그는 겁에 질려 계단에 멈추어 섰는데, 아래쪽에서 여전히 또 다른 소리가 들려왔다. 육중한 물체가 질질 끌려가는 것 같았고, 무엇보다 뭔가를 빨아들이는 듯한 교활하고 역겨운 음향에 소름이 쫙 끼쳤다. 다락방에서 맞닥뜨린 정체불명의 물체가 또 떠올랐다. 자비로운 신이시여! 혼을 빼놓는 저 악몽 같은 존재는 무엇입니까? 아미는 안절부절못한 채 사시나무 떨듯 계단에 못 박혀 있었다. 머릿속이 시커멓게 타 들어가는 것 같았다. 지척에서 느껴지는 극악무도한 존재와 소리와 어둠, 가파른 계단의 위태롭게 서 있는 자신의 모습……. 신이시여 자비를 베푸소서! 그는 주위의 목재로 된 물건마다 희미한 빛이 비추는 것을 지켜보았다. 계단이며, 난간, 천장과 대들보까지 온통 빛을 발하고 있었다.

그때였다. 바깥에서 아미의 말이 미친 듯 울부짖는가 싶더니 이내 말발굽 소리가 멀어졌다. 잠시 후 말발굽 소리와 마차의 덜커덕거림도 귓가에서 사라져 버렸다. 공포에 사로잡힌 아미는 어두운 계단에 홀로 남아 무엇이 그토록 말을 놀라게 했을까 섬뜩한 추측을 할 뿐이었다. 그러나 그게 전부가 아니었다. 다른 소리가 들려왔다. 물방울이 떨어지는 소리를 보면 우물가가 분명했다. 우물가에 말을 묶어 놓았고, 방금 전 마차가 덜커덕거리며 사라진 것도 우물의 갓돌과 주변 돌멩이를 스쳤기 때문이었다. 낡아빠진 목재 물건들에서는 여전히 푸른빛 인광이 빛을 발하고 있었다. 참으로 낡고 오래된 집이었다. 건물 대부분이 1670년 이전에 지어진 모습 그대로였으며, 박공지붕을 얹은 것도 1730년 직후였으니까 말이다.

아래쪽에서 바닥을 긁어대는 소리가 점점 또렷해졌고, 아미는 다락방에서 가져온 몽둥이를 꽉 움켜쥐었다. 그는 천천히 계단을 내려선 후, 부엌을 향해 뛰어들었다. 그러나 이내 그는 떡하니 자리에 멈춰서 버렸다. 그가 예상했던 섬뜩한 괴물의 모습은 온데간데없었다. 그러나 그것은 일정한 형체를 모방하면서 움직이고 있었다. 스스로 기어서 움직이는 것 같기도 했고, 외부의 힘에 의해 질질 끌려가는 것 같기도 했다. 아무튼 그 집에 죽음의 그림자가 드리워져 있음은 분명했다. 아미는 실체 없는 형체에 가까이 다가갈 엄두가 나지 않았는데, 그것은 점점 사람의 얼굴이 일그러지는 모습으로 변하기 시작했다.

"나훔, 저게 뭐야? 뭐냐고?"

아미가 그렇게 묻자, 갈라지고 터진 나훔의 입술 사이로 괴이한 말들이 흘러나왔다.

"아무것도……. 아무것도 아냐……. 색깔……. 타고 있어. 차갑고 축축해. 그러나 타고 있어……. 우물에 살고 있지. 내가 그곳으로 보냈으니까. 연기 같기도 하고……. 지난 봄에 핀 꽃 같기도 하고, 밤이면 우물이 빛나지. 새디어스와 메르윈, 제나스 모두 살아 있어. 무엇이건 닥치는 대로 생명을 빨아먹지……. 그 돌 속에서……. 그 돌 속에 실려 와서 어디든 돌아다니지. 뭘 원하는지 모르겠어. 그 둥그스름한 작은 물체, 교수가 돌에서 파내 부숴 버린 그 물체……. 꽃과 채소와 똑같은 색깔이지. 씨앗, 씨앗에서 점점 자라거든. 이번 주에 처음으로 내 눈앞에 나타났지. 그리고 제나스를 데려갔어. 알잖아, 제나스가 얼마나 튼튼한 아이였는지 말이야. 정신을 쏙 빼놓고는 순식간에 낚아채 버렸을 거야. 그리고는 우물 속에서 태워 버리지. 자네 말이 맞았어. 우물에 악마가 들었거든. 제나스는 우물에서 다시 나오지 않았지. 벗어날 수 없어……. 뭔가 다가오지만 발버둥 쳐도 소용없는 일……. 아미, 집사람은 어딨지? 머리가 이상해……. 집사람에게 먹을 것을 갖다 준 지가 얼마나 됐을까……. 놈이 집사람을 빼앗아 갔어. 그 색깔……. 집사람의 얼굴에서도 밤마다 그 색깔이 나타났지. 태우고 빨아들이고……. 우리가 모르는 곳에서 온 것이 분명해. 왜, 그때 교수들도 그렇게 말했잖아, 그 말이 맞았어. 아미, 조심하게. 그놈이 또 다른 짓을 할 테니까. 생명을 빨아서……."

그러나 그것이 전부였다. 나훔의 얼굴로 변해 말을 하던 형체가 그 순간 푹 꺼져 버리면서 더 이상 아무런 소리도 들리지 않았다. 그는 나훔의 집 창가를 통해 우물가의 모습을 바라보았다. 마차나 떨어진 물건의 흔적은 없었으므로, 물방울 소리는 뭔가 다른 의미였다. 나훔에게 무슨 일이 벌어진 직후, 무엇인가 우물 속으로 빠진 것이었다. 그는 붉은색 체크무늬 식탁보 위에 남겨진 형체를 지켜보다 비틀거리며 뒷문을 열고 밖으로 나왔다. 1만2천여 평의 목장으로 난 오르막길을 오르고, 북쪽 도로와 숲을 따라 집으로 향하는 그의 발걸음은 여전히 비틀거렸다. 말과 마차가 사라져 버린 앞마당의 우물가를 지나갈 자신이 없었던 것이다.

아미가 집에 도착했을 때, 사라진 말과 마차의 모습이 보였고, 아내는 남편 걱정에 사색이 된 얼굴이었다. 그는 자세한 설명 없이 아내를 안심시킨 후, 곧장 아컴으로 가서 가드너 가족에게 일어난 일을 경찰에 신고했다. 자세한 내막은 생략한 채 그저 나훔과 그의 아내, 새디어스가 죽었으며, 가축이 떼죽음 당했던 것처럼 그들도 이상한 병에 걸려 죽은 것 같다고 말했다. 메르윈과 제나스가 실종됐다는 소식도 전했다. 경찰관들은 나훔의 말에 이것저것 캐묻기 시작했고, 결국 아미는 경찰관 세 명과 검시관, 전에 나훔의 집에 들른 적 있는 수의사를 대동하고 그 끔찍했던 농가를 다시 찾아야 했다. 이미 날이 저물어 갔고, 아미는 그 저주받은 곳에서 마주할 어둠이 두려웠지만, 여러 사람들과 함께 간다는 사실에서 조금이나마 위안을 얻고 싶었다.

마부까지 합쳐 여섯 명이 짐마차를 타고 아미의 마차를 따라 나훔의 농가에 도착한 시각은 오후 4시경이었다. 끔찍한 범죄에 어느 정도 이골이 난 경찰들과 의사도 다락방과 부엌 식탁 주변에서 마주친 광경에 망연자실 할 말을 잃었다. 잿빛만 무성한 황량한 광경도 끔찍했거니와, 갈기갈기 찢겨지고 토막난 두 개의 시신이 사방에 뒹굴고 있었던 것이다. 누구도 그 광경을 오랫동안 지켜볼 수 없었으며, 검시관마저 별달리 조사해 볼 필요도 없을 것 같다며 꽁무니를 뺐다. 그러나 표본을 분석할 필요는 있었으므로 서둘러 단서가 될 만한 것들을 채취했다. 그때 채취한 두 병 분량의 분진이 대학교 실험실로 보내졌으나 사건의 수수께끼를 풀기엔 역부족이었다. 분광기 밑에서 표본은 정체불명의 스펙트럼을 나타냈고, 그 기이한 줄무늬는 1년 전 유성 표본을 관찰할 때와 똑같은 것이었다. 그리고 한 달 만에 스펙트럼의 특징이 완전히 사라져 버렸고, 표본 성분이 알칼리성 인산염과 탄산염이라는 사실만 밝혀지고 끝나기에 이르렀다.

아미는 경찰관들이 무슨 일을 벌일지 몰라 우물에 대해서는 말을 하지 않았다. 점점 일몰이 다가오면서 속히 그곳을 떠나고 싶다는 생각만 간절했다. 그러나 초조한 마음 때문에 우물가를 자꾸 흘깃거렸고, 그 모습을 수상하게 여긴 경찰관이 다그치자 나훔이 우물을 무척 두려워했다는 사실과 메르윈과 제나스의 실종과 관련해 그 우물 속을 찾아볼 생각은 하지 못했다고 실토했다. 이제 남은 일은 우물에서 물을 빼내고 그 내부를 속히 조사해 보는 것이었다.

우물 속으로 줄줄이 물통이 떨어졌다 올라오는 모습을 지켜보며 아미는 겁에 질려 있었다. 경찰관들은 우물 속에서 솟구치는 악취에 연신 코를 틀어쥐었다. 우물이 그리 깊지 않았으므로 소름끼치는 장면이 펼쳐지는 데는 그리 오랜 시간이 걸리지 않았다. 그들의 눈앞에 나타난 것을 굳이 설명할 필요는 없을 것이다. 메르윈과 제나스가 우물 밑바닥에 있었으며, 대부분 해골의 모습이었다. 작은 사슴과 덩치 큰 개의 해골도 발견됐으며, 그 외에도 무수한 동물의 뼈가 묻혀 있었다. 우물 바닥은 끈적끈적한 분비물이 가득했는데, 작은 구멍에선 거품까지 일었다. 경찰관 한 명이 길다란 막대를 우물 바닥에 찔러 넣어 봤는데, 어느 쪽으로든 막힘 없이 질편한 땅 밑 깊숙이 파고드는 것이었다.

이제 땅거미가 졌고, 사람들은 나훔의 집에서 등잔불을 가져왔다. 얼마 후, 그들은 더 나올 것이 없다고 판단하고 집 안으로 들어가 이후 계획을 의논하기 시작했다. 그동안 집 마당에는 반달이 토해내는 괴괴한 달빛이 찾아들었다. 사람들이 사건의 내막을 제대로 이해하는 건 무리였다. 기형적인 채소와 식물, 가축과 사람을 유린했다는 원인 모를 질병, 우물 속에서 발견된 메르윈과 제나스의 해골 등등 어느 것 하나 그럴듯한 관련성을 찾아내지 못했다. 그들도 마을에 떠도는 소문을 익히 알고 있었다. 그러나 자연의 법칙과 어긋나는 일련의 사건들을 그대로 믿을 수만은 없었다. 운석이 떨어진 이후 토양이 중독됐을 가능성이 있지만, 그 토양에서 자란 채소나 과일들을 입에 대지 않았던 나훔 가족과 가축의 죽음은 별개의 문제였다. 그렇다면 물 때문일까? 가능성은 충분했다. 우물물을 분석하는 편이 현명해 보였다. 그러나 두 소년을 우물 속으로 뛰어들게 만들었던 광기를 어떻게 설명할 것인가? 우물 속에서 발견된 다른 동물들, 또 그 뼈가 한결같이 잿빛을 띠고 금방 부서질 듯 푸석푸석했다는 점도 이상하기는 마찬가지였다. 왜 모든 것이 잿빛이며 부서지기 쉬운 상태로 남아 있는가?

창가 가까이 앉아 있던 사람이 우물가에 일렁이는 빛을 처음으로 목격했다. 이미 사위는 어둠에 잠겨 있었으며, 마당에 희미하게 일렁이는 오싹한 빛은 분명 달빛과는 다른 것이었다. 달빛에 비해 선명한 것이 마치 탐조등에서 뿜어져 나온 불빛 같았고, 특히 텅 빈 우물가의 주변에 기묘한 음영을 만들고 있었다. 몹시 기이한 색깔 때문에 사람들이 우르르 창가로 몰려들자, 아미는 다시 한 번 놀란 가슴을 쓸어내려야 했다. 그 색깔이며 스멀거리는 기체의 움직임을 그가 모를 리 없었다. 또 다시 무슨 일이 벌어질지 모른다는 초조감이 솟구쳤다. 암석에서 파낸 작은 구체, 괴상망측한 채소와 식물에서도 그와 똑같은 색깔을 보았고, 게다가 그날 아침에 다락방의 작은 창가에서 직접 경험한 일이었다. 그 빛이 순간적으로 번뜩였다가 차갑고 역겨운 기체가 그의 온몸을 더듬듯 휘감지 않았던가? 나훔의 육체와 정신을 빼앗은 것은 그 색깔이었다. 아미는 나훔의 마지막 말을 떠올렸다. 작은 구체와 식물을 닮았다는 그 말. 그리고 아미가 도망치는 순간 우물에서 첨벙하는 소리가 들려 왔다. 그리고 지금 또 다시 우물이 악마의 색깔처럼 불길한 빛을 토하고 있는 것이었다.

아미는 자신의 두려움과 팽팽한 긴장감을 과학적 근거를 들어 설명할 수 없다는 사실을 잘 알고 있었다. 그러나 창가에서 기체를 보았으며, 어둡고 황량한 풍경에서 안개처럼 일렁이는 푸른 인광을 보았다는 사실을 부인할 수 없었다. 있을 수 없는 일이며, 분명 자연의 이치에 맞지 않았다. 그는 뭔가에 홀린 듯했던 친구의 말을 떠올렸다. '우리가 모르는 곳에서 온 것이 분명해. 왜, 그때 교수들도 그렇게 말했잖아…….'

길가에 세워 놓은 말 세 필이 날카롭게 울며 발길질을 하기 시작했다. 한 사람이 문가로 뛰어가는 순간, 아미는 떨리는 손으로 그를 막아섰다.

"나가면 안 돼요. 망측한 일들이 벌어지고 있습니다. 생명을 빨아먹는 괴물이 저 우물 속에 있다고 나훔이 말했어요. 지난해 6월, 이곳에 떨어진 유성에 박혀 있던 작고 둥그런 물체에서 그 괴물이 자랐다고 말입니다. 빨아먹고 태워버리는 괴물! 색깔이 뭉쳐진 구름 같은 놈이죠. 저기 있는 빛처럼. 눈으로 본다고 해도 그 정체를 설명하긴 힘들어요. 어쨌든 나훔 말로는 그게 살아 있는 생물을 먹어 치우면서 점점 강해진다고 했어요. 자기 눈으로 똑똑히 봤다고 하더군요. 지난해 대학 교수들이 말한 것처럼 유성과 함께 외계에서 날아온 사람 비슷한 존재일지도 몰라요. 움직임이나 생김새가 우리와 완전히 다르지만요. 아무튼 우리가 모르는 곳에서 찾아온 놈이에요."

사람들은 우물가의 빛이 점점 강렬해지는 것을 지켜보며 멈칫한 채, 사납게 울부짖는 말들의 비명 소리를 듣고 있었다. 말들의 행동은 정말 끔찍한 일을 예고하는 것이었다. 저주받은 낡은 농가는 공포로 짓눌려 있었고, 집 안과 우물에서 각각 두 구씩 발견된 시신의 잔해들 및 눈앞에서 일렁이는 불경한 빛깔에 모두들 겁에 질린 표정이었다. 아미는 사람들이 섣불리 행동하지 못하게 막고 있었지만, 그날 아침 다락방에서 기체가 달려들었을 때 어떻게 자신이 무사할 수 있었는지 기억할 수 없었다. 딱히 특별한 방법을 취했다기보다는 그저 마음에 이끌리는 대로 행동한 것 같았다. 밤의 대기를 떠도는 그 존재의 정체에 대해서는 누구도 모를 것이었다. 그때까지 우물 속의 존재는 사람들에게 해를 끼치지 않고 있었지만, 마지막 순간에 어떻게 돌변할지 몰랐다. 게다가 겉으로 보기에도 그 힘이 점점 강해지고 있었으며, 달빛까지 기이한 색깔을 머금은 가운데 무슨 고약한 의도를 금방이라도 드러낼 것만 같았다.

그런데 창가에 있던 경찰관 한 명이 느닷없이 숨을 몰아쉬기 시작했다. 그의 얼굴을 따라 위쪽으로 향해진 사람들의 시선이 허공에서 일순 멈추어 버렸다. 말이 필요 없었다. 마을에 떠도는 소문이 온전히 사실로 밝혀지는 순간이었으며, 이후 누구도 아컴에서 그 기이한 날에 대해 함부로 입을 놀려서는 안 된다는 금기가 시작되는 순간이었다. 그 시간 바람은 전혀 불지 않았다. 잿빛으로 반짝이던 울타리의 잔가지도, 짐마차의 지붕도 움직임이 없을 만큼 바람 한 점 없었다. 그런데도 무서운 적막감 속에서 나뭇가지들이 흔들리고 있었다. 흔들리는 정도가 아니라, 간질병 환자처럼 달빛 창공을 향해 발작적으로 뒤틀리며, 땅속뿌리를 타고 올라온 지독한 공포에 휘둘리듯 허공을 마구 할퀴는 것이었다. 모두 숨조차 제대로 쉬지 못했다. 그때 검은색 구름 하나가 달무리를 지나갔고, 악다구니를 쓰던 나뭇가지들의 그림자도 조금씩 움직임을 멈추기 시작했다. 봇물 터지듯 한순간에 비명이 터져 나왔으며, 놀라움에 억눌려 있던 단말마의 비명이 첫소리처럼 여기저기서 토해졌다. 나뭇가지의 흔들림이 잦아지는 것과는 달리 그들의 공포는 사그라지지 않았으며, 나무 꼭대기에 미세한 빛들이 일렁이는 순간 그들의 공포감은 훨씬 격렬해졌다. 세인트 엘모[24]의 불과 오순절 사도의 머리에 강림한 불꽃처럼 나뭇가지 끝에는 불빛이 가득했다. 시체로 든든히 배를 채운 반딧불들이 저주받은 초원에서 지옥의 무곡에 맞춰 춤을 추는 광경이었으며, 그 색깔은 당연히 아미가 기억하는 미지의 침입자와 똑같은 것이었다. 우물에서 분출한 푸른 빛 광선이 점점 강렬해졌고, 완전히 넋 잃은 사람들은 극도의 혼돈 속에서 인간의 상상력을 압도하는 해괴한 그림자와 운명을 예감할 뿐이었다. 곧이어 쇄도하듯 우물에서 나온 기묘한 색채와 무형의 기체 덩어리는 곧바로 하늘을 향해 비상했다.

수의사가 비틀거리며 문가로 다가가 남은 빗장마저 걸어 잠갔다. 한편 아미는 나무마다 훨씬 또렷해진 빛깔을 보라며 떨리는 음성으로 간신히 말했다. 겁에 질린 말들의 울음소리와 발길질은 절정으로 치달았지만, 누구도 감히 밖으로 나갈 생각을 하지 못했다. 빛이 강렬해질수록 나뭇가지들은 하나같이 수직 방향으로 움직이느라 기를 쓰는 모습이었다. 경찰관 한 명이 말없이 서쪽 돌담 옆의 헛간과 벌집을 가리켰다. 그곳에서도 빛이 일렁이기 시작했지만, 마차 주변에는 별 이상이 없어 보였다. 그러나 그것도 잠시, 거친 소란과 말발굽 소리가 터져 나왔고, 아미는 바깥의 상황을 좀 더 제대로 살필 요량으로 등잔 불빛을 어둡게 했다. 날뛰던 말들이 마차를 끌고 마구 달려가는 모습이 보였다.

사람들은 경악에 빠진 채 혼잣말처럼 서로 수군거리기 시작했다.

"생물을 찾아다니는 것 같아요. 주변에 쫙 퍼져 있어요."

검시관의 말에 아무도 대꾸를 하지 않았지만, 우물 바닥에 내려갔던 경찰관은 장대로 바닥을 휘저은 게 놈을 자극한 것 같다고 말했다.

"정말 끔찍하군요. 바닥 밑에는 분명 아무것도 없었어요. 분비물과 거품으로 가득 차 있었을 뿐, 그저 뭔가 깊숙이 숨어 있는 느낌이라고 할까……."

아미의 말은 여전히 길가에서 귀청이 떨어져라 울었지만, 아미는 속수무책으로 중얼댈 뿐이었다.

"그 돌에서 나왔어요. 저 밑에서 자란 거죠. 생물을 잡아 허기를 채우고, 정신과 육체까지 빼앗아 버리면서 말이죠. 새디어스와 메르윈, 제니스와 가드너 부인, 그리고 나훔을 차례차례 능멸한 겁니다. 모두 우물물을 먹었으니까요. 그래서 그들에게 변화가 생긴 거고요. 이 세상 밖에서 왔다가 이제 왔던 곳으로 돌아가고 있어요."

그가 말을 채 끝나기도 전에, 색깔이 기둥처럼 빛을 발하며 묘한 형태를 띠기 시작했다. 사람들마다 보이는 형태가 달랐으며, 급기야 가엾은 아미의 말은 현실에서는 도저히 불가능할 것 같은 비명을 질렀다. 사람들은 약속이나 한 듯 귀를 막았다. 아미는 치밀어 오르는 공포와 현기증 때문에 창가에서 물러서야 했다. 차마 말로 표현할 수 없는 상황이었다. 그가 다시 창가로 눈을 돌렸을 때, 가엾은 짐승은 산산이 조각난 마차의 잔해 속에 꼼짝없이 누워 있었다. 다음 날 아침에야 아미의 말을 묻어줄 수 있을 것이었다. 그러나 그 순간에는 슬퍼할 겨를도 없었다. 곧바로 경찰관 한 명이 집 안에 뭔가 있는 것 같다는 말을 했기 때문이다. 등잔불을 완전히 꺼 버리자, 어둠 속에서 점점 집 안 전체에 퍼져나가는 푸른빛이 나타났다. 마룻바닥, 붉은 색 카펫, 작은 쇠창살 어디에나 빛이 흔들렸다. 곧이어 푸른빛이 천장과 모서리를 오르내리며 선반과 벽난로에서 번쩍이는가 하면 문짝이며 가구를 빛으로 물들이는 것이었다. 시시각각 빛이 밝아졌고, 급기야 누구든 살아남으려면 속히 그 집을 떠나야 한다는 절박감이 팽배해졌다.

아미는 사람들을 이끌고 뒷문을 통해 목초지 쪽으로 들어섰다. 꿈속을 헤매듯 그들은 발을 헛디디기 일쑤였다. 아무도 고지대 멀리 다다를 때까지 돌아볼 엄두를 내지 못했다. 앞마당을 지나가지 않는 것만도 다행이었다. 하늘을 들쑤실 것만 같았던 나뭇가지들도 이제는 일정한 높이 이상 곧추서지 않았다. 채프먼 개천의 다리 위를 지나칠 즈음, 시커먼 구름이 달빛을 가리는 바람에 그들은 더듬더듬 가까스로 목초지까지 이르렀다.

이윽고 그들은 산골짜기를 향해 돌아서서 이미 아득하게 멀어진 가드너 농가를 바라보았다. 그 주변 땅에서 끔찍한 광경이 연출되고 있었다. 기묘한 색채들이 서로 뒤섞여 농가를 휘감았으며, 나무와 건물, 수풀, 목초까지 죄다 금방이라도 부서져 버릴 것처럼 오싹한 잿빛으로 변해 있었다. 나뭇가지들은 여전히 괴괴한 불꽃을 끝에 매달고, 하늘을 향해 팽팽하게 일어선 모습이었다. 불꽃들은 서서히 농가의 대들보와 헛간과 축사 쪽으로 달라붙기 시작했다. 푸셀리의 그림에서나 볼 수 있을 광경이었으며, 정체 모를 빛이 농가 주변을 완전히 장악한 형국이었다. 우물에서 나온 치명적이고도 은밀한 색깔들이 미지의 스펙트럼으로 소용돌이치며 이곳저곳을 더듬거리면서 때론 겹쳐지다가 혀를 날름거리듯 천천히 빛을 발했다. 그러다가는 어느 순간 팽팽해지면서 끝을 알 수 없는 기묘한 사악함으로 부글부글 끓어오르는 것이었다.

그런데 느닷없이 그 끔찍한 색채가 하늘을 향해 로켓이나 유성처럼 수직으로 솟구쳐 올랐다. 아미와 경찰 관계자들은 숨죽인 채 그 색채가 구름 속에 난 구멍 속으로 흔적도 없이 사라지는 모습을 지켜보았다. 누구도 평생 잊을 수 없는 광경이었다. 아미는 미지의 색채가 은하수 저편으로 사라진 자리에 백조자리와 데네브[25]가 반짝이는 모습을 멍하니 바라보고 있었다. 그러나 이내 그의 눈길은 다급히 산골짜기 속으로 향했다. 그곳에서 폭발음이 들려왔던 것이다. 그러나 소리뿐이었다. 엄청난 굉음과 함께 나무가 쪼개지고 넘어졌지만, 당시 그곳에 있던 사람들은 결코 폭발은 아니었다고 단언했다. 그러나 그 처참한 농가에서 곧바로 격렬한 빛이 터지고, 비범한 불꽃과 물질이 사방으로 튀어 올랐다는 것을 보면, 폭발과 비슷한 일이 벌어진 모양이었다.

사람들은 강렬한 빛에 눈을 가렸고, 이윽고 하늘에서는 지구상에 존재하지 않는 색채와 환상적인 파편들이 폭우처럼 퍼붓기 시작했다. 사람들은 뿌옇게 이는 기체들을 질겁하며 털어냈지만, 그것들은 이내 사라져 버렸다. 나훔의 농가가 일순 그들의 시야에서 사라져 버린 것도 그 순간이었다. 남은 것은 이제 그들이 다시는 돌아갈 수 없을 암흑뿐이었다. 한편 별과 별 사이, 그 성간 공간에서 거친 돌풍이 일어 모든 것을 집어삼킬 태세였다. 돌풍은 악을 쓰고 울부짖으며 우주의 광기를 뿜어내듯 들판과 나자빠진 잡목을 유린해 갔다. 달빛이 다시 나훔의 농가를 비추었고, 과연 그곳이 어떻게 변했는지 확인하고자 기다리기에는 그들의 공포와 피로가 너무도 짙었다.

일곱 명의 사내는 북쪽 도로를 따라 아컴을 향해 무거운 발걸음을 옮기기 시작했고, 공포에 짓눌려 누구도 감히 입을 떼려하지 않았다. 누구보다 충격이 컸던 아미는 사람들에게 잠시 자신의 집에 들러 쉬었다 가기를 간청했다. 혼자서 바람이 휘몰아치는 황량한 숲가를 지나 집까지 가야 한다는 사실이 두려웠던 탓이다. 그는 다른 사람들에 비해 계속해서 끔찍한 일을 겪어 왔으므로 그만큼 고통의 골도 깊을 수밖에 없었다. 그래서 이후 오랫동안 그날에 대해 어떤 말도 입에 올리지 않았는지 모른다. 그들이 아미가 청한 대로 폭풍이 소용돌이치는 언덕으로 발걸음을 돌렸을 때, 아미는 문득 불행한 친구가 잠들어 있을 황폐한 계곡의 어둠 속으로 시선을 돌렸다. 그런데 뭔가 은밀하게 움직이더니 미지의 색채가 하늘로 솟구쳤던 곳으로 다시 가라앉는 것이었다. 색채였다. 그는 그 색채를 알아볼 수 있었다. 우물 속에 여전히 색채의 마지막 잔영이 남아 있었던 것인데, 그 이후 아미는 그 우물을 다신 내려다보지 않았다.

아미는 다시 그곳을 찾지 않을 생각이었다. 기이한 날 이후 44년이 흘렀다. 그는 저수지가 들어서고 그곳이 물속에 잠긴다는 소식에 안도했다. 나도 마찬가지였다. 내가 지나쳤던 그 우물 입구에서 햇빛이 묘한 색깔로 변화하던 모습을 다시는 떠올리고 싶지 않았다. 나는 저수지의 수심이 아주 깊었으면 하고 바랐다. 물론 그렇다고 해도 그 물을 마실 생각은 없다. 나아가 다시는 아켬 주변에 얼씬도 안 할 마음이었다.

사람들은 아미의 집에서 새벽을 기다렸고, 날이 밝자 아미는 그중 세 명과 함께 다시 나훔의 농가를 찾아갔다. 그러나 거짓말처럼 어디에도 파멸과 혼돈이 벌어진 흔적이 없었다. 그저 굴뚝의 벽돌과 지붕의 갓돌, 몇몇 광석과 금속 조각들이 뒹굴고, 우물 가장 자리가 약간 부서져 있을 뿐이었다. 땅속에 묻어준 아미의 죽은 말과 고쳐서 쓰면 됨직한 마차 외에는 아무것도 간밤의 비극을 말해주지 않았다. 채소밭은 잿빛 먼지로 덮여 있었고, 이후 그곳에서는 어떤 작물도 자라지 않았다. 농가 주변은 지금까지도 숲과 들판 사이에서 산성 물질에 부식된 채로 남아 '마의 황무지'로 불리고 있지만 직접 그곳에 들르는 마을 사람은 없었다.

아미의 이야기에 비해 마을에 떠도는 소문은 미심쩍은 부분이 많았다. 도시 사람들과 대학 연구진들이 버려진 우물의 수질, 혹은 바람 없는 날에도 늘 흩날린다는 잿빛 먼지를 분석하러 오거나 식물학자들이 그곳의 놀라운 식물 군집을 연구하고 돌아갈 때마다 소문은 더욱 기이해졌다. 조금씩 마의 황무지가 팽창하고 있다는 말까지 나돌았다. 1년에 2, 3센티미터씩 넓어진다고도 했다. 여전히 봄날이면 그 주변 식물에서 묘한 색깔이 나타나며, 겨울이면 눈 위에 남아 있는 짐승의 발자국이 불길하기 짝이 없다는 말이 끊이지 않았다. 다른 곳에 비해 마의 황무지에는 눈이 거의 쌓이지 않는다고도 했다. 동력 시대로 접어든 이후 거의 자취를 감춘 말들도 산골짜기의 침묵을 접하면 이내 고개를 떨구고 겁을 먹으며, 사냥꾼은 잿빛 먼지 가까운 곳에서는 사냥개를 믿지 말라는 얘기도 들려왔다.

사람들은 정신에 미친 악영향이 대해서도 숨기려 들지 않았다. 나훔 일가에 변이 생긴 이후 마을에서 미친 사람이 한둘이 아니었고, 마을을 떠나는 사람들도 늘어갔다. 꿋꿋하게 마을을 지킬 것 같던 사람들마저 시간이 지나면서 이내 그곳을 등졌고, 사정을 모르는 외지인들만이 찾아오곤 했다. 그러나 그들도 오래 머물지 못했다. 어떤 이들은 거칠고 음산하기 짝이 없는 악령의 속삭임 때문에 외지인들이 견디지 못했다고 말했다. 한밤중에 그 마을에서 꾸는 꿈들은 어느 곳보다 끔찍한 악몽이라는 말도 나왔다. 어둠의 제국과도 같은 마의 황무지가 사람들에게 병적인 상상력을 자극한 것도 당연할지 모른다. 그곳에서 여행객은 누구나 한 번쯤 기괴한 분위기에 빠져들었고, 화가들은 어떤 정체의 눈길과 혼이 느껴지는 울창한 숲을 화폭에 담다 몸서리를 치곤 했다. 솔직히 나도 아미의 이야기를 듣기 전 홀로 그곳을 지나칠 때 떠도는 소문과 비슷한 감정에 빠져든 것이 사실이다. 땅거미가 질 무렵, 창공의 깊은 공허감이 내 영혼을 사로잡는 것 같아 구름이라도 끼었으면 하고 바랐던 기억이 지금도 생생하다.

나는 개인적인 의견은 말하고 싶지 않다. 아니, 무슨 말을 해야 할지 모르겠다. 아미 외에는 적절한 답을 해줄만한 인물도 없다. 아컴 사람들은 아예 그 기이한 날에 대해 입에 올리기를 꺼려하며, 운석 표본을 채취하고 그 속의 작은 구체를 직접 목격했다는 대학 교수 세 명은 모두 세상을 떠났다. 물론 다른 구체가 남아 있을 가능성은 크다. 누군가 그 존재의 먹이가 될지 모르며, 이미 그렇게 희생된 사람도 있을 것이다. 나는 그것이 아직 우물 속에 남아 있으리라 확신하는 편이다. 우물 가에서 햇빛이 이상하게 변하던 모습을 나는 두 눈으로 똑똑히 목격했다. 황무지가 해마다 조금씩 넓어진다는 소문이 사실이라면, 분명 놈의 성장이나 번식의 가능성도 농후하다. 그것이 악마의 후손이든 아니든, 쉽게 목표물의 혼과 육체를 점령하고 빠른 속도로 세력을 확장할 것이다. 혹시 그날 하늘을 향해 기립하듯 가지를 뻗었다는 나무들의 뿌리 깊숙이 은둔해 있는 것은 아닐까? 요즘 아컴에서는 밤마다 빛을 발하며 움직인다는 큼지막한 참나무 이야기가 나돈다고 한다.

그것이 무엇인지는 아마 신만이 알 것이다. 아미의 설명을 토대로 추측해 본다면 기체일 수도 있다. 그러나 그 기체는 우리의 세계가 아닌 다른 세계의 법칙을 따른다. 우리가 망원경으로 관찰하고 인화지에 나타낼 수 있는 그런 세계와는 다른 미지의 공간 말이다. 아직까지 천문학자들이 밝혀낸 외부 세계에서 생명의 기운은 감지되지 않았다. 아니면 그것이 단지 색채에 불과했다고 말해도 좋을 것이다. 우리가 알고 있는 자연의 경계 너머 무한한 무형의 왕국에서 찾아온 무시무시한 사자(使者) 말이다. 단지 그 모습만 봐도 우리를 경악과 충격에 빠뜨릴 만한 존재와 그들이 태어난 우주의 어느 골짜기.

나는 아미가 의도적으로 내게 거짓말을 했을지 모른다는 의혹도 품고 있다. 그러나 마을 사람들이 인상을 찌푸리며 기피하던 광인의 미친 언어로만 받아들이고 싶지는 않다. 무시무시한 미지의 존재가 유성을 이용해 그 언덕과 골짜기를 찾아왔으며, 여전히 그곳에 남아 있다. 어서 저수지가 완성되기를 소망한다. 그리고 아미에게 아무런 일도 벌어지지 않기를……. 아미는 너무 많은 것을 보고 알고 있으며, 그 때문에 불길한 일을 당할지 모른다. 그는 왜 그곳을 떠나지 못하는 걸까? 어떻게 나훔의 마지막 말을 그토록 정확히 기억할 수 있을까? '벗어날 수 없어……. 뭔가 다가오지만 발버둥 쳐도 소용없는 일…….' 아미는 아주 좋은 사람이다. 저수지 공사가 시작되면 공사 책임자에게 그를 가까이서 살펴달라고 편지를 써야겠다. 그가 잿빛으로 뒤틀려 파삭파삭한 형체로 변하는 모습은 상상도 하기 싫으니까. 하지만 나는 오늘도 그 악몽을 꿀 것 같다.

....

18) 아컴(Arkham): 아컴은 러브크래프트 소설에 등장하는 가상공간 중에서도 중요한 배경이다. 아컴이 처음으로 언급된 소설은 「그 집에 있는 그림」(1920)이다. 현재 매사추세츠의 댄버스 지역인 세일럼을 모델로 삼았다고 알려져 있다. 아컴은 이후 오거스트 덜레스와 윈드레이가 러브크래프트 작품을 전문적으로 출간하기 위해 세운 출판사 이름이 되기도 한다.

19) 살바토르 로사(Salvator Rosa, 1615~1673): 주로 야성적이고 황량한 풍경화와 동판화를 그렸다. 천둥과 번개 등 풍경 묘사에서 악마적이고 초자연적인 분위기가 물씬 풍긴다.

20) 미스캐토닉(Miskatonic): 미스캐토닉이라는 지명은 아컴과 함께 「그 집에 있는 그림」에 처음으로 언급되었으며, 이후 많은 작품에 등장한다. 미스캐토닉 대학이라는 가상의 대학이 처음으로 언급된 작품은 「허버트 웨스트-리애니메이터」이다.

21) 비드만스테텐(Widmannstatten) 구조: 철운석을 질산에 넣어 가공할 때 줄이 교차해서 나타나는 무늬.

22) 마못(woodchuck): 다람쥐과 동물로 북미에 분포함.

23) 앉은부채: 잎이 넓고 꽃이 독특한 다년성 초본 식물. 북미뿐 아니라 우리나라에도 서식하며, 스컹크 배추skunk-cabbage라고 불리는데, 이유가 독특한 냄새 때문이라는 설이 있다.

24) 세인트 엘모의 불(St. Elmo's fire): 지표면의 돌출된 부분에서 방출되는 방전 현상.

25) 데네브(Deneb): 백조 자리에 있는 알파 별.

THE WHISPERER IN DARKNESS

어둠 속에서 속삭이는 자

작품 노트 | 어둠 속에서 속삭이는 자 The Whisperer in Darkness

1930년에 쓰여져 1931년 《위어드 테일즈》 8월 호에 실렸다. 이 소설은 인간 세계에 외계인이 잠입해 있다는 1930년대판 「맨 인 블랙Men In Black」을 연상시킨다. 그러나 다소 장황한 것이 흠이다. 공포와 SF를 적절하게 조화시킨 후기 작품 중에서 이 소설이 차지하는 수준을 놓고 의견이 엇갈린다. 반복적인 표현(이는 다른 작품에서도 종종 발견된다)과 여러 가지 신화적 요소를 차용한데서 오는 산만함이 단점으로 꼽히기도 한다. 그러나 이 소설을 러브크래프트 최고의 대표작으로 평가하는 의견도 적지 않다.

버몬트 주에서 일어난 실제 홍수와 1930년 1월 미국 로웰 천문대의 C. 톰보가 명왕성을 발견한 일이 이 소설의 집필 동기로 알려져 있다. 시기적으로도 명왕성 발견 직후에 쓰여졌고, 러브크래프트는 '유고스(Yuggoth)'라는 행성의 모델로 명왕성을 이용했다. 결말 부분에서 주인공 애클리의 두뇌를 차지한 실체에 대해 의문을 갖고 읽는다면 좀 더 흥미 있게 읽을 수 있다. 그 실체는 과연 '니알라토텝'일까, 아니면 다른 존재, 예를 들어 이 소설에 등장하는 외계 종족 '미-고'일까?

결국에는 내가 어떤 형태로도 공포의 실체를 목격하지는 못했다는 사실에 주목할 필요가 있다. 내가 말하는 내용 — 그날 밤 기어이 한적한 애클리 농가를 뛰쳐나와 버몬트의 황량한 반구형 언덕들 사이로 훔친 자동차를 몰았던 것 — 을 그저 정신적 충격의 소산이라고 말해 버린다면, 내가 경험한 명백한 진실들을 무시하는 셈이다. 나는 직접 보고 들은 만큼 생생한 인상까지 간직하고 있으면서도 정작 나 자신의 끔찍한 추론이 옳은 것인지 그른 것인지조차 알지 못한다. 결국 애클리는 실종되었고, 아무것도 입증할 수 없는 상황이다. 그의 집 안팎에 여기저기 남아 있는 탄흔(彈痕) 외에 사람들은 아무것도 발견하지 못했다. 그저 그가 별 생각 없이 언덕 너머로 산책을 나갔다가 아직까지 돌아오지 않은 것처럼 느껴질 정도다. 누구 방문한 사람이 있다거나, 신비한 기계가 감춰져 있었다는 흔적조차 없다. 그가 태어나 자란 인근의 언덕이 울창한 것, 그가 끝없는 시냇물 소리를 극도로 두려워했다는 사실도 무시되었다. 그 정도의 두려움은 애클리 혼자만의 것이 아니기 때문이다. 게다가 그가 보여준 기이한 행동과 죽음에 대한 과도한 공포도 괴팍스러운 성격 탓으로 간단히 치부되고 말았다.

내가 아는 한 그 사건은 1927년 버몬트에서 벌어진 역사적인 대홍수가 발단이었다. 당시 나는 지금과 마찬가지로 매사추세츠 주 아컴에 있는 미스캐토닉 대학에서 문학을 가르치고 있었으며, 뉴잉글랜드 민속에 특히 관심이 많았다. 홍수 직후 수마가 남긴 참상과 고통, 조직적인 구조 활동 등이 연일 신문 지면을 채웠으며, 그중에서 강물에 떠다니는 물체를 발견했다는 독특한 이야기도 눈에 띄었다. 내 친구들 중에서도 기사와 관련해 이런저런 이야기를 하는 이들이 많았고, 내게 의견을 묻기도 했다. 나는 내 민속학적 지식을 주변에서 인정해 주는 것에 우쭐해서 시골의 오랜 미신에 불과한 것들, 다시 말해 과장되고 불분명해서 무시해도 좋은 이야기들을 들려주었다. 알 만한 사람들조차 떠도는 풍문의 이면에 심상치 않은 진실이 숨어 있을 거라고 주장하는 대목이 꽤 흥미로웠다.

나는 이야기의 대부분을 신문 기사를 통해 알았으며, 그중에는 입에서 입으로 전해지다가 친구 중 한 명이 버몬트 주 하드윅에 사는 어머니와의 서신 대화를 통해 알게 된 사실도 있다. 그 기이한 물체는 다음 세 곳에서 가장 뚜렷이 목격되었다. 하나는 버몬트 주의 주도(州都)인 몬트필리어 인근의 위누스키 강, 또 다른 하나는 뉴페인 너머 윈덤 카운티에 있는 웨스트 강, 마지막 세 번째는 린던빌 북부 칼레도니아 카운티의 패섬시크 강에서였다. 물론 산발적으로 작은 사례들도 있었지만, 자료를 분석한 결과 어느 것이나 위에서 말한 세 가지 부류로 압축할 수 있었다. 각 지역마다 인적 없는 언덕에서 범람한 물속에 아주 기이하고 불경스러운 물체가 떠 있었으며, 마을 노인들 사이에서 반쯤 잊혀진 고대의 전설과 그 물체를 관련시키는 말들이 오간 모양이었다.

목격자들은 그 물체에 대해 지금까지 본 어떤 생물체와도 달랐다고 말했다. 물론 그 비극적인 홍수 기간엔 강물에 인간의 시체가 떠내려온 적도 적지 않았다. 그러나 목격자들은 그것이 크기와 전반적인 생김새가 인간과 비슷하긴 해도 절대 인간 시체는 아니었다고 확신했다. 게다가 버몬트 주에서 알려진 어떤 동물과도 달랐다는 것이다. 분홍빛을 띠고 있으며, 신장이 1미터 50센티미터 정도인 갑각류의 몸통, 큼지막한 등지느러미 혹은 막처럼 생긴 날개가 쌍으로 붙어 있고 관절로 이루어진 다리가 여러 쌍이었다. 머리를 대신해 둘둘 말린 타원체가 있었으며, 타원체에 아주 짧은 촉수로 보이는 물질이 무수히 달려 있었다. 무엇보다 서로 다른 지역 목격자들의 진술이 일치하고 있다는 사실이 놀라웠다. 하지만 산간 지방에 광범위하게 퍼져 있는 오랜 전설이 목격자들의 상상력을 자극함으로써 이상한 그림을 생생하게 떠올리도록 한 것은 아닐까? 그렇게 생각하면 약간 놀라움이 반감되기는 했다. 내 생각에는 그 목격자들 ── 하나같이 벽지 산간 마을의 토박이로 소박한 사람들이었다 ── 이 소용돌이치는 물살에서 사람이나 동물의 썩고 부푼 시체를 보고, 기억에 가물가물한 민담의 환상적인 요소와 그 가없은 시체들을 결부시킨 것으로 보였다.

오래 전부터 구전된 민담이나 전설들은 애매하고 우회적인 내용으로, 요즘에는 거의 잊혀졌지만 매우 독특한 인물이 등장하기도 하는 등 초기 인디언의 전설을 뚜렷하게 반영하고 있는 것들이었다. 나는 버몬트 주에 가본 적은 없지만, 이 지역의 최고 고령자들을 대상으로 조사한 1839년 이전의 구전이 망라된 엘리 대번포트의 희귀한 논문을 통해 민담과 전설을 소상히 알 수 있었다. 게다가 논문의 내용은 뉴햄프셔의 산간 마을에서 내가 노인들을 상대로 전해들은 이야기와 정확하게 일치했다. 간략히 요약하자면, 산봉우리의 으슥한 숲과 정체 모를 물줄기가 흘러드는 음침한 산간 지역 모처에 끔찍한 형태를 한 미지의 종족이 살고 있다는 암시였다. 이런 종족들은 발견된 적이 거의 없지만, 험준한 산비탈을 필요 이상 높이 올라가거나 늑대조차 꺼려하는 깊고 가파른 계곡으로 들어간 사람들의 입을 통해서 그 흔적이 전해지고 있었다.

시냇가의 진흙과 버려진 땅에서 기이한 집게발 발자국의 흔적이 남아 있는가 하면, 수풀에 둘러싸여 동심원을 그리며 늘어선 돌들은 세월에 씻겨 마모되기는 했으나 자연적으로 생긴 것도 원래부터 있던 것도 아닌 인상을 주었다. 뿐만 아니라 산속 도처에서 깊이를 헤아릴 수 없는 동굴들도 발견됐다. 둥근 돌로 동굴을 막아 놓은 모양은 우연이라고 하기 힘들고, 그 기묘한 발자국의 방향을 정확히 가늠할 수 있다고 가정한다면, 동굴 쪽으로 들고나는 발자국이 가장 많았다. 무엇보다 섬뜩한 것은 음침하고 으슥한 계곡과 보통 사람이 오르기 힘든 절벽의 울창한 숲에서 매우 드물기는 해도 실제로 괴물을 봤다는 모험가들이 있다는 사실이었다.

괴물을 봤다는 사람이 여럿이므로 그들의 목격담이 서로 일치하지 않는다면 차라리 꺼림칙한 마음이 덜 할 것이다. 그러나 실제로는 소문들마다 일치하는 부분이 적지 않았다. 즉, 불그스름한 빛깔을 띤 게의 생김새와 비슷하고, 몸집이 크며, 여러 쌍으로 이루어진 다리와 등 한가운데 박쥐 모양의 거대한 날개가 달려 있다는 점이었다. 다리를 전부 사용해서 걸어갈 때도 있지만, 종종 맨 뒤에 있는 한 쌍의 다리만 사용하고 나머지는 이상한 물체를 붙잡고 있다고 했다. 한번은 꽤 많은 수가 목격된 적도 있으며, 그중에서 셋이 무리와 약간 거리를 두고 얕은 물가를 따라 걷는 모습을 보면 모종의 훈련을 받았다는 인상이 전해졌다. 언젠가는 한밤중에 헐벗고 한적한 산꼭대기에서 그 괴물이 날아올라 보름달을 등지고 그림자처럼 거대한 날개를 퍼덕이더라는 목격담도 있었다.

이 생물체들은 인간에게는 별 관심이 없는 것 같았다. 그러나 간간이 대담한 사람들 — 특히 일부 계곡이나 높은 산에 집을 짓는 사람들 — 이 실종될 경우, 그 생물체의 짓이 아닐까 하는 의혹이 일기도 했다. 원래 그 지역은 위험한 요소가 많았다는 사실이 밝혀진 후에도 사람들은 오랫동안 그 생물체에 대한 의혹을 버리지 않았다. 얼마나 많은 정착민들이 실종됐는지, 또 험하고 울창한 산기슭에서 얼마나 많은 농가들이 불에 타 잿더미가 되었는지 사람들은 그저 인근의 산을 올려다보는 것만으로도 몸서리를 치곤 했다.

한편 가장 오래된 민담에 따르면, 괴물들은 자신들의 은밀한 생활을 위협하는 사람들에게만 해코지를 하는 것 같았다. 나중에는 인간에게 호기심을 느껴서 인간 세계를 비밀리에 탐색했다는 말도 전해졌다. 기묘한 집게 발자국이 아침에 농가의 창문 주변에서 발견되고, 괴물이 출몰하는 지역 외에서 간혹 사람이 실종되기도 했다. 뿐만 아니라 외진 산길과 마차 길을 홀로 걸어가다가 사람의 목소리를 흉내 낸 왁자지껄한 소리에 기겁을 한 사람들도 있었으며 집 마당 가까이 원시림이 펼쳐져 있는 곳에서 괴물을 보거나 그 소리를 듣고 기절초풍하는 아이들도 있었다. 민담의 막바지 — 미신이 위력을 잃기 직전으로, 아직 괴물이 나온다는 흉흉한 지역에 사람의 발길이 오가던 시절 — 에 이르면 은둔자와 외진 농가 중에서 갑자기 급격한 정신적 변화를 보이는 사람들이 생겼다는 놀라운 말들이 전해지는데, 그런 사람들을 가리켜 사람들은 낯선 괴물에게 영혼을 팔았다며 일절 접촉을 피했다는 것이다. 1800년

경, 북동부 지역의 일부 마을에서는 괴팍하고 평판이 나쁜 은둔자들을 가리켜 그 끔찍한 괴물과 동맹을 맺었다거나 그 대표자라고 손가락질을 한 관행이 있었다고 한다.

그 괴물의 정체에 대해서 별의별 설명이 떠돈 것은 당연한 일이었다. 흔히들 그 괴물을 가리켜 '무리들' 혹은 '올드원[26]'이라고 불렀으며, 지역마다 독특한 명칭이나 일시적으로 사용한 별명도 있었다. 물론 청교도 측에서 그들을 무조건 악마로 몰아 붙여 신성모독을 저지르지 말라는 종교적 가르침의 한 방편으로 이용했을 가능성도 있다. 뉴햄프셔에 정착한 스코틀랜드계 아일랜드인과 웬트워스 총독[27]의 식민지 증서를 바탕으로 버몬트에 정착한 일족처럼 대대로 켈트족의 전설을 간직해 온 사람들은 그 괴물을 사악한 요정과 습지의 이교도 무리로 여기고 자신들의 오래된 방어 주술을 실행하기도 했다. 그러나 괴물과 관련해서 가장 터무니없는 이야기들은 인디언 사이에서 전해지는 민담이었다. 인디언 부족마다 전설도 각양각색이었지만, 핵심적인 부분에서는 일치를 보였다. 즉, 그 괴물이 지구 이외의 생물체라는 점이었다.

그중 가장 그럴 듯하고 생동감이 넘치는 페나쿡 부족의 신화에 따르면, 북두칠성에서 '날개 달린 존재'가 지구의 산속으로 날아와 다른 세계에서 구할 수 없는 광물을 채취했다고 한다. 날개 달린 존재는 지구에 교두보만을 마련해 두고, 막대한 양의 광물을 가진 채 북쪽의 자기들 별로 돌아갔다는 것이다. 그들은 자신들에게 지나치게 가까이 접근하거나 염탐하려는 인간들만 해쳤다. 동물들이 그들을 피한 이유는 본능 때문이었으며, 밀렵을 당했기 때문은 아니었다. 그들은 지구상의 음식물과 동물을 먹을 수 없었으므로 자신들의 별에서 식량을 공수해 왔다. 그들에게 가까이 접근하는 것은 극히 위험했으며, 이따금 젊은 사냥꾼들이 그들의 거주 지역까지 들어갔다가 돌아오지 못한 경우도 있었다. 한밤에 숲속에서 인간의 목소리를 흉내 내듯 벌처럼 윙윙거리는 그들의 속삭임에 귀 기울이는 것도 피해야 할 일이었다. 그들은 페나쿡, 휴런, 5족 연합을 포함해 인간의 언어를 통달하고 있었지만, 자신들 고유의 언어는 없었으며 그럴 필요도 없는 것처럼 보였다. 그들은 머리의 색깔을 바꿈으로써 대화를 주고받았다.

물론 백인과 인디언을 막론하고 모든 전설들은 간헐적이고 일시적으로 한차례씩 회자됐을 뿐, 19세기를 거치면서 대부분 사라졌다. 버몬트 주에 정착한 사람들의 삶도 그때쯤엔 어느 정도 기반을 잡았다. 도로와 거주지가 확고히 결정된 이후 사람들은 점차 그런 공포와 금기의 대상을 망각해 갔고, 결국에는 까맣게 잊고 말았다. 그저 낮은 산악 지대가 몹시 위험하고 생계 수단도 마땅치 않아서 살기 어려우므로 가능한 그런 곳에서 멀리 떨어질수록 이롭다고 생각하는 정도였다. 더 이상 다른 곳으로 이주할 필요가 없을 정도로 살기 좋은 거주지를 찾은 후 관습과 경제적 이득을 중시하는 삶의 방식이 깊숙이 뿌리를 내리면서 흉흉한 산악 지대는 특별한 의도 없이 자연스럽게 버려지게 되었다. 기괴함을 좋아하는 노파와 회상에 젖은 90대 노인들만이 산악 지대에 살았다는 생물체에 대해 수군댔다. 그러나 노인들조차도 그 생물체들이 인간의 집과 거주 환경에 익숙해져 있고, 인간들도 생물체의 근거지를 굳이 침범하지 않으므로 그다지 두려워할 일은 없다고 수긍하는 편이었다.

나는 이런 이야기들을 독서와 뉴햄프셔 주에서 수집한 민담을 통해 이미 알고 있었다. 그래서 홍수 동안 온갖 풍문이 나돌기 시작할 즈음에는 그 가공의 얘기들이 어디에서 비롯됐는지 배경까지 쉽게 알아냈던 것이다. 물론 그런 부분까지 친구들에게 설명하는 일은 쉽지 않았지만, 그중에서 몇몇이 신문에 보도된 내용이 사실일지 모른다고 고집하는 모습을 지켜보며 내심 흐뭇한 마음이었다. 그 친구들은 오랜 민담들 사이에 존재하는 일관된 의미를 간과해선 안 된다며 버몬트 주의 산악지대가 제대로 탐사된 적이 없는 이상 그곳에 무엇이 산다 안 산다 단정하는 것은 현명치 못하다고 주장했다. 나는 인류에게 남겨진 신화와 전설이 모두 유사한 형태를 띠고 있으며, 항상 똑같은 환각을 일으키는 상상력의 초기 단계에서 결정된다고 그들을 설득해 봤지만, 논란은 좀처럼 수그러들지 않았다.

판과 드리아스, 사티로스가 등장하는 고대의 의인화된 신화나 현대 그리스의 칼리칸자로스 설화, 초기 웨일스와 아일랜드의 기묘하고 조그마한 혈거인 전설 등과 비교해 버몬트의 신화 또한 본질적으로 큰 차이는 없다고 그 고집스러운 친구들에게 설명해도 별 소용이 없었다.[28] 뿐만 아니라 네팔의 산간 지대에 사는 사람들이 오싹한 미-고[29]의 존재를 믿고, 히말라야 정상의 얼음과 암석 봉우리에 설인(雪人)[30]이 숨어산다고 여기는 것과 유사하지 않냐고 말해도 마찬가지였다. 친구들은 내 말을 듣고, 오히려 고대 전설의 역사적 타당성을 암시하는 것이 아니냐고 반론을 폈다. 기이한 종족이 지구상에 실제로 존재했으며, 인류가 출현하여 지배력을 행사하자 수는 줄었을지 몰라도 깊숙이 은둔한 채 최근까지, 아니 현재까지도 생존해 있을 거라는 말이었다.

내가 그들의 주장을 웃어넘길수록, 그 친구들은 점점 더 완고해져서 신화나 전설을 들먹이지 않아도 최근의 신문 기사가 명쾌하고 상세할 뿐 아니라 논조 역시 설득력이 강하므로 우스갯소리로 무시할 수 없다고 고집을 피웠다. 그중에서 두세 명의 극단적인 몽상가는 인디언 전설에 등장하는 생물체가 외계 종족일 가능성도 있다면서, 찰스 포트[31])의 과장된 책까지 인용하며 외계의 여행자들이 빈번하게 지구를 찾아온다고 말했다. 그러나 친구들 중의 대부분은 단순한 낭만주의자답게 아서 매컨[32])의 무시무시한 공포 소설을 계기로 유행하던 '요정' 이야기와 현실을 뒤섞어 보려고 애쓰는 부류였다.

II

당시 상황을 말해 주는 자연스러운 결과로서, 그때의 뜨거운 논쟁은 《아컴 애드버타이저》지에 기고 형태로 실렸다. 홍수 피해 상황을 알리는 버몬트 소재 지역 신문 몇 군데에도 같은 내용이 게재되었다.《러틀랜드 헤럴드》지는 한쪽 지면의 반을 할애하여 기고문 중에서 양쪽 의견을 공평하게 실었으며,《브래틀보로 리포머》지는 역사 및 신화의 관점에서 내가 쓴 장문의 글을 전문 수록했을 뿐 아니라 나의 회의적인 결론에 지지와 격려를 보낸 펜드리프터의 사려 깊은 논평까지 함께 게재해 주었다. 1928년 봄 무렵, 나는 버몬트 주에 한 번도 가본 적이 없음에도 그곳의 유명인사가 되어 있었다. 내게 깊은 인상을 주어 난생처음이자 마지막으로 초목이 울창하고 계곡 물이 도란거리는 그 환상의 땅을 찾게 만든 헨리 애클리의 도발적인 편지가 도착한 것도 그 무렵이었다.

내가 헨리 웬트워스 애클리에 대해 알고 있는 사항은 대부분 그의 외딴 농가에서 그 일을 겪고 난 이후, 주변 사람 및 캘리포니아에 있는 그의 외아들과 편지를 주고받는 과정에서 입수한 것이다. 그래서 그가 집

안 대대로 판사와 행정관을 배출한 그 지역 유지이자 명문가의 마지막 계보를 잇고 있음을 알게 되었다. 그러나 애클리에 이르러 전통적인 가계의 기질은 실무형에서 순수한 학자형으로 바뀌었다. 실제로 애클리는 버몬트 대학 시절 수학과 천문학, 생물학과 고고학 및 민속학 분야에서 발군의 재능을 보였다. 다만 나는 편지를 받기 전까지 그의 이름을 들어본 일이 없으며, 서로 편지를 주고받는 동안에도 그는 개인 신상에 대해서 자세히 알려주지 않았다. 하지만 나는 그가 인품과 학식을 겸비한 인물이며 세상 물정을 거의 모르는 은자라는 인상을 처음부터 느끼고 있었다.

그가 말한 내용이 내용인지라 도저히 신빙성이 가지 않았지만, 나는 나와 의견을 달리하는 누구보다도 애클리의 말에 곧바로 무게를 두게 되었다. 무엇보다 그는 스스로도 무척 괴이하다고 여기면서도 동시에 보고 느낄 수 있는 실재적인 현상에 가까이 있었고, 진정한 과학자답게 자신의 결론을 고집하기보다는 기꺼이 잠정적 한계선을 그을 줄 알았기 때문이다. 그는 개인적인 편견에 이끌리지 않으며, 언제나 확실한 증거를 판단의 기준으로 삼았다. 물론 처음부터 나는 그가 착각을 했다고 생각했지만, 무분별한 실수와는 달리 지적인 판단 착오일 거라는 믿음도 있었다. 그래서 나는 그가 주장하는 내용이나 울창한 산을 두려워하는 그의 두려움을 주변 사람들처럼 광기 탓으로 여기지 않았다. 그럴 만한 이유가 있다고 생각했고, 그가 주장하는 내용도 그의 말처럼 기상천외한 이유는 아닐지라도 한 번쯤 조사해볼 가치는 있다고 판단했다. 얼마 후 그는 내게 물적 증거를 보내 왔는데, 그로 인해 문제의 본질이 돌연 달라지고 당혹스러울 정도로 엉뚱한 방향으로 놓이게 되었다.

지금까지 내가 쌓아온 지적 기반을 송두리째 흔들 만큼 중대한 변화를 가져온 애클리의 긴 편지를 가능한 그대로 옮겨 적는 편이 좋을 것 같다. 편지는 더 이상 내 수중에 남아 있지 않지만, 그 불길한 내용은 단어 하나까지 기억에 남아 있을 정도로 생생하다. 그 편지를 보낸 사람이 온전한 정신의 소유자였다는 사실을 다시 한 번 밝혀둔다. 여기에 소개하는 편지글은 원래 고어처럼 휘갈겨서 알아보기 힘든 악필로 이루어져 있는데, 세상과 동떨어진 채 학구적인 삶에 빠져 있는 사람의 특징이 그대로 묻어 있는 필체였다.

지방 무료 우편배달 지구2
버몬트 주 윈드햄 카운티, 타운센드
1928년 5월 5일

매사추세츠 주 아컴 솔튼스톨 가 118
앨버트 N. 윌마스 귀하

지난 가을의 홍수 때 물에 떠 있던 기이한 시체와 그와 밀접한 관련이 있는 민담에 대해 귀하가 최근에 쓰신 기고문을 《브래틀보로 리포머》 지(1928년 4월 23일자)를 통해 대단히 흥미 있게 읽었습니다. 외지인들이 왜 귀하와 같은 입장을 취하는지, 펜드리프터가 귀하를 지지하는 이유까지 알만합니다. 버몬트 안팎에서 식자층이 대개 그런 입장을 취하고 있으며, 젊었을 때 (현재 저는 57세입니다) 대번포트의 책을 읽고 개인적인 연구차 인적이 드문 인근 산악 지대를 조사하기 전까지의 저 역시 다르지 않았습니다.

저는 무지한 늙은 농부들에게서 기묘한 옛날이야기를 자주 접한 인연으로 연구를 시작했지만, 지금은 몹시 후회하고 있습니다. 이런 말씀을 드리기 무척 조심스러우나 고고학과 민속학은 제게 그리 생경한 학문은 아닙니다. 대학에서 힘써 공부한 덕분에 테일러, 러버크, 프레이저, 쿼틀 파주, 머레이, 오스본, 키스, 볼, G. 엘리엇 스미스 같은 권위자들의 이름이 낯설지 않습니다.[33] 인류의 기원만큼 오래된 종족이 숨어 있다는 이야기도 제게는 전혀 새로운 소식이 아닙니다. 저는 러틀랜드 헤럴드 지에 실린 귀하의 기고문과 지지자들의 글을 보고 지금 귀하가 논의하려는 것이 무엇인지 알 것 같았습니다.

제가 말하고자 하는 것은 논리적으로 귀하의 견해가 타당해 보이지만, 사실은 귀하를 반박하는 사람들이 진실에 가까울지도 모른다는 점입니다. 그들은 스스로 생각하는 이상으로 진실에 근접해 있습니다. 이론적으로만 진실에 가깝다는 의미로 말이죠. 그들은 제가 알고 있는 사실까지는 모르고 있습니다. 만약 제가 그들처럼 실상을 거의 몰랐다면, 저 역시도 자신의 주장만 옳다고 여겼을 것입니다. 아니면 귀하의 말을 전적으로 지지했을지도 모릅니다.

이미 느끼셨을 테지만 저는 지금 좀처럼 요점을 잡지 못하고 있는데, 몹시 두렵기 때문일 겁니다. '나는 인적이 닿지 않는 고산(高山) 풀숲에 그 기괴한 생물체가 살고 있다는 증거를 갖고 있다' 이것이 제가 말하려는 요점입니다. 저는 신문에 보도된 것처럼 강물에 떠다니는 시체를 목격하지 못했지만, 두 번 다시 겪고 싶지 않은 상황에서 그와 유사한 생물체를 똑똑히 봤습니다. 발자국도 보았고, (감히 말하기도 힘들 정도로 두렵지만) 최근에는 가까운 집 주변에서도(저는 다크 마운틴 기슭에 위치한 타운센드 남쪽의 낡은 애클리 저택에서 살고 있습니다) 발견했습니다. 그리고 이 지면을 통해 밝히고 싶지 않지만, 숲속의 모처에서 목소리까지 들었습니다.

특히 한곳에서는 목소리가 자주 들려서 축음기 — 녹음 장치와 레코드를 별도로 준비해서 — 로 녹음해 두었으며, 귀하게 레코드를 보내드리려고 준비중입니다. 이곳에 사는 노인 몇 분한테 녹음한 내용을 들려주었더니, 유독 한 가지 목소리를 듣고 모두 겁에 질리더군요. 예전에 선친들이 흉내를 내며 들려준 목소리(대번포트가 숲에서 들렸다고 언급한 웅웅하는 소리)와 비슷하다는 거였습니다. '그 생물체의 목소리를 들었다'고 하는 사람을 두고 세간에서 어떻게 생각할지는 뻔한 노릇입니다. 그러나 귀하께서는 결론을 내리기 앞서 레코드를 들어보고, 시골 노인들의 생각은 어떤지 한번 물어보시기 바랍니다. 그래도 대수롭지 않다고 생각하신다면, 그 역시 괜찮습니다. 그러나 그 이면에 무엇인가 도사리고 있는 것이 분명합니다. '무(無)에서 유(有)가 나올 수 없다'는 고대 희랍인의 말도 있으니까 말입니다.

저는 논쟁을 할 생각으로 글을 쓰는 것이 아니라, 귀하의 취향으로 보아 대단히 흥미를 느낄만한 정보를 알려드리고자 함입니다. 이건 순전히 개인적인 글입니다. 여러 가지 이유에서 사람들이 이 문제에 대해 더 이상 깊이 파고드는 것을 원치 않으므로, 저는 공식적으로는 귀하의 의견에 찬성하는 쪽에 서렵니다. 제가 진행 중인 연구는 완전히 개인적인 일이며, 세인의 이목을 끌만한 언행을 해서 제가 탐사한 지역으로 사람들을 끌어들이고 싶지 않습니다. 인간이 아닌 생물체가 우리를 항상 지켜보고 있으며, 정보를 얻기 위해 인간 세계에 스파이를 잠입시켜 놓았다는 말은 정말이지 끔찍하면서도 부인할 수 없는 사실입니다. 그들 스파이 중 하나였다는 어느 불쌍한 사내의 말이 제정신에서 나온 것이라면(물론 저는 그렇게 믿고 있습니다만), 저는 그 사람에게서 이번 문제와 관련된 단서의 대부분을 얻었다고 할 수 있습니다. 그는 나중에 자살했지만, 스파이가 그 외에도 더 있다는 증거가 있습니다.

그 생명체는 다른 행성에서 왔으며, 대기권을 벗어나도 견딜 수 있는 강력한 날개로 볼썽사납게 태양계 우주 공간을 누비며 생활하고 있습니다. 지구에서는 날갯짓이 서툴러서 썩 도움이 되지 못하지만요. 저를 단번에 미친 사람으로 취급하시지 않는다면 그 부분에 대해서는 나중에 말씀드리겠습니다. 그들은 산속 깊숙이 파들어간 광산에서 금속을 채취했으며, 저는 그들이 어디에서 왔는지 알 것 같은 기분이 듭니다. 먼저 건드리지만 않는다면 그들도 인간에게 해를 끼치지 않지만, 우리가 호기심을 보인다면 그 결과가 어떨지는 장담할 수 없습니다. 물론 우리가 군대를 동원하면 그들의 광산을 깨끗이 날려버릴 수도 있을 겁니다. 그들도 그 점을 두려워하고 있습니다. 그러나 만약 그런 일이 벌어진다면, 외계에서 더 많은 지원군이 몰려들겠지요. 그들은 간단히 지구를 정복할 수 있지만, 아직까지는 그럴 필요가 없으므로 시도조차 하지 않았습니다. 성가신 일을 가급적 피하고 있는 셈입니다.

제가 발견한 것이 있기 때문에 그들은 저를 없애고자 할 것입니다. 저는 이곳에서 동쪽에 위치한 라운드 힐의 숲속에서 흑석(黑石)을 발견했는데, 표면에 반쯤 지워진 미지의 상형 문자가 새겨져 있었습니다. 그 돌을 집으로 가져온 이후 모든 것이 변하고 말았지요. 제가 지나치게 많은 것을 알고 있다고 생각되면, 그들은 저를 죽이거나 자신들의 행성으로 데려갈 것입니다. 그들은 인간 세계의 동향과 정보를 입수하기 위해 종종 학식 있는 사람들을 납치하곤 합니다.

이제 귀하에게 편지를 보내는 두 번째 이유를 말씀드리겠습니다. 이번 문제를 더 이상 공론화하지 말고 논쟁을 이쯤에서 끝내도록 힘써 달라는 부탁입니다. 이곳 산악 지대에 사람들이 접근해서는 안 되며, 그러기 위해서는 일단 세인의 관심을 더 이상 부채질하지 말아야 합니다. 선동자와 부동산 업자가 버몬트로 몰려들고, 여름 관광객이 처녀림을 들쑤시며 싸구려 방갈로로 산악 지대를 뒤덮어 버린다면 얼마나 엄청난 위험이 닥칠지는 신만이 아실 겁니다.

저는 귀하와 더 많은 서신 왕래를 원하며, 귀하가 원한다면 녹음한 레코드와 흑석(심하게 마모되어 상형 문자가 제대로 보이지 않지만)을 속달로 보내도록 노력하겠습니다. '노력하겠다'고 표현한 것은 생물체들이 앞으로 어떻게 나올지 모르기 때문입니다. 마을 가까운 농장에 브라운이라고 하는 음침하고 교활한 사내가 살고 있는데, 저는 그 사람도 스파이라고 의심하고 있습니다. 제가 많은 것을 알고 있기 때문에 그들은 조금씩 저를 이 세상과 고립시키려고 하고 있습니다.

그들은 놀라운 방법을 통해서 제가 무슨 일을 하고 있는지 알아냅니다. 귀하에게 이 편지가 제대로 전달될지도 의문입니다. 사태가 심각해질 경우, 저는 이곳을 떠나 캘리포니아의 샌디에이고에서 아들과 함께 살 작정이지만, 태어나서 자라고 6대째 뿌리를 내린 곳을 떠나기란 쉽지 않은 일입니다. 게다가 생물체들이 감시하는 상황에서 당장 이 집을 팔 수 있을지도 의문입니다. 그들은 흑석을 도로 가져가고 레코드를 없애려 들 테지만, 저는 할 수만 있다면 그런 일을 막고 싶습니다. 아직까지는 집 주변을 서성이는 생물체의 수가 많지 않고, 움직임이 서툴기 때문에 커다란 경찰견으로 용케 막아내고 있지요. 앞에서 언급했듯 그들의 날개는 지구에서의 단거리 비행에는 적합하지 않습니다. 저는 그 돌의 상형 문자를 해독하기 직전이며, 민속학에 대한 귀하의 지식을 결합한다면 마모된 부분의 내용까지 유추할 수 있을 겁니다. 귀하도 지구상에 인류가 출현하기 이전의 무시무시한 신화 ── 요그-소토스[34]와 크툴루[35] 전설 ──가『네크로노미콘』[36]에 암시되어 있다는 사실을 알고 있을 겁니다. 그 책의 복사본을 일전에 본 적이 있으며, 귀하의 대학 도서관에도 비밀리에 보관되어 있다는 말을 들었습니다.

윌마스 씨, 결론적으로 말하자면 저는 우리 두 사람의 연구가 서로 도움이 되리라 생각합니다. 저는 귀하를 위험에 빠뜨릴 생각이 없으며, 그 흑석과 레코드를 지니고 있으면 신변에 위험이 닥칠지 모른다고 미리 알려드릴 수밖에 없습니다. 그러나 귀하는 지적 탐구를 위해서라면 위험도 무릅쓰는 분이라고 생각합니다. 청하시기만 한다면 우편 지부가 믿을 만한 뉴페인이나 브래틀보로에 당장 달려가 증거물을 보내겠습니다. 저는 현재 아무도 고용하지 않은 채 완전히 혼자 생활하고 있습니다. 밤이면 생물체가 이 집에 접근하려고 기회를 엿보지만 개들이 연신 짖어대기 때문에 아무도 얼씬하지 않습니다. 그나마 아내가 살아 있을 때 이번 일에 깊이 빠져들지 않은 것이 다행이라고 생각합니다. 그랬다면 아마 아내는 미쳐 버렸을 겁니다.

제가 귀하를 너무 성가시게 한 것은 아니기를 바라며, 이 편지를 미친 자의 장광설이라고 여겨 쓰레기통에 집어던지기보다는 부디 저한테 연락을 주십사 간절히 청합니다.

헨리 W. 애클리 드림

추신: 촬영한 사진을 몇 장 더 인화하고 있습니다. 제가 말한 내용을 상당 부분 입증해주리라 생각합니다. 노인들도 깜짝 놀라며 사진을 알아보더군요. 관심이 있으시면 당장 보내드리겠습니다.

이처럼 기묘한 편지를 읽고 난 뒤 어떤 기분이었는지 표현하기 어렵다. 여느 때 같았으면 실소를 금치 못하게 만드는 조잡한 억측들과 비교해도 훨씬 터무니없는 그 편지에 대해 크게 비웃어 주었을 것이다. 그러나 편지의 어조 때문에 나는 본의 아니게 진지해지고 말았다. 다른 행성에서 온 외계 종족이 은둔하고 있을 가능성을 조금이라도 고려한 때문은 아니었다. 편지 내용 자체는 의심스러웠지만, 나는 점점 애클리라는 인물의 건전한 정신과 진실함, 게다가 자기 자신도 도저히 설명할 수 없다는 독특하고도 비정상적인 현상을 전하는 솔직함에 이끌리기 시작했다. 그의 말이 사실과 다를지언정 조사해 볼 가치는 있다고 생각한 것이다. 그 사람은 무엇인가에 극도로 흥분하고 불안한 상태인 것 같지만 허무맹랑한 이야기로 일축해 버리긴 어려웠다. 편지가 매우 구체적이고 논리적이어서 ― 꾸며낸 이야기치고는 오랜 신화와도 놀라울 정도로 맞아 떨어졌고 ― 심지어 가장 조악한 형태의 인디언 전설과도 상통하는 면이 있었다.

산중에서 와자지껄한 목소리를 들었다거나 흑석을 발견했다는 부분은 허약한 추론 ― 특히 단서의 대부분을 외계 종족의 스파이 노릇을 하다가 나중에 자살했다는 인물에게서 입수했다는 부분 ― 에도 불구하고 개연성이 충분했다. 스파이라는 그 사람은 일개 일반인이었겠지만 순박한 학자인 애클리를 홀릴 만큼 사악한 외계의 논리에 정통해 있었을 것이다. 그러나 그가 고용인을 구하지 못했다는 얘기를 보면 애클리의 순진한 시골 이웃들도 그의 집에 밤마다 위험한 생물체가 출몰한다고 믿는 것이 분명했다. 물론 경찰견이 이유 없이 짖을 리도 없었다.

게다가 그가 녹음했다는 목소리에 대해서도 딱히 의심부터 할 이유는 없었다. 녹음된 부분에서 특별한 의미를 찾아낼 수 있을지도 몰랐다. 동물이 내는 소리를 사람의 말로 착각을 했던가, 아니면 하등 동물 수준으로 유전적 퇴행을 겪고 밤마다 은밀히 돌아다니는 실제 인간의 목소리였을 것이다. 그 정도까지 생각이 미치자 상형문자가 새겨져 있다는 혹석이 떠올랐고, 그 의미가 무엇일까 궁금해지는 것이었다. 그리고 애클리가 보내겠다고 했으며, 노인들이 기겁을 할 정도로 사실적인 사진이란 대체 어떤 것일까?

알아보기 힘든 필체의 편지를 다시 읽다가, 나와 논쟁 중인 상대 진영에서 의외로 대단한 지지자를 한 명 얻은 셈이라는 생각이 들었다. 어쨌든 민담에 나온 것처럼 외계에서 온 괴물체는 아니라도 유전적으로 문제가 생긴 부랑자 무리가 그 으슥한 산중에 거주하고 있을 가능성이 적지 않았기 때문이다. 만약 그것이 사실이라면 홍수 동안 물에 시체가 떠내려 온 것도 전혀 엉뚱할 건 없었다. 오랜 전설과 최근의 신문 기사 이면에 상당한 진실이 있다는 의견을 무조건 무시한다면 그 역시 오만한 일은 아닐까? 그러나 그런 의문을 품고 있는 동안에도 나는 헨리 애클리의 황당한 편지 때문에 지나치게 기이한 몽상에 빠져든 자신이 부끄러웠다.

나는 애클리에게 보내는 답장에서 친근한 어조로 관심을 보이고 더 자세한 것을 알려달라고 적었다. 기다렸다는 듯이 날아든 답장에는 약속한 대로 어떤 물체와 배경이 담긴 코닥 사진 몇 장이 동봉돼 있었다. 사진을 꺼내며 언뜻 바라보는 순간, 나는 오싹한 공포와 금기의 존재를 느꼈다. 대부분 흐릿한 사진이었지만 진짜 사진이라는 이유 때문에 섬뜩한 느낌이 강했다. 그것은 실제로 대상을 찍은 시각적인 증거이며 편견과 착각 혹은 거짓의 가능성이 배제된, 냉정하게 피사체를 담은 사진이었다.

사진을 자세히 들여다볼수록 애클리의 인격과 그의 이야기를 진실하게 받아들인 애초의 생각이 확고해졌다. 분명히 그 사진들은 버몬트 주 산악 지대에 무엇인가 존재한다는 증거였으며, 그것은 우리의 상식과 믿음을 뒤흔들 만한 일대 사건이었다. 가장 섬뜩한 것은 발자국으로, 버려진 고지대의 진흙땅에서 햇빛이 드는 자리를 촬영한 것이었다. 한눈에 봐도 위조된 사진은 아니었다. 돌멩이와 풀잎이 선명하게 찍혀 있고 피사체의 크기도 일정한 비율이었으므로 교묘한 이중 노출의 가능성은 없었다. '발자국'이라고 했지만, '집게발'이 더 정확한 표현일 것 같다. 지금 이 순간에도 그 발자국이 게를 닮았고, 방향을 가늠할 수 없을 정도로 어지럽게 찍혀 있었다는 정도 외에는 달리 설명할 방법이 없다. 발자국이 깊거나 또렷하지 않았지만, 크기가 사람의 발과 비슷했다는 점은 식별할 수 있었다. 가운데 부분에 톱니 모양의 집게발이 서로 반대 방향으로 찍혀 있었는데, 이동하는 목적 외에 다른 기능이 있는지는 가늠하기 어려웠다.

또 다른 사진은 짙은 어둠 속에서 실시간 노출 방식으로 촬영한 것으로, 울창한 수풀을 배경으로 동굴 입구와 그곳을 일정한 형태로 막아놓은 둥근 돌이 담겨 있었다. 동굴 앞 맨땅에 어지럽게 찍혀있는 발자국이 쉽게 눈에 띄었고, 확대경으로 살펴본 결과 다른 사진에서 본 발자국과 흡사하다는 생각에 꺼림칙한 기분이 들었다. 세 번째 사진은 험준한 산 정상에 드루이드교[37]에서처럼 빙 둘러서 있는 돌기둥을 촬영한 것이었다. 돌기둥 주변에 유독 수풀이 쓸리고 짓밟힌 흔적이 있었지만, 발자국을 발견하지는 못했다. 인적 없는 산들이 안개 낀 지평선까지 끝없이 펼쳐져 있는 배경으로 봐서, 그곳은 아주 외진 산골이 분명했다.

발자국 때문에 마음이 몹시 혼란스러웠다면, 라운드 힐에서 발견했다는 커다란 흑석은 가장 흥미로운 암시를 전하고 있었다. 책장과 밀턴 [38]의 흉상이 배경에 나타난 것으로 봐서, 애클리는 자신의 서재 책상에 흑석을 올려놓고 사진을 찍은 것 같았다. 수직 방향으로 촬영된 돌의 크기는 폭 30센티미터, 높이 60센티미터 정도로 표면에 불규칙하게 글자가 새겨져 있었다. 표면에 담긴 의미 뿐 아니라 전반적인 생김새에 이르기까지 무엇이라고 설명할 만한 표현이 떠오르지 않았다. 돌을 절단한 기하학적인 규칙 — 인위적으로 돌을 깎아낸 것이 틀림없었다 — 이 생경하기만 할 뿐, 그 출처를 가늠할 수조차 없었다. 이 세상에 그토록 기이하고 낯설게 느껴지는 물체는 난생 처음이었다. 표면에 새겨진 상형 문자 중에서 알아볼 수 있는 것은 거의 없었지만, 한두 개의 문자는 보는 것만으로 마음 한구석에 전율이 일었다. 물론 상형 문자 자체가 속임수일지 모르는데, 나뿐만 아니라 아랍의 광인(狂人) 압둘 알하즈레드가 쓴 기괴하고 끔찍한 『네크로노미콘』을 읽은 사람이 한둘은 아닐 것이기 때문이었다. 그럼에도 불구하고, 그간의 연구를 통해서 지구를 비롯한 태양계의 행성이 생성되기 이전에 미치광이 반물질의 형태가 존재했을 것이며, 그 존재의 소름끼치고 불경한 속삭임과 흑석의 상형문자가 관련이 있다는 생각에 이르자 절로 몸서리가 쳐졌다.

　나머지 다섯 장의 사진 중 세 장은 은밀하고 불온한 존재의 흔적이 남아 있을 법한 늪지와 언덕이 담겨 있었다. 다른 한 장은 애클리 농가의 주변에 남아 있다는 기묘한 표식이었는데, 애클리는 어느 날 밤 개들이 평소보다 사납게 짖었으며, 다음 날 아침에 그 사진을 촬영했다고 말했다. 아주 흐릿한 사진이라서 섣불리 결론을 내리기는 어려웠지만, 버려진 고지대에서 촬영한 사진들에 나타난 표식이나 발자국과 매우 흡사했다. 마지막 사진은 애클리 농가를 찍은 것이었다. 다락방이 있는 말끔한 2층짜리 흰색 건물로서 지은 지가 백 년도 훨씬 더 된 듯 했으며, 정성들여 가꾼 잔디밭과 함께 조지아 풍의 현관까지 돌길이 이어져 있었다. 잔디밭에서 커다란 경찰견 몇 마리가 쾌활해 보이는 남자 주변에 웅크리고 있었다. 깨끗하게 면도를 한 남자는 애클리로 보였으며, 튜브에 연결된 사진기의 노출 벌브를 오른손에 쥐고 있는 것으로 보아 혼자서 사진을 찍은 모양이었다.

사진을 살펴본 후, 빽빽하게 쓰여진 장문의 편지를 읽기 시작했다. 그로부터 세 시간 동안 나는 극도의 공포에 사로잡힌다. 처음 편지가 대략의 윤곽뿐이었다면, 이번에는 아주 상세한 설명이 실려 있었다. 밤중에 숲에서 들었다는 목소리를 녹취한 긴 장문, 황혼녘 산속 으슥한 곳에서 목격했다는 분홍색 괴물체에 대한 상세한 묘사, 심오하고 다양한 학문적 배경과 광란 상태에서 자살했다는 자칭 스파이의 끝없는 진술이 결합한 우주론적인 설명에 이르기까지 기가 질릴 정도로 방대한 양이었다. 나는 어디선가 가장 끔찍한 연상을 통해 전해들은 바 있는 이름과 용어를 그 편지에서 접했다. 유고스[39], 위대한 크툴루, 차토구아[40], 요그-소토스, 리예[41], 니알라토텝[42], 아자토스[43], 해스터[44], 얀[45], 렝 고원[46], 할리 호[47], 베스무라[48], 옐로우 사인[49], 라무르-카투로스[50], 브란[51], 매그넘 이노미낸덤[52] 등 나는 어느새 영겁의 세월과 불가사의한 차원을 넘어, 광인의 저작인 『네크로노미콘』에서도 가장 모호한 방식으로 암시했을 뿐인 고대의 외계 종족이 거주하는 세계로 빠져들고 있었다. 나는 원시 생물체의 시련과 그 시점에서 갈라져 나온 숱한 강줄기를 알게 됐으며, 마침내 그 강줄기들 중에서 작은 개울 하나가 지구의 운명과 함께 섞이는 광경을 목도했다.

머리가 어찔했고, 어떤 설명을 해보기도 전에 나는 가장 비정상적이고 불가사의한 신비를 이미 받아들이고 있었다. 생생한 증거들은 끔찍할 정도로 방대했고 거부하기 어려웠다. 냉정하고 과학적인 애클리의 태도 — 기이함, 광란, 병증, 심지어 허무맹랑함과도 완전히 동떨어진 — 가 나의 생각과 판단에 심대한 영향을 미쳤다. 오싹한 편지를 다 읽은 후 나는 애클리가 말하는 공포의 실체를 이해했으며, 사람들이 그 험준하고 으스스한 산간 지대를 찾지 않도록 내게 있는 능력을 총동원할 준비가 되어 있었다. 시간이 흘러 그때의 강렬한 인상도 어느 정도 퇴색하고 나 자신의 경험마저 의심되는 이 순간에도, 여전히 애클리의 편지에서 말로 표현할 수도, 활자화할 수도 없는 무엇인가가 남아 있는 느낌이 든다. 편지와 레코드와 사진들이 모두 사라졌다는 사실에 안도감을 느낄 뿐이다. 곧 밝히겠지만 나는 여러 가지 이유로 인해 해왕성 너머의 그 행성이 발견되지 않기를 소망한다.

편지를 읽은 후, 버몬트 주의 생물체와 관련된 공개적인 논쟁도 영원히 막을 내렸다. 나는 반론자들에게 대응을 하지 않거나 나중으로 미루는 방법을 택했고, 그 결과 논쟁은 점차 사그라지고 관심 밖으로 밀려났다. 5월말에서 6월 동안 나는 애클리와 지속적으로 서신을 주고받았다. 가끔씩 편지가 중간에서 사라져 버리는 일이 생겨서, 다시 써야하는 불편을 겪기도 했다. 우리가 계획한 일은 불분명한 신화학 연구 자료를 서로 비교하고, 버몬트의 생물체와 원시 전설의 일반적인 형태를 연결 짓는 것이었다.

우선 산간 지대의 병적인 공포와 끔찍한 히말라야의 미-고 전설이 만나 구체화된 것이라는 결론을 내렸다. 무척 흥미로운 동물학적 관련성도 있어서, 나는 이 문제와 관련해 아무에게도 말하지 말라는 애클리의 요청이 없었다면 대학 동료인 덱스터 교수를 찾아갔을지 모른다. 물론 지금은 애클리와의 약속을 어긴 셈이지만, 이 시점에 와서는 버몬트 산간 지대에 대한 위험을 알리고 시간이 흐를수록 용감한 탐험가들이 점점 더 몰려드는 히말라야에 대해서도 경고를 하는 편이 침묵보다 공공의 안전에 도움이 된다고 판단했기 때문이다. 또 하나 우리가 심혈을 기울인 부분은 흑석에 새겨진 상형 문자를 해독하는 일이었다. 상형 문자를 해독함으로써 지금까지 인류에게 알려진 어떤 지식보다 심오하고 놀라운 비밀을 알게 되리라 믿었기 때문이다.

III

6월말, 브래틀보로에서 레코드가 도착했다. 애클리가 굳이 브래틀보로까지 가서 레코드를 보낸 이유는 북부 인근 지역의 우편 지부를 믿지 못했기 때문이다. 감시당하고 있다는 그의 생각도 점점 굳어졌는데, 편지 몇 통이 중간에서 사라진 것도 그런 의혹을 거들었다. 그는 은밀한 생물체의 앞잡이 노릇을 하고 있는 것으로 의심이 가는 몇몇 사람의 교활한 행동을 자세히 성토하기도 했다. 그중에서도 특히 으슥한 숲 인근 황폐한 산기슭에 홀로 생활하는 월터 브라운이라는 농부를 자주 거론했는데, 별다른 일이 없는데도 브래틀보로와 빌로우스 폴스, 뉴페인, 사우스 런던데리 주변을 어슬렁거린다는 것이었다. 그는 언젠가 엿들은 끔찍한 대화 중에 브라운의 목소리도 끼어 있었다고 단언했다. 게다가 브라운의 집 근처에서 가장 불길한 형태의 발자국 혹은 집게발을 발견한 적도 있다고 했다. 그 발자국은 집으로 향한 브라운의 발자국과 아주 가까운 곳에 나 있었다는 것이다.

아무튼 애클리는 자신의 포도 자동차로 한적한 버몬트의 시골길을 달려 브래틀보로까지 가서 레코드를 보낸 것이었다. 그는 레코드와 동봉한 쪽지에서 부쩍 시골길이 두려워진다며, 한낮이 아니면 생필품을 사기 위해 타운센드에도 가지 못할 정도라고 고백했다. 그러고는 음울하고 미심쩍은 산간 지역에서 멀리 떨어져 살지 않는 한, 너무 많이 알고 있어도 좋을 것이 없다는 말을 되풀이했다. 얼마 후면 캘리포니아로 이주해 아들과 함께 살 계획이지만, 추억과 조상의 숨결이 응집된 고향 마을을 떠나는 것은 누구에게나 어려운 일이리라.

대학에서 축음기를 빌려와 레코드를 듣기 앞서, 나는 애클리의 편지에서 레코드와 관련된 설명을 꼼꼼히 살폈다. 그의 말에 따르면, 그 레코드는 1915년 5월 1일 오전 1시에 리스 늪지(Lee's swamp)에서 시작되는 다크 마운틴의 서쪽 비탈에 있는 동굴 입구 주변에서 녹음된 것이었다. 항상 그곳에서는 이상할 정도로 기이한 소리들이 자주 들려왔으므로, 축음기와 녹음 장치와 레코드를 챙기며 애클리는 큰 기대를 걸었다. 경험으로 봐서, 오월제 전야 — 유럽에서 은밀히 전해지는 전설상의 안식일 — 가 가장 적당할 것으로 판단했고, 그의 예상은 어긋나지 않았다. 그러나 그날 이후 그곳에서 더 이상 아무런 소리도 들려오지 않았다는 사실을 미리 밝혀두는 편이 좋겠다.

숲에서 들려오는 대부분의 소리와는 달리, 레코드에 녹음된 소리는 마치 의식을 치르는 듯한 내용이었으며, 애클리도 도저히 정체를 짐작할 수 없다고 한 누군가의 또렷한 목소리도 포함돼 있었다. 브라운의 목소리는 아니었으며, 그보다 훨씬 교양 있는 사람의 것으로 추측된다는 것이었다. 그러나 또 다른 목소리야말로 문제의 핵심으로, 예의 소름끼치는 윙윙하는 소리였는데, 문법과 억양은 나무랄 데 없는 영어였지만 인간다운 느낌은 전혀 없었다.

축음기와 녹음기의 상태가 나빴고 간신히 웅얼대듯 들려올 정도로 거리가 멀어서 별다른 소득은 없었다. 그래서 실제로 알아들을 수 있는 내용은 극히 단편적이었다. 애클리는 자신이 들었다고 기록한 녹취록도 함께 보내왔으므로, 나는 축음기를 틀기 전에 녹취록을 검토해 보았다. 목소리의 주인공과 녹취록을 작성한 과정을 잘 알고 있었으므로, 단어 하나하나에서 온갖 공포의 그림자가 스쳤지만, 활자들은 노골적인 공포보다 더욱 기이하기만 했다. 나는 기억이 나는 대로 녹음 내용을 전부 기록할 생각이다. 녹취록을 읽고 레코드를 반복해서 들었으므로 정확히 기억하고 있다고 자신한다. 사실, 잊어버리기도 힘든 내용이지만!

(알아들을 수 없는 음향)

(교양있는 남자의 목소리)

……는 숲의 제왕이며, 심지어……. 렝에 사는 이들에게 주는 선물이니……. 밤의 장벽에서 우주의 심연까지, 우주의 심연에서 다시 밤의 장벽까지, 위대한 크툴루를 찬양하라, 차토구아를 찬양하라, 이름 지을 수 없는 위대한 분을 찬양하라. 숲의 검은 산양을 위해 열렬한 찬양을, 풍요를. 이야! 슈브-니구라스[53]! 천 마리의 새끼를 밴 염소!

(인간의 목소리를 모방한 웅웅 소리)

이야! 슈브-니구라스! 천 마리의 새끼를 밴 숲의 검은 염소!

(인간의 목소리)

이제 때가 되었나니, 숲의 제왕이……. 암흑의 계단을 내려서고…….
심연의 그분을 위해, 아자토스를 위해, 기(적)을 보여주신 그 위대한 분
을 향해 (공)물을 바쳐라……. 밤을 날개 삼아 우주 너머, 저 멀리…….
태초의 유고스를 향해, 우주 끝의 시커먼 심연을 홀로 떠다니는…….

(웅웅하는 소리)

……인간 세계로 나아가 그곳에서 길을 찾을지니, 심연의 그분은 알
지어다. 니알라토텝, 위대한 전령이여, 그대에게 모든 것을 말하리라. 이
제 그분은 인간의 형상을 하고 밀랍 가면과 기다란 옷자락에 숨어 7개
태양이 빛나는 세계에서 이곳으로 내려와 비웃으시니…….

(인간의 목소리)

……(니알라)토텝, 위대한 전령이여, 진공을 뚫고 유고스에게, 숱한
이가 따르는 아버지에게, 은밀한 자에게 기이한 즐거움을 선사하는 자
여…….

(녹음이 끝나고 목소리가 끊긴다)

이상이 녹취록에 적혀 있는 내용으로, 축음기를 틀었을 때 들려올 소
리였다. 나는 진정으로 두려운 마음으로 간신히 축음기를 틀었고, 사파

이어 바늘이 긁히는 소리부터 들려왔다. 끊어질 듯 희미하게 들려온 최초의 목소리가 인간이었다는 사실이 얼마나 고마웠는지 모른다. 부드러우면서도 상당한 학식이 느껴지는 그 목소리에는 버몬트 주 산간 지역의 토박이와는 전혀 다른 보스턴 사람의 억양이 어렴풋이 스며 있었다. 들릴락 말락 희미한 음성에 귀 기울이는 동안, 애클리가 주의 깊게 받아 적은 녹취록과 똑같은 의미임을 깨달았다. 곧이어 부드러운 보스턴 억양으로 주술을 낭송하는 소리가 들려왔다.

"이야! 슈브-니구라스! 천 마리의 새끼를 밴 염소……!"

다른 목소리도 들려왔다. 애클리의 설명을 듣고 마음의 준비를 한 상태였지만, 그 목소리에 얼마나 충격을 받았는지 지금도 그때를 떠올리면 몸서리가 처진다. 나중에 내가 레코드에 대한 이야기를 할 때마다, 사람들은 허풍이나 미친 소리라고만 여겼다. 그러나 그 소름끼치는 목소리를 직접 들었거나 애클리가 쓴 장문의 편지(특히 오싹한 백과사전 같은 두 번째 편지)를 읽었다면 분명 달랐을 것이다. 애클리의 말을 따라 다른 사람에게 레코드를 들려주지 않은 점이나, 애클리의 편지가 모두 사라져 버린 것은 참으로 애석한 일이다. 배경과 주변 환경을 사전에 알고서 레코드를 들은 내게조차 그 목소리는 끔찍한 것이었다. 인간의 목소리에 이어 의식(儀式)적인 화답처럼 곧바로 그 기괴한 목소리가 들려온 순간, 외계의 지옥에서 날아올라 상상할 수 없는 심연을 지나오는 병적인 메아리가 내 상상력을 뒤흔들었다. 그 끔직한 레코드를 마지막으로 들은 지 2년이 넘었지만, 지금도 기분 나쁜 웅웅거림이 어렴풋이 그날처럼 귓가에 맴돈다.

"이야! 슈브-니구라스! 천 마리의 새끼를 밴 숲의 검은 염소!"

그 목소리가 늘 귓가에 생생하지만 난 아직 그 정체를 알아내지는 못했다. 혐오스럽게 생긴 거대한 곤충이 외계 종족의 분절음을 흉내내듯 윙윙하는 단조로운 음향이었으며, 지구상의 인간 혹은 포유류의 발성 기관과 완전히 다른 것이었다. 그 음색, 음역, 배음[54] 모두가 인간이나 지구 생물체의 그것과는 전혀 관련이 없었다. 갑작스럽게 들려온 그 목소리에 너무 놀라, 그 다음 내용은 반쯤 얼이 빠진 상태에서 들었다. 전보다 긴 문장으로 이루어진 윙윙 소리가 다시 들려왔는데, 이번에는 가늠할 수 없는 불경함이 그대로 전해져 앞에서 들은 것보다 훨씬 더 충격을 받았다. 녹음 기록은 갑작스럽게 끝났으며, 보스턴 억양을 지닌 인간의 목소리가 아주 또렷하게 들려오다 중간에서 그대로 끊기고 말았다. 나는 축음기가 자동으로 멈춘 후에도 오랫동안 멍하니 앉아 있었다.

그 충격적인 레코드를 무수히 반복해서 들었다는 말을 애써 할 필요는 없지만, 아무튼 나는 애클리의 녹취록과 비교하며 녹음 내용을 분석하려고 애썼다. 우리 두 사람이 내린 결론이 무엇인지 여기서 밝히는 것은 무의미하며 혼란스러운 일이다. 그러나 인류의 오래된 밀교 중에서도 특히 섬뜩한 원시적 형태에서 그 단서를 찾을 수 있을 거라고 애클리와 의견의 일치를 본 사실만은 밝혀 두겠다. 나아가 숨어 있는 외계 생물체와 일부 인간들이 오래 전부터 공고한 동맹 관계를 맺었다는 사실도 분명해졌다. 그러나 그들의 동맹 관계가 어디까지 발전했는지, 옛날과 비교해 현재는 어떻게 변화돼 있는지에 대해서는 알 길이 없었다. 기껏해야 끔찍한 추정만 난무할 뿐이었다. 인간과 정체불명의 생물체 사이에 분명히 형성돼 있는 관계 양상은 소름끼칠 만큼 그 기원이 오래된 것으로 보였다. 지구에 나타난 그 생물체가 태양계 끝에 있다는 암흑의 행성 유고스에서 왔다는 암시도 있었다. 그러나 그 무시무시한 성간(星間) 종족은 유고스를 거대한 식민 기지로 삼았을 뿐, 실제 근거지는 아인슈타인의 시공 연속체나 코스모스로 알려진 거대 우주 공간 마저 벗어난 지점에 있음이 틀림없었다.

한편 우리는 계속해서 흑석 문제를 상의하면서 그것을 아컴까지 효과적으로 운송하는 방법에 대해서도 궁리를 거듭했다. 애클리는 자신이 끔찍한 연구를 진행해 온 현장으로 나를 초대할 생각은 하지 않았다. 여러 가지 이유 때문에 그는 일반적인 발송 방법에 불신을 드러냈다. 결국 그가 선택한 방법은 벨로스 폴스까지 가서, 킨, 윈첸든, 피츠버그를 경유하는 보스턴-메인간 철도편으로 흑석을 보내는 것이었다. 그는 이를 위해 브래틀보로 방면 고속도로보다 훨씬 한적하고 으슥한 산길을 거쳐야 하는 어려움도 마다하지 않았다. 그는 브래틀보로에서 녹음 기록을 우송할 때 우편국 주변에 얼씬거리는 사내를 보았으며, 그 행동거지가 몹시 불안정해 보였다는 말을 했다. 어떻게든 우편국 직원에게 접근해서 애클리의 화물이 어느 기차에 선적됐는지 알아내려고 안달하는 것 같았다는 것이다. 그래서 애클리는 내게서 녹음 기록을 잘 받았다는 답장이 올 때까지 내심 안절부절못했던 모양이다.

그쯤 — 7월 둘째 주 — 에는 초조한 기색이 역력한 애클리의 편지를 읽고 내가 쓴 편지 한 통이 중간에서 또 사라져 버린 사실을 알게 되었다. 그 직후 애틀리는 더 이상 타운센드로 편지를 보내지 말고, 브래틀보로 우편국에 유치 우편으로 보내라고 했다. 자동차를 타고 자주 브래틀보로에 들르거나, 최근에 철도편이 지연되면서 승객 편의를 위해 개통된 장거리 버스를 이용하겠다는 것이었다. 나는 그에게서 점점 더 불안한 기색을 느꼈다. 달빛 없는 밤이면 개들이 더 사납게 짖고, 날이 밝았을 때 농가 뒤편의 도로와 진흙에서 새로 찍힌 집게발의 흔적이 발견된다는 그의 말엔 초조감이 묻어 있었다. 한번은 개의 발자국을 따라

오는 짙고 선명한 집게 발자국이 대량으로 발견됐다며 보기에도 뒤숭숭한 코닥 사진을 보내오기도 했다. 개들이 전에 없이 사납게 울부짖은 다음 날 아침에 발견했다는 것이었다.

7월 18일 수요일 아침, 벨로스 폴스에서 날아든 전보에서 애클리는 오후 12시 15분에 벨로스 폴스에서 출발하는 보스턴-메인간 철도편 5508호에 흑석을 보냈으며, 기차는 오후 4시 12분 보스턴에 도착할 예정이라고 알려왔다. 그렇다면 흑석이 늦어도 다음 날 정오까지는 아컴에 도착할 것이므로, 나는 목요일 오전 내내 기다리고 있었다. 그러나 정오가 돼도 흑석이 배달되지 않는 것이었다. 나는 철도 우편국에 전화를 걸었고, 내게 보내진 우편물이 없다는 답변을 들었다. 점점 더해가는 불안감 속에서 내가 다음에 취한 행동은 보스턴 노스 역의 철도 우편국으로 장거리 전화를 한 것이었다. 거기에도 내 앞으로 온 화물이 없다는 말을 듣고 나는 그리 놀라지는 않았다. 5508 열차는 전날 예정 시간보다 불과 35분 늦게 도착했고, 역시 내 주소가 적혀있는 상자는 없었다. 그러나 우편국 직원은 상황을 알아보겠다고 약속했고, 나는 애클리에게 야간 전보를 보내 사정을 간략히 알리는 것으로 그날 하루를 마감했다.

다음 날 오후 보스턴에서 예상외로 신속한 전갈이 왔다. 우편국 직원의 전화에 따르면, 5508호 열차 담당 역무원이 흑석이 사라진 상황과 관련된 것으로 보이는 사건 하나를 기억해 냈다고 했다. 오후 1시 직후 뉴햄프셔의 킨 역에서 열차가 정차해 있는 동안 깡마른 체구에 연한 갈색 머리칼을 하고 목소리가 매우 이상한 시골 남자가 잠시 말썽을 부렸다는 것이다.

역무원의 말에 따르면, 그 남자는 커다란 상자를 받기로 했는데 열차에도 없고 우편국 기록에도 없다며 몹시 화를 냈다고 했다. 스탠리 애 덤스라는 그 남자의 말을 듣고 있으니 이상할 정도로 현기증이 나고 졸 렸다고도 했다. 역무원은 대화가 어떻게 끝이 났는지 기억할 수 없었지 만, 열차가 움직이는 순간 퍼뜩 정신을 차리고 깜짝 놀랐다. 보스턴 우 편국 직원은 남자를 상대한 젊은 역무원이 성실하고 믿을만한 사람이 며, 근무를 한지도 오래돼서 업무 능력도 뛰어나다고 덧붙였다.

그날 저녁, 나는 그 역무원을 직접 만나볼 생각으로 그의 이름과 주 소를 알아낸 후 보스턴으로 향했다. 그는 솔직한 성품에 호감이 가는 사람이었지만, 애초의 설명 이외에 내게 더 알려줄 정보는 없었다. 그 는 대화를 나누었다는 시골 남자를 다시 알아볼 수 있을지는 회의적이 라고 했다. 더 이상 역무원에게서 알아낼 정보가 없다는 것을 깨닫고 나는 그날 밤을 새워 철도 우편국, 경찰 당국, 킨 역의 우편물 담당자와 애클리에게 보낼 편지를 썼다. 나는 기이한 목소리로 역무원에게 접근 했다는 그 남자가 불길한 사건의 핵심 열쇠를 쥐고 있다고 생각했고, 킨 역의 직원들과 전보국 기록을 통해서 혹시 그 남자의 신상과 행적을 알 수 있지 않을까 기대했다.

그러나 백방으로 수소문한 결과 아무것도 얻지 못했다. 남자가 7월 18일 이른 오후 킨 역 주변에서 목격됐으며, 부랑자로 보이는 사람이 그 남자를 도와 커다란 상자를 옮겼다는 진술도 있었지만, 그 시간을 전후해 그 남자의 종적은 오리무중이었다. 또한 그 남자는 과거 전신국 을 찾거나 우편물을 수령한 일이 없는 사람이며, 우편 담당자 중에서 5508호 열차에 흑석이 실려 있다는 사실을 알고 있었던 사람도 없었다. 물론 애클리도 나를 돕기 위해 킨 역까지 직접 찾아가 역 주변에서 탐 문을 했다. 그 사건에서 애클리의 태도는 나보다 훨씬 절박한 것이었다. 그는 그 일을 불길하고 위험한 전조로 받아들이며 드디어 올 것이 왔다는 태도를 보였고, 상자를 다시 찾기를 포기한 것 같았다. 텔레파시와 최면에 능한 산속 생물체와 그 스파이의 힘이 얼마나 대단한가를 언급하면서 흑석이 더 이상 지구상에 남아 있지 않을 거라고 말하기도 했다. 상형 문자를 해독함으로써 그 심오하고 놀라운 종족들에 대해 알아낼 기회가 사라진 것은 나로서도 당연히 화가 나는 일이었다. 만약 곧바로 날아든 애클리의 편지에서 끔찍한 산간 마을에 새롭게 전개된 문제가 내 주의를 끌지 않았다면, 흑석을 잃어버린 사건에 오래도록 괴로워했을지 모른다.

IV

애클리는 가엾을 만큼 불안한 필체로 미지의 생물체가 본격적으로 그에게 접근을 시도하고 있다고 밝혔다. 달빛이 흐릿하거나 없는 밤이면 개 짖는 소리가 소름이 끼칠 정도이고, 한낮에도 한적한 길을 지날 때면 노골적인 위험이 느껴지기도 한다는 것이었다. 8월 2일 차를 몰고 마을로 향하는데, 고속도로가 으슥한 숲길로 갈라지는 지점에 나무 한 그루가 쓰러져 있더라고 했다. 함께 데리고 간 개 두 마리가 사납게 짖는 것으로 미루어 생물체가 주변에 숨어 있다는 생각이 들었다. 만약 개를 데려가지 않았다면 무슨 일이 벌어졌을지 생각조차 하기 싫었지만, 그때쯤에는 어디를 가든 충실하고 용맹한 개를 두 마리 이상은 데리고 다녔으니 다행이었다. 8월 5일과 6일에도 차를 몰고 가는 도중에 총알이 아슬아슬하게 자동차 옆으로 스친 일이 한 번, 괴생물체가 가까이 있음을 알리며 개들이 미친 듯이 짖은 적이 한 번씩 있다고 했다.

8월 15일 극도로 흥분한 애클리의 편지를 받고 나는 마음이 몹시 심란해졌다. 결국 애클리를 더 이상 혼자 둘 수 없으며 법의 보호라도 청해야겠다는 생각이 들었다. 8월 12일과 13일 밤 사이 끔찍한 사건이 벌어졌다. 농가 바깥에서 총알이 날아다니기에 아침에 확인해 보니, 개 12마리 중에서 3마리가 총에 맞아 죽어 있었다는 것이다. 길가에 집게 발이 무수히 찍혀 있었으며, 그중에서 월터 브라운의 발자국도 발견되었다. 애클리는 브래틀보로에 전화를 걸어 개를 더 주문할 생각이었지만, 몇 마디 하기도 전에 전화가 불통이 되었다. 나중에 차를 몰고 브래틀보로에 가서 들은 얘기로는, 전화 설비 기사들이 뉴페인의 외딴 산간 마을로 들어가는 지점에서 전화선이 싹둑 잘려져 있는 것을 발견한 모양이었다. 그러나 애클리는 네 마리의 튼튼한 개와 그가 지니고 있는 사냥용 연발 엽총에 필요한 총알을 몇 통 구입해서 다시 집으로 돌아갈 예정이라고 했다. 그 편지는 브래틀보로 우편국에서 쓴 것으로 곧바로 내게 전달되었다.

그쯤에서 나는 그 문제를 과학적인 판단이 아니라 겁에 질린 한 개인의 입장에서 바라보게 되었다. 외지고 한적한 농가에 있는 애클리가 걱정이 되었고, 그 기이한 산간 마을의 사건에 얽혀버린 나 자신에 대해서도 두려움이 일었다. 사태는 심각한 양상으로 전개되고 있었다. 나는 이대로 사건에 휘말려 떠내려갈 것인가? 나는 애클리에게 어서 도움을 청하라고, 만약 그렇지 않으면 내가 직접 나서겠다는 내용의 답장을 보냈다. 그가 안 된다고 해도, 버몬트에 직접 찾아가, 그를 도와줄 만한 관련 당국에 상황을 설명해 주겠다는 말도 덧붙였다. 그러나 벨로스 폴스에서 다음과 같은 전보만 왔을 뿐이다.

귀하의 염려에 감사함. 그러나 독단적인 행동은 금물. 우리 모두 위험에 빠질 수 있음. 차후 연락을 기다리기 바람.

헨리 애클리(Henry Akely)

그러나 사태는 점점 심각해졌다. 내가 전보에 답장을 보낸 직후, 애클리의 휘갈겨 쓴 편지가 놀라운 소식을 전해왔는데, 내용인즉슨, 그가 전보를 보낸 일이 없으며, 답장으로 보이는 내 편지만 받았다는 것이었다. 그가 벨로스 폴스에서 수소문한 결과, 그 전보를 보낸 사람은 갈색 머리의 낯선 사내이며, 기이할 정도로 저음의 졸린 음성을 지녔다는 것뿐 그 이상은 알아내지 못했다. 우편국 직원이 애클리에게 연필로 휘갈겨 쓴 사내의 전보 원문을 보여주었지만, 필체는 아무리 봐도 낯선 것이었다. 특히 서명 부분은 Akeley에서 두 번째 E를 빠뜨리고 쓴 점이 눈에 띄었다. 어딘지 석연찮은 상황이었지만, 애클리는 뚜렷한 위기감에 휩싸여 더 이상 그 문제에 대해 생각해 볼 겨를이 없었다.

그는 개가 더 죽어서 새로 사들였으며, 달이 뜨지 않는 밤이면 총격전이 일상적인 일이 됐다고 말했다. 브라운 외에도 최소한 한두 명 이상의 사람 발자국이 도로와 농장 뒤쪽의 집게 발자국 사이에서 발견된다는 것이다. 애클리도 인정했듯이 안 좋은 상황이었고, 캘리포니아로 이주해서 아들과 함께 살기 전에 농가를 팔 수나 있을지 의문이었다. 게다가 누구나 그렇듯 고향 마을을 떠나기도 쉽지 않은 일이었다. 그는 좀 더 고향에 머무르려고 할 것이 분명했다. 어쩌면 침입자를 쫓아낼 수도 있을 것이며, 특히 그들의 비밀을 더 이상 캐지 않겠다고 공개적으로 의사 표시를 하면 상황이 좋아질 수도 있을 것이다.

나는 곧바로 애클리에게 답장을 보냈고, 그를 방문해서 절박한 위험에 대해 관련 당국에 설명해 주겠노라 다시 한 번 내 뜻을 전했다. 애클리의 답장을 받고 보니, 전처럼 내 생각에 반대하지는 않아서 혹시 다른 일이 생긴 것은 아닐까 걱정이 되었다. 어쨌든 그는 신변을 정리하고, 끔찍이도 아끼는 고향을 떠나기 위해 마음의 준비를 할 동안만 시간을 달라고 했다. 그 동안 사람들이 그의 연구와 생각에 곱지 않은 시선을 보내 왔으므로, 애써 마을을 소란에 빠뜨리거나 그 자신이 미쳤다는 소문이 나돌지 않게 조용히 일을 처리하고 싶다는 것이었다. 이미 숱한 일을 겪었지만, 할 수만 있다면 점잖게 고향을 떠나고 싶은 모양이었다.

그 편지를 받은 때가 8월 28일, 나는 최대한 그의 결심을 격려하는 답장을 보냈다. 그리고 내 관심에 감사하다는 답장의 내용에 전보다 두려움이 많이 사라져 있는 것으로 보아, 내 격려가 어느 정도 효험이 있었던 모양이다. 그렇지만 아주 낙관할 수는 없었으며, 오로지 보름달이 뜨는 기간에만 그 생물체의 접근을 막을 수 있다는 대목이 있었다. 그래서 밤이면 구름이 짙게 끼지 않기를 바라고 있으며, 달이 기울기 시작하면 한동안 브래틀보로에 거처를 정할 거라는 얘기였다. 9월 5일 나는 다시 격려의 답장을 보냈지만, 편지가 서로 엇갈리는 바람에 애클리의 편지가 같은 날에 도착했다. 편지를 읽고 천만다행이라는 생각뿐이었다. 그 내용이 중요하다는 판단에서, 휘갈겨 쓴 편지를 기억나는 대로 전부 옮겨 적는 편이 좋겠다. 대체로 다음과 같은 내용이었다.

월요일
윌마스 귀하
어젯밤에 구름이 잔뜩 끼는 바람에 — 비는 오지 않았지만 — 달빛이 무척 어두웠소. 상황이 너무 좋지 않아서 우리들이 세운 긍정적인 계획과는 달리 파멸이 다가오고 있다는 생각이 들었소. 밤이 깊었을 무렵 지붕에 무엇인가 내려앉았고, 개들이 그쪽을 향해 몰려들기 시작했소. 이내 개들은 길길이 날뛰었고, 그중 한 마리가 낮은 칸막이를 밟고 지붕까지 뛰어 올랐다오. 지붕에서 사납게 엉겨 싸우는 소리가 들리더니, 도저히 잊을 수 없을 그 끔찍한 윙윙거림이 들려왔소. 게다가 아주 고약한 냄새까지 났소. 그 순간 창가로 총알이 날아들었는데, 하마터면 꼼짝없이 맞을 뻔했지 뭐요. 개들이 뿔뿔이 흩어져 있는 사이 산속의 그 생물체가 지붕으로 접근한 것이었소. 나는 집 안의 불을 끄고 창문 틈으로 총을 겨누고는 개들이 맞지 않을 높이로 무작정 사방에다 방아쇠를 당기기 시작했소. 그것으로 끝났나 싶었는데, 아침에 보니까 마당에 피가 쏟아져 있고 그 옆에 웅덩이를 이루고 있는 녹색의 끈적끈적한 물질에서 평생 처음 맡아보는 고약한 악취가 풍기는 것이었소. 지붕에 오르니 끈적끈적한 물질이 더 많이 눈에 띄었소. 개가 총 다섯 마리 죽었는데, 그중 하나는 뒤에 총상이 있는 것으로 보아 혹시 내가 조준을 너무 낮게 한 탓인지 모르겠소. 이제 깨진 창문을 수리하고 개를 사러 브래틀보로에 가야겠소. 개 사육장에서 아마 내가 미쳤다고 생각할 것이오. 나중에 다시 편지하겠소. 떠날 생각만 해도 억장이 무너지는 심정이지만, 일이 주 정도면 이주 준비를 끝낼 수 있을 것 같구려.

급한 마음으로, 애클리

그러나 이 편지만 엇갈린 것은 아니었다. 다음 날 아침 — 9월 6일 — 에 다른 편지 한 통이 또 도착했기 때문이다. 미친 듯이 휘갈겨 쓴 그 편지 때문에 나는 망연자실 어떻게 해야 할지 갈피를 잡지 못했다. 그 편지의 내용 역시 기억이 닿는 대로 옮기는 편이 낫겠다.

화요일

날은 여전히 잔뜩 찌푸려 있고, 이미 기울기 시작한 달도 모습을 드러내지 않는구려. 그들이 얼마나 득달같이 전기선을 끊어놓을지는 모르겠지만, 아무튼 집 안 전기 시설을 손보고 탐조등을 설치할 생각이오.

내가 생각해도 점점 미쳐가는 것 같소. 어쩌면 내가 귀하에게 쓴 편지는 죄다 꿈이거나 정신착란의 결과일지도 모르오. 전에도 사정은 나빴지만, 지금은 훨씬 더 심각하오. 어젯밤 그들이 내게 말을 걸어왔지만, 그 빌어먹을 윙윙 소리를 다시 되뇌고 싶은 생각이 들지 않는구려. 개가 사납게 짖어댐에도 그 목소리는 또렷하게 들려 왔으며, 그 속엔 그들을 돕는 인간의 목소리도 간간이 섞여 있었소. 윌마스, 이곳에는 발도 들여놓지 마시오. 당신과 내가 생각하는 것보다 훨씬 사정이 나쁘오. 그들은 당장 내가 캘리포니아로 가도록 순순히 내버려둘 생각이 없으며, (그들은 나를 산 채로, 혹은 정신적으로만 살아 있는 상태로 데려갈 생각인이오) 유고스도 아니고, 그 너머 은하계 밖이자 우주 공간의 끝으로 나를 납치하려고 하고 있소. 나는 그들에게 나를 데려가겠다는 그 끔찍한 방법에 따라 호락호락 끌려가지는 않을 거라고 말했지만, 그것이 무슨 소용이 있겠소. 이 집은 몹시 외진 곳이니 그들은 얼마 안 있어 밤뿐 아니라 낮에도 접근할지 모르오. 여섯 마리의 개가 더 죽었고, 오늘 브래틀보로에 가는 줄곧 숲길에서 그들이 지켜보고 있다는 생각이 들었소.

녹음 레코드와 흑석을 귀하에게 보낸 것은 내 실수였소. 너무 늦기 전에 그 레코드를 부숴 버리시오. 내일에도 내가 이곳에 있을 수 있다면 또 편지하리다. 지금 생각에는 책과 몇 가지 물건만 챙겨서 브래틀보로에 거처를 정하고 싶소. 마음속에서 자꾸 잡아끄는 부분만 아니라면 곧바로 떠날 수 있을 것이오. 눈에 띄지 않게 브래틀보로에 숨어들면 안전하겠지만, 집에서처럼 감옥에 갇힌 느낌은 여전할 것 같소. 그러나 모든 것을 포기하고 시도조차 하지 않는 것보다는 그게 나을 거라는 마음이오. 정말 끔찍한 일이오. 귀하는 이 일에 말려들지 마시오.

애클리

그 흉흉한 편지를 받은 날 밤, 나는 잠을 이루지 못한 채 애클리가 과연 제정신인 건지 극도로 혼란스러운 느낌을 떨칠 수 없었다. 편지 내용은 터무니없었지만, 표현 방법만은 아직 신빙성이 가는 구석이 적지 않았다. 나는 당장 답장을 하기보다는 애클리가 최근의 내 편지를 읽고 생각할 만한 시간적 여유를 주는 편이 좋겠다고 생각했다. 그 답장은 다음 날 도착했으며, 어느 답장보다도 중요한 내용이 들어 있었다. 광기에 사로잡혀 급하게 써 내려간 것처럼 악필에다 잉크의 얼룩까지 번져 있는 그 편지의 내용은 다음과 같았다.

수요일

윌…….

귀하의 편지를 받았지만, 더 이상 이 문제에 대해 거론해 봤자 소용이 없소. 나는 완전히 체념한 상태라오. 이제 그들을 쫓아낼 만한 의지력이 남아 있는지조차 의문이오. 모든 것을 포기하고 도망쳐도 벗어날 길은 없구려.

그들에게서 편지가 왔소. 브래틀보로에 있는 동안 편지를 받은 거요. 벨로스 폴스 소인이 찍혀 있다오. 그들이 내게 무엇을 원하는지, 솔직히 입에 올리기조차 두렵소. 부디 귀하도 조심하시길! 레코드를 부숴 버리시오. 구름 낀 날이 계속되고, 달은 점점 기울고 있소. 도움이라도 청할 생각에 마음을 다잡아 보지만, 증거가 없는 상황에서 어느 누가 나 같은 미친 사람을 도와주러 올지 의문이오. 합당한 이유를 대지 않고 는사람들에게 도움을 청할 수 없을뿐더러, 나는 수 년 동안 외부와의 접촉을 끊고 살아왔으니까.

윌마스, 그러나 최악의 상황을 전해야겠소. 충격적인 내용이므로 글을 읽기 전에 마음을 단단히 다잡길 바라오. 물론 지금부터 하는 말은 거짓이 아니오. 나는 그 생물체 혹은 그 일부를 두 눈으로 보고 만지기까지 했소. 정말이지 끔찍한 일이었다오. 개 한 마리가 붙잡고 있는 모습을 오늘 아침 개집 주변에서 발견한 거요. 나는 그 생물체를 헛간에 가두고 사람들에게 증거로 보여줄 생각이었지만, 몇 시간 뒤 흔적도 없이 사라지고 말았소. 아무것도 남지 않았다오. 그 생물체가 홍수 이후 첫날 아침에만 강물에서 발견됐다는 점을 귀하도 알고 있을 것이오. 이번 경우는 더 끔찍하다오. 귀하에게 보내기 위해 사진을 찍었지만, 필름을 인화해 보니 헛간 외에는 아무것도 나타나 있지 않았소. 대체 무슨 생물체이기에 그같은 일이 벌어지는 것이겠소? 나는 그것을 보고 만졌으며, 발자국까지 또렷이 남아 있소. 하지만 그런 사실이 무슨 소용이 있겠소? 그 생김새를 제대로 설명하기란 힘드오. 커다란 게를 닮았는데, 머리 부분에 두꺼운 밧줄 같은 더듬이가 붙어 있소. 끈적끈적한 녹색 물질은 생물체의 혈액이거나 체액일 것이오. 당시에는 땅에도 녹색 물질이 많이 흘러 있었소.

월터 브라운이 사라졌소. 여느 때처럼 마을 주변을 어슬렁대는 모습이 보이질 않소. 내가 쏜 총에 맞은 것은 아닐까 생각이 드는구려. 그 생물체들은 항상 시체와 부상자를 좋아한다는 점도 생각해 봐야겠소.

오늘 오후에는 별다른 일없이 마을까지 왔지만, 혹시 나를 처치할 방법을 결정했기 때문에 접근을 피하고 있는 것은 아닐까 걱정스럽소. 브래틀보로 우체국에서 이 편지를 쓰고 있소. 어쩌면 이것이 마지막이 될지 모르겠구려. 만약 그런 일이 벌어진다면, 캘리포니아 주 샌디에이고 플레전트 가 176번지 주소로 내 아들 조지 구디너프 애클리에게 소식을 전해주시오. 하지만 이곳에 오지 못하게 단단히 일러 주구려. 일주일 동안 내게서 다른 소식이 없거나 혹시 신문에 기사가 나거든 아들에게 대신 편지를 써 주시오.

나는 이제 최후의 방법 두 가지를 실행할 생각이오. 물론 내게 그럴 만한 의지가 남아 있는지가 관건이겠지만. 우선은 그 생물체에 독가스를 살포하고(적당한 화학 물질을 이미 준비했으며 나와 개에게 씌울 방독면도 챙겨 두었소), 만약 그 방법이 소용이 없다면 경찰에 신고하는 것이오. 경찰은 마음만 먹는다면 나를 정신병원에 가둘 것인데, 그 편이 차라리 생물체에게 무슨 일이든 당하는 것보다는 나을 것이오. 혹시 집 주변에 찍혀있는 발자국을 경찰에게 보여줘 볼까 생각도 하오. 자국이 희미하긴 해도 매일 아침 새로 발견되니까 말이오. 그러나 경찰은 내가 발자국을 조작했다고 믿을 확률이 크오. 그들도 나를 괴팍한 사람으로 여기니까.

주(州) 경찰과 함께 이곳에서 밤을 지새우는 방법도 있지만, 생물체들이 그걸 간파 못할 것 같진 않소. 밤마다 전화선이 끊어지는 일에 대해서는 전신국 직원도 몹시 이상하게 생각하고 있으므로 경찰에서 그마저 내 짓이라고 단정 짓지 않는다면 그가 나를 위해 증언해 줄지 모르오. 지금은 전화선 수리를 요청하지 않은 지가 일주일이 넘은 상태라오.

마을 사람들이 공포의 실상에 대해 내 편에서 증언을 해 줄지도 모르지만, 외부에선 그들의 말을 비웃을 것이 뻔하고, 그들도 역시 꽤 오랫동안 우리 집을 피해온 터라 그 이후 벌어진 새로운 사건들에 대해서는 모르고 있을 것이오. 애걸복걸을 하든 돈을 쥐어주든, 세파에 찌든 농부들은 이 주변에 얼씬도 하지 않을 거라오. 나에 대해 마을에 떠도는 소문과 조롱들을 집배원에게 전해 듣노라니 세상에! 내가 진실을 말해줄 수만 있다면 얼마나 좋겠소! 집배원에게 발자국을 보여주고 싶어도 그가 들르는 오후 무렵에는 발자국도 사라져 버리므로 그 역시 난감한 일이오. 상자 같은 것으로 발자국을 덮어 보존한다고 해도, 아마 집배원은 내가 속임수를 쓰는 것이라 여길 거라오.

이처럼 외톨이가 되지 않았다면, 그래서 사람들이 지금처럼 이곳을 피하지 않았다면 얼마나 좋았을까 후회가 되는구려. 나는 순박한 마을 사람 몇 명 외엔 흑석이나 코닥 사진을 보여주거나 레코드를 들려준 일이 한 번도 없다오. 다른 사람들은 내가 그 모든 것을 꾸며냈다며 비웃기만 할 것이오. 그러나 아직은 사진을 보여 주고 싶은 마음이 있소. 그 생물체를 사진으로 찍을 수는 없어도, 집게 발자국만은 또렷하게 사진에 남아 있으니까 말이오. 그 생물체가 사라지기 전에 아무도 그 모습을 보지 못한 것이 정말 안타깝구려.

그러나 앞날이 어찌될지 장담할 수는 없소. 지금까지 경험으로 비추어 보면, 정신병원처럼 좋은 곳도 없겠다는 생각이오. 의사들이 이 집에서 떠날 수 있도록 나를 설득할 수 있을 것이고, 그렇게만 되면 내게는 구원이나 다름없소.

얼마동안 내게서 소식이 없을 경우, 내 아들 조지에게 대신 편지를 써주오. 그럼 이만. 그 레코드를 부수고, 더 이상 이번 일에 말려들지 마시오.

애클리

이 편지는 나를 극한의 공포 속으로 몰아넣었다. 나는 아무 말도 떠올릴 수 없었지만, 급히 횡설수설 조언과 격려의 말을 써서 우편으로 보냈다. 애클리에게 즉시 브래틀보로로 거처를 옮기고 경찰의 보호를 요청하라고, 그러면 내가 곧바로 레코드를 갖고 찾아가 그를 위해 증언해 주겠다고 썼다. 그리고 베일에 가려진 생물체의 존재를 사람들에게 알리고 경고해야 하는 시점이라는 생각도 했다. 그 당시 나는 애클리가 내게 한 말이나 주장을 사실이라고 확신하고 있었지만, 생물체의 사진을 찍는데 실패한 것은 자연의 농간이라기보다는 너무 흥분한 애클리 자신의 실수라고 생각했다.

V

내가 경황없이 쓴 편지와 또 엇갈렸는지, 9월 8일 토요일에 새로운 타자기로 말끔하게 작성된, 이상할 정도로 차분한 편지가 도착했다. 그 기묘한 편지는 나를 안심시키고 초청하는 것으로서 한적한 산간 마을에 벌어진 악몽의 드라마에 일대 변화가 생겼음을 의미하는 것이었다. 나는 또 한 번 기억에만 의지하여, 이번에는 편지의 문체에서 전해지는 느낌까지 그대로 적어볼 생각이다. 편지는 벨로스 폴스 우체국 소인이 찍혀 있었으며, 서명도 본문과 마찬가지로 타이핑되어 있는데, 이는 타자기에 익숙하지 않은 사람들에게서 자주 발견되는 습관으로 보였다. 그러나 초보자치고는 놀라울 정도로 오타가 없이 정확하게 작성된 편지였다. 그래서 나는 애클리가 그 전에, 아마 대학 시절에 타자기를 사용해본 경험이 있을 거라고 생각했다. 편지를 받고 안심이 됐으니 다행이었지만, 안도감의 이면에는 불편한 마음이 도사리고 있었다. 그 같은 공포 속에서도 제정신이었다면, 편지에 적힌 대로 그의 판단력을 믿어도 좋지 않을까? 그런데 '개선된 의사소통'이라는 말……. 대체 그것이 무엇을 의미하는 걸까? 사실 편지 내용이 지금까지 애클리가 보여준 태도와는 완전히 상반된 것이지 않은가! 그러나 일단은 내가 자부하는 기억력에 의지해 신중하게 옮겨 적은 편지를 보는 편이 좋겠다.

버몬트 주 타운센드
1928년 9월 6일 목요일

윌마스 귀하

지금까지 귀하에게 보낸 우매한 편지에 대해 이제 안심하시라 말할 수 있어 얼마나 다행인지 모르겠군요. '우매한'이라고 표현한 것은 그 동안 사건을 설명한 부분이 그렇다는 것이 아니라 겁에 질려 있었던 저 자신의 태도를 두고 말하는 겁니다. 지금까지 일어난 현상은 편지대로 사실이며 매우 중대한 것이지요. 다만 그 현상을 바라보는 저의 태도에 실수가 있었답니다.

일전에 낯선 방문자들이 내게 말을 걸며 대화를 시도했다는 점을 말한 적 있지요. 간밤에는 실제로 의사소통이 이루어졌습니다. 집밖에서 들려오는 신호를 듣고 내가 그 친구에게 (지금 당장은 친구라는 표현 밖에는 떠오르지 않는군요) 들어와도 좋다고 했지요. 그는 우리가 상상조차 할 수 없는 사실들을 말해 주었고, 지구상에 비밀 식민지를 유지하려는 외계인의 의도에 대해 명쾌히 설명함으로써 그 동안 귀하와 내가 얼마나 오해를 했는지 알게 해 주었답니다.

그들과 관련해 인간 세계에 퍼져 있는 흉흉한 전설과 그들이 지구상에 모종의 거점을 마련한다는 얘기들은 우화적인 표현을 오해한 결과였지요. 물론 그 표현 방법이라는 것은 인간으로서는 도저히 생각할 수 없을 정도로 다른 문화적 배경과 사유 습관에서 형성된 거랍니다.

지금은 그들 외계 종족을 위험하다고 생각하고, 밤마다 충돌을 벌였던 것을 후회하고 있습니다. 처음부터 그들과 평화롭고 합리적으로 대화를 할 수 있었다면 얼마나 좋았을까요! 그러나 그들은 그런 저를 탓하지 않았습니다. 그들의 감정 체계는 우리와는 매우 다르답니다. 월터 브라운의 경우에서 알 수 있듯이, 버몬트에서도 아주 못난 사람들을 인간 대표자로 선택한 것이 그들의 불운이었지요. 그 사람 때문에 제가 그들 종족에게 얼마나 편견을 갖게 됐냐 말입니다. 실제로 그들은 일부러 인간에게 해코지를 한 적이 없지만, 인간이 그들을 잘못 받아들이고 염탐을 하기도 했지요. 못된 인간들이 사악한 비밀 의식을 통해 (신화에 해박한 귀하의 동료 교수들이라면, 내가 그들을 해스터와 옐로우 사인에 관련시키는 것을 이해할 겁니다) 그들 종족을 찾아내고, 우주 공간에서 온 괴물체의 힘을 빌어 그들을 해하려고 했던 겁니다. '외계인[55]'의 심기를 자극한 것은 침략자들이었으며, 우리들 인간이 아니었지요. 게다가 나는 그동안 우리 사이에 오간 편지를 중간에 가로챈 무리가 외계인이 아니라 그 악랄한 숭배 집단이라는 사실도 알게 됐답니다.

외계인이 인간에게 바라는 점이 있다면 평화와 불간섭, 그리고 '정신적인 의사소통'을 강화하는 것뿐입니다. 특히 의사소통의 경우, 인간의 발명 장치가 날로 우리의 행동 반경을 넓히고 있는 현실로 인해 외계인의 전초 기지를 은밀히 유지할 수 없게 되면서 더더욱 그들에게 절실한 수단이 되고 있답니다. 이들 외계 종족은 인류를 더 자세히 알고자 하며,

철학 및 과학계의 지도자들이 그들 종족을 이해해 주길 바라고 있지요. 서로 지식을 주고받고 이해해 나간다면, 위험은 사라지고 만족스러운 타협이 이루어질 겁니다. 그들이 인간을 노예화하거나 파멸시키려 한다는 생각은 일고의 가치도 없는 셈이지요.

외계인은 그들의 개선된 의사소통을 전수하고 핵심적인 통역자의 역할을 담당할 인간으로 나를 선택했는데, 어찌 보면 당연한 일입니다. 나는 이미 그들에 대해 많이 알고 있으니까요. 어제 밤에 많은 사실 ── 자연의 본질을 열어 주는 어마어마한 사실들 ── 을 알게 되었고, 앞으로도 구두와 서면으로 상당한 대화가 오갈 겁니다. 아직은 외부 여행을 논할 단계는 아니지만, 나중에 그럴 기회가 왔으면 좋겠군요. 특수한 수단을 이용한, 지금까지 인간에게 알려진 어떤 경험도 초월하는 여행이 될 테니까요. 내 농가도 더 이상 공격당하지 않을 겁니다. 모든 것이 정상으로 돌아왔으니 개들도 더 이상 필요 없겠지요. 공포를 대신해서 이제는 소수 인간만이 누릴 수 있는 지식과 지적인 모험의 혜택까지 받게 됐답니다.

외계인은 아마 시공을 통틀어 가장 놀라운 생명체일 겁니다. 그 밖의 우주 종족들은 외계인의 퇴화된 변종에 불과하답니다. 신체 구조에 대해 이런 표현을 써도 좋을지 모르지만, 그들은 동물보다는 식물에 가까우며, 균사 구조와 비슷합니다. 그러나 엽록소 비슷한 신체 기관과 아주 독특한 영양 체계 때문에 기타 식물군과도 확연한 차이를 보이기는 합니다. 한마디로 우리 인간에게는 지금까지 전혀 알려진 바 없는 물질로 구성된 종족이지요. 전자의 진동률도 완전히 우리와 다르니까요. 그래서 그들은 눈으로는 볼 수 있어도, 보통 카메라와 지구상의 일반적인 장치로 촬영할 수가 없는 거지요. 그러나 인류의 지식이 쌓이면 화학자들이 그들 종족을 촬영하고 인화할 만한 사진 감광제를 만들어낼 수 있을 겁니다.

이들 종족은 열과 공기가 없는 행성 사이의 진공을 아무 제약 없이 자유롭게 이동할 수 있는 반면, 그 변종들은 기계 장치의 도움을 받거나 기묘한 신체 변이를 통해서만 가능합니다. 버몬트에 거주하는 종족 중에서도 극소수만이 대기권 밖에서도 견딜 수 있는 날개를 지니고 있답니다. 외형적으로 동물에 가까운 그들은 우리가 아는 물질로 된 구조를 가지는데, 이는 근친 교배보다는 병렬 진화의 결과로 보입니다. 우리 고장에 거주하는 종족의 경우 날개는 썩 발달된 편은 아니지만, 두뇌 용량만큼은 어떤 종족보다 월등합니다. 텔레파시가 일반적인 의사소통 수단이지만, 원시적인 발성 기관이 있어서 간단한 수술만 해준다면(사실 이들은 외과 수술 분야에 상상하기 힘든 기술을 보유했을 뿐 아니라 수술 자체가 흔한 일상에 속한답니다), 지금 사용하고 있듯이 음성과 비슷한 소리를 낼 수 있지요.

그들의 중심 거주지는 아직 발견되지 않았지만, 위치상으로 태양계의 맨 끝이며 빛이 거의 없는 암흑의 행성으로 알려져 있답니다. 해왕성 너머 태양으로부터 아홉 번째 행성 말입니다. 우리가 일전에 추측했듯이, 신화적으로 아주 고대의 금지된 글 속에서나 등장하는 '유고스'일 확률이 크지요. 정신적 교감을 촉진하려는 노력이 계속된다면, 얼마 안 있어 적당한 방법으로 그 행성의 정체를 밝힐지 몰라요. 외계인이 허락한다면, 지구상의 천문학자들이 유고스를 찾아내기 위해 지적인 파장을 예의주시하는 날이 곧 올 겁니다. 그러나 유고스는 물론 발판에 불과합니다. 이들 종족의 핵심적인 신체 구조야말로 인간의 상상력이 미치지 않는 미지의 심연이니까요. 우리가 우주의 전부라고 믿고 있는 시공간도 이들 종족이 지닌 진정한 무한성에 비한다면 빙산의 일각에 지나지 않아요. 그 무한성 중에서 인간이 이해할 만한 부분이 바야흐로 제 앞에 펼쳐져 있으며, 인간의 역사상 그 같은 혜택을 입은 자는 지금까지 50명도 채 되지 않는답니다.

윌마스, 처음에는 이게 무슨 미친 소리인가 싶을 테지만, 얼마 후면 내가 우연히 맞닥뜨린 이 어마어마한 기회에 귀하도 감사할 겁니다. 귀하도 내가 얻은 혜택을 가능한 함께 누리기를 바라며, 그러기 위해서라도 신문에는 도저히 실릴 수 없는 숱한 사실들을 알려드릴까 합니다. 이제 더 없이 안전한 상황이므로, 예전의 경고를 취소하고 귀하를 초대하고 싶군요.

새 학기가 시작하기 전에 한번 이곳에 들르실 수 있겠는지요? 그럴 수 있다면 정말 기쁘겠군요. 자료도 검토하고 싶으니, 레코드와 내가 보낸 편지를 모두 가져오셨으면 합니다. 이 어마어마한 이야기를 짜 맞추자면 그 자료들이 꼭 필요합니다. 지금 몹시 흥분된 상태라서 원본 필름과 사진을 어디에 두었는지조차 모를 지경이므로, 오실 때 내가 보내드린 사진들도 꼭 가져오시기 바랍니다. 하지만 그 어렴풋하고 불확실한 자료들을 바탕으로 중대한 사실들을 새로 추가할 수 있을 겁니다. 내가 입수한 자료를 다시 보완할 수 있다니, 이 얼마나 멋진 일입니까!

망설이지 마시길. 나는 지금 아무런 감시도 받고 있지 않으며, 귀하 역시 괴이하고 불편한 일은 당하지 않을테니까요. 브래틀보로 역까지 차로 마중을 나갈 생각이니, 원하는 동안 마음 편히 머무시고, 매일 인간의 상상력을 초월할 토론을 벌일 준비나 하고 오세요. 떠들썩한 여론에 알릴 문제는 아니므로, 이번 일을 비밀로 하는 편이 좋겠지요.

브래틀보로까지 오는 기차 여행은 썩 나쁘지 않을 것이고, 보스턴에서 열차 시간표를 구할 수 있을 겁니다. 보스턴-메인 간 열차를 타고 그린필드까지 도착하면 거의 다 온 셈이나 마찬가지지요. 보스턴에서 표준시간 4시 10분 열차를 타시라고 권합니다. 그러면 7시 35분에 그린필드에 도착하고, 그곳에서 9시 19분 열차로 갈아타면 10시 01분에 브래틀보로에 도착합니다. 평일을 기준으로 해서 말이지요. 출발할 때 연락을 주시면 역까지 차로 마중나갈 생각입니다.

타이핑한 편지를 보내 송구하지만, 아시다시피 점점 필체가 불안정해지고 무엇보다 글을 쓰기에는 기진맥진한 상태입니다. 어제 브래틀보로에서 이 코로나 타자기를 샀는데, 꽤 쓸만하군요.

레코드와 내가 보낸 편지를 모두 가지고, 아 참, 코닥 사진까지 포함해서 방문해 주시기를 간절히 기다리고 있겠습니다.

답장을 고대하며

헨리 W. 애클리

매사추세츠 주 아컴

미스캐토닉 대학교

앨버트 N. 윌마스 귀하

그 편지를 몇 번씩 되풀이해 읽을수록 만감이 교차했고, 너무 기이하고 뜻밖이라 뭐라고 형용할 길이 없었다. 안도를 느끼면서도 불편한 마음이었다고 앞서 말했지만, 그 말은 안도감과 불편함을 포함한 온갖 무의식적인 감정이 뒤엉켜 있어서 그저 뭉뚱그려 표현한 것에 지나지 않는다. 우선 편지 내용이 지금까지 벌어진 사건과 전혀 다른 양상이었으며, 무시무시한 공포에서 느닷없이 기분 좋은 자기만족과 감탄 일색으로 바뀌었는데, 이처럼 갑작스럽고 완벽한 변화가 과연 가능한 일인가!

수요일만 해도 파멸에 가까운 광적인 편지를 보낸 사람이 단 하루 만에 완전히 뒤바뀔 수 있는지, 설사 그 하루 동안 구원에 가까운 사실을 깨달았다고 해도 선뜻 이해할 수 없는 노릇이었다. 그러다가 레코드에 생각에 미쳤고 당혹감은 더욱 커졌다. 편지에서 받은 느낌은 크게 두 가지로 정리할 수 있었다. 첫 번째는 애클리가 예전이나 지금이나 제정신이라고 가정했을 때, 상황 자체가 너무도 갑작스럽고 예기치 못한 국면으로 바뀌었다는 점이다. 두 번째는 그 동안 애클리가 보여준 방식과 태도와 언어에서의 변화가 너무 커서 어딘가 비정상적이고 그럴듯해 보이지 않는다는 점이었다. 이 사내의 인격은 교묘한 변화를 겪은 것 같았는데, 변화 전후의 상태가 모두 제정신이라고 하기에는 쉽게 수긍할 수 없을 정도로 변화가 극단적이었다. 단어의 선택이라든지 철자 따위에서 많은 차이가 느껴졌다.

나는 교수로서 글쓰는 방식에 민감했으므로, 그가 자주 사용하는 표현과 문체의 운율에서 역시 변화를 알아챌 수 있었다. 한순간에 그간의 태도를 뒤바꿀 만한 극도의 감정 변화를 겪거나 새로운 사실을 발견했음이 틀림없었다! 그러나 한편으로는 애클리의 특징이 그대로 묻어 있는 편지처럼 보였다. 무한한 존재에 대한 열정과 학자적인 탐구욕은 예전과 변함이 없었다. 나는 단 한순간도 그 편지가 거짓이거나 악의적인 의도라고 생각하지 않았다. 내가 직접 편지의 진위를 판단할 수 있도록 기꺼이 초대한 것만 봐도 그의 진실성을 입증하는 것이 아닌가?

토요일 밤 나는 그 편지의 이면에 있을 음침한 그림자와 기이함에 대해 생각하면서 밤을 지샜다. 지난 4개월 동안 기괴하고 돌발적인 일련의 일들에 직면하면서 마음이 괴로웠으므로 이 놀랍고 새로운 제안에 대해서도 전부터 수없이 되풀이된 것처럼 의혹과 긍정을 오갔던 것이다. 그러나 새벽녘엔 강렬한 흥미와 호기심이 처음의 당혹감과 불편함을 대신하고 있었다. 미쳤든 제정신이든, 돌변한 것이든 그저 마음이 평온해진 것이든, 애클리가 자신의 위험한 연구에서 놀랄 만한 변화를 겪었을 가능성이 컸다. 그 모종의 변화 때문에 실제 혹은 상상이었을지 모를 그간의 위험이 줄어들었을 뿐 아니라, 우주적이고 초인적인 지식과 전망까지 얻게 된 것인지 모른다. 미지의 대상을 향한 나와 애클리의 열정이 함께 타올랐고, 나는 장벽이 무너지는 듯한 무시무시한 느낌에 감염되고 말았다. 시간과 공간, 자연 법칙의 숨막히고 지루한 한계를 떨쳐 버리고 광대한 외부 세계와 접촉하며, 무한하고 궁극적인 대상의 섬뜩하고 끝없는 비밀에 가까이 다가서는 것이야말로 목숨과 영혼, 정신을 걸 만큼 가치 있는 일이 아니겠는가! 게다가 애클리는 더 이상 위험은 없다고 말했으며, 멀리 비켜서라고 경고했던 예전과는 달리 방문해 달라는 초청까지 했다. 그가 또 무슨 말을 해 줄지 생각만 해도 가슴이 울렁거렸고, 얼마 전까지 괴물에게 포위됐던 쓸쓸한 농가에서 우주의 전령과 대화를 나눈 애클리와 함께 앉아 있는 내 모습을 떠올리면 짜릿한 전율에 사로잡혔다. 애클리가 초기의 결론을 정리해 놓은 편지 뭉치와 섬뜩한 레코드를 앞에 두고 있을 내 모습 말이다.

일요일 아침나절, 나는 다음 주 목요일인 9월 12일에 괜찮다면 브래틀보로에서 만나자고 애클리에게 전보를 보냈다. 다만 그가 제안한 기차 편을 선택하진 않았다. 솔직히 말해, 흉흉한 버몬트에 밤늦게 도착하고 싶지 않았다. 그래서 애클리가 일러준 기차를 타는 대신에 역에 전화를 걸어 다른 기차를 예약했다. 아침 일찍 일어나 8시 07분발(표준 시간) 보스턴 행 기차를 타면, 9시 25분에 그린필드 행으로 갈아타고 오후 12시 22분에는 그곳에 도착할 수 있었다. 그리고 그린필드에서 정확히 시간을 맞춰 열차를 타면, 1시 8분에 브래틀보로에 도착할 것이었다. 애클리를 만나 울창하고 은밀한 산길을 달려야 할 것이므로, 밤 10시 01분에 브래틀보로에 도착하는 것보다는 훨씬 편안했다.

나는 그 같은 변경 사항을 전보로 알렸는데, 저녁 때 답신을 받고 보니 현명한 애클리도 내 생각에 찬성해서 기분이 좋았다. 그는 전보에 이렇게 적었다.

좋은 생각임. 수요일 1:08 열차 기다리겠음. 레코드, 편지, 사진 꼭 챙기시오. 행선지는 주위에 비밀로 할 것. 엄청난 발견을 기대하시라.

애클리

그는 곧장 답신을 보낸 것이었다. 내가 보낸 전보는 타운센드 역에서 우편 배달원 혹은 그쯤에서 복구한 전화를 통해서 애클리에게 전달됐음이 분명했다. 그래서 당혹스러운 편지를 쓴 사람에 대해 품었던 일말의 의혹도 모두 사라졌다. 당시에 나는 이상할 정도로 짙은 안도감을 느꼈다. 이전까지 온갖 의혹들이 생각보다 마음 깊숙이 자리 잡고 있었던 모양이다. 그날 밤은 숙면을 취했고, 이후 이틀 동안 여행 준비로 분주했다.

VI

목요일, 나는 약속대로 오싹한 레코드와 사진, 애클리의 편지 전부를 포함한 과학 자료와 여행에 필요한 간단한 물건을 챙겼다. 그의 요구대로 행선지는 아무에게도 말하지 않았다. 상황이 호전됐다지만 극히 비밀을 요하는 문제였다. 전문적인 지식과 더불어 어느 정도 마음의 준비까지 끝낸 내게도 외계의 존재와 정신적 교감을 나눈다는 생각은 숨 막히는 전율이었다. 그렇다면 사정을 모르는 보통 사람들에게는 얼마나 엄청난 반향을 일으킬 것인가? 보스턴에서 열차를 갈아타고 익숙한 지역에서 벗어나 낯설기 만한 서쪽으로 먼 여행을 시작하면서 내가 두려움과 모험심 중에서 어떤 감정을 먼저 떠올렸는지는 알 수 없다. 월덤 — 콩코드 — 에이어 — 피츠버그 — 가드너 — 아솔…….

내가 탄 기차는 7분 늦게 그린필드에 도착했지만, 북부행 급행열차도 늦게 출발했다. 서둘러 열차를 갈아타자 이른 오후의 햇살을 뚫고 기차가 덜커덕거리며 달리기 시작했다. 편지에서 읽었을 뿐 한 번도 가본 적이 없는 지역을 간다니 숨이 막히는 기분이었다. 나는 지금까지 살아온 뉴잉글랜드 중에서도 기계화되고 도시화된 해안의 남부 지방에서 더 고풍스럽고 원시적인 지역으로 이동하고 있었다. 그곳은 외국인과 공장 매연, 광고 간판과 아스팔트 도로라고는 볼 수 없는 천연 그대로의 뉴잉글랜드였다. 기이하게 살아남은 영속적이고 고유한 생명력이 깊게 뿌리를 내림으로써 뉴잉글랜드다운 하나의 풍경을 이루고 있는 곳. 생경한 옛 기억을 생생히 간직하고 있는 그곳의 고유한 생명력은 음침하고 경이로우며 함부로 입에 올릴 수 없는 믿음이 자리 잡는데 좋은 발판이 되었다.

이따금씩 푸른 코네티컷 강에 반짝이는 햇살이 스쳤고, 열차는 노스필드를 뒤로 한 채 강을 가로질렀다. 녹색의 신비한 산들이 어렴풋이 나타날 즈음, 차장이 차칸을 도는 모습을 보고 드디어 버몬트에 진입했음을 알았다. 차장은 북부 산간 지방에서는 새로운 서머타임제를 채택

하고 있지 않으므로 시계를 한 시간 늦추라고 말했다. 시간을 늦추면서 문득 백 년 전으로 달력을 넘기는 기분이 들었다.

줄곧 코네티컷 강을 따라 달리던 열차가 뉴햄프셔 주를 횡단하자, 독특한 전설이 떠도는 윈터스티컷의 가파른 비탈이 가까워졌다. 왼쪽으로 도로가 나타났고, 오른쪽으로 녹색 플랫폼이 줄달음질쳤다. 사람들이 일어나 입구로 몰려가자, 나도 그들의 뒤를 따랐다. 나는 브래틀보로 역의 길다란 플랫폼 차양 밑으로 내려섰다.

늘어선 차량 속에서 애클리의 포드 자동차를 어떻게 찾아낼지 난감했지만, 상대방이 먼저 나를 알아보았다. 그러나 내게 다가와 손을 내밀며 아컴에서 온 앨버트 N. 윌마스가 맞는지 부드럽게 물어본 사람은 애클리가 아니었다. 턱수염을 기르고 머리칼이 희끗희끗한 사진 속의 애클리와는 전혀 딴판인 남자였다. 사진에 비해 젊고 세련된 인물이었으며, 옷차림도 최신 유행을 따르고 검은 콧수염을 짧게 다듬은 모습이었다. 딱히 떠오르는 것은 없어도 그의 교양 있는 목소리에서 까닭 모를 익숙함이 느껴졌다.

내가 그를 살펴보는 동안, 그는 친구인 애클리를 대신해서 타운센드에서 왔다고 설명했다. 애클리는 갑작스러운 천식 때문에 바깥바람을 쐬기 어려운 입장이라고 했다. 그러나 심각하지는 않으니 방문 일정을 변경할 필요는 없다는 것이었다. 말과 행동이 외지인 같은 노이즈 씨 — 그는 자신을 그렇게 소개했다 — 가 애클리의 연구와 발견에 대해 얼마나 알고 있는지는 알 수 없었다. 애클리의 은둔 생활을 떠올리면, 친구를 때맞춰 보냈다는 점이 약간 놀랍기는 했다. 그러나 차에 타라는 노이즈의 손짓에 망설이지는 않았다. 자동차는 애클리의 편지에서처럼 낡은 소형차가 아니라 말끔한 최신형 중형차였다. 노이즈의 자동차로 보였으며, 매사추세츠 번호판에는 그 해에 만든 '신성한 대구(바닷물고기)' 표시가 익살맞게 들어 있었다. 내 생각에 노이즈는 여름을 맞아 타운센드를 찾은 단기 체류객이 분명했다.

노이즈는 곧 차를 몰았다. 그가 말수가 적어서 다행이라고 여긴 것은 묘한 긴장감 때문에 말을 하고 싶지 않아서였다. 단숨에 오르막길을 올라 오른쪽의 큰길로 나가는 동안, 오후의 햇살 속에 스치는 마을의 풍경이 매우 고혹적으로 보였다. 마을은 내가 어렸을 때 본 뉴잉글랜드의 옛 도시처럼 나른해 보였고, 지붕과 첨탑, 굴뚝과 벽돌담이 어우러져 조상 대대로 전해지는 정서를 비올의 깊은 선율로 빚어내고 있었다. 한결같은 시간이 덧쌓이는 과정에서 마법에 걸린 도시의 관문에 서 있는 느낌이었다. 태고의 기이한 생물체가 아무런 방해도 받지 않고 계속해서 성장하고 머물러 왔던 곳이기도 했다.

브래틀보로를 벗어나면서 중압감과 불길한 예감이 짙어졌는데, 위협적으로 버티고 있는 울창한 수풀, 그리고 화강암 비탈로 이루어진 산악 지대에서 인간에게 적대적일지도 모를 어떤 오래된 생물체가 있다는 기운이 느껴졌기 때문이다. 얼마동안 우리는 넓지만 수심이 얕은 강을 따라 달렸다. 북쪽의 이름 모를 산간에서 시작된다는 그 강의 이름이 웨스트 강이라는 설명을 듣고 나는 소름이 돋았다. 바로 그 강이었다. 나는 게처럼 생긴 섬뜩한 생물체가 홍수 직후 강물에 떠 있었다는 신문 기사를 떠올렸다.

풍경은 점점 더 거칠고 황폐해졌다. 산악 지대를 지나면서 흉흉하게 나타나는 다리마다 오랜 세월의 흔적이 역력했고, 반쯤 버려진 철로는 강과 나란히 누워 을씨년스러운 분위기를 자아냈다. 거대한 절벽들이 솟구친 곳에 억센 계곡이 펼쳐졌으며, 뉴잉글랜드의 원시 화강암은 계곡 정상을 뒤덮고 있는 수풀 사이로 음울하고 엄숙한 자태를 드러냈다. 천연의 계곡물은 구중심처의 상상할 수 없는 비밀을 안고 강을 향해 뛰어들었다. 반쯤 가려진 여러 갈래의 좁은 샛길들은 빽빽하고 울창한 수풀 사이로 나아갔고, 그곳의 원시림마다 4원소의 정령이 숨어 있을지 모를 일이었다. 애클리가 그 길을 달리며 보이지 않는 존재를 느끼고 괴로워했던 일도 자연스럽다고 생각했다.

예스럽고 아름다운 뉴페인 마을, 한 시간 남짓을 달려 도착한 그곳은 인간이 정복하고 거주하는 세계와의 마지막 연결 지점이었다. 뉴페인을 벗어나자 세상의 시간이 그야말로 멈춘 느낌을 주었으니까. 오르락내리락 비좁은 리본 모양의 길을 따라 숨죽인 비현실의 세계로 들어갔고, 길은 점점 인적 없는 푸른 산봉우리와 버려지다시피한 계곡 한복판으로 의뭉스럽고 변덕스럽게 구부러졌다. 자동차 엔진소리와 몇 안 되는 쓸쓸한 농가의 희미한 부스럭거림 외에 들려오는 것이라고는 음침한 숲속에 숨어 있을 무수한 샘에서 괴괴하게 지절대는 물소리뿐이었다.

옹송그리고 있는 둥그스름한 산들이 점점 가까워지면서 왠지 친근함이 느껴져 숨이 막힐 정도였다. 소문을 듣고 상상한 것 이상으로 산세는 가파르고 험준했으며, 단조롭고 객관적인 현실 세계와 공유할 만한 어떤 것도 없음을 암시하고 있었다. 깎아지른 비탈과 사람의 발길이 닿지 않는 울창한 수풀에 상상을 초월한 외계의 생물체가 살고 있는 것 같았다. 산세 자체에서도 기이하고도 오랜 의미가 느껴졌는데, 그 윤곽은 진기하고 깊은 꿈속에서만 영광스러운 삶을 살아간다는 전설상의 거인 종족이 남겨놓은 거대한 상형 문자를 떠올리게 했다. 온갖 전설과 헨리 애클리의 편지, 증거물에 담겨있는 오싹한 존재들이 기억 속에 부풀어오르면서 긴장감과 위기의식이 증폭되었다. 내가 그곳을 방문하는 목적, 그리고 방문 결정을 이상할 정도로 당연히 여겼다는 섬뜩한 사실이 돌연 서늘한 냉기가 되어 그동안의 내 호기심과 내 열정을 압도하는 것이었다.

노이즈가 나의 불안감을 눈치 챈 것이 분명했다. 길이 점점 험해지고 울퉁불퉁해지면서 자동차의 속도도 떨어지고 흔들림이 많아졌으며, 간간이 농담을 건네던 노이즈의 말수가 갑자기 많아졌기 때문이다. 그는 아름답고 신비로운 마을에 대해 말하면서 자신이 애클리의 민속학 연구를 어느 정도 알고 있음을 내비쳤다. 정중하게 던지는 질문으로 봐서 내가 학문적인 목적으로 방문했으며 중요한 자료를 가져 왔다는 사실까지 알고 있는 눈치였다. 그러나 애클리가 마지막으로 도달한 지식이 얼마나 깊고 놀라운 것인지 그가 이해하고 있는가는 알 수 없었다.

그의 언행은 지극히 유쾌하고 일상적이며 세련됐으므로 그의 말을 들으면서 마음의 안정을 찾을 법도 했다. 그러나 이상하게도, 자동차가 덜커덕거리며 미지의 산과 숲을 향해 갈수록 나는 그저 더욱 심해지는 불안감에 시달려야 했다. 이따금씩 그는 그곳의 기묘한 비밀에 대해 내가 얼마나 알고 있는지 은근히 떠보기도 했다. 게다가 매순간마다 그의 목소리에서 모호하고 집요하며 까닭모를 익숙한 느낌이 강해졌다. 그야말로 신중하고 교양 있는 목소리였지만, 내가 받은 익숙함은 평범하거나 건전한 느낌이 아니었다. 그의 목소리에서 잊고 있던 악몽이 떠올랐는데, 만약 그 정체를 알게 된다면 미쳐 버릴 것 같았다. 구실만 있다면 그쯤에서 돌아가고 싶은 게 솔직한 심정이었다. 그러나 그럴 수도 없는 상황이었고, 얼마 후 애클리와 침착하게 과학적인 대화를 나누다 보면 마음의 평정을 되찾을 수 있을 거라는 생각도 들었다.

뿐만 아니라, 정신없이 오르락내리락하는 길가를 따라 최면을 거는 듯한 풍경에서 이상할 정도로 마음을 가라앉히는 광활한 아름다움이 느껴졌다. 시간은 미로에서 스스로 길을 잃었고, 우리 주변에는 꿈결 같은 꽃의 물결과 사라진 수백 년의 아름다움이 펼쳐져 있을 뿐이었다. 고색창연한 숲, 화려한 가을꽃으로 둘러싸인 깨끗한 초원, 향기 짙은 들장미와 목초로 뒤덮인 깎아지른 절벽 아래 거목 사이로 한참 만에 나타나곤 하는 갈색의 아담한 농장. 게다가 독특한 대기나 증기가 일대를 감싸고 있는 것처럼 햇살마저 천상의 아름다움을 띠었다. 나는 이탈리아의 화풍에서 간혹 배경으로 등장하는 마술적인 그림을 제외하고는 그처럼 아름다운 광경을 본 적이 없었다. 소도마[56]와 레오나르도 다빈치도 그러한 공간을 창조했지만, 그것은 원경이었으며 르네상스 건물 아케이드[57]의 둥근 천장에 그려진 그림이었다. 우리는 그 그림 속을 뚫고 지나온 셈이며, 나는 선천적으로 알고 있거나 내재된 대상을 항상 부질없이 찾아오다가 그 마법의 경치 속에서 그것을 불현듯 발견한 느낌이었다.

가파른 오르막길 위에서 완만하게 커브를 돈 자동차가 갑자기 멈추어 섰다. 도로 변까지 펼쳐진 잔디와 울타리처럼 경계를 이루고 있는 흰색 돌 너머 왼쪽으로 인근 분위기와는 달리 크고 우아한 2.5층짜리 흰색 저택이 서 있었다. 저택 뒤쪽으로 헛간, 차고, 풍차 등이 본체에 붙어 있거나 아니면 천막으로 연결된 모습이었다. 나는 사진으로 본 적이 있었으므로 도로변의 양철 편지함에 있는 헨리 애클리라는 이름을 보고도 놀라지 않았다. 건물 뒤쪽으로 꽤 멀리까지 수풀이 성긴 축축한 평지가 펼쳐져 있었으며, 그 너머 우뚝 솟아 있는 가파르고 울창한 산허리가 톱니 모양의 산봉우리로 연결돼 있었다. 그 산봉우리는 다크 마운틴의 정상이 틀림없으며, 그 중턱을 우리가 방금 지나온 것이었다.

차에서 내려 내 가방을 집어든 노이즈는 애클리에게 내가 온 것을 알릴 것이니 그 동안 기다려 달라고 말했다. 그는 중요한 볼일이 있어서 곧장 돌아가야 한다고 덧붙였다. 노이즈가 집을 향해 힘차게 걸어가는 동안, 나는 앞으로 오랫동안 애클리와 대화를 나누기 앞서 기지개라도 펼 생각으로 차에서 내렸다. 애클리의 편지에 집요하게 묘사되어 있던 섬뜩한 장소에 실제로 와 있다는 생각에 돌연 불안감과 긴장감이 다시금 극도로 치솟았다. 그리고 애클리와의 대화를 통해서 그 낯설고 금기된 세계와 관련을 맺을 것을 생각하니 솔직히 두려워졌다.

아주 기괴한 것을 가까이서 대할 때면 영감을 얻기보다 두려움을 느끼는 경우가 흔하다. 그래서 공포와 죽음의 음산한 며칠 밤이 지난 후 무시무시한 발자국과 역겨운 녹색 분비물이 발견됐다는 그 먼지 낀 도로를 마주하고도 그리 흥분되지는 않았다. 애클리가 키우는 개들이 주변에 한 마리도 보이지 않았다. 외계인과 화해하자마자 개를 모조리 팔아버린 것일까? 아무리 애를 써 봐도 그 전과 딴판이었던 애클리의 마지막 편지에 언급된 화해의 정체와 진실성에 대해 확신할 수가 없었다. 어찌됐든 애클리는 사회 생활을 거의 하지 않은 매우 순박한 사람이었다. 표면적으로만 동반자 관계이고, 그 이면에 음산하고 불길한 무언가가 숨어 있지는 않을까?

이런저런 생각에 빠져서 나는 소름끼치는 증거가 남아 있었다는 먼지 낀 도로를 무심코 내려다보았다. 도로는 최근 며칠 동안 메말라 있었고, 인적이 드문 곳이지만 여기저기 바퀴자국과 울퉁불퉁한 온갖 흔적들이 보였다. 막연한 호기심에 이끌려 이질적으로 느껴지는 윤곽들을 살펴보았지만, 마음 한편으로는 그 장소와 그에 얽힌 기억이 암시하는 섬뜩한 상상을 억누르려고 애썼다. 을씨년스러운 정적, 멀리서 들려오는 희미한 시냇물 소리, 가느다란 지평선을 막아선 빽빽한 녹색의 봉우리들과 음산한 절벽에서 위협적이고 불편한 기운이 느껴졌다.

그때 하나의 영상이 뇌리를 파고들었는데, 그 때문에 정체모를 위협과 상상의 비약 정도는 하찮게 여겨질 정도였다. 나는 막연한 호기심에 이끌려 도로에 남아 있는 잡다한 발자국을 살펴보았다고 말했지만, 그런 호기심도 돌연하고 가공할 만한 실제적인 공포에 그대로 짓눌려 버리고 말았다. 지저분한 발자국은 뒤죽박죽인데다 겹쳐져 있어서 대충 봐서는 딱히 눈에 띄는 것이 없었다. 그러나 주의깊게 살펴본 결과, 애클리의 집으로 가는 길과 도로가 만나는 지점에서 모습이 나타났다. 의혹이나 희망을 품기 이전에 나는 그 모습 자체에서 공포를 맛보았다. 외계인의 집게 발자국이라며 애클리가 보내준 사진을 몇 시간 동안 들여다본 것이 그저 헛수고만은 아니었던 것이다. 혐오스러운 집게발 흔적, 지구상의 생물체와는 무관한 그 발자국이 어지러이 향해진 방향에 대해 나는 너무도 잘 알고 있었다. 착각이라면 천만다행이지만 그럴 가능성은 없었다. 내 눈앞에 명백한 형태로, 그것도 찍힌 지 몇 시간도 채 지나지 않은 것이 분명한 최소 세 개의 발자국이 애클리 농가를 오가는 숱한 흔적 속에 버젓이 찍혀 있었다. 그것은 유고스 행성에서 온 균류 생물체의 끔찍한 흔적이었다.

나는 제때 정신을 차리고 비명을 억누를 수 있었다. 어쨌든 내가 애클리의 편지를 진심으로 믿었다면, 예상치 못한 일이야 얼마든지 일어날 수 있잖은가? 애클리는 그 생물체와 화해했다고 말했다. 그렇다면 그들 중 몇몇이 애클리의 집을 방문했다고 해서 이상하게 여길 일인가? 그러나 나는 안도감보다는 두려움을 느꼈다. 근원을 알 수 없는 우주에서 온 생물체의 집게발 자국을 과연 담담하게 바라볼 수 있는 인간이 있겠는가? 바로 그때 노이즈가 문에서 나와 성큼성큼 걸어왔다. 나는 마음을 다잡아야 한다고 생각했다. 그 상냥한 친구가 애클리의 가장 은밀하고도 놀라운 연구를 전혀 모르고 있을 가능성이 여전했기 때문이다.

노이즈가 서둘러 말하기를, 애클리는 뜻밖의 천식 때문에 하루 이틀 정도는 제대로 손님 대접을 못하겠지만, 언제라도 기꺼이 나를 만나겠다고 전했다는 것이다. 천식이 심할 뿐 아니라 고열로 몸이 많이 쇠약해졌다고 했다. 병이 낫기 전까지는 몸 상태가 극히 좋지 않으니 작은 소리로 말할 수밖에 없으며, 주변을 거니는 것조차 서툴고 위태롭다는 것이다. 발과 발목이 부어올라 통풍에 걸린 옛날의 영국인들처럼 붕대를 감고 있어야 하는 모양이었다. 오늘도 건강이 썩 좋지 않아서 내 쪽에서 많은 주의가 필요한 상황이지만, 그럼에도 그는 나와 대화하기를 간절히 바란다고 했다. 그를 만나게 될 곳은 현관 왼쪽에 있는 서재였는데, 블라인드가 쳐져 있었다. 병자의 눈이 극도로 예민해서 햇빛을 피해야 하는 모양이었다.

노이즈가 작별 인사를 건네고 북쪽으로 차를 몰고 떠나자, 나는 천천히 집으로 걸어갔다. 나를 맞아 문이 살짝 열려져 있었다. 그러나 나는 집 안으로 들어가기 전에 주변을 훑어보며 주택에 맴도는 기이한 느낌이 무슨 이유 때문인지 알아내고 싶었다. 헛간과 차고는 말끔해서 이상한 구석은 없었고, 널찍하고 허름한 차고에서 애클리의 고물 포드 자동차가 눈에 띄었다. 불현듯 기이한 느낌의 원인을 알 수 있을 것 같았다. 완전한 침묵 때문이었다. 보통의 경우, 농장에는 여러 종류의 가축이 있으므로 웅얼대는 소리 정도는 들리지만, 그곳에는 가축의 흔적이 전혀 없었다. 닭과 돼지는 어찌된 것일까? 애클리가 몇 마리 키우고 있다는 소들은 초원에 있을 것이고, 개는 팔아 버렸을지도 모르지만 닭과 돼지의 울음소리마저 들리지 않으니 정말 이상한 일이었다.

나는 오랫동안 지체하지 않고 성큼 집 안으로 들어가 문을 닫았다. 그러나 내게는 심리적으로 꽤 노력이 필요한 행동이었다. 그리고 집 안에 갇힌 순간, 잠시나마 그곳에서 벗어나고 싶다는 마음이 절박했다. 그곳이 불길해 보였기 때문은 아니었다. 오히려 우아한 후기 식민지 시대 풍의 현관은 매우 고상하고 건전했으며, 집을 꾸며 놓은 주인의 안목도 존경할만 했다. 내가 달아나고 싶었던 것은 희미하고 막연한 그 무엇 때문이었다. 묘한 냄새였을지 모른다. 물론 오래된 농가 중에서 아무리 훌륭한 곳이라도 곰팡이 냄새 정도야 어쩔 수 없겠지만 말이다.

VII

나는 음침한 불안감을 쫓으며, 노이즈가 말한 대로 육각형 판널벽과 청동 걸쇠가 달려있는 왼쪽의 흰색 방문을 열었다. 예상대로 방 안은 어두웠다. 방에 들어가자 묘한 냄새가 강하게 풍겼다. 게다가 희미한 가상의 리듬이나 진동 같은 것이 공기 중에서 느껴졌다. 블라인드 때문에 잠시 동안 앞이 거의 안 보였지만, 헛기침 혹은 속삭임 같은 소리가 사과하듯 들려오는 쪽으로 시선을 옮겼다. 맞은편 어두운 구석에 커다란 안락의자가 나타났다. 어둠 속에서 사람의 희뿌연 얼굴과 손이 보였다. 나는 줄곧 말을 하려고 애쓰던 그를 향해 지체없이 인사를 건넸다. 어두웠지만 그가 집주인이 틀림없다고 생각했다. 사진을 몇 번이나 봤으므로 짧게 깎은 희끗한 턱수염과 세월에 단련된 강인한 얼굴을 알아보지 못할 리는 없었다.

　그러나 다시 한 번 그를 바라볼 때는 비애와 근심이 앞섰다. 얼굴에 짙게 드리워진 병마의 흔적 때문이었다. 변화가 없는 경직된 표정과 깜박임이 없는 흐릿한 눈동자 너머 천식 이상의 무엇이 도사리고 있는 것 같았다. 그가 모진 일을 감당하느라 얼마나 혹독한 대가를 치러야 했는지 깨달았다. 금기의 대상을 쫓던 그 용맹한 탐구자는 젊은 사람조차 파멸에 이를 만한 시간을 지나온 것이다. 기이하고도 갑작스러운 안도감은 곧 애클리를 몰락에서 구하기에는 너무 늦은 것이라는 불안감으로 바뀌었다. 무릎에 힘없이 떨군 그의 앙상한 두 손을 바라보자니 연민이 일었다. 그는 헐렁한 잠옷 차림으로 짙은 노란색 스카프 혹은 두건처럼 보이는 것으로 머리와 목 윗부분을 감싸고 있었다.

　이윽고 애클리는 좀 전처럼 쿨룩거리는 속삭임으로 무엇인가 말하려고 애썼다. 희끗한 콧수염이 입의 움직임을 완전히 감추고 있으며, 목소리에서 느껴지는 꺼림칙한 기분 때문에 처음에는 무슨 소리인지 알아듣기 어려웠다. 그러나 주의 깊게 들어보니 이내 그 의미를 놀라울 정도로 정확하게 알 수 있었다. 사투리가 전혀 없었으며, 그 언어 자체는 편지에서보다 훨씬 품위가 있었다.

　"윌마스 선생이지요? 자리에서 일어날 수 없는 점 양해해 주시리라 생각합니다. 노이즈가 전했겠지만, 나는 건강이 몹시 좋지 않아요. 그래도 선생이 와 주십사 하는 마음이었지요. 최근에 내가 보낸 편지를 받으셨겠지만, 내일 기분이 좀 나아지면 선생에게 하고 싶은 얘기가 많답니다. 많은 편지를 주고받은 후에 이렇게 직접 선생을 만나게 되다니 이 기쁨을 뭐라 표현하기 어렵군요. 물론 그 편지를 전부 가지고 오셨겠지요? 그리고 사진과 레코드 역시? 노이즈가 선생의 가방을 복도에 가져다 놓았다는데, 아마 보셨을 겁니다. 오늘밤에는 손님 대접을 할수 없어서 죄송합니다. 묵으실 방은 이 방 바로 위층이고, 욕실은 계단위에 있답니다. 오른쪽에 있는 문을 지나면 바로 식당이 나오는데, 선생의 식사가 준비되어 있을 겁니다. 편하실 때 식사를 하세요. 내일은 손님 대접을 좀 잘할 수 있을 것 같지만, 지금은 몹시 피곤해서 꼼짝도할 수 없군요.

편히 지내세요. 가방을 들고 2층으로 올라가기 전에 편지와 사진, 레코드를 여기 테이블 위에 갖다 주셔도 좋을 것 같군요. 그 자료에 대해앞으로 이 방에서 얘기를 나누게 될 테니까요. 축음기는 저쪽 구석 선반에 있으니 확인해 보셔도 됩니다.

아니, 괜찮아요. 나 때문에 괜히 신경 쓰시지 마세요. 나이가 들면 이정도의 병은 흔하니까요. 밤이 깊어지기 전에 이 방에 잠깐 들리셨다가언제든지 2층으로 가서 주무세요. 나는 이 방에서 쉬다가 그냥 잠이 들지도 모르는데, 그럴 때가 많답니다. 내일 아침에는 몸이 한결 좋아질테니까 함께 필요한 일들을 검토할 수 있을 겁니다. 선생도 아시겠지만, 우리 앞에는 실로 놀라운 일이 놓여 있답니다. 우리 두 사람을 포함해 지구상에서 극소수만이 인간의 과학과 철학의 개념을 초월하는 시간, 공간, 지식의 심연을 볼 수 있지요.

선생도 아인슈타인이 틀렸다는 사실, 즉 빛보다 빨리 움직일 수 있는물체와 힘이 존재한다는 점을 알고 계시죠? 나는 적절한 장치만 있다면 시간을 마음대로 오가며 아득한 과거와 미래의 지구를 실제로 보고느낄 수 있을 거라 믿습니다. 그 생물체들이 어느 수준까지 과학을 발전시켰는지 선생은 상상도 하지 못할 거예요. 살아 있는 유기체의 정신과 육체를 활용하여 그들은 무슨 일이든 해낼 수 있지요. 나는 다른 행성뿐 아니라 다른 항성과 은하에도 가 볼 생각입니다. 맨 먼저 들를 곳은 그들이 거주하는 행성 중에서 가장 가까운 유고스가 되겠지요. 유고스는 태양계의 가장 끝에 있는 암흑의 기이한 행성이지만, 지구의 천문학자들은 아직 그 존재를 모르고 있답니다. 편지에서 이미 했던 말일 겁니다. 적당한 시기가 오면 그들이 직접 텔레파시를 우리에게 전달함으로써 행성의 존재를 알릴 겁니다. 아니면 동맹을 맺은 인간 중에서 하나를 선택해 과학자들에게 행성이 있음을 알리게 할 수도 있지요.

유고스에는 강성한 도시들이 있답니다. 일전에 선생에게 보내려던 암석 표본과 같은 검은 돌로 탑을 층층이 쌓아올린 거대한 도시입니다. 그 검은 돌은 유고스에서 가져왔지요. 그곳에서는 햇빛이 별보다 밝지 않지만, 그곳의 생물체에게는 빛이 필요 없답니다. 예민한 감각들이 발달돼 있어서 거대한 집과 사원에 따로 창문을 만들지도 않아요. 오히려 빛은 그들에게 해를 끼치고 행동을 제약하거나 혼란을 일으킵니다. 그들이 태어난 시공 외부의 어두운 우주에는 빛이 없었기 때문이지요. 유고스를 방문할 때 정신이 허약한 사람은 미쳐 버릴 위험이 있지만, 나는 갈 생각입니다. 신비하고 거대한 다리 밑으로 검은 강물이 흐르고 있지요. 그 다리들은 절대의 공간에서 유고스에 그 생물체가 오기 훨씬 전에 존재했다가 잊혀진 종족들이 만들었는데, 그 풍경을 보고 말할 수 있을 정도로 미치지만 않는다면 누구라도 단테나 포가 될 수 있을 겁니다.

하지만 균류 정원과 창문 없는 도시로 이루어진 그 암흑 세계가 사실 무서운 곳이 아님을 헤아려 주세요. 우리 인간에게만 무섭게 보일 뿐입니다. 아주 오래 전, 그 생물체들이 처음으로 지구를 탐사했을 때는 아마 이 지구가 그들에게 두려움의 대상이었겠지요. 선생도 알다시피 그들은 크툴루의 전설적인 시대가 끝나기 오래 전에 지구에 존재했으며, 리예가 바다 밑으로 가라앉기 이전의 일까지 전부 기억하고 있답니다. 그들은 지하 깊숙이 머물기도 했지만, 그 입구를 아는 인간은 아무도 없지요. 그 입구 중에서 일부가 이곳 버몬트 산중에 있으며, 지하 어딘가에 미지의 생물체가 거주하는 거대한 세계가 있답니다. 푸른빛의 칸-얀[58], 붉은 빛의 요스[59], 빛이 없는 암흑의 나카이[60] 같은 곳이지요. 그 오싹한 차투구아가 온 곳도 나카이입니다. 일정한 형체가 없이 두꺼비를 닮은 생물체로서 『프나코틱 필사본』[61]과 『네크로노미콘』, 아틀란티스의 고승 클라카쉬-톤이 보관했다는 코모리엄 신화[62]에 언급된 차투구아에 대해서는 선생도 알 겁니다.

하지만 자세한 얘기는 나중에 하지요. 지금 4시나 5시가 됐을 겁니다. 가방에서 짐을 꺼내고 식사를 하세요. 그리고 이 방에서 편안한 이야기나 나눕시다."

나는 천천히 돌아서서 주인의 말대로 따르기 시작했다. 가방을 가져와서 필요한 자료를 꺼내고, 내가 묵을 2층 방으로 올라갔다. 도로변에서 본 집게 발자국이 기억에 생생했고, 애클리의 속삭임이 내게 기묘한 영향을 미쳤다. 게다가 균류 생물체가 산다는 미지의 세계이자 금기의 유고스에 대해 잘 알고 있다는 그의 암시 때문에 소름이 돋을 정도였다. 몸이 아픈 애클리가 몹시 측은하다는 생각도 들었지만, 귀에 거슬리는 그의 속삭임에서 연민과 함께 혐오감이 느껴진 게 사실이었다. 그가 유고스와 그 음산한 비밀에 대해 그렇게나 만족스러워 하지만 않았어도!

내 방은 썩 쾌적했고 가구 장식도 훌륭했으며, 곰팡이 냄새나 기분 나쁜 진동 같은 것도 없었다. 나는 방에 가방을 두고 다시 아래층으로 내려가 애클리에게 인사를 한 뒤 점심 식사를 하러 갔다. 식당은 서재 바로 뒤에 있었고, L자형 주방이 깊숙하게 안쪽으로 뻗어 있었다. 식탁에는 샌드위치와 케이크, 치즈가 푸짐하게 차려져 있을 뿐 아니라 뜨거운 커피까지 준비했는지 쟁반과 컵 옆에 보온병이 보였다. 음식을 맛있게 먹은 후, 커피 한 잔을 가득 따랐다. 그러나 그 집 요리 중에서 커피는 유일한 흠이었다. 한 모금을 들이키는 순간 톡 쏘는 불쾌한 맛이 느껴져 더 이상 먹을 수 없었다. 식사를 하는 동안 줄곧 옆방의 어두운 구석에서 커다란 안락의자에 묵묵히 앉아 있을 애클리를 생각했다. 한 차례 식사를 함께 하자고 권했지만, 그는 아직은 아무것도 먹을 수 없다고 속삭였다. 잠들기 전에 맥아 우유를 마실 생각이며, 그것이 그날 그가 먹을 수 있는 음식의 전부라는 것이었다.

나는 식탁을 치우고 설거지를 하겠다고 고집을 피웠고, 그 틈을 타서 먹지 못한 커피를 쏟아 버렸다. 그리고 어두운 서재로 돌아와 구석으로 의자를 당겨 앉고는 주인이 하려는 이야기에 귀를 기울였다. 편지와 사진, 레코드는 그때까지 커다란 테이블에 놓여 있었지만, 당장은 그 자료들을 검토할 필요가 없었다. 얼마 지나지 않아 나는 이상야릇한 냄새와 기묘한 진동도 느끼지 못했다.

나는 애클리의 편지 중에서, 특히 두 번째의 가장 장황한 것에서 언급하거나 활자로도 옮기고 싶지 않은 내용이 있다고 말한바 있다. 그리고 그날 저녁 으스스한 산간 외딴집의 음침한 방에서 들려온 속삭임은 더욱 꺼림칙한 것이었다. 나는 애클리의 쉰 목소리에 담겨있던 우주적 공포에 대해 암시조차 할 수 없다. 애클리는 전에도 소름끼치는 일들을 알고 있었지만, 외계의 존재와 화해를 한 이후 추가로 알게 된 것은 제정신으로 감당하기 힘들 정도였다. 절대적인 무한의 구조, 차원의 뒤섞임, 그리고 우리가 잘 알고 있는 시공으로 구성된 이 3차원 우주는 끝없이 이어진 우주 원자에 속해 있다는 놀라운 설명과 함께, 그 우주 원자가 곡선, 각도, 그리고 물질 및 반물질의 전자공학적인 조직을 구성한다고 했다. 나는 지금까지도 애클리가 암시한 그 모든 이야기를 결코 믿을 수 없다.

제정신으로 근원의 비밀에 그토록 위험할 정도로 접근한 사람은 일찌기 없었다. 인간의 두뇌로 형태와 힘과 균형을 초월하는 혼돈의 완전한 파멸에 그처럼 다가간 예가 없었다. 나는 크툴루가 어디에서 지구로 맨 처음 왔는지, 왜 역사에 기록된 별들이 그리도 번쩍였는지 알게 되었다. 나는 애클리조차 입에 올리기 주저하는 마젤란 은하와 성운, 그리고 도교의 우화에 가려진 암흑의 진리를 떠올렸다. 도울족[63]의 정체가 명확해졌으며, '틴달로스의 사냥개'[64]에 대해서도(그 근원까지는 아니지만) 전해 들었다. 악마의 아버지인 이그[65]의 전설도 더 이상 상징으로 머물지 않았다. 고맙게도 『네크로노미콘』에서 아자토스라는 이름으로 숨겨 놓은 구불구불한 공간 너머 무시무시한 혼돈의 중심이 있다는 말애눈 몸서리를 쳤다. 비밀의 신화에서나 등장하는 가장 추악한 악몽들이 고대와 중세의 밀교보다 더 적나라하고 소름끼치도록 구체적인 말로 형상화된다는 것에 나는 충격을 받았다. 나는 어쩔 수 없이 그 저주받은 이야기를 가장 먼저 속삭인 자들이야말로 애클리가 말하는 외계인과 대화를 하고, 애클리가 방문하고 싶다는 우주의 왕국에도 이미 다녀온 존재가 아닐까 생각했다.

검은 돌과 그 의미에 대해 전해 들었을 때는 그 돌이 내 손에 들어오지 않아 다행이라는 생각이 들었다. 상형문자에 대한 내 추측이 전부 사실이었다! 그런데 애클리는 그동안 곤혹스러워했던 미지의 세계를 묵묵히 받아들이고, 그 섬뜩한 심연을 더 깊이 알아내고 싶어 하는 것 같았다. 내게 마지막 편지를 보낸 이후 그가 과연 어떤 존재와 대화를 나누었는지, 그들 중에 혹시 그가 언급한 최초의 밀정(密偵)처럼 인간들이 포함돼 있는지가 궁금했다. 머리가 터질 것 같았다. 어두운 방에서 느껴지는 기이하고도 집요한 냄새와 불길한 진동 때문에 별의별 생각이 떠돌았다.

시시각각 다가오는 밤, 나는 애클리의 예전 편지에 적힌 흉흉한 밤의 사건들을 떠올리다가 그날 밤도 달이 뜨지 않을 거라는 생각에 으스스해졌다. 농가가 사람의 발길이 닿은 적 없는 다크 마운틴의 정상으로 이어진 거대한 비탈에 파묻히듯 자리 잡고 있는 것도 꺼림칙했다. 나는 애클리의 허락을 구하고 작은 석유 램프를 켰다. 불빛을 약하게 조절한 램프를 책장의 유령 같은 밀턴의 흉상 옆에 갖다 놓았지만, 나중에는 그렇게 한 것을 후회했다. 경직되어 움직임이 없는 애클리의 얼굴과 나른한 손이 마치 송장처럼, 오싹할 정도로 기이하게 보였기 때문이다. 가끔 고개를 뻣뻣하게 끄덕이긴 했지만, 그는 몸을 움직일 수 없는 것 같았다.

그의 이야기를 듣고 보니 내일은 또 얼마나 깊은 비밀을 알게 될지 예상조차 할 수 없었다. 그러나 결국에는 유고스와 그 너머로 여행하는 문제 — 그리고 내가 그 여행에 동참할 것인지 — 가 내일의 화제가 될 것 같았다. 우주 여행을 해 보자는 애클리의 제안에 깜짝 놀라는 표정을 짓자 그가 머리를 세게 흔든 것으로 봐서 꽤 재미있었던 모양이다. 그는 계속해서 아주 부드러운 목소리로 행성간 우주 비행을 인간이 어떻게 해낼 것인지 — 또 얼마나 성공했는지 — 말해 주었다. 인간이 육체를 완전히 보존하는 상태로는 그 여행을 감당할 수 없다는 것이 요지 같았다. 그러나 의학, 생물학, 화학, 역학 분야에서 월등한 능력을 바탕으로 외계 종족은 육체와 분리해서 인간의 뇌만 전달하는 방법을 찾아냈다고 했다. 안전하게 뇌를 꺼낸 후에도 육체의 생명을 유지하는 방법이 있다는 말이었다. 유고스의 금속으로 만든 밀폐된 실린더에 인간의 조그만 뇌를 집어넣는데, 실린더 속의 유체는 수시로 교체한다고 했다. 그러고는 실린더의 전극을 통해 보기, 듣기, 말하기의 세 가지 중요한 능력을 발휘하는 정교한 장치를 언제든지 연결할 수 있다고 했다. 날개 달린 균류 생물체는 두뇌 실린더를 우주 공간으로 손쉽게 운반했다. 게다가 그들 종족이 거주하는 곳이면 어디든지 두뇌 실린더와 연결할 수 있는 장치들이 많았다. 그러므로 여행 시스템에만 어느 정도 익숙해지면 우주 공간을 여행하면서 얼마든지 감각적이고 의사소통이 가능한 — 비록 육체가 없는 기계적인 상태지만 — 생활을 할 수 있었다. 축음기만 있다면 레코드를 가지고 다니며 언제든지 들을 수 있는 것과 같은 이치였다. 의심의 여지가 없었다. 애클리는 전혀 걱정하지 않았다. 몇 번이나 멋지게 성공한 예도 있잖은가?

그는 꼼짝도 하지 않던 앙상한 손을 처음으로 들어 올리더니, 맞은편 벽면에 있는 높다란 책장을 가리켰다. 그곳에 한 줄로 가지런히 세워놓은 십여 개의 금속 실린더는 내가 한번도 본적이 없는 물건이었다. 높이는 약 30센티미터, 지름은 그보다 조금 작았는데, 실린더마다 볼록한 표면에 이등변 삼각형 모양으로 기이한 소켓이 세 개씩 설치돼 있었다. 그중 하나의 실린더는 두 개의 소켓을 통해 뒤쪽에 세워져 있는 독특한 한 쌍의 장치에 연결되어 있었다. 그 장치의 목적에 대해 따로 설명을 들을 필요가 없었으므로, 나는 오한에 걸린 사람처럼 부들부들 떨고 말았다. 이어서 애클리의 손이 가리킨 좀 더 가까운 구석에는 전기 코드와 플러그가 부착된 복잡한 기계들이 뒤죽박죽 쌓여 있었다. 기계 중 일부는 실린더 뒤에 있는 한 쌍의 장치와 매우 비슷했다.

"네 종류의 장비가 있답니다, 윌마스 씨."

속삭임이 들려왔다.

"네 종류마다 능력이 세 개씩이니까 모두 열두 개가 되지요. 저기 있는 실린더들은 네 종류의 다른 생물체를 나타내고 있답니다. 인간이 셋, 육체적으로는 우주를 여행할 수 없는 균류 생물체가 여섯, 해왕성에서 온 생물체가 둘(맙소사! 선생이 그 모습을 볼 수 있다면 그들의 고향 별과 똑같이 생겼다는 걸 아실 텐데!), 그리고 나머지 생물체들은 은하 너머의 흥미진진한 암흑의 별에 있다는 동굴에서 온 것이지요. 라운드 힐 내부에 있는 중심 기지에서 더 많은 실린더와 장비들을 보게 될 겁니다. 그 실린더에는 우주의 극단에서 찾아오는 동맹자와 탐험가들처럼 미지의 감각을 지닌 우주 생물체들의 두뇌가 보존되어 있으며, 특수 장비를 사용함으로써 그들 생물체와 상대방이 모두 이해할 수 있는 인상과 표현력이 가능해집니다. 우주 전역에 있는 외계 종족의 핵심 기지들과 마찬가지로, 라운드 힐 기지도 대단히 거대한 곳이죠! 물론 내가 실험을 위해 그들에게 빌려온 장치들은 극히 일반적인 형태지만요.

지금부터 내가 가리키는 세 개의 장치를 가져다 테이블 위에 올려 주세요. 앞쪽에 렌즈가 두 개 달린 길쭉한 것, 진공관과 공명판이 달린 상자, 그리고 위에 금속 원반이 붙은 장치입니다. 이번에는 'B-67'이라는 라벨이 붙은 실린더를 찾으세요. 그 나무 의자를 밟고 올라가시면 선반에 닿을 겁니다. 무거운가요? 걱정 마세요! 번호를 확인해야 합니다. B-67. 실험 장비와 연결돼 있는 반짝이는 새 원통, 거기 내 이름이 적혀 있는 게 있죠? 그건 그냥 놔두세요. B-67 실린더를 테이블 위의 다른 장치들 옆에 놓으세요. 그리고 세 개의 장치에 있는 다이얼 스위치가 모두 왼쪽 끝까지 돌려져 있는지 확인하시고요.

이제 렌즈가 달린 장치의 전기 코드를 실린더의 맨 위 소켓에 연결하세요. 바로 그겁니다! 이번에는 진공관이 달린 장치를 아래의 왼쪽 소켓에, 금속 원반이 달린 장치를 나머지 소켓에 연결하세요. 그리고 장치들에 있는 다이얼 스위치를 모두 오른쪽 끝까지 돌리세요. 제일 먼저 렌즈 장치, 다음에는 원반 장치, 마지막으로 진공관 장치. 예, 맞아요. 그 장치들은 우리와 다름없는 인간이라고 말해도 좋을 겁니다. 내일은 또 다른 것을 보여 드리지요."

내가 왜 속삭이는 목소리가 지시하는 대로 묵묵히 따랐는지, 애클리가 미쳤는지 제정신이었는지 지금도 알 수 없다. 이미 여러 가지 일들을 겪은 후였으므로 무슨 일이든 벌어질 수 있다는 마음의 준비를 해야 했다. 그러나 그때의 기계적인 무언극은 미친 발명가와 과학자들의 기행처럼 보여서 그 전에 애클리가 한 이야기들도 사실이 아닐 거라는 의혹마저 일었다.

혼란에 사로잡힌 나는 좀 전에 실린더에 연결한 세 개의 장치에서 삐거덕거리고 윙윙거리는 소리가 뒤섞이고 있음을 깨달았다. 그러나 음향은 이내 잦아들더니 아주 고요해졌다. 대체 무슨 일이 벌어지려는 것일까? 목소리라도 들려온다는 말인가? 설령 그렇다고 해도, 교묘하게 숨겨진 무전기가 아니라 방 안에 있는 누군가의 목소리라고 확신할 만한 증거라도 있을까? 지금도 나는 당시에 무엇을 들었는지, 눈앞에서 실제로 무슨 현상이 벌어졌는지 확신할 수 없다. 그러나 무슨 일인가 분명히 벌어졌다.

간결하고 명확히 표현한다면, 진공관과 음향 상자가 달린 장치가 말을 하기 시작했다. 조리가 있고 지적인 목소리로서 말하는 이가 눈앞에서 우리를 실제로 마주보고 있다는 생각이 들었다. 목소리는 크고 금속성이 느껴지며 생기가 없어서 모든 면에서 기계적이었다. 삐거덕거리며 귀에 거슬리는 그 목소리는 억양이나 감정이 없는 대신, 소름이 끼치도록 정확하고 신중했다.

"윌마스 씨."

그 목소리가 말했다.

"너무 놀라지 않기를 바랍니다. 저도 당신과 똑같은 인간입니다. 물론 저의 육체는 지금 2.5킬로미터 정도 떨어진 라운드 힐 내부에서 적절한 생명 유지 장치의 도움으로 안전하게 휴식을 취하고 있지요. 저는 지금 이곳에 당신과 함께 있습니다. 그 원통 속에 저의 두뇌가 들어 있어서 원자 진동기를 통해 보고 듣고 말하고 있는 거지요. 일주일 뒤에 저는 전에도 자주 가보았던 공간으로 여행을 떠나는데, 애클리 씨와 동행하기를 바랍니다. 당신도 함께 갔으면 좋겠군요. 당신의 식견과 명성을 익히 알고 있으며, 두 분이 주고받은 편지들을 줄곧 검토하고 있었기 때문이지요. 물론 저는 지구를 찾아온 외계 종족과 동맹을 맺은 인간입니다. 히말라야에서 그들을 처음 만나서 여러 가지 도움을 준 적이 있습니다. 그들은 그 보답으로 극소수의 인간만이 경험할 수 있는 일을 제게 선사했습니다.

저는 지금까지 우리의 은하계 외부에 있는 여덟 개 행성과 구부러진 시공간 너머의 두 개 행성을 포함해서 서른일곱 개의 천체 — 행성과 암흑의 항성, 딱히 설명하기 힘든 곳까지 — 를 다녀왔는데, 제 말의 의미를 아시겠습니까? 그곳에서 저는 아무런 해도 입지 않았답니다. 육체에서 뇌를 분리하는 과정은 참으로 완벽해서 외과 수술이라고 칭하는 것마저 천박해 보일 정도입니다. 뇌 분리가 일상적인 것일 만큼 외계인들은 다양한 방법을 알고 있지요. 두뇌와 분리된 육체는 늙지 않아요. 두뇌는 고유의 자율적인 능력과 함께 보존액을 교체함으로써 공급받는 약간의 영양분만으로 영원히 살 수 있지요.

진심으로 당신이 우리 둘과 동행했으면 하는 바람입니다. 외계인들은 당신과 같은 지식인들과 만나고 싶어하며 인간 대부분이 터무니없이 상상만 하는 거대한 심연을 기꺼이 보여주려고 합니다. 그들을 만나는 것이 처음에는 낯설겠지만, 당신은 곧 받아들일 수 있을 겁니다. 당신을 이곳까지 모시고 온 노이즈 씨도 우리와 함께 갑니다. 그분도 몇 년 전부터 우리의 동료가 되었지요. 애클리 씨가 당신에게 보낸 레코드 속에서 노이즈 씨의 목소리는 이미 들으셨었지요?"

내가 소스라치게 놀랐으므로, 말하는 이는 결론을 내리기 전에 잠시 말을 멈추었다.

"윌마스 씨, 결정은 선생한테 맡기겠습니다. 다만 기이함과 민속학을 사랑하는 분이라면 이런 기회를 절대로 놓치지 마시라고 덧붙이고 싶군요. 두려울 것은 전혀 없답니다. 모든 과정은 고통이 없으며, 완전하게 기계화된 감각을 통해서 즐길 만한 일들이 많지요. 전극과의 연결이 끊어진 상태에서는 아주 생생하고 환상적인 꿈을 꿉니다.

선생의 결정을 기다리며 우리는 내일까지 결정을 미룰 생각입니다. 그럼 편히 주무세요. 스위치는 모두 왼쪽으로 다시 돌려주시기 바랍니다. 렌즈 장치를 가장 마지막에 돌리면 좋지만, 순서를 정확히 따를 필요까지는 없습니다. 편히 주무세요, 애클리 씨. 우리의 손님을 잘 대접해 주시기를! 스위치를 돌려주시겠습니까?"

그뿐이었다. 나는 어리둥절한 상태에서 기계적으로 순순히 세 개의 스위치를 껐다. 테이블 위의 장치를 그대로 두라는 애클리의 속삭임이 들렸을 때까지 현기증이 사라지지 않았다. 그는 방금 벌어진 일에 대해서 아무 말도 하지 않았다. 사실 무슨 말을 한들 제대로 듣기 어려울 만큼 나는 멍한 상태였다. 애클리는 램프를 가져가라는 말을 했는데, 어둠 속에서 혼자 쉬고 싶은 모양이었다. 건강한 사람이라도 지칠 만큼 오후부터 밤까지 이야기를 계속한 후라 그도 휴식을 취해야할 시간이었다. 여전히 멍한 기분으로 애클리에게 잘 자라는 인사를 건네고, 성능 좋은 손전등이 하나 있기는 했지만 램프를 들고 2층으로 향했다.

이상한 냄새와 정체 모를 진동이 느껴지는 1층 서재를 벗어날 수 있어서 다행이었다. 그러나 그 집과 이상한 중압감을 떠올리면 여전히 공포와 위기감, 우주적 기이함이 섞인 오싹한 기분을 떨칠 수 없었다. 주위의 쓸쓸함과 황량함, 집 뒤로 음산하고 기이하게 우거진 산비탈, 길가의 발자국, 어둠 속에서 꼼짝없이 속삭이는 자, 오싹한 실린더와 기계 장치들, 무엇보다도 기이한 수술과 낯선 여행으로의 권유. 이 모든 일들이 누적된 힘으로 다가오는 바람에 심신이 탈진에 이르고 말았다.

노이즈의 목소리에서 기분 나쁜 익숙함을 어렴풋이 느꼈긴 해도 레코드에 녹음된 의식의 집행자가 그였다는 사실에 특히 충격이 컸다. 애클리에 대해 분석하려는 나 자신의 태도 역시 또 다른 충격이었다. 나는 서신 왕래를 하면서 무의식적으로 애클리에게 호감을 품어왔는데, 막상 대하고 보니 분명한 반감이 느껴졌기 때문이다. 몸이 아픈 그에게서 연민이 아닌 오싹함이 느껴졌다. 그는 몹시 경직되고 움직임이 없어서 송장 같았고, 끊임없는 속삭임은 극도로 혐오스러울 뿐 아니라 인간이라는 생각조차 들지 않았다.

문득 그 같은 속삭임은 평생 처음이라는, 콧수염에 가려진 입술이 이

198

상할 정도로 움직임이 없으며 천식환자 특유의 쌔근거림에서 은밀한 힘과 지속력이 느껴졌다는 생각이 들었다. 서재 어디에서도 애클리의 목소리는 잘 들렸으며, 한두 차례 희미해진 경우가 있었지만 목소리 자체에 힘이 없다기보다는 신중하게 억제된 느낌이었다. 그러나 왜 그런 느낌이 들었는지는 딱히 설명할 길이 없었다. 애클리의 음색이 처음부터 꺼림칙했던 건 사실이었다. 나중에 곰곰이 생각해 보니, 노이즈의 목소리에서 전해진 어렴풋한 불길함처럼 애클리에게서도 무의식적인 익숙함을 느낀 것 같았다. 그러나 언제 어디서 그 목소리를 접했는지는 알 수 없었다.

단 한 가지 분명한 사실이 있다면, 내가 그곳에서 하룻밤을 더 묵지는 않을 것이라는 점이었다. 과학적 열정은 공포와 혐오감 속에서 사라져 버렸고, 그 집을 에워싼 병적이고 괴이한 그물에서 속히 벗어나고 싶을 뿐이었다. 더 이상 알고 싶은 것도 없었다. 우주의 통로가 실제로 존재한다는 것은 분명 진실이었다. 그러나 그것은 인간이 관여할 문제가 아니었다.

불경한 힘이 나를 에워싸고 감각을 짓누르는 것 같았다. 잠들기는 틀렸다고 생각했다. 그저 램프를 끄고 옷을 입은 채 침대에 누웠다. 엉뚱한 생각이었지만, 앞으로 위급한 일이 벌어질 것 같아서 준비를 하고 싶었다. 챙겨온 권총을 오른손에, 손전등을 왼손에 움켜잡았다. 아래층에서는 아무 소리도 들리지 않았다. 나는 어둠 속에서 시체처럼 앉아 있을 애클리의 모습을 떠올렸다.

어디선가 들려오는 시계의 째깍거림이 보통 소리와 다르지 않아 다행이라고 생각했다. 그러나 시계 소리를 듣고 있으니, 인근에 가축이 한 마리도 없었다는 꺼림칙한 기분이 되살아났다. 농가에서 키우는 흔한 가축도 없을 뿐 아니라, 밤에 들려옴 직한 야생 동물의 울음소리도 없었다. 멀리서 들려오는 불길한 물소리 외에는 행성 사이의 우주처럼 이상한 정적이 흘렀다. 어느 별에서 보이지 않는 음산한 그림자를 드리우고 있는 것은 아닐까 의아했다. 개와 그 밖의 짐승들이 항상 그 외계 종족을 싫어했다는 말을 떠올리며, 길에 난 발자국의 정체가 무엇일지 생각했다.

VIII

깜박 잠이 든 시간이 얼마나 되며, 어디까지가 진짜 꿈인지에 대해 묻지 않았으면 좋겠다. 만약 내가 어느 시간에 깨어 있었고, 무엇을 보고 들었다고 말해도 독자 여러분은 내가 필시 꿈을 꾼 것이라고 응수할 것이다. 그리고 그 집에서 뛰어나와 비틀거리며 찾아간 차고에서 낡은 포드 자동차를 타고 흉흉한 산속을 따라 맹목적인 광기의 질주를 하다가 — 험하고 구불구불한 산속의 미로를 따라 — 간신히 타운센드라는 마을에 도착할 때까지 그 모든 것이 꿈에 불과했다고 말이다.

뿐만 아니라 독자 여러분은 이 글을 전적으로 믿지는 않을 것이다. 게다가 사진, 레코드, 실린더와 기계 소리를 포함한 관련 증거물들도 실종된 헨리 애클리가 나를 상대로 벌인 완전한 사기라고 단언할 것이다. 또한 여러분은 애클리가 이상한 사람들과 공모하여 시시하면서도 주도면밀한 농간을 부렸으며, 철도 화물도 킨 역에서 미리 가로채고 노이즈에게 그 오싹한 레코드를 만들도록 했다고 넌지시 말할지도 모른다. 그러나 노이즈의 정체가 지금까지 묘연한 것은 이상한 일이다. 틀림없이 그 지역을 자주 찾았을 것인데, 애클리의 이웃 마을에서 그를 아는 사람이 없었다. 차량 번호를 기억해 두었다면 좋았을 텐데. 아니, 결과적으로는 그렇지 않아서 다행인지 모른다. 여러분이 아니라고 부인해도, 나 스스로 종종 타일러 봐도, 그 섬뜩한 외계의 세력들이 미지의 산속에 은둔하고 있으며, 그들의 스파이와 밀정이 인간 세계에 잠복해 있다는 생각을 떨칠 수 없다. 그 같은 외부의 존재와 밀정으로부터 가능한 멀리 벗어나는 것이 내가 남은 생에서 바라는 전부다.

극도로 흥분한 내 이야기를 듣고 보안관이 농가를 찾았을 때, 애클리는 흔적도 없이 사라지고 없었다. 헐렁한 잠옷과 노란색 스카프, 다리에 감았던 붕대가 구석의 안락의자 부근에 떨어져 있었다. 그가 어떤 옷차림을 하고 사라졌는지는 알 수 없었다. 개와 가축은 실제로 사라진 상태였으며, 농가의 외벽과 내벽에 기묘한 총알구멍이 나 있었다. 그러나 그밖에 수상한 점은 발견되지 않았다. 실린더나 기계 장치, 내가 가져간 증거물, 이상한 냄새나 진동, 길가의 발자국 따위는 없었으며, 내가 마지막 순간 언뜻 보았던 의문의 물체도 남아 있지 않았다.

나는 그 집에 빠져 나온 뒤 일주일 동안 브래틀보로에 머물면서 애클리에 대해 아는 사람들을 수소문했다. 그 결과 나는 이번 일이 꿈이나 착각이 아니라고 확신할 수 있었다. 애클리가 유별나게 많은 개와 탄약, 약품을 구입했고 전화선이 끊긴 사실이 기록으로 남아 있었다. 한편, 애클리를 아는 사람들은 모두 — 캘리포니아에 사는 아들을 포함해서 — 이따금 그가 말한 기묘한 연구 이야기에 상당한 일관성이 있었다고 입을 모았다. 건전한 시민들은 그를 정신병자라고 여기고 제시된 증거에 대해서도 교활한 정신병자와 그 공범들이 합작한 속임수에 불과하다고 일축하고 있다. 하지만 시골사람들은 모든 면에서 애클리의 말이 사실이었음을 뒷받침하고 있다. 그는 소수 이웃들에게 사진과 검은 돌을 보여 주고 오싹한 레코드도 들려 주었다. 사람들은 발자국과 윙윙 거리는 목소리가 오랜 전설에 등장하는 것과 비슷하다고 말했다.

그들은 또 애클리가 검은 돌을 발견한 이후 그의 농가 주변에서 이상한 광경과 소리를 자주 접했다고 말했다. 그 때문에 우편 배달부와 무심하고 대담한 사람 외에는 모두 그 집을 기피한다고 했다. 다크 마운틴과 라운드 힐은 괴물이 출몰하는 곳으로 소문이 자자하지만, 나는 아직까지 두 곳을 자세히 탐험한 사람을 만나지 못했다. 그 지역에서 종종 벌어지는 실종 사건 중에는 애클리의 편지에 언급됐던 얼치기 건달 월터 브라운의 경우도 포함돼 있었다. 내가 만난 사람들 중에는 홍수로 범람한 웨스트 강에서 기묘한 사체를 직접 봤다는 농부도 있지만, 이야기의 앞뒤가 맞지 않아 신빙성에 문제가 있다.

나는 브래틀보로를 떠나면서 두 번 다시 버몬트를 찾지 않겠다고 결심했고, 그렇게 되리라 자신했다. 그 험준한 산간지대는 무서운 외계 종족의 전초기지가 분명하다. 그들 종족이 말한 대로 해왕성 너머에서 아홉 번째 행성이 새로 발견됐다는 기사를 읽은 후부터 확신하게 되었다. 천문학자들은 아무런 의심도 갖지 않았지만, '명왕성'이라는 소름 끼치도록 적절한 이름을 그 행성에 붙였다. 나는 그 행성이 바로 암흑의 유고스임을 의심치 않는다. 그리고 그 외계인들이 왜 지금, 그러한 방식으로 자신의 행성을 드러냈는지 생각할 때마다 전율이 인다. 그 무시무시한 생물체가 지구와 인간들에게 직접적인 위해를 가할 생각은 아닐 거라며 나 자신을 위로하지만 별 소용이 없다.

그러나 나는 그 집에서 겪은 끔찍한 결말을 말해야만 한다. 이미 말한 대로 나는 불편한 잠에 빠져들었다. 괴이한 풍경이 스치는 꿈을 꾸었다. 정확히 무엇 때문에 잠을 깼는지는 알 수 없지만, 어떤 느낌이었는지는 분명했다. 맨 처음 깨달은 어렴풋한 인상은 방 밖의 복도 바닥이 은밀히 삐거덕거리는 소리와 서툴고 조심스럽게 빗장을 더듬는 인기척이었다. 그러나 그런 움직임은 곧 사라졌다. 그러므로 내가 실제로 느낀 또렷한 인상은 1층 서재에서 들리는 목소리가 그 시작이었다. 여러 명이 열띤 논쟁이라도 벌이는 것 같았다.

잠시 동안 귀를 기울이다 잠을 깼다. 그 목소리를 듣고 있자니 계속 잠을 자고 싶은 생각이 달아났다. 목소리마다 음색이 다양했으며, 그 저주스러운 레코드를 들어 본 사람이라면 적어도 두 개의 목소리를 틀림없이 구분해냈을 것이다. 생각만 해도 끔찍한 일이었지만, 나는 심연의 공간에서 온 정체 모를 생물체와 한 지붕 아래 있었던 셈이다. 두 개의 목소리는 외계 종족이 인간과 말을 할 때 사용한다는 윙윙거리는 기분 나쁜 소리가 분명했기 때문이다. 그 두 개의 목소리 사이에도 각각 차이가 있었다. 소리의 고저, 억양, 속도에서 차이가 났지만, 둘 다 듣기에 고약하기는 마찬가지였다.

제 3의 목소리는 실린더 속의 두뇌에 연결된 장치에서 나는 기계음이 확실했다. 윙윙거리는 목소리처럼 그 기계음인 것이 틀림없었다. 금속성이 느껴지는 요란하고 생기 없는 목소리를 간밤에 들었으며, 억양과 감정이 없는 삐거덕거림과 덜그럭거림, 비인간적인 정확성과 신중함이 생생했기 때문이다. 삐걱거리는 목소리의 주인공이 간밤에 내게 말을 건 인물인지는 생각할 필요가 없었다. 어떤 두뇌든 같은 발성 장치에 연결되면 동일한 음성을 낼 것이니까. 표현과 리듬, 속도와 발음에서 약간의 차이는 있을지는 모르겠다. 마지막으로 그 섬뜩한 모임에는 살아 있는 두 명의 인간도 포함돼 있었다. 그중 하나는 시골 사람이 분명하지만 처음 듣는 거친 말투였고, 다른 하나는 나를 안내한 노이즈의 상냥한 보스턴 억양이었다.

단단한 바닥을 사이에 두고 아래층에서 들려오는 희미한 말소리에 귀 기울이는 동안, 부산한 움직임과 함께 긁거나 발을 끄는 소리가 들려왔다. 생물이 득시글댄다는 인상을 떨칠 수 없었다. 내가 알아들을 수 없는 목소리가 더 있는 것 같았다. 마땅히 비유할 만한 대상이 없었으므로, 그 부산한 움직임을 무어라 표현하기는 도저히 힘들었다. 지능이 있는 생물체처럼 무엇인가 간간이 방 안을 오갔다. 거칠고 딱딱한 바닥에 부딪히는 듯한 발소리였는데, 뿔이나 단단한 고무 표면이 균형을 잃고 어긋나면서 바닥에 닿는 소리와 비슷했다. 좀 더 구체적이되 부정확하게 비유를 하자면, 부서지기 쉽고 헐렁한 나막신을 신은 사람들이 반들반들한 바닥 위를 달그락거리며 뒤뚱뒤뚱 걸어다니는 것 같았다. 발소리의 주인공이 누구인지 나는 애써 생각하고 싶지 않았다.

얼마 지나지 않아, 나는 대화의 주제를 찾는 걸 포기했다. 특정한 단어들 ─ 애클리와 내 이름을 포함한 ─ 이 불쑥 튀어나오기도 했는데, 발성 장치의 목소리 중에 그런 경우가 많았다. 그러나 이야기의 전후 관계를 알 수 없었으므로 또렷한 단어가 들려와도 그 의미를 파악하기는 불가능했다. 지금 나는 당시의 말에서 어떤 것도 유추하고 싶지 않다. 내가 공포에 사로잡힌 것은 또렷한 말이 아니라 암시 때문이었다. 오싹하고 기묘한 모임이 아래층에서 열리고 있다는 확신. 그러나 그 모임의 목적이 얼마나 끔찍한 것인지는 알 수 없었다. 애클리는 그 외계인들을 동료라고 장담했지만, 이상하게도 내가 온몸으로 느낀 것은 사악함과 불경함이었다.

대화의 내용까지는 파악할 수 없었지만, 끈기 있게 귀를 기울이는 동안 목소리들의 차이가 또렷해지기 시작했다. 나는 몇몇 목소리에서 전형적인 감정까지 읽을 수 있었다. 이를테면 윙윙거리는 목소리 중 하나에서 상당한 권위가 분명하게 느껴졌다. 거기에 비해 기계음은 크고 규칙적인 반면 상대에게 고분고분하며 애원하는 입장이었다. 노이즈의 말투는 쌍방의 의견을 조율하는 분위기였다. 다른 목소리들에 대해서는 굳이 따져볼 엄두가 나지 않았다. 귀에 익은 애클리의 속삭임은 들리지 않았다. 그러나 그처럼 작은 목소리가 튼튼한 바닥을 뚫고 들려올 수는 없었을 것이다.

나는 당시에 들었던 단편적인 말과 소리를 기록하고, 각각에 해당하는 화자를 구분해 볼 생각이다. 제일 먼저 식별할 수 있었던 문장은 발성 장치에서 들려온 기계음이었다.

(발성장치의 목소리)

"……그것을 제게 가져왔습니다……. 편지와 레코드를 돌려주었고……. 그것으로 끝……. 가져다가……. 보고 듣고……. 이럴 수가……. 인간이 아닌 존재, 결국은……. 새로이, 반짝이는 실린더……. 맙소사……."

(윙윙거리는 목소리1)

"……멈춰야 할 때……. 보잘것없는 인간 같으니……. 애클리……. 두뇌……. 말하노니……."

(윙윙거리는 목소리2)

"……니알라토텝……. 윌마스……. 레코드와 편지……. 싸구려 속임수……."

(노이즈)

“……(발음하기 어려운 말 혹은 명칭. ‘엔가크툰N’gah-Kthun’이라고
한 것 같음)……. 해가 되지 않으며……. 평화롭고……. 2, 3주정도…….
극적으로……. 전에도 말씀드렸듯이…….”

(윙윙거리는 목소리1)

“……변명은 하지 마라……. 원래 계획대로……. 결과는……. 노이즈
가 감시할 수 있다……. 라운드 힐……. 새로운 실린더……. 노이즈의 자
동차…….”

(노이즈)

“……흠……. 모든 것이 당신의……. 이곳에 내려오셔서……. 쉬고…….
장소를…….”

(한꺼번에 여러 개의 목소리가 뒤섞여 구별이 안 됨)

(느릿한 움직임과 덜거덕거리는 소리를 포함, 무수한 발소리)

(기묘한 퍼덕거림)

(자동차가 출발한 후 점점 멀어지는 소리)

(정적)

이것이 악마의 산골에 있는 으스스한 농가의 2층 침대 위 뻣뻣하게 누워있던 내 귓가에 들려온 소리였다. 옷을 입은 채 오른손에는 권총, 왼손에는 손전등을 움켜잡은 내게 말이다. 앞에서 말했듯이 나는 잠에서 완전히 깨어 있었지만, 주위가 조용해진 후에도 한동안 온몸이 마비된 듯 무력감에 꼼짝도 하지 못했다. 아래층에서 코네티컷 주 특유의 낡은 시계 소리가 아득하게 들려왔고, 이윽고 불규칙하게 코를 고는 소리도 느껴졌다. 이상한 일을 연이어 겪은 후라 애클리가 잠에 곯아떨어진 모양인데, 나는 그럴만하다고 생각했다.

무슨 생각을 하고 어떻게 행동해야 할지 난감했다. 결국 나는 내가 예상한 것 이상을 들은 것일까? 정체 모를 외계인들이 그 집을 마음대로 출입하고 있다는 사실을 내가 과연 모르고 있었던 것일까? 틀림없이 애클리도 그들의 갑작스러운 방문에 놀랐을 것이다. 그러나 그들의 단편적인 대화 중에 너무도 소름끼치는 어떤 것이 있어서 극도로 기괴하고 끔찍한 의혹이 꼬리를 물었다. 그래서 나는 더 이상 잠들지 못하고 모든 것이 꿈이라는 사실을 증명하려고 무던히 애썼다. 의식적으로 깨닫지 못한 무엇인가를 잠재의식이 밝혀주리라 믿었다. 그러나 애클리는 어떻게 된 것일까? 그는 내 친구이며, 내가 위험에 빠질 만한 상황을 모른 척 할 리는 없잖은가? 느닷없이 강렬해진 나의 공포감을 비웃듯이 아래층에서는 평화롭게 코고는 소리가 들려왔다.

애클리 역시 그들에게 속아서 편지와 사진, 레코드를 가지고 내가 이 산속으로 찾아오도록 미끼로 이용된 것일까? 그 외계 종족은 너무 많은 것을 알고 있다는 이유로 우리 두 사람을 모두 파멸시키려는 것일까? 나는 다시 한 번 애클리의 마지막 편지에 담긴 돌연하고 부자연스러운 변화를 떠올렸다. 본능적으로 무엇인가 굉장히 잘못됐다는 생각이 들었다. 겉으로 보이는 대로 모든 것을 판단할 수는 없었다. 톡 쏘는 맛 때문에 마시지 않은 커피……. 정체불명의 은밀한 존재들이 거기에 약을 타지는 않았을까? 당장 애클리가 균형감각을 되찾도록 얘기를 해야 했다. 그들은 우주의 비밀을 보여주겠다며 애클리에게 최면을 걸었지만, 이제 애클리도 이성에 귀를 기울일 필요가 있었다. 우리는 더 늦기 전에 그 집에서 도망쳐야 했다. 만약 그에게 자유로워지고 싶은 의지가 없다면, 내가 줄 것이다. 끝내 그를 설득하지 못한다면 나 혼자라도 가야했다. 내가 포드를 빌려 타고 나중에 브래틀보로의 차고에 세워둔다고 하면 그도 허락할 것이었다. 자동차는 차고에 있으며 차고 문이 잠겨 있지 않다는 사실을 이미 봐두었으므로 신중하게 문을 열면 될 것이었다. 간밤에 느꼈던 애클리에 대한 반감은 이미 사라지고 없었다. 그도 나와 비슷한 처지에 놓여있으므로 함께 힘을 합쳐야 했다. 몸도 좋지 않은 그를 다급하게 깨우고 싶지는 않았지만, 어쩔 수 없었다. 그 집에서 아침까지 기다릴 상황이 아니었다.

마침내 마음을 다잡은 나는 근육을 풀어줄 겸 힘차게 기지개를 폈다. 신중함보다는 본능적인 경계심에 의지하면서 모자를 찾아 쓴 후, 가방을 들고 손전등을 비추며 계단을 내려갔다. 나는 여전히 오른손에 권총을 움켜쥔 상태였고, 가방과 손전등을 든 왼손에도 주의를 기울였다. 나 말고 그 집에 있는 유일한 사람뿐인 애클리를 깨우러 가면서 그토록 경계심이 든 이유를 나 자신도 알 수 없었다.

삐거덕거리는 계단을 살금살금 내려갔을 때, 애클리의 숨소리가 더욱 또렷해졌다. 그는 왼쪽에 있는 거실에서 잠들어 있었는데, 내가 들어간 적이 없는 방이었다. 오른쪽에서 목소리가 들려왔던 서재의 문이 어둠에 묻힌 채 살짝 열려져 있었다. 나는 열려 있는 거실로 들어간 후,

코고는 소리가 나는 쪽으로 걸어가 잠든 사람의 얼굴에 손전등을 비추었다. 하지만 다음 순간 다급히 돌아서서 고양이처럼 복도로 빠져 나오고 말았다. 이번에는 본능뿐 아니라 이성에 따라 조심한 행동이었다. 놀랍게도 잠든 사람은 애클리가 아니라 나를 안내했던 노이즈였다.

어떤 상황인지 감이 잡히지 않았다. 하지만 상식적으로 누군가 깨기 전에 속히 안전한 조치를 취해야하는 상황이었다. 나는 거실로 돌아가 문을 잠갔다. 노이즈가 잠에서 깰 가능성을 줄이기 위해서였다. 그리고 애클리를 찾기 위해 조심스럽게 어두운 서재로 들어갔다. 잠들어 있든 깨어 있든 애클리는 자신이 가장 좋아하는 구석 자리의 큼지막한 안락의자에 있을 것이었다. 손전등 불빛에 중앙의 커다란 테이블과 함께 시청각 장치에 연결된 오싹한 실린더 한 개, 언제든지 연결할 수 있게 준비된 발성 장치가 차례로 나타났다. 얼마 전 섬뜩한 회의 내내 들려온 목소리 중 하나는 그 실린더 속의 두뇌에서 나온 것이 틀림없었다. 한순간 그 실린더에 발성장치를 연결하여 무슨 말을 하는지 들어보고 싶다는 괴팍한 충동이 일었다.

그 순간에도 실린더는 내가 있다는 사실을 알고 있었을 것이다. 시청각 장치가 내 손전등 불빛과 삐거덕거리는 발소리를 놓쳤을 리 없었다. 하지만 나는 실린더를 건드리지 않기로 마음먹었다. 언뜻 살펴보니, 그 번쩍이는 새 실린더에 애클리의 이름이 부착돼 있었다. 전날 밤에 서재 선반에서 본 것으로, 애클리가 만지지 말라고 했던 실린더였다. 지금 생각하면, 용기를 내서 발성 장치를 연결해 보지 못한 소심함이 후회막급이다. 그랬더라면 신만이 알고 있을 그 정체의 비밀과 오싹한 의혹과 문제가 밝혀졌을 것을! 그러나 한편으로는 실린더를 그냥 놔둔 것이 다행한 일인지도 모른다.

테이블에서 애클리가 있을 구석으로 손전등을 비췄지만, 난감하게도 텅 빈 안락의자에서 인간의 그림자라고는 찾아볼 수 없었다. 의자에서 바닥까지 늘어져 있는 것은 눈에 익은 낡은 잠옷이었고, 그 주변에 노란색 스카프와 내가 이상하게 여겼던 커다란 붕대가 떨어져 있었다. 애클리가 있을만한 곳과 아픈 사람이 잠옷까지 벗어두고 갑자기 사라진 이유를 궁금해 하며 서성이는 동안, 기묘한 냄새와 진동의 느낌이 사라졌다는 사실을 깨달았다. 냄새와 진동의 원인은 무엇이었을까? 기이하게도 둘 다 애클리의 주변에서만 느껴졌다는 사실이 문득 떠올랐다. 냄새와 진동은 애클리가 앉아 있는 곳에서 가장 심했고, 그가 없는 방이나 서재 밖에서는 전혀 느낄 수 없었다. 나는 손전등을 이리저리 비추며 변화된 상황을 이해하기 위해 머리를 쥐어짰다.

텅 빈 의자를 향해 다시 한 번 손전등을 비춰 보기 전에 그곳을 나왔다면 좋았을 것이다. 그러나 그러지 못했다. 나는 비명을 억눌렀지만, 그 소리에 서재에서 잠든 감시인이 뒤척였을지 모른다. 숨죽인 비명과 노이즈의 여전한 숨소리만이 내가 그곳에서 들은 마지막 소리였다. 괴괴하고 울창한 산 아래 파묻힌 병적인 농가에서, 한적한 산골과 황량한 시골의 저주받은 계곡에 찾아든 우주 너머의 공포 속에서 말이다.

그처럼 절박한 순간에도 손전등과 가방, 권총을 떨어뜨리지 않았다니 이상한 일이다. 나는 가까스로 그 집을 빠져 나와 차고에 있는 낡은 포드 자동차에 소지품을 싣고 무사히 올라탔다. 그리고 달빛 없는 칠흑 같은 밤 어딘가 있을 안전지대를 향해 차를 몰기 시작했다. 어둠의 질주는 포와 랭보의 환상적인 작품이나 도레의 그림과 다르지 않았다. 나는 마침내 타운센드에 도착했다. 그것이 전부다. 아직까지 제정신으로 남아 있으니 나는 행운아다. 앞으로 무슨 일이 벌어질지 종종 두려워진다. 명왕성이 기묘하게 발견된 이후에는 더욱 그렇다.

아까 말한 것처럼 나는 손전등을 다시 안락의자에 비췄다. 그제야 구겨진 잠옷에 가려 있던 어떤 물체를 볼 수 있었다. 의자에는 세 개의 물체가 놓여 있었지만, 나중에 수사관들이 왔을 때는 아무것도 발견되지 않았다. 이야기의 도입부에서 말했듯 그 물체들은 딱히 눈에 보이는 실제적인 공포와는 거리가 멀었다. 문제는 그 물체들이 암시하는 것이었다. 지금도 착각이려니 생각할 때가 있다. 내가 겪은 일이 모두 꿈이자 신경과민이며, 환영이라는 사람들의 말을 받아들이고 싶을 때도 있다.

세 개의 물체는 기막힐 정도로 잘 만들어진 것으로, 정교한 쬠쇠로 서로 연결되어 일정한 구조를 형성하고 있었지만, 그것이 무엇인지는 아예 떠올리고 싶지도 않다. 마음 속 깊숙한 공포가 내게 하는 말과는 달리, 나는 그 물체들이 탁월한 예술가가 만든 밀랍 제품이기를 간절히 바라고 있다. 맙소사! 병적인 냄새, 진동과 더불어 어둠 속에서 속삭이던 존재! 마법사, 밀정, 은밀한 뒤바뀜, 이방인……. 오싹하게 억제된 윙윙거림……. 선반 위의 번쩍이는 새 실린더에 담겨 있는 것……. 불행한 악마……. '의학, 생물학, 화학, 기계학에서 경이로운 능력을 바탕으로…….'

현미경으로 들여다보듯 세세한 부분까지 생생하게 내 기억 속에 각인된 그 세 개의 물체는 헨리 웬트워스 애클리의 얼굴과 두개의 손이었다.

---

26) 올드원(old ones): 러브크래프트의 창조물 중 하나인 올드원(Old Ones)은 '그레이트 올드원(Great Old Ones)', '고대의 존재(Elder Things)', '엘더원(Elder Ones)', '에인션트원(Anceint Ones)' 등의 여러 가지 이름으로 등장한다. 이 부분에서처럼(old ones) 대문자로 시작하거나 그렇지 않은 경우를 포함해 표기상의 차이뿐 아니라

각각의 실체도 작품마다 약간씩 다르다. 그러나 시골 사람들이 '미-고'를 가리켜 지칭하는 말이고, 'old ones'에 '악마'라는 뜻이 있다는 점에서 이 부분만큼은 단순히 '악마', '마귀' 정도로 봐도 무방할 것이다.

27) 베닝턴 웬트워스(Bennington Wentworth): 영국 총독으로 뉴햄프셔 지역을 관할했다.

28) 판(Pan): 그리스 신화에 등장하는 목신, 드리아스(Dryad)는 그리스 신화에 등장하는 나무의 요정, 사티로스(Satyrs)는 역시 그리스 신화에서 디오니소스를 섬기는 반인반수의 괴물. 칼리칸자로스(Kallikantzaros)는 그리스에서 전해지는 민담으로, 크리스마스에서 이듬해 1월 1일(혹은 1월 6일) 사이에 태어나는 아이는 칼리칸자로스가 된다. 반인반수의 형태로 남자 칼리칸자로스는 인간 여자를 납치해 아이를 낳는데, 이 아이 역시 칼리칸자로스가 된다고 한다.

29) 미-고(Mi-Go): 설인(雪人, Abominable Snowman)은 히말라야 산맥 고지의 설선(雪線) 부근에 살고 있다는 정체불명의 존재로서 러브크래프트는 미-고(Mi-Go)라는 자신만의 창조물로 차용한 것으로 보인다. 설인은 네팔, 티베트에서 실제 전해지는 민담으로, 미-고라는 말 자체도 티베트 어원으로 보는 견해에 따르면, 미(mi)는 '사람', 고(go)는 '민첩한'으로 '빠르게 움직이는 사람과 유사한 생물'이 된다. 「실버 키의 관문을 지나서Through the Gates of the Silver Key」에서 미-고는 요그-소토스를 '초월자(Beyond One)'로 숭배한다.

30) 설인(雪人, Abominable Snowman 혹은 Yeti): 29번 '미-고' 참조.

31) 찰스 포트(Charles Fort, 1874-1932): 평생 동안 과학적 논리에 맞지 않는 기이하고 신기한 현상들을 연구했으며, 네 권의 저술을 남겼다. 염력을 통한 원격 이동(teleportation)의 개념을 창시한 인물로 알려져 있다.

32) 아서 매컨(Arthur Machen, 1863~1947)은 웨일스 출신의 공포 작가이자 저널리스트였다.『위대한 목신The Great God Pan』(1890)으로 명성을 얻었으며, 러브크래프트는 1923년 매컨의 작품을 읽고 '살아 있는 최고의 작가'라고 극찬을 아끼지 않았다.

33)『황금가지The Golden Bough』를 쓴 프레이저(Sir James George Frazer)를 비롯해 모두 고고학 관련 실존 학자들이다.

34) 요그-소토스: 「찰스 덱스터 워드의 사례The Case of Charles Dexter Ward」(1927)에 처음으로 언급된 우주 존재. 후기 소설에서 자주 등장하며, 「더니치 호러」에서 특히 중요하게 다루고 있다. 러브크래프트는 나중에 서신을 통해서 요그-소토스에

대해 '촉수 비슷한 것이 달려 있지만 가장 단단한 벽도 뚫을 수 있으며, 요그-소토
스의 손길이 닿으면 누구도 살아남지 못한다. 심지어 그 이름을 크게 입밖에 내는
것만으로도 치명적이지만, 우리가 무사한 것은 자비로운 망각에 의해 그 이름을 정
확하게 발음하지 못하기 때문이다. 때로는 고체, 액체, 기체 등으로 모양을 자유자
재로 바꾸므로 어떤 물리적 한계를 뛰어넘을 수 있다'고 설명했다. 요그-소토스는
「실버 키의 관문을 지나」(1932)에서 은열쇠의 관문을 지키는 '에인션트윈'으로 랜
돌프 카터 앞에 모습을 드러내기도 한다.

35) 크툴루(Cthulhu): '그레이트 올드윈'의 대사제 혹은 지도자. 문어와 용, 인간의 몸을
합성한 듯한 모습을 하고 있다. 러브크래프트 사후 오거스트 덜레스에 의해 잘 알
려진 '크툴루 신화'의 주역이자, 지금까지 문학, 영화, 음악, 게임, 캐릭터 산업에 이
르기까지 끊임없이 재생산되는 창조물이다. 「크툴루의 부름」에 등장하며, '리예'라
는 해저 도시에서 부활을 꿈꾼다.

36) 네크로노미콘(Necronomicon): 러브크래프트의 가장 잘 알려진 가공의 책. 「사냥개
The Hound)」(1922)에 처음으로 등장한다. 「네크로노미콘의 역사」(1927)에도 소개
되어 있지만, 작품마다 단편적으로 언급되어 있다. 그중에서 「더니치 호러」에 가장
많이 언급되며, 이 책의 저자로 알려진 '압둘 알하즈레드(Abdul Alhazred)'라는 이
름은 「이름없는 도시The Nameless City」(1921)에 처음으로 언급됐다. 러브크래프트
는 『네크로노미콘』을 가공의 책이라고 밝혔지만, 여전히 실제로 존재한다고 믿는
사람들이 적지 않을 정도로 효과 면에서 큰 성공을 거두었다.

37) 드루이드교(Druids): 고대 켈트족의 종교로 영혼 불멸, 윤회, 전생을 믿고 죽음의
신을 섬겼다.

38) 밀턴(John Milton, 1608-1674): 셰익스피어와 비견되는 대시인으로 『실낙원Paradise
Lost』을 썼다. 러브크래프트는 「우주에서 온 색채」의 배경이 되는 '마의 황무지
(Blasted Heath)'를 밀턴의 시에서 인용한 것으로 보인다.(S. T. 조시)

39) 유고스(Yuggoth): 태양계에서 아홉 번째 행성으로 실제로는 명왕성을 말한다. 이름
모를 종족이 이 행성에 살았으며, 나중에 미-고(Mi-Go)의 주요 거주지가 되었다.
이 소설에서 '해왕성 너머의 새로운 행성', '명왕성'이라는 표현으로도 묘사된다.
러브크래프트는 명왕성이 발견된 직후 이 소설을 집필한 것으로 보이는데, 서한에
서 "해왕성 너머 새로운 행성을 발견했다는 소식 들었을 겁니다……. 어떻게 생겼
을지, 과연 그 차가운 땅에 옅은 색깔의 균류가 펴져 있을지 정말 궁금합니다! 나
는 그 이름을 유고스라고 부를 생각입니다!"라고 밝혔다.

40) 차토구아(Tsathoggua): 클라크 애슈턴 스미스가 『스탬프라 제이로스의 이야기The Tale of Stampra Zeiros』(1929)에서 언급한 창조물이며, 러브크래프트가 차용했다. 러브크래프트는 질리아 비숍(Zealia Bishop)의 작품을 대필한 「고분The Mound」에서 '진(Zin)의 지하에 있는 것과 유사한 신전에 있는 검은색 두꺼비상'을 차토구아로 묘사했고, 이후 '두꺼비 모습의 외계 신'으로 묘사하고 있다.

41) 리예(R'lyeh): 태평양 밑에 침몰했다는 '그레이트 올드원(Great Old Ones)'의 도시. 아틀란티스나 레무리아에 상응하는 러브크래트의 허구적 도시로, 크툴루와 함께 많은 작품에 등장한다. 리예는 크툴루와 함께 「크툴루의 부름」에 처음으로 언급된다.

42) 니알라토텝(Nyalarthotep): 니알라토텝은 러브크래프트의 창조물 중에서 여러 작품에 다양한 모습으로 등장한다. '까무잡잡하고 호리호리한 체구'와 이집트에서 왔다는 기술 외에 생김새와 관련된 기술도 없는 편이다. '소리없이 다가오는 혼돈(Crawling Chaos)'이라는 수식어가 많이 사용되며, 사자(使者)이자 외계의 신이 그 중에서 뚜렷한 실체에 가깝다. '그레이트 올드원(Great Old Ones)'과 '아자토스(Azathoth)'의 사자로서 인간의 신체를 빌어 나타나는 경우가 많다. 냉혹함, 거대함, 절대적 혼돈, 어둠의 중심 등의 수식어를 달고 다니듯, 매우 음산한 이미지다. 「니알라토텝」이라는 동명의 산문시 형태의 단편에 묘사된다.

43) 아자토스(Azathoth): 외계의 신이자 우주의 중심. 끝없이 사악한 존재로서 감히 그 이름을 입에 올리지 못한다. 시간을 초월한 숨막히는 광기의 북소리와 저주받은 피리 소리에 묻혀있다. 니알라토텝도 아자토스의 명령을 받들어 혼돈의 임무를 수행한다. 아자토스는 「광기의 산맥」과 「미지의 카다스를 향한 몽환의 추적」에 등장하며, 「아자토스」(1922)라는 미완성 단편이 있다.

44) 해스터(Hastur): 챔버스(Robert W. Chambers)와 비어스(Ambrose Bierce)의 소설에서 차용했다. 비어스가 제일 먼저 '신'으로 사용했으며, 챔버스가 '도시'로 차용했다. 해스터가 등장하는 러브크래프트의 소설은 이 작품뿐이다.

45) 얀(Yian): 역시 챔버스의 소설에 차용했으며, 이 작품에만 등장한다.

46) 렝(Leng) 고원: 주로 러브크래프트의 환상 소설에서 묘사되는 가상의 공간으로, '인쿼노크'라는 역시 드림랜드의 동쪽 산맥에 위치하고 있다. 그곳의 석조 수도원에서 '금기의 제사장'이 니알라토텝과 외계의 신들을 숭배한다. 「미지의 카다스를 향한 몽환의 추적」에 자세히 묘사되어 있다.

47) 할리 호(Hali 湖): 러브크래프트 소설에서 거의 설명이 없는 전설의 호수. 『악마의 사전Devil's Dictionary』으로 알려진 앰브로스 비어스(Ambrose Bierce)의 단편 소설

에 '할리'라는 예언자가 등장한다.

48) 베스무라(Bethmoora): 로드 던새니의 『어느 몽상가의 이야기A Dreamer's Tales』에
등장하는 도시 이름.

49) 옐로우 사인(Yellow Sign): 버트 W. 챔버스의 소설에 언급됐다. 해스터와 관련된
표식이라는 묘사 외에 러브크래프트의 다른 작품에는 등장하지 않는다. 표식과 관
련된 것으로 엘더 사인(Elder Sign), 코스 사인(Koth Sign), 부어 사인(Voorish Sign)
등이 다른 작품에 등장한다.

50) 라무르-카투로스(L'mur-Kathulos): 『코난(Conan)』의 원작자이자 러브크래프트와
《위어드 테일즈》에서 함께 활동한 동료 작가 로버트 E 하워드(Robert E. Howard)
의 소설에 등장하는 불가사의한 존재.

51) 브란(Bran): 로버트 E. 하워드의 『밤의 아이들The Children of Night』과 『다크맨The
Dark Man』에 등장하는 인물.

52) 매그넘 이노미낸덤(Magum Innominandum): 라틴어로 '형용할 수 없는 존재', '미지
의 신'이라는 뜻이라고 한다.

53) 슈브-니구라스(Shub-Niggurath): 러브크래프트가 창조한 다산의 여신으로, 맨 처
음 언급된 작품은 「더니치 호러」이다. 슈브-니구라스는 '천 마리의 새끼를 밴 염
소'의 모습으로 그려지는데, 나중에는 '요그-소토스'의 아내로 등장하기도 한다.
밧줄처럼 생긴 촉수와 발굽이 있는 짧은 발을 지닌 거대하고 음산한 모습이다. 이
같은 수식어와 함께 '숲의 제왕'이라는 표현도 이 소설에서 슈브-니구라스를 표현
하는 말로 사용되었다.

54) 배음(倍音): 원래 소리보다 진동수가 많은 소리, 상음이라고도 하며 이것의 세기에
따라 음색이 결정된다고 한다.

55) 애클리가 미-고를 달리 표현하는 '외계인'은 원문의 'Outer Ones', 'Outer Beings',
'Outsider'를 번역한 것이다. 러브크래프트는 자신의 창조물을 작품마다 일관적으
로 사용하지 않았으며, 체계보다는 영감에 따라 이름을 떠올린 예가 많다. 번역 과
정에서 '미-고(Mi-Go)'를 작가의 고유 창조물로 봤다면, '외계인'은 창조물을 가리
키는 등장인물이나 화자의 부연 설명으로 판단해 풀어썼다. 러브크래프트의 고유
한 창조물을 효과적으로 전달하되, 비슷한 의미에서 오는 혼란을 줄이기 위해 택한
방법임을 밝혀둔다.

56) 소도마(Sodoma, 1477~1549): 이탈리아의 르네상스 시대의 화가.

57) 아케이드(arcade): 늘어선 기둥 위에 아치를 연속적으로 만들거나 아치로 둘러싸인

공간을 말한다.

58) 칸-얀(K'n-yan): 칸-얀은 「고분」에 자세히 묘사돼 있다. 머리통이 길고 텔레파시로 의사를 전달하는 미지의 원시 인류가 사는 지하 세계이다. 이곳의 원시 인류는 자기력과 방사능에 의한 푸른빛으로 태양을 대신한다. 이들은 그레이트 크툴루가 별에서 데려온 원시 인류이다.

59) 요스(Yoth): 칸-얀의 지하 세계이며, 한때 네발 달린 파충류 무리가 문명을 세웠지만 나중에 거대한 폐허로 몰락했다.

60) 나카이(N'kai): 「고분」에서 나카이는 독특한 감각을 소유한 존재들이 사는 암흑의 왕국으로 묘사되고 있다. 요스의 지하 세계이며, 요스에 거주자들이 오기 전에 이미 뛰어난 문명을 건설했다. 나중에는 끈적끈적한 점액질로 이루어진 무형의 존재들이 차토구아를 숭배하며 거주한다

61) 프나코틱 필사본(Pnakotic Manuscripts): 태초부터 전해지는 섬뜩한 금서로서 무서운 괴물과 장소들이 담겨 있다고 알려져 있다. 가공의 책 중에서 가장 먼저 「북극성Polaris」(1918)이라는 단편에 등장했으며, 『네크로노미콘』과 쌍벽을 이루지만, 상대적으로 이 책에 대한 설명은 거의 없다. 「미지의 카다스를 향한 몽환의 추적」과 「광기의 산맥」에 약간 구체적으로 언급된다.

62) 코모리엄(Commoriom): 클라크 애슈턴 스미스의 『스탬프라 제이로스의 이야기』를 비롯한 여러 소설에 등장하는 울창한 정글이며, 우줄더럼Uzuldaroum)에서 북쪽으로 하루 정도 걸리는 거리에 있다. 러브크래프트는 로마르에 있는 올라소 인근의 빙하 속에 코모리엄이 침몰해 있으며, 『네크로노미콘』과 『프나코틱 필사본』에 언급되어 있는 것으로 구상했다.

63) 도울(Doels): 프랭크 벨내프 롱(Frank Belknap Long)의 『틴달로스의 사냥개The Hounds of Tindalos』에서 등장한다. 이 소설에 언급된 도울은 『미지의 카다스를 향한 몽환의 추적』에 나오는 도울(Dholes)과 표기가 약간 다르지만 동일 생명체로 보인다. 도울(Dholes)은 '프노스의 계곡'에 사는 다지류의 거대한 생물로 묘사된다.

64) 틴달로스의 사냥개(Hounds of Tindalos): 프랭크 벨내프 롱의 소설로, 죽음을 부르는 무리이자 불결함의 극치, 시체를 푸르스름한 점액질로 덮어놓고, 머리를 절단하여 그 주위에 거친 돌로 에워싼다.

65) 이그(Yig): 뱀처럼 생긴 악마의 아버지로, 「이그의 저주The Curse of Yig」에서 반은 사람이며 완전한 악마의 형체는 아니라고 묘사했다. 가을에 특히 식욕이 왕성해지며, 무자비한 성품이지만 자신에게 존경을 보이는 자에게는 잘 대해주는 면도 있

다. 그러나 일단 희생양으로 걸려들면, 괴롭힘을 당하다 얼룩무늬 뱀으로 변하게 된다. 칸-얀 지역에서 특히 생명의 근원으로 숭배를 받는 뱀의 형상으로, 1년 반마다 탈피(脫皮)한다. 이 작품 외에 이그가 등장하는 소설은 「고분」「영겁으로부터Out of Aeons」가 있다.

AT THE MOUNTAINS OF MADNESS

광기의 산맥

작품 노트 | 광기의 산맥 At the Mountains of Madness

1931년에 완성했지만, 《위어드 테일즈》는 너무 길고 나누어 게재하기도 어렵다는 등의 이유를 들어 원고를 거절했다. 우여곡절 끝에 1936년 《어스타운딩 스토리즈 Astounding Stories》에 3회에 걸쳐 게재됐다.

이 작품은 러브크래프트의 최대 야심작이자, 「미지의 카다스를 향한 몽환의 추적」과 「찰스 덱스터 워드의 사례」에 이은 세 번째 장편에 속한다. 러브크래프트는 어렸을 때부터 남극 탐사에 대한 글을 쓰는 등 남극에 대한 관심이 많았으며, 수년 동안 이 작품을 구상한 것으로 알려져 있다. 그러나 《어스타운딩 스토리》에 작품이 실릴 당시, 원본의 긴 문단이 짧게 분리되고 문장 부호가 바뀌었으며 상당분량이 삭제되는 바람에 러브크래프트가 크게 분노했던 것으로 알려져 있다. 다른 작품과 마찬가지로 이 소설도 그동안 끊임없이 수정 보완이 이루어져 왔으며 최근에 빠진 부분까지 되살린 수정판이 출간되었다.

작가의 대표작 중 하나이면서도 남극 탐사와 고대 존재(올드원)의 비밀을 파고드는 치밀한 묘사력은 작가만의 독특한 SF 세계와 문학적 특징을 대변하는 장점인 동시에 러브크래프트를 처음 대하는 독자들에게는 쉽게 접근하기 힘든 요인이 되기도 한다. 그러나 다른 작품을 먼저 읽어본 후, 이 소설을 접하면 러브크래프트의 진면목을 느끼는데 좋을 것이다. '

I

내가 굳이 나서서 입을 여는 이유는 내막도 모른 채 과학자들이 내
말을 무시하기 때문이다. 오랫동안 공들여 준비해 온 이번 남극 탐
사 — 방대한 양의 화석 발굴과 고대 빙산의 대규모 시추 작업 및 용해
계획이 목적인 — 에 왜 반대하는지, 그 이유를 설명하고픈 마음도 없
거니와 설령 그런다고 달라질 것이 없다는 것이 솔직한 심정이다. 이제
부터 나는 있는 그대로의 사실을 말하겠지만, 사람들의 의심을 피하지
는 못할 것이다. 그러나 과장되고 터무니없어 보일 지금의 이야기를 함
구해 버린다면 앞으로 남겨질 것이 없게 된다. 지금까지 공개하지 않은
일반 사진과 항공 촬영 사진이 내 말을 뒷받침해 줄 것이다. 그 정도로
사진들은 선명하고 생생하다. 그러나 사진을 위조할 만큼 충분한 시간
이 경과됐다는 점이 또 다른 의혹으로 제기될지 모른다. 예술 전문가라
면 눈여겨보고 당혹스러워할 만큼 기이한 기법으로 그려진 잉크화 몇
점도 있지만, 그 역시 명백한 속임수라며 조롱감이 될 것이다.

결국 내가 제시하는 자료의 섬뜩함을 가감 없는 사실의 일부로 받아들일지, 아니면 원시적이고 황당무계한 전설 정도로 일축해 버릴지는 결정권이 있는 선임 과학자 몇 명의 입장과 판단에 맡길 수밖에 없다. 게다가 광기의 산맥 지역을 탐사하겠다는 성급하고도 거창한 계획을 취소할 만한 영향력도 그들 과학자에게 있다. 그들에 비해 상대적으로 보잘 것 없고 그저 이름 없는 대학교에 근무할 뿐일 나와 동료들로서는 이처럼 유별나고 논쟁적인 문제에 대해 일말의 영향력도 행사할 수 없으니 불행한 일이다.

게다가 엄밀히 말해 우리들 중에 논란이 되는 분야를 전공한 전문가가 없다는 사실도 불리한 부분이다. 내가 지질학자로서 미스캐토닉 대학 탐사단을 이끌었을 때도 공학부의 프랭크 H. 피버디 교수가 고안한 혁신적인 착암기를 동원해 남극 곳곳의 암석과 토양의 심층 표본을 확보하는 것이 주요 목적이었다. 나는 지질학 이외의 분야에서 개척자가 되고 싶은 생각은 없었다. 다만 새로운 장비와 기존의 탐사 방법을 다양하게 활용함으로써 지금까지 축적된 방식으로 확보하지 못한 물질을 찾아냈으면 하는 바람이었다. 우리가 제출한 보고서를 통해 일반에도 잘 알려졌듯이, 피버디 교수의 시추 장비는 대단히 혁신적인 장비로서 가볍고 휴대가 간편할 뿐 아니라 일반 시추 작업은 물론 경도가 다른 지층에 따라 신속하게 대처하는 능력이 합해져 성능이 탁월했다. 강철 헤드와 결합봉, 휘발유 동력기, 접이식 목재 기중기, 발파 장치, 접합줄, 폐기물 처리기, 13센티미터의 직경으로 300미터까지 파 들어갈 수 있는 조립식 시추봉까지 다 합해도 일곱 마리 개가 끄는 썰매 세 대면 충분히 운반할 수 있었다. 이는 대부분의 금속 부분을 특수 알루미늄 합금으로 만든 결과였다. 네 대의 대형 도르니어 비행정[66]은 남극의 고도를 비행하도록 고안됐으며, 여기에다 피버디 교수가 만든 연료 부동액과 고속 시동 장치까지 장착했으므로 거대한 빙벽 끝에 있는 탐사 기지에서 필요한 탐사 지점으로 이동하는데 문제가 없었다. 일단 탐사 지점에 도착한 후에는 개썰매를 타고 이동할 계획이었다.

우리는 남극에서 계절이 끝나기 전에 ── 부득이한 경우에는 그보다 시간을 더 연장할 수 있지만 ── 최대한 많은 지역을 탐사하고, 새클턴과 아문센, 스콧 및 버드가 앞서 다녀간 로스 해[67] 남쪽 고원과 산맥 대부분을 포함할 예정이었다. 비행기로 이동하면서 캠프를 수시로 바꾸고 거리에 구애받지 않고 지질학적으로 중요한 지점을 찾아다닐 수 있으므로 전례가 없는 엄청난 양의 광물을 확보할 것으로 내다봤다. 특히 남극에서 발견된 양이 미미했던 선캄브리아기[68]의 지층 표본에 거는 기대도 컸다. 얼음과 죽음뿐인 그 황량한 왕국의 초기 생물 역사는 인류의 과거를 연구하는데 중대한 단서가 된다는 점에서 화석을 가능한 많이 채집하고 싶었다. 남극 대륙은 한때 온난한 기후뿐 아니라 열대 기후였으며, 풍부한 동식물이 생존했던 곳이었지만 현재 이끼류와 해양 동물, 거미류, 북쪽 극지방에 살고 있는 펭귄이 유일하게 남아 있는 생물임은 일반적으로도 알려진 상식이다. 우리는 그 사실에 대해 좀 더 다양하고 정확하며 상세한 정보를 얻고 싶었다. 시추 작업 가운데 화석층이 발견되면 우리는 구멍을 폭파해 시추공의 반경을 늘린 다음, 적절한 크기의 표본을 채취할 생각이었다.

지표층의 토양과 암반 종류에 따라 다양한 깊이로 진행되는 시추 작업은 지표면을 노출시킬 가능성이 있는 지역으로만 제한했다. 일반적으로 평지에서 지표층까지 도달하려면 1500미터에서 3000미터에 달하는 단단한 얼음층을 통과해야 하므로, 작업 지역은 어쩔 수 없이 경사면이나 능선일 수밖에 없었다. 피버디 교수가 시추공으로 굵은 구리 전극봉을 넣어 휘발유 발전기로 전류를 보내 결빙층을 녹인다는 복안을 준비하긴 했지만, 단순히 수천 미터의 빙하를 뚫는데 시추 장비를 낭비할 수는 없었다. 우리 탐사팀의 경우 빙하를 녹이는 방법은 실험적으로만 시도해 보았을 뿐이었다. 내가 남극 탐사에서 돌아온 후, 위험에 대한 경고를 충분히 했음에도 불구하고 스타크웨더-무어 탐사팀이 앞으로 그 방법을 전적으로 사용하겠다는 것은 정말 유감스러운 일이다.

우리가 아컴 신문과 AP 통신에 계속해서 무선으로 탐사 경과를 보고했고, 탐사 후엔 피버디 교수와 내가 논문을 발표하기도 했으므로, 미스캐토닉 탐사팀에 대해서는 어느 정도 알려져 있는 편이다. 탐사팀 인원은 피버디 교수와 생물학과의 레이크 교수, 기상학자이기도 한 물리학과의 애트우드 교수, 그리고 지질학과 대표이자 명목상 총지휘를 맡은 나까지 대학에서 파견된 네 사람과 열여섯 명의 대원으로 구성되어 있었다. 그 가운데 일곱 명은 미스캐토닉 대학의 대학원생들이었고, 나머지 아홉 명은 숙련된 기술자였다. 이들 열여섯 명 가운데 열두 명이 비행기 조종사 자격증이 있었고, 두 명을 뺀 전원이 무선 통신기를 능숙하게 조작할 수 있었다. 피버디 교수와 애트우드 교수, 나 이외에도 조수들 가운데 여덟 명은 나침반과 육분의로 방향을 판단할 수 있는 인재들이었다. 물론 우리가 타고 떠난 선박 두 척엔 선원들도 탑승하고 있었다. 포경선으로 사용되던 목선을 개조해 남극해의 얼음을 견딜 수 있도록 외부를 강화하고 보조 스팀 장치를 장착한 것이었다. 탐사의 재정적 지원은 너새니얼 더비 픽맨 재단에서 맡고 있었고 몇 군데에서 특별 기부금도 받은 상태였으므로 언론의 주목을 크게 받지는 않았지만 준비는 대단히 철저했다. 썰매를 끌 개와 썰매, 탐사 장비, 야영 장비,

조립되지 않은 5대 분의 비행기 부품은 모두 보스턴으로 운반되어 선적되었다. 지질 탐사라는 특별한 임무를 위한 장비뿐 아니라, 보급품과 식량, 운송 수단, 야영 장비에 관해서도 최근의 뛰어난 탐험가들의 선례를 본받아 완벽한 준비가 되어 있었다. 규모로 볼 때 우리도 절대 작은 탐사팀은 아니었지만, 이미 대단한 발자취를 남긴 몇 명의 유명한 탐험가들 때문에 상대적으로 우리는 세상의 관심에서 어느 정도 벗어날 수 있었다.

신문에 보도된 대로, 우리는 1930년 9월 2일 보스턴 항에서 출항해 느긋하게 해안을 따라 항로를 잡아 파나마 운하를 지난 뒤, 사모아와 허버트를 거쳐 태즈메이니아에서 마지막 보급품을 조달 받았다. 우리 탐사 대원 중 아무도 극지방에 가본 사람이 없었으므로, 우리는 아컴 호의 선장인 더글러스와 미스캐토닉 호의 선장인 조지 소르핀센 선장에게 전적으로 의존할 수밖에 없었다. 더글러스 선장이 총책임자였는데, 둘 다 남극해에서 고래잡이로 잔뼈가 굵은 사람들이었다.

사람들이 사는 세계에서 멀어질수록 태양은 점점 북쪽으로 낮아지고, 수평선 위에 머무는 시간도 길어졌다. 남위 62도 근방에서 우리는 처음으로 가장자리가 수직으로 깎인 테이블 모양의 빙산을 보았다. 그리고 남극권에 닿기 직전인 10월 20일, 관습대로 별스러운 의식을 지내고 계속한 항해는 빙원 때문에 상당한 어려움을 겪었다. 장시간 열대 지방을 지나온 이후 기온이 떨어져 괴로웠지만, 나는 앞으로 닥칠 모진 시련을 떠올리며 마음을 추슬렀다. 대기가 빚어내는 신비한 효과들은 매력적이었다. 그중에서 난생 처음 보는 아주 생생한 신기루는 멀리 떠 있는 빙산을 우주의 성벽으로 바꾸어 놓았다.

우리는 다행히 크지도 두껍지도 않은 빙산을 헤치며 남위 67도 동경

175도로 물길을 잡아갔다. 10월 26일 아침, 남쪽에서 랜드 블링크[69] 현
상이 일어났고, 정오 무렵 우리는 전방에 펼쳐져 있는 거대한 설원의
산맥을 바라보며 전율을 맛보았다. 마침내 위대한 미지의 대륙이자 얼
어붙은 죽음의 신비한 세계에 들어선 것이었다. 산봉우리들은 로스가
발견한 애드미럴티 산맥이 분명했다. 이제 우리가 해야 할 일은 어데어
곶을 돌아 빅토리아 랜드의 동쪽 해안을 따라 항해하여 남위 77도 9분
의 에러버스 화산 밑에 위치한 맥머도 만에 베이스캠프까지 가는 것이
었다.

　여정의 막바지는 생생하고도 환상적이었다. 태양이 북쪽에서 낮아
지고 남쪽 수평선에서 더 낮게 내려앉으며 흰 눈과 불그스름한 빙하와
수면, 살짝 드러난 화강암 기슭에 희미한 붉은색 광선을 쏟아 붙는 동
안, 신비하고 거대한 산봉우리들이 서쪽을 배경으로 끝없이 서성였다.
황량한 산봉우리마다 간간이 혹독한 남극의 돌풍이 지나갔다. 바람 소
리는 살아 있는 듯 야성적이며 음역이 매우 넓은 관악기의 연주를 떠올
리게 했는데, 잠재의식 때문인지 내게는 불안하고 두렵기조차 한 소리
였다. 경치를 보고 있으면, 니콜라스 로어리치가 그린 아시아 풍경화처
럼 기이함과 불안감이 떠올랐다. 아랍의 광인, 압둘 알하즈레드의 오싹
한 『네크로노미콘』에 등장하는 전설의 흉흉한 렝 고원처럼 더욱 기이
하고 불안한 모습도 스쳤다. 나는 대학 도서관에서 그 기괴한 책을 본
것이 후회스러웠다.

　11월 7일, 서쪽 지역이 일시적으로 시야에서 사라진 가운데, 우리는
프랭클린 섬을 지났다. 다음 날엔 페리 산맥의 길다란 능선을 배경으로
로스 섬의 에러버스 산맥과 테러 산맥의 정상이 어렴풋이 나타났다. 동
쪽으로 거대한 빙벽이 낮게 웅크린 흰색 선처럼 펼쳐졌다. 퀘벡 주의

험준한 절벽처럼 깎아지른 듯 60여 미터에 이르는 빙벽들을 바라보며 이제 여정이 끝나 가고 있음을 깨달았다. 그날 오후 우리는 맥머도 만에 진입했고, 연기 자욱한 에러버스 산맥을 멀리 지켜보았다. 화산재로 뒤덮인 산봉우리는 동쪽 하늘을 등지고 3800미터까지 솟구쳐 있었는데, 그 모습이 일본에서 신성시하는 후지 산처럼 느껴졌다. 그 뒤에는 해발 3300미터의 테러 산이 화산으로서 생명을 다한 채 유령처럼 하얗게 버티고 있었다. 에러버스 산에서 간헐적으로 연기가 뿜어지자, 대학원생 중 하나 ─ 댄포스라는 이름의 젊고 총명한 ─ 가 눈 덮인 기슭이 용암 같다고 했다. 그는 1840년 발견된 에러버스 산이야말로 그로부터 7년 뒤에 포가 쓴 시의 원천이 틀림없다고 말했다.

끝없이 흐르는 용암은
극지방의 극한 기후 속에서
야녘을 따라 흐르는 유황의 물결
황량한 극단의 제국에서
야녘을 내려오는 신음 소리

댄포스는 기이한 이야기를 즐겨 읽었으며, 포에 대해 자주 말했다. 나도 남극을 배경으로 한 포의 유일한 장편이자 불안하고 신비한 느낌의 『아서 고든 핌의 모험』 때문에 흥미를 느꼈다. 황량한 해안과 그 뒤에 버티고 있는 높은 빙벽에서 괴상하게 생긴 펭귄들이 떼를 지어 울며 지느러미를 퍼덕였다. 유유히 떠다니는 커다란 부빙에 누워 있거나 헤엄치는 바다표범들도 많았다.

9일 자정이 지난 직후, 우리는 소형 보트를 이용해 로스 섬에 간신히 도착했다. 선박과 보트를 케이블로 연결하고, 바지 모양의 구명부대에 보급품을 실어 날랐다. 스콧과 섀클턴의 탐험대가 이미 다녀간 지역이었지만, 처음으로 남극의 땅을 밟은 우리에겐 짜릿하면서도 만감이 교차하는 기분이었다. 화산의 산기슭, 얼어붙은 해안에 임시 캠프를 세우고 아컴 호를 본부로 삼았다. 드릴 장비와 개, 썰매, 텐트, 식량, 휘발유 탱크, 실험용 해빙 장비, 일반 카메라와 항공 촬영용 카메라, 비행기 부품과 기타 부속품을 비롯해 앞으로 남극 대륙을 탐사하면서 어디서든 아컴 호의 대형 무선 장치와 교신하기 위해서 3대의 소형 무전기(비행기에 있는 것을 제외하고)까지 임시 캠프에 옮겼다. 외부 세계와의 교신을 맡고 있는 아컴 호의 무선 장치를 통해 매사추세츠 주의 킹스포트 헤드[76]에 있는 아컴 어드버타이저 신문사의 무선 기지국에 기사를 전달할 예정이었다. 우리는 남극의 여름 동안 임무를 마치고 싶었다. 그러나 여의치 않을 경우, 아컴 호에서 겨울을 나면서 결빙기가 오기 전에 미스캐토닉 호를 북쪽으로 보내 또 한 번의 여름을 지낼 보급품을 가져올 계획이었다.

이미 신문에 보도된 초기 탐사 과정에 대해 여기서 되풀이하지는 않겠다. 에러버스 산의 등정, 로스 섬의 일부 지역에서 발견한 광물질, 단단한 암반층까지 통과하는 뛰어난 성능을 입증한 피버디 교수의 드릴 장비, 소형 해빙 장치를 이용한 간단한 실험, 썰매와 보급품을 끌고 빙벽을 올라 그 정상에 캠프를 세우고 다섯 대의 거대한 비행기를 성공적으로 조립한 일 등은 이미 알려진 사실이다. 그때까지는 심각한 기후나 폭풍을 겪지 않았다는 것을 감안해도, 탐사 대원 — 대원 20명과 알래스카 썰매 개 55마리로 이루어진 — 의 건강 상태는 매우 좋았다. 기온이 대개 영하 18도에서 영하 5도를 오갔으므로, 뉴잉글랜드의 겨울을 겪은 우리에게 그 정도의 혹한은 견딜 만했다. 빙벽 정상에 세워진 캠프는 반영구적이었으며, 휘발유와 식량, 다이너마이트, 기타 보급품의 저장고로 사용될 예정이었다. 실제 탐사 장비를 옮기는데 필요한 비행기는 네 대였으므로, 나머지 한 대는 조종사 한 명, 대원 두 명과 함께 빙벽 캠프에 남겨 놓음으로써 탐사팀 비행기가 모두 실종되더라도 아컴 호에서 우리를 구조할 때 사용하도록 대비했다. 나중에 장비 운반이 끝난 나머지 비행기 중에서 한두 대는 저장고와 비어드모어 빙하[77] 안쪽의 내륙 고원에 900에서 1000킬로미터 간격으로 세워질 다른 전진 캠프 사이를 오가는 수송기로 쓸 예정이었다. 고원에서 끔찍한 바람과 폭풍이 거의 동시에 몰아쳤지만, 경제적이고 효율적인 탐사를 위해 중간 캠프를 더 이상 세우지 않기로 결정했다.

무선 통신에 보고한 대로, 11월 21일 우리는 높은 빙붕을 넘어 4시간 동안 쉬지 않고 숨 막히는 비행 탐사를 벌였다. 서쪽으로 거대한 봉우리들이 나타났으며, 비행기의 엔진 소리만 메아리칠 뿐 침묵은 심연과도 같았다. 바람은 그리 매섭지 않았고, 무선 방향 탐지기에 의지해 짙은 안개를 헤치고 나갔다. 위도 83도에서 84도 사이, 전방에 거대한 장벽이 나타나자, 우리는 세계에서 가장 거대한 협곡 빙하인 비어드모어 빙하에 도착했음을 깨달았다. 얼어붙은 바다는 가파르고 험준한 해안선으로 이어졌다. 마침내 우리는 남극의 희디 흰, 영원한 죽음의 세계에 들어서면서 멀리 동쪽으로 500미터 가까이 솟아 있는 난센 산의 정상을 목도했다.

우리는 남위 86도 7부, 동경 174도 23부의 빙하 위에 남쪽 베이스캠프를 세웠다. 썰매와 단거리 비행으로 이동하면서 여러 지점에서 놀라울 정도로 신속하고 효과적으로 진행된 시추 및 발파 작업은 역사적인 일이었다. 12월 13일부터 15일까지 피버디 교수와 두 명의 대학원생 ─ 기드니와 캐롤 ─ 이 난센 산을 등반한 일도 대단한 성과였다. 우리는 해발 2500미터 이상에서 실험 시추 작업을 통해 눈과 얼음을 3미터만 뚫고 내려가도 토양층이 나타나는 지점을 발견했다. 소형 해빙 장치를 이용하고, 시추공을 뚫고 다이너마이트를 발파함으로써 우리는 지금까지 어떤 탐험가들도 엄두를 내지 못했던 여러 지역에서 광물 표본을 채취했다. 이렇게 발굴한 선캄브리아기의 화강암과 사암은 그 고원 지역이 서쪽으로 뻗은 거대한 대륙과 유사한 성질이라는 우리의 믿음을 확인해 주었다. 그러나 남아메리카 밑으로 뻗은 동쪽 지역과는 차이가 있었다. 탐험가 버드의 반박에도 불구하고, 우리는 로스 해와 웨델 해가 만나는 지점에서 작은 대륙이 떨어져 나왔다는 가설에 무게를 두었다.

시추 작업 후, 발파하고 채집한 사암층의 표본에서 토양의 성분뿐 아니라 매우 흥미로운 화석의 흔적과 파편이 발견되었다. 양치류와 조류, 삼엽충, 바다나리, 전족류나 복족류를 비롯한 연체동물의 화석인데, 그 지역의 고대 역사와 관련된 중대한 증거로 추정되었다. 줄무늬가 있는 이상한 삼각형의 생물체 화석도 발견되었는데, 레이크 교수가 깊숙이 발파한 구멍에서 발견한 세 조각의 평평한 화석을 맞추어 보니 가장 큰 것은 직경이 30센티미터 정도였다. 이 같은 파편들은 퀸 알렉산드리아 인근의 서쪽 지점에서 발견됐다. 생물학자인 레이크는 화석의 줄무늬에 유별난 흥분을 나타났지만, 나 자신의 지질학적인 견해로는 퇴적층의 암반에서 흔히 발견되는 물결 효과와 차이가 없었다. 판암은 압력을 받은 퇴적층의 변성 작용에 의해 생기며, 압력 때문에 기이한 뒤틀림이 일어나는 건 당연했으므로, 나는 줄무늬에 그처럼 놀라는 것이 의아하기만 했다.

1931년 1월 6일, 레이크, 피버디, 대니얼, 여섯 명의 대학원생 전부, 기술자 네 명, 그리고 나까지 포함해서 비행기 두 대에 나눠 타고 남극을 직선 항로로 비행했다. 돌풍 때문에 한번 고도를 낮춰야 했지만, 다행히 돌풍은 전형적인 폭풍으로 발전하지 않았다. 이는 신문에서 보도했던 몇 번의 정찰 비행 중 하나였다. 정찰 비행을 하는 동안 우리는 이전 탐험가들이 도달하지 못했던 지역에서 새로운 지형학적 특성을 찾아내려고 했다. 그런 면에서 초기의 정찰 비행은 결과가 실망스러웠지만, 바다에서의 경험은 맛보기에 불과할 정도로 극지방의 환상적이고 현란한 신기루를 볼 수 있었다. 멀리 산맥들이 마법의 도시처럼 하늘에 떠 있었고, 한밤에는 낮은 태양이 부리는 마술에 걸려 희디흰 세상이 시시각각 던새니[78] 풍의 꿈과 모험에 등장하는 금빛, 은빛, 자줏빛 땅으로 변했다. 흐린 날에는 흰 눈으로 덮인 대지와 하늘을 구분할 수 없을 정도로 하나의 신비한 백색 공간으로 어우러지는 바람에 비행하는데 큰 어려움을 겪었다.

마침내 우리는 4기의 탐사 비행기를 모두 이끌고 동쪽으로 800여 킬로미터를 날아가, 떨어져 나온 작은 대륙으로 잘못 생각한 지점에 계획대로 보조 캠프를 세우기로 결정했다. 그 지역에서 지질 표본을 확보하면 비교를 하는데 도움이 될 것이었다. 그때까지 대원들의 건강 상태는 지극히 좋은 편이었다. 일상적인 통조림과 소금에 절인 음식을 라임 주스로 보충했으며, 기온이 대체로 영하 18도 이상이어서 제일 두꺼운 방한복을 입을 필요가 없었다. 한여름이었으므로 신중하게 서두른다면 3월까지는 탐사를 마쳐, 길고 긴 남극의 겨울밤을 보내느라 고역을 치르지 않아도 될 것 같았다. 몇 차례 서쪽에서 맹렬한 폭풍이 몰아쳤지만,

육중한 눈덩이를 쌓아 임시로 비행기 격납고를 만들고 캠프 건물도 눈으로 튼튼하게 보완한 애트우드 교수의 수완 덕분에 별다른 피해를 입지 않았다. 내내 믿을 수 없을 정도로 행운이 따랐고 작업도 순조로웠다.

물론 외부에서도 우리의 탐사 일정을 알았고, 레이크는 새로운 보조 기지로 옮기기 전에 서쪽 지역 — 정확히는 북서쪽 지역 — 을 조사해야 한다고 고집을 부렸다. 그는 화석에서 발견한 삼각형 줄무늬에 위험할 정도로 심취해 있었다. 그는 화석이 자연 법칙과 지질학적 시기에 모순된다며 극도의 호기심을 나타냈고, 발굴된 화석이 속해 있는 곳으로 확실시되는 서쪽 지역에 더 많은 시추공을 뚫고 발파 작업을 해야 한다고 재촉했다. 그는 줄무늬 화석이 정체는 알 수 없지만 상당히 진화된 거대한 유기체의 흔적이라고 이상할 정도로 확신하고 있었다. 그러나 화석이 발견된 암석은 매우 오래된 것으로 — 선캄브리아기가 아니라, 캄브리아기[79]라고 해도 — 고도로 진화된 생물체는커녕 단세포나 기껏해야 삼엽충 단계의 생명체도 존재했을 확률이 거의 없었다. 그 이상한 줄무늬 화석은 5억 년에서 10억 년 이전의 것이 틀림없었다.

II

당시 레이크 교수가 북서쪽으로 방향을 잡아 인간의 발길이나 상상력이 미친 바 없는 전인미답의 지역으로 출발했다는 소식이 보도되자 사람들의 관심이 대단했던 것으로 알고 있다. 물론 우리는 생물학과 지질학 분야에 혁명을 일으키겠다는 레이크 교수의 야심까지 세상에 알린 적은 없다. 레이크 교수는 1월 11일에서 18일까지 피버디 교수 및 다섯 명의 대원과 함께 나선 예비 탐사에서 ─ 고기압의 얼음 능선을 지나다가 썰매가 뒤집혀 개 두 마리를 잃긴 했지만 ─ 시생대[80] 점판암을 상당량이나 확보했다. 까마득한 시생대에 그처럼 많은 화석이 존재한다는 사실에 나까지 절로 흥분이 될 정도였다. 그러나 화석은 극히 원시적인 생물체의 흔적을 말해 줄 뿐, 선캄브리아 시대에도 암석층에 생물체가 존재한다는 사실을 보다 확실히 뒷받침한다는 것 외에 딱히 기존 학설과 다른 발견은 아니었다. 그래서 여전히 나는 시간이 촉박한 상황에서 일정에도 없는 예비 탐사를 고집하는 레이크 교수를 이해할 수 없었다. 게다가 그의 계획대로 따르자면, 비행기 4대와 많은 인원 뿐 아니라 탐사 장비 전체가 투입돼야 했다. 결국 나는 그 계획에 반대하진 않았지만 지질학적 의견이 필요하다는 레이크 교수의 간청에도 불구하고 북서 지역 탐사단에 동행하지 않기로 마음먹었다. 레이크 일행이 탐사를 하는 동안 나는 피버디 교수, 대원 5명과 함께 베이스캠프에 남은 채 동쪽으로 이동하기 위한 최종 계획을 세우기로 했다. 이동을 준비하려면 우선 비행기 1대가 맥머도 만에서 충분한 연료를 공급받기 위해 먼저 출발해야 했지만 그 일은 당분간 보류하기로 했다. 또한 긴 세월 동안 죽음만이 드리워진 황량한 세계에 운송 수단 하나 없이 남는 건 어리석은 일이었으므로 썰매 1대와 개 9마리를 남겨 두었다.

모두 기억하겠지만, 미지의 땅을 찾아 나선 레이크 일행은 비행기의 단파 무전기로 탐사 과정을 보고했으며, 그 내용은 남쪽 베이스캠프의 탐사단 장비와 맥머도 만의 아컴 호에서 동시에 수신되었다. 그리고 아컴 호에서 50미터 대의 파장을 통해 수신 내용을 다시 외부 세상에 중계했다. 레이크 일행이 탐사에 오른 시간이 1월 22일 새벽 4시, 그로부터 2시간 만에 최초의 보고가 들어왔으며, 500킬로미터 떨어진 지점에서 이미 소규모 해빙 작업과 함께 시추를 시작했다는 내용이었다. 6시간이 흐른 후 두 번째 무전 보고가 들어왔는데, 레이크는 몹시 흥분한 목소리로 쉬지 않고 작업을 강행한 결과 옅은 지층이 붕괴되면서 처음에 발견한 것과 유사한 화석이 함유된 점판암 파편들을 발견했다고 알려 왔다.

3시간 뒤, 매서운 돌풍을 뚫고 다시 비행 중이라는 짤막한 보고가 들어왔다. 내가 더 이상 위험한 행동은 삼가라고 타전하자, 레이크는 새로운 표본을 수집하는 것은 위험을 감수할 만한 가치가 있다며 쌀쌀한 응답을 보내 왔다. 내가 볼 때 레이크는 통제 불능의 흥분 상태에 빠져 있었고, 그의 경솔한 행동이 전반적인 탐사 업무에 중대한 영향을 미칠지 몰랐지만 딱히 뾰족한 방법이 없었다. 게다가 맹렬하고 불길한 눈보라와 영겁의 비밀을 헤치고 2400여 킬로미터를 진군하여 퀸메리와 녹스 랜드라고만 명명된 미지의 땅으로 들어간다는 생각은 정말 흥분되긴 했다.

이윽고 1시간 반 정도 지났을 무렵, 비행 중인 레이크 교수에게서 더욱 흥분한 음성이 전해졌고, 그 때문에 나는 좀 전의 꺼림칙한 기분을 잊은 채 나도 따라나설 걸 하는 아쉬움까지 느꼈다.

"오후 10시 05분. 비행 중. 눈보라가 걷힌 후, 난생 처음 보는 높은 산맥을 정찰 중. 고원의 높이가 히말라야와 비슷할 것으로 추정. 위치는 대략 남위 76도 15분, 동경 113도 10분. 좌우 시야로 끝없이 펼쳐져 있음. 활동 중인 분화구 2개 정도 있을 것으로 추정. 산봉우리는 전부 검은 색이며 눈이 쌓여 있지 않음. 돌풍 때문에 정찰 어려움."

그 이후로 피버디 교수를 비롯해 나머지 대원들과 나는 무전기 앞에 숨을 죽인 채 귀를 기울였다. 1100여 킬로미터 떨어진 곳에 거대한 산맥이 누벽처럼 버티고 있다는 생각에 우리 모두 가슴 깊숙이 모험심이 꿈틀거렸다. 레이크 일행에 직접 따라가지는 않았지만, 우리는 모두 그들의 발견에 기뻐했다. 1시간 뒤, 레이크의 목소리가 다시 들려왔다.

"몰튼의 비행기, 산기슭에 비상 착륙, 그러나 다친 사람 없으며 비행기 수리 가능. 귀환을 대비해 필수품만 나머지 3대의 비행기에 옮겨 싣고, 필요한 경우 더 탐사를 벌일 예정. 그러나 당장은 무리한 비행 계획 없음. 산맥은 상상을 초월하는 장관임. 불필요한 것은 빼내고 캐롤의 비행기로 정찰 예정. 정말이지 상상도 못할 광경이 펼쳐져 있음. 최고봉은 1만 미터가 훨씬 넘을 것으로 추정. 에베레스트를 능가함. 캐롤과 내가 정찰을 하는 동안, 애트우드 교수가 경위의(經緯儀)로 높이를 측정할 예정. 분화구는 처음 예상과는 달리 성층 화산으로 보임. 선캄브리아기의 점판암과 다른 지층이 섞여 있는 것으로 추정. 최고봉마다 부분적으로 정육면체의 규칙적인 형태로 이루어져 있어 하늘을 배경으로 기묘한 광경을 연출함. 순금의 태양빛 아래 만물이 경이로운 모습을 하고 있음. 꿈속의 미지의 땅 혹은 전인미답의 경이로운 금기의 세계로 가는 관문처럼 느껴짐. 이 광경을 함께 보지 못해 아쉬움."

취침 시간이 넘었지만 우리들 중 누구도 무전기 앞을 떠나지 않았다. 탐사 장비를 공급하는 맥머도 만의 저장 기지와 아컴 호에서도 무전 내용을 들었으므로 우리와 사정이 다르지 않았다. 더글러스 선장은 중요한 발견을 했다며 모두에게 축하를 보냈고, 저장 기지의 책임자인 셔먼도 들뜬 분위기에 기꺼이 동참했다. 비행기가 고장나 유감이었지만 쉽게 고칠 거라고 생각했다. 이윽고 밤 11시, 레이크에게서 또 다시 연락이 날아들었다.

"캐롤과 함께 가장 높은 산기슭을 비행 중. 하지만 날씨 때문에 최고봉 주변에는 접근할 수 없으며, 나중에 시도할 계획임. 어렵게 비행해서 현재 고도를 유지하는 것도 힘들지만, 그럴 만한 가치는 충분함. 대부분의 지역이 아주 단단하지만, 그 이상은 식별이 어려움. 중심부 봉우리들은 히말라야보다 높으며, 생김새가 기이함. 전 지역에 걸쳐 선캄브리아기의 지층과 함께 다양한 지층들이 융기한 흔적이 또렷함. 화산 활동에 대해서는 판단 착오로 수정. 산맥은 시야를 벗어나 양쪽으로 끝없이 펼쳐져 있음. 6400미터 이상부터는 눈이 전혀 없음. 가장 높은 산맥의 비탈에 이상한 형태가 눈에 띔. 사면을 정확하게 수직으로 깎아낸 거대한 석조물과 함께 낮은 성벽처럼 직사각형 선이 눈에 띄는데, 로어리치의 그림 중 가파른 산맥에 파묻힌 아시아의 옛 성들이 연상됨. 멀리서도 대단히 인상적임. 좀 더 가까이 접근 중, 캐롤은 작은 돌 조각이 모여 하나의 석조물을 이루고 있다고 말하는데, 풍화 작용 때문으로 보임. 수백만 년 동안의 폭풍과 기후 변화에 노출돼 석조물의 모서리가 부서지고 마모됐음. 일부분, 특히 석조물 윗부분은 비탈 전반에서 발견되는 것보다 밝은 빛깔의 암석으로 이루어져 있으며, 원래는 수정처럼 투명한 암석이었던 것으로 판단. 가까이 접근하자 무수한 동굴 입구가 나타났으며, 기이한 사각형 형태 혹은 정방형이나 반원형을 이룸. 직접 와서 조사할 것을 권함. 내가 보기엔 봉우리 정상마다 성벽이 정확하게 위치하고 있음. 봉우리의 높이는 대략 9000미터에서 10500미터 사이로 추정. 비행기 고도는 6000미터, 혹한이 대단함. 동굴에서 들고 나는 바람에서 휘파람과 피리 소리가 들리지만, 아직까지 비행에 문제없음."

그로부터 30분 동안, 레이크는 눈앞에 펼쳐진 광경을 속사포처럼 타전했고, 봉우리까지 등산을 해보고 싶다고 알려 왔다. 나는 비행기 1대를 보내 주는 대로 곧 합류할 생각이며, 피버디 교수와 함께 달라진 탐사 계획에 맞춰 어디서 어떻게 연료를 집중해서 사용할지 효율적인 연료 계획을 세워 보겠노라 말했다. 레이크의 시추 작업과 정찰 비행을 위해서 그가 산 밑에 세울 새로운 기지에 상당량의 장비를 옮겨 놓아야 했다. 게다가 이번 계절이 그대로 지나간다면 동쪽 탐사 계획은 취소될 가능성이 컸다. 그래서 나는 더글러스 선장에게 연락을 취해 우리가 남겨 두고 온 개썰매에 최대한 보급품을 실어 경계 지역까지 보내 달라고 부탁했다. 레이크 탐사 팀과 맥머도 만 사이에 놓여 있는 미지의 지역을 가로질러 직선 경로를 구축하는 것이 우리에게 무엇보다 시급한 일이었다.

나중에 레이크 교수는 교신을 통해서 몰튼의 비행기가 불시착한 지점에 캠프를 그대로 놔두기로 했으며, 비행기 수리도 거의 끝나 간다고 알려 왔다. 얼음층이 몹시 얇고 군데군데 검은 땅이 드러나 있으니, 썰매 탐사나 등반을 하기 전에 그 지점에서 시추와 발파 작업을 하겠다는 것이다. 그는 형용할 수 없는 주변의 경관을 말하며, 세상 끝에서 하늘을 찌를 듯 장벽처럼 버티고 선 말없는 거봉(巨峯)들에 파묻혀 자신이 티끌처럼 느껴진다며 남다른 감회까지 내비치기도 했다. 애트우드 교수가 경위의로 측량한 결과, 최고봉 5개의 높이가 9144미터에서 10363미터에 이른다고 말했다. 이따금씩 한 번도 경험 못한 매서운 돌풍이 몰아친다고 말하는 것으로 보아 강풍이 곤혹스러운 눈치였다. 레이크 교수의 캠프는 산기슭이 갑자기 높아지는 지점에서 8킬로미터 정도 떨어져 있었다. 나는 그의 말투에서 내심 걱정하는 빛을 읽을 수 있었는데 ― 1100여 킬로미터나 되는 빙하의 공간을 넘어 순간적으로 스쳐 간 느낌이기는 했지만 ― 속히 작업을 마치고 그 기이하고 새로운 지역을 하루빨리 벗어나자고 말할 때는 특히 그랬다. 대단한 속도와 불굴의 의지로 하루 만에 독보적인 결과를 얻어낸 그도 이제 잠시 쉴 생각이라는 것이었다.

아침이 되자 나는 레이크 교수와 더글러스 선장과 동시에 3자 교신을 시도했다. 레이크 교수 쪽에서 우리 캠프로 비행기를 보내 나를 포함해 피버디 교수와 팀원 다섯 명을 포함해 연료를 최대한 실어 가기로 합의를 보았다. 그 외 연료와 관련된 문제는 우리가 동쪽 탐사를 할 것인지 여부에 달려 있었지만, 우리는 며칠 더 시간을 갖고 생각해 보려고 했다. 일단 레이크 교수가 확보하고 있는 연료만 갖고도 캠프의 난방과 시추 작업에는 문제가 없었다. 그러니 동쪽 탐사 계획을 연기한다면, 다음해 여름까지 남쪽 기지를 사용할 일이 없으므로 레이크 교수가 새로 발견한 산맥과 맥머도 만 사이에 직선 경로를 찾아낼 수 있을 터였다.

피버디 교수와 나는 예측되는 상황을 검토하면서 단기 혹은 장기적으로 우리의 남쪽 기지를 폐쇄할 준비에 돌입했다. 만약 남극에서 겨울을 보낸다면 남쪽 기지로 돌아오는 대신 레이크 교수의 기지에서 아컴 호로 곧바로 이동할 확률이 컸다. 원뿔 모양의 텐트는 이미 두터운 눈으로 뒤덮여 튼튼한 요새가 되었고, 이제 우리는 기지를 영구적인 에스키모 마을로 만들어 놓을 계획이었다. 텐트 공급이 원활한 덕분에, 레이크 교수는 우리가 도착한 후에도 충분할 만큼 많은 양의 텐트를 확보해 놓고 있었다. 나는 피버디 교수와 함께 하루 더 작업을 하고 하룻밤 휴식을 취한 후 북쪽 탐사팀에 합류하겠다고 레이크 교수에게 무전을 보냈다.

그러나 우리는 오후 4시 이후부터 제대로 작업을 할 수 없었다. 그때부터 레이크 교수는 아주 비범하고 놀라운 소식을 전해 오기 시작했다. 사실 출발은 순조롭지 않았던 모양이었다. 비행기로 노출된 암석층을 정찰했지만 그가 찾는 시생대와 원생대의 지층을 발견하지 못했는데, 암석층이 거대한 봉우리의 일부를 이루고 있어서 캠프에서 볼 때는 닿을 듯 말듯 애간장을 태웠지만 가까이서 살펴본 결과는 그리 좋지 않았던 것이다. 반짝이는 암석 대부분은 쥐라기와 코만치아기[81]의 사암이거나 페름기[82]와 트라이아스기[83]의 편암[84]이 분명했으며, 여기저기 광택과 함께 드러난 검은색 광물질은 단단한 석탄층으로 보였다. 그 때문에 5억 년 이상 된 표본 발굴에만 매달려 온 레이크 교수는 적잖이 실망할 수밖에 없었다. 전에 발견한 것처럼 이상한 줄무늬가 있는 시생대의 점판암 암맥을 찾기 위해서는 썰매를 타고 그곳에서 거대한 산맥의 가파른 비탈까지 이동해야 한다는 사실이 분명해졌다.

하지만 레이크 교수는 탐사단의 전반적인 계획에 따라 몇 군데 시추 작업을 하기로 결정했다. 그래서 착암기와 대원 5명을 배치하고, 나머지는 캠프의 마무리 작업과 비행기 수리에 매달렸다. 가장 부드러워 보이는 암석 — 캠프에서 400미터쯤 떨어진 곳에서 발견된 사암 — 이 제일 먼저 발굴할 표본이었다. 발파 작업의 측면 지원을 거의 받지 않은 상태에서도 시추는 일사천리로 진행됐다. 3시간쯤 지났을까, 최초로 본격적인 발파가 이루어진 직후, 시추를 하던 대원들이 고함을 지르기 시작했다. 그리고 시추 책임을 맡았던 기드니라는 젊은 대원이 캠프로 달려와 놀라운 소식을 전하는 것이었다.

동굴을 발견했다는 소식이었다. 사암을 뚫는 과정에서 처음에는 코만치아기의 석회암 층이 발견됐는데, 이 암맥에서 미세한 두족류와 산호, 섬게, 완족류 화석이 다량으로 발견되었고, 간헐적으로 규토를 함유한 해면과 경골 어류, 상어, 경린어와 같은 해양 척추동물의 화석도 눈에 띄었다. 우리 탐사단에서 처음으로 척추동물의 화석을 발견했다는 점에서 중대한 성과였다. 그러나 얼마 후 착암기 끝이 지층을 뚫고 완전히 텅 빈 공간으로 들어가자 발굴 대원들은 더 강한 흥분에 휩싸였다. 상당한 규모의 발파를 통해 지하의 비밀이 드러났다. 지름 1.5미터, 깊이 1미터 정도의 구멍으로 얕은 석회암 동굴의 일부가 끈덕진 탐험가들 앞에 하품을 하듯 나타났는데, 사라진 열대 세계의 지하수가 떨어져 생긴 결과이자 5억년 이상은 된 동굴이었다.

동굴의 깊이는 2미터에서 2.5미터로 얕은 편이지만, 사방으로 끝없이 뻗어 있고 상쾌하고 미세한 공기의 흐름이 느껴지는 것으로 보아 그 광범위한 지하 세계에 생물체가 있었음을 암시했다. 동굴의 천장과 바닥에 커다란 종유석과 석순이 즐비했는데, 둘이 만나 기둥이 된 것도 있었다. 그러나 곳곳에 조 껍데기와 뼈가 통로를 막아설 만큼 쌓여 있다는 사실이 무엇보다 의미심장했다. 중생대의 나무 고사리와 균류, 제3기[85]의 소철, 잎이 부채꼴인 야자수, 원시적인 속씨식물들이 미지의 정글을 이루었던 흔적과 함께 뼈 조직에는 백악기와 에오세[86]의 대표적인 생물을 비롯해 다른 동물의 흔적까지 뒤죽박죽 섞여 있어서 아무리 뛰어난 고생물학자라도 분류하는데 1년은 족히 걸릴 만 했다. 연체동물, 갑각류, 어류, 양서류, 파충류, 조류, 초기 포유동물 등등 크거나

240

작거나, 알려지거나 알려지지 않은 무수한 동물들이 포함돼 있었다. 기드니가 소리를 지르며 캠프로 뛰어든 것이나, 모두 일손을 놓고 매서운 혹한을 뚫고 발굴 장소로 달려간 것이 하등 이상할 바 없었다. 그곳에 기다란 기중기가 지구 내부와 사라진 영겁의 비밀로 통하는 새로운 관문을 묵묵히 가리키고 있었다.

레이크 교수는 일단 호기심을 충족시킨 후 곧바로 노트에 메모를 휘갈겨 썼고, 몰튼에게 캠프로 돌아가 메모를 타전하라고 지시했다. 그렇게 해서 발굴의 첫 번째 보고가 내게 들어왔으며, 원시 조개류와 경린어를 비롯한 원시 어류, 멸종된 양서류와 조치류, 모사사우어[87]의 두개골 일부와 공룡의 척추뼈, 갑각류, 익룡의 이빨과 날개 뼈를 비롯해 기제류[88]와 우제류[89], 유제류[90]와 에오히푸스[91] 등을 포함하는 원시 포유동물의 뼈들도 열거돼 있었다. 마스토돈[92], 코끼리, 낙타, 사슴, 소과의 뼈처럼 최근의 동물은 눈에 띄지 않았다. 그래서 레이크 교수는 마지막 퇴적 작용이 올리고세[93]에 이루어졌으며, 동굴의 지층에 포함된 화석들이 최소 3천만 년 동안 온전히 보존돼 왔다는 결론에 도달했다.

한편 원시 생물체는 아주 독특한 분포를 나타냈다. 해면류와 같은 전형적인 화석을 놓고 볼 때 석회암 동굴은 코만치아기 혹은 바로 그 직전에 형성된 것이 분명했다. 그런데 원시 어류나 연체동물, 산호처럼 지금까지 실루리아기[94]나 오르도비스기[95] 이전의 것으로 알려진 생물체까지 발견됐다는 사실은 매우 놀라웠다. 이 지역에서만 유독 3억 년 전의 생물체와 3천만 년 전의 생물체 사이에 이례적이고 독특한 연속성이 있었다는 추정 외에 달리 설명할 길이 없었다. 하지만 동굴이 폐쇄된 올리고세 이후까지 어떻게 그토록 오랜 시간 연속성이 지속됐는지는 수수께끼로 남을 수밖에 없었다. 어떻게 추정하든, 약 50만 년 전

플라이스토세[96)]에 혹독한 빙하기가 찾아오면서 — 동굴의 역사와 비교하면 바로 엊그제에 불과할 정도지만 — 그때까지 끈덕지게 살아남았을 생물체들도 모두 멸종됐다고 봐야 했다.

레이크 교수는 첫 번째 보고에 만족하지 못했고, 몰튼이 캠프에서 발굴 현장으로 돌아가기 전에 추가로 작성한 메모를 보냈다. 그 이후 몰튼은 비행기의 무선기 앞에 앉아 레이크 교수가 줄기차게 인편으로 보내는 추가 보고를 내가 있는 남쪽 기지와 아컴 호에 타전했고, 그 내용은 아컴호에서 곧바로 외부 세계로 전해졌다. 언론사들은 아마 그날 오후의 보고 내용을 접하고 과학계가 온통 흥분에 빠져든 사실을 기억할 것이다. 그때의 보고서는 수년이 흐른 지금 스타크웨더-무어 탐사단의 결성에 직접적인 영향을 미쳤고, 나는 어떻게든 그들의 계획을 무산시키기 위해 애태우고 있으니 아이러니가 아닐 수 없다. 남쪽 기지의 무선 기사인 맥티그가 연필로 받아 적은 레이크 교수의 전문 내용을 있는 그대로 여기 옮기는 편이 낫겠다.

"파울러가 발파 작업 후 사암과 석회암 파편에서 매우 중대한 사실을 발견함. 시생대 점판암에서 발견된 것처럼 삼각형 줄무늬가 또렷한 화석을 몇 개 더 발견, 이는 화석의 주인공이 형태와 크기에서 큰 변화를 겪지 않고 6억 년 이전부터 코만치아기까지 생존했음을 말해 줌. 육안으로 보기에 줄무늬 화석보다 코만치아기의 화석이 오히려 더 원시적이고 퇴행한 것으로 보임. 이번 발견의 중요성을 언론에 강조해 주기 바람. 이번 발견은 생물학계에 일대 파란을 예고하며, 아인슈타인이 수학과 물리학에 가져온 변화와 비견되는 것임. 내가 성취한 이전의 연구 성과와 결합하면 구체적인 결론 도출이 가능함. 내가 예상한 대로 생명의 기원이 시생대의 세포에서 비롯됐다는 기존 학설과 달리 그 이전부터 지구상에서 생명체가 존재했던 것으로 추정됨. 지구가 원시적인 형태를 유지한 채 생명체나 일반적인 원형질 구조가 출현하지 않았다고 알려진 10억 년 전 이미 일단의 생명체가 존재했던 것으로 보임. 그 생명체가 과연 언제, 어디서, 어떻게 진화했는가가 문제임."

"추가 사항. 육지와 해양에 서식하던 대형 도마뱀속 동물 및 원시 포유류의 뼈 조직에서 독특한 상처와 절상(折傷) 흔적 발견. 그러나 천적이나 다른 육식 동물에 공격받은 상처는 아닌 듯. 상처는 두 종류로, 관통된 구멍과 불규칙하게 찢어진 것임. 뼈가 완전히 잘려진 경우도 있음. 그러나 대부분의 표본에는 상처가 없음. 전등을 가지러 캠프로 사람을 보냄. 종유석을 제거하면서 더 깊숙이 탐사할 계획임."

"추가 사항. 넓이 15센티미터, 두께 4센티미터 정도의 난생 처음 보는 독특한 동석 조각 발견. 푸르스름한 색이지만, 연대를 추정할 만한 단서 없음. 기이할 정도로 매끄럽고 규칙적인 형태임. 5각형의 별 모양으로 끝이 부서진 상태며, 끝에서 중앙으로 금이 가 있음. 손상되지 않은 중심부 표면에서 움푹 들어간 작고 매끄러운 함몰 발견. 동석의 출처와 풍화 작용의 가능성에 상당한 호기심이 느껴짐. 흐르는 물에 침식됐을 가능성 있음. 캐롤이라면 확대경을 통해 지질학적으로 중요한 단서를 추가로 발견할 수 있으리라 생각함. 동석 표면에 작은 점들이 일정한 형태를 이루고 있음. 이 동석이 마음에 들지 않는지 작업 내내 개들이 가만있지를 못함. 지하 탐사를 재개한 후 다시 보고하겠음."

"오후 10시 15분. 중대한 발견. 전등이 도착하자, 오렌도프와 왓킨이 작업을 하던 9시 45분 전혀 알려진 바 없는 통 모양의 기괴한 화석을 발견함. 미지의 해양 발광체가 과도하게 성장한 형태가 아니라면 식물로 추정됨. 광물성 염분 덕분에 조직이 또렷하게 보존된 상태임. 가죽처럼 질기지만, 군데군데 놀라울 정도로 유연함. 말단과 측면에 떨어져 나간 흔적이 있음. 길이는 1미터 80센티미터, 가장 두툼한 중심부의 지름이 1미터 정도, 양끝으로 갈수록 30센티미터까지 좁아짐. 통 주변에 통널 형태로 다섯 개의 널판이 붙어 있는 형태임. 메마른 본체와 마찬가지로 통널 형태의 중심부에도 손상된 흔적이 있음. 튀어나온 통널 줄기 사이마다 움푹 들어간 부분에 기이한 조직이 붙어 있음. 부채처럼 펼쳤다 접혔다 하는 형태인데, 빗살 무늬 아니면 날개처럼 보임. 날개 모양의 조직들은 거의 손상된 상태지만, 그중 하나를 펼쳐 보자 길이가 2미터가 넘음. 『네크로노미콘』의 '고대 존재'처럼 원시 신화에 등장하는 괴물들을 떠올리게 함. 날개로 추정되는 조직은 얇은 막 구조이며, 형태는 선형의 관 조직으로, 이 관 조직에서 날개를 펼칠 때 신축성을 주는 것으로 보임. 날개 끝에 있는 관 조직에서 미세한 구멍들이 발견됨. 몸체 끝이 오그라진 상태라, 내부 구조와 손상의 정도를 알 수 없음. 캠프로 돌아간 후 해부할 계획임. 현재로서는 식물인지 동물인지도 판단하기 어려움. 여러 가지 특징으로 보아 놀라울 정도로 원시성을 그대로 간직하고 있는 것으로 추정. 다른 표본을 찾기 위해 모든 대원이 종유석을 제거하는데 몰두하고 있음. 손상된 뼈 조직을 추가로 발견했지만, 조사는 나중으로 미룸. 개들 때문에 성가심. 새로운 표본을 찢어 놓을 듯이 덤비는 바람에 표본에서 멀리 떨어뜨려 놓음."

"오후 11시 30분. 다이어, 피버디, 더글러스 박사님, 모두 집중하시기 바람. 감히 미증유의 사안이라고 할만큼 중대한 문제임. 아컴 호도 지체 말고 이 내용을 킹스포트 헤드 기지국으로 전송 바람. 기이한 통 모양의 생물체가 시생대 점판암에서 발견된 화석의 주인공으로 밝혀짐. 밀스, 보드류, 파울러가 동굴 구멍에서 12미터 떨어진 지점에서 13개의 표본을 더 발견함. 기묘한 원형의 몸체와 앞서 발견한 것보다 작은 별 모양의 동석 파편이 혼합된 형태이며, 일부분을 제외하고는 손상의 흔적이 없음. 표본 중에서 8개는 여타 신체 조직까지 완벽하게 갖추고 있음. 모두 밖으로 가져 왔고, 개들의 접근을 막고 있음. 개들은 여전히 표본들을 보고 미친 듯이 날뜀. 지금부터 전달하는 내용을 주의 깊게 듣고, 정확한지 그쪽에서 다시 확인 바람. 언론에 특히 정확하게 전달할 필요가 있음.

생물체의 신장은 210센티미터. 통널처럼 튀어나온 다섯 개의 줄기 조직이 있는 몸통이며 그중심부는 둘레가 100센티미터, 말단은 30센티미터. 짙은 회색에 신축성이 있으며 대단히 견고함. 막 조직으로 이루어진 210센티미터 길이의 날개들 역시 짙은 회색이며, 융기된 다섯 개의 줄기 조직 사이마다 움푹 들어간 곳에 접혀진 상태로 붙어 있음. 날개의 형태는 관 혹은 선 모양이며, 연한 회색을 띠고, 날개 끝에는 구멍들이 나 있음. 펼쳐진 날개 가장자리는 들쭉날쭉한 톱니 모양. 통널 모양의 직선형 줄기 5개마다 그 중심에 하나씩 5개의 팔 혹은 촉수로 보이는 신체 기관이 달려 있는데, 연한 갈색에 신축성이 있으며, 몸통에 단단히 접혀진 상태지만 쭉 뻗었을 경우, 최대 길이가 90센티미터에 이름. 원시적인 극피동물의 팔처럼 보임. 지름 8센티미터 정도의 촉수가 15센티미터쯤 뻗어 있다가 5개의 하위 촉수로 갈라짐. 이 하위 촉수들은 20센티미터를 내려가다 각각 5개의 가느다란 촉수 혹은 덩굴손 형태로 갈라짐으로써 팔 모양의 촉수 하나마다 총 25개의 하위 촉수가 달려 있음.

몸통 위에 연한 회색의 뭉툭한 구근 모양의 목과 아가미로 추정되는 조직이 있음. 목에 달려 있는 불가사리 모양의 머리에 형형색색의 근육질 섬모가 8센티미터 길이로 뒤덮여 있음. 머리는 뭉툭하게 부풀어오른 형태로, 양끝까지 60센티미터, 5개의 모서리마다 길이 8센티미터 정도의 노르스름하고 부드러운 관 조직이 달려 있음. 머리 중심부에 나 있는 가늘고 긴 홈이 숨구멍으로 보임. 관의 끄트머리마다 둥근 조직이 달려 있으며, 이곳의 노르스름한 점막을 걷어 올리면 광택이 있는 붉은 홍채가 나타나는 것으로 보아 눈이 분명함. 불가사리 형태의 머리 안쪽에서 5개의 약간 길고 불그스름한 관들이 뻗어 나와 주머니 모양으로 부풀어져 있음. 주머니를 펼치면 지름 3센티미터 정도의 종 모양이 되며, 날카로운 이빨 형태가 돌출해 있는 것으로 보아 입으로 추정됨. 발견 당시, 불가사리 형태의 머리와 그 꼭짓점에 해당하는 모서리, 머리에 붙어 있는 관과 섬모들이 모두 단단하게 아래로 접혀 있는 상태였음. 관과 머리의 모서리 부분이 구근처럼 생긴 목과 몸통 쪽으로 향해 있음. 매우 튼튼하면서도 놀라울 정도로 유연함.

몸통의 아래쪽은 단단하지만, 역시 유연성이 뛰어나 머리의 기관들에 상응하는 기능을 하는 것으로 보임. 구근 형태로 연한 회색빛을 띠고 있는 목과 유사한 부분은 아가미의 흔적이 없지만, 불가사리 모양의 녹색 머리를 적절히 지탱하는 역할을 함. 단단한 근육질의 팔은 길이 120센티미터, 지름 18센티미터 정도, 끝으로 갈수록 지름 6센티미터 정도로 가늘어짐. 가늘어진 팔 끝에 높이 20센티미터, 밑변 15센티미터

246

정도의 삼각형 형태가 달려 있으며, 그 형태는 막으로 이루어져서 그 안쪽으로 5개의 녹색 혈관이 들여다보임. 이 삼각형 모양의 기관은 수백만 년 전부터 5천, 혹은 6천만 년 전으로 추정되는 화석에서 물갈퀴나 지느러미, 발의 흔적이라고 판단했던 부분임. 불가사리 머리에서 튀어나온 60센티미터 길이의 붉은 색 관들은 지름이 7.5센티미터 정도지만 끝으로 갈수록 2.5센티미터 정도로 가늘어짐. 관의 끝마다 구멍이 있음. 모든 신체 기관들이 매우 단단하고 질긴 동시에 놀랄 만큼 유연함. 물갈퀴가 달린 120센티미터 길이의 팔을 볼 때, 해양과 기타 지역에서 이동 수단으로 사용된 것이 분명함. 움직이는 과정에서 대단히 강력한 근육 운동이 뒷받침 됐을 것으로 추정. 발견 당시, 팔과 관 등의 기관들은 모두 목과 상체 부위를 단단히 감싸고 있는데, 신체를 보호할 목적으로 보임.

아직 동물과 식물 중 어느 쪽인지 분류가 어려우나, 동물일 가능성이 큼. 원시적인 특징을 그대로 간직한 상태에서 놀랄 만큼 진화한 발광체일 수도 있음. 몇 가지 다른 점이 있긴 하지만 극피동물의 일종으로 볼여지도 있음. 해양 생물이라고 가정한다면 날개 구조가 의아하지만 수중에서 방향을 잡는데 사용됐을 가능성이 있음. 일부 대칭 구조는 식물에 더 근접해 있기도 함. 이 생물체는 지금까지 알려진 시생대의 가장 단순한 원생동물보다 훨씬 앞서 진화한 것으로 보이며, 그 기원을 추정조차 하기 어려움.

표본의 전체적인 형태로 판단할 때, 남극 외곽에 태초부터 존재했다는 원시 신화 속 생물체와 섬뜩할 정도로 유사하다는 가정이 필연적임. 다이어 교수와 피버디 교수도『네크로노미콘』을 읽고, 그 책을 토대로 클라크 애슈턴 스미스[97]가 그린 오싹한 그림을 봤으므로 지구상의 모든 생명체를 장난이나 실수로 창조했다는 '고대의 존재'를 떠올리고 있는 내 심정을 이해할 것임. 학자들은 지금까지 그것을 태고의 열대 발광체를 바탕으로 병적인 상상력이 만들어 낸 존재라고 생각해 왔음. 또한 윌마스[98]가 말한 바 있는 크툴루 숭배를 비롯한 선사 시대의 전설과도 관련이 있는 것으로 보임.

앞으로 연구해야 할 부분이 무궁무진함. 함께 발견된 화석들로 판단하면, 백악기 후기나 에오세 초기에 퇴적된 것으로 보임. 생물체의 표본 위쪽으로 거대한 석순이 자라 있음. 석순 제거 작업이 몹시 어려웠지만, 표본 조직이 단단해서 별다른 손상은 없었음. 보존 상태가 기적에 가까운 것은 석회암의 영향으로 보임. 더 이상 표본이 발견되지 않았지만, 나중에 다시 탐사를 재개할 예정. 현재 개들의 도움 없이 14개의 거대한 표본을 캠프로 이송 중인데, 개들이 사납게 짖어서 표본을 가까이 두기 어려운 상태임. 3명이 발굴 현장에 남아 개를 지키고 있으므로 격렬한 바람을 뚫고 9명이 간신히 개썰매로 표본을 옮김. 맥머도 만으로 향하는 비행 항로를 개척하고 자료들을 기지로 수송하는 일이 시급함. 하지만 휴식을 취하기에 앞서 표본 하나를 해부해 볼 생각임. 실험실만 제대로 갖춰져 있다면 더 바랄 것이 없겠음. 다이어 교수는 서쪽 탐사 계획을 극구 반대했으므로 지금쯤 면목이 없을 거라 생각. 우린 세상에서 가장 거대한 산맥을 발견한데 이어 이 표본들까지 발견했고, 특히 표본이야말로 이번 탐사의 최대 성과라고 단언해도 좋을 것임. 틀림없이 과학적으로 대단한 개가를 올릴 것으로 자신함. 동굴 입구를 뚫는데 착암기가 톡톡한 역할을 했으니 피버디 교수에게도 축하의 말을 전함. 이 소식을 이제 아컴 쪽에서 반기는 일만 남았음."

이 소식을 접하고 피버디 교수와 내가 얼마나 감격했는지 형용할 길이 없으며, 다른 동료들도 사정은 마찬가지였다. 맥티그는 줄곧 단조로운 수신기에서 전해지는 내용을 간략히 해독해 놓았다가, 레이크 교수와 교신이 끝난 직후 속기한 전문을 완전한 문장으로 작성했다. 모두들 레이크 교수의 획기적인 발견에 감동했으며, 나는 그가 당부한 대로 아컴 호의 무선사에게 전문 내용을 재차 확인한 후, 곧바로 그에게 축하 전문을 보냈다. 맥머도 만의 셔먼과 아컴호의 더글러스 선장도 내 뒤를 이어 레이크 교수에게 축하 인사를 잊지 않았다. 얼마 후 나는 탐사단의 책임자로서 아컴 호를 통해 외부 세계로 타전될 간략한 의견을 첨부했다. 물론 그 같은 흥분에 휩싸여 무작정 손을 놓고 있을 수는 없었다. 속히 레이크 교수의 탐사 캠프에 합류하고 싶다는 생각이 간절했다. 그러나 돌풍이 심해서 당장은 비행할 수 없다는 말에 몹시 실망하고 말았다.

그러나 1시간 반쯤 지났을 무렵, 다시 날아든 흥미진진한 소식에 실망감을 삭일 수 있었다. 레이크 교수는 추가 보고를 통해 거대한 표본 14개를 캠프로 무사히 운반했다고 전했다. 표본이 예상 외로 무거워서 썰매를 끄는데 어려움이 많았지만, 9명의 대원이 아주 훌륭하게 일을 처리했다는 것이다. 현재 캠프에서 꽤 떨어진 곳에 눈으로 임시 축사를 지어 개들을 따로 수용하기 위해 분주한 모양이었다. 레이크 교수가 임시방편으로 해부하고 있는 표본 하나를 제외하고 나머지는 캠프 가까운 곳의 꽁꽁 얼어붙은 눈 위에 놔두었다고 했다.

해부 작업은 예상보다 어려운 것 같았다. 실험실을 위해 새로 설치한 막사에 석유난로를 피웠지만, 보존 상태가 완벽한 그 해부용 표본이 딱딱한 상태 그대로였기 때문이다. 레이크 교수는 무리하게 해부를 강행하는 대신에 생명체의 미세한 구조를 손상시키지 않는 방법을 찾느라 고심하고 있었다. 상태 완벽한 표본이 7개 더 남아 있지만, 동굴에서 표본을 무한정 발굴할 수 있을지 의문이었으므로 섣불리 해부를 강행하기도 힘든 상황이었다. 그 때문에 레이크 교수는 처음에 선택한 완벽한 표본을 포기한 후, 불가사리 조직의 흔적만 남아 있고, 몸통의 줄기 부분도 일부 손상된 표본으로 바꾸기로 결정했다.

해부 과정에서 곧바로 전해진 무선 내용은 참으로 당혹스럽고 도발적인 것이었다. 일반적인 도구로는 그처럼 기이한 조직을 섬세하고 정확하게 해부할 수 없다고는 하지만, 해부의 초기 단계에서 나온 결과에만도 우리는 깜짝 놀라고 얼이 빠져 버렸다. 이 생명체는 세포 성장의 산물이 아니었다. 생물학의 역사를 다시 써야 할 정도였다. 광물질의 대사 작용이 일어난 흔적이 거의 없었으며, 4천만 년이라는 세월에도 불구하고 내부 기관이 완벽하게 보존되어 있었다. 퇴화의 흔적이 없는 질기고 튼튼한 구조가 그 생물의 조직 전반에서 나타나는 특징이었다. 상상을 초월하는 무척추동물의 진화 주기와 관련이 있는 것으로 보였다. 처음에는 건조한 상태였지만, 실험 막사 안의 열기에 생명체가 녹기 시작하면서 손상되지 않은 부위에서 지독한 악취의 수분이 배어 나왔다. 그 짙은 녹색의 액체를 혈액이라고 보기는 힘들었지만 그와 유사한 기능을 하는 것 같았다. 그때 아직 완성되지 않은 임시 축사로 옮겨진 37마리의 개가 상당한 거리에도 불구하고 사납게 짖어 대며 악취에 민감하게 반응했다.

레이크 교수의 해부 작업은 기이한 생명체의 정체를 밝히기는커녕 의혹만 증폭시켰다. 외부 조직에 대해 추론한 부분은 모두 맞아떨어졌으며, 그런 점만 놓고 보면 생물체를 동물이라고 부르는데 망설일 필요가 없었다. 하지만 내부 구조를 조사하는 과정에서 식물의 특징이 많이 발견됨으로써 레이크 교수는 막연하게 해양 생물일 가능성만 떠올렸다. 소화 기관과 순환 기관 외에도 불가사리 모양의 조직에서 나온 붉은 관들을 통해 노폐물을 처리했고, 호흡 기관은 희한하게도 이산화탄소 대신에 산소를 내보내는 것 같았다. 공기를 저장하는 기관이 따로 있으며, 아가미와 숨구멍처럼 최소한 두 가지의 호흡 기관이 완벽하게 발달된 상태라 호흡 방법을 자유자재로 바꾼 흔적도 발견됐다. 공기가 없는 동면 기간에도 잘 적응한 양서류로 보이기도 했다. 주요 호흡 기관과 관련해 발성 기관의 흔적도 발견됐지만, 당장은 추론하기 어려운 모종의 변형을 겪은 것 같았다. 실제로 명확한 발음을 통해 말을 했다고 보기는 어려웠다. 그러나 피리처럼 생긴 기관을 통해서 넓은 음역이 가능했으리라는 추측을 할 수 있었다. 근육 조직은 놀라울 정도로 완벽하게 발달된 상태였다.

　레이크 교수가 혼비백산할 정도로 신경 체계가 복잡하면서도 고도로 발달돼 있었다. 어떤 면에서는 지나치게 원시적이고 오래됐지만 고도로 분화된 신경절과 신경계를 지닌 생물임은 거의 확실했다. 5개의 엽편 구조로 이루어진 두뇌는 매우 발달되어 있었다. 감각 기관은 머리에 달린 철사 같은 섬모를 통해서 작용한 것으로 보이며, 이 역시 지구상의 유기체에서 발견되지 않은 특징 중 하나였다. 이 생물체는 오감 이상의 감각을 지니고 있었을 가능성이 크지만, 우리의 기존 지식으로는 정확한 추론이 불가능했다. 레이크 교수의 의견으로는 이 생물이 오늘날의 개미나 벌처럼 원시 환경에서 매우 예민하고 섬세한 기능을 소유했을 확률이 컸다. 민꽃식물, 특히 양치류처럼 날개 끝에서 포자를 재생산하는 능력이 있었으며, 이는 엽상체나 전엽체에서 진화한 것이 분명해 보였다.

하지만 그 상황에서 생물체의 정체를 논하는 것은 어리석은 일이었다. 발광체처럼 보였지만, 분명히 그 이상이었다. 부분적으로 식물의 특징을 보이면서도, 4분의 3은 동물의 구조로 이루어져 있었다. 대칭 구조와 기타 몇 가지 특징으로 판단할 때, 그 기원이 해양 생물임을 짐작케 했지만, 이후 해양 이외의 환경에 얼마나 뛰어난 적응력을 보였을지는 섣불리 말하기 어려웠다. 날개 구조를 보자면 공중 생활을 했을 가능성이 매우 높았다. 어떻게 신생 지구라는 환경에서 그토록 복잡한 진화를 거치고 시생대 암석에 화석을 남겨 놓았는지 고민한 나머지 레이크 교수는 어느 별에서 온 '그레이트 올드원[99]'이 장난이나 실수로 지구의 생명체를 만들었다는 원시 신화까지 떠올렸다. 미스캐토닉 대학 영문학과에서 민속학을 연구하는 동료 교수의 말처럼 산골에 은둔한다는 외계 생물체의 이야기도 떠올랐다.

당연히 그는 현재 발견된 표본보다 덜 진화한 생물체가 선캄브리아기의 화석을 남겼다고 추측했다. 그러나 그의 경솔한 추론은 곧바로 부정되었다. 오히려 나중에 발견된 생물체가 퇴화의 흔적을 보였다. 발에 해당되는 신체 기관의 크기가 현저히 작아졌고, 전체적인 구조도 거칠어지고 단순화됐다. 게다가 방금 관찰한 신경과 기관들은 훨씬 복잡한 생물체에서 퇴화한 흔적이 뚜렷했다. 퇴화한 흔적 기관은 놀라울 정도로 곳곳에 자리 잡고 있었다. 요컨대, 그 생물체의 모든 것이 수수께끼였다는 것이다. 레이크 교수는 신화를 떠올리며 자신이 발견한 생물체에 임시적으로 '엘더원[100]'이라는 익살스러운 이름을 붙였다.

오전 2시 30분 경, 그는 후속 작업을 미루고 잠시 휴식을 취하기로 결심하고, 해부한 유기체를 방수포로 덮은 뒤 실험실에서 나왔다. 그는 밖에 놔둔 표본들을 새로운 호기심으로 바라보았다. 지지 않는 남극의 태양 빛에 조직이 약간 녹아서 표본 두세 개의 촉수와 관들이 조금 느슨해져 있었다. 그러나 레이크 교수는 영하 18도의 기온을 감안할 때 쉽게 표본이 부패될 염려는 없다고 생각했다. 그래도 그는 해부하지 않은 표본들을 한군데로 모으고 직사광선이 닿지 않게 텐트를 씌웠다. 개들이 표본의 냄새를 맡는 것도 막을 수 있을 것이었다. 멀리 떨어진 곳에 눈으로 벽을 높게 쌓은 임시 축사에 넣어 두었지만, 개들의 적의와 불안은 수그러들지 않아 심각한 골칫거리였다. 거대한 산맥이 언제든지 맹렬한 돌풍을 전할 태세여서 그는 표본에 씌운 텐트 가장자리를 무거운 눈덩이로 눌러 놓았다. 예측을 불허하는 남극의 돌풍 때문에 불안한 상황이었으므로 애트우드 교수의 감독 아래 텐트와 개들을 넣은 축사, 산자락에 임시로 지은 비행기 격납고를 살피고 보완하는 작업이 한창이었다. 비행기 격납고를 예상보다 더 높고 단단하게 눈덩이로 쌓아 올리고 나서야 레이크 교수는 마침내 대원들에게 작업을 끝내고 쉬라고 일렀다.

캠프 보완 작업을 마무리하고 레이크 교수가 교신을 끊겠다며 우리도 휴식을 취하라고 알린 것은 새벽 4시가 넘었을 때였다. 그는 피버디 교수와 화기애애한 담소를 나누면서 뛰어난 드릴 장비 덕분에 이번 발견을 할 수 있었다며 또 한 번 칭찬을 아끼지 않았다. 애트우드 교수도 안부 인사와 칭찬을 전해 왔다. 나는 레이크 교수에게 진심으로 축하하고, 서쪽 지역을 탐사하자던 그의 주장이 옳았다고 말했다. 우리는 다음 날 아침 10시에 교신을 재개하기로 약속했다. 레이크 교수는 폭풍이 잠잠해지면 우리가 있는 캠프로 비행기를 보내겠다고 했다. 나는 잠들기 전, 아컴 호에 마지막 전문을 보내서 외부에 소식을 알릴 때 수위를 낮추라고 지시했다. 좀 더 구체적인 증거 없이는 불신만 일으킬 정도로 파격적인 내용이었기 때문이다.

III

우리 중에서 아침까지 숙면을 취한 사람은 아무도 없었을 것이다. 레이크 교수의 발견이 가져온 흥분이 가시지 않은데다 바람이 점점 거세졌기 때문이다. 우리가 있는 지역에서도 돌풍이 심한 편이라 바람의 근원인 미지의 거대한 산봉우리 바로 밑에 자리잡은 레이크 교수의 캠프는 사태가 얼마나 심각할지 걱정이었다. 맥티그는 약속대로 10시에 레이크 교수와의 교신을 시도했지만, 서쪽 지역의 불안정한 대기 상태가 전파 장애를 일으키는 것 같았다. 그러나 아컴 호와는 연결이 됐는데, 더글러스 선장도 레이크 교수와 교신할 수 없다고 알려 왔다. 돌풍의 기세가 집요하고 대단했지만, 맥머도 만의 상황은 전혀 딴판인지 선장은 돌풍에 대해서는 전혀 모르고 있었다.

하루 종일 우리가 걱정스럽게 귀를 기울이며 계속해서 레이크 교수와 교신을 시도했으나 소용이 없었다. 정오쯤에 서쪽에서 광포한 바람이 몰아치자, 우리 캠프의 안전마저 걱정이 될 정도였다. 다행히 바람은 점차 잦아들더니 오후 2시경에는 기세가 거의 누그러졌다. 3시 이후 바람이 잠잠해지자 우리는 레이크 교수와의 교신에 총력을 기울였다. 레이크 탐사팀의 비행기 4대 모두 고성능 단파 장비가 장착돼 있었으므로 왜 그들 무선 장치가 한꺼번에 사용불가인 건지 이해할 수 없었다. 그러나 묵직한 침묵은 변함이 없었다. 서쪽 지역에서 특히 사나웠을 돌풍을 생각하니 어쩔 수 없이 가장 섬뜩한 가능성까지 떠올랐다.

6시, 우리의 불안감은 극에 달했고, 더글러스 선장, 서핀센 선장과 무선으로 의논한 후, 나는 조사에 착수하기로 결정했다. 맥머도 만에 셔먼과 두 명의 선원과 함께 대기 중인 다섯 번째 비행기는 곧바로 사용하는데 문제가 없었다. 비행기를 남겨둔 이유인 위급한 상황이 찾아온 것이다. 나는 무선으로 셔먼에게 연락해 선원 두 명과 함께 속히 남쪽 베이스캠프로 오라고 했다. 기상 상태는 아주 좋았다. 곧이어 우리는 조사단 구성에 대해 의논했다. 내가 비축해 둔 썰매와 개를 포함해서 대원 전부가 조사에 나서기로 결정이 났다. 중장비 수송을 위해 특수 제작된 대형 비행기였으므로 짐까지 다 실어도 무방했다. 그 동안에도 나는 레이크 교수와의 교신을 시도했지만, 결과는 마찬가지였다.

거너슨과 라센이라는 선원과 함께 셔먼은 7시 30분에 이륙해서 여러모로 비행이 순조롭다고 알려 왔다. 그들이 우리 캠프에 도착한 시간은 자정이었고, 모든 대원들은 곧바로 다음 계획을 논의했다. 비행기한 대로 경유지도 없이 남극을 항해하는 일은 위험했지만, 누구도 그럴 수밖에 없는 상황임에 이견을 제시하지는 않았다. 우리는 간단한 짐을 먼저 싣고 2시부터 네 시간 동안 잠시 휴식을 취한 뒤 나머지 짐을 꾸려 비행기에 실었다.

1월 25일 오전 7시 15분, 맥티그가 조종하는 비행기에 개 7마리, 썰매 1대, 연료와 식량, 무선 장비 등을 싣고 우리 열 명의 대원은 북서쪽으로 향했다. 대기는 맑고 잠잠했으며, 기온도 비교적 온화했다. 레이크 교수가 캠프를 세운 경도와 위도를 찾는데 큰 어려움은 없을 것 같았다. 여정의 끝에서 우리가 무엇을 발견할지, 혹은 발견하지 못할지 걱정스러웠다. 레이크 캠프에 계속해서 교신을 시도했지만 대답은 침묵뿐이었기 때문이다.

그 네 시간하고 삼십 분 동안의 비행은 내 인생에서 중대한 전환점이었으므로 기억에 생생하게 남아 있다. 그 때문에 자연과 그 법칙에 익숙한 보통 사람으로서 내가 54년간 간직해 온 평온과 균형 감각을 상실하고 말았다. 그때부터 우리 열 명은 — 특히 대학원생 댄포스와 나는 — 그 무엇으로도 지울 수 없는 잠재된 공포의 끔찍한 외연에 직면했으며, 가능한 다른 사람들과 그 공포를 공유하지 않도록 노력해야 했다. 한 번도 중간에 착륙하지 않고 계속 비행한 일, 엄청난 상승 기류 때문에 두 차례나 사투를 벌인 일, 레이크 교수가 3일 전 비행에서 보고했던 노출된 지표면을 지나간 일, 아문센과 버드의 말처럼 끝없이 펼쳐진 얼음의 고원 너머 바람 속에 흐릿하게 드러난 기이한 눈 기둥을 목격한 일 따위는 이미 비행하는 동안 보고한 내용이며, 신문에 그대로 보도된 바 있다. 그러나 이후에 벌어진 일에 대해 우리는 언론 매체가 이해할 만한 표현으로 감정을 전달할 수 없었으며, 나중에는 엄격한 언론 검열까지 받아들여야 했다.

요술을 부린 듯한 첨봉과 산봉우리로 이루어진 들쭉날쭉한 산맥을 제일 먼저 발견한 라센의 외침을 듣고 모두 비행기의 창문으로 모여들었다. 빠른 비행 속도에도 불구하고, 산맥은 아주 천천히 다가왔다. 산이 워낙 높아서 시야에 보일 뿐, 실제로는 아득히 먼 거리였다. 하지만 조금씩 서쪽 하늘을 배경으로 산맥의 험준한 자태가 드러나면서 황량하고 거무스름한 산봉우리들이 눈에 띄었다. 불그레한 남극의 햇빛 속에서 얼음 가루를 흡수한 무지갯빛 구름을 배경으로 산맥은 환상을 자아냈다. 전체적인 광경에서 어마어마한 비밀과 잠재된 폭로의 기운이 집요하게 느껴졌다. 황량하고 무시무시한 산봉우리들은 마치 금지된 꿈의 세계와 아득한 시공간의 복잡한 심연, 차원을 초월한 공간으로 들어가는 오싹한 관문 같았다. 산맥이 악마적 형상처럼 느껴졌고, 그 광기의 산맥 깊숙한 비탈에 저주받은 절대의 심연이 있으리란 생각을 떨칠 수 없었다. 소용돌이치며 야릇한 광채를 내뿜는 구름을 배경으로 지상의 공간을 초월한 희미하면서도 영묘한 분위기를 간직한 채, 그 전인미답의 신천지를 감도는 철저한 고립감과 거리감, 황량함과 영겁의 죽음을 떠올리게 했다.

산맥의 윗부분에 기묘한 규칙성이 있다며 우리의 주의를 환기시킨 사람은 댄포스였다. 레이크 교수가 전문에서 언급한 대로 산맥의 정상은 완벽한 정육면체 형태로 에워싸여 있었다. 로어리치가 지극히 미묘하면서도 기이한 화풍으로 아시아의 어느 산 정상에 있는 고대 사원의 폐허를 그린 것처럼 환상적이라는 레이크 교수의 비유가 딱 들어맞았다. 거대한 수수께끼로 이루어진 그 비현실적인 대지에서 로어리치의 그림만큼이나 무엇인가 집요하게 떠오르는 것이 있었다. 10월에 처음으로 빅토리아 랜드를 봤을 때의 느낌이 되살아났다. 태고의 신화와 비슷하다는 불편한 생각도 머릿속을 맴돌았다. 그 죽음의 왕국은 고대 문서에 등장하는 악명 높은 렝 고원과 정말 흡사했다. 신화학자들은 렝 고원이 중앙아시아에 있다고 생각하지만, 인간과 그 선조의 기억은 유구한 것이므로 공포의 땅과 산맥과 사원에서 전해진 전설들은 아시아뿐 아니라 어떤 인간 세계보다도 그 기원이 훨씬 오래됐을지 모른다. 일부 대담한 신비주의자들은 낱장으로 남아 있는 『프나코틱 필사본』의 기원을 플라이스토세 이전으로 보고, '차토구아' 뿐 아니라 그 숭배자들도 인류 이전에 존재했다고 주장해 왔다. 그곳이 어느 시공간에 속해 있든, 렝 고원은 내가 얼씬도 하고 싶지 않은 지역이며, 레이크 교수의 말대로 막연한 태고의 괴생물체가 살았다는 세계에 가까워지는 것도 꺼림칙하기만 했다. 그 순간 나는 오싹한 『네크로노미콘』을 읽은 일이나, 껄끄러울 정도로 박학다식한 민속학자 윌마스 교수와 많은 대화를 나눈 것이 후회스러웠다.

산맥에 가까워지고 울퉁불퉁한 구릉까지 시야에 들어올 즈음, 희뿌연 빛이 점점 짙어지던 하늘에서 홀연히 기괴한 신기루가 나타났을 때도 나는 침울한 생각에 빠져 있었다. 나는 지난 몇 주 동안 극지방의 신기루를 십여 차례 경험했는데, 그중에는 신기하리만큼 생생한 경우도 있었다. 그러나 이번에 나타난 신기루는 완전히 새롭고, 위협적인 상징마저 느껴져서 나는 얼어붙은 수증기 사이에서 미로처럼 소용돌이치는 가공의 성벽과 성채, 광탑을 바라보며 몸서리를 쳤다.

신기루가 만들어낸 효과는 인간의 상상력을 초월한 건축 양식으로 이루어진 거대한 도시로서 기하학을 기이하게 왜곡시킨 거대한 흑색의 석조물은 극도의 불길함을 자아냈다. 끝이 잘린 원뿔형의 석조물과 기다란 원통 모양의 축대를 층층이 쌓아올리거나 세로로 홈을 판 구조물이 있는가 하면, 구근 모양으로 확대된 건물 중에는 조가비 모양의 얇은 원반이 층층이 뚜껑처럼 덮여 있는 것도 있었다. 직사각형 석판이나 원판, 5각형 별 모양의 석판을 탁자처럼 여러 장 쌓아올려 측면이 기묘하게 돌출된 석조물도 보였다. 원뿔형 석조물과 피라미드가 따로 배치되어 있기도 하고, 원기둥이나 정육면체 혹은 끝이 잘린 원뿔과 피라미드를 겹겹이 쌓아 놓은 구조물도 있으며, 이따금씩 바늘처럼 날카로운 첨탑이 다섯 개씩 모여 있었다. 그 가공의 구조물마다 튜브 모양의 다리들이 아찔한 높이까지 이어져 건물을 서로 연결하는데, 그 전반적인 규모만 봐도 무시무시하고 가공할 정도로 거대했다. 그 신기루의 전반적인 형태는 1820년 북극에서 고래잡이를 하던 스코스비가 관찰하고 그림으로 그린 광기 어린 신기루와 다르지 않았다. 다만 우리의 경우에는, 정체불명의 검은 산봉우리들이 까마득히 전방에 버티고 있는데다 우리들 마음속에 자리잡은 고대의 세계와 우리의 앞날에 드리울 재앙의 장막까지 느껴지는 상황이라 대원들 모두 그 신기루에서 숨겨진 악의와 사악함을 깨달은 것 같았다.

신기루가 사라지면서 탑과 원뿔형 석조물이 더욱 오싹하게 뒤틀리긴 했지만 나는 신기루에서 벗어날 수 있어서 기뻤다. 환영이 전부 흐릿한 햇살 속으로 사라지자, 우리는 다시 지상을 살피다가 목적지가 멀지 않음을 깨달았다. 거인의 무시무시한 성벽처럼 아찔하게 솟아 있는 미지의 산맥이 쌍안경 없이도 또렷이 보일 정도로 그 규칙적인 모습을 드러내고 있었다. 우리는 가장 낮은 구릉지대를 나는 동안, 눈과 얼음에 뒤덮여 군데군데 맨땅을 드러낸 고원에서 레이크의 캠프와 시추 장소로 보이는 두세 군데의 거무스름한 지점을 발견했다. 8, 9킬로미터 간격으로 좀 높은 구릉들이 솟구쳤는데, 그 지역은 히말라야 산맥을 능가하는 험준한 산세를 배경으로 섬뜩한 대조를 보였다. 마침내 로프스 ─ 맥티그를 대신해서 조종간을 잡은 대학원생 ─ 가 캠프로 보이는 왼쪽의 검은 지점을 향해 고도를 낮추기 시작했다. 그 동안, 맥티그는 무선 전문을 보냈는데, 그것이 우리 탐사대가 외부 세상에 보낸 마지막 전문이었다.

물론 우리의 나머지 탐사 여정에 대한 간단하고도 불만족스러운 기사는 모든 사람들에게 잘 알려져 있다. 우리는 착륙한 지 몇 시간 후에 발견한 비극적인 광경에 대해 신중한 보고서를 보냈고, 전날 혹은 이틀 전 밤부터 몰아닥친 극심한 돌풍으로 레이크의 탐사팀 전원이 사망했다고 마지못해 발표했다. 11명이 죽고 대학원생 기드니는 실종됐다는 내용이었다. 사람들은 참담한 사고를 겪은 우리들의 충격을 감안해 우리가 사고 상황을 뭉뚱그려 말하는 것을 묵인했으며, 맹렬한 돌풍에 의해 시신 11구는 실어 올 수도 없을 정도로 심한 손상을 입었다는 설명까지 믿어 주었다. 솔직히 우리들은 절망과 당혹감, 영혼을 쥐어짜는 공포에 사로잡힌 상황에서도 진실을 외면할 수 없었다고 고백해야겠다. 우리가 감히 말하지 못한 사실, 그리고 내가 여기서 직접 밝히기보다는 정체 모를 공포에 접근하지 말라고 경고하는 내용 중에 어마어마한 진실이 담겨 있다.

돌풍이 엄청난 파괴를 가져온 것은 사실이다. 다른 일이 없었다고 해도, 대원들이 과연 그 돌풍을 극복하고 살아남았을지는 진지한 의문으로 남겨 두겠다. 얼음 덩어리까지 포함한 그 사나운 폭풍은 우리 탐사팀이 한 번도 겪어 보지 못한 것이었다. 비행기 격납고 한 곳은—멀리서 봤을 때는 엉성하게 보였을 뿐이지만 — 완전히 부서져 있었다. 멀리 세워져 있는 시추탑도 산산조각이 나 있었다. 비행기 차체와 드릴 장비의 금속 부분은 모두 도장이 벗겨졌고, 눈더미로 보강한 작은 텐트 두 개도 납작하게 주저앉은 상태였다. 돌풍에 노출된 목재의 표면도 패이고 칠이 벗겨졌으며, 눈 위에는 아무런 흔적도 남아 있지 않았다. 가져올 만한 시생대의 생물체 표본을 발견하지 못했다는 것도 사실이다. 우리는 5각형 모서리가 둥글게 마모되고 점무늬 때문에 숱한 의혹을 자아냈던 푸르스름한 동석 몇 개를 포함한 광물질을 거대한 잔해 더미에서 수집했다. 기이한 상처가 나 있는 뼈 화석도 발견했다.

살아남은 개는 한 마리도 없었으며, 대원들이 서둘러 캠프 근처에 만든 축사도 거의 부서져 있었다. 돌풍 때문이겠지만, 축사 옆쪽의 파손

부분은 바람 자체에 의한 것이 아니라 극도로 흥분한 개들이 바깥으로 뛰어오르거나 무너뜨린 흔적이었다. 썰매 세 대가 모두 사라져 버렸는데, 우리는 바람에 실려 어디론가 날아가 버렸을 거라고 생각했다. 시추 장소에 남겨진 드릴 장비와 해빙 장치는 수리하기 힘들 정도로 파손 정도가 심했으므로, 우리는 그것들을 이용해서 레이크 교수가 발파한 동굴의 입구를 막아 버렸다. 동굴이 과거로 향하는 기분 나쁜 관문처럼 느껴졌기 때문이다. 거의 부서진 비행기 두 대는 캠프에 버려두었다. 살아남은 대원 중에서 실제 조종사는 셔먼, 댄포스, 맥티그, 로프스 네 명뿐이며, 그나마 댄포스는 신경 장애 때문에 비행기를 조종하기 어려웠다. 대부분은 사라지고 없었지만, 우리는 찾아낸 책, 실험 장비, 그 외 물건들을 전부 가지고 돌아왔다. 여분의 텐트와 방한복은 없어지거나 형편없이 망가져 있었다.

비행기 정찰 결과 기드니가 실종된 것으로 결론짓고, 우리는 오후 4시 경 아컴 호에 신중한 전문을 보냈다. 보고 내용을 담담하면서도 애매하게 작성하는데 성공한 것으로 자평한다. 우리는 개들이 일으킨 동요에 대해서도 많이 언급했는데, 생물체 표본 주위에서 개들이 미친 듯이 날뛰었다는 이야기는 가엾은 레이크 교수가 이미 설명했던 부분이다. 하지만 우리는 기묘한 녹색 동석과 어지러운 캠프 주변에서 발견된 다른 물체 주변에서 개들이 역시 킁킁대며 불안해했다는 말은 하지 않았다. 그중에는 캠프와 시추 장소에서 바람에 의해 위치가 바뀌거나 부품이 떨어진 과학 장비와 비행기, 기계류 등이 있었으며, 개들에게는 이런 물건들이 특히 호기심을 자아냈던 모양이다.

14개의 생명체 표본에 대해서도 우리는 애매한 설명으로 넘어갈 수 있었다. 우리는 발견한 생물체 표본이 모두 손상된 상태였다고 말했지만, 사실은 보존 상태가 훌륭하다는 레이크 교수의 설명이 옳음을 입증할 만한 수준이었다. 이 문제와 관련해서 우리는 개인적인 감정을 억제하기 위해 애썼으며, 몇 개의 표본을 어떻게 발견했는지에 대해서는 언급하지 않았다. 우리는 레이크 교수와 탐사 대원들이 광기에 빠졌다는 암시가 될 만한 언급은 일체 자제하기로 약속했다. 그러나 불완전한 생물체 표본 6개가 2.7미터 깊이의 눈 속에 똑바로 세워져 묻혀 있었으며, 그 위의 봉분은 점무늬가 있는 5각형 형태로서 중생대나 제3기 지층에서 발굴한 녹색 동석의 형태 및 무늬와 정확히 일치한다는 사실이야말로 광기 그 자체였다. 레이크 교수가 완벽하다고 말한 8개의 표본은 흔적도 없이 사라진 상태였다.

우리는 일반인들의 마음을 어지럽히고 싶지 않았다. 그래서 댄포스와 나는 다음 날 산맥을 넘어 정찰 비행을 한 사실에 대해 거의 입에 올리지 않았다. 그 정도의 고도를 유지하려면 비행기가 매우 가벼워야 했으므로 정찰 인원이 우리 두 사람으로 제한된 것이 그나마 천운이었다. 새벽 1시에 돌아온 후 댄포스는 히스테리 직전이었지만 꿋꿋하게 비밀을 지켰다. 우리가 그린 스케치와 호주머니에 넣어 가져온 물건을 다른 사람에게 보여주지 말 것이며, 외부에 보고해도 좋다고 의논한 것 이상은 절대 발설하지 말라는 말을 그는 순순히 받아들였다. 또 우리는 나중에 은밀히 인화할 생각으로 카메라 필름도 숨겨 두었다. 그러므로 지금부터 내가 밝히는 이야기는 세상 사람들뿐 아니라, 피버디 교수, 맥티그, 로프스, 셔먼을 비롯한 나머지 탐사 대원들도 모르는 내용이다. 필시 댄포스는 나보다 입이 무거울 것이다. 그가 나에게조차 숨긴 그 무엇을 봤거나 적어도 봤다고 믿기 때문이다.

모두 알다시피, 우리의 보고서에는 힘겨운 등정에 관한 이야기도 들어 있다. 레이크 교수의 말대로 산맥의 거대한 봉우리들은 적어도 코만치아기 중기부터 변화를 겪지 않은 시생대 지층과 다른 원시 지층으로 이루어져 있었다. 산맥 정상에 규칙적으로 둘러싼 정육면체 모양과 성곽의 형태에 대한 일반적인 설명도 보고서에 포함했다. 동굴 입구는 석회암맥이 녹은 결과이며, 경사면과 고개로 판단할 때 능숙한 등반가라면 전체적인 탐사가 가능하다는 예상, 산맥 반대편 600미터 높이에 산맥 자체와 마찬가지로 장구하고 변함없는 거대한 고원이 자리 잡고 있는데, 얇은 빙하층을 뚫고 기묘한 암석이 형성돼 있으며 고원과 깎아지르듯 가장 높은 봉우리 사이에 완만한 구릉지대가 있다는 이야기도 이미 보고한 내용이다.

보고서는 모든 면에서 진실이며, 대원들도 만족했다. 우리는 16시간 동안 — 비행과 착륙, 답사와 암석 채집에 필요한 예상 시간을 초과한 — 이나 걸린 정찰에 대해 역풍 때문이라고 보고했다. 목표 지점을 멀리 벗어난 구릉지대에 착륙한 것도 사실이었다. 다행히 우리의 이야기는 사실적이면서도 평범했으므로 누구도 비행에 대해 더 이상 자세히 묻지 않았다. 혹시 누군가 물었더라도 질문을 삼가라고 설득을 테지만. 우리가 정찰에 나선 동안, 피버디 교수, 셔먼, 로프스, 맥티그, 윌리어슨은 그나마 상태가 좋은 레이크 교수의 비행기 두 대를 손보느라 분주했다. 두 대 모두 원인 불명의 오작동이 일어났지만, 고쳐서 다시 사용할 생각이었다.

우리는 다음 날 아침 비행기에 짐을 싣고 가능한 한 빨리 베이스캠프로 돌아가기로 결정했다. 우회적인 항로였으나 그게 맥머도 만으로 가는 가장 안전한 방법이었다. 영겁의 세월 동안 죽어 있었던 미지의 대륙을 직선 항로로 날아간다면 숱한 위험을 감수해야 하기 때문이었다.

비극적인 참사로 많은 동료를 잃었고, 드릴 장비도 망가졌으므로 후속 탐사는 불가능했다. 의혹과 공포에 휩싸인 채 — 서로 대놓고 드러내지는 않았지만 — 우리는 묵직한 광기와 황량함이 가득한 남극의 세계를 속히 벗어나고 싶었다.

우리가 더 이상 재난을 겪지 않고 무사히 세상으로 돌아왔다는 것은 알려진 대로이다. 논스톱 비행 결과 모든 비행기는 다음 날인 1월 27일 저녁에 베이스캠프에 도착했다. 곧이어 28일, 대원들은 쉴새 없이 두 팀으로 나누어 맥머도 만으로 이동했다. 거대한 고원을 벗어난 후에도 거센 바람이 불어와 이따금씩 방향을 잃기도 했다. 5일 후, 대원 전원과 장비를 실은 아컴 호와 미스캐토닉 호는 두꺼워진 빙원을 헤치며 로스 해로 향했다. 황량한 서쪽 하늘을 배경으로 빅토리아 랜드의 산들이 조롱하듯 나타났고, 피리 소리를 내는 바람의 울부짖음에 내 영혼은 싸늘하게 얼어붙었다. 2주가 지나지 않아, 우리는 극지방의 마지막 자취에서 멀어졌다. 신생 지구의 뜨거운 표면에서 최초의 생물이 꿈틀거리며 헤엄친 이후 삶과 죽음, 시간과 공간이 사악하고 불경하게 공존해 온 그 음산하고 저주받은 왕국을 벗어났을 때, 우리는 깊은 감사를 느꼈다.

탐사에서 돌아온 우리는 줄곧 또 다른 남극 탐사 계획을 저지하기 위해 노력해 왔으며, 놀라운 결속력과 신뢰 속에서 우리 자신의 의혹과 추측을 비밀에 부쳐 왔다. 나이 어린 댄포스는 신경 쇠약에 시달리면서도 의사들 앞에서 움츠러들거나 횡설수설하지 않았다. 이미 말했듯이 그 혼자만 목격하고 내게도 말하지 않은 것이 있었는데, 차라리 그것을 털어놓는다면 병을 치료하는데 도움이 될 만한 상황이었다. 아주 드물게나마 댄포스는 일종의 착란 상태에서 내게 정체 모를 말들을 속삭였으며, 이내 정신을 차렸을 때는 그 같은 사실을 극구 부인했다.

거대한 백색의 땅 남극을 향한 사람들의 호기심을 단념시키는 일은 매우 어려울 뿐 아니라 우리의 의도와는 정반대로 사람들에게 더 큰 관심을 이끌어 낼지도 모른다. 인간의 호기심은 사그라지지 않으며, 우리가 발표한 내용 자체가 미지를 향한 인간의 오랜 욕구를 자극할 거라는 사실을 우리도 모르진 않았다. 우리는 눈 속에 매장된 생물체에서 분리해 가져온 표본 일부와 발견 당시 찍은 생물체 사진을 단단히 숨겼지만, 생물학적 변종에 관한 레이크 교수의 보고로 인해 이미 박물학자와 고생물학자의 관심이 절정에 달해 있었다. 우리는 상처가 있는 뼈 화석이나 녹색 동석도 공개하지 않았다. 댄포스와 나는 이후로도 고대 고원에서 촬영하거나 그린 사진과 스케치, 극도의 두려움 속에서 펴 보고 관찰한 후 주머니에 넣어 온 구겨진 물체를 철저히 비밀리에 보관했다. 하지만 지금은 스타크웨더-무어 팀이 우리 때보다 훨씬 철저하게 탐사 준비를 하고 있다. 계획을 중단하지 않는다면 그들은 남극 대륙의 가장 깊숙한 핵심 지역으로 들어가 이 세계를 파멸시킬지 모르는 그것을 발굴할 때까지 얼음을 녹이고 구멍을 뚫을 것이다. 그래서 나는 지금 모든 비밀을, 광기의 산맥 너머 그 정체불명의 존재에 대해 밝히려 한다.

IV

레이크 탐사팀의 캠프와 그곳에서 우리가 실제로 발견한 것, 나아가 오싹한 산맥 너머에 있던 또 다른 존재에 대해 떠올려야 하는 지금, 엄청난 망설임과 반감만 느껴진다. 자세한 이야기를 피하고, 실제 사실과 분명한 증거만 밝히고 넘어가고 싶은 유혹을 떨칠 수 없다. 그밖에 캠프에서 경험한 공포의 나머지 부분에 대해서는 내가 이미 충분히 이야기를 했다고 믿고 싶다. 돌풍에 유린된 지역, 파괴된 캠프, 어지러이 널려 있는 장비, 개들의 동요와 불안, 사라진 썰매와 물건들, 사람들과 개들의 죽음, 기드니의 실종. 4천만 년 동안 잠든 세계에서 나왔다가 기이하게 매장된 6개의 표본은 외적인 손상에도 불구하고 이상할 정도로 조직이 온전히 보존돼 있다는 이야기는 이미 앞에서 말했다. 혹시 개들의 시체를 확인하는 과정에서 한 마리가 없어진 사실을 발견했다는 이야기도 했는지 모르겠다. 한참이 지나도록 우리는 그 사실을 대수롭게 여기지 않았다. 솔직히 조금이라도 신경을 쓴 사람은 댄포스와 나뿐이었다.

내가 밝히기를 꺼려 온 일 중에서 가장 중요한 것은 시체와 관련된 사항일 것이다. 그 비극을 가져온 무시무시하고 믿을 수 없는 진짜 원인을 어떻게 수용할지는 미묘한 입장 차이가 있을 것이다. 그때 나는 사람들이 그 문제를 그냥 지나치도록 노력했다. 모든 것의 원인을 레이크 탐사팀 일부에서 폭발한 광기로 돌리는 편이 훨씬 간단하고, 그럴 듯했기 때문이다. 사실 지상의 모든 신비와 쓸쓸함을 간직한 대륙 한복판에서 마의 산바람이 인간을 미치게 하는 건 자연스러운 일이기도 했다.

물론 광기의 극치는 사체의 상태였는데, 사람과 개 둘 다 비슷했다. 처절한 싸움이 벌어진 것처럼 사체들은 모두 설명이 불가능할 정도로 갈가리 찢기고 토막나 있었다. 사인은 교살이나 열상이었는데, 허술한 임시 축사가 안에서 밖으로 무너져 있었던 걸 보면 문제의 발단은 개들이었던 것 같다. 개들이 흉흉한 원시 생물체를 몹시 싫어했기 때문에 축사를 캠프에서 먼 곳에 마련했음에도 별 효과를 거두지 못한 것 같았다. 무섭게 몰아치는 바람 속에서 허술한 축사에 남겨진 개들이 소동을 일으킨 게 분명했다. 그 이유가 바람 때문이었는지 끔찍한 표본들에서 풍기는 야릇하면서도 역겨운 악취 때문이었는지는 누구도 장담할 수 없다. 물론 표본은 방수포로 씌워져 있었지만, 낮게 떠 있는 태양 빛에 지속적으로 노출된 상태였으니까. 레이크 교수도 태양열 때문에 튼튼한 표본 조직이 약간 느슨해졌다고 말했었다. 어쩌면 바람에 방수포가 날아가고, 표본들이 들썩거리는 바람에 역한 냄새가 강해졌는지도 몰랐다.

무슨 일이 벌어졌든 간에 결과는 지극히 끔찍하고 역겨웠다. 역겨움을 참고 비극을 전부 드러내는 편이 좋을지도 모르겠다. 일단 실종된 기드니는 캠프의 참사와 관련이 없다는 점은 먼저 밝혀야겠지만. 나는 이미 사체들이 소름끼칠 정도로 토막나 있었다고 말했다. 이제 사체 중에서 몇 구는 기묘하고도 잔혹하게 절개되고 파헤쳐져 있었다고 덧붙여야겠다. 사람과 개 모두 마찬가지였다. 네 발 달린 동물이든 두 발 달린 동물이든, 사체들은 신중한 도살자의 솜씨로 대부분의 장기가 적출되었다. 게다가 사체 주변에는 소금 — 비행기 속 헝클어진 식료품 상자에서 가져온 — 이 뿌려져 있었으므로 가장 끔찍한 상상이 떠올랐다. 그 끔찍한 일이 벌어진 곳은 조잡한 임시 격납고 내부였으며, 비행기는 밖에 끌어다 놓은 상태였다. 바람이 계속 불어 실마리가 될 흔적은 완전히 지워진 후였다. 난도질당한 인간의 시체 곁에 거칠게 찢겨진 옷 조각들이 흩어져 있었지만, 단서라고는 할 수 없었다. 부서진 격납고 한쪽 구석의 눈에 찍힌 희미한 발자국도 역시 쓸모가 없었다. 그저 가엾은 레이크 교수가 일주일 내내 언급했던 화석 발견에 따른 혼란뿐이었으니까. 광기의 산맥이 그늘을 드리운 곳이었으므로 누구든 상상력을 펼치는 데 신중할 필요가 있었다.

앞서 말했듯이, 기드니와 개 한 마리는 결국 실종된 것으로 판명되었다. 우리가 그 오싹한 캠프에 도착했을 때는 개 두 마리와 사람 두 명이 사라진 상태였다. 그러나 거의 그대로 보존되어 있던 실험용 텐트에 들어가자 새로운 사실이 밝혀졌다. 임시 해부대 위에 방수포로 덮어 놓았다는 원시 괴생물체가 보이지 않는 걸 보면 레이크 교수가 실험실을 떠났던 당시 그대로 보존된 것은 아니었다. 우리는 기묘하게 매장된 6개의 불완전한 생물체 표본 중에서 하나 — 유난히 악취가 지독했던 — 가 레이크 교수의 해부 대상이었다는 것을 이미 알았다. 해부대와 그 주변에는 다른 물체들이 흩어져 있었는데, 그것이 인간 한 명과 개 한 마리를 신중하면서도 서툴고 이상하게 해부해 놓은 사체라는 생각이 든 것은 얼마 후였다. 희생자의 신분을 밝히지 않음으로써 당시 우리가 느껴야 했던 감정을 덮어두려 한다. 레이크 교수의 해부 기구는 사라졌지만, 그것을 꼼꼼하게 소독한 흔적은 남아 있었다. 휘발유 난로도 사라지고 없었는데, 주변에 성냥개비들이 떨어져 있었다. 우리는 해부된 사체를 10명의 다른 사체와 함께 매장했고, 개의 사체도 이미 죽어 있는 개 35마리와 함께 묻어 주었다. 해부대와 그 주변에 아무렇게나 널려 있는 해부학 책에 남아 있던 기이한 얼룩에 대해서는 우리 모두 어리둥절해 있어서 따로 생각해 볼 여유가 없었다.

그 정도만 해도 캠프에서의 공포는 걷잡을 수 없었지만, 다른 것들도 당혹스럽기는 마찬가지였다. 기드니와 개 한 마리가 실종된 것이나, 8개의 온전한 생명체 표본, 썰매 3대, 몇 가지 장비, 삽화가 그려진 기술 서적과 과학 서적, 필기도구, 손전등과 건전지, 식량과 연료, 난방 기구, 여분의 텐트와 방한복이 사라진 것은 분명 정상적 상황이 아니었다. 뿐만 아니라, 종이 몇 장에 튀어 있는 톱니 모양의 잉크 자국이나 비행기의 기계 장비를 서툴게 조작해 본 듯한 흔적들도 마찬가지였다. 개들은 어지럽게 널려 있는 장비들을 몹시 싫어하는 것 같았다. 또한 난장판으로 변한 식료품 저장소에서는 기본 식료품이 보이지 않았으며, 통조림들은 엉뚱하게 비틀려 열려 있거나 뜻밖의 장소에 우스꽝스럽게 쌓여 있었다. 손대지 않은 것부터 부러진 것, 쓰고 버린 것에 이르기까지 흩어져 있는 성냥들도 수수께끼였다. 해괴한 방법으로 서툴게 입어 봤는지, 방수포와 방한복 두세 벌이 기분 나쁘게 찢겨져 있었다. 훼손된 인간과 개의 시신, 광인이 매장한 듯한 손상된 생물체 표본, 이들은 모두 명백한 광기의 산물이었다. 그렇게 결론을 내린 가운데, 우리는 캠프에서 벌어진 광기의 무질서를 입증하는 중요한 증거들을 사진에 담았다. 그 사진들을 예정된 스타크웨더-무어 탐사팀의 출발을 저지하기 위한 탄원의 버팀목으로 활용해야 할 것 같다.

사체들을 매장한 후, 우리는 우선 별 모양의 봉분과 함께 나란히 덮여 있는 무덤을 촬영하고 봉분을 열었다. 그 기괴한 봉분과 점무늬가 가없은 레이크 교수가 설명했던 기이한 녹색 동석과 비슷하다는 점은 쉽게 알 수 있었다. 그리고 거대한 광물질 더미에서 동석을 찾아냈을 때 두 가지가 실제로 매우 유사하다는 사실을 재확인했다. 전체적인 형태는 시생대 생물체의 불가사리형 머리 부분을 암시했다. 그 같은 암시가 과로에 지친 레이크 교수의 탐사팀 대원에게 영향을 미쳤다는데 우리는 의견의 일치를 보았다. 매장된 생물체를 처음으로 직접 볼 때는 소름이 돋았으며, 피버디 교수와 나는 자연스럽게 그 전에 읽고 들었던 충격적인 원시 신화를 떠올렸다. 우리는 그 생물체를 직접 보고 계속해서 곁에 둔 상황에다 음산한 극지방의 쓸쓸함과 마의 산바람까지 가세해 레이크 탐사팀을 광기로 몰아갔을 거라고 생각했다.

대원들은 이성적으로 억누르고 있을 뿐, 저마다 속으로 난폭한 추측을 하고 있었으리라. 난 그걸 부인할 만큼 나는 순진한 사람은 아니다. 그러나 유일한 생존자 기드니가 미쳐서 저지른 짓이라는 가설에 대원들은 표면적으로는 순순히 납득하는 것 같았다. 셔먼과 피버디 교수, 맥티그는 오후 동안, 인근을 비행하며 쌍안경으로 기드니와 사라진 물건들을 수색했다. 아무것도 발견하지 못했다. 그들은 돌아오고 나서 거대한 장벽이 모두 똑같은 높이와 구조로 좌우 대칭을 이룬 채 끝없이 펼쳐져 있다는 점을 보고했다. 그러나 일부 산봉우리에서는 규칙적인 정육면체와 성벽 형태가 훨씬 뚜렷해서 로어리치가 그린 아시아의 구릉 성채와 기막힐 정도로 닮았다는 것이었다. 눈이 사라진 검은색 산 정상에 분포해 있는 신비한 동굴 입구들은 인근 어디서 봐도 대략 윤곽이 보일 정도라고 했다.

어디에나 공포가 도사리고 있었지만, 우리에겐 여전히 순수한 과학적 열정과 모험심이 남아 있었다. 신비의 산맥 너머에 있을 미지의 왕국에 대한 호기심이 있었던 것이다. 신중하게 작성한 전문에 밝힌 대로 우리는 공포와 당혹감으로 하루를 보낸 후 자정에 휴식을 취했다. 다음 날 아침, 항공 카메라와 지질 탐사용 장비 외에는 짐을 줄이고 주변 지역을 한두 번 더 비행하기로 했다. 먼저 비행에 나서기로 결정된 댄포스와 나는 아침 일찍 비행기를 탈 예정으로 7시에 일어났다. 그러나 강풍 때문에 — 외부에 보낸 간단한 보고서에도 언급했듯이 — 거의 9시가 될 때까지 비행은 지연되었다.

전에 말했듯이 16시간의 비행 후 우리는 외부 세계에 애매한 이야기만을 타전했다. 이제 나는 숨겨진 산 저편에서 우리가 진정 무엇을 보았는지, 댄포스를 신경쇠약으로 몰고 간 것의 정체는 무엇이었는지, 천

운처럼 비어 있던 공백을 채워 넣음으로써 설명을 보충해야 하는 잔인한 임무를 다해야 한다. 나는 댄포스가 혼자만 보았다고 — 설령 그것이 정신 착란의 결과라고 해도 — 생각하는 대상이자, 그 자신은 아니라고 극구 부인하지만 그를 지금의 상태로 몰고 온 마지막 충격에 대해 내가 솔직하게 덧붙일 수 있기를 소망한다. 이제 내가 할 수 있는 일은 우리 두 사람이 실제적이고 생생한 충격에 사로잡힌 이후 폭풍이 몰아치는 고개를 다시 넘어올 때, 댄포스가 비명과 함께 나지막이 속삭였던 정체불명의 말을 옮기는 것뿐이다. 그 속삭임은 내가 할 수 있는 최후의 진술이 될 것이다. 내가 태고의 공포에 대해 이다지도 명백히 경고하는데도 — 적어도 금기된 비밀과 영겁의 세월 동안 망각돼 온 비인류의 폐허 밑을 그토록 깊숙이 엿보았던 내 말에도 불구하고 — 남극을 향한 사람들의 호기심이 꺾이지 않는다면, 앞으로 찾아올 상상도 못할 재앙은 나의 책임이 아니다.

피버디 교수가 전날의 오후 비행에서 육분의로 확인한 기록을 검토한 후, 댄포스와 나는 캠프에서 오른쪽에 위치한 해발 7000미터에서 7300미터 정도의 고갯마루를 비행기로 통과할 수 있는 최저 고도로 계산했다. 그래서 우리는 정찰 비행에 나서면서 제일 먼저 기체의 중량부터 줄였다. 높은 고원에서 뻗은 구릉지대에 있는 캠프 자체의 높이가 거의 3600미터였으므로, 실제로 우리가 날아올라야 할 고도는 그리 부담스럽지 않았다. 그러나 고도를 높일수록 공기가 희박해지고 추위가 심해진다는 사실을 잊지 않았다. 시야를 확보하기 위해서는 조종실의 창문을 열어 놓아야 했기 때문이다. 물론 우리는 가장 두툼한 방한복을 입었다.

갈라진 눈과 빙하 위로 음산하게 솟아 있는 금기의 검은 산봉우리에

다가갈수록, 비탈에 있는 기이하고 규칙적인 구조물들이 더 많이 시야에 들어왔다. 또 다시 니콜라스 로어리치의 기묘한 그림이 떠올랐다. 세월과 바람에 씻긴 암반층은 레이크 교수의 말 그대로였고, 그 험준한 산봉우리들이 까마득한 태고부터 대략 5000만년 동안이나 변함없는 모습으로 버티고 있음을 입증하고 있었다. 원래의 높이는 얼마나 되는지 추측해 봐야 부질없었다. 그러나 그 기이한 지역에 있는 모든 것들이 변화를 싫어하고, 일반적인 암석의 풍화 과정마저 방해하려는 야릇한 대기의 힘을 암시하고 있었다.

하지만 우리를 가장 매료시키면서도 불안하게 만든 것은 규칙적인 정육면체와 성벽, 동굴의 입구였다. 댄포스가 비행기를 조종하는 동안, 나는 쌍안경으로 관찰하고 항공사진을 찍었다. 내 비행술은 완전히 아마추어 수준이지만, 이따금씩 댄포스의 피로를 덜어 주기 내가 조종간을 잡기도 했다. 우리는 눈에 띄는 대부분의 지형물과는 달리 석조 구조물들의 재질이 상당 부분 연한 색의 시생대 규암임을 쉽게 알 수 있었다. 가엾은 레이크 교수가 암시한 것 이상으로 그 규칙성은 극단적이고 기괴했다.

레이크 교수의 말대로, 석조 구조물의 가장자리는 숱한 세월 동안 모진 풍화에 의해 부서지고 둥그스름해져 있었다. 그러나 초자연적인 견고함과 단단한 재질 덕분에 완전히 붕괴되지는 않았다. 특히 비탈에 가까운 지점을 비롯해 많은 부분이 주변의 암석과 같은 재질로 이루어져 있는 것 같았다. 전체적인 배열은 안데스 산맥의 마추픽추 유적[101]이나 1929년 옥스퍼드 자연사 박물관 탐사팀이 발굴한 키시[102]의 고대 성벽과 비슷했다. 레이크 교수가 함께 동행했던 캐롤의 말을 빌어 '독립된 거석 문명'이라고 표현한 의미를 알 수 있었다. 내가 이 자리에서 그 광경을 설명하는 일은 솔직히 능력 밖이며, 당시에는 지질학자로서 괜히 초라해짐을 느꼈다. 아일랜드의 유명한 '자이언츠 코즈웨이'[103]처럼 열에 의해 생성된 구조물인 걸로 추측했는지 레이크 교수도 처음에 화산 활동의 가능성을 언급하기는 했지만, 그 놀라운 지역의 구조는 화산과 전혀 관련이 없는 것이었다.

석조 구조물이 가장 많이 모여 있는 지역에서 기이한 동굴의 입구가 나타났는데, 그 역시 규칙적인 형태를 가진 점이 의아했다. 레이크 교수의 보고대로, 동굴의 입구는 주로 사각형이나 반원형에 가까웠다. 처음엔 자연적으로 발생했지만 이후 어떤 손길에 의해 훨씬 다듬어진 형태로 바뀐 것 같았다. 동굴의 무수한 개수와 폭넓은 분포도 놀라웠으며, 석회암층이 용해되면서 생긴 터널이 벌집처럼 그 지역 전체에 얽혀 있을 거라는 생각을 했다. 동굴 내부를 스치듯 봤을 뿐이지만, 종유석과 석순이 없다는 사실은 분명했다. 비탈과 이어지는 동굴의 바깥 부분은 평평하고 일정한 형태였다. 댄포스는 풍화 작용으로 생긴 가는 틈과 구멍들이 그처럼 기이한 동굴 형태를 만들어 냈다고 생각했다. 캠프에서 느꼈던 공포와 기이함에 사로잡힌 그는 녹색 동석의 이상한 반점이나 괴생물체가 매장된 봉분, 그리고 동굴의 형태가 무섭도록 일치한다고 말했다.

우리는 점점 높은 구릉지대를 넘어 예정된 고개로 향했다. 간혹 눈과 얼음으로 뒤덮인 육로를 내려다보며, 장비가 단순했던 옛날 사람들이 어떻게 등반을 했을지 궁금해졌다. 놀랍게도 전혀 불가능한 일은 아니라는 사실을 깨달았다. 크레바스[104]와 험준한 지역이 눈에 띄었지만 스콧, 섀클턴, 아문센이라면 그 정도에 굴복할 것 같지는 않았다. 바람이 그대로 몰아치는 고개마다 빙하가 끝없이 이어져 있었으며, 우리가 선택한 고개 역시 예외는 아니었다.

산맥 저편이 지금까지와는 완전히 다를 거라고 생각할 이유가 없었음에도, 고개를 넘으며 미지의 세계를 일견했을 때의 그 강렬한 설렘은 글로 표현하기 어렵다. 산맥과 그 산봉우리 사이로 언뜻 스쳐 가는 흐릿한 창공의 바다, 거기에 스며든 사악한 신비감. 그건 지극히 미묘해서 글자로 표현할 성질은 아니었다. 차라리 모호한 심리적 상징이자 미학적 연상에 가까웠으며, 이국적인 시와 그림, 우리가 멀리하고 금기시하는 책 속에 숨어 있는 고대 신화와 맞닿아 있었다. 바람 소리조차 의도적인 악의를 드러내듯 독특한 선율을 띠었다. 바람은 한동안 동굴을 질풍처럼 드나들며 산맥 전체에 휘파람이나 피리 소리처럼 기기묘묘한 음향을 울려 퍼지게 했다. 복잡하고 미묘한, 일종의 반감을 일깨우는 음향이었다.

천천히 고도를 높이자, 어느새 고도계는 해발 7180미터를 가리켰고 눈으로 뒤덮인 지역은 발밑으로 멀어져 있었다. 위쪽에는 어둡고 황량한 암벽과 거칠게 갈라진 빙하가 놓여 있었지만, 도발적인 정육면체와 성벽, 메아리치는 동굴 입구는 초자연적이고 환상적이며 몽환적인 전조를 더욱 고조시켰다. 나는 최고봉들을 올려다보면서 레이크 교수가 말한 성벽을 볼 수 있으리라 생각했다. 성벽은 레이크 교수가 처음에 화산이라고 생각했던 남극 특유의 엷은 안개에 반쯤 파묻혀 있는 것 같았다. 들쭉날쭉하고 위협적인 탑문처럼, 바람이 휘몰아치는 평평한 지점에 고개가 불쑥 흐릿한 자태를 드러냈다. 고개 너머로 수증기가 소용돌이치며 극지방의 낮은 태양 빛에 밝게 빛나는 창공, 그것은 인간의 눈길이 닿은 적 없는 은밀한 왕국의 하늘이었다.

몇 미터만 더 올라가면 그 왕국을 볼 수 있었다. 고개를 통과하며 노도처럼 울부짖는 바람 소리와 소음기가 없는 엔진 소리로 인해 고함을 지르지 않고는 대화를 할 수 없었으므로 댄포스와 나는 눈빛만 주고받 았다. 마지막 몇 미터를 올라, 우리는 드디어 산맥 저편의 오래되고 이 질적인 지구의 비밀을 앞에 두었다.

V

고개를 넘어 그곳의 광경을 마주했을 때, 우리는 외경심과 놀라움, 공포와 착각이라는 감정이 뒤섞여 동시에 소리를 질렀던 것 같다. 물론 그 순간에도 머리 한편으로는 동료들을 납득시킬 만한 그럴듯한 설명 을 생각해 냈다. 우리가 콜로라도의 '신들의 정원'[105]에 있는 기암괴석, 혹은 바람에 의해 기막힌 대칭 구조로 새겨진 애리조나 사막의 암석을 연상했을지도 모르겠다. 어쩌면 광기의 산맥에 처음 접근하던 날 아침 에 보았던 신기루를 은연중에 떠올렸을 수도 있다. 폭풍의 상처를 안고 끝없이 펼쳐져 있는 고원과 거대하고 규칙적이며 기하학적으로 배치 된 석조물의 미로에 시선을 빼앗긴 채, 우리는 상식적인 설명을 찾고 있었던 것 같다. 부서지고 패인 석조물들은 빙하층 위로 솟구쳐 있었는 데, 빙하는 가장 두터운 지점이 12미터에서 15미터 정도로 그보다 훨 씬 얇은 곳도 많았다.

기존의 자연 법칙에 완전히 반하는 그 기괴한 광경을 대해 차마 형용 할 길이 없었다. 6000미터 높이의 까마득한 원시 고원, 고작 50만년의 역사를 지닌 인간은 도저히 살 수 없는 극한 공간에 온통 질서정연한 석조물이 들어차 있었다. 아무리 그럴듯한 설명을 찾으려 해도 그 석조물은 의식적이고 인위적인 이유에서 만들어진 것이라는 생각밖에 할 수 없었다. 우리는 앞서 산기슭에 있는 정육면체와 성벽도 자연적으로 형성됐다고 애써 스스로 납득했다. 그게 아니라면 인간이 유인원에 불과했을 무렵, 혹은 그 이전에 거기가 얼어붙은 죽음의 영역이자 불가침의 성역으로 바뀌었다는 말일까?

아무튼 정사각형과 곡선, 각진 석조물로 이루어져 미로를 방불케 하는 거석의 도시는 마음 편히 보고 있을 풍경과는 거리가 멀었으므로, 우리의 불안한 이성은 송두리째 흔들릴 수밖에 없었다. 신기루에서 본 불경한 도시가 황량하고 객관적이며 회피할 수 없는 현실로 나타난 것이 분명했다. 섬뜩한 전조는 결국 근거 있는 실체였다. 물론 상층 대기의 얼음 입자가 수평으로 층을 이루어 산맥 너머의 놀라운 석조물을 미리부터 반사해 보여주었지만, 이제 눈앞에 펼쳐진 실제 모습은 멀리서 반사된 이미지보다 훨씬 오싹하고 위협적이었다.

초인적이고 어마어마한 대형 석조 건물과 성벽……. 황량한 고원의 돌풍 한가운데 묵묵히 누워 수십만 년, 아니 수백만 년 동안 완전한 소멸로부터 그 끔찍한 모습을 간직한 듯했다. '코로나 문디……. 세계의 지붕…….'[106] 믿을 수 없는 광경을 아찔하게 내려다보는 동안, 우리의 입가에 온갖 환상적인 문구들이 맴돌았다. 나는 죽음의 남극을 처음 보았을 때부터 집요하게 떠돌던 음산한 원시 신화를 또 다시 떠올렸다. 마의 렝 고원, 미-고, 히말라야의 오싹한 설인[107], 인류 이전의 프나코틱 필사본, 크툴루 신화, 네크로노미콘, 형체 없는 '차토구아'에 관한 북극의 전설, 역시 형체 없이 별에서 태어났다는 더 끔찍한 반(半)존재.

사방으로 수십 킬로미터 이상, 거석의 도시는 끝없이 펼쳐져 있었다. 산맥의 실제적인 가장자리와는 분리되어 있는 완만한 구릉지대를 따라 좌우로 살펴보는 동안, 우리가 통과한 고개의 왼쪽을 제외하고는 건축물이 끊인 곳이 없다는 사실을 확인했다. 우리는 광활한 산맥 중에서 한군데 낮은 지점을 그야말로 우연하게 발견했던 것이다. 기괴한 석조물이 비교적 드문드문 세워져 있는 구릉지대는 음산한 도시와 그 외곽을 형성하는 산맥의 정육면체 성벽을 이어주고 있었다. 산맥의 외곽과 마찬가지로 도시의 성벽에서도 기이한 동굴 입구가 보였다.

정체불명의 거석 미로는 대부분 빙하를 뚫고 3미터에서 45미터 높이의 벽으로 이루어져 있었고, 두께는 1.5미터에서 3미터까지 다양했다. 돌벽은 주로 시생대의 검은색 판암과 편암, 사암으로 만든 거대한 블록 ─ 가로 세로 높이가 대개 1.2, 1.8, 2.4미터 ─ 으로 구성돼 있었다. 그러나 단단하고 울퉁불퉁한 선캄브리아기의 암반층을 그대로 깎아낸 곳도 여러 군데였다. 건물의 크기는 다양했다. 작고 독립적인 건물뿐 아니라, 건물이 거대한 벌집처럼 모인 엄청난 크기의 건물도 있었다. 건물은 원추형, 피라미드형, 계단식 형태 중 하나를 취했으며, 완벽한 기하학적 모양을 이룬 구성을 보면 현대적인 요새를 방불케 했다. 그 도시의 건축가들은 아치 양식을 일관적이면서도 전문적으로 활용했으며, 도시의 전성기에는 돔 형태의 건물들도 존재했을 가능성이 컸다.

도시 전체는 심한 풍상을 겪었으며, 건물이 뚫고 나온 빙하 표면에는 부서진 석조 블록과 태고의 잔해들이 널려 있었다. 투명한 빙하 밑으로 건물의 거대한 하부 구조가 나타났는데, 빙하 위의 지상 건물로 연결되는 돌다리가 얼어붙은 채 보존된 상태였다. 빙하 위로 솟구친 성벽에도 지하처럼 통로와 다리가 연결되었던 흔적을 볼 수 있었다. 거대한 창문도 무수히 발견되었다. 창문 대부분은 불길하고 위협적인 구멍을 드러냈지만, 일부는 돌처럼 굳은 나무로 막혀진 상태였다. 물론 대부분의 건물은 폐허가 되어 지붕이 없었고, 위쪽 가장자리도 바람에 마모되어 둥그스름해져 있었다. 그러나 원추형이나 피라미드형, 혹은 주변의 고층 건물에 에워싸인 일부 건물들은 곳곳이 부서지고 패었긴 해도 윤곽만큼은 또렷하게 남아 있었다. 쌍안경으로 살펴보니 건물마다 수평 띠처럼 조각 장식을 둘러놓았는데, 그중에는 고대의 동석에서 발견한 바 있는 기묘한 점무늬도 눈에 띄어서 새삼 그 의미가 중대하게 다가오는 것이었다.

폐허가 된 건물 위를 뒤덮고 있는 얼음층은 여러 가지 지질학적 요인을 떠올리게 했다. 일부 지역의 석조물은 빙하 표면까지 주저앉아 있었다. 고원의 안쪽에서 우리가 넘어온 고개 왼쪽의 1.5킬로미터 지점까지 넓은 길이 나 있는데, 그 자리에는 건물이 하나도 없었다. 우리는 수백만 년 전 제3기 무렵에 큰 강이 도시를 관통하며 지하의 심연으로 흘러들었을 거라고 결론지었다. 그 도시는 인간의 발길이 닿을 수 없는 동굴과 심연, 지하의 비밀 위에 세워진 것이 분명했다.

그때의 흥분을 되새기고, 인류 이전부터 영겁의 세월 동안 살아남은 음산한 도시를 앞에 둔 현기증을 떠올리면 우리가 그토록 침착할 수 있었던 이유가 궁금해진다. 물론 우리는 지구의 연대기, 과학 이론, 인식 같은 것들이 어긋나 있다는 서글픈 비애를 느꼈다. 그러나 우리는 침착하게 비행을 계속하고 세밀하게 관찰한 끝에 이제 세상 사람들에게 내보일 만한 일련의 사진을 신중하게 촬영할 수 있었다. 나의 경우에는 타고난 과학적 사고방식이 도움이 된 것 같다. 어리둥절함과 위기감 속에서도 나는 태고의 비밀을 좀 더 파고들어, 그토록 거대한 도시를 건설하고 살았던 존재가 누구이며, 그들의 삶이 집중됐던 시기가 언제였으며 다른 세계와 어떤 관련성을 지니는지 알고 싶었다.

그곳은 보통의 도시가 아니었기 때문이다. 그곳은 가장 모호하고 왜곡된 신화 속에서도 어렴풋이 숨어 있는 원시의 핵심이자 고대의 중심이며 믿을 수 없는 지구 역사의 한 장으로서, 인류가 유인원의 단계에서 벗어나기 훨씬 전에 발생한 지각 변동의 혼란 속으로 완전히 사라져 버렸다. 우리 앞에 펼쳐져 있는 제3기의 거대 도시와 비교할 때, 전설의 아틀란티스와 레무리아[108], 코모리엄, 우줄더럼[109], 로마르의 올라소[110] 등은 어제오늘 벌어진 일이나 다름없었다. 그 거석의 도시는 인류 이전의 불경한 속삭임으로 전해지는 벨루시아[111], 리예, 나르의 아이브[112], 아라비아 사막의 '이름 없는 도시' 등과 비견될 만 했다. 거대한 건물 위를 나는 동안 나의 상상력은 모든 경계를 벗어나 환상의 제국을 정처 없이 배회했다. 그 잃어버린 세계가 주는 느낌은 캠프에서 겪었던 광기의 공포가 묘연히 연결되기도 했다.

기체를 가볍게 하기 위해 연료를 약간만 채웠으므로, 우리는 탐사에 신중을 기해야 했다. 그러나 우리는 바람이 위험하지 않은 고도까지 낮추고 방대한 지역을 비행했다. 산맥은 끝이 없었고, 구릉지역 안쪽을 에워싼 거석 도시도 마찬가지였다. 사방으로 80킬로미터를 비행했지만 영겁의 빙하를 뚫고 시체처럼 일어선 암석과 석조물의 미로에 별다른 변화는 없었다. 그러나 언젠가 강물이 구릉지대를 관통했을 지점에 형성된 협곡과 광범위하게 함몰된 지역처럼 눈길을 사로잡는 부분이 없지 않았다. 강줄기가 시작되는 곳은 거대한 탑의 형상으로 패어 있었는데, 홈이 패인 통 모양의 구조를 보면서 댄포스와 나는 모호하면서도 혐오스러운 혼돈의 기억이 꿈틀대는 것을 느꼈다.

몇 개 지역에서 발견된 5각형 모양의 공터는 광장이 분명했으며, 지형의 굴곡이 심했다. 가파르게 솟아 있는 언덕 하나는 움푹한 지점마다 석조물의 잔해가 흩어져 있었지만, 두 곳은 예외였다. 한 곳은 풍상에 심하게 시달려서 원래의 모습을 알아낼 수 없었던 반면 다른 한 곳은 단단한 암석을 기막힌 원추형으로 깎아 내서 페르타의 고대 계곡에 있는 유명한 '뱀 무덤'과 비슷했다.

산맥에서 고원 안쪽으로 비행하는 동안, 도시가 무한한 것 같다는 처음 생각이 잘못임을 깨달았다. 50킬로미터쯤 비행하고 나니 기괴한 석조 건물이 뜸해졌고, 16킬로미터를 더 가자 인공물이 전혀 없는 천연의 황무지가 나타났다. 도시 너머의 강줄기는 움푹 들어간 선으로 변했다. 한편 거칠어진 지표면은 안개에 휩싸인 서쪽으로 멀어질수록 점점 더 경사가 급해졌다.

그때까지 우리는 착륙을 시도하지 않았지만, 기괴한 건물 안에 들어가 보지도 않고 고원을 떠난다는 것은 있을 수 없는 일이었다. 그래서 우리가 통과했던 고개 근처의 구릉지대에 착륙할 만한 평지를 찾은 다음, 도보 탐사에 나서기로 마음먹었다. 완만한 비탈에도 폐허의 잔재가 뒹굴었지만, 고도를 낮추자 착륙할 만한 지역이 꽤 많이 나타났다. 캠프로 돌아갈 때를 대비해 고개에서 가장 가까운 지점을 선택한 후, 우리는 오후 12시 30분경 평지에 무사히 착륙했다. 착륙 지점은 단단한 눈벌판으로 별다른 장애물이 없어서 신속하게 이륙하는데도 안성맞춤이었다.

도보 탐사의 일정이 짧고, 고도가 낮아 강풍도 없었으므로 눈으로 둑을 쌓아 비행기를 보호할 필요는 없었다. 그래서 우리는 비행기의 랜딩 스키와 중요한 기계 부품이 얼지 않았는지만 확인했다. 도보 탐사를 위해 두꺼운 방한복을 벗고, 휴대용 나침반과 카메라, 비상식량, 많은 공책과 종이 뭉치, 지질학자 전용 해머와 끌, 표본 가방, 등산용 로프, 고성능 손전등과 여분의 건전지로 간편한 장비를 준비했다. 장비들은 착륙이 가능할 경우를 대비해 지층 조사용, 혹은 동굴에서의 암석 채취용으로 준비한 것이었다. 다행히 찢어 쓸 만한 종이가 충분해서 여분의 표본 가방에 넣었는데, 복잡한 내부로 들어갈 경우 전통적인 방법대로 길을 표시하는데 사용할 생각이었다. 바람이 잠잠한 동굴을 탐사할 때는 바위를 깎아 놓는 일반적인 방법보다 종이를 사용하는 편이 빠르고 쉬운 방법이었다.

딱딱한 눈을 밟으며 조심스럽게 내리막길을 걸어갔다. 흐릿한 서쪽을 등지고 서 있는 거대한 석조물을 향해 다가가는 동안, 우리는 4시간 전 광대한 산맥의 고개를 넘을 때처럼 절절한 경이감에 빠져들었다. 사실 그때 우리는 봉우리에 가려져 있던 어마어마한 비밀에 어느 정도 시각적으로 익숙해진 상태였다. 그러나 인류가 출현하기 전인 수백만 년 전 어느 존재가 건설한 원시의 성벽 안에 실제로 발을 들여놓는다는 생각은 두려움뿐 아니라 우주적인 비정상성이라는 오싹함마저 던져 주었다. 고도가 높아 공기가 희박했으므로 평소보다 움직이기가 몹시 어려웠다. 그러나 댄포스와 나는 아주 잘 견뎠고, 운명적인 사명감 같은 것까지 느끼고 있었다. 얼마 걷지 않아 눈에 덮인 형체 없는 폐허의 일부가 나타났다. 50미터에서 70미터 떨어진 곳에 지붕은 없어도 여전히 별 모양의 거대한 윤곽을 간직한 성벽이 3, 4미터쯤 불규칙한 높이로 솟아 있었다. 우리는 그 성벽을 향해 걸었다. 마침내 풍상에 시달린 거대한 석조 블록을 만지는 순간, 우리는 인류 최초로 잊혀진 망각의 세월과 불경한 끈으로 연결되는 듯한 느낌에 빠져들었다.

별 모양의 꼭짓점에서 꼭짓점까지 대략 90미터에 이르는 그 성벽은 불규칙한 크기의 쥐라기 사암으로 건축되었는데, 표면에 드러난 블록의 크기는 평균 가로 세로가 1.8미터, 2.5미터 정도였다. 그리고 폭 1.2미터, 높이 1.5미터 정도의 아치형 총안 혹은 창문으로 보이는 구멍이 줄지어 나타났다. 구멍을 통해 안을 들여다보니 성벽의 두께는 1.5미터에 달하고, 내부에는 따로 구획을 한 흔적이 없는 반면 안쪽 벽면에 줄무늬 조각이나 얕은 돋을새김이 보였다. 성벽 위를 저공으로 비행할 때 예상한 부분이 맞아떨어졌다. 성벽의 아래 부분이 더 있는 것 같지만, 그 위치에서는 두꺼운 얼음층과 눈에 가려 아무것도 보이지 않았다.

우리는 창문 하나로 기어들어가 거의 지워져 버린 벽화를 해독하려 했으나 헛된 노력이었다. 빙하 바닥을 건드리진 않았다. 정찰 비행에서 얼음의 영향을 상대적으로 덜 받은 건물들이 많다는 사실을 확인했으므로, 지붕이 남아 있고 내부가 깨끗한 건물로 들어간다면 원래의 지표면으로 향하는 통로를 찾아낼 수 있을 것이었다. 성벽을 떠나며 우리들은 조심스럽게 사진을 찍었고, 거대한 석조물을 살펴보며 회반죽 없이 이런 건축을 완성했다는 사실에 혀를 내둘렀다. 피버디 교수가 그곳에 함께 있지 않아서 아쉬움이 들었는데, 그의 공학 지식이라면 까마득한 옛날 그처럼 거대한 석조 블록을 어떻게 다루었을지 추측할 수 있지 않을까 하는 생각 때문이었다.

800미터쯤 내리막길을 따라 실제 도시가 시작되는 곳으로 향하는 동안, 등 뒤에 버티고 선 산봉우리들을 통과하며 공연히 난폭하게 울부짖던 바람 소리는 영원히 내 기억에 남아 있을 것이다. 또 댄포스와 나 외에는 아무리 가공할 만한 악몽을 꾼다 해도 그토록 생생한 시각적 효과를 상상할 수 있는 사람이 없을 것이다. 서쪽 하늘에서 소용돌이치는 수증기와 우리들 사이에 검은색 석조물이 괴기스럽게 엉켜 있었다. 그 불가해한 윤곽은 우리의 위치가 변할 때마다 새로운 모습을 띠었다. 단단한 돌로 이루어진 신기루라 할 만했고, 사진으로 찍어 놓지 않았다면 나도 내 눈을 의심했을 것이다. 석조물의 전반적인 형태는 우리가 조사했던 성벽과 같았다. 하지만 도시의 일부임을 과시하는 그 밖의 특징적인 형태들에 대해서는 설명할 길이 없었다.

우리가 촬영한 사진들마저 그 도시의 기괴함과 끝없는 다양성, 초자연적인 거대함과 완벽한 이국의 정취를 일부만 보여줄 뿐이다. 변칙적으로 절단된 원추형 건물을 본다면 유클리드도 할 말을 잃었으리라. 도발적으로 균형을 파괴한 계단식 단, 구근 형태로 기이하게 확대된 축대, 기묘하게 배치된 기둥, 광적인 기괴함을 드러내는 별 모양의 5각형 혹은 5개의 홈이 파인 구조물들이 시야에 들어왔다. 좀 더 가까이 다가가자 투명한 얼음층이 나타났는데, 그 밑으로 튜브 모양의 돌다리들이 다양한 높이까지 미친 듯이 뻗어 나와 건물을 연결하고 있었다. 규칙적인 도로 따위는 없는 것 같았으며, 왼쪽으로 1.5 킬로미터 정도 떨어진 곳에 도심을 관통해 산으로 흘러들었을 고대 강줄기만이 탁 트인 물길의 흔적을 보여주었다.

쌍안경으로 살펴보니 거의 지워지긴 했지만 수평의 띠처럼 새겨진 조각과 점무늬가 어디서나 눈에 띄었다. 건물 지붕과 윗부분이 대부분 사라진 상태였으나 도시의 원래 모습을 어림짐작할 수 있었다. 전체적으로 도시는 구불구불한 통로와 샛길이 복잡하게 얽혀 있었다. 창공을 뒤덮는 석조물과 아치형 다리 때문에 길들은 하나같이 깊은 협곡이나 터널처럼 보였다. 이른 오후의 낮게 걸린 붉은빛 태양이 빛을 발산하려고 애쓰는 가운데 발밑에 펼쳐진 광경은 서쪽 안개에 묻혀 몽환적인 분위기를 자아냈다. 햇빛이 한순간 짙은 안개에 가려지자, 돌연한 어둠에 빠져든 발밑의 세계에서 나는 차마 입으로 표현하고 싶지 않은 미묘한 위협을 느꼈다. 멀리 산맥을 휘도는 바람의 희미한 울부짖음과 피리 소리는 훨씬 의도적인 악의를 품고 있었다. 도시로 내려가는 마지막 길목은 매우 가파르고 험했으며, 가장자리에 암석이 돌출해 있는 것으로 보아 경사가 바뀌는 지점에 인위적으로 층층대를 만들었던 것 같았다. 그래서 우리는 빙하 밑에 계단이나 그 비슷한 구조물이 있을 거라고 생각했다.

붕괴된 석조물을 기어올라 위압감에 움츠러들고 거대한 폐허에 왜소해지는 느낌으로 마침내 미로처럼 얽혀있는 도심에 들어섰을 때, 우리는 다시 한 번 스스로 놀랄 만큼의 자제력을 발휘했다. 솔직히 댄포스는 과민한 반응을 보이기도 했는데, 캠프에서 벌어진 사건에 대해 기분 나쁜 억측을 하기 시작했던 것이다. 한편 내가 그에게 몹시 화를 낸 이유는 오싹하고 음산한 고대 폐허를 지켜보며 나도 그와 비슷한 결론을 떠올렸기 때문일 터였다. 그런 억측은 댄포스 자신의 상상력까지 사로잡았다. 어지러운 골목이 갑자기 꺾어지는 지점에서 그는 바닥에서 꺼림칙한 표식을 봤다고 말하는가 하면, 다른 곳에서는 산맥의 동굴과 비슷하면서도 훨씬 섬뜩한 피리 소리가 들린다며 귀를 쫑긋하는 것이었다. 사방으로 끊임없이 펼쳐진 5각형 건물과 뜻 모를 아라베스크[113] 벽화는 우리가 이곳을 벗어날 수 없다는 불길한 암시를 전할뿐 아니라, 그 불경한 도시를 건설하고 살았던 태고의 존재들을 향해 우리의 끔찍한 잠재의식을 일깨웠다.

그러나 우리의 과학적인 도전 정신이 완전히 사라진 것은 아니었다. 우리는 석조물의 다양한 암석 표본을 채집한다는 원래의 목적을 기계적으로 수행하고 있었다. 도시의 역사를 정확히 알아내기 위해 완벽한 표본을 확보하고 싶었다. 거대한 외벽에서 쥐라기와 코만치아기 이후

의 암석은 발견되지 않았고, 전체적으로도 플라이오세[114] 이후의 표본
은 없었다. 문득 50만년 이상 죽음이 지배했던 공간을 배회하고 있다는
확신이 들었다.

　석조물의 그림자가 석양처럼 드리워진 미로를 걸어가면서, 우리는
구멍이 나타날 때마다 그 내부를 살피며 들어갈 수 있을지 가늠했다.
어떤 구멍들은 너무 높은 곳에 있었고, 일부는 지붕도 없는 언덕의 성
벽에서처럼 폐허가 되어 얼음에 덮여 있기도 했다. 그러나 어떤 곳에서
는 널찍한 구멍이 우리를 부르듯 끝없는 심연을 향해 열려 있기도 했
다. 이따금씩 석화된 덧문의 재질을 관찰하다가 여전히 남아 있는 나뭇
결에서 어마어마한 세월의 깊이를 느꼈다. 이들 목재는 중생대의 겉씨
식물과 침엽수——특히 백악기의 소철——나 제3기의 야자수와 초기 속
씨식물에서 나온 것이었다. 플라이오세 이후의 식물은 발견되지 않았
다. 덧문을 설치한 이유는——가장자리에 기묘하고 오래된 경첩의 흔적
이 남아 있다——여러 가지 용도로 사용하기 위해서인 것 같았다. 덧문
은 바깥쪽뿐 아니라, 그보다 넓게 만든 안쪽 창문에도 끼워져 있었다.
창문에 딱 맞게 끼어져 있어서, 앞서 성벽에서 본 금속 재질의 접합 도
구를 사용한 덧문과는 달리 녹이 슬지 않았다.

　얼마 뒤 창문들이 줄줄이 나타났는데, 5개의 홈이 파인 거대한 원통
형 구조물의 불룩 튀어나온 부분에서 창문 너머 잘 보존된 큼지막한 공
간이 돌바닥을 드러내고 있었다. 그러나 바닥에서 창문까지가 너무 높
아서 밧줄 없이는 내려갈 수 없었다. 로프를 가져오기는 했지만 불가피
한 상황이 아니라면 6미터의 높이를 밧줄에 매달려 내려가는 일은 피
하고 싶었다. 특히 공기가 희박한 고원이었으므로 웬만한 활동도 심장
에 큰 부담이 되는 상황이었다.

그 방은 공회당이나 집회 장소로 보였다. 손전등을 비춰보니 벽을 따라 넓은 수평 띠처럼 전통적인 아라베스크 무늬가 오싹한 모습을 뚜렷이 드러냈다. 좀 더 수월한 건물 출입구를 찾지 못한다면, 그 창문으로 들어갈 계획을 세우고 위치를 꼼꼼히 기록해 두었다.

그러나 마침내 우리가 원했던 입구를 발견했다. 폭 1.8미터, 높이 3미터 정도의 아치형 통로였는데, 예전에는 건물을 연결하는 구름다리였는지 빙하 표면에서 1.5미터 정도 높이에 있었다. 물론 그 통로는 건물 일부에 수평으로 연결된 상태였고, 이번에는 연결된 건물의 바닥도 붕괴되지 않고 남아 있었다. 건물은 우리 왼쪽에서 서쪽을 향해 층층이 쌓아올린 직사각형 형태였다. 그곳에서 가까운 곳에 또 다른 아치형 통로가 입을 벌리고 있었는데, 3미터 정도 위쪽에 창문이 없는 불룩한 원통형 구조물이 나타났다. 내부가 어두웠으며, 통로가 끝 간 데 없는 공간을 향해 열려져 있는 것 같았다.

거대한 왼쪽 건물에 잔해가 쌓여 있어서 밟고 올라가기는 수월했지만, 우리는 오랫동안 바라던 기회를 앞에 두고 한동안 망설였다. 태고의 신비 속으로 들어서긴 했지만, 완벽하게 보존된 불가해한 세월의 내부는 우리에게 더욱 끔찍할 것이 분명했으므로 다시 마음을 추슬러야 했다. 그러나 결국 우리는 들어가기로 결심했다. 잔해를 헤치며 벌어진 구멍으로 기어올랐다. 내부 바닥은 거대한 석판으로, 조각이 새겨진 벽면을 따라 길고 높은 복도로 이어진 것 같았다.

복도 쪽에서 뻗어 있는 무수한 내부 통로를 바라보자 내부가 꽤 복잡하다는 사실을 알 수 있었다. 종이를 뿌리고 술래잡기를 할 때가 온 것이었다. 뒤쪽의 석탑들 사이로 보이는 산맥을 기준으로 나침반을 사용해도 길을 잃을 염려는 없었지만, 추가 조치를 해 둘 필요가 있었다. 그래서 우리는 여분의 종이를 적당한 크기로 잘라 댄포스의 가방에 넣고, 안전하면서도 경제적으로 종이를 사용하기로 했다. 원시의 석조 건물 안에는 공기의 흐름이 약한 편이어서 그런 표시로도 길을 잃는 위험은 없을 터였다. 혹시 공기가 강해지거나 종이가 바닥나면 시간이 많이 걸리고 고단하기도 해도 바위를 깨뜨리는 방법이 남아 있었다.

우리가 들어갈 공간이 얼마나 넓을지는 직접 몸으로 부딪쳐봐야 알 일이었다. 건물들이 다닥다닥 붙어 있고, 빙하가 거대한 건물 내부까지 완전히 침투하지는 못했으므로, 붕괴되거나 지표면이 갈라진 곳이 아니라면 계속해서 빙하 밑의 다리를 지나 내려갈 수 있을 것 같았다. 빙하가 투명한 지점에서는 거의 예외 없이 굳게 닫힌 지하의 창문들을 볼 수 있었는데, 도시의 하부가 얼음에 갇힐 때까지 줄곧 그 상태를 유지한 것 같았다. 실제로 도시는 갑작스러운 재난으로 인한 멸망이나 점진적인 몰락 그 어느 쪽을 당한 것도 아니라는, 아주 오래 전부터 의도적으로 폐쇄되어 버림받은 것 같다는 느낌이 들었다. 이름 모를 존재들이 빙하를 예견하고 덜 위험한 거주지를 찾아 한꺼번에 떠난 것일까? 도시를 덮친 빙하에 대한 정확한 지형학적 분석은 나중에 해결해야 할 문제였다. 그러나 빙하가 오랫동안 단계적으로 도시를 몰락에 빠뜨린 것은 아니었다. 눈사태, 강물의 범람, 산맥에 있는 얼음벽의 갑작스런 붕괴 등이 눈앞에 펼쳐진 독특한 상태에 대한 더 유효한 설명이 될 것이다. 그 도시와 관계된 것이라면 어떤 상상력도 설득력이 있었다.

VI

영겁의 죽음을 간직한 원시 석조물의 지하 미로는 벌집이 따로 없었다. 숱한 세월 만에 처음으로 인간의 발소리가 울려 퍼졌던 그 기괴한 소굴을 우리가 어떻게 헤매고 다녔는지 자세히 늘어놓는다면 지루할 것이다. 여기저기에 많은 벽화들은 한 번도 세상에 보고된 바 없는 것이기에, 우리가 그곳에 들어간 최초의 인간이라는 사실은 명백하다. 카메라로 촬영한 사진들이 이제 우리가 밝히려는 이야기의 진실성을 입증해 줄 것이나, 당시 여분의 필름이 많지 않았다는 사실이 아쉽다. 필름을 다 사용한 후에는 두드러진 특징들을 있는 그대로 스케치했다.

우리가 들어간 곳은 규모가 크고 정교한 건물 중 하나여서, 아득한 태고의 건축 양식에 대해 인상적인 사실들을 알 수 있었다. 내부 구획은 외벽만큼 거대하지 않았지만, 지하 공간은 매우 잘 보존되어 있었다. 층마다 여러 가지 차이를 보이는 등 미로의 복잡함 자체가 전체 구조의 특징을 이루었다. 종잇조각으로 표시해 두지 않았다면 우리는 필시 길을 잃었을지도 모른다. 제일 먼저 우리는 허물어진 윗부분을 탐사하기로 하고, 30미터 가량 미로를 올라 눈과 폐허 속에서 남극의 하늘을 향해 뻥 뚫려 있는 맨 위층의 방으로 향했다. 이어 위로 이동하기 위해 허공을 가파르게 가로지른 구름다리와 계단 대신 사방에 나 있는 경사면을 올랐다. 눈에 띄는 방들은 별 모양에서 삼각형, 완벽한 정육면체까지 우리가 상상할 수 있는 모든 형태와 비율로 이루어져 있었다. 커다란 방도 많았지만, 평균 면적이 9평방미터, 높이 6미터 정도라고 하는 것이 무방할 것이다. 건물 윗부분에서 빙하 표면까지 철저하게 조사한 후 층계를 따라 지하로 내려갔는데, 건물 밖의 끝 모를 곳으로 방과 복도가 미로처럼 무수히 얽혀 있었다. 보이는 것마다 거대함과 웅장함으로 우리를 압도했다. 윤곽과 차원, 비율과 장식, 불경한 고대 석조물의 구조적인 뉘앙스에 이르기까지 모든 것에서 인간이 아닌 숨결이 막연하면서도 깊숙이 스며들어 있었다. 벽화들은 그 기이한 도시의 역사가 수백만 년으로 거슬러 올라감을 알려 주었다.

아치 형태에 대해서는 충분히 납득할 수 있었지만, 거대한 돌덩이를 파격적인 균형으로 배치한 공학 기법만큼은 여전히 설명할 길이 없었다. 방마다 마땅히 가져갈 만한 물건이 하나도 없었으므로 그곳이 의도적으로 버려졌다는 생각이 확신을 얻었다. 실내 장식의 가장 중요한 특징이라면 벽에 조각이 새겨져 있다는 점이었다. 모든 곳이 그랬다. 벽장식은 3미터 정도의 넓이로 벽을 따라 수평의 띠처럼 끝없이 이어졌고, 바닥에서 천장까지는 같은 넓이의 기하학적인 아라베스크 양식으로 바뀌어 있었다. 수평과 수직의 배열에서 예외적인 경우도 있지만, 가장 많이 사용하는 양식은 하나였다. 그러나 가끔씩 아라베스크 띠 장식을 따라 점무늬가 박혀있는 매끈한 카르투슈[115]도 눈에 띄었다.

우리는 곧 그 기법이 모든 면에서 인류의 전통과는 무관하지만, 완숙미가 탁월할 뿐 아니라 미학적으로도 고도로 발전된 문명의 소산임을 알 수 있었다. 나는 그 정도의 섬세함을 갖춘 조각품을 본 적이 없었다. 정교한 식물이나 야생 동물의 세밀한 표현은 대담한 조각 기법에도 불구하고 놀라울 정도로 생생했다. 나아가 전통적인 도안에 나타난 기교적 정교함은 정말이지 경이로운 것이었다. 아라베스크는 심오한 수학 원리를 드러냈고, 모호하게나마 5진법에 바탕을 둔 기하학적인 곡선과 각으로 구성되어 있었다. 띠 장식으로 이루어진 벽화도 독특한 원근법을 사용하며 고도로 정형화된 전통을 따랐다. 거대한 지질학적 시차에도 불구하고 깊은 감동을 선사하는 예술적인 힘을 느낄 수 있었다. 도안은 2차원의 실루엣으로 처리한 단면을 독특하게 병치하는 수법이었는데, 작자의 심리까지 형상화함으로써 인류에게 알려진 어떤 고대 유산도 능가하는 수준을 보여주었다. 그 예술품을 인간의 박물관에 전시되어 있는 작품들과 비교하는 것은 부질없는 일이다. 우리가 찍어온 사진들을 보면 그 표현 방식이 가장 대담한 미래파 예술가들의 기괴한 개념과 유사하다는 사실을 발견할지 모른다.

아라베스크 장식은 풍화 작용을 겪지 않은 벽면에 깊이는 2.5센티미터에서 5센티미터 정도로 오목새김한 형태였다. 점무늬가 박힌 카르투슈의 경우 — 알려지지 않은 원시 언어와 알파벳으로 이루어진 비문이 분명했는데 — 매끄러운 표면을 오목새김한 깊이가 3.5센티미터 정도, 점무늬의 경우는 그보다 1센티미터 가량 더 깊었다. 띠 장식의 벽화는 반대로 얕은 돋을새김으로 새겨져 있고, 그 배경은 원래의 벽면에서 5센티미터 정도 깊이로 오목새김을 한 상태였다. 영겁의 세월을 거치면서 대부분의 안료가 사라졌지만, 몇 군데 색칠한 흔적이 남아 있기도 했다. 더 깊이 관찰할수록 놀라운 기술에 감탄할 뿐이었다. 엄격한 전통주의 이면에 예술가의 세밀하고 정확한 관찰력과 생생한 화법을 느낄 수 있었다. 이들의 예술 전통이 가진 핵심은 묘사 대상의 본질이나 중요한 차이를 상징화하고 도드라지게 하는 데 있는 것 같았다. 우리는 분명히 드러난 탁월함 외에도 우리의 인식 능력이 미치지 못하는 뭔가가 숨겨져 있음을 느꼈다. 우리가 보다 완벽하거나 다른 감각 능력을 지녔다면, 벽화 곳곳에 잠재해 있는 상징과 자극은 좀 더 심오하고 거대한 의미로 다가왔을 것이다.

조각품의 주제는 작품을 창조한 당대의 삶을 표현한 게 분명했고, 역사적인 내용이 많은 비중을 차지하고 있었다. 원시 종족의 비범한 역사 의식 — 우리에겐 기적처럼 유리하게 작용했을 환경론 — 은 벽화를 통해서 놀라운 정보를 전달했으며, 우리는 사진을 촬영하고 스케치하는 일에 여념이 없었다. 어떤 방에 가득했던 지도와 천문학 도표, 확대된 과학 설계도는 장식 띠와 벽화에서 수집한 정보를 완벽하고도 섬뜩하게 보충하고 있었다. 그 의미를 설명하기에 앞서 나를 조금이라도 믿어줄 사람들이 호기심보다는 이성적인 경계심을 가져주길 바랄 뿐이다. 경고의 말이 오히려 죽음과 공포의 왕국으로 유혹하는 구실이 된다면 찾아올 것은 비극뿐이다.

조각으로 장식된 벽면에 높다란 창문이나 높이가 3.5미터에 달하는 거대한 출입구가 나타나기도 했다. 창문과 출입구에는 실제 덧문과 문짝에 사용한 판자 — 정교하게 조각을 새기고 다듬은 — 가 석화된 상태로 남아 있었다. 금속 경첩 따위는 모두 오래 전에 사라졌지만, 일부분 남아 있는 문들도 있어서 다른 방으로 이동할 때 우리 둘이 힘껏 밀어야 했다. 많지는 않았지만, 주로 타원형의 창틀에 기이한 투명 유리창이 끼워져 있는 경우도 있었다. 대부분 텅 비어 있는 커다란 벽감도 자주 눈에 띄었지만, 어떤 곳에는 녹색 동석으로 조각한 기묘한 물건들이 남아 있기도 했다. 부서졌거나 가져가기엔 썩 가치가 없다고 판단했던 것 같다. 난방과 조명 기구 같은 과거의 기계 설비를 연결했던 것으로 보이는 구멍들도 보였으며, 많은 벽화에 그와 비슷한 기계들이 그려져 있었다. 천장은 별다른 특징이 없었지만, 녹색 동석이나 타일 같은 것을 붙였는지 떨어진 흔적이 보였다. 평평한 돌이 주를 이루는 바닥에도 역시 타일 같은 것이 깔려 있었다.

앞서 말했듯이, 가구나 가져갈 만한 물건은 보이지 않았다. 하지만 벽화를 보면 무덤처럼 메아리만 공허하게 울리는 방도 과거엔 독특한 물건들로 채워져 있었다는 사실을 분명히 알 수 있었다. 빙하 표면의 윗부분은 대체적으로 바닥에 돌과 쓰레기, 파편들이 가득했지만, 아래쪽으로 내려갈수록 그 정도가 덜했다. 아래쪽의 방과 복도는 모래 먼지와 세월의 찌꺼기가 내려앉아 있는가 하면, 어느 곳은 티끌하나 없이 치워져 있었다. 물론 틈이 갈라지거나 붕괴된 지점은 건물의 아랫부분이라도 폐허로 변해 있기는 마찬가지였다. 비행기에서 보았던 다른 건물들처럼, 건물 한복판에 공터가 있어서 내부 공간이 완전한 암흑 속에 빠져들지는 않았다. 그래서 조각품을 자세히 관찰할 때를 제외하고 건물 위쪽에서는 손전등을 사용할 필요가 없었다. 반면 빙하층의 아랫부분은 많은 곳이 칠흑 같이 어두웠다.

영겁의 침묵에 빠져 있는 비인류의 석조물 속으로 들어가는 동안, 우리의 생각과 느낌이 어땠는지 대충이나마 설명하려면 쫓기는 듯한 분위기, 기억, 인상들이 뒤엉키는 무기력하고 당혹스러운 혼란을 떠올릴 필요가 있다. 예민한 사람이라면 그 오싹한 세월의 깊이와 황폐함만으로 짓눌리겠지만, 워낙에 캠프에서부터 불가사의한 공포를 체험한데다 섬뜩한 진실을 담은 벽화들로 충격에 익숙해진 상황이었다. 해석상의 실수가 일어날 수 없을 정도로 완벽한 벽화를 접하니 잠깐 살펴보고도 무시무시한 진실을 알 수 있었다. 우린 서로 내색하지 않으려고 조심했지만, 댄포스와 내가 그 진실을 각자 속으로 추측해 본적이 없다고 고집한다면 터무니 없는 거짓일 것이다. 수백만 년 전 인류가 아직 원시 포유류였을 때, 거대한 공룡들이 유럽과 아시아의 열대 지역을 거닐던 당시 그 기괴한 죽음의 도시를 건설하고 그곳에 살았던 존재에 대해 품었던 자비로운 의혹도 이제 기대할 수 없었다.

우리는 주위에서 계속 발견되는 5각형의 모티프를 원시 자연물에 대한 문화적, 종교적 찬미에 불과할 뿐이라고 각자 절박하게 스스로에게 되뇌고 있었다. 황소를 신성시했던 크레타인, 갑충석을 신성시했던 이집트인, 늑대와 독수리를 신성시했던 로마인, 그밖에 다양한 동물을 토템으로 삼았던 원시 부족들의 장식 모티프처럼 말이다. 하지만 그같은 위안마저 빼앗긴 채, 우리는 이 페이지를 읽고 있을 독자들이 오래 전부터 짐작했듯이 이성이 송두리째 흔들리는 깨달음에 직면해야 했다. 지금도 나는 그 진실이자 깨달음에 대해 명확히 기술할 자신이 없지만, 그럴 필요도 없을 것 같다.

공룡 시대에 오싹한 거석의 도시를 건설하고 그곳에 거주했던 존재들은 물론 공룡이 아니었다. 그보다 훨씬 더 끔찍했다. 지구상에 갓 출현한 공룡은 거의 지능이 없었지만, 지혜와 연륜을 겸비한 도시의 건설자들은 이미 그때 — 지구상의 생명체가 세포 덩어리에 불과했을 때 — 지구상의 진정한 생명체가 존재하지도 않았을 때 앞으로 거의 수백만 년 동안 전해질 그들의 자취를 암석에 남겨 놓았다. 그들은 지구 생명체의 창조자이자 통치자였으며, 『프나코틱 필사본』과 『네크로노미콘』에서 섬뜩하게 암시한 사악한 원시 신화의 근원이 틀림없었다. 그들은 어느 별에서 신생 지구로 스며든 '그레이트 올드원'이었다. 그들의 형태는 전혀 다른 진화를 거친 결과이며, 지구상의 어떤 존재보다 강력한 힘을 소유했다. 하루 전만 해도 그들을 전혀 알지 못했던 댄포스와 내가 수백만 년에 걸쳐 화석화된 일부를 실제로 접하고, 가엾은 레이크 교수와 그의 대원들은 그들의 완벽한 형태까지 목격했으니 그 심리 상태를 생각해 보라.

물론 우리가 알아낸 인류 이전의 괴괴한 역사 한 장을 단계별로 적절히 설명하기가 나로서는 불가능하다. 진실이 던져준 최초의 충격에서 벗어나 정신을 수습할 때까지 우리는 잠시 발걸음을 멈추었고, 다시 체계적이고 실제적인 탐사에 나선 것은 3시 정각이었다. 우리가 들어간 건물의 조각품들은 지질학, 생물학 및 천문학적 특징들로 볼 때 비교적 후기의 — 대략 2백만 년 전으로 추정되는 — 벽화들이었다. 빙하 아래의 다리들을 지나 낙후된 건물에서 발견한 벽화와 비교하면, 처음에 발견된 벽화들은 퇴폐적이라고 불러도 무방할 정도였다. 단단한 암석으로 조각된 어느 건축물은 그 기원이 4000만년 혹은 5000만년까지 — 에오세 후기나 백악기 초기까지 — 거슬러 올라가는 것 같았으며, 우리가 본 것 중에서도 특히 예술성이 뛰어난 얕은 돋을새김이 발견되었다. 그리고 우리가 지나친 내부 구조물 중에서 가장 오래된 것이라는 의견의 일치를 보았다.

앞으로 공개할 사진들이 없었다면, 나는 정신병자로 감금되지 않기 위해서라도, 내가 보고 추측한 것들을 말하지 않았을 것이다. 물론, 단편적인 역사의 초기 부분 — 별 모양의 머리를 지닌 존재들이 지구에 오기 전에 다른 우주, 다른 은하, 다른 행성에서 살았다는 내용 — 에 대해서는 그들만의 신화로 해석해도 좋을 것이다. 그러나 내가 그 방면의 전문가는 아닐지언정, 그들이 남겨놓은 도안과 도표 중에는 수학과 천체물리학 분야에서 최근에 발견된 성과와 놀라우리만큼 유사한 부분이 많았다. 그 점에 대해서는 앞으로 공개될 사진을 보고 전문가들이 판단할 몫으로 남겨 두겠다.

물론 조각품들은 연속된 이야기의 단편적인 내용 이상은 담고 있지 않았다. 발길 닿는 대로 방을 옮겨 다닌 우리로서는 여러 단계의 이야기를 순서대로 접근할 수도 없었다. 도안에 국한해서 얘기한다면, 거대한 방에 남겨진 벽화 중 일부는 독립적인 이야기였으며, 방과 복도를 따라 연대기 순으로 전개되는 벽화도 있었다. 원래의 지표면보다도 아래 만들어진 오싹한 지하실에서는 가장 훌륭한 지도와 도표들이 발견되었고, 면적이 60평방미터에 높이 18미터의 대형 토굴은 교육을 목적으로 사용된 것 같았다. 각각의 건물과 방에서 유독 똑같은 주제가 표현되기도 했다. 그곳의 건물 장식가나 거주민들은 그처럼 종족 역사를 요약해 주는 문구 같은 것을 좋아했던 것 같다. 하지만 같은 주제를 반복하는 경우에도 조각품마다 다른 다양한 견해를 표현했던 것 같다.

짧은 시간에 우리가 그토록 많은 사실을 추측해냈다는 사실이 지금 생각해도 의아하다. 물론 지금까지도 우리가 아는 것은 대략적인 윤곽에 불과하지만. 그나마 그중의 상당 부분은 나중에 우리가 가져온 사진과 그림을 연구해서 얻은 결과다. 그 후속 연구 때문에 — 되살아난 기억과 막연한 인상이 댄포스의 예민한 성격과 그가 마지막에 봤다는 공포와 결합해서 — 그는 신경 쇠약에 걸렸을 것이다. 하지만 꼭 해야만 하는 일이었다. 충분한 정보를 제시하지 않는다면 효과적인 경고를 할 수 없으며, 우리는 경고를 반드시 해야 하기 때문이다. 무질서한 시간과 생경한 자연 법칙이 지배하는 미지의 남극을 향해 꿈틀거리는 사람들의 미련 때문에 더더욱 이후의 탐사 활동을 기필코 저지해야 하는 것이다.

VII

지금까지 해독한 전체 이야기는 곧 미스캐토닉의 학술지에 공식적으로 발표될 것이다. 여기서는 애매하고 두서없는 방식으로 요점만 대충 알려야겠다. 신화든 아니든, 벽화는 별 모양의 머리를 지닌 존재들이 생명체가 없던 신생 지구에 도래한 사실을 알려 주었다. 그들뿐 아니라 영토 개척에 나선 많은 외계 종족들도 지구를 찾았음이 분명했다. 그들은 막 구조로 이루어진 거대한 날개를 이용해서 우주 공간을 가로질렀다. 그들에 관한 이야기는 언젠가 민속학을 연구하는 대학 동료에게 들은바 있는 어느 산간 마을의 기묘한 민담과 일치하는 내용이었다. 그들은 해저에 환상적인 도시를 건설하고, 미지의 에너지 원리로 작동하는 복잡한 무기를 앞세워 이름 모를 적들과 치열한 전투를 벌이면서 만족스러운 삶을 살았다. 그들이 사용했던 과학 지식은 오늘날의 인류를 훨씬 능가하는 것이었다. 벽화 중 일부는 그들이 이미 다른 행성에서 문명적 삶을 거쳤지만, 지나친 발달이 주는 부작용 때문에 기계 문명을 더 이상 발전시키지 않았음을 암시하기도 했다. 초자연적으로 강인하고 단순한 신체 구조 덕분에 그들은 보호 목적 외에는 의복 없이도 고도의 삶을 영위할 수 있었다.

그들이 처음에는 식량을 목적으로, 나중에는 다른 목적으로 최초의 지구 생명체를 창조한 곳은 해저였다. 그들은 오래 전부터 전해지는 방법에 따라 물질을 이용해 생명체를 만들었다. 우주의 여러 적들을 무찌른 후 그들은 좀 더 정교한 실험을 시작했다. 그들은 다른 행성에서도 똑같은 실험을 한 적이 있었다. 필요한 식량을 생산하는 목적 외에도, 섬유 조직을 어떤 형태로도 변형할 수 있는 다세포의 원형질 덩어리를 만들고 최면술로 통제함으로써 고된 노동을 대신해 줄 이상적인 노예로 삼기 위해서였다. 끈적끈적한 덩어리로 이루어진 그 생물체는 압둘 알하즈레드의 오싹한 『네크로노미콘』에서 '쇼고스'[116]라는 이름으로 슬며시 언급된 존재였다. 물론 그 미친 아랍인은 알칼로이드 약초를 씹는 사람만이 꿈속에서 그 생물체를 만날 수 있을 뿐, 지구상에 존재한다고는 밝히지 않았지만 말이다. 별 모양의 머리를 한 '올드원'은 간단한 식량을 합성하고 쇼고스를 대량으로 사육하는 한편, 다른 세포군들은 이런저런 목적에 따라 동물과 식물의 형태로 진화하도록 방치했다. 그러나 말썽을 일으키는 생명체는 무엇이든 죽임을 당했다.

엄청난 육체 능력을 가진 쇼고스 무리의 도움으로, 해저의 작은 도시들은 나중에 지상에서 발견된 복잡한 거석의 도시처럼 대규모로 성장했다. 적응력이 뛰어난 '올드원'들은 다른 행성에서 육지 생활을 한 적이 많았으므로, 지상 건축물의 전통도 보유하고 있었다. 우리가 지나친 회랑을 비롯해 그들이 세웠다는 고제3기의 건축물들을 벽화에서 관찰하면서 우리는 우리 자신에게조차 설명할 길 없는 기묘한 우연에 깊은 동요를 느꼈다. 건물의 지붕은 수 세기에 걸친 풍상에 형체 없는 폐허로 변했지만, 돋을새김에는 완벽한 원래의 모습이 나타나 있었다. 돋을새김에 나타난 도시에는 바늘 같은 첨탑이 크게 무리지어 있고, 원추형과 피라미드형 지붕에 섬세한 용마루 장식이 있으며, 원통형의 기둥에 얇고 평평한 조가비 모양의 원반이 겹겹이 올려져 있었다. 우리가 레이크 교수의 불운한 캠프로 향하던 날, 숱한 세월동안 지평선이 존재하지 않았던 죽음의 도시가 던져준 기괴하고 불길한 신기루 속의 도시와 그 모양이 정확히 일치하는 것이었다.

해양 생활과 그들 중 일부가 육지로 이동한 후를 포함하는 올드원의 삶은 몇 권 분량으로 쓸 수 있을 만큼 자료가 방대했다. 얕은 물에서는 5개의 머리 촉수에 달려 있는 눈을 완벽하게 사용했으며, 저술과 조각도 일상의 한 부분이었다. 글을 쓸 때는 밀랍을 입힌 방수 용지에 철필로 적었다. 바다 깊은 곳에서 생활할 때, 빛을 내기 위해 독특한 발광 기관을 사용했지만, 머리에 달린 분광 섬모로 시력을 보완했다. 분광 섬모를 이용한 특수 감각 능력 덕분에 올드원은 모든 위기 상황을 빛 없이도 대처할 수 있었다. 쇠퇴기를 겪는 동안 그들의 조각과 저술 활동에 묘한 변화가 생겼는데, 빛을 내기 위해 종이에 화학 안료를 칠하는 식으로 바뀌었다. 이 방식의 경우 우리로서는 제대로 판독이 어려웠다. 그들은 바다에서 헤엄쳐서 ─측면에 있는 바다나리 모양의 팔을 이용해서─ 이동을 하거나, 발과 유사한 열 개의 촉수를 꿈틀거리며 다니기도 했다. 가끔 장시간 이동을 할 때는 부채꼴처럼 접혀있는 날개를 보조 수단으로 사용했다. 육지에서는 지형에 따라 발과 유사한 촉수를 이용했지만, 높은 곳이나 먼 거리는 날개로 비행하는 방법을 택했다. 바다나리 모양의 팔에 뻗어 있는 무수한 촉수들은 매우 섬세하고 유연하며 강할 뿐 아니라 근육과 신경의 움직임이 정확했다. 그래서 예술적인 활동이나 물리적 조작에서 고도의 기술과 솜씨를 발휘했다.

그들의 강인함은 상상을 초월했다. 해저의 엄청난 수압에도 그들은 아무런 손상을 입지 않았다. 폭력 외에는 사망자가 거의 없었으므로 묘지를 많이 만들지 않았다. 벽화의 내용에서 그들이 시체를 똑바로 매장하고 5각형의 봉분을 세운다는 사실을 알게 되자, 댄포스와 나는 정신을 차리기 위해 한동안 멈춰서야 했다. 번식 수단은 레이크 교수의 추측대로 ─양치식물처럼─ 포자였지만, 강인한 생명력과 긴 수명으로 인해 세대교체의 필요가 없었으므로 새로운 지역을 개척한 경우를 제외하면 대량으로 전엽체를 만들지 않았다. 어린 개체는 빠르게 성장했으며, 우리의 상상을 뛰어넘는 수준으로 교육을 받았다. 지적, 미학적인 측면도 극도로 발전하여 탁월한 관습과 제도를 만들었는데, 이 부분에 대해서는 계획 중인 학술지 발표에서 보다 자세히 설명할 것이다. 바다와 육지에서 근소한 차이는 있지만, 기본 토대와 본질은 어디서든 변함이 없었다.

그들은 식물처럼 무기질에서 영양분을 얻을 수 있었지만, 대체로 유기질과 육식을 특히 즐겼다. 바다에서는 해양 생물을 날것으로 먹었지만, 육지에서는 따로 요리를 했다. 사냥을 하고 육식 동물을 길렀는데, 레이크 탐사 팀이 언급했던 뼈 화석의 기이한 상처도 동물을 도살할 때 사용한 날카로운 도구의 결과였다. 그들은 어떤 기온에도 놀라울 정도로 잘 적응했다. 물이 얼음이 되는 결빙점에서도 일상적인 생활이 가능했다. 그러나 약 100만 년 전 플라이스토세의 극심한 한파가 밀려들자 육지 거주자들은 난방 도구를 비롯한 별도의 수단에 의지해야 했고, 결국에는 혹한에 쫓겨 바다로 돌아갔다. 우주 공간을 횡단했다는 선사 시대의 비행 부분을 보면, 그들은 특수한 화학 물질을 흡수함으로써 먹지 않고 숨 쉬지 않으며, 열이 없어도 살 수 있었다. 그러나 혹한기에 이르러 그런 방법을 잊어 버렸다. 어떤 경우에도 인위적인 상태로 삶을 연장하려면 피해를 감수해야 했다.

반 식물의 신체 구조로서 짝짓기를 하지 않았기 때문에 올드윈은 포유류의 가족 단위에 해당하는 생물학적 토대가 없었다. 그러나 효율적인 공간 활용과 동족의 정신적 유대감을 위해 — 거주지의 분위기와 오락회를 그린 벽화의 묘사를 보고 추측하건대 — 대가족을 형성했던 것으로 보인다. 집을 꾸밀 때는 모든 것을 커다란 방의 한복판에 놓고, 벽면엔 아무 장식도 하지 않았다. 육지에 거주하는 무리는 자연적인 전기 화학 물질을 사용해 조명 기구를 만들었다. 육지와 해양에서 공히 원통형의 독특한 탁자와 의자, 소파를 사용했으며 — 촉수를 아래로 접고

직립한 자세로 쉬거나 잠을 잤으므로 — 표면에 점들이 찍힌 경첩이 달린 선반에 책을 보관했다.

통치 조직에 대해서는 조각상을 통해서 추측하기 어려웠지만, 복잡하고 사회주의에 가까운 형태로 보였다. 도시 안팎에서 상업이 활발하고, 5각형으로 조각한 작고 평평한 물체를 화폐로 사용했다. 아마 우리 탐사단이 발견한 녹색의 동석 중에서 작은 것들이 당시의 화폐로 사용된 것 같았다. 도시 문화를 중심으로 약간의 농업과 상당량의 축산도 이루어졌다. 광업을 비롯해 제한적으로 제조업도 생활의 한 부분을 차지했다. 이주는 매우 빈번했지만, 종족이 늘어나 대규모 식민지 개척에 나설 때가 아니면 상대적으로 영구적인 이주의 예는 드물었다. 개별적으로 이동하는 경우엔 특별한 교통 수단을 사용하지 않았는데, 자체적으로 육지와 하늘, 물에서 매우 빠르게 움직이는 능력이 있었기 때문이다. 그러나 짐을 부려야 할 때는 바다에서 쇼고스를, 육지로 이동한 후에는 다양하고 독특한 원시 척추동물들을 이용했다. 짐을 부리는데 사용한 척추동물과 그밖에 다른 생물체 — 동물과 식물, 어류와 조류—들은 모두 올드원의 묵인 아래 세포 진화를 통해 출현했지만, 어떤 생물도 올드원의 감시망을 벗어날 수는 없었다. 그러나 올드원에 위협적인 존재가 아니었으므로, 모든 생명체의 번식은 자유로웠다. 물론 문제를 일으키는 생명체들은 기계적으로 제거되었다. 가장 최근에 만들어진 퇴폐적인 조각상에서 특히 우리의 흥미를 끈 원시 포유동물은 육상에 거주한 올드원들에 의해 식량이나 놀잇감으로 이용됐는데, 그 비실비실한 동물이 바로 유인원과 인간의 조상이라는 것이 거의 분명했다. 육상 도시를 건설하는 과정에서 고층의 석조 건물을 짓는데 사용된 익룡의 경우 거대한 날개를 가진 것으로 지금까지 고생물학 분야에 알려지지 않은 종류였다.

올드원이 지구의 크고 작은 지각 변동과 지질 변화를 겪으며 생존한 것은 기적에 가까웠다. 그들이 건설한 최초의 도시 중에서 시생대 이후까지 남아 있는 것은 거의 없지만, 문명이나 기록물의 전승만큼은 전혀 문제가 없었다. 그들이 지구에서 최초의 본거지를 마련한 곳은 남극해이며, 시기적으로는 남태평양으로부터 달이 형성된 직후로 보였다. 조각상 중에는 당시 지구 전역이 물에 잠겨 있었고, 숱한 세월이 흐르면서 남극의 거석 도시들이 사방으로 확장되는 모습을 보여주는 지도가 새겨진 것도 있었다. 다른 지도는 인근 바다를 주거지로 삼은 올드원이 남극 주변의 거대한 땅덩어리를 실험적인 장착지로 정했음을 알려주기도 했다. 후기의 지도들은 그 땅덩어리가 떨어져 움직이는 모습을 보여주는데, 그중 일부가 북쪽으로 이동함으로써 테일러, 베게너, 졸리가 최근에 발전시킨 대륙 이동설을 뒷받침하고 있었다.[117]

남태평양에 새로운 땅이 등장하면서 엄청난 사건이 시작됐다. 일부 해저 도시들이 무기력하게 무너졌지만, 그것이 최악의 불행은 아니었다. 다른 종족 — 문어를 닮은 육상 종족으로서, 전설적인 크툴루의 후예로 추측되는데 — 이 우주에서 지구로 찾아 들면서 올드원과 정착지를 놓고 처절한 전쟁이 일어났다. 그 결과 올드원은 바다로 완전히 후퇴해야 했다. 얼마 후 평화가 찾아왔을 때, 새로운 육지는 크툴루가, 바다와 구대륙은 올드원이 차지했다. 올드원에 의해 육상 도시들이 새로 건설되었는데, 그중에서 남극의 도시들이 가장 거대한 위용을 자랑했다. 올드원은 처음으로 도착한 남극을 신성시했기 때문이다. 예전처럼 그때부터 남극은 올드원 문명의 중심지로 남았고, 그곳에 크툴루의 후예들이 건설한 도시들은 모두 파괴되었다. 그런데 갑자기 태평양의 땅

덩어리가 다시 가라앉았고, 리예라는 무시무시한 도시와 문어를 닮은 크툴루의 후예들도 모조리 침몰하고 말았다. 그래서 올드원은 드러내고 싶지 않은 은밀한 역사를 제외한다면, 다시 한 번 지구상의 최강자로 군림하게 되었다. 시간이 흐르면서 그들의 도시는 지구상의 모든 육지와 바다로 퍼져 나갔다. 나는 곧 발표될 학술지에서 고고학자들이 피버디 교수의 시추 장비를 사용해서 광범위한 지역을 탐사하도록 권할 것이다. 바다를 완전히 버린 것은 아니지만, 시간이 흐르면서 바다에서 육지로의 이주가 서서히 진행됐으며, 이 같은 움직임은 새로운 땅덩어리들이 수면 위로 떠오르면서 가속화됐다. 게다가 성공적인 해양 생활을 좌우하는 쇼고스들의 양육과 관리가 어려워진 것도 육지로 이동하는 또 다른 원인이 되었다. 조각상이 애석하게 고백한 것처럼 세월이 흐른 후 올드원은 무기질에서 새로운 생명을 창조하는 기술을 잃어 버렸다. 그래서 기존의 생명체를 활용하는 방법에 의존해야 했다. 육지의 거대한 파충류들은 아주 유순했지만, 바다의 쇼고스는 스스로 세포 분열을 통해 번식하면서 위험할 정도의 지능까지 갖추고 심각한 문제를 일으키기도 했다.

쇼고스 무리는 줄곧 올드원의 최면 암시에 의해 통제돼 왔는데, 엄청난 유연성으로 다양한 팔다리와 기관을 필요할 때마다 임시로 만들 수 있었다. 그러나 이제 쇼고스는 자기 복제력을 마음대로 활용하고, 과거의 최면 암시를 기억함으로써 여러 가지 형태를 직접 모방하기도 했다. 그들은 아직 불완전하지만 독립적인 두뇌를 개발하고, 자체 판단에 따라 종종 올드원의 뜻에 반기를 들었다. 조각상에 나타난 쇼고스의 모습을 보면서 댄포스와 나는 공포와 혐오감을 느꼈다. 그들은 대개 일정한 형체가 없이 끈끈한 젤리로 이루어져 있어서 거품이 뭉쳐있는 것처럼 보였는데, 구체일 때는 직경이 평균 4.5미터 정도였다. 그러나 끊임없이 형태와 부피를 변화시키면서 시각과 청각을 비롯해 주인을 모방한 언어 능력까지 갖추고 자발적으로 혹은 명령에 따라 말을 할 수 있었다.

대략 1억 5000만 년 전인 페름기 중반, 쇼고스는 극도로 반항하게 되고, 그들을 다시 복종시키려는 바다의 올드원과 크고 작은 전쟁이 벌어졌다. 전쟁 벽화에서 머리가 잘리고 끈끈한 액체에 덮여 있는 시체들은 쇼고스의 소행으로 보였으며, 숱한 세월이 지났음에도 오싹한 두려움을 주는 광경이었다. 올드원은 반역의 무리를 상대로 분자를 교란시키는 독특한 무기를 사용함으로써 결국 완전한 승리를 이끌었다. 그 뒤의 벽화는 카우보이들이 미국 서부의 야생마를 길들이듯, 무장한 올드원에게 길들여져 꼼짝 못하는 쇼고스의 모습을 보여주었다. 반역을 통해 쇼고스 무리는 물 밖에서 살 수 있는 능력을 입증했지만, 올드원은 그들의 육상 이주를 허락하지 않았다. 육지에서는 쇼고스의 유용함보다 관리하는 어려움이 더 컸기 때문이다.

쥐라기에 올드원은 외계에서 침략한 새로운 적과 직면했다. 이번에는 반은 균류, 반은 갑각류로 이루어진 생물체로서 최근에 발견한 명왕성에서 온 것으로 보였다.[118] 이 생물체는 북부 산악 지역에 전해지는 존재가 분명했으며, 히말라야에서 미-고 혹은 설인으로도 알려진 존재였다. 이들과 싸우기 위해 올드원은 지구에 온 이후 처음으로 지구 대기권을 빠져나가려고 시도했지만 방법을 모두 동원해도 지구를 벗어날 수 없었다. 올드원은 우주 공간을 비행했던 선조들의 능력을 완전히 잊어 버리고 만 것이다. 미-고는 바다에서는 무력했지만, 올드원을 북부 대륙에서 완전히 몰아내는데 성공했다. 올드원은 단계적으로 최초의 본거지였던 남극으로 퇴거하기 시작했다.

전쟁 벽화에 나타난 크툴루의 후예와 미-고가 올드원과는 완전히 다른 물질로 이루어져 있다는 사실에 우리는 호기심을 느꼈다. 두 개의 종족이 올드원에게 없는 변형과 복원 능력을 지닌 것으로 봐서, 훨씬 먼 우주 공간에서 지구를 찾아온 것 같았다. 그러나 대단히 강인하고 독특한 생명력을 지닌 올드원은 엄밀히 물질적인 신체 구조를 지니고 있었으므로 그 기원이 우리에게 알려진 우주 공간일 확률이 높았다. 반면, 다른 두 생물체의 기원에 대해서는 가장 막연한 수준의 추측만 가능한 정도였다. 물론 이들 침략자의 기원이 모호하고 비교할 대상마저 없다는 사실 때문에 그들이 완전히 신화적인 존재라는 의미는 아니다. 혹시 올드원은 자신들의 패배를 변명하기 위해 특별한 우주의 존재를 만들어 냈는지 모른다. 역사적 관심과 자부심이 그들의 정신세계를 형성하는 중요한 요인이었다는 점을 고려하면 가능한 이야기였다. 그들의 역사가 장엄한 문화와 도시를 건설했을 진보된 다른 종족들에 대해 애매한 전설로만 언급한다는 사실은 의미심장했다.

오랫동안 지구가 변화하는 모습은 지도와 벽화 장면마다 놀라우리만큼 생생하게 나타나 있었다. 기존의 과학을 수정해야 할 부분도 있는 반면, 과감한 추론들이 사실로 확인되는 경우도 있었다. 앞서 말했듯이, 남극 대륙에서 떨어져 나온 땅덩어리들이 현재의 모든 대륙을 형성했다는 테일러, 베게너, 졸리의 가설 — 아프리카와 남아메리카의 해안선, 거대한 산맥의 형성 과정 등을 근거로 나온 가설 — 은 그 섬뜩한 자료들을 통해 극적으로 사실임이 입증됐다.

최소 1억 년 전 석탄기[119]의 지구를 나타내는 지도들은 하나의 단일한 대륙이었던 유럽에서(벨루시아의 오싹한 원시 전설의 배경이었던) 아프리카, 아시아, 아메리카, 남극 대륙이 떨어져 나갔다는 사실을 암시하는 증거를 극명하게 보여주고 있었다. 5천만 년 전에 건설된 그 죽음의 도시와 관련해 매우 중요한 의미를 알려주는 또 다른 도표에서 모든 대륙은 오늘날의 모습을 드러내고 있었다. 그리고 플라이오세로 추정되는 가장 후기의 지도와 도표들에서 알래스카와 시베리아가 붙어 있고, 그린란드를 통해서 북아메리카와 유럽이, 그레이엄 랜드를 통해서 남아메리카와 남극 대륙이 연결되어 있다는 점을 제외하면 거의 오늘날과 같은 지구의 모습을 나타났다. 석탄기의 지도를 보면, 지구 전역 — 바다와 틈이 벌어진 대륙을 모두 포함해서 — 에 올드원의 거대한 거석 도시들이 퍼져 있지만, 후기의 자료에서는 남극으로 후퇴하는 양상이 또렷했다. 플라이오세의 후기 지도와 도표에서 남극대륙과 남아메리카 대륙의 끝을 제외하고는 육상 도시가 보이지 않았으며, 남위 50도에서 북쪽으로는 해양 도시마저 흔적이 없었다. 부채 모양의 날개를 이용해서 멀리 탐사 비행을 했는지 해안선이 나타나 있지만, 그것을 제외하면 북반구에 대한 올드원의 지식과 관심은 극히 적었던 것이 분명했다.

산맥의 융기, 원심력에 의한 대륙의 균열, 지진에 의한 육지와 바다의 변동, 그 밖의 자연적인 요인들 때문에 도시가 파괴된 사실은 기록에도 잘 나타나 있었다. 그러나 시간이 흐른 후에도 붕괴된 도시를 대신해 새로운 도시를 건설하지 않았다는 사실이 이상했다. 우리를 에워싸고 입을 쩍 벌리고 있는 죽음의 거대 도시가 올드원의 마지막 본거지로서, 지각의 대변동 이후 백악기 초기에 지어진 것으로 보였지만 머지않아 훨씬 거대했던 선조들의 발자취까지 망각에 빠뜨릴 운명의 도시였다. 그 지역은 인근 바다에 올드원이 최초로 정착한 곳이었으므로 지구상에서 가장 신성시되었다. 그들의 마지막이 될 새로운 도시에는 — 우리가 정찰 비행에서 확인한 지점을 너머 산맥을 따라 양쪽으로 160킬로미터 정도 펼쳐져 있는 — 최초의 해양 도시를 만들었던 신성한 돌이 보존되어 있었다. 즉, 그 돌들은 대대적인 지각 변동이 일어난 오랜 세월을 이겨내며 건재를 과시했다는 의미였다.

VIII

당연히 댄포스와 나는 각별한 관심과 외경심으로 도시의 인근 지역을 관찰했다. 그 지역에 관한 자료는 특히 풍부했으며, 우리는 도시의 지표면에서 아주 최근에 지어진 건물 하나를 발견하는 행운까지 얻었다. 건물의 벽은 주변의 균열로 인해 꽤 손상된 상태였지만, 플라이오세 이후 그 지역의 역사를 나타내는 퇴폐적인 조각상을 포함하고 있었으므로 우리는 마지막으로 선사 시대의 역사를 일견할 수 있었다. 그곳은 우리가 자세히 관찰한 마지막 장소였다.

분명히 우리는 지구에서 가장 생경하고 기이하며 오싹한 곳에 있었다. 그곳은 지구상에서 가장 오래된 땅이었다. 게다가 우리는 그 무시무시한 고원 지대야말로 『네크로노미콘』의 미친 저자조차 언급을 꺼려했던 전설적인 마의 렝 고원이라는 확신을 갖게 되었다. 웨델 해의 루이트폴드 랜드에서 낮은 능선으로 시작해 남극 대륙을 횡단할 정도로 그 거대한 산맥은 엄청나게 길었다. 원호를 그리듯 산맥이 실제로 높아지는 부분은 남위 82도, 동경 60도에서 남위 70도, 동경 115도였다. 산맥의 오목한 부분은 우리의 캠프 방향으로 나 있고, 바다와 만나는 곳은 윌크스와 머슨이 남극권에서 언뜻 보았을 얼음에 쌓인 기다란 해안 지역이었다.

　그러나 무섭도록 과장된 자연의 신비감 때문에 바로 눈앞에서 보듯 가깝게 느껴졌다. 그 산맥의 봉우리들이 히말라야보다 높다는 말을 했지만, 조각상에는 그보다도 더 높은 산맥이 있음을 암시하고 있었다. 어떤 산맥이 과연 최고봉이라는 음산한 영광을 차지할지, 어떤 조각상은 아예 언급하기를 꺼리는가 하면, 어떤 것은 혐오와 반감을 드러냈다. 지구와 달이 분리되고, 올드원이 어느 별에서 지구로 스며든 뒤에 수면 위로 부상한 최초의 대륙 중에는 조각상들이 유독 정체불명의 사악함으로 묘사하며 유독 회피하는 땅이 있는 것 같았다. 그땅에 새워진 도시들은 전성기를 구가하기 전에 붕괴됐고, 갑자기 황폐한 땅으로 버려졌다. 최초의 지각 변동이 코만치아기에 그 땅을 휩쓸자, 섬뜩한 소음과 혼란을 뚫고 홀연히 솟구친 산봉우리들이 바로 지구에서 가장 높고 무서운 산맥이 되었다.

　조각상의 계산이 정확하다면 그 혐오스러운 산봉우리들은 1만 2천 미터를 훨씬 넘는 높이로서, 우리가 넘어온 광기의 산맥을 능가했다. 위치는 남위 77도, 동경 70도에서 남위 70도 , 동경 100도, 죽음의 도시에서 500킬로미터 남짓한 거리였으므로, 짙은 안개만 아니었다면, 우리는 서쪽 멀리 어렴풋이 그 섬뜩한 봉우리들을 볼 수 있었을 것이다. 퀸메리 랜드의 기다란 남극 해안에서 보면 그 산맥의 북쪽 끄트머리도 눈에 띌 게 분명했다.

　몰락의 길을 걷던 올드원 중에서 일부는 그 산맥을 향해 이상한 기도를 했지만, 그곳에 가까이 가거나 그 너머에 무엇이 있을지 추측조차 하지 않았다. 물론 인간도 그 산맥을 본 적이 없으며, 조각상에 나타난 감정의 질곡을 보면서 나는 앞으로도 그런 일이 없기를 바랐다. 산맥 너머 퀸메리 랜드와 카이저 빌헬름 랜드의 해안을 따라 구릉들이 보호하듯 산맥을 에워싸는 형세였으며, 그 구릉지대를 지금까지 아무도 보거나 넘지 않았다는 사실에 나는 하늘에 감사했다. 나는 이제 예전처럼 오랜 전설과 공포를 의심하지 않는다. 나는 이제 산맥 정상에서 번개가 머물렀으며, 정체모를 섬광이 기나긴 남극의 밤 내내 그 섬뜩한 산봉우리에서 번쩍였다는 선사 시대 조각가의 표현을 비웃지 않는다. 어쩌면, 차가운 황무지에 카다스가 있다는 『프나코틱 필사본』의 속삭임 속에 실제적이고 무시무시한 의미가 있을지 모른다.

그러나 광기의 산맥 지역은 끔찍한 저주에서 어느 정도 벗어났다고는 하나, 기이함이 덜하지는 않았다. 도시를 건설한 직후 광기의 산맥에 중요한 신전들이 자리를 잡았으며, 많은 조각상의 기록에 따르면 지금은 정육면체와 성벽만 남아 있는 곳에 기괴하고 환상적인 고층 건물들이 하늘을 꿰뚫을 듯 서 있었다는 것이다. 숱한 세월 동안 형성된 동굴들은 신전의 일부분이 되었다. 더 많은 세월이 흘러, 지하수에 의해 그 지역의 석회암 암맥에 구멍이 생김으로써 산맥과 구릉지대, 고원 지대는 지하 동굴과 통로로 촘촘히 연결되었다. 지하 세계를 깊숙이 탐사하고, 마침내 지구 바닥에 자리 잡은 암흑의 스틱스[120]를 발견했다고 많은 벽화들이 알리고 있었다.

그 거대한 암흑의 도시는 미지의 오싹한 서쪽 산맥에서 흘러든 큰 강물에 의해 침식된 것이 분명했다. 강물은 올드원의 본거지를 관통하고 광기의 산맥을 따라 윌크스 해안에 있는 버드 랜드와 토튼 랜드 사이를 지나 인도양으로 흘러들었다. 강줄기는 방향을 틀면서 조금씩 석회암반을 파고들었고, 마침내 지하수로 형성된 동굴까지 도달해 더 깊은 심연을 만들었다. 결국 거대한 강줄기는 텅 빈 구릉지대를 휩쓸면서, 바다에 접한 지반을 메마른 땅으로 남겨 놓았다. 우리가 발견한 후기 도시의 상당 부분은 바닷가 지반에 세워진 것이었다. 그런 과정을 이해하고 탁월한 예술적 감각을 발휘했던 올드원은 거대한 강줄기가 영원한 암흑 속으로 흘러들기 시작하는 구릉지대에 화려한 탑문을 만들었던 것이다.

강물에 수십 개의 웅장한 석교가 놓여 있었겠지만, 정찰 비행에서 확인했듯이 지금은 메마른 수로로 변해 있었다. 조각상마다 다르게 나타나는 강물의 위치를 통해서 우리는 그 지역의 변화 과정과 오싹한 역사를 추측할 수 있었다. 그래서 우리는 서두르면서도 조심스럽게 두드러진 특징들 — 광장, 주요 건물 같은 — 을 스케치했다. 우리는 얼마 안 있어 백만 년, 혹은 천만 년, 아니 5천만 년 전의 장엄했던 도시의 모습을 상상으로 재구성할 수 있었다. 건물과 산맥, 광장과 외곽 지역, 주변 경관과 울창한 제3기의 식물들까지 조각상에 자세히 담겨 있었기 때문이다. 도시는 경이롭고 신비한 아름다움을 지니고 있었음이 틀림없다. 그 아름다움에 대해 생각할 때만큼은 인류를 초월한 도시의 역사와 거대함, 죽음과 거리감, 얼어붙은 황혼이 던져주는 숨막히고 불길한 중압감마저 잊을 정도였다. 그러나 또 다른 조각상에 따르면, 올드원들은 그들 스스로 공포에 짓눌려 있었다. 거대한 강에서 어떤 물체를 발견하거나 섬뜩한 서쪽 산맥의 소철 숲에서 흘러든 무엇인가를 가리키며 그들이 움츠러드는 모습 — 그림에 직접적으로 표현되지는 않았지만 — 이 침울하게 반복되고 있었기 때문이다.

우리는 후기에 지어진 건물의 퇴폐적인 조각상에서 그들이 도시를 버리게 만든 결정적인 재난의 그림자를 알 수 있었다. 같은 시기에 만들어진 조각상들이 그밖에 많을 것이므로, 그들의 강성한 세력과 열망이 약해진 시기에 대해 알 수 있을 것도 같았다. 실제로 잠시 후 우리는 다른 존재가 그 도시에 나타났다는 분명한 증거를 접할 수 있었다. 그러나 그것은 우리가 처음이자 마지막으로 마주친 실체였다. 우리는 좀 더 조각상들을 살펴볼 생각이었지만, 앞서 말했듯 당시 상황이 탐사의 방향에 갑작스러운 변화를 가져왔다. 올드원 사이에서 먼 미래까지 그곳을 통치할 수 있다는 희망이 사라진 뒤, 벽화의 조각상도 더 이상 만들어지지 않았다. 극심한 혹한이 찾아와 지구 대부분을 휩쓴 상황에서 극지방에 자리를 잡았다는 사실이 그들에겐 결정타였다. 그때의 혹한은 또 다른 극지방인 하이퍼보리아[121]와 로마르까지 파멸로 이끌었다.

언제 남극에 극심한 혹한이 찾아왔는지는 정확히 말하기 어렵다. 오늘날 우리는 전반적인 빙하기의 시작을 지금으로부터 50만 년쯤으로 추정하지만, 극지방엔 그보다 먼저 재앙이 찾아왔을 것이다. 통계적 추측은 어림짐작에 불과하다. 그러나 퇴폐적인 조각상이 만들어진 것이 100만 년 전이며, 실제로 도시가 완전히 버려진 것은 그 지표면 상태를 고려할 때 플라이스토세가 시작되기 훨씬 전 — 50만 년 전 — 이었다.

퇴폐적인 조각상에는 어디서나 식물들이 점점 사라지고, 올드원의 생활 방식도 변질됐음이 나타나 있었다. 집집마다 난방 기구들이 보이고, 겨울에 여행할 때는 두터운 피륙으로 몸을 감쌌다. 우리는 일련의 카르투슈(후기에서 빈번하게 나타나는 띠 모양의 장식)에서 따뜻한 곳을 찾아 인근의 피난처로 이동하는 상황이 빈번해지는 것을 볼 수 있었다. 일부는 멀리 해안의 해저 도시로 도망치거나 일부는 음침한 지하수가 주변에서 흐르는 구릉지대의 촘촘한 석회 동굴 속으로 들어가기도 했다.

결국 인근의 지하 심연에서 중심적인 주거지가 형성됐다. 그 지역이 오래 전부터 신성한 장소였다는 이유 때문이었다. 또한 벌집처럼 연결되어 산맥 위의 거대한 신전들을 이용하기 편리했고, 여름에는 거대한 도시를 여전히 주거지로 삼을 수 있으며, 다양한 갱도를 통해서 의사소통이 수월하다는 점이 결정적인 요인으로 작용했다. 그들은 도시에서 암흑의 지하에 이르는 무수한 직선 터널을 파는 등 여러 가지 통로를 만들어서 옛 도시와 새로운 거주지 사이에 효과적인 연결망을 구축했다. 조각상에서 지하로 연결된 경사진 터널을 발견하자 우리는 작성하고 있던 안내 지도에 신중하게 그 입구를 그려 넣었다. 적어도 두 개의 터널은 탐사할 수 있는 거리에 있는 것이 분명했다. 둘 다 산맥 쪽 도시 외곽에 있으며, 하나는 예전의 강 쪽으로 400미터, 다른 하나는 그 반대 방향으로 800미터쯤 떨어져 있었다.

지하의 일부 지역은 마른땅이 선반처럼 지지대 역할을 하고 있었다. 그러나 올드윈은 따뜻함을 이유로 물속에 새로운 도시를 건설했다. 그곳 바다의 수심은 매우 깊었으므로, 지구 내부의 열을 이용해 오랫동안 주거에 도움을 줄 수 있었다. 아가미 기능이 퇴화하지 않았으므로 올드원은 일시적으로 — 물론 영구적으로도 — 물속에 거주하는데 아무런 어려움이 없었다. 그들이 다른 곳에 사는 해저의 동족들을 자주 찾아가고, 거대한 강 속에서 헤엄치는 광경이 많은 조각상에 나타났다. 기나긴 남극의 밤에 익숙한 그들에겐 지하의 암흑도 별다른 곤란을 주지 않았다.

퇴폐적 색채가 강했지만, 후기의 조각상들은 지하 물속에 새로운 도시를 건설하는 과정을 말해준다는 점에서 서사적인 성격을 띠었다. 올드원은 과학적으로 도시를 건설했다. 벌집 모양의 산맥 한복판에서 단단한 암석을 채석했고, 가까운 해저 도시에서 전문가를 불러들여 최상의 방식으로 도시를 건설했다. 암석 운반에 활용할 쇼고스 섬유 조직,

동굴 도시에서 쇼고스에 버금가는 일꾼으로 사용할 동물들, 조명을 대신해서 발광 기관으로 변형시킬 원형질에 이르기까지 외부의 기술자들은 새로운 건축에 필요한 모든 것들을 가져왔다.

마침내 스틱스 해에 웅장한 거대 도시가 세워졌다. 지상의 도시와 아주 흡사했으며, 대대로 전해진 수학적 원리를 건축에 적용했으므로 기교적인 특징에도 거의 변함이 없었다. 비범한 지능과 거대한 크기로 새롭게 배양된 쇼고스 무리는 매우 신속하고 명령을 수행했다. 그들은 올드원의 목소리를 흉내내 — 가엾은 레이크 교수의 해부 결과가 옳다면, 멀리까지 들리는 피리 소리 같은 — 의사를 전달했으며, 예전과는 달리 주인의 최면 암시보다는 언어를 통해서 지시를 받았다. 그러나 쇼고스 무리는 놀라울 정도로 유순하게 명령에 따랐다. 쇼고스의 발광 기관은 대단히 효과적인 조명 역할을 했을 뿐 아니라, 지상 생활 당시 극지방의 오로라에 익숙했던 올드원을 위로해 주기도 했다.

쇠퇴의 기운이 역력했지만, 그들은 여전히 예술과 장식을 추구했다. 올드원은 자신들의 몰락을 깨달았던 것 같았다. 그래서 콘스탄티누스 대제가 비잔틴 제국의 쇠퇴기에 그리스와 아시아에서 약탈한 훌륭한 예술품으로 새로운 수도 비잔티움을 웅장하게 꾸몄듯이, 올드원도 육상 도시의 훌륭한 고대 조각품들을 해양 도시로 옮겨왔을 법도 했다. 그러나 육상 도시가 처음부터 완전히 버려진 것이 아니었으므로, 예상 외로 조각품의 이동은 활발하지 않았다. 육상 도시를 완전히 버렸을 때 — 본격적인 플라이스토세 이전 — 올드원은 이미 그들의 퇴폐적인 예술에 만족했거나, 고대 예술에서 더 이상 뛰어난 장점을 발견하지 못한 것으로 보였다. 어쨌든 우리를 둘러싸고 있는 침묵의 폐허에는 예술품이 대대적으로 없어진 흔적이 없었다. 물론 최고 수준의 걸작품을 비롯해 움직일 만한 것들은 모두 옮겨지긴 했지만 말이다.

퇴폐적인 카르투슈와 판벽에 담겨진 이야기들은 앞서 말했듯이 제한된 당시의 탐사에서 마지막으로 접한 정보였다. 올드원은 여름에는 육상 도시, 겨울에는 수중 동굴 도시를 오가며 종종 남극 해안에서 멀리 떨어진 해저 도시들과 교역을 하기도 했다. 조각상에서 드러난 여러 가지 혹한의 심각성으로 볼 때, 그쯤에는 육상 도시에 파멸의 전조가 드리웠던 것 같다. 식물들은 메말라 갔고, 겨울에 내린 폭설은 한여름에도 녹지 않았다. 가축으로 기른 파충류들도 거의 죽었으며, 포유류는 근근이 생명을 연장하고 있었다. 지상에서의 활동을 계속하기 위해서는 이상할 정도로 추위에 강한 무형의 쇼고스를 육지에 적응시켜야 했다. 그것은 올드원이 그때까지 꺼렸던 일이었다. 거대한 강에는 생물이 살지 않았으며, 바다에도 바다표범과 고래 외에는 모든 생물이 멸종했다. 새들도 모두 날아가 버리고, 기괴한 모양의 커다란 펭귄만 남아 있었다.

그 다음에 벌어진 일에 대해서 우리는 추측밖에 할 수 없었다. 새로운 수중 동굴 도시가 얼마나 오랫동안 생존했을까? 그 도시는 여전히 영원한 암흑 속에서 단단한 시체처럼 남아 있을까? 결국에는 지하수도 얼었을까? 지상에 가해진 시련이 그 도시에는 어떤 운명을 가져왔을까? 만년설을 넘어 북쪽으로 이동한 올드원은 없었을까? 현재의 지질학으로는 그들의 존재를 흔적조차 찾을 수 없다. 북부의 외부 세계에는 소름끼치는 미-고들이 여전히 위협적인 존재였을까? 지구의 가장 깊은 물속이라는 깊이를 알 수 없는 심연에서 지금도 살아남은 생물체가 있을지 그 누가 장담할 수 있겠는가? 엄청난 압력에도 불구하고 여전히 살아 있는 생물체가 있을지 모른다. 그래서 이따금씩 어부들에게 기묘한 생물체가 걸려드는 것이다. 약 30년 전 보르크그레빙크[122)]가 발견한 남극 바다표범들의 흉측하고 기이한 흉터를 과연 범고래의 소행으로 단정 지을 수 있을까?

레이크 교수가 발견한 표본들은 지질학적 상황으로 볼 때 육상 도시의 초창기에 살았음이 분명하므로 우리의 추측에서 제외됐다. 발견 지점으로 보아 표본들의 기원은 3000만 년 전으로 거슬러 올라가지만, 그 당시에는 수중 동굴 도시, 좀 더 정확히는 동굴 자체가 존재하지 않았다. 그들 표본 생물체는 어디에나 제3기의 식물들이 무성하고, 신생 도시들이 예술의 꽃을 피우며, 장엄한 산맥을 따라 거대한 강물이 북쪽 멀리 열대의 바다로 흘러가는 광경을 추억할지도 모르겠다.

그러나 우리는 그 표본들, 특히 끔찍하게 유린당한 레이크의 캠프에서 사라진 8개의 완벽한 생물체 표본을 떠올리지 않을 수 없었다. 전반적으로 분명 비정상적인 어떤 것이 있었지만, 우리는 그것을 누군가의 광기로 치부하려고 무던히도 애썼다. 소름끼치는 무덤, 사라진 물건의 용도와 수량, 기드니, 원시 생물의 놀라운 강인함, 그리고 지금 조각상들이 보여주는 올드원의 기묘하고도 근원적인 전율……. 댄포스와 나는 지난 몇 시간 동안 많은 것을 보았으므로, 원시 자연의 끔찍하고 불가해한 비밀의 상당 부분을 얼마든지 믿고 비밀에 부칠 마음가짐이 되어 있었다.

IX

나는 퇴폐적인 조각상들을 관찰하다가 갑자기 계획에 변화가 생겼다고 말한바 있다. 물론 그것은 뜻밖에도 암흑의 지하 세계로 들어가는 길을 발견했다는 의미였다. 그 길을 찾아 꼭 건너가 보고 싶다는 생각이 간절했다. 조각상 지도의 비율과 축척을 고려해 볼 때, 1.5킬로미터쯤 가파른 길을 올라가 터널을 통과하면 거대한 심연으로 솟아 있는 암흑의 절벽 가장자리에 닿을 수 있었다. 그리고 올드원들이 절벽 옆으로 만든 길을 따라가면 험준한 해안과 함께 숨겨진 암흑의 바다가 나타날 것이었다. 전설의 심연이 실제로 있다는 사실은 거부할 수 없는 유혹이었다. 돌아가는 길에 그 심연까지 가보려면 시간상 곧바로 출발해야 했다.

그때가 오후 8시, 손전등에 갈아 끼울 건전지가 얼마 남지 않았다. 빙하층 밑을 관찰하느라 5시간 넘게 건전지를 연속으로 사용한 결과였다. 물론 특수 건전지 한 개를 예비로 남겨놓긴 했지만, 4시간 밖에는 사용할 수 없을 것이었다. 다시 말해 특별히 흥미를 끄는 것이나 지형이 험한 곳 등 꼭 필요한 경우를 제외하고 손전등을 사용할 수 없는 상황이었지만, 잘만하면 제 수명보다 조금은 더 사용할 수 있을 것도 같았다. 무덤 속 같은 거석 도시의 지하에서 손전등은 꼭 필요했으므로, 심연의 도시까지 갔다오려면 더 이상 벽화를 해독하는 하는 일은 포기해야 했다. 또 본격적인 연구와 사진 촬영을 위해 며칠 혹은 몇 주의 일정으로 그곳을 다시 방문할 생각이었기도 하니 — 이미 호기심이 공포를 압도한 상태였다 — 당장은 서둘러야 했다. 길을 표시하는 종잇조각도 무한정 남아 있는 것이 아니어서 여분의 노트나 스케치북까지 사용해야 할 것 같아 망설여졌다. 그러나 우리는 커다란 노트를 희생하기로 결정했다. 최악의 사태가 생길 경우 바위를 쪼개는 방법을 사용하면 되었다. 물론 만에 하나 길을 잃는다면, 지하로 스며드는 간헐적인 빛에 의지해 터널 하나를 지나는 데 하루 종일이 걸릴지도 모를 일이었다.

벽화를 보고 우리가 작성한 지도에 따르면, 터널 입구는 현재 위치에서 400미터밖에 안 되는 거리였다. 빙하층 밑에서도 복잡하게 얽혀 있는 공간과 견고해 보이는 건축물들을 통과할 수 있을 것 같았다. 출구는 공공장소로 보이는 5각형 건물의 지반 부분 ── 구릉지대에서 가장 가까운 쪽으로 ── 에 있을 것인데, 우리는 앞서 그 건물을 비행기에서 확인하려고 시도한 바 있었다. 그러나 비행 기억을 떠올려도 5각형 건물이 생각나지 않았으므로, 우리는 건물의 윗부분이 크게 부서졌거나 빙하의 틈 사이로 완전히 주저앉았을 거라고 결론지었다. 후자의 경우라면 터널도 막혔을 것이므로 그 다음으로 가까운 터널의 위치를 확인해 둘 필요가 있었다. 두 번째 터널은 북쪽으로 1.5킬로미터 떨어져 있었다. 예전의 강이 흘렀던 수로가 막고 있어서 남쪽의 터널들은 시도조차 할 수 없었다. 두 개의 터널이 모두 막혀 있을 경우 건전지 문제 때문에 두 번째 터널에서 북쪽으로 1.5킬로미터 떨어져 있는 또 다른 터널까지 가 볼 수 있을지는 의문이었다.

우리는 지도와 나침반에 의지해 어두운 미로 속을 더듬으며, 폐허와 온전한 모습이 섞여 있는 무수한 방과 복도를 지나 경사로를 올랐다. 위층으로 올라가 다리를 건너고 다시 내리막길을 걷는 동안, 막힌 입구와 폐허 더미가 앞을 가로막고 때로는 말끔한 길이 펼쳐져 있는 가운데 길을 잘못 들어 돌아 나올 때도 있었다(이럴 때는 표시해 둔 종이를 다시 집어 들었다). 이따금씩 햇살이 환하게 스며든 탁 트인 공간에서 벽을 따라 조각된 장식을 볼 때면 애가 타기도 했다. 그중에는 분명 중대한 역사적인 사실을 말해주는 조각상들이 많을 것이지만, 나중에 다시 방문하겠다는 다짐으로 그냥 지나쳐야 했다. 그러나 이따금씩은 걷는 속도를 늦추고 간혹 손전등을 켜서 벽면을 비추기도 했다. 필름이 넉넉했다면 잠깐 걸음을 멈추고 몇몇 부조 작품을 촬영할 수 있었을 터라 아쉬웠다. 시간이 걸리는 스케치 작업은 아예 생각도 할 수 없었다.

나는 지금 다시 한 번 이야기를 멈추거나 암시 정도로 끝내고 싶다는 유혹을 강하게 느끼고 있다. 하지만 더 이상의 남극 탐사를 막아야하는 이유에 설득력을 주기 위해서 나머지 이야기를 털어놓으려 한다. 뾰족한 벽 끝으로 연결된 듯한 2층 다리를 건너서 퇴폐적인 양식을 가진 후기 조각상이 유독 많은 복도를 따라 다시 내려갔다. 터널의 입구로 보이는 곳이 천천히 드러났다. 댄포스의 젊고 예민한 후각이 처음으로 이상한 징후를 포착한 시간은 오후 8시 30분경이었다. 개를 데려갔더라면 그보다 일찍 낌새를 알아챘을지 모른다. 처음에는 깨끗했던 공기에 무슨 변화가 생겼는지 딱히 말할 수 없었지만, 몇 초 후 우리의 기억력이 어떤 분명한 반응을 보였다. 주저 없이 말하는 편이 좋겠다. 악취가 났던 것이다. 냄새가 희미하고 미묘하기는 했지만, 가엾은 레이크 교수가 해부한 생물체의 무덤에서 우리를 구역질나게 했던 악취가 분명했다.

물론 당시에는 지금 말하는 것처럼 분명하지는 않았다. 우리는 그럴 듯한 설명을 떠올리며 불안 속에 이런저런 이야기를 꽤 오랫동안 속삭였다. 그러나 우리는 조사를 포기하고 물러나지는 않았다. 거기까지 와서 막연한 위험 때문에 물러나고 싶지 않았다. 아무리 생각해 봐도, 우리가 떠올린 추측들은 터무니없는 것이었다. 정상적인 세계에서는 있을 수 없는 일이었으니까. 우리는 딱히 이유를 모르면서도 본능적으로 손전등의 불빛을 약하게 하고 — 음침한 벽면에서 우리를 흘겨보는 퇴폐적이고 불길한 조각상에 대해 더 이상 관심을 거두고 — 점점 더 난잡해지는 바닥과 폐허 더미를 조심스럽게 더듬어갔다.

댄포스는 후각뿐 아니라 시력도 나보다 좋다는 사실을 입증했다. 지층의 방과 복도를 향해 반쯤 막혀있는 아치문을 무수히 지난 뒤, 폐허에서 이상한 기운을 눈치 챈 사람도 댄포스였다. 왠지 그 오랜 세월 동안 버려져 있던 곳 같지가 않았다. 조심스럽게 손전등 불빛을 밝게 비추자, 최근에 무엇인가를 끌고 지나간 듯한 흔적이 나타났다. 건물의 잔해가 아무렇게나 널려 있는 것은 변함이 없었지만, 좀 더 평평한 곳에는 여기저기 육중한 물체를 끌고 간 흔적이 있었다. 육상 경기장의 트랙처럼 끌린 흔적들이 평행하게 이어져 있는 곳도 눈에 띄었다. 그 때문에 우리는 다시 걸음을 멈추었다.

우리 두 사람이 이번에는 동시에 앞쪽에서 또 다른 냄새를 맡은 것은 멈춰서 있을 때였다. 역설적이게도 무서움이 덜하면서도 한편으로는 훨씬 무서운 냄새였다. 본능적으로는 덜 무서웠지만, 그런 장소에서……. 냄새의 주인공이 실종된 기드니가 아니라면 훨씬 소름끼치는 일이었다. 그것은 우리가 익히 잘 아는 휘발유 냄새였기 때문이다.

우리가 무슨 동기로 그 냄새를 따라갔는지는 심리학자의 몫으로 남겨둘 일이다. 우리는 캠프의 공포와 관련된 무엇인가가 그 음산한 영겁의 지하 속으로 스며들었다고 생각했으므로 우리 앞쪽에 설명할 수 없는 상황이 ─ 현재 혹은 적어도 최근까지 ─ 벌어졌음을 더 이상 의심하지 않았다. 우리는 뜨겁게 달아오르는 호기심을 애써 떨치지 않았다. 아니, 그것은 어쩌면 불안이나 자기 최면, 혹은 기드니에 대한 막연한 책임감, 아니면 또 다른 무엇이었는지 모른다. 댄포스는 위로 꺾이는 길모퉁이에서도 끌린 흔적을 보았다고, 지하 어딘가에서 희미한 피리 소리 ─ 동굴 입구에서 산봉우리로 메아리치던 소리와 비슷했지만 레이크 교수의 해부 보고를 떠올리면 의미심장한 ─ 를 들은 것 같다고 속삭였다. 마찬가지로 나는 그에게 캠프의 상태가 어떠했는지, 사라진 것들은 무엇이며, 유일한 생존자의 광기가 무슨 짓을 저질렀을지를 속삭였다. 그가 과연 홀로 기괴한 산맥을 넘어 미지의 석조물 속으로 들어왔을까…….

하지만 우리는 서로에게, 우리 스스로에게조차 아무것도 납득시킬 수 없었다. 우리는 가만히 멈춰 서서 손전등을 껐다. 깊숙이 스며든 빛의 자취 때문에 완전히 어둡지는 않았다. 우리는 기계적으로 발걸음을 옮기면서 이따금씩 손전등을 켰다. 어지러운 폐허를 볼 때마다 오싹한 생각을 떨칠 수 없었고, 휘발유 냄새는 점점 진해졌다. 점점 더 많은 잔해 더미가 우리의 눈길을 끌고 발길을 잡아챘으며 결국에는 막다른 곳에 도착했다. 비행기에서 언뜻 스친 틈으로 건물이 주저앉았을 거라는 불길한 예감이 맞았다. 터널을 찾겠다는 생각은 희망사항일 뿐이었으며, 우린 심연의 입구가 있다는 지층에도 가보지 못했다.

막다른 복도의 벽을 따라 기괴하게 장식된 조각상 위로 손전등을 비추자, 이런저런 장애물 사이에서 몇 개의 출입구가 나타났다. 출입구 중 하나에서 휘발유 냄새 ─ 다른 냄새가 섞여있는 듯한 ─ 가 강하게 풍겨왔다. 자세히 살펴보자, 최근에 입구 주변을 치운 흔적이 분명했다. 숨겨진 공포가 무엇이든, 우리는 입구로 향해진 길에서 그 정체를 알게 되리라 생각했다. 우리가 다시 움직이기까지 한참을 망설였다고 해서 이상히 여기는 사람은 없을 것이다.

그러나 막상 음산한 아치문 안으로 들어간 뒤 처음에는 맥 빠지는 기분이었다. 조각 장식이 되어 있는 그 지하 공간 ─ 6평방미터 정도의 정방형 공간 ─ 에서 최근에 끌어다 놓은 것으로 보이는 물건은 눈에 띄지 않았다. 그래서 우리는 본능적으로 다른 출입구를 찾아보았지만 소용이 없었다. 하지만 곧 댄포스가 예리한 관찰력으로 바닥이 치워진 흔적을 발견했다. 우리는 손전등 두 개를 가장 밝게 해서 비추었다. 불빛에 나타난 것은 사실 시시하고 별 것도 아니었지만, 그것이 암시하는 바를 알기 때문에 말을 하기가 망설여진다. 평평하게 쌓아놓은 돌 더미 위에 잡다한 물건들이 아무렇게나 흩어져 있었고, 그 한쪽 구석에는 휘발유가 흘러 있었는데, 시간이 얼마 지나지 않았으므로 그처럼 높은 고원 지역에서도 강한 냄새를 풍겼던 것이다. 다시 말해서, 누군가 우리처럼 심연의 도시로 가는 입구를 찾다가 뜻밖에 막다른 길이 나오자 잠시 그곳에서 쉬어간 것이었다.

솔직히 말하겠다. 흩어져 있는 물건들은 전부 레이크 교수의 캠프에서 가져온 것들이었다. 파괴된 캠프에서 본 것처럼 이상하게 열려진 통조림, 거의 다 써버린 성냥, 묘한 얼룩이 묻어 있는 삽화책 세 권, 그림으로 사용 방법이 붙어 있는 텅 빈 잉크병, 부러진 만년필, 괴상하게 찢겨진 방한복과 방수포, 전선과 쓰고 남은 건전지, 야영용 난방 기구에 딸려있는 접이식 도구, 잉크 자국과 함께 구겨져 있는 종이였다. 그 정도로도 끔찍한 광경이었지만, 구겨진 종이를 펴고 그 내용을 보면서 우리는 더 큰 충격에 빠졌다. 캠프에서 이미 우리에게 알리듯 잉크로 얼룩진 종이를 발견했었지만, 인류 이전의 무시무시한 도시 지하에서 그 똑같은 종이를 발견했을 때 받은 충격은 견디기 어려웠다.

미쳐 버린 기드니가 5각형의 봉분과 녹색 동석에 있는 점무늬를 흉내 내 종이에 그려놓은 것 같았다. 그는 대충 서둘러 — 정확성에서 쉽게 판단이 안가는 — 도시의 인근 지역을 스케치했을 것이다. 스케치에는 우리가 비행기에서 봤을 때와는 달리 거대한 원통형 구조물로 밝혀진 곳부터 시작해서 5각형 건물과 그 내부 동굴까지 경로가 담겨 있었다. 다시 말하지만, 그가 우리와 마찬가지로 스케치를 그렸을 확률이 크다. 그 역시 빙하의 미로 속에서 후기의 벽화를 발견했을 것이고, 우리와는 다른 벽화를 봤다고 해도 지하의 심연과 그 통로에 대해 알아내기에는 충분했을 것이다. 그런데 예술의 문외한인 그가 남겨놓은 스케치는 서두른 흔적이 역력했음에도 우리가 보았던 퇴폐적인 조각상보다도 월등했다. 그것은 틀림없이 올드원이 도시의 전성기 때 보여준 독특하고 생생한 솜씨였다.

그 이후에도 도망치지 않은 댄포스와 나를 미쳤다고 말하는 사람들이 있을 것이다. 우리의 결론 — 터무니없는 것이긴 했지만 — 은 분명해졌고, 그것이 무엇인지는 지금까지 이 글을 읽은 독자에게 굳이 설명할 필요가 없을 것이다. 그때 우리는 미쳤었는지도 모른다. 그래서 그 섬뜩한 산봉우리들을 내가 광기의 산맥이라고 하지 않았던가? 하지만 나는 아프리카 밀림에서 생태 연구와 촬영을 위해 맹수에게 접근하는 사람들의 기분을 — 그리 적절한 비유는 아니지만 — 이해할 수 있을 것 같았다. 두려움으로 반쯤 얼어붙은 상황에서도 우리는 결국 불타는 경외심과 호기심에 굴복하고 말았다.

물론 우리는 거기에 있던 존재 — 혹은 존재들 — 와 마주칠 생각은 없었지만, 그들이 이제 가고 없다고 생각했다. 그들은 그때쯤 이미 심연의 도시로 향하는 다른 입구를 찾아서 과거의 음산한 파편들이 기다리고 있을 절대의 심연 — 그들도 본적이 없었을 — 으로 들어갔을 것이었다. 설령 그 입구가 막혀 있다고 해도, 다른 출구를 찾아 북쪽으로 갔을지 몰랐다. 우리는 빛이 없어도 그들에게 큰 문제가 되지 않는다는 점을 떠올렸다.

그 순간에 우리의 감정 상태가 어땠는지 정확히 기억나지 않지만, 갑자기 관심을 끄는 대상이 나타나 기대감을 느꼈던 것 같다. 우리는 무서운 대상과 직접 대면할 생각이 없었다. 하지만 안전한 위치에서 그들의 정체를 엿보고 싶다는 무의식적 욕구가 있었음을 부정하진 않겠다. 구겨진 스케치에 나타난 거대한 원형 공간을 찾아야겠다는 새로운 목표가 생기긴 했지만, 은연중 심연의 도시를 보고 싶다는 열망을 완전히 포기하지는 않았던 것 같다. 스케치에 커다란 원으로 그려져 있는 것이 바로 초기 조각상에서 가리키던 원통형 석탑이 분명했다. 급히 그린 그림이었으나 석탑의 인상이 강렬했으며, 빙하층 밑에서 중요한 의미를 가진 건물 같았다. 어쩌면 아직 접하지 못한 건축의 신비가 담겨 있을지 몰랐다. 조각상에서 본 대로라면 그 석탑이 지어진 시기는 상상을 초월할 정도로 오래 전, 그러니까 도시에서 세운 최초의 건축물 중의 하나였을 것이다. 그곳의 벽화들이 보존되어 있다면 매우 중요한 가치를 지닌다는 사실은 말할 필요도 없었다. 뿐만 아니라 지상으로 연결된 통로로도 훌륭한 구조물로서, 지금까지 우리가 애타게 찾던 지름길인 동시에 어쩌면 다른 존재들의 출입구였을 수도 있다.

어쨌든 우리는 그 놀라운 스케치를 확인하고 — 우리가 만든 스케치와 거의 완벽하게 일치했다 — 원형 공간으로 가는 길로 발걸음을 돌렸다. 우리보다 앞서간 미지의 존재들이 이미 두 번 정도 오간 길이 분명했다. 그 길을 가다보면 심연으로 가는 입구가 있을지 몰랐다. 우리는 다시 종이를 절약하며 표시를 남기기 시작했다. 그때부터의 여정은 자세히 말하지 않겠다. 다만 특이한 점이 있다면, 지하 복도로 향하는 통로였음에도 지표층과 가깝다는 생각이 들었다는 것이다. 간간이 잔해 더미와 바닥에서 이상한 흔적이 나타났다. 휘발유 냄새는 사라졌지만, 더 역겨우면서도 집요한 냄새가 이따금 희미하게 풍겨왔다. 우리는 전에 왔던 길에서 완전히 다른 쪽으로 접어든 후부터 틈틈이 손전등으로 벽면을 비추었다. 벽마다 거의 예외 없이 새겨져 있는 조각상들은 올드원의 핵심적인 미학 양식을 보여주고 있었다.

오후 9시 30분경, 긴 아치형 복도를 따라 걷는 동안, 바닥이 점점 지표층과 가까워지면서 천장도 낮아지는가 싶더니, 갑자기 강렬한 빛이 들어와 손전등을 껐다. 분명 우리가 다가가는 거대한 원형 공간은 지상으로 멀리 떨어진 곳이 아니었다. 통로는 거대한 석조 건축물에 비해 놀라울 만큼 낮은 아치문으로 끝났지만, 이미 그 문을 통해서 많은 것들이 보였다. 아치문 너머에는 거대한 원형 공간 — 직경이 60미터에 가까운—이 펼쳐져 있었으며, 우리가 지나온 복도처럼 무수한 잔해 더미로 채워져 있었다. 손상되지 않은 벽면마다 소용돌이 무늬가 웅장하고 대담하게 조각되어 있었다. 트인 공간이라 풍상에 더 노출됐음에도 벽화와 조각 장식은 우리가 지금까지 본 어느 것보다 발군의 예술성을 보여주었다. 어지러운 바닥은 얼음이 두텁게 덮여 있어서, 실제 바닥은 훨씬 낮았을 거라는 생각이 들었다.

그러나 그곳에서 가장 눈에 띄는 대상은 거대한 석조 경사로였다. 고대 바빌론의 지구라트[123] 혹은 기괴한 첨탑에서처럼 웅장한 원통형 석탑의 외벽을 따라 바닥에서 꼭대기까지 나선형으로 이어져 있었다. 비행기를 타고서는 너무 빨리 지나쳤거나 석탑의 내벽과 겹쳐 보여서 못본 것 같았다. 그래서 빙하층 밑으로 내려오기 위해 다른 길을 찾아야 했던 것이다. 피버디 교수라면 나선형 경사로의 공학적 원리를 설명할 수 있겠지만, 댄포스와 나는 그저 놀라며 감탄을 자아냈다. 여기저기에서 눈에 띄는 거대한 돌출부와 기둥들은 원래의 기능을 잃은 것 같았다. 외부에 노출된 상태에서도 석탑은 꼭대기까지 훌륭하게 보존되어 있었으므로 생경하고 서늘한 우주적 조각 장식들도 대부분 온전하게 남아 있었다.

햇빛 속에 괴물처럼 버티고 선 석탑—세워진지 5천만 년은 됐으므로 우리가 본 건축물 중에서도 가장 오래된—으로 다가서며 우리는 거의 20미터 가까이 석탑 외벽을 따라 올라가는 경사로를 바라보았다. 바깥쪽 빙하층이 12미터이며, 비행기에서 본 6미터 높이의 거대한 석조물의 잔해를 감안하면, 그 석탑은 높이의 4분의 3 정도는 붕괴되거나 빙하에 묻힌 셈이었다. 조각상에 따르면 원래 석탑은 원형 광장의 중앙에 세워진 것으로, 높이는 대략 150미터에서 180미터 사이였으며 맨 위에 얹은 수평의 원반 장식은 가장자리에 바늘처럼 날카로운 물체가 박혀 있었다. 석탑은 빙하층 바깥쪽이 주로 무너진 것 같았는데, 내부에서 무너졌다면 나선형 경사로와 장식 조각들이 광장을 꽉 메웠을 것이므로 우리에겐 다행한 일이었다. 하긴 경사로는 그때도 애처로운 붕괴의 조짐을 보여주고 있었다. 그러나 석탑 밑에 있는 통로 주변은 얼마 전에 치워진 흔적이 보였다.

우리는 얼마 지나지 않아 다른 존재들이 그곳을 통해서 지하 세계로 내려갔다고 결론지었다. 사방에 종잇조각을 뿌려 놓았지만 돌아갈 때는 석탑 통로를 지나 빙하층 위로 올라가는 방법이 가장 합리적이라고 생각했다. 지상으로 나 있는 석탑의 입구는 우리가 맨 처음 들어왔던 거대한 계단식 건물에 비해서 비행기를 놔둔 구릉지대에 훨씬 가까웠다. 그리고 좀 더 탐사를 벌인다면 그 인근 지역이 좋을 것 같았다. 충분히 보고 추측한 후였지만, 묘하게도 우리 벌써 이후의 탐사 계획을 생각하고 있었다. 그런데 우리는 조심스럽게 앞으로 발걸음을 옮기다가, 마침내 다른 문제를 모두 잊어버릴 만한 광경을 목격하고 말았다.

나선형 경사로가 낮게 꺾여 있는 지점에 썰매 세 대가 가지런히 쌓여 있었다. 레이크 교수의 캠프에서 없어진 것으로, 난폭하게 돌바닥과 폐허 사이를 함부로 끌고 왔는지 심하게 망가진 상태였다. 썰매는 조심스럽게 끈으로 묶여 층층이 쌓여 있었고 낯익은 물건들도 눈에 띄었다. 휘발유 난로, 연료통, 공구함, 통조림, 책이 담겨 불룩한 방수포, 내용물을 알 수 없는 방수포 등 레이크 교수의 캠프에서 사라진 장비였다. 이미 다른 방에서 한 차례 사라진 물건들을 본 후여서 그리 놀라지는 않았다. 하지만 이상하게 덮여 있는 방수포를 젖혔을 때만큼은 엄청난 충격에 휩싸였다. 레이크 교수처럼 다른 존재들도 특이한 표본을 수집하는 취미가 있는 것 같았다. 빳빳한 냉동 상태로 완벽하게 보존되어 있는 그 두 개의 형체는 목 부위의 상처에 회반죽이 발라져 있었고 또 다른 손상을 막기 위해서 아주 조심스럽게 방수포에 싸여 있었다. 방수포에서 꽁꽁 언 채로 발견된 것은 실종된 기드니와 개의 시체였다.

X

처참한 광경을 목격하고도 북쪽 터널과 심연의 도시에 집착했던 우리들을 냉혹한 광인이라고 비난하는 사람들이 많을 것이지만, 우리를 돌연 다른 추측에 빠져들게 한 상황이 벌어졌다는 걸 감안하면 그런 비난도 좀 접어줄 수 있을 것이다. 가엾은 기드니의 시신을 다시 방수포로 덮은 뒤 멍하니 서 있을 때, 불현듯 이상한 소리가 우리의 의식을 파고들었다. 맨 처음 도시로 내려올 때 산봉우리에서 들려왔던 바람소리였다. 이미 익숙한 소리였지만, 고립된 죽음의 세계에서는 흉악하게 꾸며낸 어떤 음색보다 갑작스럽고 섬뜩한 것이었다. 우리가 알고 있는 우주의 조화를 다시금 뒤흔드는 소리였다.

레이크 교수가 해부 과정에서 기이한 피리 소리에 대해 언급한 이후로 우리는 바람 소리를 들을 때마다 끔찍한 상상을 떠올리고 있었다. 그 소리는 이제 우리를 둘러싼 영겁의 죽은 도시와 어울려 지옥의 화음을 띠고 있었다. 그것은 다른 시대의 무덤에서 들려오는 목소리였다. 그것은 메마른 달의 표면처럼 남극 대륙의 지하에는 어떤 생물체도 살고 있지 않으며, 일반적인 생태 활동이 없다는 우리의 당연한 믿음을 산산조각 내는 소리였다. 그때 우리의 귓가에 전해진 소리는 고대의 지구 깊숙한 곳에 묻혀 있다가 극지방의 태양열이 그들의 견고한 신체에 온기를 던져주자 오랜 잠에서 깨어난 존재들의 환상적인 목소리가 아니었다. 아니, 그것은 빅토리아랜드를 지나면서, 맥머도 만의 캠프에서 들었던 너무도 평범하고 익숙한 소리였다. 그러나 그런 곳에서는 도저히 들을 수 없는 소리였기에 우리는 몸서리를 쳤다. 그것은 귀에 거슬리는 펭귄의 꽥꽥하는 울음소리였다.

우리가 지나온 통로 반대편, 빙하층 아래서 억눌린 듯한 울음소리가 들려왔다. 그곳은 심연으로 가는 또 다른 터널이 있을 거라고 우리가 확신했던 지점이었다. 바닷새가 그런 곳에 ― 영겁의 세월 동안 변함없이 죽음만 존재했던 남극의 지층 밑에 ― 있을 수 있다면 결론은 하나였다. 그리고 그 생각은 펭귄의 울음소리라는 객관적인 현실로 입증되고 있었다. 실제로 울음소리가 되풀이될 뿐 아니라 한 마리 이상이 내는 소리였다. 우리는 깨끗이 치워진 통로로 들어가 소리의 진원지를 찾아가면서 몹시 꺼림칙했지만, 길을 표시하기 위해 썰매에 방수포로 덮여 있던 종이 뭉치를 꺼내들었다.

얼음으로 뒤덮인 바닥은 곧바로 잔해 더미로 어지럽게 변했고, 기이하게 끌린 자국이 나타났다. 한번은 댄포스가 선명한 발자국을 발견했지만 무엇이라고 설명할 방법이 없는 정체불명의 흔적이었다. 펭귄의 울음소리가 들리는 방향을 나침반과 지도로 확인한 결과, 북쪽 터널로 가는 방향이었으므로 우리는 다리를 건너지 않고도 지표층과 지하층이 연결되는 통로로 갈 수 있을 것 같아 기뻤다. 조각상의 도표를 보자니 북쪽 터널은 거대한 피라미드형 구조물의 지반에서 시작되는데, 보존 상태가 꽤 좋았던 그 구조물을 비행기에서 봤던 기억이 희미하게 떠올랐다. 손전등 하나에 의지해 지하 통로를 걷는 동안에도 벽에서 조각 장식들이 나타났지만, 일부러 살펴보기 위해 걸음을 멈추지는 않았다.

돌연 앞에서 다가오는 커다랗고 하얀 물체가 있었다. 우리는 보조 손전등까지 켰다. 우리가 모험 중에 무엇인가 우리 곁에 도사리고 있을지 모른다는 공포를 어찌 그리 쉽게 잊었었는지 이상한 일이다. 다른 존재들이 거대한 원형 광장에 물건을 놔두고 떠난 점으로 봐서, 그들은 언제고 다시 돌아올 것이 분명했다. 그럼에도 우리는 그들이 주변에 있다는 사실을 잊고 경계심까지 버렸던 것이다. 앞쪽에서 뒤뚱거리며 180센티미터 정도의 하얀 물체가 나타났지만, 우리가 예상했던 그 존재들은 아니었다. 조각상의 기억을 떠올리면 그들 종족은 훨씬 크고 색깔이 짙었으며, 해저 생활에 필요한 촉수가 있으면서도 육지에서 움직임이 민첩했다. 그렇다고 우리가 그 흰색 물체에 아무런 공포도 느끼지 않았다고 말할 수는 없다. 솔직히 우리는 순간적으로 다른 존재들에 대해 이성적으로 품었던 두려움보다 더 섬뜩한 원시의 공포에 사로잡혔다. 그러나 그 형체가 우리의 왼쪽으로 살짝 비켜서 동료에게 대답하듯 꽥꽥거리며 다른 두 마리와 함께 사라지자, 공포의 순간도 사라졌다. 지금까지 몸집이 가장 크다는 임금 펭귄[124]을 능가하는 이상한 종이며, 색소 결핍증과 퇴화한 눈 때문에 괴물처럼 보였을 뿐, 그것은 펭귄에 불과했다.

펭귄을 따라 우리는 계속해서 통로를 걸어갔다. 우리를 아랑곳하지 않고 제 갈 길을 가는 세 마리의 펭귄에게 손전등을 비춘 결과, 하나같이 눈이 퇴화하고 색소 결핍증에 걸려 있었다. 그 엄청난 크기는 올드 원의 조각상에서 본 고대의 펭귄을 떠올리게 했으며, 우리는 이내 그것들이 같은 종일 거라고 결론지었다. 지하의 따뜻한 곳에서 빙하기를 넘긴 뒤에도 계속된 동굴 생활로 인해 점점 색소가 파괴되고 시력이 퇴화한 것이 분명했다. 그때만큼은 그들의 서식지가 우리가 찾고 있는 거대한 심연임을 의심하지 않았다. 심연의 세계에 온기와 생명력이 유지되고 있었다는 증거를 앞에 두고, 우리는 가장 기이하고 혼란스런 상상에 빠져들었다.

펭귄 세 마리가 왜 서식지를 벗어났는지도 의문이었다. 거대한 죽음의 도시를 메우고 있는 정적과 황폐함은 일정 기간 동안 생물들이 서식한 일이 없음을 입증하는 반면, 세 마리의 펭귄이 우리를 보고도 놀라지 않고 무심히 지나친 사실이 석연찮았다. 그들 존재가 혹시 펭귄에게 난폭하게 굴었거나 식량을 얻기 위해 펭귄을 키우지는 않았을까? 개들이 무척 싫어했던 역겨운 냄새에 대해 펭귄들도 똑같은 반감을 드러낼지 궁금했다. 펭귄의 조상은 올드원과 우호적인 관계를 맺고, 올드원 종족의 마지막 생존자가 사라질 때까지 심연에서 함께 살았을지 모른다. 그 변종 펭귄들을 촬영하지 못해 안타까웠던 것은 우리의 순수한 과학자적 열정 때문이리라. 얼마 후, 요란하게 울부짖는 펭귄의 무리를 지난 우리는 이따금씩 나타나는 펭귄의 발자국으로 미루어 심연으로

가는 통로가 확실한 방향으로 걸어가기 시작했다.

우리가 내려간 낮고 긴 내리막길에는 출입구나 조각 장식이 보이지 않았으므로, 우리는 얼마 지나지 않아 그쪽이 터널 입구로 가는 길이 확실하다고 믿었다. 두 마리의 펭귄을 또 지나쳤으며, 곧바로 앞에서도 울음소리가 들렸다. 좁은 복도가 느닷없이 커다란 공간으로 이어지자 우리는 숨을 죽였다. 그곳은 반구형의 공간으로 지하 깊숙한 지점이 분명했다. 직경이 약 30미터 높이는 5미터였으며, 야트막한 아치문이 반구형 공간을 따라 사방에 뚫려 있었지만, 딱 하나 공간의 균형을 깨면서 4.5미터 정도로 천장까지 닿을 만큼 커다란 구멍이 눈에 띄었다. 그것이 바로 심연으로 통하는 입구였다.

원시의 돔형 건물처럼 쇠퇴의 기운이 역력했지만 반구형 천장은 매우 인상적이었으며, 뒤뚱거리면서도 우리들의 출현에 무심한 펭귄 몇 마리가 있었다. 암흑의 터널은 가파른 내리막길을 예고하며 밑으로 펼쳐져 있었는데, 그 입구에서 기괴한 모양의 문설주[125]와 인방[126]이 눈에 띄었다. 신비한 입구에서 약간 더운 공기가 느껴졌고, 수증기까지 피어오르는 것 같았다. 끝없는 지하 공간과 벌집처럼 엉켜있을 거대한 산맥과 땅 속에 펭귄 이외의 다른 존재가 과연 살고 있을지 의아했다. 레이크 교수가 처음에 화산 활동으로 여기고, 우리가 고개를 넘으며 성벽으로 둘러싸인 산맥에서 목격한 연기는 혹시 그 지구의 심연에서 구불구불한 틈을 타고 흘러나왔을지 모른다는 의구심도 생겼다.

통로의 크기는 — 적어도 입구 부분은 — 가로 세로 4.5미터 정도였다. 벽면과 바닥, 둥근 천장은 거대한 돌로 만든 것이었다. 벽면을 따라 후기 조각상의 퇴폐적인 양식에서 흔히 발견되는 카르투슈 장식이 이따금씩 눈에 들어왔다. 통로와 조각 장식은 놀라울 정도로 완벽하게 보존되어 있었다. 바닥은 펭귄들이 오고간 흔적을 제외하고는 아주 깨끗했다. 좀 더 들어가자 공기가 더워졌으므로 우리는 두툼한 방한복의 단추를 풀었다. 우리는 혹시 땅속 깊숙이 열기를 내뿜는 근원이 있는지, 태양열이 닿지 않는 바닷물이 뜨겁지는 않을지 궁금했다. 얼마 내려가지 않아 석조물의 형태는 견고한 암석으로 바뀌었지만, 터널은 원래의 크기대로 펼쳐져 있었고, 벽에 규칙적으로 새겨진 조각 장식도 여전했다. 간혹 경사가 불규칙한 곳이 나타났으며, 특히 가파른 곳에는 바닥에 홈이 패여 있었다. 벽면 중간에서 지도에 없는 작은 동굴들이 나타나기도 했지만 돌아올 때 길을 잃을 정도로 복잡하지는 않았으며, 오히려 예기치 않은 대상과 맞닥뜨리면 그곳으로 숨어들어도 좋을 것 같았다. 갑자기 정체 모를 냄새가 짙어졌다. 터널의 상황을 알면서도 그곳으로 뛰어드는 것은 자살 행위나 마찬가지로 어리석은 짓이지만, 유독미지의 대상에 유혹을 느끼는 사람들이 있다. 우리를 그 황폐한 극지방으로 이끈 것도 그 유혹이었다. 펭귄들이 우리 곁을 지나가는 가운데 우리는 걸어온 거리를 얼추 계산해 보았다. 조각상에서는 가파른 경사로를 1.5킬로미터 정도 내려가면 심연이 나타났지만, 전에도 헤맨 적이 있으므로 그 수치를 그대로 믿기는 어려웠다.

400미터쯤 더 내려갔을 때, 정체모를 냄새가 갑자기 확 끼쳤으므로 우리는 터널 중간에 뚫려 있는 동굴들을 조심스럽게 살폈다. 동굴 입구에서 수증기가 나오지 않았지만, 그것은 찬 공기가 유입되지 않았기 때문이었다. 갑자기 온도가 높아지는 상황에서 우리는 소름끼치도록 낯익은 물건이 버려져 있다는 사실에도 그리 놀라지 않았다. 그것은 레이크 교수의 캠프에서 사라졌던 방한복과 방수복의 일부였지만, 이상하게 찢겨진 천의 상태를 살펴보기 위해 일부러 멈춰서지는 않았다. 그때부터 터널 측면마다 뚫려 있는 작은 동굴의 수와 크기가 늘어났다. 우리는 구릉지대 밑에 벌집처럼 얽혀 있는 석회암 동굴층에 다다랐다고 생각했다. 정체 모를 악취와 함께 이번에는 약간 덜 역겨운 냄새가 풍겼다. 우리는 막연하게 유기물과 지하 곰팡이류가 부패하는 냄새라고 생각했다. 갑자기 통로가 넓어졌는데, 지금까지의 조각상에서도 그런 지형에 대한 암시나 표현은 없었다. 넓이뿐 아니라 높이도 높아져서 타원형의 천연 동굴 같았고 바닥이 평평했다. 길이 22미터 폭 15미터 정도의 공간으로, 측면마다 미지의 심연으로 가는 무수한 통로가 뚫려 있었다.

언뜻 천연 동굴처럼 보였지만, 손전등으로 확인한 결과, 벌집처럼 붙어 있는 주변의 석회 동굴 벽을 뚫어 인위적인 만든 공간이었다. 동굴 벽은 거칠었고 높다란 둥근 천장은 종유석으로 뒤덮여 있었다. 하지만 단단한 암석 바닥은 말끔하게 치워져서 잔해나 부스러기, 심지어 티끌 하나 없을 정도였다. 지금까지 지나온 통로를 제외하고 측면의 무수한 동굴들은 그 공간에서 시작된 것이 분명했다. 우리는 특이한 구조에 어리둥절했을 뿐 별다른 추측도 할 수 없었다. 정체 모를 냄새와 섞여 있던 역겨운 악취가 유독 그곳에서 심해져서 다른 감각을 마비시킬 정도였다. 전반적인 분위기와 반짝거릴 정도로 치워진 바닥을 바라보면서 우리는 어느 때보다 더 당혹스럽고 두려웠다.

통로는 다시 규칙적으로 이어졌고, 펭귄들의 배설물이 많은 것으로 봐서, 무수한 동굴 속에서 길을 잃을 염려는 없었다. 그러나 배설물이 언제 사라질지 몰랐으므로 만약을 대비해서 종잇조각으로 길을 표시하는 방법을 다시 사용하기로 했다. 우리는 벽면에 손전등을 비추다가 갑작스럽게 조각 장식에서 나타난 변화 때문에 깜짝 놀라 멈춰 섰다.

물론 그 터널이 만들어진 시점에서는 올드원의 조각 솜씨가 크게 쇠퇴한 시기였으며, 우리는 실제로 아라베스크 무늬에서 나타난 열등한 변화를 확인하기도 했다. 그러나 이제 동굴 깊숙한 곳에서 등장한 조각상들은 수준뿐 아니라 본질적인 성격에서도 납득하기 어려울 정도로 갑자기 변해 있었다. 그 변화가 너무 심각하고 참담해서 지금까지의 쇠퇴가 점진적이었음을 확인해 왔던 우리로서는 전혀 뜻밖이었다.

변질된 조각상들은 조잡하고 노골적이었으며, 전반적으로 섬세함이 결여돼 있었다. 원래 있던 카르투슈 무늬를 따라 이어진 장식띠 부분을 깊게 파냈지만, 돋을새김한 높이가 벽면에도 미치지 못했다. 댄포스는 양피지의 글자들을 지우고 그 위에 다시 글을 쓴 것처럼 원래의 문양을 지우고 그 위에 다시 새겨 넣은 것 같다고 말했다. 전반적으로는 장식적이고 전통적이었다. 올드원의 5진법 전통을 대충 적용한 듯 조잡한 소용돌이 무늬와 각으로 구성되어 있었지만, 전통을 계승하기보다는 희화한 느낌이 강했다. 기법 이면의 미학적인 감수성에도 이질적인 요소가 스며들어 있다는 생각을 떨칠 수 없었다. 그 이유에 대해 댄포스는 힘든 작업을 대체할 만한 노동력이 부족했기 때문이라는 추측을 내놓았다. 그럴 가능성도 있지만, 우리는 그 조각 장식들을 올드원의 예술품으로 받아들이기가 꺼림칙했다. 내 생각에는 로마 양식을 적용해서 어색해진 팔미라[127] 조각상처럼 이질적인 요소를 혼합한 결과로 보였다. 우리보다 앞서간 존재들도 조각 장식의 변화를 눈여겨보았는지, 특히 눈에 띄는 카르투슈 무늬가 있는 벽면 바닥에 다 쓴 건전지가 놓여 있었다.

자세히 살펴볼 여유가 없었으므로 우리는 조각 장식을 대충 훑어본 뒤 걸음을 옮기며 손전등을 비추어 더 큰 변화가 있는지 간간이 확인했다. 바닥이 매끈한 동굴들이 통로 벽면마다 무수히 많아지면서 조각 장식이 나타나는 간격도 멀어졌다는 것 외에 장식 자체에서 별다른 변화는 없었다. 펭귄의 모습이나 울음소리는 점점 뜸해졌지만, 내부 깊은 곳에서 들려오는 펭귄들의 합창은 희미하게나마 계속되고 있었다. 나중에 풍겼던 악취가 더욱 심해진 반면, 정체 모를 처음의 냄새는 거의 느껴지지 않았다. 기온 차도 더욱 커져 암흑의 해양 절벽이 멀지 않았음을 알리고 있었다. 그런데 반들반들한 바닥에서 뜻밖의 장애물 — 펭귄은 분명히 아닌 — 이 우리를 가로막았다. 우리는 그 물체에서 움직임이 없다는 사실을 확인한 다음에 보조 손전등을 켰다.

XI

또 다시 차마 말하기 힘든 부분을 전해야 할 것 같다. 어서 이런 상황에 단련이 돼야 할 텐데. 그러나 치유될 수 없을 정도로 깊은 상처 때문에 기억으로 되살아나는 공포에 점점 예민해지는 것 같다. 앞서 말했듯이, 우리는 매끈한 동굴 바닥에서 어떤 형체를 발견했다. 역겨운 악취와 함께 이미 사라졌던 또 다른 냄새까지 우리의 후각을 한꺼번에 파고들었다는 사실도 덧붙여야겠다. 보조 손전등을 비추자 그 물체의 정체가 분명해졌다. 우리는 그 형체들이 레이크 교수의 캠프에서 5각형 봉분 속의 표본 6개를 발견했을 때처럼 전혀 해롭지 않다는 사실을 알 수 있었으므로 조금씩 그쪽으로 다가갔다.

그것들은 우리가 직접 발굴한 표본들과 마찬가지로 완벽한 모습은 아니었다. 그러나 주변에 걸쭉한 암녹색 점액질이 고여 있었으므로 그 상태로 방치된 것이 바로 얼마 전이라는 사실은 분명해졌다. 레이크 교수의 보고대로라면, 모두 8개의 생물체가 우리를 앞서 간 상태였지만, 거기서 발견된 표본은 4개뿐이었다. 그런 상태로 발견될 거라고는 예상치 못했으므로 우리는 혹시 어둠 속에서 처절한 격투가 벌어졌던 것은 아닌지 의아했다.

펭귄들이 날카로운 부리로 사납게 표본 생물체를 공격하고 있었다. 울음소리로 판단컨대, 펭귄의 무리가 멀지 않은 곳에 있는 것 같았다. 그들이 펭귄의 서식지를 침범했기 때문에 보복을 당한 것일까? 우리는 이내 그렇지 않다는 사실을 깨달았다. 펭귄의 부리 정도로는 레이크 교수가 설명할 수 없을 정도로 견고하다고 했던 생물체의 피부에 그 정도의 중상을 입힐 수 없기 때문이었다. 우리는 가까이 다가서면서 그 끔찍한 상처를 볼 수 있었다. 더구나 앞 못 보는 그 거구의 새들은 지극히 온순해 보였다.

그들끼리 불화가 생겼으며, 사라진 네 개의 생물체가 그런 짓을 한 것일까? 그들은 어디로 갔을까? 그들이 가까운 곳에 있다면 우리에게도 곧바로 달려들지 않았을까? 우리는 매끄러운 바닥을 흘깃거리며 천천히 다가갔다. 무슨 일이 벌어졌는지는 모르겠지만, 그 때문에 펭귄들이 겁을 먹고 이리저리 돌아다니고 있는 게 분명했다. 펭귄의 일반적인 서식지라고 할 만한 곳이 주변에 없었으므로 펭귄들이 함께 우짖는 심연 어딘 가에서 비롯된 분쟁이었다. 수세에 몰린 쪽이 썰매가 있는 곳으로 돌아가기 위해 도망치자, 상대편이 뒤따라와 끝장을 본 것 같았다. 미지의 생물체끼리 벌어진 격렬한 싸움 때문에 암흑의 심연에서 겁에 질린 펭귄들이 미친 듯이 울부짖으며 도망치는 모습이 머릿속에 그려졌다.

우리는 불완전한 모습으로 널브러져 있는 그 생물체에 마지못해 천천히 다가갔다. 그들에게 다가가는 대신 미끄러운 동굴 바닥과 조악한 장식의 벽면을 따라 무작정 그 터널을 나왔더라면, 그래서 그 광경을 목격하거나 숨결을 앗아갈 정도의 열기에 현혹되지만 않았다면 얼마나 좋았을까!

손전등 두 개가 생물체를 비추는 가운데, 사건의 진상이 드러났다. 짓눌리고 비틀어져서 찢겨져 나간 피부, 게다가 그들은 목이 잘려 있었다. 생물체마다 촉수가 달린 별 모양의 머리가 잘려진 상태였다. 일반적인 절단 형태가 아니라 극악무도하게 찢기거나 빨아들인 흔적이었다. 악취가 나는 녹색 점액질이 시체 주변에 흥건했다. 하지만 점액질의 냄새가 묻힐 정도로 예의 그 기이한 악취가 어느 때보다 강렬했다. 생물체에 아주 가까이 다가선 다음에야 우리는 정체 모를 두 번째 냄새의 원인을 알아냈다. 그 순간, 댄포스는 1억 5000만 년 전 페름기의 역사가 담겨진 올드원의 생생한 벽화를 떠올리며, 사악한 이중 벽화가 들어찬 둥근 천장과 고대의 통로가 쩌렁쩌렁 울릴 만큼 비명을 질렀다.

나도 그를 따라 비명을 지르고 싶었다. 나도 그 벽화 장식을 보면서, 쓰러진 올드원을 뒤덮고 있는 끈끈한 액체까지 생생하게 묘사한 이름 모를 예술가에게 전율과 감탄을 느꼈기 때문이다. 끔찍한 쇼고스 무리는 올드원과의 전쟁에서 독특한 방식으로 몸을 자르고 머리 없는 시체를 빨아먹었다. 조각 장식이 아주 오래된 것임에도 그것은 소름끼치는 전율을 안겨 주었다. 쇼고스와 그들의 행위는 인간이 보거나 다른 존재들이 묘사해서는 안 되는 것이었기 때문이다. 『네크로노미콘』의 미치광이 저자는 지구상에서 저절로 생성된 것은 없다고 초조한 음성을 전하려 했지만, 약에 취한 몽상가들만이 그 사실을 이해하고 있었다. 무정형의 원형질 덩어리는 거품 같은 세포를 끈끈하게 응집함으로써 어떤 형태와 기관까지 복제했다. 고무공처럼 자유자재로 형태를 바꾸는 4.5미터 직경의 구체는 최면 암시에 의해 통제된 노예이자 막대한 노동력으로 그 도시를 세운 장본인이었다. 그들은 점점 불만스러워지고, 지능이 높아졌으며, 교활해지고 모방에 능해졌다. 아뿔싸! 아무리 올드원이 불경한 존재라고 해도, 그토록 사악한 생물체를 기꺼이 이용하고 조각으로 새기게 만든 광기는 과연 무엇이었을까?

댄포스와 나는 머리 없는 시체에서 야릇한 빛을 내는 끈끈한 검은색 점액질을 바라보다가 병든 상상력만이 떠올릴 수 있는 역겨운 악취가 어디서 비롯되는지 알게 되었다. 일련의 점무늬로 이루어진 이중 벽장식 한쪽과 생물체의 시체에 약간의 거품 물질이 남아 있었던 것이다. 우리는 가장 무시무시한 우주적 공포의 실체를 깨달았다. 그것은 사라진 생물체 넷에 대한 두려움이 아니었다. 이미 그들 역시 무력한 입장이 되어 있을지 몰랐다. 가엾은 존재들! 그들은 사악한 존재가 아니었다. 그들은 다른 시기에서 다른 질서를 따라 살았던 인류였다. 자연이 그들에게 끔찍한 장난을 친 것이며 —죽음처럼 잠들어 있는 극지방의 황무지를 깨우려는 인간의 광기와 무감각, 냉혹함에 대해서도 자연은 똑같이 대할 것이다— 결국 그들의 귀향은 비극으로 끝을 맺었다.

그들은 난폭한 존재도 아니었다. 그들이 대체 무슨 짓을 저질렀는가? 숱한 세월, 그들은 추위 속에서 잠들어 있다가 맹렬히 짖어대는 네발짐승의 공격에 깨어났으며, 기이한 껍질을 두르고 이상한 도구를 사용하는 흰색 유인원들에 대항해 스스로를 지켰을 뿐이다. 가엾은 레이크, 가엾은 기드니……. 가엾은 올드원! 과학자야말로 동정할 가치가 없는 인간들이다. 그들은 한갓 인간으로서 해서는 안 되는 짓을 저지르

336

지 않았던가? 흥, 그 알량한 지식과 아집! 벽화 속의 동족이자 조상들은 얼마나 엄청난 일을 당했던가! 발광체, 아니면 식물, 괴물, 별의 후손, 그 정체가 무엇이든 그들은 인류였다!

그들은 한때 숭배하던 신성한 얼음 비탈 봉우리를 넘어와 나무 고사리 사이를 배회했다. 그들은 저주 속에서 웅크리고 있는 도시를 목도했으며, 우리처럼 후기의 조각 장식을 읽었다. 살아 있을 동족을 찾아 한 번도 가본 적 없는 전설의 암흑으로 향했다. 그래서 그들은 무엇을 발견했을까? 악취 나는 끈끈한 액체에 뒤덮인 머리 없는 시체, 이중 조각상과 사악한 점무늬에 튀긴 얼룩을 바라보면서, 댄포스와 나는 섬광처럼 상념에 잠겼다. 그리고 곧바로 이어진 댄포스의 발작적인 비명에 답하듯, 펭귄들의 안식처이자 새로운 수중 도시의 암흑에서 뿜어진 사악한 수증기가 다시 몰려들 즈음, 나는 누가 마지막까지 그곳에서 살아남았는지 알 수 있었다.

우리가 흉흉한 점액질과 머리 없는 시체를 발견한 충격으로 꼼짝없이 얼어붙어서 과연 무슨 생각을 떠올렸는지, 그것은 한참 뒤에 나눈 대화에서 분명해졌다. 그렇게 멈춰서 있던 시간이 영원처럼 느껴졌지만, 실제로는 10초 내지 15초의 정도였을 것이다. 역겹고 창백한 수증기가 우리를 향해 소용돌이치면서 무엇인가 다가온다고 생각했을 때, 퍼뜩 우리의 정신을 깨우는 소리가 있었다. 우리는 그 뜻밖의 소리에 놀라 반사적으로 움직였고, 질겁하며 울부짖는 펭귄의 무리를 지나 지하 통로를 미친 듯이 달려 정상적인 외부의 대기와 빛 속으로 뛰어들었다.

익숙해진 소리는 전보다 훨씬 소름끼쳤다. 가엾은 레이크 교수의 해부 작업이 결국 살아 있는 생명을 앗아갔다는 생각 때문이었다. 빙하층 바로 위의 복도를 꺾어질 때, 억눌린 그 소리를 다시 들었다고 댄포스는 나중에 내게 말했다. 산봉우리의 동굴에서 들려온 바람 소리와 끔찍할 정도로 비슷했다고 했다. 유치한 생각이라는 비난을 감수하고 나는 또 다른 사실을 덧붙여야겠다. 댄포스의 말에 내가 깊이 공감했던 이유가 있었던 것이다. 댄포스는 100년 전 『아서 고든 핌의 모험』을 쓸 당시의 에드거 앨런 포도 상상을 초월하는 금기의 비밀을 알고 있었다고 말했지만, 우리 둘 다 그 책을 읽었으므로 해석의 여지가 있었다. 소설 속에 등장하는 남극 깊숙한 지역의 거대한 새가 울부짖었듯이, 불가해하면서도 분명 엄청난 의미가 담겨있을 기이한 단어로써 우리는 그때의 소리를 기억하게 될 것이다. "테켈리-리! 테켈리-리!" 그것이 바로 우리가 들었다고 생각하는 소리였다. 휘도는 수증기 너머에서 홀연히 우리의 귓가로 파고든, 피리의 음역을 뛰어넘는 오싹한 외침 말이다.

울음, 아니면 음절, 정체모를 그 소리가 세 번째 울리기 전, 우리는 혼신의 힘을 다해 달리고 있었다. 그러나 올드원의 놀라운 민첩성을 떠올리며 그들이 우릴 해치려 했다면 소리를 지르거나 달아날 틈조차 주지 않았을 거라는 생각이 들었다. 그들이 과학적인 호기심으로 우리를 생포하기를, 적어도 공격적이지 않기를, 호의를 보여주기를 바랐다. 그들이 우리를 두려워하지 않는다면 굳이 우리를 해칠 이유도 없을 테니까. 그렇게 무작정 도망치거나 숨을 일도 아니라는 생각이 들자, 우리는 손전등으로 뒤쪽을 비춰 보았다. 수증기가 엷어져 있었다. 마침내 살아있는 완벽한 그들 생물체의 모습을 볼 수 있을까? 또 한 차례 음산한 피리 소리가 들려왔다.

"테켈리-리! 테켈리-리!"

그때, 우리는 그들과의 거리가 많이 떨어져 있음을 깨닫고, 문득 그들이 부상을 입은 것은 아닐까 의구심이 들었다. 그러나 그들은 다른 무엇으로부터 도망치는 것이 아니라 댄포스의 비명을 듣고 우리를 뒤쫓는 것이 분명했다. 의문을 품을 시간적 여유가 없었다. 암흑의 심연을 정복하고 도시의 원래 주인이 남겨놓은 예술품을 훼손함으로서 자신들만의 작품을 만든 그 끈끈한 원형질 존재에 대해서만큼은 우리도 아무런 짐작도 할 수 없었기 때문이다. 크게 다쳤을지 모를 올드 원 — 어쩌면 유일한 생존자일지 모른다 — 을 알 수 없는 운명 속에 남겨 두고 도망친다는 사실이 몹시 가슴 아팠다.

속도를 늦추지 않아서 천만다행이었다. 수증기가 다시 짙어지더니 빠른 속도로 다가왔다. 우리가 지나왔을 때보다 펭귄들이 뒤에서 더욱 요란하게 울부짖었다. 넓은 음역의 피리 소리가 다시 들려왔다.

"테켈리-리! 테켈리-리!"

우리가 잘못 생각한 것이었다. 그 존재는 부상을 입은 것이 아니라, 동료가 끔찍한 점액에 뒤덮여 쓰러져 있는 것을 발견한 것이었다. 우리는 그처럼 엄청난 광경을 목격한 올드원의 반응이 어땠을지 짐작조차 할 수 없었다. 다만 레이크 교수의 캠프에 있던 무덤으로 판단할 때, 그들에게 죽음은 매우 중대한 의미가 분명했다. 아무렇게나 흔들리는 손전등 불빛에 여러 통로로 연결된 넓은 공간이 나타났고, 우리는 그 병적인 이중의 조각 장식에서 벗어난다는 사실 — 볼 수도 없는 상황이었지만 — 에 기뻐했다.

무수한 동굴이 연결돼 있는 공간에서 추적자를 따돌릴 방법이 떠올랐다. 그곳의 눈먼 펭귄들은 다가오는 존재를 극도로 두려워했다. 바닥이 보일 정도로만 손전등의 밝기를 최대한 약하게 한다면, 수증기 속에서 겁에 질려 아우성치는 커다란 새들 덕분에 발소리를 숨기고, 추적자들을 따돌릴 수 있다는 생각이 들었다. 올드원은 빛에 구애받지 않는 특별한 감각이 있다지만, 그곳을 넘으면 지금까지 이상할 정도로 매끄럽고 깨끗했던 바닥과는 달리 잔해가 어지럽게 널려 있는 통로로 이어지므로 그들도 안개 속에서 사물을 식별하기는 매우 어려울 것이었다. 하지만 서두르다 오히려 우리가 길을 잃을지 모른다는 걱정도 들었다. 벌집처럼 복잡한 구릉지대의 내부에서 길을 잃으면 어떤 결과가 생길지 몰랐으므로, 우리는 곧장 죽음의 도시를 향해 가기로 결심했다.

우리가 무사히 지하 터널을 빠져나온 것은 추적자들이 적어도 한 번은 길을 잘못 들었기 때문이다. 펭귄뿐 아니라 안개 낀 복잡한 동굴의 구조가 우리에게 유리한 결과를 주었다. 짙게 낀 수증기도 우리에겐 행운이었다. 우리가 역겨운 조각 장식으로 메워진 지하 터널에서 벗어나 커다란 동굴로 접어들기 직전, 순간적으로 안개가 사라진 적이 있었다. 울부짖는 펭귄들이 우리의 탈출을 도와주길 바라며 손전등의 밝기를 낮추기 직전, 우리는 마지막으로 추적자를 뒤돌아보았고, 처음으로 어렴풋한 그들의 정체를 볼 수 있었다. 그때까지는 우리의 운명을 긍정적으로 생각했지만, 언뜻 우리의 시야에 들어온 추적자의 실체는 우리의 생각이 얼마나 헛된 바람이었는지 알려주었다. 섬광처럼 스친 그들의 모습은 지금 이 순간까지 우리를 괴롭히고 있다.

우리가 다시 한 번 뒤를 돌아본 정확한 동기는 추적자의 의도와 방법을 알아내려는 도망자의 본능이었을 것이다. 아니, 어쩌면 우리의 온몸 구석구석 스며든 잠재적인 질문에 답하려는 반사적인 행동이었을지도 모른다. 우리는 도망쳐야 한다는 절박감 때문에 자세히 무엇을 관찰하고 분석할 만한 상황이 아니었다. 그러나 우리의 뇌세포는 우리의 후각을 자극하고 있는 것이 무엇인지 의문을 품고 있었던 것 같다. 한참 뒤에야 우리는 그 정체를 깨달았다. 원래대로라면 그곳에선 생물체의 시체 주변에서 유독 코를 찔렀던 악취가 사라지고, 대신에 맨 처음의 정체 모를 냄새가 나야 했다. 그러나 아니었다. 시체 주변의 악취가 여전할 뿐 아니라 매순간마다 더욱 강렬해지고 있었다.

그래서 우리는 거의 동시에 돌아보았다. 그때의 행동은 서로에 대한 무의식적인 일치감에서 비롯된 것이었다. 우리는 돌연 사라진 안개를 향해 두 개의 손전등을 강하게 비추어 보았다. 가능한 많은 것을 확인하려는 근원적인 불안감이 아니었다면 앞쪽 중앙에 무리 지어 있는 펭귄 속으로 숨기 전에 추적자의 눈을 부시게 하려는 무의식적인 노력이었을 것이다. 불운을 자초하는 행동이었다! 오르페우스[128]나 롯의 아내[129]가 뒤를 돌아본 대가를 톡톡히 치른 것처럼. 또 한 번 충격적인 피리 소리가 들렸다.

"테켈리-리! 테켈리-리!"

당시만 해도 우리 서로에게조차 그 광경을 입에 올려서는 안 될 것 같았지만, 이제 솔직하게 — 설령 직설적으로 말하지는 못한다 해도 — 말하는 편이 좋겠다. 독자들에게는 그 오싹함이 결코 제대로 전달될 리 없다. 그때의 광경에 완전히 의식이 마비된 상태였으므로 우리가 계획대로 손전등의 불빛을 낮추고, 복잡한 지하 통로에서 죽음의 도시로 무사히 빠져나왔다는 사실이 지금도 의아하다. 종종 이성보다 강한 힘을 발휘하는 본능, 우리를 탈출하게 만든 것은 본능의 힘이었는지 모른다. 물론 우리는 목숨을 구하는 대신 뼈아픈 대가를 치러야 했다. 우리는 이성을 잃었다. 댄포스는 완전히 얼이 빠져 있었으며, 그 이후의 여정에서 내가 맨 먼저 기억하는 것은 댄포스의 발작적인 중얼거림이었다. 세상에서 나만이 그의 중얼거림을 광인의 발작으로 여기지 않을 것이다. 펭귄들의 울부짖는 가운데 그의 중얼거림은 둥근 천장을 타고 메아리쳤다. 처음부터 그가 횡설수설하지는 않았을 것이다. 이미 그 때부터 정신을 잃었다면, 우리는 살아남지 못했을 테니까. 그의 신경 발작이 다른 결과로 나타났다면 어땠을까, 생각만 해도 몸서리가 난다.

"사우스 스테이션 지하 — 워싱턴 지하 — 파크 스트리트 지하 — 켄덜 — 센트럴 — 하버드⋯⋯."

그 가엾은 친구는 그곳에서 수천 킬로미터 떨어져 있는 고향, 뉴잉글랜드의 평화로운 땅 밑을 지나는 보스턴-케임브리지 구간의 낯익은 지하철역 이름을 되뇌고 있었다. 하지만 내게는 그의 중얼거림이 향수를 일으키거나 엉뚱한 헛소리로 들리지는 않았다. 그의 말에 담긴 섬뜩한 의미를 이해했으므로 내게는 공포 자체로 다가왔다. 뒤를 돌아보면서, 우리는 엷어진 안개 속에서 마침내 끔찍한 존재를 볼 수 있을 거라며 이미 그 모습을 머릿속에 그리고 있었다. 그러나 우리가 발견한 것은 뜻밖에도 훨씬 더 소름끼치고 혐오스러운 존재였다. 환상 소설의 표현처럼, '존재할 수 없는 존재'의 의미를 확인했다고 해야 할 것이다. 가장 그럴듯한 비유를 든다면, 지하철역 승강장에서 질주해 들어오는 열차를 보는 느낌일 것이다. 실린더 속의 피스톤처럼 기이한 색채와 함께 거대한 굴속을 쇄도하듯 멀리 지하에서 솟구친 검은색 물체를 정면에서 바라보고 선 느낌.

그러나 우리가 있는 곳은 지하철 역 승강장이 아니었다. 우리는 악취와 함께 무지개 빛을 발산하며 달려오는 4.5미터 크기의 소름끼치는 무리들 앞에 있었다. 엄청난 속도로 몰려들었다가 창백한 심연의 수증기 덩어리로 다시 뭉치는 무리들. 그들은 어떤 열차보다도 거대하고 끔찍한 존재였다. 형체 없는 거품 덩어리가 희미한 빛을 내면서 순식간에 무수한 눈동자를 만들었다가 푸르스름한 색깔의 징그러운 혹을 드러내며 펭귄과 매끄러운 동굴 바닥을 짓밟고 휩쓸었다. 여전히 조롱하는 듯한 음산한 외침이 들려왔다. "테켈리-리! 테켈리-리!" 그제야 우리는 쇼고스 — 올드원에게 유일하게 유연한 구조와 생명력을 선사 받았으며, 점자 무늬 외에는 언어 수단이 없었던 — 가 주인의 말투를 흉내 낼 뿐 자기들의 목소리는 없다는 사실을 기억해 낼 수 있었다.

XII

위대한 조각 장식이 있던 반구형 공간을 지나, 댄포스와 나는 죽은 도시의 방과 복도를 빠져나갔다고 기억한다. 하지만 그것은 의지, 세부적인 상황, 움직임의 기억은 없는 꿈의 파편이었다. 시간, 인과 관계, 방향이 없는 모호한 세계 혹은 차원을 떠다니는 느낌말이다. 거대한 원형 광장에 스며든 잿빛 햇살을 대하고 우리는 조금은 침착해졌다. 그러나 한쪽에 보관된 썰매에 다가가거나, 가엾은 기드니와 개의 시체를 다시 들춰보지는 않았다. 그들은 기괴하면서도 거대한 묘지에 묻혀 있었으므로, 지구의 생이 끝날 때까지 그들의 안식이 깨지지 않기를 나는 소망한다.

거대한 나선형 경사로를 힘겹게 오르는 동안, 우리는 희박한 고원의 공기 속에서 처음으로 엄청난 피로와 호흡 곤란을 느꼈다. 그러나 쓰러질 것 같은 두려움도 태양과 하늘이 있는 정상적인 외부 세계로 나갈 때까지 우리의 발길을 멈추지 못했다. 지하의 시대를 떠나면서 우리는 무엇인가의 환송을 받는 느낌이 들었다. 18미터 높이의 원통형 석탑을 따라 숨가쁘게 올라가면서, 죽은 종족의 변함없는 예술성이 깃든 웅장한 조각 장식을 보았기 때문이다. 그것은 5천만 년 전에 올드원이 준비해 놓은 작별 인사였다.

이윽고 석탑 정상을 빠져 나왔을 때, 우리는 무너진 석조 블록의 거대한 폐허 위에 발을 디디고 있었다. 서쪽에서 구불구불한 성벽이, 동쪽의 폐허 너머 거대한 산맥의 험준한 산봉우리들이 보였다. 남쪽 지평선에 낮게 걸린 한밤의 태양은 들쭉날쭉한 도시의 윤곽에 붉은 빛을 드리웠다. 낯익은 극지방의 풍경과 대조를 이루며, 악몽의 도시에서 느껴지는 영겁의 세월과 죽음의 기운이 더욱 강렬해졌다. 얼음 안개가 하늘 높이 음침한 소용돌이를 일으키는 가운데 매서운 추위가 우리의 오감을 들쑤셨다. 탈출하는 동안 줄곧 본능적으로 표본 가방을 움켜쥔 손아귀에서 겨우 힘을 빼고 방한복 단추를 채웠다. 지친 걸음으로 폐허의 잔해가 뒹구는 언덕을 올라, 비행기가 있는 구릉지대를 향해 거석의 미로를 걸어갔다. 지구의 은밀한 어둠에서 우리를 쫓아낸 존재와 그 태고의 심연에 대해 우리는 아무 말도 하지 않았다.

15분이 지나지 않아, 우리는 구릉지대로 향하는 가파른 비탈길 ─ 아주 오래 전에는 단구였을 ─ 과 그곳에 흩어진 폐허 속에서 대형 비행기의 거무스름한 형체를 발견했다. 비탈을 반쯤 올라서, 우리는 잠시 숨을 가다듬으며 미지의 서쪽 하늘을 배경으로 더욱 신비하게 펼쳐져 있는 거석 도시의 기괴한 폐허를 돌아보았다. 멀리 하늘에는 아침에 있던 안개가 사라지고 없었다. 얼음 수증기는 하늘 한복판에서 두려운 듯 머뭇거리며 어떤 형체를 띠기 시작했다.

괴괴한 도시 너머 희디흰 지평선에서 바늘처럼 뾰족한 보랏빛 첨봉들이 장난스럽게 장밋빛 서쪽 하늘을 향해 손짓하고 있었다. 고대 고원의 비탈까지, 불규칙한 리본처럼 고원을 가로지르는 움푹 패인 강의 흔적까지 빛이 드리웠다. 잠시 동안 우리는 초자연적인 우주의 아름다움을 넋을 잃고 바라보다가 이내 우리의 영혼 속으로 파고드는 막연한 공포를 느끼기 시작했다. 아득한 보랏빛 봉우리들은 금지된 땅의 끔찍한 산맥일 뿐이라는 생각 때문이었다. 그것도 지구에서 가장 높고, 모든 악이 집결된 봉우리였다. 시생대의 비밀과 정체 모를 공포가 머무는 곳, 올드원이 그림에 담기조차 두려워하며 경원했던 곳, 지구상의 누구도 가본 적이 없는 곳, 그러나 극지방의 밤 동안 불길한 번개와 기이한 빛의 방문만은 허락된 곳. 그곳은 틀림없이 음산한 렝 고원 너머 '차가운 황무지'에 있으며, 원시 전설에 슬며시 언급된 카다스의 원형이었다.

선사 시대의 도시에 있는 조각상의 지도와 그림이 사실이라면, 영묘한 보랏빛 산맥은 500킬로미터도 못 미치는 거리였다. 그러나 곧바로 하늘로 솟구치려는 괴괴한 외계의 행성처럼 들쭉날쭉 날카롭고 변덕스러운 산맥은 멀리 눈에 덮여 있었다. 산맥은 지구상의 어느 산과도 비교를 불허하며, 성급히 비행에 오른 이들을 추락시키려는 기체의 유령으로 채워진 대기 속에 솟구쳐 있었다. 그곳을 바라보며, 나는 저주받은 그 산맥에서 흘러든 거대한 강줄기가 도시를 휩쓸고 지나갔다는 조각상을 떠올렸다. 그리고 묵묵히 조각을 새기며 스스로를 어리석은 공포 속에 가두었던 올드원의 심정이 어땠을지 궁금했다. 더글러스 머슨 경의 탐사대가 1600킬로미터의 장정에 올랐을 때에도 여전히 자리를 지켰을 그 산맥의 북단이 퀸메리 랜드 해안에서 지척이라는 생각이 들었다. 나는 머슨 경과 대원들이 사악한 운명에 홀려 해안 너머를 흘깃하지 않았기를 바랐다. 상념에 젖어 나는 극도의 피로를 느꼈고, 댄포스는 더 심각한 상황 같았다.

그러나 오래지 않아 거대한 별 모양의 폐허를 지나 비행기까지 다다랐을 때, 우리의 두려움은 다시 산봉우리를 넘어야 한다는, 덜 무섭지만 심각한 문제로 바뀌었다. 구릉지대에서 바라본 검은 산맥은 동쪽을 배경으로 흉흉한 모습을 드러냈으므로 우리는 또 한 번 니콜라스 로어리치의 아시아 풍경을 떠올렸다. 형체 없는 끔찍한 존재가 혹시 꿈틀거리며 벌집 같은 지하 동굴에서 지상까지 올라왔을지 모른다는 생각에 미치자, 우리는 사악한 피리 소리처럼 하늘로 열린 동굴 입구를 휘도는 바람소리를 뚫고 고개를 넘어야 한다는 현실에 직면해야 했다. 게다가 멀리 산봉우리 몇 군데에서 안개가 피는 모습에 — 가엾은 레이크가 화산 활동으로 오인한 — 우리는 방금 탈출한 공포의 심연에서 흘러나온 수증기는 아닐까 몸서리를 쳤다.

우리는 비행기를 점검하고 비행용 방한복으로 갈아입었다. 댄포스가 별 어려움 없이 비행기의 시동을 걸었고, 우리는 악몽의 도시 위로 무사히 이륙했다. 처음에 봤을 때처럼 — 얼마 전의 일이지만 아주 오랜 시간이 지난 것처럼 — 원시의 거대 석조물이 발아래 펼쳐지자, 우리는 고도를 높이고 고개를 넘어가기 위해 풍향을 점검했다. 고도가 매우 높을 경우, 얼음 구름 때문에 큰 문제가 생길 것이었다. 그러나 고개를 넘는데 필요한 고도 7315미터에 이르자, 항로를 잡는데 무리가 없었다. 산봉우리의 돌출부로 다가갈수록 바람에서 나는 피리 소리가 또렷해졌는데, 나는 조종간을 잡고 있는 댄포스의 손이 떨리는 것을 보았다. 비록 아마추어 수준이었지만, 그 순간 나는 위험한 산봉우리 사이를 빠져나가려면 차라리 내가 비행기를 조종하는 편이 낫겠다고 생각했다. 내가 조종하겠다는 손짓을 하자, 그도 반대하지 않았다. 나는 모든 능력을 발휘하고 침착성을 유지하기 위해 정신을 집중하며, 산봉우리 너머의 불그스름한 하늘을 노려보았다. 산 위로 솟구치는 수증기에서 아예 시선을 돌린 채, 나는 세이렌[130]의 섬에서 벗어나기 위해 밀랍으로 귀를 막았다는 오디세이 일행처럼 기분 나쁜 피리 소리를 떨쳐 버리고 싶었다.

그러나 비행기 조종을 쉬면서 한층 심각한 신경 발작을 일으키던 댄포스는 좀처럼 가만있지 못했다. 점점 멀어지는 끔찍한 도시와 다가오는 산마루의 동굴, 성벽이 늘어선 구릉지대, 소용돌이치며 기이하게 찌푸린 하늘을 번갈아 보면서 댄포스는 이리저리 몸을 움싹거렸다. 그가 광기의 비명을 지른 것은 내가 고갯마루를 안전하게 넘기 위해 정신을 집중하고 있는 바로 그 순간이었다. 잠시 동안 나는 조종간을 제대로 잡지 못하고 우왕좌왕했는데, 자칫 참사를 빚을 뻔한 상황이었다. 다행히 나는 곧바로 마음을 추스르고 안전하게 고개를 통과했다. 하지만 댄포스가 다시는 원래의 모습으로 돌아오지 못할까 봐 두려웠다.

댄포스는 미친 듯이 비명을 지른 이유였던 마지막 공포가 무엇이었는지 내게 털어놓지 않았다. 슬픈 일이지만, 나는 현재 그가 겪고 있는 병마의 원인이 그 공포라고 확신한다. 안전한 지역으로 방향을 잡아 캠프를 향해 고도를 낮추면서 우리는 고함을 치며 말을 주고받았다. 바람 소리와 엔진 소리 때문이었는데, 공포의 도시를 비밀로 남겨두자는 약속이 주된 내용이었다. 그러기 위해 몇 가지 사항을 미리 의논하기도 했다. 스타크웨더-무어 탐사대를 저지하기 위한 목적이 아니라면, 나는 무슨 일이 있어도 비밀을 털어놓진 않았을 것이다. 인류의 평화와 안전을 위해 지구의 어두운 비밀과 죽음의 심연을 그대로 덮어두어야만 한다. 기이한 존재를 잠에서 깨우고 불경하게 살아남은 악몽을 암흑의 은신처에서 불러내 또 다시 난폭한 정복자로 만들지 않으려면 말이다.

댄포스가 그나마 암시한 마지막 공포는 신기루였다. 그것은 우리가 지나온 정육면체와 피리 소리가 메아리치는 동굴도, 수증기도, 광기의 산맥을 벌집처럼 수놓은 지하 동굴도 아니었다고 그는 단언했다. 그것은 소용돌이치는 구름 속으로 언뜻 스쳐간 하나의 환상이었으며, 올드원이 피하고 두려워한 보랏빛 서쪽 산맥 뒤에서 나타난 무엇이었다고 그는 말했다. 그 동안 겪은 심신의 중압감과 전날 레이크의 캠프에서 맞닥뜨린 죽은 도시의 신기루로 인해 생긴 착각일 수도 있었다. 하지만 댄포스는 그걸 너무도 생생하게 느껴서 지금까지 그 고통에서 벗어나지 못했다.

그는 이따금씩 '검은 구덩이', '동굴의 끝', '최초의 쇼고스', '오면체의 창문 없는 건물', '정체 모를 실린더[131]', '고대의 등대[132]', '요그-소토스', '원시의 흰색 젤리', '우주에서 온 색채', '날개', '어둠의 눈동자', '달 사다리', '최초의 존재, 영원한 존재, 불멸의 존재'를 비롯해 여러 가지 이상한 말들을 속삭였다. 그러나 정신이 들고서는 몇 년 전에 읽은 기묘하고 무시무시한 책들 때문이라고 말했다. 실제로 댄포스는 대학 도서관에 금서로 보관된 『네크로노미콘』이라는 벌레 먹은 책까지 섭렵한 몇 안 되는 사람 중의 하나였다.

산맥을 지날 때까지 하늘은 수증기로 가득 차 있어서 마음을 어지럽혔다. 직접 본 것은 아니지만, 얼어붙은 수증기들이 소용돌이치며 갖가지 기묘한 형태를 만들어 냈을 것이다. 변덕스러운 구름에 의해 아득한 광경이 생생하게 굴절되고 왜곡된다는 사실을 안다면, 나머지는 상상으로 쉽게 채울 수 있을 것이다. 물론 댄포스는 마지막 기억을 예전에 읽은 책들과 연결 지은 후에야 그 공포를 암시하기 시작했다. 마지막 순간에 그토록 많은 것을 보지는 못했을 테니까. 당시, 그의 비명 소리는 출처가 분명한 광기의 한 마디를 되풀이하는 것으로 끝을 맺었다.

"테켈리-리! 테켈리-리!"

66) 도르니어 비행정: 독일의 항공기 제작 기술자 도르니어(Dornier)가 발명한 모델로 3.2톤까지 화물을 실을 수 있었다.

67) 남극 대륙의 태평양 쪽 빅토리아 랜드와 메리버드 랜드 사이에 있는 큰 만.

68) 선캄브리아기: 캄브리아기 이전의 지질 시대로 약 46억 년 전부터 약 5억 7000만 년 전까지를 말하며, 시생대와 원생대로 나눈다.

69) 랜드 블링크(land blink): 아이스블링크(iceblink)의 의미로 보이는데, 이는 먼 곳에 있는 부빙(浮氷)이나 커다란 빙상 표면에서 태양 빛이 반사되어 대기가 밝게 빛나는 현상이라고 한다.

70) 어데어곶(Cape Adare): 로스가 1841년 발견한 남극 로스해(海)의 서안(西岸), 사우스빅토리아랜드의 북동단에 있는 곳.

71) 빅트로리아 랜드: 남극대륙의 로스해(海) 서안을 형성하는 지역.

72) 에러버스 화산(Erebus): 남극대륙의 로스섬에 있는 성층화산.

73) 맥머도 만(McMurdo Sound): 남극 대륙의 로스해(海) 북서안(北西岸)에 있는 만. 1956년 로스섬의 북단에 세워진 미국의 맥머도 기지가 4km 정도 떨어져 있다.

74) 니콜라스 로어리치(Nikolas Roerich, 1874~1947): 러시아의 화가, 티베트를 방문한 이후 히말라야 풍경을 많이 그렸고 불교에 대한 서적을 썼다.

75) 로스섬(Ross Island): 남극의 로스 빙붕 북서쪽에 있는 얼음 화산섬. 에러버스 산과 테러 산의 깊은 계곡들이 가로지르는 산맥 가운데 솟아 있으며 최고봉은 에러버스 산이다.

76) 킹스포트 헤드(Kingsport Head): 가상의 공간으로 「무서운 노인The Terrible Old Man」(1920)에서 뉴잉글랜드에 있는 지역으로 등장했다. 이후 킹스포트는 「축제Festival」(1923)에서 매사추세츠 주에 있는 항구 도시로서 구체적으로 묘사된다.

77) 비어드모어(Beardmore) 빙하: 초기 탐험가들이 남극 대륙에 상륙하기 위해 주로 통과한 관문이다. 길이 200km, 너비가 23km로 하루에 1m 정도씩 움직인다고 한다.

78) 로드 던새니(Lord Dunsany, 1878-1957): 환상 문학에 지대한 영향을 끼친 작가. 『페거너의 신들The Gods of Pegana』(1905)을 비롯해 영웅주의와 환상 소설을 결합했으며, 러브크래프트에게도 에드거 앨런 포 다음으로 영향을 주었다.

79) 캄브리아기: 고생대의 첫 시대. 선캄브리아 시대와 오르도비스기의 사이로, 약 5억 7000만 년 전부터 5억 1000만 년 전까지의 시기이다.

80) 시생대: 선캄브리아대를 둘로 나누었을 때의 첫째 시대. 약 46억 년 전부터 25억 년 전까지의 기간에 해당되며, 생명이 최초로 태어난 시기이다.

81) 코만치아기: 쥐라기와 백악기 사이를 이르는 예전의 명칭으로 1억 3600만 년 전에서 6천 5백만 년 전까지이며, 지금은 사용하지 않는 말이다.

82) 페름기: 고생대의 마지막 시대. 약 2억 9000만 년 전부터 2억 4500만 년 전까지의 시기이다.

83) 트라이아스기: 중생대의 첫 시대. 약 2억 4500만 년 전부터 약 2억 1000만 년 전까지의 시기이다. 파충류, 암모나이트, 겉씨식물이 번성하고 포유동물이 나타났다.

84) 편암: 석영, 운모 따위가 얇은 층을 이룬 변성암의 하나. 나뭇잎 모양으로, 엷은 회색이나 갈색을 띤다.

85) 제3기: 신생대의 전반기로 약 6500만 년 전부터 약 200만 년 전까지의 시기. 포유류와 속씨식물이 번성하였고 조산 운동이 활발하여 알프스 산맥, 히말라야 산맥이 생겼다.

86) 에오세: 지질 시대의 신생대 제3기를 다섯으로 나눈 가운데 두 번째에 해당하는 시대. 기후는 온난 습윤하였고 산림이 우거져서 석탄층이 많이 퇴적하였다.

87) 모사사우어: 모사사우어는 백악기의 해양 파충류로서 공룡이나 같은 시대에 살았으며, 오늘날의 도마뱀에 가깝게 생겼다.

88) 기제류: 발굽이 있고 뒷발의 발가락수가 홀수인 동물들의 군(群)으로 말,당나귀, 코뿔소 등이 여기에 포함된다. 신생대 제3기에 번성하였고 제4기에 들어서면서 점차 쇠퇴했다.

89) 우제류: 소류,소목,우제목이라고도 한다. 전 세계에 널리 분포하는 육상 포유류로, 현재 기제류에 비해 더 활발하게 번성하고 있다.

90) 유제류: 척추동물의 포유류 중에서 발끝에 각질의 발굽을 가진 동물. 우제류와 기제류를 한데 묶어서 유제류라고 하기도 했다.

91) 에오히푸스: 신생대의 에오세에 번성한 말의 조상. 몸은 폭스테리어 개 정도로 작으며, 안면은 짧고 눈은 머리뼈의 중간에 있으며 척추는 몸의 중앙에서 둥그스름하다.

92) 마스토돈: 장비목(長鼻目) 마스토돈과 마스토돈속에 속하는 멸종 코끼리의 총칭. 제3기 중기에 번성했다.

93) 올리고세: 신생대 제3기를 다섯으로 구분하였을 때의 세 번째 시대. 유공충류가 번

성하고 포유동물, 속씨식물이 발달했다.

94) 실루리아기: 고생대의 캄브리아기 ˙ 오르도비스기에 이어지는 세 번째 시대. 지금
부터 약 4억 4600만 년 전부터 약 4억 1600만 년 전까지의 대략 3000만 년간으로
추정되는 시기.

95) 오르도비스기: 고생대의 캄브리아기와 실루리아기 사이의 시대. 약 4억 4000만~5
억 년 전이며, 삼엽충, 완족류 따위가 발달하였고 식물은 해조류뿐이었다.

96) 플라이토세: 신생대 제사기의 첫 시기. 인류가 발생하여 진화한 시기이다. 지구가
널리 빙하로 덮여 몹시 추웠고, 매머드 같은 코끼리와 현재의 식물과 같은 것이 생
육했다.

97) 클라크 애슈턴 스미스(Clark Ashton Smith, 1893~1961): 시인, 소설가, 화가 겸 조
각가로 러브크래프트와 《위어드 테일즈》라는 펄프 잡지에서 함께 활동하며 깊은
우정을 나누었다. 러브크래프트는 스미스의 작품에서 영감을 얻고, 작품에서 자주
언급했다.

98) 윌마스(Albert N. Wilmarth): 윌마스는 「어둠 속에서 속삭이는 자」에 등장하는 화자
로서, 미스캐토닉 대학의 영문과 교수이면서 민속학에 관심이 많은 학자로 나온다.

99) 그레이트 올드원(Great Old Ones): 러브크래프트 소설 전반에서 등장하는 고대
의 우주적 존재이며, 「크툴루의 부름」에서 크툴루와 함께 리예에서 부활을 기다린
다. 대체로 그레이트 올드원과 올드원, 엘더원 등을 동일물로 보지만, 약간의 차이
가 있다. 예를 들어, 「크툴루의 부름」에 등장하는 그레이트 올드원은 장난이나 실
수로 생명을 만들었다는 묘사가 없다. 또한 이 작품 후반부에서 남극 대륙을 놓고
올드원과 전쟁을 치르는 '크툴루의 후예'가 등장하는데, 크툴루가 그레이트 올드원
을 보호하는 제사장이라는 점에서 역시 동일물로 보는데 문제가 있다. 다만 크툴루
가 따로 '크툴루의 후예'라는 자신만의 종족 내지 집단을 거느리고 있다는 점에서
그레이트 올드원이나 올드원과는 독립적인 존재일 가능성도 있다. 표기와 의미상
비슷한 '고대의 존재' 외에 '그레이트(위대한)'라는 수식어를 단 종족도 여러 가지
다. 그레이트 올드원을 비롯해 '그레이트 원(Great Ones)'과 '그레이트 종족(Great
Race)'을 예로 들 수 있는데, 그레이트원은 지상의 신(「미지의 카다스를 향한 몽환의
추적」), 그레이트 종족은 수식어 그대로 러브크래프트의 유토피아를 건설한 고대
종족(「시간의 그림자」)으로 각각 다르다.

100) 엘더원(Elder One): 대체로 올드원과 동일물로 사용되며, 그밖에 'Elder Gods',
'Elder Ones', 'Mighty Ones', 'Elder Things' 등으로 외계의 종족이나 신을 표현

한다. 그러나 상대적으로 올드윈에 비해 많이 등장하지는 않는다.

101) 마추픽추(Machu Picchu): 페루 남부 쿠스코 시의 북서쪽 우루밤바 계곡에 있는 잉 카 유적.

102) 키시(Kish): 기원전 3000년경 바빌론 부근에서 번성한 고대 수메르 도시.

103) 자이언츠 코즈웨이(Giant's Causeway): 아일랜드의 북동부 포트러시와 밸리캐슬 사이의 해안에 있는 현무암 각주(角柱)의 갑(岬). 이 지방에 살던 거인족이 스코틀 랜드의 스태퍼섬으로 건너가기 위하여 만든 길이라는 뜻에서 자이언츠 코즈웨이 (거인의 방축길)라는 이름이 붙었다고 한다.

104) 크레바스(crevasse): 빙하의 표면에 생긴 깊은 균열. 빙하가 유동(流動)할 때 암반 의 경사 변환부, 굴곡부, 곡벽(谷壁) 근처 따위에 생긴다.

105) 신들의 정원(Garden of the Gods): 콜로라도 스프링스의 북서쪽에 있는 공원.

106) 코로나 문디(Corona Mundi): 중앙 아시아 남동쪽에 있는 파미르 고원을 말한다.

107) 「어둠 속에서 속삭이는 자」 참고.

108) 레무리아(lemuria): 인도양에 가라앉았다는 전설적인 선사 시대의 대륙.

109) 우줄더럼(Uzuldaroum): 역시 클라크 애슈턴 스미스가 북방정토를 배경으로 지어 낸 또 다른 가상의 도시.

110) 올라소(Olathoe): 로마르(Lomar)는 드림랜드에 등장하는 가상의 공간으로, 「미지 의 카다스를 향한 몽환의 추적」에 나온다. 올라소(Olathoe)는 「북극성」에서 로마 르의 사르킨 고원에 있는 도시로 묘사됐으며, 이곳에서 차토구아를 숭배한다.

111) 벨루시아(Valusia): 로버트 E. 하워드(Robert E. Howard)가 지어낸 가상의 대륙이 자 왕국.

112) 나르(Mnar): 나르는 「사나스에 찾아온 운명The Doom That Came to Sarnath」 (1919)에서 언급됐다. 현실 세계와 꿈의 세계에서 멀리 떨어진 공간으로 흑인 유 목민이 정착하고 있다.

113) 아라베스크(arabesque): 아라비아에서 시작된 장식 무늬. 기하학적인 직선 무늬 나 덩굴무늬 따위를 교묘하게 배열한 것으로, 벽의 장식이나 공예품 따위에 많이 쓴다.

114) 플라이오세: 신생대 제3기의 마지막 시기. 500만 년 전부터 200만 년 전까지의 시기.

115) 카르투슈(cartouche): 바로크 건축 양식의 장식 디자인에서 판지의 끝이 말려 올 라간 것 같은 모양의 무늬.

116) 쇼고스(Shoggoth): 시와 소설에서 거의 같은 시기에 언급됐으며, 소설의 경우 「고분」에 제일 먼저 등장한다. '올드원'과 함께 이 작품에서 자세히 언급되고 있다.

117) 테일러, 베게너, 졸리는 모두 실존 인물들이며, 위에서 언급한 달의 기원은 당시 대륙 이동설과 어긋나는 부분이지만, 러브크래프트는 당시 많은 지질학자들이 의문을 제기한 대륙 이동설을 믿었던 것으로 알려져 있다.

118) 여기서 명왕성은 「어둠 속에서 속삭이는 자」에서 '유고스(Yuggoth)'로 등장하며, 이곳에서 온 균류 생물체(미-고)와 북부 산악 지역의 전설도 같은 작품에서 구체적으로 다루어진다.

119) 석탄기: 약 3억 4500만 년 전부터 2억 8000만 년 전까지의 시기.

120) 스틱스(Styx): 그리스 신화에서 지하 세계에 있다는 다섯 개의 강 중의 하나.

121) 하이퍼보리아(北方淨土, Hyperborea): 로버트 E. 하워드가 『하이보리언 시대The Hyborian Age』에서 '하이보리언 시대의 왕국이 하이보리언 부족에 의해 건설됐다. 하이퍼보리아 인들은 북쪽에서 온 청동의 야만족에게 정복당했다. 야만족은 설원인 류에서 진화했지만, 왕국의 이름은 그대로 보존되었다.'고 묘사했다. 러브크래프트는 서한에서 "『프나코틱 필사본』에 대한 자료는 많지 않다. 비밀 제식을 통해서(『에이본의 서』에서 암시하는) 하이퍼보리아에서 전수됐으며, 언어도 하이퍼보리아 어이다."며 프나코틱 필사본이 하이퍼보리아에서 전해졌다는 구상을 한 것으로 보인다.

122) 보르크그레빙크(Carsten Borchgrevink, 1864~1934): 노르웨이의 탐험가로 1898년에서 1900년까지 남극을 탐사했다.

123) 지구라트(Ziggurat): 고대 바빌로니아에서 발견된 고대의 탑으로 피라미드 모양을 한 구조물이다. 신과 지상을 연결하는 수단이라고 하며, 구약성서에서 말하는 '바벨탑'이다.

124) 임금 펭귄(king penguin): 펭귄과의 새로 몸길이는 93센티미터이다. 실제로 남극에 사는 가장 큰 펭귄은 황제 펭귄(emperor penguin)으로 몸길이는 1.2미터라고 한다.

125) 문설주: 문짝을 끼워 달기 위하여 문의 양쪽에 세운 기둥.

126) 인방(引枋): 기둥과 기둥 사이, 또는 문이나 창의 아래나 위로 가로지르는 나무나 돌.

127) 팔미라(Palmyra): 시리아 중부에 있는 고대 도시. 헬레니즘 시대부터 로마 시대에 걸쳐 대상(隊商) 도시로 번영하였으나, 4세기 이후 폐허가 되었다.

128) 오르페우스(Orpheus): 그리스 신화에 나오는 시인으로 아내 에우리디케 (Eurydike)를 명부(冥府)에서 데려오고자 하였으나 하데스의 금령(禁令)을 어겨 실패하였다.

129) 롯의 아내: 소돔을 탈출할 때 천사의 훈계를 따르지 않고 뒤를 돌아보다가 소금 기둥이 되었다.

130) 세이렌(Siren):그리스 신화에 나오는 바다의 요정. 여자의 얼굴과 새 모양을 한 괴 물로 지중해의 섬에 살면서 감미로운 노래로 지나가는 선원들을 유혹했다. 오디 세우스는 마녀 키르케의 조언에 따라 밀랍으로 선원들의 귀를 막고 자신은 몸을 배에 묶어서 섬을 무사히 지났다.

131) 여기서 실린더(Cylinder)는 올드원의 도시에 있는 원통형의 구조물을 말하거나 유 고스에서 온 미-고라는 존재가 인간이나 기타 생물체의 뇌를 보관하는 용기를 지 칭하는 것으로 보인다. 후자의 경우, 「어둠속에서 속삭이는 자」에 등장한다.

132) 고대의 등대(the elder pharo)는 러브크래프트의 시 제목으로 알려져 있으며, 렝 (Leng) 고원을 지칭하기도 한다.

THE SHADOW OUT OF TIME

시간의 그림자

작품 노트 │ 시간의 그림자 The Shadow Out of Time

1935년 쓰여져 1936년 《어스타운딩 스토리즈》 6월 호에 실렸다. 러브크래프트의
주요 SF 소설을 꼽으라면, 「광기의 산맥」, 「우주에서 온 색채」, 「어둠 속에서 속삭이
는 자」와 함께 이 작품이 들어간다. 무엇보다 이 작품은 러브크래프트의 특징을 잘 보
여주면서도 외계 종족을 통한 유토피아를 반영하고 있다는 사실이 독특하다. 러브크
래프트가 창조한 외계의 창조물들은 대부분 인간에게 냉혹하고 적대적이다. 그러나
이 작품에 등장하는 '그레이트 종족(The Great Race)'만은 예외다. 역시 암울한 공
포의 분위기를 저변에 깔고 있으면서도 러브크래프트가 그레이트 종족에게서 구한
유토피아는 무엇일까?

그레이트 종족으로 대변되는 세계에는 성별의 구분이 없는 반면 영원불멸과 호기심
이 있다. 작품을 집필한 시기가 1935년, 죽음을 2년 앞두고 작품 활동을 거의 마감
하는 시점이었다. 그래서 이 소설은 발군의 묘사력과 함께 그 동안의 문학에서 드러
내고자 했던 사상을 정리하고 종합하는 의미로도 읽혀진다.

I

악몽과 공포로 채색된 22년의 세월이 흘렀다. 그러나 특별한 신화가 그 근원일지 모른다는 절망적인 추측 외에, 나는 1935년 7월 17일에서 18일 이틀 밤 동안 오스트레일리아 서부에서 벌어진 그 일에 대해 아무 것도 확신할 수 없다. 내 경험이 완전히 혹은 부분적으로 환각 상태에서 일어났으리라는 희망도 품어봄직 하다. 사실, 그럴 가능성은 충분하다. 그러나 그 현실감이 너무도 생생하고 참혹해서 나는 감히 그런 희망조차 부질없다는 생각에 빠져든다.

만약 그 일이 실제로 벌어졌다면, 이제부터라도 인간은 우주의 개념을 받아들이기 위해 준비해야 한다. 격렬한 시간의 소용돌이에서 우리 자신이 간직해온 비천한 개념은 모두 폐기해 버리고 말이다. 그리고 인류 전체를 한꺼번에 파멸시키지는 않겠지만, 모험을 즐기는 적지 않은 사람들에게 상상조차 할 수 없는 공포로 다가설 그 잠재된 위험에 대비할 필요가 있다.

그래서 나는 자포자기 심정으로 온힘을 짜내 우리 탐사대가 조사를 시작했던 그 정체불명의 석조물에 대해 단편적이나마 알리려는 것이다.

당시 내가 온전한 정신으로 깨어 있었던 것이 분명하다면, 그날 밤의 일은 필시 어떤 인간도 경험하지 못한 전대미문의 사건일 것이다. 내 자신이 신화와 꿈으로 치부하려고 애를 써 보아도, 되돌아오는 것은 끔찍한 재확인뿐이다. 내가 공포에 사로잡혀 그 끔찍한 물체를 잃어 버렸으므로 ─ 만약 그 무시무시한 심연 속에서 실제로 내가 뭔가를 가져온 것이 사실이라면 ─ 누구도 반박할 수 없는 물증은 존재하지 않는 셈이지만, 오히려 나는 다행이라고 생각하고 있다.

나는 지금껏 혼자서 그 공포를 감당해 왔으며 누구에게도 발설한 일이 없다. 그 발굴 작업을 중지시킬 만한 여력이 없었지만, 여러 가지 변수와 변덕스러운 모래 덕분에 다행히 아직까지 발굴 작업은 별다른 성과를 거두지 못했다. 이제 나는 나 자신의 정신적 평온을 위해, 그리고 이 글을 진지하게 읽어줄 사람들에게 적절한 경고를 하기 위해, 분명히 말해야만 한다.

아마 이 글의 전반부는 신문의 과학 기사를 즐겨 읽는 독자들에게는 새로울 것이 없을 것이다. 나는 집으로 돌아오는 배의 선실에서 이 글을 썼다는 사실을 밝혀 둔다. 그 당시 나는 이 글을 유일한 가족이자 미스캐토닉 대학의 교수였던 내 아들 윈게이트 피슬리에게 맡겨 놓았다. 그리고 얼마 후 나는 까닭모를 기억 상실증을 앓았고, 오랜 시간이 지나서야 아들의 도움으로 지난 시간의 사건들을 다시 기억해 낼 수 있었다. 아마 세상 사람들 중에서 내 아들만이 지금 얘기하려는 그 끔찍한 밤에 대해 비웃지 않을 것이다.

아들은 말보다는 글을 잘 이해했으므로 나는 항해에 오르기 전까지의 상황을 말로 설명하지는 않았다. 혼란스러운 말 대신 시간이 날 때마다 내가 남긴 글을 반복해서 읽음으로써 내가 전하려는 의미를 좀 더 구체적으로 이해해 주기를 바랐던 것이다.

내 아들은 이 글에 적절한 논평과 설명을 곁들여 괜찮은 신문사에 보내는 등 내 생각을 알리는데 더없이 효과적인 방법을 취할 수 있을 것이다. 내가 사건의 배경을 자세하게 설명하고 정리하는 이유는 내막을 정확히 알지 못하는 상당수의 독자들을 위해서이다.

내 이름은 너새니얼 윈게이트 피슬리이다. 수십 년 전의 신문 기사를 기억하거나 6, 7년 전에 심리학 잡지에 실린 편지와 기사를 떠올리는 사람들이라면 내가 누구인지 짐작할 것이다. 1908년에서부터 1913년까지 지속된 나의 기이한 기억 상실증과 관련된 자세한 얘기가 기사로 실렸으며, 매사추세츠의 오랜 마을에 숨겨진 마법과 공포, 광기에 대한 얘기를 다룬 내용도 상당수 있었다. 지금 나는 그 매사추세츠의 한 마을에 살고 있다. 그러나 한 가지 반드시 짚고 넘어갈 문제는 내 혈통이나 유년 시절과 관련해 떠돌았던 광기와 불길함의 소문은 사실과 다르다는 점이다. 이는 그때의 그림자가 외부적 근원에서 비롯돼 갑작스레 내게 닥쳐온 사실이라는 점에서 대단히 중요하다.

그 음침한 그림자를 떠올리면, 아컴에 치명적인 어떤 재앙이 닥쳐 수 세기 동안 서성이던 악마의 혈통이 파멸에 이르렀다는 풍문이 일견 타당할지 모른다. 그러나 이후 내가 조사한 바에 따르면 그런 풍문에 미심쩍은 부분이 많다는 사실도 부인할 수 없다. 어쨌든, 중요한 것은 내 선조와 가문에 어떤 비정상적인 요소도 존재하지 않는다는 사실이다. 단도직입적으로 표현하기가 망설여질 뿐, 그것은 외부 어딘가에서 비롯된 것이 분명하다.

나는 조나단과 한나 윈게이트 피슬리의 아들로 태어났으며, 양친 모두 하버힐 토박이셨다. 나는 하버힐에서 태어나 자랐는데, 골든 언덕 주변에 있는 보드맨 가에 고향집이 있었다. 내가 처음으로 아컴을 찾은 것은 1895년 미스캐토닉 대학에 정치학과 강사로 부임하면서였다.

그때까지 내 삶은 평탄하고 행복했다. 나는 1896년 하버힐 출신의 앨리스 키자르와 결혼했고, 로버트와 윈게이트, 한나 이렇게 세 아이가 1898년, 1900년, 1903년에 각각 태어났다. 나는 1898년 조교수가 됐으며, 1902년 드디어 정교수로 발령을 받았다. 솔직히 신비학이나 이상 심리학에 관심을 가질만한 시간적 여유도 없던 시절이었다.

그 기이한 기억 상실증이 찾아온 것은 1908년 5월 14일 목요일이었다. 처음에는 그 모든 것이 너무도 갑작스러운 일이었다. 몇 시간 전 정체불명의 혼란스러운 이미지가 희미하게 떠오른 것이 발병의 증상이었다는 것도 나중에야 깨달았다. 전에 한 번도 겪지 못한 격심한 두통이 시작됐는데, 마치 누군가 내 정신을 소유하려는 것처럼 느껴졌다.

시간은 오전 10시 20분쯤, 나는 정치 경제학 강의실에서 2학년과 3학년 학생을 대상으로 과거와 현재의 경제 동향에 대해 강의를 하다 그 상황에 빠져든 것이다. 눈앞에 기이한 형체들이 아른거렸고, 강의실이 아니라 어딘가 을씨년스러운 방 안에 있다는 느낌이 들었다. 생각과 말이 강의 주제에서 벗어나기 시작하자, 학생들은 뭔가 심각한 일이 벌어졌다고 생각했는지 동요하는 모습이었다. 곧이어 나는 의식을 잃고 의자에 주저앉은 뒤 누구도 깨울 수 없는 혼수상태에 빠져들었다. 그 후, 동료 교수들을 다시 보게 된 것은 꼬박 5년 4개월 13일이 흐른 후였다. 물론 그 동안 내게 어떤 일이 벌어졌는지는 나중에 전해들었다. 나는 크래인 가 27번지 집으로 옮겨졌지만 16시간 반 동안 의식을 찾지 못했고, 최고의 의료진이 나를 돌보게 되었다.

새벽 3시, 내가 눈을 뜨고 가족들에게 뭔가 얘기를 했다는데, 표정과 말투 때문에 사람들은 완전히 겁에 질렸다고 한다. 당시 나는 별일 없는 것처럼 태연하게 말하려고 애썼지만, 과거를 기억하지 못했을 뿐 아니라 내가 누구인지조차 알지 못했다. 나는 묘하게 번뜩이는 시선으로 주위 사람들을 노려보았고, 얼굴 표정도 예전과는 판이하게 달랐다.

게다가 말도 제대로 하지 못했는데, 언뜻 외국어처럼 들렸다고 한다. 나는 더듬더듬 아주 힘겹게 입을 움직였으며, 마치 책을 보며 영어를 새로 배우듯 말투가 아주 특이했다. 발음은 완전히 외국인의 것이었고, 기이한 고어체가 느껴지는 어법과 표현을 쉽게 이해할 만한 사람이 없었다.

20년이 지난 후, 의료진 중 가장 나이가 젊었던 의사는 내 말투에서 아주 끔찍한 느낌이 드는 부분이 있었다며 당시를 회상했다. 즉 내 입에서 흘러나온 언어의 계통은 분명히 존재하는 것으로, 처음 영국에서 사용되다 미국으로 건너온 언어의 한 갈래였으며, 매우 복잡하고 생소하기는 했지만 놀랍게도 1908년 아컴의 어느 환자 입에서 그 신비한 말들이 흘러나왔다고 한다.

당시 나는 곧바로 기력을 회복하기는 했지만, 사지를 어떻게 움직이는지 모르는 사람처럼 동작 하나 하나를 다시 익혀야 했다. 그리고 기억 장애의 후유증으로 나는 그 후로도 한동안 의학 치료를 받았다.

기억에 아무런 문제가 없다는 내 말이 받아들여질 리 없었으므로 나는 이후 태도를 바꿔 기억 장애를 솔직히 받아들이고, 게걸스럽게 온갖 정보를 탐하기 시작했다. 솔직히 의사들에게는 내가 기억 상실을 누구에게나 발생할 수 있는 질병의 하나로 받아들이는 순간부터 예전의 내 정체성에 대해서는 별다른 관심을 보이지 않는 것으로 비쳐진 듯 했다.

실제로 나는 역사, 과학, 예술, 언어, 민속학 — 아주 난해한 것이 있는가 하면, 때로는 유치할 정도로 단순한 — 등에 지대한 관심을 보였는데, 이전의 나와 전혀 다른 인격체가 할 법한 행동이었다.

의사들은 내가 아주 풍부한 지식을 소유하고 있으면서도 줄곧 그것을 은폐하려고 노력한다는 사실도 간파했다. 하지만 내가 무의식중에 일반적인 역사 상식을 뛰어넘는 머나먼 시대의 몇 가지 사건들을 자신 있게 말할 때의 그들 표정으로 보아 내 말을 한갓 농담쯤으로 받아들이는 것이 분명했다. 게다가 나는 몇십 년이나 앞선 미래를 예견하며, 끔찍한 공포감을 자아내기도 했다.

그런 광증의 순간은 이내 사라졌지만, 의료진을 비롯해 나를 지켜보던 사람들은 오히려 은밀하게 나를 관찰하는 계기로 삼았을 뿐, 그 지식의 이면에 도사리고 있는 경고에 주목하지는 못했다. 그리고 나는 여전히 언어와 관습, 역사에 탐닉한 채, 방 안에서 어느 먼 이국을 탐험하는 사람처럼 행동하고 있었다.

외출 허가가 떨어지자마자 나는 곧바로 대학 도서관에서 살다시피했다. 내 병증에 대한 기록도 조금씩 정리되었고, 미국과 유럽의 몇 개 대학 강단에 특별한 증상으로 소개되면서 나는 이후 몇 년 동안 세인들의 입에 자주 오르내리게 되었다. 특이한 병증으로 인해 당시 심리학계에서 유명 인사였던 나는 어디를 가나 각종 편의를 제공받곤 했다. 그러나 다중 인격 장애의 전형적인 예로 강단에 소개될 때, 사람들이 내게 묘한 반응과 은근한 비웃음의 흔적에 당황하는 일도 적지 않았다.

사람들의 관계는 진정한 우정과는 거리가 멀었으므로, 나는 진실한 사람을 거의 만나지 못했다. 무엇보다 나와 마주한 사람들은 하나같이 내 표정과 말투에서 까닭 모를 두려움과 반감을 느끼는 것 같았다. 그래서 나는 정상적이고 건전한 인간에서 영원히 이탈해 버렸다는 생각을 떨칠 수 없었다. 그런 생각은 종종 내 귓가를 집요하게 맴도는 속삭임처럼 아득한 태고의 숨겨진 공포와 악마적 근원을 떠올리게 하는 것이었다.

내 가족도 예외는 아니었다. 내가 갑작스럽게 의식을 되찾은 순간부터, 아내는 내가 남편의 몸을 차지하고 있는 외계인이라며 극도의 공포와 혐오감을 드러냈다. 1910년 아내의 요청대로 우리는 합의 이혼했지만, 그녀는 내가 1913년 정상적으로 회복된 이후에도 나를 절대로 만나려 하지 않았다. 그런 감정은 장남과 막내딸에게도 예외는 아니었는지, 그 이후 두 아이들도 나를 찾아온 일이 없다.

둘째 아들 윈게이트만이 내 변화가 일으키는 공포와 반감을 극복해낸 것 같았다. 여덟 살 꼬마 아이에게도 아버지의 낯선 변화는 참기 힘든 충격이었을 텐데 내가 온전히 예전의 모습으로 돌아오리라 믿고 기다려준 유일한 사람이었다. 내가 회복 단계에 접어들었을 때 윈게이트가 나를 찾아왔고, 나는 법정 소송을 통해 그 아이의 양육권을 얻어냈다. 그리고 그날 이후, 윈게이트는 서른 다섯 살의 나이로 미스캐토닉의 심리학 교수로 있는 지금까지 줄곧 내가 몰두하고 있는 연구를 물심양면으로 도와주고 있다. 물론 나는 1908년 5월 15일 당시 내가 드러낸 정신과 음성, 얼굴 표정은 나 너새니얼 윈게이트 피슬리 자신의 것이 아니었으며, 분명한 공포의 근원이 있었음을 부인하지 않는다.

나는 1908년부터 1913년까지의 내 삶을 자세히 말하고 싶지는 않다. 독자들은 내가 그러했듯 오랜 신문과 과학 잡지를 통해 그때의 병증을 어느 정도 알고 있기 때문이다.

당시 각지에서 성금이 답지했고, 내 이름으로 기금까지 마련된 상태였으며, 나는 지식을 탐구하고 여행하는데 그 돈을 현명하게 활용해 왔다. 그러나 내 여행은 황폐하고 버려진 외딴 장소를 향해 오랜 여정을 떠나는 식이어서 평범함과는 거리가 멀었다.

1909년 나는 히말라야에서 한 달을 보내기도 했고, 1911년에는 알려지지 않은 아라비아의 사막을 찾아 낙타 여행에 오름으로써 사람들의 관심을 받았다. 그런 경험을 통해 나는 지금까지 전혀 알지 못했던 사실들을 접했다. 1912년 여름 동안엔 배 한 척을 빌려 북극과 스피츠베르겐 북부를 항해했지만, 그 이후의 여정은 실망스러운 것이었다. 한편, 그해 말 나는 버지니아 서부의 거대한 석회 동굴 속에서 그때까지의 여행에서 접하지 못했던 시간을 보내기도 했다. 컴컴한 동굴의 미로가 너무도 복잡해서 내가 지나친 길목을 전혀 예상조차 할 수 없었다.

몇 개 대학에서 체류할 때마다 나는 급격한 변화를 경험했는데, 마치 내 안의 다른 존재가 내 정신에 완전한 영향력을 행사하는 것 같았다. 그런데 그때마다 독서와 연구 작업이 엄청난 진전을 보이는 것이었다. 책장을 넘기면서 내용을 한 번 바라보는 것만으로 그 모든 내용을 정확히 이해했으며, 아무리 복잡한 상징물이라도 단순에 해석해 내는 나 자신의 능력에 소름이 끼칠 정도였다.

종종 그런 능력을 통해 내가 타인의 사고와 행동을 장악하려한다는 추잡한 소문도 떠돌았지만, 오히려 나는 내가 지닌 능력을 가급적 숨기기 위해 무던히 노력해 왔다.

그러나 내가 미신 집단의 지도자들과 밀접한 관계를 맺고 있다느니, 정체불명의 신비학자들 몇몇과 친분을 나눈다느니 하는 소문들이 끊이지 않았다. 그런 풍문들은 근거가 없는 것이었지만, 세간에 알려진 내 독서 편력 때문에 쓸데없는 말들이 나돌았을지 모른다. 사실 대학 도서관에서 아무도 모르게 희귀 도서를 열람하기란 불가능했기 때문이다.

평균 1분마다 책을 바꾸어 보는 내 대출 기록 자체도 소문의 진위에 힘을 실어 주었던 것 같다. 그것도 내가 열람한 책들이 데르레 백작의 『구울 의식』[133], 루드빅 프린의 『해충의 신비』[134], 본 준츠의 『비밀 의식』[135], 단편적으로 남아 있는 『에이본의 서(書)』[136] 같은 수수께끼 같은 저서, 광인으로 알려진 아랍인 압둘 알하즈레드의 끔찍한 『네크로노미콘』 따위였으니 말이다. 물론, 내가 기이한 전이를 체험하는 동안 지하 세계의 컬트 행위가 신선하고 강력한 흥미를 잡아끈 것은 부인할 수 없는 사실이었다.

1913년 여름, 나는 권태와 무력감에 빠져들기 시작했으며 내 안에서 어떤 변화가 일어나리라는 여러 가지 징후들이 나타났다. 나는 잃어버렸던 과거의 기억을 되찾았지만, 사람들은 내 말을 곧이듣지 않았다. 내가 이미 그간의 기록과 신문 따위를 보고 지난 시간을 꾸며내는 것이라 의심했기 때문이다.

8월 중순, 나는 아컴으로 돌아가 오랫동안 버려졌던 크래인 가의 저택을 찾았다. 유럽과 미국에서 개발된 과학 장비들을 혼합해 아주 흥미로운 기계 장치를 집에 설치한 것도 그때였다. 그리고 누구도 그 장치에 접근하지 못하도록 신중을 기해왔다.

당시 그 장비를 직접 본 사람은 하인과 기계공, 새로 고용한 파출부였는데, 그들은 그것을 쇠막대와 바퀴, 거울이 뒤죽박죽 연결된 괴상한 기계 정도로만 생각했다. 기계의 크기는 세로 60센티미터, 폭 30센티미터 정도였는데, 중앙에 있는 거울은 원형의 볼록 거울이었다. 어디서나 구할 수 있는 부품들로 이루어진 기계에 불과했다.

9월 26일 금요일 저녁, 나는 파출부와 하인을 돌려보내며 다음 날 정오 이후에 오라고 일렀다. 밤늦도록 집 안에 불이 켜져 있었고, 외국인처럼 보이는 키 크고 호리호리한 사내가 집 앞에 택시를 불렀다.

집 안에 불이 꺼진 시간은 새벽 1시쯤이었다. 새벽 2시 15분, 경찰은 저택이 어둠에 잠겨 있는 모습을 목격했지만, 기이한 모터 소리가 여전히 인근에서 들려왔다. 모터 소리가 완전히 사라진 것은 새벽 4시였다.

오전 6시, 머뭇거리는 듯한 외국인의 억양으로 윌슨 박사를 찾는 전화가 걸려 왔으며, 지금 이상한 혼수상태에 빠져 있으니 집으로 와 달라는 내 목소리가 들렸다고 했다. 나중에야 그때의 전화는 장거리 전화로, 발신지가 보스턴의 노스 역 공중전화라는 사실이 밝혀졌지만 그 호리호리한 외국인의 모습을 보았다는 사람은 없었다.

윌슨 박사가 급히 내 집에 도착했을 때, 나는 응접실에서 의식불명 상태로 발견되었다. 탁자를 바짝 끌어놓고 안락의자에 앉아 있는 자세였다. 그런데 반질반질한 탁자 위에 육중한 물체가 놓였던 것처럼 긁힌 자국이 남아 있었다. 그 기이한 기계 장치도 사라졌으며, 이후 어떤 음향도 들려오지 않았다. 그 정체불명의 호리호리한 흑인 외국인이 기계를 가져갔다는 결론이 나왔다.

벽난로에 재가 수북이 쌓여 있는 것으로 보아, 내가 기억 상실에 빠져든 이후 조금씩 써왔던 글들이 모두 그곳에서 태워진 것으로 보였다. 윌슨 박사는 내 호흡이 극도로 비정상적이라는 사실을 발견했는데, 피하 주사를 한 대 놓자 곧 정상으로 돌아왔다고 했다.

9월 27일 오전 11시 15분, 나는 대단히 활달한 모습으로 깨어났으며, 그때부터 죽음처럼 굳어져 있던 얼굴에 표정이 되살아나기 시작했다.

월슨 박사는 그 표정이 내 안의 다른 인격체가 아니라 본연의 내 자아에 가까운 것이라고 말했다. 11시 30분, 내 입에서 아주 기이한, 어떤 인간도 말한 적이 없는 음절이 흘러나왔다. 언뜻 내 모습은 누군가와 대항해 싸우는 것처럼 보였다. 그리고 12시 직후 — 파출부와 하인이 돌아왔을 때 — 나는 영어로 중얼거리기 시작했다.

"그 시대의 권위 있는 경제학자 중에서, 제본스는 과학적 상관관계를 지향하는 대표적 학자였습니다. 경제적 발전과 쇠퇴 주기를 태양 흑점의 물리적 주기와 연결하려는 시도가……."

그렇게 너새니얼 윈게이트 피슬리는 돌아온 것이었다. 1908년 목요일 아침, 경제학 강의실에서 책상 위에 수북이 쌓여 있는 강의 자료를 훑어보며 학생들에게 강의를 하고 있는 모습 그대로.

II

내가 정상적인 삶을 되찾기까지는 고통스럽고 험난한 과정이 있었다. 지난 5년간의 상실은 예상보다 심각했으며, 특히 내 경우에는 앞으로 정리하고 조절해야 할 일들이 산적해 있었다.

나는 놀라움과 당혹감 속에서 1908년 이후 내게 벌어졌다는 일들을 전해 들었지만, 가능한 이성적으로 생각하려고 애썼다. 그리고 둘째 아들 윈게이트의 양육권을 얻어낸 뒤, 크래인 가에 정착해 강의를 다시 시작하고자 노력했다. 예전의 동료 교수들이 고맙게도 내게 교수직을 마련해 주었던 것이다.

1914년 2월부터 나는 다시 강의를 시작했지만, 그 일은 꼭 1년 동안만 지속됐다. 지난 5년간의 시간이 내 삶을 얼마나 엉망으로 만들어 놓았는지 절실히 깨달은 시간이기도 했다. 완전히 제 정신을 회복했으며 ― 그것이 내 간절한 소망이기도 했다 ― 본래의 자아에 별다른 균열 조짐도 없었지만, 나는 예전의 왕성한 활력을 회복하지는 못했다. 어렴풋한 꿈들과 기이한 생각들이 끝없이 나를 괴롭혔고, 세계 대전이 발발했을 무렵 돌연 역사에 탐닉하면서 아주 기괴한 방식으로 시대와 사건들에 접근하고 있는 나 자신을 발견했다.

시간 개념과 함께 연속성과 동시성을 구분하는 능력에도 문제가 생긴 듯, 나는 과거와 미래의 영원한 지식을 운운하며 특정 시대에 대한 터무니없는 말들을 늘어놓기 시작했다.

전쟁은 내게 아득한 기억과도 같은 기이한 암시들을 되살려 냈고, 전쟁이 앞으로 어떻게 진행될지 그 앞날까지 예견할 수 있게 만들었다. 유사 기억과도 같은 그 인상들은 극도의 고통과 함께 나타났는데, 어떤 인위적인 심리학적 장벽이 그 출현을 방해하고 있다는 느낌이 들었다.

내가 그런 심경을 만나는 사람들에게 넌지시 말하자 반응이 가지각색이었다. 불편한 기색으로 나를 바라보는 사람들이 있는가 하면, 수학과 교수들은 상대성 이론 ― 당시 식자층에만 알려져 있던 ― 의 새로운 적용이라고 말했는데, 이는 나중에 아주 유명한 일화가 되었다. 당시 그들이 말하기를, 앨버트 아인슈타인 박사가 시간을 완전한 차원 상태로 급격하게 변화시키고 있다고 했다.

그러나 나는 여전히 꿈과 망상들에 사로잡혀 있었으며, 1915년 어렵게 되찾은 교수직도 그만두어야 했다. 일련의 인상들이 점점 난폭한 형태를 띠며 내가 기억 상실로 인해 얻은 불경한 변화를 집요하게 드러내는 것이었다. 실제로 미지의 영역으로부터 억지로 밀고 들어오는 내 안의 또 다른 존재가 있었으며, 반면 본연의 내 자아는 원래의 자리에서 자꾸 떠밀리고 소외되는 고통이 느꼈다.

그래서 나는 다른 존재가 내 육체를 점령했던 시간 동안 본연의 자아에 과연 어떤 일이 벌어졌을지 막연하고 섬뜩한 생각에 빠져들었다. 사람들과 신문 기사, 잡지 등을 상대로 그간의 자세한 상황을 알아가는 동안 내 육체에 발작적으로 나타나는 기이한 현상들은 곤혹스럽기 짝이 없었다.

주위 사람들을 어리둥절하게 만들었던 괴기성은 오히려 내 잠재의식이 탐닉하던 악마적 지식과 너무나도 잘 맞아떨어지는 상황이었다. 나는 뭔가에 홀린 사람처럼 그 암흑의 5년 동안 일어났던 각종 연구 자료와 여행 기록들을 샅샅이 뒤지기 시작했다.

그러나 괴로움은 비단 추상적인 인상뿐이 아니었다. 내 의식을 유린하던 꿈들이 점점 더 생생하고 견고한 형태로 변하고 있었기 때문이다. 사람들의 반응을 익히 알기 때문에 나는 그 꿈에 대해 아들과 믿을만한 몇몇 심리학자에게만 말해 두었다. 그리고 기억 상실증 환자들에게 그런 꿈들이 일반적으로 일어나는지 여부를 알아내기 위해 과학적 연구 자료들을 직접 검토해 나갔다.

심리학자와 역사가, 고고학자를 비롯해 경험이 풍부한 정신과 전문의들이 나를 도와주었고, 악마가 인간의 영혼을 점령했다는 전설부터 의학적 임상 자료까지 분열증 사례를 토대로 나는 일정한 결론에 도달할 수 있었지만, 그것은 나를 위로하기보다는 훨씬 고통스러운 결과로 다가왔다. 상당히 많은 기억 상실증 환자들을 대상으로 조사한 결과, 내 꿈이 예외적이라는 결론을 내려야 했다. 그러나 수년간 나를 유린하고 충격에 빠뜨린 경험과 유사한 증상이 없진 않았으며, 그 설명의 여지도 남아 있었다. 내가 의지할 수 있는 대부분의 자료는 오랜 민담이나 구전이었으며, 의학 사료에도 몇 가지 참고할 만한 사항이 발견되었다. 특히 일반적 역사 기록에서 제외됐던 한두 개의 일화는 상당히 인상적이었다.

내 특별한 병증이 분명 희귀한 사례임에 틀림없지만, 인간의 역사가 시작된 이래 오랜 주기를 두고 비슷한 일이 벌어졌다는 윤곽이 조금씩 드러나기 시작했다. 어떤 시대에는 내 병증과 비슷한 사례가 세 차례 정도 일어나기도 했으며, 적어도 기록상으로는 전혀 그 흔적을 찾아볼 수 없는 시대도 있었다.

그러나 본질은 늘 똑같았다. 즉, 예민한 사고력을 지닌 사람이 기이한 다중 인격에 사로잡혀 미개한 외계 종족을 다스리며, 이후 엄청난 학습 능력을 통해 과학과 역사, 예술과 고고학적 지식을 터득하게 된다는 것이었다. 그리고 돌연 본연의 정신을 회복하고, 의도적으로 지워진 끔찍한 기억의 파편들을 암시하는 악몽에 간헐적으로 시달린다고 했다.

나의 악몽과 조금이라도 유사한 사례에서도 많은 공감을 느끼고, 그 본질의 중요성을 인정할 수 있을 것 같았다. 특히 한두 개의 사례들은 혼수상태와 불경스러운 느낌에서 매우 비슷했으며, 우주의 통로를 통해 그 병적이고 끔찍한 내용들을 내가 이미 알고 있었다는 생각마저 들었다. 내 집에 있었다는 그 정체불명의 기계를 언급하는 사례도 세 개나 있었다. 조사를 진행하면서 떨쳐버릴 수 없었던 또 한 가지의 걱정거리는 그 일회적이고 간헐적인 악몽이 의학적으로 정의하는 기억 상실증과 별다른 관련이 없음을 보여주는 빈번한 사례들이었다.

악몽을 경험한 사람들의 대부분은 지극히 평범했으며, 그중에는 학문이나 초인적인 정신 상태와는 거리가 먼 아주 순박한 사람들도 꽤 많았다. 잠시 동안 외부의 힘에 사로잡혀 있다가, 다시 제 정신으로 돌아온 뒤 대부분 그 잔인한 공포의 기억을 빠르게 잊어버렸다.

지난 반 세기로 시간을 한정한다면, 최소 세 건의 유사한 사례가 일어났으며, 그중 하나는 15년 전의 일이었다. 혹시 어떤 존재가 시간을 초월해 자연의 비밀을 찾아내려고 하는 것은 아닐까? 이 일련의 사건들은 인간의 신념과 가치 체계를 뛰어넘는 다른 존재가 시도하는 불길하고 괴기스러운 실험의 한 부분은 아닐는지……

연구를 통해서 밝혀 낸 신화의 내용은 추상적이기는 했지만 그나마 내 과거의 흐릿함을 설명해 주고 있었다. 환자와 의사들은 깨닫지 못하고 있지만, 내 독특하고 섬뜩한 기억 장애를 일으키는 것은 태고의 전설들이라는 확신이 들었다.

꿈과 암시들이 점점 더 격렬해졌지만, 나는 도저히 그 내용을 입 밖에 낼 엄두가 나지 않았다. 그 모든 것이 광기의 일부로 여겨졌으며, 매 순간 내가 정말 미쳐 버렸다는 생각이 들기도 했다. 기억 장애를 겪은 사람들에게 특별히 나타나는 착란 증상이 있었던가? 내 무의식은 여전히 암흑으로 남아 있는 시간을 유사 기억으로 채워 넣으려고 했으므로 점점 기이하고 엉뚱한 상상들이 내 정신을 유린해 갔다.

다른 민담에서 해명 가능성을 찾는 것이 효과적일지도 몰랐지만, 나와 유사한 사례를 찾는데 도움을 주고 그 과정에서 당혹감을 함께 나누었던 많은 지인들도 나와 크게 다르지 않은 생각인 것 같았다. 물론 그들은 광기라는 직접적인 말로 표현하지는 않았지만, 신경 장애라는 간접적인 말은 내게 큰 차이로 느껴지지 않았다. 내가 병증을 추적하고 분석하려고 애쓰는 동안, 주위 사람들은 내심 내가 뛰어난 정신과 전문의의 치료를 받았으면 하는 눈치였다. 나도 내 안의 다른 존재가 내 육체를 점령하는 동안만큼은 의사들의 진찰을 받았고, 그들의 조언을 소중히 받아들였다.

내가 겪은 최초의 장애는 거의 눈에 띄는 징후가 없었지만, 내가 전에 언급한 보다 추상적인 문제와 관련이 있다. 게다가 나 자신에 대한 형용할 수 없는 깊은 공포감도 있었다. 내 본연의 자아를 찾아가는 과정에서 나는 극도의 기이한 공포를 맛보았는데, 목적지에 가까이 다가설수록 무시무시한 외계의 형체와 혐오감이 느껴지는 것이었다.

어떤 경우에는 회색 혹은 파란 색 옷을 입은 인간과 유사한 형체와 마주치는데, 그때마다 까닭모를 안도감이 밀려드는 것이었다. 물론 그런 안도감을 느끼기 위해서는 아주 소름끼치는 공포의 순간을 극복해야 했지만 말이다. 나는 가급적 거울을 보지 않았고, 수염도 이발사의 도움을 받아 깎았다.

내가 좌절감과 스쳐가는 인상들 사이에서 어떤 관련성을 떠올린 것은 얼마 후였다. 제일 먼저 떠오른 것은 내 기억을 방해하는 외부적이고 인위적인 방해물이 있다는 느낌이었다.

나는 분명 내 경험의 단편들이 심오하고 끔찍한 의미를 담고 있음을, 특히 나 자신과 직접 관련돼 있음을 직감하고 있었지만, 어떤 의도적인 힘이 가로막아 내가 그 진실과 관련성을 이해하지 못하도록 조정하고 있는 것 같았다. 그리고 그 기이한 시간이 찾아들자, 나는 시간적 순서와 일정한 장소와 함께 스치는 단편적인 인상들의 실체를 밝히기 위해 절박한 노력을 기울였다.

처음에는 꿈 자체를 마주하는 일이 두렵기보다는 기이할 뿐이었다. 나는 짙은 어둠 속에 서 있었으며, 주변에 둘러선 거석의 그림자가 보일 듯 말 듯한 것이 거대한 지하실 같았다. 그 장면이 어떤 시간이나 공간을 암시하든지 간에, 그 내부 공간의 둥근 천장은 언제나 로마 양식을 닮아 있었다.

큼지막한 원형 창문과 거대한 문, 주변에 있는 받침대 혹은 탁자 같은 것들은 일반적인 방의 높이만 했다. 커다란 나무 선반이 벽에 줄지어 있었으며, 그 위에는 그림 문자가 새겨져 있는 엄청난 크기의 책들이 놓여 있었다. 눈에 띄는 석공예품에는 묘한 조각들이 장식돼 있었는데, 거의 원형에 가까웠으며, 그 표면에는 선반의 책들과 똑같은 그림 문자들이 새겨져 있었다. 으리으리한 검은색 석조물은 흉물스러운 형체를 연상시켰으며, 끝이 볼록한 돌들이 받침대의 오목한 바닥과 조화를 이루는 형상이었다.

의자는 없었지만, 큼지막한 받침대 위에 책과 종이, 필기도구 같은 것들이 널려 있었다. 특히 자주색 금속으로 만들어진 단지 모양의 물체와 끝이 얼룩져 있는 막대의 모습이 기이했다. 나는 받침대 높이만한 위치에서 공간을 내려다보는 느낌이 들곤 했다. 거대한 구형의 크리스털 물체는 램프 대용인 듯 했으며, 유리질의 튜브와 금속 막대로 이루어진 묘한 기계 장치도 눈에 들어왔다.

창문은 튼튼한 막대 같은 것으로 창살이 쳐 있었다. 창문 가로 다가서 그 밖을 내다볼 엄두는 나지 않았지만, 내가 있는 자리에서도 언뜻 창문 너머 솟아 있는 양치류 같은 식물이 보였다. 바닥은 8각 형태의 거대한 판석이 깔려져 있었지만, 융단이나 벽걸이 같은 장식은 전혀 보이지 않았다.

이후 거석으로 둘러싸인 복도를 지나 역시 흉물스러운 석조물의 경사면을 오르내리는 나 자신의 모습이 나타났다. 어디를 봐도 계단은 없었으며, 10미터 남짓한 통로 하나가 전부였다. 내가 거닐던 건물 중 일부는 수천 킬로미터 높이로 창공을 향해 우뚝 솟구쳐 있는 것이 분명했다. 아래쪽을 바라보니, 다단 형태로 이루어진 아치형 천장들이 음침한 모습을 드러냈으며, 천장의 뚜껑문은 끔찍도 하지 않을 것 같았다. 특히 뚜껑문이 금속 테두리로 봉해져 있는 것으로 봐서 뭔가 그 내부에 비밀과 위험이 도사리고 있는 것 같았다.

문득 나 자신이 그곳에 감금된 포로라는 생각이 스친 것은 그때였다. 그래서인지 보이는 것마다 소름끼치는 공포의 분위기를 자아냈다. 무엇보다 벽면에 새겨진 곡선 형태의 상형 문자들에서 나는 둔기로 얻어맞는 듯한 충격을 받아야 했다. 차라리 그 의미를 몰랐다면, 큰 축복이었을 것이다.

꿈은 다시 거대한 원형의 창가와 평지붕에서 굽어보는 듯한 정경으로 펼쳐졌다. 지붕 위에는 기묘한 정원들과 황량한 공간, 그리고 조가비 모양의 높다란 돌난간이 보였으며, 경사면의 제일 꼭대기까지 난간이 이어져 있었다.

각각 정원을 포함하고 있는 거대한 건물들은 폭 60미터에 달하는 포장도로를 따라 끝없이 펼쳐져 있었다. 건물마다 모양이 다르게 보였는데, 대부분이 150 평방미터 이상에 높이도 300미터 이상 솟구친 형태였다. 그 어떤 건축물도 한계를 망각한 듯 장대한 모습이었고, 그중 몇몇은 주변의 산맥을 압도하며 안개 자욱한 잿빛 하늘을 찌를 듯 솟아 있었다.

대부분의 건물이 돌이나 콘크리트로 만들어졌으며, 내가 갇혀 있던 건물의 원형 석조물과 똑같은 장식이 어디에서나 눈에 띄었다. 평평한 지붕들은 정원으로 덮여 있었고, 예의 그 조가비 모양의 돌난간도 건물마다 공통된 양식인 것 같았다. 종종 일부 건물에는 테라스와 함께 말끔히 치워진 널찍한 공간이 정원 한복판에 놓여 있기도 했다. 거대한 도로마다 이동의 흔적이 느껴졌지만, 처음에는 그 상황을 자세히 묘사하기 어려웠다.

어떤 지역에는 음침하고 거대한 원통 모양의 탑들이 주위 건물보다 훨씬 높게 솟구쳐 있었다. 한눈에도 아주 독특한 양식이라는 생각이 들었으며, 영겁의 세월과 함께 몰락해 온 기운이 맴돌았다. 원통형의 탑들은 현무암을 사각으로 잘라낸 이상야릇한 형태에서 모서리와 꼭지 부분을 둥글게 다듬은 것이었다. 그러나 거대한 문들을 제외하고는 창문이나 구멍 같은 흔적은 찾아볼 수 없었다.

나는 탑 주변의 낮은 건물들도 자세히 살펴보았는데, 거의 전부가 세월의 풍파에 시달린 흔적이 역력했으며, 그 기본 구조는 검은색 원통형 탑들과 유사했다. 그런데 그 사각으로 잘려진 석조물 블록은 천장의 밀봉된 뚜껑문에서처럼 형용하기 힘든 위협감과 응축된 공포감을 발산하고 있는 것이었다.

앞에서 말했듯이, 정원은 어디에서나 쉽게 눈에 띄었지만 가까이 살펴보니, 정체모를 식물들이 거석으로 이어진 보도 쪽으로 비스듬히 자라 있는 모습은 그야말로 기이하고 생경하기 짝이 없었다. 양치류라고 하기엔 지나치게 큰 식물들이 대부분이었고, 어떤 것은 녹색이었으며, 균류의 창백한 빛깔이 소름끼치는 식물도 있었다. 그중에서 거대한 망령처럼 우뚝 솟아 있는 나무들은 고생대의 화석 식물을 연상시켰는데, 대나무 같은 줄기가 엄청난 높이까지 뻗어 있었다. 그리고 주변에는 소철처럼 생긴 식물들이 군집을 이루고 있었으며, 짙은 녹색 덤불과 침엽수림이 괴괴한 분위기를 한층 더했다. 아주 작아 쉽게 눈에 띄지 않는 무채색의 꽃들은 도형을 본 뜬 화단이나 온실 속에 피어 있었다.

테라스와 지붕 정원 몇 군데에 유독 식물과 꽃이 우거져 있는 것으로 봐서, 품종 개량이나 인공적인 번식을 시도한 것 같았다. 믿어지지 않을 만큼 거대한 버섯 무리를 보고 있자니, 인간 세계에 알려지지는 않았으나 뛰어난 원예의 전통이 있음을 짐작할 수 있었다. 지상에 있는 정원들은 보다 규모가 크고 자연의 법칙에 따라 번식을 장려한 노력이 느껴지는 반면, 지붕의 정원들은 선별적이며 장식적인 측면을 고려한 듯 했다.

정원의 양쪽 가장자리는 어디에나 습기와 짙은 구름이 몰려 있으며 종종 사납게 비가 내리기도 했다. 그러나 간헐적으로 엄청나게 큰 태양이 보일 때도 있고, 달이 떠오를 때 나타나는 그 표면 흑점은 도저히 상식으로는 납득하기 어려울 정도로 독특한 것이었다. 아주 드문 일이었지만, 밤하늘이 청량하게 펼쳐져 있을 때면, 처음 보는 별자리가 무수히 창공을 수놓곤 했다. 윤곽이 비슷한 별자리다 싶어도 막상 내가 알고 있는 것과는 달랐다. 그러나 별무리의 위치로 보아, 내가 있는 곳이 지구의 남반구 그러니까 남회귀선 부근이라는 생각이 들었다.

멀리 보이는 지평선은 늘 안개가 자욱해서 어슴푸레했지만, 도시 외곽에 정체모를 양치류와 노목, 리티야 나무 등이 울창한 정글을 형성하고 있었다. 상상 속에서나 등장할 만한 잎사귀들이 시시각각 변하는 운무의 방향에 따라 흔들렸다. 이따금 창공에서 어떤 움직임이 포착되기도 했지만, 꿈의 초기 단계에서는 그 정체를 정확히 파악할 수는 없었다.

1914년 가을, 나는 그 도시 위를 둥둥 떠다니며 인근 지역을 돌아다니는 이상한 꿈을 꾸기 시작했다. 알록달록한 색채와 온갖 나무줄기들이 섬뜩한 형태로 얽혀있는 숲을 지나 끝없이 길이 이어져 있는데, 그 길을 따라가노라면 줄곧 꿈속에 나타나던 도시만큼 기묘한 여러 도시들이 나타났다.

언제나 어스름한 땅거미가 져 있던 숲속의 빈터와 개간지에는 검정색과 무지갯빛이 뒤섞여 있으며, 늪지로 난 기나긴 둑길을 건너갈 때도 있었다. 그러나 늪지는 너무 어두워서 축축한 기운과 우거진 식물 외에는 눈에 보이지 않았다.

한번은 오랜 세월 몰락을 거듭해온 지역이 몇 킬로미터 이상 펼쳐져 있는 모습이 나타나기도 했다. 그곳의 건축물들은 전에 본 도시처럼 원통형 탑과 창문이 거의 없는 형태로 이루어져 있었다.

돔형 지붕과 굽잇길이 수놓아진 어느 마을에서는 거대한 부두 너머 자욱한 안개를 이고 끝간 데 없이 펼쳐진 바다를 보았다. 그런데 그 바다 위로 형체를 가늠할 수 없는 거대한 그림자가 움직이고 있었으며, 그 아래 수면이 격렬하게 흔들리며 물보라가 이는 것이었다.

III

앞에서 말했듯이, 그 거친 영상들이 포악한 형태로 변하기 시작한 것은 어느 정도 시간이 흐른 후였다. 물론 기이한 꿈을 꾸는 사람들은 많고, 그 꿈은 그들의 일상과 그림, 읽었던 책의 내용처럼 아무 관련이 없는 단편들이 뒤섞여 수면의 변덕에 의해 나타나는 것이긴 하다. 아무튼 한동안 나는 그렇게 꿈속에 나타나는 이미지들을 자연스럽게 받아들이고 있었다. 딱히 설명할 수 없는 이미지의 기이함도 일일이 밝혀내기 곤란한 사적인 근원에서 비롯된 것이라 여겼다. 이미지 중 어떤 것들은 평범한 식물도감에서 본 모습이거나 1억 5천만 년쯤 전의, 그러니까 페름기나 트라이아스기의 원시 세계를 담고 있기도 했으니까.

그러나 몇 달이 흐르면서 그 동안 겹겹이 쌓여온 공포의 특성들이 분명한 모습을 드러내기 시작했다. 꿈속의 이미지들이 확연해져서 마치 기억처럼 느껴질 때였을 것이다. 그리고 내 마음 한편에서 점점 불안감이 증폭되던 시점, 그러니까 기억을 방해하는 어떤 인위적인 힘을 느끼고, 시간과 관련된 묘한 인상들이 떠오르며, 1908년부터 1913년까지 제2의 존재가 내 육체를 점령하고 있었다는 혐오감이 깊어질 무렵이기도 했다. 게다가 한참 후에는 본연의 나 자신에 대해서도 설명할 길 없는 반감을 느끼기 시작했다.

세세한 면면들이 꿈속에 나타나면서 그에 대한 공포감도 몇 곱절 더해갔다. 결국 나는 1915년 10월경, 어떤 조치라도 취해야 한다는 절박감을 느꼈다. 그래서 기억 상실증과 환각 상태에 대한 다른 사례들을 면밀히 연구하기 시작한 것이다. 내 고통을 객관적으로 바라보고, 내 감정의 실체를 정확히 이해할 수 있기를 소망하면서…….

그러나 앞서 밝혔듯이 그 결과는 예상과 완전히 어긋난 것이었다. 무엇보다 내 꿈들이 어떤 경우와 대단히 유사하다는 사실이 오히려 곤혹스러웠다. 왜냐하면 유사한 근원으로서 설명이 될 만한 이미지들은 통상의 지질학적 지식으로는 분석 불가능할 만큼 너무 오래 전으로 거슬러 올라갔고, 그나마 원시적인 광경이 전부였기 때문이다.

게다가 내 경우와 유사한 일련의 사례들 중 상당수는 아주 오싹한 내용과 함께 거대한 건축물과 정원의 이미지와 관련된 설명을 제시했다. 실제로 본 듯한 광경과 희미한 인상들만으로도 섬뜩한 공포가 밀려들었지만, 다른 사람들이 꿈속에 보았다는 이미지들은 광기와 악마성까지 암시하고 있었다. 무엇보다 불행한 일은 나 자신의 유사 기억이 다가올 미래를 예언한다는 점이었다. 그럼에도 여전히 대부분의 의사들은 내 병증에 대해 치유가 가능하다는 진단을 내리고 있었다.

나는 체계적으로 심리학을 공부하기 시작했는데, 심리학을 전공한 윈게이트의 도움을 많이 받았다. 1917년에서 1918년 사이, 나는 미스캐토닉 대학에서 전공 수업을 듣기도 했다. 한편 의학과 역사, 고고학을 포함하는 자료 조사 역시 포기하지 않았으며, 아무리 먼 곳이라도 자료가 있다면 한걸음에 달려가는 열성을 보였다. 그리고 마침내 내 안의 또 다른 존재가 그토록 탐닉했다는 금서들을 접하게 되었다.

금서들 중 일부는 내가 전이 과정에서 직접 열람한 책들이었고, 도저히 인간의 것이라고 볼 수 없는 비문과 활자로 이루어진 해괴망측한 내용과 열람 기록을 보면서 혼란과 낭패감은 더 깊어졌다. 책 곳곳에 뜻 모를 표식이 있었지만, 책이 쓰여진 언어에 따라 그 표식도 달랐으며, 표식을 한 사람은 분명 각 언어의 전문가에 버금가는 이해력을 지니고 있는 것 같았다.

그런데 본 준츠의 『비밀 의식』에 기록된 메모는 다른 것과 판이하게 달랐다. 그것은 독일인이 교정볼 때 사용하는 것과 같은 잉크로 쓰인 원형의 상형 문자였다. 그러나 인간의 필체라고는 도저히 생각할 수 없었다. 그리고 그 상형 문자들은 분명 내가 꿈에서 본 형태와 똑같은 것이었다. 게다가 나는 꿈속에서 순간적으로 그 의미를 알고 있다는 생각이 들거나 기억해 내기 직전까지 도달하곤 했었다.

그런데 내가 찾아간 도서관 사서들은 한결 같이 열람 기록과 당시 상황을 들어 책마다 기록된 표식이나 메모들이 분명 내가 남긴 것이라 주장했다. 당연히 내 혼란은 절정에 달했다. 물론 여전히 내가 그 책과 관련된 세 개 언어에 대해서는 문외한이라는 사실은 달리 설명할 길이 없었다.

고대와 현대, 고고학과 의학 분야를 망라해 단편적인 자료들을 종합함으로써 나는 신화와 환각이 합치되는 일관성을 발견해 냈지만, 그 범위와 광활함에 아연할 수밖에 없었다. 단 하나 위안이 되는 것이 있다면 그 신화들이 아주 오래 전에 존재했다는 점이었다. 점점 더 파고들자 고생대와 중생대라는 시기와 그 원시 신화들이 관련이 있을지 모른다는 추론까지 이를 수 있었지만, 방향 없이 몰입한 때문인지 그 이상의 추측이 어려웠다. 다만 그 관련성에 근거를 줄만한 그림 몇 장을 입수할 수는 있었다. 그것은 전형적인 환각 증상을 설명해 줄 수 있을지 몰랐다.

기억 상실의 사례들은 분명 일반적인 신화 형태로 나타나지만, 이후 기억 상실증 환자들은 신화들이 환상적으로 축적되고 증폭되는 느낌에 시달리며, 그에 따라 유사 기억도 점점 선명해진다고 받아들인다. 나 역시 기억을 상실한 기간, 또 다른 나의 흔적으로 보아 고대 민담 류를 전부 섭렵했음이 틀림없었다. 그렇다면 전이 상태에서 나도 모르게 습득한 기억들로 인해 무의식의 꿈과 정서적 인상들이 더욱 현란해지고 병적으로 변화된 것이 자연스러운 일은 아닐까?

극소수의 신화들은 인류 이전의 모호한 전설들과 매우 긴밀한 관련이 있었다. 특히 시간의 장벽을 뛰어넘고, 현대 신지학의 한 부분을 형성하고 있는 힌두교 전설들이 그랬다.

원시 신화와 현대적 환각은 가장 진화된 형태로 이 지구를 오랫동안 통치해 온 종족이 인간이며, 그 활동의 상당 부분은 제대로 알려져 있지 않다는 전제와 잘 맞아떨어진다. 이들 전설에서 암시하는 것은 상상할 수 없는 형체를 지닌 존재들이 하늘을 찌를 듯한 탑들을 세웠으며,

인간의 첫 번째 조상격인 양서류가 3억 년 전 뜨거운 바다에서 기어 나오기 이전에 이미 자연의 모든 비밀을 알고 있었다는 점이다.

그 존재들 중 일부는 별에서 태어났으며, 우주 자체의 나이와 맞먹는 종족도 있었다. 또 어떤 종족은 토양에서 갑작스레 태어났으며, 그 한참 후에 똑같은 과정으로 인간의 생명 주기가 시작됐다는 것이다. 그 존재들은 영겁의 세월 동안 다른 은하계와 우주를 아우르는 가운데 자유로운 한 시대를 풍미했다. 물론 인간의 지식이 받아들일 수 있는 시대 어디에도 그런 존재의 흔적을 찾을 수는 없다.

그러나 민담과 전설의 대부분은 상대적으로 최근에 등장한 종족들을 주인공으로 하고 있었다. 그 기이하고 복잡한 생김새는 과학의 역사에 알려진 어떤 생물체와도 유사성이 없는데, 그들은 인간이 출현하기 5천만 년 전까지 생존했다. 전설에 따르면, 그들이야말로 시간의 비밀을 정복한 유일한 종족이자 가장 위대한 존재였다.

그들은 예리한 정신과 함께 그 자신을 과거와 미래에 투사함으로써 인간에게 전수되고 앞으로 그럴만한 지식들을 이미 완벽히 습득한 상태였다. 심지어 영겁의 시간을 통과했으며, 모든 시대의 지식을 연구했다. 인간의 신화를 포함해 예언자들의 전설은 모두 그 종족이 성취한 지식에서 나온 것이다.

그들은 방대한 도서관 시설에 지구의 모든 연대기와 과거에 생존했던 종족과 미래에 도래할 종족들을 기록한 엄청난 양의 문서와 그림을 축적해 놓았으며, 각 종족의 예술과 업적, 언어, 정신세계까지 완벽하게 구현해 냈다.

이처럼 영겁을 포함하는 지식을 바탕으로 이 그레이트 종족은 모든 시대를 관통하며 그들의 본성과 상황에 맞는 사유와 예술, 과정 등을 선택할 수 있었다. 물론 과거의 지식을 수집하는 일은 인식 능력을 초월하는 고도의 집중력을 요하기 때문에 미래의 지식에 비해 훨씬 어려웠다.

반면 미래의 지식을 수집하는 과정은 보다 쉽고 실재적이었다. 적절한 기계 장비의 도움을 받아 정신을 미래의 시간에 투사할 수 있으며, 원하는 시대에 도달할 때까지 초감각적인 상태를 유지하기만 하면 그만이었다. 그런 다음 몇 차례 예행연습을 거쳐 그 시대에서 가장 뛰어난 대표적 생물체를 선택하는 것이다. 그리고 선택한 생물체의 뇌 속에 들어가 자신의 뇌파를 주입하는데, 그 생물체의 본래 정신은 대치 존재의 시대로 물러나 있게 된다. 생물체에 들어간 존재는 이제 또 한 번의 역전이가 일어날 때까지 편안하게 생물체의 육체 속에 머무는 것이다.

미래의 생물체에 들어간 존재는 그 시대의 보통 사람들처럼 행동하며, 그 시대에 축적된 정보와 기술들을 가능한 빠른 시일 내에 습득해 나간다.

한편, 대체된 생물체의 원래 정신은 대치자의 신체를 빌어 과거로 이동해 극진한 보살핌을 받는다. 특히 신체에 손상이 가지 않도록 철저한 보호를 받지만, 그가 지니고 있던 지식은 숙련된 심문자들에 의해 완전히 고갈돼 버린다. 심문자들이 미래에 대한 질문을 하는 가운데 특별한 효과가 있는 경우, 그 언어가 집중적으로 사용되기도 한다.

만약 그레이트 종족이 물리적으로 재생산할 수 없는 언어의 소유자가 선택되는 경우를 대비해 영리한 기계들이 대기하고 있으며, 그 기계들을 통해 흘러나오는 외계 언어들은 음악처럼 아름답고 유려하다.

그레이트 종족의 겉모습은 3미터 가량의 주름진 옥수수를 연상시키며, 제일 윗부분에서 수축과 팽창이 자유로운 30센티미터 두께의 사지가 뻗어 있으며, 그 사지에 머리와 기타 기관들이 붙어 있다. 말하는 방식은 거대한 두 개의 손으로 일정한 소리를 내거나, 사지 중에서 두 개 끝에 붙어 있는 발톱을 서로 긁어 찰칵 하는 음향을 만들어내는 것이다. 그리고 3미터 크기의 거대한 하부에 달려있는 끈끈한 층 하나를 수축하고 팽창하면서 움직인다.

사로잡힌 포로의 정신에서 놀라움과 분노가 사라지고 — 특히 그레이트 종족의 신체와 완전히 다른 생물체일 경우 — 낯선 신체에 대한 공포감이 누그러지면, 새로운 환경을 연구하고 여러 가지 경험을 쌓는 일이 허락된다.

충분한 주의와 경고가 있은 후에 포로는 거대한 비행선이나 선박 형태의 원자력 기구를 타고 도시의 경관과 도로를 구경하며, 원한다면 행성의 과거와 미래가 고스란히 축적돼 있는 도서관을 자유롭게 이용할 수도 있다.

포로가 된 생물체들은 대다수 자신의 운명에 순응하고 상황을 받아들인다. 사실 포로도 처음엔 누구보다 영리한 그레이트 종족에게 공포심을 품을지 모르지만, 아득한 과거와 현란한 미래를 망라하는 지구의 숨겨진 비밀을 발견하는 일은 당사자에게 무엇과도 바꾸기 힘든 최고의 경험일 것이기 때문이다.

포로들은 종종 역시 미래에서 잡혀온 다른 포로들과 서로 만나는 것이 허용된다. 그 자신들의 시대보다 수천 년의 차이가 있음에도 그들은 의식을 통해 서로 생각을 주고받을 수 있다. 또한 이들은 각자의 시대와 언어에 따라 많은 양의 글을 쓰도록 의무가 부과되는데, 이 기록들은 거대한 문서국으로 보내진다.

그런데 이들 포로 중에서 유독 상당한 특권을 누리는 존재들이 있다.

이들은 자신의 시대와 육체로부터 영원히 추방된 상태로, 이들은 그레이트 종족 중에서 특히 뛰어난 선지자나 죽음에 직면해 정신적 소멸에서 벗어나고자 하는 자에게 육체를 저당 잡힌 경우다.

그러나 그런 불행한 추방의 예는 그리 흔하지 않은 편이다. 그레이트 종족이 워낙 오래 사는데다 특히 신체 투사가 가능할 정도로 뛰어난 구성원들도 대체로 평균 수명보다 오래 살고자 하는 욕구가 별로 없기 때문이다. 인간의 역사를 포함해 후세 역사에서 발견되는 지속적인 인격 변화의 상당수는 그레이트 종족 중에서 연로한 구성원 몇몇이 소멸을 회피하고자 영구적인 투사를 선택했기 때문이었다.

일반적인 투사의 경우, 그레이트 종족은 미래에서 원하는 정보를 습득한 후, 비행의 수단이자 투사 상태를 되돌릴 수 있는 기구를 만들어낸다. 그가 본연의 육체와 시대로 돌아오면, 포로가 된 생물체도 다시 자신의 육체와 시대로 돌아갈 수 있게 되는 것이다.

그러나 이 전이 상태에서 어느 한쪽의 육체가 죽음에 이르면, 복원은 불가능해진다. 물론 이런 경우에는 죽음에서 벗어나고자 했던 그레이트 종족의 구성원처럼 미래의 다른 신체를 선택해 생존해야 한다. 한편, 포로가 된 생물체는 역시 영원한 추방을 겪는 상태에 접어들어 그레이트 종족의 육체로 그 시대에서 생을 마감해야 한다.

이런 일은 자주 벌어지지 않지만, 포로가 그레이트 종족의 일원이 되는 상황이 생각보다 혼란스럽거나 두려운 것은 아니다. 그레이트 종족은 모든 시대를 초월해 미래의 시간에 몰두해 왔기 때문이다. 영구 추방에 시달리는 경우가 그리 많지 않은 이유도 그레이트 종족이 전이 과정에서 일으킨 실수에 대해 엄중히 처벌하기 때문이다. 새로운 신체를 점한 그레이트 종족에게 처벌이 내려질 뿐 아니라, 어떤 경우에는 강제로 전이 과정을 되돌려 놓기도 한다.

전이 과정은 극도로 복잡하지만 이미 다양한 지역에서 포로가 된 생물체에 대한 정보가 충분히 알려져 있기 때문에 그때그때마다 일어나는 실수들은 신중히 교정된다. 투사의 방법을 발견한 이후, 해마다 과거에서 온 그레이트 종족들이 장기 혹은 단기 체류를 하면서 많은 조언과 발전에 이바지하고 있다.

외부에서 포로가 된 생물체가 미래의 원래 육체로 돌아가면, 그레이트 종족은 고도로 복잡한 최면 과정을 통해 포로의 육체와 정신을 세척한다. 혹시 지식이나 정보가 남아 있을 경우 앞으로 곤란한 상황들이 벌어질지 모르기 때문이다.

역전이 과정에서 특별한 문제나 재앙이 닥친 예는 거의 찾아볼 수 없다. 단 예외적인 두 가지 사례가 있으며, 오랜 신화들에 따르면, 인간이 그레이트 종족과의 어떤 관련성을 깨달은 것도 바로 그 예외적인 전이를 통해서라는 것이다.

그 영겁의 세월과 세상을 거치면서 물리적으로 남아 있는 것이라고는 아주 먼 궁전과 바다 밑에 있는 거석의 잔해와 무시무시한『프나코틱 필사본』뿐이다.

그래서 포로 생물체는 원래의 시대로 돌아오더라도 전이 과정에서 어떤 일이 벌어졌는지 극도로 단편적이고 희미한 영상 외에는 기억하지 못한다. 기억이란 기억은 전부 사라지며, 대부분의 경우 첫 번째 전이 과정에서의 몽환적이고 공허한 이미지만 남게 된다. 그중에는 상대적으로 더 많이 기억하는 생물체가 있으며, 아주 드물지만 금지된 과거의 기억이 암시 형태로 우연히 떠오르기도 한다. 그러나 그런 암시를 간직해 온 집단이나 숭배 의식들도 한결 같이 극도의 보안을 유지해 왔다. 인간 세상에서 그런 숭배 의식의 일종으로 간주할 만한 것으로 『네크로노미콘』이 있는데, 이것은 그레이트 종족의 시대와 아득히 떨어진 시대이기는 해도 인간이 과거를 경험하도록 도움을 준다.

한편 그레이트 종족은 거의 어디서나 존재할 정도로 세력이 팽창했으며, 지속적으로 다른 행성의 생물체와 전이를 함으로써 과거와 미래를 탐험해 갔다. 그들이 탐색하는 과거의 시간은 아주 머나먼 공간에서 오래 전에 소멸한 검은 천체의 기원까지 포함하는데, 바로 그 천체가 그들 정신의 고향이었기 때문이다. 즉, 그레이트 종족은 육체를 갖기 이전에 이미 정신이 먼저 존재하고 있었다.

소멸된 그레이트 종족의 선조들은 절대적인 비밀을 알고 있는 현자였으며, 앞으로 새로운 세계와 종족이 도래할 것을 내다보고, 그곳에서 그들 후손이 안정되고 오랜 삶을 누릴 수 있도록 배려했다. 그래서 정신을 하나의 단위로 통합해 가장 뛰어난 미래의 종족들에게 보냈다. 그들이 선택한 미래 종족이 바로 옥수수 모양의 존재들이었으며, 그 형체를 빌린 그레이트 종족이 10억 년부터 이 지구상에 둥지를 틀게 된 것이다.

그렇게 그레이트 종족이 새로운 삶을 시작하는 동안, 그들 중 무수한 구성원들이 새로운 육체에 적응하지 못해 죽고 말았다. 이후에도 그레이트 종족은 또 한 번 소멸의 위기에 직면하지만, 가장 탁월한 존재들을 선발해 육체적 수명이 긴 새로운 미래 생물체에 투사함으로써 삶을 연장시킬 수 있었다.

지금까지 말한 내용이 뒤엉킨 전설과 환상의 배경이라고 할 수 있다. 1920년 경, 나는 그 간의 연구에서 일정한 성과를 거두었으며, 초기에 겪었던 긴장감이 차차 누그러지기 시작한 것도 그 시점부터였다. 결국

적지 않은 사람들이 나와 같은 환각과 망상을 경험했음에도 불구하고, 내 병증의 대부분을 쉽게 설명하지 못하리라는 예감이 들었다. 기억 장애에 빠져든 기간 동안 다른 인격체가 내 몸을 빌어 금지된 전설을 탐닉하고 고대인과 악명 높은 숭배 의식들을 접했기 때문에 나 자신이 음침한 연구에 매달리는 것은 아닐까 의심이 들기도 했다. 그 당시의 무의식적인 경험들이 기억 회복 후에 시달려온 꿈과 고뇌의 중요한 동인이 됐음은 분명했다.

금서마다 발견되는 표식과 메모들은 꿈속에 나타나던 상형 문자와 내가 구사할 수 없는 언어들로 이루어져 있지만, 도서관 사서들은 한결같이 그 작성자가 나라고 단언하고 있었다. 그렇다면 다른 존재와의 전이 상태 동안 내가 무의식적으로 그 언어들을 어느 정도 습득했을 가능성도 없지는 않았다. 상형 문자의 경우는 전이 상태에서 탐닉했던 전설들의 내용이 일부 남아 있다가 내 상상력을 통해 이후 꿈속에 등장했다고 볼 수 있었다. 나는 유명한 숭배 집단의 지도자들을 만나 확실한 증거를 얻어내려고 노력했지만, 내 생각을 분명히 뒷받침할 만한 단서는 없었다.

각 시대마다 내 병증과 유사한 사례들이 매우 많다는 점은 처음과 마찬가지로 여전히 걱정스러운 부분이었지만, 다른 한편으로는 자극적인 민담들이 통용된 것이 현재가 아닌 과거라는 사실에서 어떤 실마리가 있지 않을까 생각해 보곤 했다. 나와 같은 증상에 시달린 사람들은 모두 내가 전이 상태에서만 습득할 수 있었던 그 전설과 민담들을 이미 충분히 알고 있었을 것이다. 그들은 기억을 상실한 후, 어렸을 때부터 익히 들어왔을 신화 속의 존재들을 떠올렸으며, 그들 자신이 인간의 정신을 빼앗아간다는 가공의 침략자들이라고 생각했을 가능성이 있다.

그리고 자신들이 상상적이며 비인류적인 과거의 어느 시간에서 왔다고 느끼고, 다시 그곳으로 돌아가기 위해 여러 가지 방법을 동원했을지 모른다. 그런데 다시 기억을 회복한 후에는 그때까지의 과정들이 뒤바뀌어 그 자신을 침략자가 아닌 포획된 존재로 생각하게 된 것이다. 그리고 이후의 꿈과 유사 기억이 전통적인 신화 형태를 따라 나타나게 된다.

이런 설명이 다소 거추장스럽게 보이기는 해도 그밖에 달리 그럴듯한 이론이 없는 상황이었으므로 내게는 수긍이 갈 수밖에 없었다. 게다가 저명한 고고학자와 심리학자 몇 명이 내 생각에 고개를 끄덕이는 상황이었다.

생각을 거듭할수록 나는 점차 확신을 가지게 되었으며, 결국에는 그때까지 지속되던 몽환과 암시에 대항할 만한 방책을 마련할 수 있었다. 내가 과연 한밤중에 기이한 물체와 존재들을 본 것일까? 그것들은 내가 듣고 읽었던 부분에 불과했다. 내게 특별히 혐오스러웠던 기억이나 투시력, 혹은 유사 기억이 있는 것일까? 그 역시 전이 상태에서 나 아닌 다른 존재가 탐닉했던 신화의 메아리에 불과했다. 내 꿈과 느낌엔 아무런 실체나 의미가 없다는 결론은 시사하는 바가 아주 컸다.

그런 식으로 마음을 다잡자, 나는 눈에 띄게 심리적으로 안정을 찾아갔다. 물론, 보다 추상적으로 변모한 이미지가 꿈속에 더욱 더 자주, 훨씬 구체적인 형태로 나타났지만 말이다. 1922년 나는 다시 규칙적인 직장 생활을 할 수 있겠다는 생각이 들었고, 그간의 연구를 통해 새로 얻은 지식을 활용할 생각으로 심리학과 대학 강사직을 기꺼이 수락했다.

한편, 정치 경제학 분야에서 나를 대신했던 후임 교수는 적임자로서 뛰어난 연구 활동을 보여주고 있었다. 내 전성기 이후 경제학을 가르치는 방식에서도 큰 변화가 있었던 것을 인정해야 했다. 당시는 내 아들 윈게이트가 아직 교수가 되기 전으로, 나와 대학원에 막 입학한 아들은 학문 분야에서 서로 큰 도움을 줄 수 있었다.

IV

그러는 동시에 나는 너무도 생생하고 격렬하게 쇄도하는 그 기묘한 꿈들을 계속해서 조심스레 기록해 나갔다. 사실 그런 기록들은 심리학적으로도 대단히 값진 자료였다. 어렴풋한 이미지들은 여전히 기억의 일부처럼 섬뜩했지만, 나는 효과적인 방법으로 그 혼란에 맞서고 있었다.

글을 쓰는 동안에는 그 환영들을 있는 그대로 받아들이려고 노력했지만, 그 외 일상에서는 한낱 덧없는 환영으로 무시해 버렸다. 일상적인 대화에서 꿈과 관련된 말을 입도 뻥긋하지 않았지만, 세상에 비밀은 없는 법인지 그 기록 때문에 내 정신 건강에 대한 별의별 소문들이 끊이지 않았다. 의사나 심리학자들은 가만있는데, 사람들이 나를 틀림없는 자폐증 환자로 진단하고 수군거리니 차라리 웃음이 나올 정도였다.

1914년 이후의 환영들에 대한 철저한 설명과 기록은 진지한 학생에게 일임했으므로, 내가 여기에 언급할 부분은 거의 없을 것이다. 어느 순간 환영의 범위가 매우 넓어진 것으로 봐서, 시간이 경과하면서 기이한 금기의 굴레도 약해지는 것 같았다. 그렇다고 해도 논리적인 명분이나 자극이 있어야만 환영들을 단편적인 부분 이상으로 떠올릴 수 있었다.

꿈속에서 나는 이동하는데 있어 점점 더 자유로워지는 느낌이었다. 기이한 석조 건물 사이를 떠다니며, 일반적인 통행로로 보이는 거대한 지하 통로를 오가기도 했다. 가장 낮은 곳에서 예의 그 폐쇄되고 거대한 해치가 자주 눈에 띄었는데, 그 주변에 공포와 금기의 빛도 여전했다.

바둑판 모양의 거대한 연못이 있는가 하면, 용도를 모를 기묘한 물건과 시설들이 무수히 들어찬 방들도 있었다. 몇 개의 거대한 동굴 속에 생김새나 쓰임이 낯설기만 한 복잡한 기계들도 놓여 있었는데, 꿈속에서 그 기계 소리가 또렷해진 것은 아주 오랜 시간이 흐른 뒤였다. 현실 세계의 표현 방법으로는 도저히 그 생김새와 소리를 묘사할 자신이 없다.

실제적인 공포는 1915년 5월, 생물체를 처음으로 발견한 시점에서 시작됐다. 당시는 신화와 사례 연구를 통해 무엇을 얻을 수 있을지조차 몰랐던 시기였다. 정신적인 장벽이 붕괴되면서, 나는 건물과 지하 곳곳에서 옅은 수증기 형태의 거대한 덩어리를 보게 되었다.

그 형체들은 점점 더 일정하고 또렷한 모습을 띠기 시작했고, 마침내 어렵사리 그 기괴한 윤곽을 알아챌 수 있었다. 형형색색의 원추형 생김새로 크기가 엄청났으며, 신장이 3미터 정도, 말단의 넓이가 역시 3미터 가량이었고, 울퉁불퉁한 비늘 모양의 유연한 물질로 이루어져 있었다. 몸통에서 4개의 나긋나긋한 원통 모양의 손이 뻗어 있는데, 두께가 30센티미터, 몸통과 마찬가지로 울퉁불퉁한 물질이었다.

그 신체 조직은 거의 보이지 않을 정도까지 오므라들었다가 3미터 가량 펼쳐지기도 했다. 그들 중 두 개는 끝에 큼지막한 갈고리 혹은 집게 같은 것이 달려 있었다. 세 번째 기관은 끝에 트럼펫처럼 생긴 붉은 빛깔의 부속 기관이 4개 달려 있었다. 네 번째 기관은 직경이 60센티미터 정도의 노르스름한 구체가 달려 있는데, 그 중심부를 가로지르듯 3개의 큼지막한 검은색 눈이 박혀 있었다.

머리 쪽으로 올라가면, 4개의 날씬한 회색 줄기에 꽃 모양의 부속 기관이 달려있고, 그 밑쪽에 더듬이나 촉수로 보이는 8개의 푸르스름한 조직이 매달린 상태였다. 커다란 말단 조직은 몸통 중심을 받치고 있는데, 표면이 탄력적인 회색 물질로 이루어졌으며, 수축과 팽창을 통해 몸 전체를 움직이는 역할을 했다.

나를 해칠 의사는 없었겠지만 그들의 움직임은 생김새보다 훨씬 더 나를 공포로 몰아넣었다. 그들이 인간만이 할 수 있다고 믿었던 행동을 그대로 재현하고 있었으니, 마음이 편할 리 없었기 때문이다. 그들은 민첩하게 거대한 방 안을 움직이며 책꽂이에서 책을 꺼내 큼지막한 탁자로 가져가거나 다시 책을 제자리에 갖다놓는가 하면, 머리에 달린 푸르스름한 촉수로 독특한 막대를 움켜잡고 부지런히 무엇인가를 기록하는 것이었다. 큼지막한 집게발은 책을 옮기고 대화를 하는데 사용했다. 특히 찰칵 하는 신호음이 언어 수단인 듯 했다.

딱히 의복을 입지는 않았지만, 원추형의 몸통 꼭대기에 학생용 가방이나 배낭 같은 것이 매달려 있었다. 일반적으로 머리와 그것을 받쳐주는 손 하나는 원추형 몸통의 위부분에서도 아래쪽에 주로 자리잡고 있지만, 종종 더 위쪽이나 아래쪽으로 움직이기도 했다.

머리를 받쳐주는 손을 제외한 나머지 3개는 주로 몸통 옆에 아래쪽을 향해 가만히 놓여 있으며, 사용하지 않을 때는 150센티미터 정도로 수축된 상태였다. 읽고 쓰고 기계를 다루는 모습으로 짐작건대, 책상에서 활동하는 존재들의 경우 상당한 지적 능력이 느껴졌다. 나는 나중에 그들의 지능이 인간을 훨씬 능가한다는 결론을 내렸다.

그 이후 나는 그들과 어디에서나 쉽게 마주치곤 했다. 거대한 방과 복도에 무리를 지어 있는가 하면, 천장이 둥근 지하실에서 기계를 손보기도 하고, 엄청나게 큰 보트 모양의 차를 타고 거대한 도로를 달려가는 모습도 쉽게 눈에 띄었다. 그들의 모습이 나름대로 환경에 가장 이상적인 형태로 진화한 결과라는 사실을 깨닫고 나는 더 이상 그들을 두려워하지 않았다. 한편 그들 사이에서도 개체 간의 차이가 있었는데, 일부는 행동이 자유롭지 못한 것으로 보였다. 그런 부류는 딱히 신체적 특징은 없으나, 행동이나 습관에서 다른 집단뿐 아니라 그들 내부에서도 서로 구별되는 다양한 차이를 나타냈다.

그들은 방대한 기록 작업을 주로 했으며, 어렴풋하게 그들이 사용한 활자의 종류가 매우 많았다는 점이 떠오른다. 알파벳과 유사한 활자도 있었던 것 같지만, 그 독특한 곡선 모양이 우리가 아는 전형적인 상형 문자와는 완전히 달랐다. 그런데 그들이 일하는 속도는 다른 집단에 비해 매우 느렸다.

당시 꿈속에서 나는 육체에서 의식이 분리된 상태로 보통의 경우보다 자유롭게 떠다니며 이동이 가능했지만, 여전히 돌아다닐 수 있는 지역과 속도에 제한을 받았다. 하지만 1915년 8월 이후, 나 자신의 육체와 관련해 사소한 생각만 떠올라도 괴로움을 맛보기 시작했다. 괴로움이라고 표현한 것은, 환영의 이미지 속에서 변해가는 내 육체에 대한 혐오감이 극에 달해 추상적인 고통을 느끼는 단계에 들어섰기 때문이다.

나는 한동안 꿈속에서 나 자신의 모습을 바라보기가 두려웠으며, 그 기이한 방마다 커다란 거울이 없다는 점에 무척 감사할 정도였다. 나는 신장이 3미터 이하라면 불가능할 위치에서 탁자를 내려다보고 있다는 사실에 매우 혼란스러웠다.

그러나 나는 어느 날 밤, 내 모습을 보고 싶다는 집요한 유혹에 결국 굴복하고 말았다. 처음에 슬쩍 밑을 흘깃했지만 아무것도 보이지 않았다. 잠시 후, 내 머리가 매우 기다랗고 유연한 목 끝에 달려 있기 때문이라는 생각이 들었다. 나는 목 부위를 따라 천천히 밑으로 시선을 옮겼으며, 결국에는 비늘 모양의 주름진 형형색색의 3미터짜리 원추형 몸통과 폭 3미터의 말단까지 보고 말았다. 내가 아컴에서 반미치광이처럼 비명을 지르며 잠의 심연에서 뛰어오른 것도 바로 그 순간이었다.

비명을 지르며 깨어났다가 다시 잠드는 끔찍한 과정을 몇 주 동안이나 되풀이하고 나서야, 나는 괴기스러운 내 모습을 어느 정도 받아들이게 되었다. 나는 꿈에서 정체 모를 존재들 사이로 이리저리 몸을 움직이며 끝없이 늘어선 책꽂이에서 무시무시한 책들을 꺼내 읽고, 머리에 달린 녹색 촉수로 움켜 쥔 필기도구로 거대한 책상에서 몇 시간이고 글을 쓰곤 했다.

그때 읽고 쓴 내용이 단편적으로 기억 속에 떠돌고 있다. 그것은 다른 세계와 다른 우주의 섬뜩한 연대기였으며, 우주 외곽에 존재하는 무형의 생명체가 부흥하는 역사였다. 그중에는 잊혀진 태고의 시대에 지구에 거주했던 기이한 존재들의 질서가 있으며, 인류가 멸망하고 수백만 년이 지난 후 도래할 오싹한 형태의 지적인 존재를 주인공으로 한 으스스한 연대기도 들어 있었다.

나는 그 과정에서 오늘날 현실 세계에서의 어떤 학자도 예측한 바 없는 인간 사회의 일부분까지 알게 되었다. 대부분의 집필 활동은 상형문자로 이루어졌다. 나는 나른하게 작동하는 기계의 도움을 받아 기묘한 방식으로 그 언어들을 습득했는데, 그 뿌리가 인간의 언어 체계와는 전혀 다른 교착어[137]가 분명해 보였다.

그 외 다른 내용을 기술할 때 사용하는 언어 역시 똑같은 방식으로 습득했다. 내가 익히 알고 있는 언어는 거의 없었다. 단 기록물에 삽입

되어 있거나 그 자체로 하나의 독립적인 언어 체계를 형성하는 재치 있는 그림들이 내게 큰 도움이 되었다. 내가 살고 있는 당대의 역사를 영어로 기록하듯 여러 언어들이 매우 편안하고 익숙하게 느껴졌다. 그러나 꿈에서 깨는 순간 내가 그처럼 능수능란하게 구사했던 언어들은 무의미한 단편 밖에 떠오르지 않았으며, 그저 기록한 내용들만 또렷하게 기억났다.

나는 본래의 자아로 깨어나기 전부터 꿈을 통해 유사한 사례나 태고의 신화를 연구하고 배웠다. 다시 말해, 꿈속의 존재들은 세상에서 가장 위대한 종족이었으며, 시간을 초월해 어느 시대든지 투시력을 보낼 수 있었다. 또한 나는 그곳에 불려가 있는 동안, 다른 존재가 같은 시대에서 내 육체를 이용하고 있으며, 그처럼 정신이 빠져나간 육체에 들어갈 수 있는 존재는 수적으로 극히 적다는 사실을 깨달았다. 나는 갈고리 손으로 찰칵찰칵 소리내는 방식을 통해 태양계 곳곳에서 유배된 생명체와 대화를 주고받았다.

우리가 금성이라고 부르는 행성에서 온 생명체는 장차 무수한 세월이 흐른 뒤 미래에서나 존재할 운명이었고, 또 어떤 이는 목성의 위성에서 600만년의 과거를 거슬러 불려오기도 했다. 지구상의 생명체 중에는 고제3기[138]의 남극에서 온 별 모양의 날개가 달린 반(半)식물 종족이 있었다. 그밖에 가공의 벨루시아에서 온 파충류 인간이 하나, 인류 출현 이전 하이퍼보리아에 존재했다는 차토구아 숭배자가 셋, 극도로 혐오스러운 초-초스에서 온 자가 하나, 지구의 마지막 시대에서 온 거미류 종족이 둘, 인류의 직계에 해당하는 튼튼한 초시류[139]가 다섯, 절체절명의 위기에 처한 후 한꺼번에 탁월한 지성을 전이시킨 그레이트 종족, 그리고 인류의 변종에 속하는 종족이 몇몇이었다.

그중에서 양-리라는 철학자는 서기 5000년에 도래할 잔혹한 제국 찬-첸[140)에서 불려온 자였다. 또 기원전 50,000년에 남아프리카에 살았다는 거두의 갈색인, 12세기 피렌체의 승려였다는 바르토로메오 코시, 그리고 땅딸막한 황인종 이누토스 족이 서쪽에서 침략하기 10만 년 전까지 험준한 극대륙를 통치했다는 로마르[141) 왕도 나의 말벗이었다.

뿐만 아니라, 서기 1600년 암흑시대의 마법사였다는 누그-소트, 술라 시대에 검찰관이었다는 로마인 티투스 셈프로니우스 블래수스, 니알라토텝의 무시무시한 비밀을 알려준 14세기 이집트 왕국의 키프네, 아틀란티스 중기 왕국의 사제, 크롬웰 통치 시대의 서픽에서 불려온 신사 제임스 우드빌, 잉카 이전 페루 출신의 궁전 점술가, 서기 2518년 죽게 될 호주인 물리학자 네이벨 킹스턴 브라운, 태평양에 침몰한 예 왕국의 대마법사, 기원전 200년의 그리스-박트리아 사람인 세오도타이즈, 루이 8세 시대의 연로한 프랑스인 피에르 루이 몽땅, 기원전 15,000년 키메르의 추장이었다는 크롬-야, 그밖에 숱한 존재들과 대화를 통해 알게 된 충격적인 비밀과 아찔하고 신기한 일들은 기억하지도 못할 정도로 엄청났다.

나는 아침마다 고열 속에서 깨어났으며, 꿈속에서 알게 된 정보들을 현대 인류의 지식을 총동원해 검증하고 의심하는데 광적으로 매달렸다. 그 과정에서 전통적인 역사는 전혀 새롭고도 의심스러운 측면들을 드러냈으며, 몽환적인 상상을 통해 그처럼 역사와 과학에 놀라운 사실들을 창조해낼 수 있다는 점에 몹시 놀랐다.

나는 과거에서 은폐된 비밀에 전율하고, 미래에 다가올 위협에 몸서리쳤다. 인류의 멸망 이후 도래한 존재들이 암시한 인류의 운명이 너무도 충격적이어서 나는 감히 이 자리에 밝힐 수가 없다.

인류가 멸망한 다음 강인한 갑충류 문명이 도래하는데, 이들의 신체 기관은 그레이트 종족의 장점을 그대로 옮겨놓은 형태로 인류에게 기이한 운명이 찾아든 직후 그 뒤를 잇게 된다. 나중에 지구의 생명이 다했을 때, 전이된 정신들은 다시 시공을 초월해 이주를 감행함으로써 수성에 존재하는 구근 식물의 몸에 일시적으로 정착하게 된다. 그러나 그들을 따라 또 다른 종족도 필사적으로 수성에 도착해 최후의 종말을 앞두고 공포에 전율하는 그 행성을 운신처로 삼는다.

한편, 꿈속에서 나는 내가 속한 시대의 역사를 줄기차게 써 내려가며 ─ 반은 자발적으로, 반은 도서관 이용과 여행의 기회를 넓혀준다는 약속 때문에 ─ 그레이트 종족의 중앙 문서국을 위해 일하고 있었다. 문서국은 도심 주변의 거대한 부속 건물에 위치해 있었으며, 직접 일하고 자문을 구하는 과정에서 많은 것들을 섭렵하게 되었다. 그레이트 종족의 유구한 역사와 함께 지구 격동의 혹독한 시련을 극복해 온 그 거대한 문서국이야말로 규모와 견고함에서 여타 건물을 압도하고도 남았다.

독특하고 튼튼한 피륙으로 이루어진 거대한 종이에 쓰거나 인쇄된 기록들은 위쪽을 묶는 방식으로 제본되었다. 이 책들은 녹슬지 않는 회색빛의 가벼운 금속 상자에 하나씩 보관됐는데, 상자마다 수학적 도안이 장식돼 있으며 그레이트 종족 특유의 곡선형 상형 문자로 제목이 새겨졌다.

금속 상자는 직사각형 저장소에 차곡차곡 ─ 잠금 장치가 있는 폐쇄형 서가처럼 ─ 쌓이며, 이 저장소 자체도 녹슬지 않는 금속으로 이루어져 복잡한 구조의 자물쇠로 봉인되었다. 내가 기록한 역사는 저장소에서 가장 아래쪽의 튼튼한 위치에 보관되었다. 그 위치는 인류와 그 뒤를 이어 지구의 주인공이 될 털복숭이 종족과 파충류 종족의 문화가 보관되는 곳이었다.

그러나 꿈속에서 보낸 세세한 일상들은 전혀 기억이 나지 않았다. 그저 뿌연 안개에 휩싸여 뜻모를 기억의 파편으로 존재할 뿐, 무슨 수를 써도 그 조각난 기억들이 일관적인 연속성과 함께 결합될 가능성은 전무했다. 예를 들어, 꿈속에서 내가 일상을 어떻게 영위했는지 도무지 알 길이 없다. 죄수와 같은 통제 상태에서 점점 벗어나 거대한 정글 도로를 여행하거나 생경한 도시 곳곳을 돌아보며, 그레이트 종족이 이상하리만큼 두려워하고 피하는 음침하고 창문 하나 없는 폐허까지 둘러본 기억은 선명하게 떠올랐다. 뿐만 아니라, 수많은 갑판이 있어 으리으리하면서도 놀랄 만큼 속도가 빠른 선박을 타고 오랜 바다 여행을 한 일이나, 전기력으로 움직이는 밀폐형 비행정으로 야생 지역을 돌아본 기억도 생생했다.

따뜻하고 드넓은 대양을 건너면 그레이트 종족의 또 다른 도시들이 나타나는데, 그 끝에서 주둥이가 검고 날개 달린 생물이 사는 조악한 마을을 발견했다. 나중에 그레이트 종족이 은밀하게 다가오는 공포에서 탈출하기 위해 종족 내에서 가장 탁월한 지성만 선발해 미래로 전이시킨 이후, 그 생물이 중심적인 종족으로 등장하게 된다. 그 마을에선 어디를 가나 평평하고 생기 있는 녹색 생물체가 가장 흔하게 눈에 띄었다. 낮게 웅크린 산마다 초목이 제대로 자라지 못했으며, 대부분 화산이 활동중이라는 흔적을 드러내고 있었다.

꿈속에서 본 동물을 일일이 열거하자면 책 몇 권 분량은 될 것이다. 모두 야생 동물이었다. 그레이트 종족의 기계화된 문명에선 가축이 사라진 지 오래되었고, 식생활도 완전히 채식이나 인공 식품으로 대치되었기 때문이다. 김이 모락모락 피어오르는 늪지에서 파충류들이 육중한 몸을 이끌고 돌아다니거나 버둥대기도 하고, 바다와 호수에서는 거센 물보라를 일으키기도 했다. 나는 그 파충류 무리에서 고생물학을 바탕으로 보다 작고 원시적인 생물들, 예를 들어 공룡과 익룡, 미치류[142], 장경룡류[143] 같은 생물들을 어렴풋이 식별할 수 있었다. 그러나 조류와 포유동물 가운데서 내가 익히 알고 있는 종류는 발견하지 못했다.

땅과 늪지는 뱀과 도마뱀과 악어로 득시글거렸고, 곤충들은 부산하게 무성한 식물 사이를 날아다녔다. 그리고 바다 멀리, 미지의 괴물들이 안개 자욱한 창공으로 산처럼 거대한 포말을 일으키기도 했다. 한번은 탐조등이 달린 거대한 잠수함을 타고 해저를 여행하다가, 어마어마한 크기의 바다 생물에 간담이 서늘해졌다. 또한 침몰한 도시들의 폐허가 상상을 초월했으며, 바다나리, 완족류, 산호, 기타 어류들이 어디에서나 우글거렸다.

생리학, 심리학 풍속학 면에서 그레이트 종족의 역사는 상세하게 기억나는 편이지만, 이 글에서 기술하는 부분들은 주로 오랜 전설과 유사한 사례를 나중에 혼자 연구하고 수집한 결과이며, 꿈의 기억은 거의 밝히지 않거나 산발적인 수준에 그치고 있다.

물론 광범위한 자료를 읽고 연구하는 과정에서 꿈의 기억 중 상당 부분이 섞이거나 망각됐으며, 앞에서 언급한 단편적인 꿈의 내용들이 이후 연구 과정에서 검증되기도 했다. 그래서 2차 자아의 상태에서 유사한 자료를 읽고 연구한 결과가 끔찍한 유사 기억의 근원을 형성하고 있다는 사실에서 조금은 위안을 찾기도 한다.

꿈속에 등장하는 시기는 고생대에서 중생대로 넘어가는 1억 5천 년 전으로 추정된다. 그레이트 종족이 전이된 신체들은 지구상의 진화 과정에서 생존한 흔적이나 과학적인 증거 역시 없지만, 동물과 식물의 관계처럼 서로 동질적이며, 고도로 분화된 조직 형태를 지니고 있었다.

세포 활동은 피로를 거의 느끼지 않을 정도로 독특했으며, 수면이 따로 필요 없을 정도였다. 거대하고 유연한 손에 달려있는 트럼펫 모양의 붉은색 부속 기관으로 흡수된 영양분은 항상 반유동적인 상태였으며, 많은 점에서 기존 동물의 음식물 섭취와는 판이하게 달랐다.

감각은 시각과 청각이 전부였는데, 특히 청각의 경우 머리의 회색 줄기에 있는 꽃 모양의 부속 기관을 통해 전달되었다. 그 외 내가 이해하기 힘든 감각들이 따로 있었지만, 나를 포함해 외부에서 불려온 생명체가 그레이트 종족의 신체를 빌리는 정도로는 그들만의 독특한 감각을 이용할 수는 없었다. 눈이 3개가 있어서 보통 이상의 시야를 확보하는데 유리했다. 혈액은 아주 끈적끈적하고 짙은 녹색의 점액질 같았다.

생식 기관이 따로 없었지만, 신체 말단에 붙어 있는 씨와 포자로 번식했으며, 수중에서만 수정이 이루어졌다. 거대하고 얕은 욕조에서 새끼를 키웠으며 ― 그러나 개체의 장수를 위해서 소수만 선별해서 키웠다 ― 보통 수명이 4천년 내지 5천년에 달했다.

눈에 띄게 수동적인 개체는 발견 즉시 제거되었다. 육체적 고통이나 감각은 없으며, 완전히 시각적인 증상을 통해 질병이나 죽음을 알아낼 수 있었다.

시체는 장엄한 장례식과 함께 화장되었다. 가끔은 앞에서 언급했듯이, 종족 중에서 탁월한 자의 경우 적절한 시간으로 전이됨으로써 죽음을 피하기도 했다. 그러나 그런 경우는 드물었다. 일단 그런 일이 벌어지면, 외부에서 그레이트 종족의 신체로 대신 들어온 자는 낯선 환경에 적응할 때까지 극진한 보살핌을 받았다.

그레이트 종족은 결집력이 다소 느슨한 단일 민족이거나 연맹 형태로서, 네 개의 부문으로 나누어지긴 했지만 중요한 규범은 공유되었다. 정치, 경제 체제는 국수주의적인 사회주의로서 중요한 사회 자원이 합리적이고 고르게 분배됐으며, 일정한 교육 및 정신 시험을 통과한 구성원 모두에게 투표권이 인정되었고, 이들이 소수의 통치 위원회를 직접 선출하는 방식이었다. 개별적인 혈통이 또렷하게 나타나는데 반해 가족 제도는 그리 중시되지 않았지만, 일반적으로 자식은 부모에 의해 양육되었다.

한편으로는 극도로 추상적인 요소를 중시하되, 다른 한편에서는 기본적이고 일상적인 요구가 종족의 삶을 지배한다는 점에서 인간의 행동 및 규범과도 흡사했다. 그레이트 종족은 미래를 철저히 검증하고 그것을 의식적으로 체화했다는 점에서 그 밖에도 인간과 유사한 점이 몇 가지 더 있었다.

산업 활동은 고도로 기계화되고 의무적이었지만, 개인의 시간을 거의 빼앗지 않았다. 그래서 개인들은 풍족한 여가를 이용해 여러 분야에서 지적이고 미학적인 활동을 즐겼다. 과학은 믿어지지 않을 정도로 고도의 발전을 이루었고, 내가 꿈을 꿀 당시에는 이미 전성기를 지난 상태였으나 예술 또한 삶의 중요한 일부분으로 자리 잡고 있었다. 태초의 지질학적인 대변동을 겪으면서 생존을 위해 끊임없이 투쟁하고, 거대 도시에 적응하는 과정에서 놀라운 기술력을 축적하였다.

범죄 발생률은 극히 낮았고, 매우 효과적으로 치안을 유지하고 있었다. 형벌 제도는 권리 박탈과 감금부터 사형이나 심리적 압박까지 다양했지만, 범죄 동기를 신중하게 검토한 후에야 처벌을 결정했다.

마지막 수천 년 동안, 별 모양의 머리와 날개를 달고 남극에서 거주하는 올드원과 종종 싸움을 했으며 대부분 엄청난 파괴를 가져왔지만, 전쟁이 그리 자주 있는 편은 아니었다. 종족이 보유한 대군은 강렬한 전기력을 발산하는 카메라 형태의 무기로 무장한 채 흔치 않은 전쟁에 항상 대비하고 있었으나, 유독 음침하고 창문 없는 고대 폐허와 지하 최하층에 밀폐돼 있는 해치를 항상 두려워하는 분위기였다.

그들이 왜 그토록 현무암의 폐허와 해치를 두려워하는지 단서조차 잡을 수 없었으며, 기껏해야 은밀한 소문만 떠도는 정도였다. 문서국의 일반 서고에도 그 같은 내용을 기록해 놓은 책은 단 한 권도 없었다. 그것은 그레이트 종족 사이에 철저한 금기였으며, 참담했던 과거의 전쟁 혹은 앞으로 종족의 뛰어난 지성들을 한꺼번에 전이시키게 될 미래의 위기와도 관련이 있어 보였다.

꿈과 전설의 불완전한 기억이나 단편처럼 그 문제 역시 모호할 뿐이지만, 여전히 생각할 때마다 스산한 전율이 인다. 막연한 고대 신화에서도 그 문제와 관련된 부분을 찾아볼 수 없지만, 어쩌면 단서가 될 만한 부분이 의도적으로 삭제됐는지도 모른다. 나와 다른 사람들의 꿈을 종합해 보아도, 일말의 단서도 찾아보기 어렵다. 그레이트 종족은 의도적으로 그 문제에 대해서는 철저히 입을 다물었으며, 그나마 불려온 정신들 중에서 관찰력이 뛰어난 자들이 나름대로 추정하는 것이 전부였다.

그렇게 수집한 정보에 따르면, 공포의 근원은 그들보다 더 기원이 오래되고 흉악한 '고대의 존재' 때문이라는 것이다. '고대의 존재'는 반(半) 다지류의 외계 존재인데, 6억 년 전 아득히 먼 우주에서 날아와 지구와 세 개의 태양계 행성을 지배했다고 알려져 있다. 그들은 일부분만 물질로 이루어져 있으며 ─ 우리가 보통 말하는 물질의 의미로서 — 의식과 감각의 형태는 지금까지 알려진 지구상의 개체와는 매우 달랐다. 예를 들어, 그들은 시각이 없었으며, 정신세계 역시 눈에 보이지 않는 기이한 인상의 방식으로 이루어졌다.

그러나 고대의 존재도 우주에 포함된 일반적인 재료를 받아들일 만큼은 물질적이었다. 독특하긴 해도 그들 또한 기거할 집이 필요했다. 그들의 감각은 모든 물리적 장벽을 꿰뚫을 수 있었지만, 육체는 그렇지 못했다. 게다가 일정한 전기력에 노출되면 신체 조직이 완전히 파괴되는 결점이 있었다. 그들은 날개 혹은 눈에 띄는 특별한 신체 구조가 없음에도 공중을 날아서 이동하였다. 그들의 정신세계는 본질적으로 그레이트 종족과는 교감을 나눌 수 없는 성질이었다.

고대의 존재는 지구에 도착해 견고한 현무암으로 창문 없는 고층 건물들을 건설했으며, 눈에 띄는 생물체를 모조리 잔혹하게 잡아 죽였다. 그 무렵의 엘트다운 서판[144]에 따르면, 그레이트 종족이 이스로 알려진 미지의 은하계에서 지구를 찾아왔다. 그레이트 종족은 그들 특유의 무기로 포악한 고대의 존재를 제압하고, 지하의 주거 지역으로 내몰았다.

그때 그들은 고대의 존재를 지하 세계에 가두고 입구를 봉쇄하였다. 그 이후 그레이트 종족이 이미 고대의 존재가 건설해 놓은 거대 도시와 일부 중요한 건물들을 그대로 보존한 이유는 무관심이나 용기 혹은 과학적이고 역사적인 열망 때문이 아니라 미신에 가까운 것이었다.

그러나 영겁의 세월이 흐르면서, 고대의 존재가 점점 세력을 확장하고 무서울 정도로 번식하고 있다는 막연하면서도 불길한 징조가 나타나기 시작했다. 그레이트 종족이 관할하는 일부 외딴 소도시에 주기적으로 소름끼치는 침입의 흔적이 나타났는데, 특히 그 지역들은 그레이트 종족이 거주하지 않는데다가 지하로 향해진 통로들을 완벽히 봉쇄하거나 통제하지 못한 곳들이었다.

점점 사태가 심각해지자, 통로 중 상당수가 영원히 폐쇄되었다. 그러나 고대의 존재가 예측하지 못한 곳으로 침입할 경우 전략적으로 활용하기 위해 일부 지하 해치를 밀폐한 상태로 남겨 두었다.

그레이트 종족의 정신에 씻기지 않는 상흔으로 깊게 잠재된 것만 보아도, 당시 고대 존재의 침입이 얼마나 충격적이었는가를 짐작할 수 있다. 그래서 강렬한 공포로 각인된 그 침입에 대해 누구도 말하기를 꺼려했다. 이후 고대의 존재가 얼마나 무시무시하게 변화했는지 어림짐작할 만한 단서조차 없는 형편이다. 다만 그들은 끔찍할 정도로 신체가 유연하고 순식간에 시야에서 사라질 수 있는 능력이 있다는 은밀한 풍문이 도는가 하면, 한편에서는 거대한 바람을 부려 전투에 이용한다는 말도 들려왔다. 쉭쉭 하는 독특한 음향과 다섯 개의 둥그런 발가락이 찍혀있는 거대한 발자국 역시 고대의 존재의 것이 아닐까 추측만 있을 뿐이다.

그레이트 종족이 점점 다가오는 운명에 절망하고 공포에 빠져들었다는 사실만은 분명했다. 그래서 종족 중 뛰어난 개체를 골라 혼돈의 시간을 뚫고 안전한 미래 세계의 낯선 육체에 전이를 감행하게 된다. 이는 고대 존재의 침입이 성공적으로 마무리됐다는 것을 암시하기도 했다.

숱한 세월 정신적 전이를 통해 그레이트 종족은 이미 자신들의 운명을 예견하고 있었으며, 탈출에서 제외된 자들은 모두 그 운명을 받아들여야 한다는 사실도 잘 알고 있었다. 고대 존재의 대대적인 공격은 지상 세계를 다시 점령하려는 시도보다는 복수의 의미가 더 짙었다. 왜냐하면 이후 전이 과정을 통해 밝혀지듯이, 그레이트 종족에 이어 지구상에 명멸한 후대 종족들은 그 난폭한 고대 존재의 침략을 받지 않았기 때문이다. 아마 고대의 존재는 변화가 심하고 태풍이 휘몰아치는 지상 보다는 지하의 심연을 더 적합한 거주지로 여긴 듯한데, 그들에겐 햇빛이 필요 없었다는 점에서 더욱 그런 추측은 신빙성을 얻는다.

그 후 영겁의 세월이 흐르면서 그들의 세력도 점차 약화되었다. 실제로 인류의 멸망 이후 갑각류 종족이 출현할 당시에는 이미 고대의 존재가 완전히 멸종된 것으로 알려져 있다. 한, 그레이트 종족은 고대의 존재가 멸망한 후에 일상적인 말과 공식적인 기록에서 그 종족과 관련된 사실을 모두 삭제했지만, 끝없이 무기를 준비하는 등 경계심을 늦추지 않았다. 그래서 항상 밀폐된 지하의 해치와 음침하고 창문 없는 고대 건물의 폐허에 까닭모를 공포가 드리워져 있었던 것이다.

V

지금까지 말한 부분이 매일 밤 희미하고 산만한 메아리로 나를 이끌 던 꿈의 세계였다. 그러나 유사 기억과도 같은 선명함만 있을 뿐, 완전히 실체 없는 감각과 기억에 의지하다 보니, 그 메아리에 담긴 공포의 실상을 제대로 전달할 수 없으며, 그런 바람조차 없다.

이미 말했듯 나는 독자적으로 연구를 진행하는 과정에서 나름대로 합리적이고 심리학적 근거를 가진 설명을 마련함과 동시에 정신적인 안정도 얻을 수 있었다. 물론 시간의 흐름과 함께 혼돈 및 감정에 익숙 해진 것도 안정을 찾는데 도움이 되었다. 하지만 막연하고 은밀한 공포 감이 어느 순간 되살아나는 경우도 있기는 했다. 그렇다고 예전처럼 나를 압도하고 괴롭히는 정도는 아니었다. 게다가 1922년 이후로는 일하고 짬짬이 여가를 즐기는 등 일상적인 삶을 살아왔다.

그쯤에서 후학을 위해 내 경험을 유사한 사례와 관련된 민담과 함께 정리해서 출판해야겠다는 생각이 들기 시작했다. 그래서 꿈속에서 본 전반적인 배경을 비롯해 형태와 장면, 장식물, 상형 문자 등을 서툰 솜씨로 스케치하는 등 간략하게나마 몇 편의 논문을 준비하였다. 그때 집필한 글들이 1928년과 1929년 사이 미국 심리학회지에 수차례 실렸지만, 별다른 주목을 받지는 못했다. 나는 처리하기 곤란할 정도로 방대한 자료들이 쌓이는 과정에서도 신중하게 꿈을 기록하는 일을 계속해 나갔다.

그런데 1934년 7월 10일, 심리학회를 통해 날아든 한 통의 편지가 광기의 체험 중에서도 가장 격렬하고 끔찍한 부분을 떠오르게 만든 기폭제가 되었다. 편지는 호주 서부의 필바라라는 지명의 우편 소인이 찍혀 있었고, 편지를 보낸 이는 나중에 알아본 결과 대단히 전도유망한 광산 기술자라는 사실을 알게 되었다. 편지와 함께 매우 흥미로운 사진 몇 장이 동봉되어 있었다. 편지 내용을 그대로 옮겨 적는 바, 이 글을 읽는 독자 여러분 중에서 그 내용과 사진이 내게 얼마나 커다란 충격을 주었을지 짐작 못하시는 분은 없으리라.

나는 한동안 충격에 빠져 있었다. 줄곧 특정한 전설들이 내 꿈에 무의식적으로 혼합된 것이라고 생각은 해왔지만, 상상을 초월하는 잊혀진 세계가 존재할 가능성에 대해서는 미처 마음의 준비를 하지 못했다. 무엇보다 눈앞에 펼쳐진 사진이 경악스러웠다. 속임수 없이 대상을 있는 그대로 촬영한 것이 분명한 그 황량한 사진은 모래사막을 배경으로 군데군데 풍파에 시달린 석조물을 담고 있었으며, 그 윗부분이 약간 볼

록하고 밑부분이 오목한 것으로 보아 스스로 지난 역사를 말해주는 듯
했다.

사진을 확대경으로 살펴본 결과, 쓸리고 패인 석조물 곳곳에서 거대
한 곡선형의 도안과 상형 문자가 드러나 내 시선을 완전히 사로잡고 말
았다. 하지만 편지 내용에도 그런 사실이 드러나 있으니, 내용을 공개
하겠다.

호주 서부 필바라, 댐피어 가 49번지
1934년 5월 18일

미국 뉴욕 시 41번가 30번지
N. W. 피슬리 박사와 미국 역사 학회 귀중

존경하는 선생님께

퍼스의 E. M. 보일이라는 분이 제 이야기를 듣고, 선생님의 글이 실린
잡지들을 보내 주며, 이곳의 동부 그레이트 사막에서 제가 목격한 일들
을 선생님께 직접 말해보라는 충고를 하셨습니다. 거대한 석조물과 기
이한 도안이나 상형문자 등등 선생님이 글로 쓰신 오랜 전설과 비슷한
것으로 보아, 매우 중요한 일이라고 생각했습니다.

이곳에는 항상 '표식이 있는 거대한 돌'에 대해 요란스럽게 떠벌리며
아주 두려워하는 원주민들이 있습니다. 그들은 거대한 돌을 자기들만의
부다이 전설과 관련짓곤 하는데, 부다이는 지하에서 숱한 세월 동안 팔
을 베고 잠들어 있는 고대의 거인으로, 장차 잠에서 깨어 지구를 삼켜버

린다고 하는군요.

거대한 석조물로 이루어졌다는 지하의 은신처와 관련해 반쯤 잊혀진 아주 오래된 전설이 떠도는데, 그곳에서부터 끝없이 지하로 이어진 통로들이 있으며, 끔찍한 일들이 벌어졌다고 합니다. 원주민들의 얘기에 따르면, 언젠가 전사들이 전투 중에 그 은신처로 피신했다가 다시 돌아오지 못했는데, 그들이 지하로 사라진 직후 광풍이 솟구쳤다고 합니다. 그러나 원주민들의 얘기만 듣고는 별로 알아낼 만한 내용이 없습니다.

하지만 제가 말씀드리려는 것은 그 이상의 내용입니다. 2년 전, 사막에서 동쪽으로 800킬로미터 정도를 시찰한 일이 있는데, 그때 잘 다듬은 석조물을 꽤 많이 발견했답니다. 크기는 가로세로높이가 대략 90, 60, 60센티미터이고 극도로 마모되고 패인 상태였습니다.

처음에는 원주민들이 말하는 표식 따위를 찾아볼 수 없었지만, 자세히 살펴보니 심한 마모에도 불구하고 깊게 새겨진 선들을 발견할 수 있었답니다. 원주민들이 설명하려고 애쓰던 독특한 곡선들도 눈에 들어왔습니다. 주변에 줄잡아도 30개에서 40개 정도의 석조물이 보일락 말락 모래에 묻혀 있으며, 그 반경이 대략 400미터 정도로 보이더군요.

한동안 석조물과 그 주변을 살피다가 측량 도구로 그 지점을 신중하게 조사했습니다. 가장 흔한 석조물을 촬영한 10여장의 사진을 편지와 동봉하니 살펴보시기 바랍니다. 저는 자료와 사진을 퍼스 행정 당국에 넘겨줬으나, 그들은 아무런 조치도 취하지 않았습니다.

그때 마침 미국 심리학회지에 실린 선생님의 글을 읽은 바 있는 보일 박사를 만나게 되었고, 얼마 후 그분한테 제가 본 석조물 얘기를 꺼냈습니다. 보일 박사는 제 얘기에 대단한 관심을 보였고, 제가 사진을 건네자, 선생님이 꿈과 전설을 통해 보았다며 학회지에 기고하신 석조물 표식과 비슷하다며 흥분을 감추지 못하더군요.

보일 박사는 선생님께 편지를 쓰겠다고 했지만, 다소 시간이 걸리는 듯합니다. 그분이 우선 저한테 선생님의 글이 실린 잡지들을 보내주었는데, 저는 선생님의 그림과 설명을 보고 단번에 제가 발견한 석조물이라고 확신했습니다. 동봉한 사진을 보시면, 제 말이 사실임을 아실 겁니다. 나중에 보일 박사와도 직접 말씀을 나눌 기회가 있겠지요.

이 문제가 선생님께 매우 중요하다는 것을 알고 있습니다. 인류의 어떤 꿈보다도 오래되고, 선생님이 말씀하신 전설의 핵심을 이루고 있는 미지의 문명을 발견한 셈이지요. 광산 기술자로서 지질학에 약간 지식이 있어서 석조물들이 두려울 만큼 고대의 것이라는 정도는 말할 수 있습니다. 대부분 사암과 화강암이지만, 어떤 것은 기묘한 시멘트와 콘크리트의 일종으로 보입니다. 침수 작용의 흔적도 있으며, 석조물을 만들어 사용한 문명 세계가 오랫동안 물속에 가라앉았다가 다시 떠오른 것 같습니다. 짐작조차 할 수 없을 정도로 오래 전으로 생각되는데, 그 세월의 깊이는 아마 하늘만이 알고 있겠지요. 솔직히 세월을 따져보고 싶은 마음도 들지 않습니다.

전설을 비롯해 석조물과 관련된 것이라면 무엇이든 추적해 온 선생님의 왕성한 열의와 성과로 비추어 보건대, 직접 탐사단을 이끌고 이 사막으로 오시어 고고학 발굴을 마다하지 않으실 겁니다. 보일 박사와 저는 언제든지 도와드릴 준비를 할 것이며, 선생님도 아실 만한 단체를 통해 탐사 비용을 마련해 보겠습니다.

고도의 발굴 작업을 도와줄만한 광부 10여명을 알고 있으니, 쓸모 있을 겁니다. 단 원주민들은 그 지역을 광적일 정도로 두려워하기 때문에 아무런 도움이 되지 못합니다. 이번 발굴 작업을 선생님이 주도하고 마땅히 그럴 권리가 있다고 판단하여, 보일 박사와 저는 다른 사람에게는 일절 말을 아끼고 있습니다.

모터 트랙터로 이동하면 필바라에서 그곳까지 4일 정도 걸립니다. 1873년 완공된 워버튼 도로의 남서쪽이며, 조안나 스프링에서 남동쪽으로 170킬로미터 정도 떨어진 지점입니다. 필바라에서 출발하는 대신 그레이 강에서 배편으로 올라가는 방법도 있으니, 이동 방법은 차후에 상의해도 좋을 듯합니다. 석조물이 놓여있는 지점은 대략 남위 22도 3분 14초, 동경 125도 0분 39초입니다. 열대 기후이며, 사막이 험준한 편입니다.

이번 문제와 관련 더 자세한 서신 왕래가 있기를 바라며, 선생님의 계획이라면 어떤 것이든 동참할 수 있기를 간절히 소망합니다. 선생님의 글을 읽고, 문제의 심각성과 중요성에 깊은 감명을 받았습니다. 보일 박사도 곧 선생님께 서한을 보낼 겁니다. 신속한 대화를 원하시면, 퍼스까지 무선 전보를 이용하셔도 좋습니다. 절실히 선생님의 답장을 기다리며,

부디 저를 믿어주시길,

로버트 E. F. 매킨지 드림

이 편지가 가져온 즉각적인 여파는 언론 보도에서 상세히 찾아볼 수 있을 것이다. 미스캐토닉 대학의 지원을 받을 수 있어 든든했고, 매킨지 씨와 보일 박사 또한 호주 극단에서 일을 처리하는데 더 없이 훌륭한 조력자 역할을 해 주었다. 우리는 탐사의 세부 사항에 대해서 공개적인 언급을 자제했는데, 자칫 싸구려 신문에 의해 바람직하지 못한 일회성 흥미나 해프닝 정도로 취급될까 염려해서였다. 그 결과 신문에 보

도된 내용은 별로 없었다. 하지만 우리가 호주의 유적지를 탐사하고, 선사 시대의 다양한 가능성을 조사한다는 사실만큼은 분명하게 전달될 정도는 되었다.

미스캐토닉 대학 지질학과 교수이자 1930~31년 남극 탐사단을 이 끈바 있는 윌리엄 다이어, 고대사 교수인 퍼디난드 C. 애슐리, 인류학 교수인 테일러 M. 프리본, 그리고 내 아들 윈게이트가 나와 동행했다.

서신을 보내온 매킨지는 1935년 초 아컴에 도착해서 우리의 막바지 준비 작업을 도왔다. 그는 쉰 살 정도의 나이에 아주 유능했으며 친화력도 대단한데다, 박식하고 호주의 지리를 잘 아는 인물이었다. 매킨지는 필바라에 트랙터를 대기해 놓았고, 우리는 강을 따라 목적지에 도착할 만한 소형 화물선의 임대 계약도 마쳤다. 우리는 아주 신중하고 과학적으로 준비 작업에 임했으며, 유적지의 원래 상태를 훼손할 만한 장애물은 철저히 피해갔다.

1935년 3월 28일, 우리는 보스턴에서 렉싱턴으로 향하는 선박에 몸을 싣고 유유히 대서양과 지중해를 지나 수에즈 운하를 통과한 후, 홍해를 따라 인도양을 경유해 목적지를 찾아갔다. 호주 서부의 척박한 모래 해변을 접하고서 내가 얼마나 의기소침해졌는지, 트랙터에 짐을 싣는 동안 그 황량한 탄광촌과 금광을 얼마나 꺼림칙해 했는가는 굳이 자세히 말하고 싶지 않다.

그때 만난 보일 박사는 나보다 나이가 많았지만, 성품이 쾌활하고 지적인 사람이었다. 게다가 심리학 분야에 조예가 깊어서 나와 아들과 함께 장시간 대화를 나누기도 했다.

마침내 18명으로 구성된 탐사단이 모래와 돌로 가득한 불모의 땅을 향해 출발했을 때, 사람들의 얼굴엔 불편함과 설렘이 묘하게 섞여 있었다. 5월 31일 금요일, 우리는 그레이 강 지류를 건너 완전한 오지로 접어들었다. 전설 너머 고대의 세계로 다가갈수록 나는 점점 더 또렷한 공포감에 휩싸였는데, 여전히 나를 괴롭히는 혼란스러운 꿈과 유사 기억에서 비롯된 두려움이었다.

반쯤 파묻힌 석조물을 처음으로 발견한 것은 6월 3일 월요일이었다. 그때 꿈에 본 것과 똑같이 거대한 석조물의 일부를 접하고 내가 느낀 감정을 객관적으로 설명하기란 몹시 어렵다. 조각의 흔적도 또렷했는데, 지난 수 년 동안 악몽과 당혹스러운 연구 과정에서 마주친 곡선형의 장식을 석조물에서 발견했을 때는 온몸이 부들부들 떨렸다.

한 달 동안 1250개에 달하는 석조물의 잔해를 발굴했으며, 제각각 마모와 풍화의 정도가 달랐다. 대부분 위와 아래가 둥그스름한 거석의 조각물이었다. 그중 일부는 크기가 작고 평평하며 표면에 조각 장식이 없었던 데다 생김새도 정방형이거나 8각형으로 잘려진 형태여서 꿈속에서 본 건물의 바닥이나 보도와 흡사했다. 한편, 천장이나 궁륭 혹은 둥그스름한 창문의 일부로 보이는 거대한 석조물에는 조각 장식과 함께 빗모서리의 정도가 확연히 눈에 띄었다.

발굴 작업이 점점 북동쪽 방향으로 진행될수록 더 많은 석조물이 나왔지만, 아직은 그 배열 상태를 확인할 만한 단서는 찾지 못했다. 다이어 교수는 석조물의 연대가 측정할 수 없을 정도로 오래됐다는 사실에 경악을 금치 못했으며, 프리본은 까마득한 옛날의 파푸아와 폴리네시아 전설과 일치하는 음침한 상징을 발견했다. 석조물의 보존 상태와 산산이 흩어져 있는 모습은, 지질학적인 격변을 가져온 우주의 난폭함과 아찔한 시간의 깊이를 말없이 웅변하고 있는 듯 했다.

탐사단에 비행기도 한 대 준비된 상태여서 내 아들 윈게이트는 고도가 다른 지역들까지 날아가 다른 종류의 모래와 돌 표본을 찾아냈는데, 석조물의 흔적이나 수준이 달랐으며 어렴풋이나마 더 광대한 구조를 암시하는 것들이었다. 하지만 윈게이트는 좀처럼 결론을 얻지 못했다. 어느 날은 아주 중대한 발견을 하고 골똘해 있다가도, 다음 날이면 흩날리는 모래처럼 전날의 생각을 뒤엎어버릴 만한 흔적을 찾아내고 갈피를 잡지 못했다.

하지만 그 변화무쌍한 암시 중에서도 한두 가지는 내 마음속에 기이하고도 꺼림칙한 반향을 일으키고 있었다. 지금은 기억이 가물가물해졌지만, 꿈속에서 본 광경이나 읽은 내용과 딱 맞아떨어진다는 느낌 때문이었다. 아무튼 섬뜩할 정도로 익숙한 생각이 들어서 그 험하고 척박한 땅을 나도 모르게 외면하거나 초조하게 바라보게 만드는 것이었다.

7월 첫 주, 나는 그 북동쪽 지역에 대해 까닭모를 혼란이 더 심해진 상태였다. 공포와 호기심, 그러나 그 이상으로 집요하고 모호한 기억의 환영이 그곳에서 넘실거렸다. 나는 그 혼란을 정리하기 위해 심리학적인 시도를 계속했지만, 별다른 진척은 없었다. 그러나 다시 찾아든 불면증은 오히려 반가웠는데, 그 편이 꿈을 꾸는 시간을 줄일 수 있었기 때문이다. 그래서 한밤중에 오랫동안 혼자 산책을 하는 버릇이 생겼고, 낯설고 새로운 충동에 이끌리듯 주로 북쪽이나 북동쪽 방향으로 걷고는 했다.

산책을 하는 동안 고대 석조물의 잔해에 걸려 넘어질 뻔한 일도 종종 있었다. 우리가 처음 시작한 지역보다 눈에 보이는 석조물은 적었지만, 모래 깊숙이 엄청난 양이 파묻혀 있으리라는 확신이 들었다. 지대는 탐사 캠프보다 약간 낮았으며, 대체로 바람이 강하게 불었고 이따금씩 일시적으로 거대한 모래 둔덕이 형성되면서 고대 석조물의 흔적이 드러나기도 했다.

그 지역까지 발굴을 확대하는 일이 이상할 정도로 줄곧 마음에 걸렸지만, 한편으로는 무엇이 발견될지 오싹한 기대를 떨치기 힘들었다. 점점 안 좋은 상황으로 빠져드는 기분이었지만, 무엇보다 그 이유를 설명할 수 없다는 점이 답답한 노릇이었다.

그러던 어느 날 야밤의 산책에서 이상한 것을 발견한 이후 신경 쇠약이 부쩍 심해지고 말았다. 7월 11일 밤이었는데, 그날따라 모래 둔덕을 비추는 달빛이 괴괴할 정도로 창백했다. 나는 평소보다 더 멀리까지 걷다가 불현듯, 우리가 지금까지 발견한 어떤 석조물과도 확연히 다른 거대한 돌을 발견한 것이다. 거의 모래에 덮여 있는 상태였지만, 나는 몸을 웅크리고 손으로 모래를 쓸어낸 후, 달빛과 손전등에 의지해 찬찬히 살펴보기 시작했다.

지금까지 발견한 거대한 석조물과는 달리 완전히 정방형으로 다듬어져 있었으며 표면에 조각의 흔적이 전혀 없었다. 재질 역시 지금까지의 화강암과 사암, 간헐적으로 나타난 콘크리트가 아니라 검은색 현무암으로 보였다.

나는 갑자기 벌떡 일어서서 캠프를 향해 있는 힘껏 달리기 시작했다. 당시에는 내가 왜 도망치는지 까닭조차 알 수 없었지만, 캠프에 가까워지면서 그 이유를 깨닫게 되었다. 또렷하게 떠오르는 생각이 있었다. 그 괴상한 흑색 석조물은 내가 꿈에서 보고 읽은 것과 관련이 있으며, 영겁의 전설에서도 가장 극단의 공포와 직결되는 대상이었다.

그 석조물은 전설 속의 그레이트 족이 그토록 두려워했던 현무암 건물의 일부분이었다. 그것은 지하의 심연에 갇혀 살아가는, 형태가 반만 있는 음침한 외계 종족이 세운 밀폐된 고층 건물의 폐허였으며, 바람결처럼 보이지 않는 그들을 두려워해 그레이트 족은 폐쇄된 해치마다 불침번을 세워두곤 했다.

그러나 내 심리 상태는 곧 바뀌었다. 나는 그날 밤 내내 뒤척이며 굳이 신화까지 들먹이며 스스로를 괴롭히는 자신이 우둔하다는 생각을 했다. 공포에 쫓기기보다는 탐험자의 열정이 필요할 때였다.

다음 날 아침나절, 나는 간밤에 발견한 것을 동료들에게 알렸고, 다이어와 프리본, 보일과 내 아들과 함께 나는 그 희한한 석조물을 찾아 나섰다. 그러나 좀처럼 그 석조물을 발견할 수 없었다. 내가 정확한 지점을 기억하지 못하는데다가 밤새 바람이 불어 모래 둔덕의 위치도 완전히 바뀌어 있었다.

VI

이제부터 가장 중대하고도 곤혹스러운 부분을 밝혀야겠다. 그것이 현실이었는지 확신하지 못하므로 더더욱 설명하기 어려운 일이다. 때때로 내가 꿈을 꾸거나 환영을 보고 있는 것이 아니라는 깨달음에 불편해지곤 하는데, 내가 경험한 일이 분명한 진실이라는 거부할 수 없는 암시 때문에 이렇게 기록을 하고 있는지 모르겠다.

심리학을 전공하고, 그 동안 내가 겪은 증상을 완전히 이해하고 있는 내 아들은 지금부터 말하는 내용에 대해 가장 중요한 판단을 내려줄 것이다.

우선 탐사 캠프를 출발점으로 대략적인 윤곽부터 잡아나가야겠다. 7월 17일에서 18일 밤, 바람이 한차례 거세게 휩쓸고 간 후 나는 일찍부터 잠을 청했지만 생각대로 잠이 오지 않았다. 11시가 되기 직전, 나는 결국 평소처럼 기묘한 감정에 이끌려 북동쪽으로 또 한 차례 한밤의 산책을 나섰는데, 캠프를 완전히 벗어나기 전 마주친 사람은 투퍼라는 호주인 광부가 유일했다.

깨끗한 하늘에서 만월을 막 넘긴 달빛이 사위를 조요히 비추었고, 축축한 사막은 허연 문둥병 환자처럼 사악한 형체를 드러내고 있었다. 앞으로 다섯 시간은 바람이 잠잠할 터였고, 나중에 투퍼를 비롯해 나를 봤다는 몇 사람이 힘주어 증언했듯이, 나는 비밀 호위병처럼 버티고 서 있는 창백한 모래 둔덕들을 지나 황급히 북동쪽으로 걸어가고 있었다.

오전 3시 30분, 돌풍이 몰아치는 바람에 캠프의 대원들이 모두 잠에서 깼고, 텐트 세 개가 무너졌다. 하늘은 여전히 맑았지만, 사막은 온통 달빛을 머금어 문둥병 환자의 살갗처럼 이글거렸다. 대원들은 내가 없는 것을 발견했지만 또 산책을 나갔을 거라고 여기며 별 걱정을 하지 않았다. 그러나 호주인 세 명은 공기 중에서 불길한 암시를 느낀 것 같았다. 매킨지가 프리본 교수에게 설명하기를, 원주민 사이에는 맑은 날씨에 긴 간격을 두고 돌풍이 몰아치면 불길한 일이 생긴다는 속설이 있다고 했다. 원주민들은 쉬쉬하면서 돌풍이 지하의 거대한 돌집에서 불어온다고 수군거리는데, 끔찍한 일이 생기는 건 그 돌집 안이며, 거대한 돌들이 널려 있는 지역에서만 그 사실들을 느낄 수 있다는 것이었다. 4시 무렵 돌풍이 갑자기 가라앉았고, 그 순간 기이한 모래 언덕들이 생겨났다.

내가 캠프에 나타난 것은 5시가 막 지났을 무렵으로, 곰팡이처럼 부풀어 오른 달도 서쪽으로 기울 때였다. 나는 모자와 손전등을 잃어버리고, 옷은 갈가리 찢긴 채 상처 입고 피투성이가 된 모습이었다. 그때쯤 모두들 다시 잠자리에 들었지만, 다이어 교수가 혼자 텐트 앞에서 파이프 담배를 피우고 있었다. 그는 금방이라도 숨넘어갈 듯한 처참한 내 몰골을 발견하고는 다급히 보일 박사를 깨워 둘이서 나를 침대에 뉘었다. 소동에 잠을 깬 내 아들도 바로 달려왔고, 모두들 내가 편안히 쉴 수 있도록 보살펴 주었다.

하지만 나는 잠들지 못했다. 당시 나는 극도로 기이한 심리적 상태에 빠져 있었는데 ── 전에 경험했던 것과도 완전히 달랐으며, 얼마 후부터는 무엇인가 이야기하려고 안간힘을 쓰며 ── 초조하고 힘겹게 내가 처한 상황을 설명하려고 조바심을 냈다.

나는 그들에게 산책을 하다가 몹시 피곤해서 잠시 모래에 누워 눈을 붙였다고 말했다. 그 순간 어느 때보다도 끔찍한 악몽을 꾸었고, 맹렬한 돌풍에 놀라 잠을 깼을 때는 신경 쇠약이 극도로 심해진 상태였다. 그때부터 미친 듯이 캠프를 향해 도망치기 시작했는데, 반쯤 파묻힌 석조물에 걸려 넘어지기를 수 차례여서 옷이 찢기고 몰골이 엉망이 되었다고 설명했다. 캠프에 돌아온 시간을 보면, 꽤 오랫동안 잠들어 있었던 모양이다.

내가 뭉뚱그려 설명할 수조차 없는 그때의 광경이나 혹은 내가 직접 경험한 그 일에서 가장 기이한 부분에 대해서는 대단한 자제심을 발휘했는지 횡설수설 입을 열지는 않았다. 그러나 탐사 일정에 대해 완전히 마음이 바뀐 사실을 알렸고, 북동 지역의 발굴 작업을 즉시 중단하라고 일렀다는 것이다.

나는 당시 정신적으로 뚜렷한 문제를 드러내며, 석조물이 더 이상 없다는 둥, 미신을 믿는 광부들을 다치게 하고 싶지 않으며, 대학에서 지원하는 탐사 기금이 바닥이 났다는 둥 사실과 다를 뿐 아니라 엉뚱한 말들을 늘어놓았다고 했다. 그래서 누구도 발굴 중단을 요구하는 내 생각을 심각하게 받아들이지 않았고, 줄곧 나를 걱정해 온 아들조차도 마찬가지였다.

다음 날, 나는 캠프 주변을 맴돌았을 뿐 발굴 작업에는 참여하지 않았다. 내가 건강을 위해서라도 속히 집으로 돌아가고 싶다고 말하자, 아들은 내가 그냥 놔두라고 한 그 지역을 마저 탐사한 후 남서쪽으로 1600킬로미터나 떨어진 퍼스까지 비행기로 데려다 주겠다고 약속했다.

그때 만약 내가 간밤에 본 것을 대충이나마 기억할 수 있었다면, 비웃음을 무릅쓰고라도 대원들에게 단단히 경고를 했을 것이다. 그러나 원주민의 전설을 믿는 광부 몇 명을 제외하고선 내 말을 믿어줄 사람이 있을지 확신이 서지 않았다. 나를 안심시킨 후, 아들은 밤새 내가 걸어 다녔을 지역으로 오후 내내 탐사를 떠났다. 그러나 내가 본 것은 아무 것도 남아 있지 않았다.

현무암 석조물을 발견했을 때처럼 모래 둔덕이 이동하면서 모든 흔적을 지워버린 탓이었다. 잠시 동안은 너무 놀란 나머지 중대한 것을 놓치고 말았다는 자괴감이 들었지만, 지금은 그것이 천만다행이었다고 안도하고 있다. 그래서 지금도 내가 환영을 봤을 뿐이라고, 특히 그 끔찍한 심연의 그림자가 다시는 발견되지 않기를 바랄 수 있는지도 모른다.

7월 20일, 윈게이트는 나를 퍼스까지 데려다 주었지만, 탐사를 포기하고 나와 함께 돌아가는 것은 찬성하지 않았다. 아들은 리버풀 행 증기선이 도착한 25일까지 나와 퍼스에 머물렀다. 지금 나는 엠프리스 호의 선실에서 길고도 광적인 생각에 빠져 있으며, 적어도 내 아들한테만은 사실을 알려야겠다고 마음을 다잡았다. 문제의 본질이 더 흐려진다고 할지라도, 아들한테는 알려야할 것이다.

사건의 진상이 무엇이든 있는 그대로 받아들이기 위해 ── 캠프에서는 자기들 멋대로 내 행적을 짐작하고 있겠지만 ── 나는 이렇게 사건의 배경을 정리하여 그 끔찍한 밤, 내가 캠프를 떠나 있는 동안 무슨 일이 벌어졌는지 그 가능성을 나름대로 따져볼 생각이다.

신경이 극도로 날카로운 상태에서 예의 그 불가해하고 혼란스러운 연상에 집착하듯 북동쪽으로 향했을 때, 나는 이글거리는 사악한 달빛을 받으며 터벅터벅 걷고 있었다. 여기저기 반쯤 모래에 덮인 채, 원시적인 거석들이 이름 없이 잊혀진 망각의 영겁을 반추하고 있었다.

괴물처럼 버려져 있는 그 석조물 더미에서 전에 없이 세월의 깊이와 음산한 공포가 느껴져 마음이 온통 짓눌렸으며, 그 너머 도사리고 있는 오싹한 전설과 광란의 꿈, 그리고 여전히 원주민과 광부들이 사막과 조각물에 대해 품고 있는 공포를 좀처럼 머릿속에서 떨쳐버리지 못했다.

나는 으스스한 비밀 회동에 참가하듯 어딘 가로 줄기차게 걸어갔으며, 터무니없는 환상과 강박 관념과 유사 기억 탓에 점점 극단으로 내몰리는 상태였다. 아들이 비행기에서 봤다는 설명을 떠올리며 석조물의 윤곽을 가늠해 봤는데, 곧바로 불길하고 익숙한 생각이 들어 의아했다. 기억의 자물쇠를 더듬더듬 열고자 하는 충동이 이는가 하면, 한편에서는 빗장을 그대로 굳게 잠가 두려는 미지의 힘이 느껴졌다.

바람이 잠잠한 밤이었으며, 창백한 빛깔의 사막은 바다의 싸늘한 파도처럼 위 아래로 굽이쳐 있었다. 정처 없이, 그저 운명적인 확신에 몸을 맡기듯 나는 무작정 걸음을 옮겼다. 내 꿈은 점점 현실 세계까지 흘러넘침으로써, 모래에 파묻힌 거석은 선사시대 건축물의 끝없이 이어진 방과 복도처럼 보였으며, 상징과 함께 조각된 장식과 상형문자 역시 그레이트 족에게 불려온 영혼으로서 수년 동안 익히 접했던 광경이 되었다.

순간순간 전능한 원뿔의 형체들이 맡은 바 일을 하기 위해 이리저리 부지런히 움직이고 있다는 생각이 들었고, 혹시 내가 그들과 함께 있는 것은 아닌지를 확인하고 싶어도 감히 주변을 내려다볼 엄두도 나지 않았다. 온통 모래에 뒤덮인 석조물이 보이는가 하면 방과 복도가 끝없이 이어졌고 소름끼치는 현실의 달빛 속으로 광석 램프의 불빛이 섞여 있었다. 그러면서 끝없이 펼쳐진 사막 너머엔 어느새 창문 너머 손짓하는 양치류 식물이 나타나는 것이었다. 나는 눈뜬 채 꿈을 꾸고 있었다.

얼마나 오랜 시간이 흘렀으며, 멀리까지 왔는지 알 수 없었으며 ― 물론 방향조차 헤아리지 못한 채 ― 한낮의 돌풍에 모래가 씻겨 드러난 석조물을 처음으로 자세히 살펴보게 되었다. 그때까지 한 지점에서 발견된 석조물보다 거대한 군집을 형성하고 있는데다가, 끝없는 세월의 깊이가 홀연히 사라지는 느낌과 함께 주변이 아주 또렷해지는 인상이 들었다.

또 다시 주위에는 온통 사막과 소름끼치는 달빛과 가늠할 수 없는 과거의 잔해만이 남아 있을 뿐이었다. 나는 좀 더 자세히 다가서서 손전등을 비추며 널브러져 있는 석조물 더미를 살폈다. 모래 둔덕이 바람에 휩쓸리면서 거석을 따라 둥그런 형체를 남겨 놓았고, 대형 석조물과 그보다 작은 석상들이 지름 12미터, 높이 0.5미터에서 2.5미터 사이로 모래 표면에 드러나 있었다.

나는 처음부터 그 석조물 더미가 완전히 다르다는 사실을 깨달았다. 수가 많을 뿐 아니라, 달빛과 전등에 의지해 살펴보는 동안 모래가 씻겨진 흔적에서 무엇인가 나를 사로잡는 강렬한 것이 있었다. 전에 발견한 석조물과 근본적인 차이가 있어서가 아니었다. 훨씬 미묘한 차이 때문이었다. 그런 느낌은 석조물 하나만 따로 살펴볼 때는 들지 않았고, 그 주변을 전체적으로 훑어볼 때 느껴졌다.

마침내 나는 진실을 깨달았다. 그 석조물에 새겨진 둥그런 상징들은 거대한 하나의 장식품의 일부였던 것이다. 영겁의 세월이 지나 비로소 원래 자리에 흩어져 있는 거대한 석조물을 처음으로 눈앞에 마주한 상황이었지만, 그것이 현실인지는 딱히 자신할 수 없었다.

낮은 곳을 골라 석조물 더미를 올라갔다. 군데군데 손가락으로 모래를 쓸어내면서 장식의 크기와 모양, 형식과 상호 관련성을 해석하려고 애썼다.

잠시 후, 지나친 구조의 정체를 막연하게나마 짐작할 수 있었고, 장식 문양도 한때는 거대한 표면에 쭉 펼쳐져 있었다는 사실을 깨달았다. 그간의 꿈을 떠올리며 그 석조물의 완벽한 정체를 간파하는 순간, 나는 간담이 서늘해지며 온몸이 축 늘어지는 기분이었다.

그것은 폭과 높이가 각각 9미터이고, 8각형 블록으로 포장된 바닥과 아치형 천장으로 이루어진 거대한 회랑이었다. 아마 오른쪽 공터 부근에 방들이 줄지어 있고, 기묘하게 기울어진 회랑의 바닥은 더 낮은 곳으로 나선형처럼 구불구불 이어져 있었을 것이다.

그런 생각에 잠겨있는 동안, 나는 석조물뿐 아니라 다른 것이 있다는 사실에 소스라치게 놀라고 말았다. 그곳이 오래 전 지하 깊숙한 지점이었다는 사실을 내가 어떻게 알아차렸을까? 내 뒤쪽으로 난 회랑의 반대편은 위쪽으로 연결돼 있다는 사실을 어떻게 알았을까? 내가 서 있는 위치보다 높은 곳 왼편에 필라 광장으로 통하는 길다란 지하 통로가 펼쳐져 있다는 사실을 나는 과연 어찌 알았단 말인가?

또한 그곳에서 지하 2층 정도 깊이에 기계실이 있으며, 그곳에서 오른쪽으로 곧장 이어진 터널을 따라가면 중앙 문서국이 나온다는 사실을 어찌 알았을까? 그리고 지하 4층 바닥에 그 끔찍한 금속 해치들이 있다는 사실은? 나는 꿈의 세계에서 갑자기 튀어나온 상념에 완전히 얼빠진 모습으로 온몸을 부들부들 떨며 식은땀을 흘리고 있었다.

곧이어 아주 오싹한 느낌, 거대한 석조물의 한복판 함몰된 부분에서 서늘한 바람이 희미하지만 음흉하게 솟구치는 것을 깨달았다. 그러나 얼마 지나지 않아 예전처럼 시야가 흐려지더니, 그저 불길한 달빛과 시무룩한 사막과 고제3기의 석조 고분만 눈앞에 펼쳐져 있었다. 한밤의 신기루처럼 무수한 암시가 떠돌았지만, 나는 이미 만져서 알 수 있는 분명한 현실 세계를 바라보고 있었다. 논란의 여지는 있겠지만, 그때의 바람 혹은 공기의 흐름은 분명히 석조물이 서로 어긋나 생긴 거대한 지하의 심연 어딘가에서 흘러나온 것이었다.

처음에는 끔찍한 일이 벌어지고 거대한 바람이 시작된다는 거석 사이의 지하 움집과 관련된 원주민의 전설이 떠올랐다. 그러나 이내 나 자신의 꿈이 되살아났고, 예의 그 희미한 유사 기억들에 마음이 어지러웠다. 발밑 지하는 어떤 구조로 남아 있을까? 숱한 세월동안 대대로 전해져 집요한 악몽을 잉태한 전설의 근원은 무엇이며, 혹시 내가 그 발견의 문턱에 서 있는 것은 아닐까? 그러나 호기심과 과학적 열정보다는 점점 강렬해지는 공포 때문에 나는 망설일 수밖에 없었다.

운명의 손아귀에 붙잡힌 것처럼 나는 거의 무의식적으로 움직이기 시작했다. 손전등을 호주머니에 집어넣고, 의지와는 무관한 힘에 극구 저항했지만 무엇에 홀린 듯 거대한 석조물을 하나씩 지나자, 사막의 메마른 공기와 대조적으로 음습한 바람이 강해지는 지점이 나타났다. 시커먼 균열이 입을 쩍 벌리고 있었는데, 잔돌을 부지런히 치우자 이윽고 허연 달빛 아래 내가 충분히 들어갈 만한 구멍이 드러났다.

나는 손전등을 꺼내 구멍을 비추어 보았다. 밑으로 석조물이 어지럽게 널려 있는데, 45도 각으로 북쪽을 향해 기울어져 있는 것으로 보아, 바로 위 건물이 무너져 내린 모양이었다.

석조물의 표면과 바닥 사이에 난 틈바구니는 깊고 어두워 그 밑을 살필 수 없었고, 그 어두운 틈 주변으로 거대한 천장이 붕괴되고 남은 흔적이 어지러웠다. 그 틈바구니로 사막의 모래가 들어가 바닥을 채운 후 숱한 세월의 지질학적 격변 속에서 태초의 건물을 보존해 왔을 터지만, 그날 밤이나 지금이나 그 세월의 깊이를 가늠할 엄두조차 나지 않는다.

되돌아보면 그 끝없는 지하 속으로 내려가겠다는 생각을 했다는 자체가 — 게다가 주변에 아무도 없이 혈혈단신으로 — 완전히 미친 짓이었는지 모른다. 그러나 그날 밤 나는 조금도 망설이지 않고 그 미친 짓을 감행했다.

또 다시 그날 내내 나를 이끌었던 치명적인 유혹과 부름에 사로잡힌 셈이었다. 건전지를 아끼기 위해 손전등을 잠깐씩 비추며, 으스스한 거석 사이의 구멍을 내려가 수월하게 앞으로 쭉 내딛기도 하고, 석조물 표면을 조심스럽게 더듬거리며 겨우 발길을 떼기도 했다.

양쪽으로 널려진 석조물들이 손전등을 비출 때마다 음침한 파괴의 흔적을 드러냈다. 그러나 앞쪽은 칠흑 같은 어둠뿐이었다.

밑으로 더듬더듬 내려갈 동안은 장애물이 없었다. 혼란스러운 암시와 이미지에 정신을 빼앗긴 터라 웬만한 문제들은 딴 세상에나 존재하는 것 같았다. 망령 같은 공포가 여전했지만 육체적 감각이 마비된 상태인 내게는 주변에서 느껴지는 괴괴한 감시의 눈초리마저 큰 위기감을 주지 못했다.

마침내 석조물의 잔해와 형체 없는 돌 조각, 모래와 온갖 파편으로 가득한 평지에 다다랐다. 양쪽으로 9미터쯤 떨어진 곳에 거대한 궁륭으로 장식된 벽면이 에워싸고 있었다. 벽면에 새겨진 문양들을 쉽게 알아볼 수 있었지만, 그 의미만은 여전히 오리무중이었다.

　무엇보다 시선을 잡아끈 것은 천장이었다. 손전등의 불빛이 미치지 못할 정도로 높았지만, 이상하게 곡선을 그리는 밑부분만큼은 또렷하게 확인할 수 있었다. 무수한 꿈속에 등장했던 광경과 딱 맞아떨어지는 광경에 나는 지하에 들어온 이후 처음으로 전율을 느꼈다. 그 위 까마득한 곳에서 희미하게 반짝이는 물체는 달이었으리라. 막연하게나마 돌아갈 때 길잡이로 삼으려면 그 달빛을 놓치지 말아야 한다는 생각이 떠올랐다.

　나는 문양이 선명하게 드러나 있는 왼쪽 벽면으로 향했다. 바닥이 워낙 어지러워서 내려올 때처럼 움직이기가 쉽지 않았지만 가까스로 길을 잡아나갈 수 있었다. 한 곳에 멈춰 서서 돌을 옆으로 치우고 바닥의 재질을 살펴보는 순간, 아직 단단히 맞붙은 8각형의 거대한 블록들이 낯익은 충격으로 다가왔다.

　나는 적당한 거리를 두고 벽면 앞에 서서, 손전등을 비추며 꼼꼼히 그 문양을 살펴보았다. 오래 전 물에 잠기면서 사암 표면에 변화가 생긴 것으로 보이며, 내가 딱히 설명할 수 없는 기묘한 흔적도 남아 있었다. 석조물 곳곳이 무너지고 손상된 상태였고, 지구의 격변을 거치면서 얼마나 오랫동안 그곳이 비밀로 남아 있었을지 자못 궁금해지는 것이었다.

　그러나 내가 무엇보다 흥분한 것은 벽면에 새겨진 문양 때문이었다. 오랜 세월 씻기고 부서진 상태임에도 불구하고 가까운 거리까지는 비교적 알아보기 쉬웠다. 게다가 내가 완벽할 정도로 그 문양의 세부를 기억할 수 있다는 사실이 스스로도 믿기지 않았다. 그 고색창연한 석조물의 중요 부분만큼은 내 기억을 믿어도 좋을 것이다. 몇몇 신화가 한데 어우러지면서 강렬한 인상을 전하는 한편, 내가 기억상실에 걸린 시간 동안 형성된 신비한 전설의 일부가 내 무의식에서 생생한 이미지들을 불러내는 것이었다.

그러나 나는 과연 그 기이한 문양의 직선과 곡선이 10여 년 이상 지속돼온 꿈의 기억과 어떻게 부합하는지 세세히 설명할 수 있을까? 어렴풋한 원뿔의 형태가 밤마다 집요하고 정확하게, 그리고 변함없이 내 꿈을 지배해온 미묘한 그림자와 인상을 되살려 냈다고 말할 수 있을까?

생김새가 얼추 비슷하다는 것 때문은 아니었다. 분명 헤아릴 수 없을 만큼 오래 되었을 그 감추어진 회랑에서 나는 아컴의 크래인 가 자택에 있는 착각이 들 정도로 익숙하다는 느낌을 받았다. 물론 꿈속에서 등장한 그곳은 파멸하기 전의 원시 상태 그대로였다. 그렇다고 그 실체가 달라지지는 않았다. 나는 오싹할 정도로 완전하게 그곳을 잘 알고 있던 것이다.

특히 내가 서 있는 곳의 일부분은 아주 낯익었다. 꿈속의 고대 도시에도 분명 그와 같은 장소가 등장했다. 오랜 세월 동안 쇠퇴하고 변화한 도시가 아니라, 그 이전의 모습을 기준으로 얼마든지 건축물과 도시 곳곳을 정확하게 짚어낼 수 있다는 본능적인 확신이 들었다. 대체 그 같은 상황이 무엇을 의미하는 걸까? 앞으로 알게 될 사실을 미리 알고 있다는 것이 과연 가능한 일인가? 태초의 석조물로 이루어진 그 미로에 어떤 존재들이 살았다는 고대 전설 이면에 과연 얼마나 놀라운 진실이 놓여 있는 걸까?

언어로 전달할 수 있는 것은 내 정신을 질식시킬 뿐인 혼란과 불안의 몇 마디가 고작이다. 나는 그곳을 알고 있었다. 내 발밑에 무엇이 놓여 있는지, 하늘을 찌를 듯한 고층 건물이 한낱 먼지와 파편과 모래 더미로 부서지기 전, 창공에 무엇이 수놓아져 있었는지 알고 있었다. 그러나 지금은 그때의 광경을 몸서리치며 떠올릴 뿐, 희미한 달빛을 놓치지 않으려고 애쓸 필요는 없다.

도망치고 싶은 절실한 마음과 강렬한 호기심, 치명적인 유혹이 뒤엉킨 열기 사이에 나는 갇혀 있었다. 내가 꿈을 꾸고 난 후 수백만 년이 흘렀을 시간 동안 그 기괴한 거대 도시에 과연 무슨 일이 벌어진 것일까? 도시 전역과 거대한 건물마다 촘촘히 연결된 미로들 중에서 지각변동을 견디고 아직 건재한 곳이 남아 있지는 않을까?

무시무시한 고어(古語)와 함께 완전히 파묻힌 도시를 발견한 셈인가? 나는 지금도 저술 책임자의 집을 찾아내고, 남극에 사는 별 모양의 머리를 한 초식 동물 중에서 불려온 샤가(S'gg'ha)가 텅 빈 벽면에 그림을 새겨넣던 건물을 알아낼 수 있을까?

불려온 외계 종족들이 거주하는 지하 2층으로 연결된 통로가 아직 폐허가 휩쓸리지 않고 남아 있을까? 전이된 외계 정신체의 거주지에서 ── 반(半)플라스틱 물질로 이루어졌으며, 1800만 년 미래를 거슬러 명왕성 너머 미지의 행성에서 온 종족까지 포함해서 ── 혹시 진흙으로 남은 종족의 모습을 볼 수 있을지도 몰랐다.

나는 눈을 질끈 감고 지그시 손으로 머리를 짓누르며 광란의 꿈을 쫓아보려고 애썼지만 소용없는 일이었다. 그 순간, 처음으로 주변 공기에서 시원하면서도 습기를 머금은 움직임이 느껴지는 것이었다. 전방 혹은 지하 어딘가에 세월의 틈이 입을 벌리고 있다는 생각에 전율이 일었다.

나는 꿈속에 등장하던 오싹한 방과 복도와 경사면을 떠올렸다. 중앙 문서국으로 연결된 통로가 아직 열려있지는 않을까? 나는 녹슬지 않는 직사각형의 지하 공간에 보관된 방대한 기록물을 떠올리며 또 다시 집요하고 치명적인 유혹에 사로잡히고 말았다.

꿈과 전설에 따르면, 바로 그곳에 4차원 우주 공간의 과거와 미래를 포함하는 모든 역사가 간직되어 있었다. 태양계의 모든 천체와 시공을 망라해 불려온 정신체들이 기록한 역사였다. 미친 소리에 불과할지 모르지만, 나는 이미 나처럼 미쳐 버린 밤의 세계로 비틀거리며 들어와 있지 않은가?

잠겨진 금속 서고와 그것을 하나씩 열 때마다 살짝 돌리던 묘한 손잡이가 떠올랐다. 내가 직접 담당했던 서고도 생생하게 기억났다. 복잡한 통로를 돌고 돌아 묵직한 압박감을 느끼며 지하 최하층에 있는 그 핵심 지역을 얼마나 숱하게 오갔던가! 떠오르는 기억마다 새롭고 익숙했다.

만약 그곳에 꿈속에서 본 지하 공간이 있다면, 어렵지 않게 그곳에 들어갈 자신이 있었다. 그때는 그 정도로 완전히 광기에 사로잡혀 있었던 것 같다. 잠시 후, 나는 훌쩍 뛰어오르기도 하고 비틀거리기도 하면서 기억에 생생한 지하 경사로를 향해 암석 더미를 헤치고 나갔다.

VII

그 시점부터 기억이 분명치 않지만, 그 모든 것이 무시무시한 악몽이나 착란 상태의 환영이었기를 바라는 간절한 마지막 소망만은 여전하다. 머리가 고열로 들끓고, 모든 것이 뿌연 안개에 싸여 단편적으로 떠오를 뿐이다.

손전등 불빛이 빨려들어 갈 듯한 어둠을 더듬거릴 때마다, 눈에 익은 벽과 문양이 유령처럼 번뜩였다가 사라졌는데, 어디에나 부패한 흔적이 역력했다. 거대한 천장이 무너진 지점에 이르자, 나는 둔덕처럼 버티고 선 천장의 잔해를 기어올라 울퉁불퉁 종유석처럼 튀어나온 지붕까지 올라서야 했다.

그때가 불온한 유사 기억의 유혹이 만들어낸 악몽의 절정이었다. 딱 한 가지 낯선 것이 있다면, 거대한 석조물과 비교되는 나 자신의 크기였다. 이상할 정도로 작아진 느낌이 들었으며, 장벽처럼 우뚝 선 벽면 자체가 미약한 인간에겐 도저히 어울리지 않는 비정상의 세계처럼 보였다. 나는 계속해서 쫓기듯 나 자신의 모습을 내려다보았지만, 보통 인간의 모습을 하고 있다는 사실이 막연한 혼란을 일으켰다.

뛰고 넘어지고 비틀대기를 수차례, 몸에 멍이 들고 손전등이 부서질 뻔한 경우도 있었지만, 나는 계속해서 어둠을 헤치고 나갔다. 돌과 갈라진 틈의 가장자리마다 눈에 익었고, 이따금씩 나는 발길을 멈춘 채 막히고 부서졌지만 여전히 익숙한 통로에 손전등을 비춰 보곤 했다.

방 몇 개는 완전히 주저앉았고, 어떤 방은 휑뎅그렁 비어 있거나 온갖 부스러기들로 채워져 있었다. 꿈속에 나타났던 거대한 받침대나 책상으로 보이는 금속 물체들이 고스란히 원래의 모습으로 혹은 약간 부서지거나 완전히 박살난 형태로 놓여있는 방들도 몇 개 있었다. 아니, 솔직히 그것들이 무엇이었는지 생각할 용기도 나지 않는다.

나는 지하로 향해진 경사로를 발견하고 곧바로 그 길을 따라 내려갔다. 그러나 붕괴된 통로가 1미터 정도로 좁아진 지점에서 숨을 몰아쉬며 멈춰서기도 했다. 그 지점에서 거의 부서지기는 했지만 조각품에 스며든 잉크 자국을 발견했다.

그 건물 지하에 두 개 층이 더 남아 있다는 생각이 들었지만, 금속으로 밀폐된 최하층의 해치를 떠올리자 새로운 공포와 함께 소름이 돋았다. 이제 그 문을 만들고 그 너머 지하로 사라진 종족을 감시하는 경비병도 없을 것이었다. 그 당시 인류 이후에 출현한 갑충류 종족도 완전히 멸종된 상태였다. 그러나 원주민의 전설을 떠올리며 나는 다시 한 번 몸서리를 쳤다.

어지러운 바닥에 딱히 딛고 설만한 곳이 없어서 벌어진 틈으로 지하까지 내려가기는 무척 어려웠다. 그러나 나를 이끄는 광기의 힘은 여전했다. 나는 비교적 틈이 넓고 바닥에 위험한 파편이 적은 왼쪽 벽면을 따라 걷다가 하마터면 미끄러질 뻔도 했지만 다행히 맞은편까지 다다를 수 있었다.

마침내 지하 공간으로 들어서서 기계실 복도를 따라 걸어갔다. 기계실 안에는 무너진 천장 밑으로 무수한 금속 조각들이 파묻혀 있었다. 모든 것이 내가 알고 있는 그대로였으므로, 나는 주저 없이 통로를 막고 있는 잔해를 기어올랐다. 이제 중앙 문서국으로 향하는 지하 통로가 나타날 순간이었다.

온갖 잔해가 나뒹구는 복도를 뛰어오르고 기고 비틀거리며 발걸음을 옮길 때마다 영겁의 실타래가 풀리는 느낌이었다. 이따금씩 세월에 흐릿해진 조각 문양을 바라보며, 익숙한 것과 꿈 이후에 새로 만든 것들을 구별할 수 있었다. 그곳은 지하의 주거지를 연결하는 간선도로나 마찬가지여서, 다양한 건물 사이를 통과해 더 아래층 지하로 내려가는 길 외에는 없었다.

나는 교차로 부근에서 기억에 생생한 방들을 내려다보기 위해 한쪽으로 방향을 틀었다. 역시 꿈 이후에 급격한 변화가 생겼다는 사실을 확인했지만, 이번에는 통로를 봉쇄한 흔적까지 볼 수 있었다.

나는 무섭게 몸을 떨었지만, 나약함을 압도하는 극도의 고양된 감정을 느끼며, 복잡하고 험한 길을 따라 창문 하나 없는 거대한 고층 건물의 지하로 들어섰고, 폐허로 남은 현무암 건물은 묵묵히 그 끔찍한 기원을 속삭이고 있었다.

그 원시적인 지하 공간은 직경이 60미터에 달했고, 검은색 석조물에는 아무런 문양도 새겨져 있지 않았다. 그 지점부터 먼지와 모래를 제외하고는 바닥에 거칠 것이 없었으므로 위 아래로 갈라진 균열들을 제대로 살필 수 있었다. 계단이나 경사로는 보이지 않았다. 꿈속에서 전설적인 그레이트 종족이 그 태고의 건물을 완전히 방치했다는 점을 떠올리면 이상한 일은 아니었다. 그 건축물을 세운 종족들도 계단이나 경사로가 따로 필요하지 않았다.

꿈을 떠올려 보면, 아래쪽으로 난 균열들은 철저히 밀폐된 상태에서 항상 경비병이 배치되어 있었다. 그러나 지금은 훤히 열려져 어둠을 드러낸 채, 서늘하고 습한 공기를 내뿜고 있다. 그 너머 영원한 어둠 속에 얼마나 무수한 동굴이 남아 있을지, 생각해 볼 엄두도 나지 않았다.

나는 몹시 울퉁불퉁한 회랑을 더듬어 가다, 지붕이 완전히 무너진 곳까지 다다랐다. 산처럼 쌓여있는 잔해 더미를 기어오르고, 손전등을 비춰 봐도 벽이나 천장을 가늠할 수 없을 만큼 널찍한 공터를 지나갔다. 그곳은 금속을 공급하는 지하 저장소가 틀림없는데, 거리상으로 문서국에서 세 블록도 떨어지지 않은 지점이었다. 그곳에 무슨 일이 벌어졌는지 짐작이 불가능했다.

산더미 같은 건물 잔해와 석조물 뒤편에 다시 회랑이 나타났고, 곧바로 발길을 막아선 숨 막히는 공간에서 붕괴된 건물의 일부가 금방이라도 주저앉을 것 같은 천장까지 맞닿아 있었다. 내가 어떻게 건물의 잔해를 헤치고 앞으로 이동했는지, 꽉 물려 있어서 살짝만 건드려도 나머지 건물이 모조리 무너질지 모르는 장애물을 치워 버릴 수 있었는지, 나 자신도 이해할 수 없는 일이다.

나의 바람과는 달리 그때의 지하 탐험이 끔찍한 환각이나 몽환이 아니라면, 그 순간 나를 이끌고 몰아붙인 것은 광기 자체였다. 그러나 분명히 나는 ─ 혹은 내가 만들어 낸 꿈은 ─ 가까스로 움직일 정도의 통로를 개척해냈다. 나는 잔해 사이를 버둥거리며 ─ 손전등을 입에 물고 ─ 들쭉날쭉한 종유석에 온몸이 찢겨지는 기분이었다.

이제 목적지인 지하 문서국이 얼마 남지 않았다. 장벽의 맞은편으로 미끄러져 내려간 후 손의 감각과 손전등 불빛에 의지해 회랑의 남은 부분을 마저 따라가자, 마침내 원형의 지하 공간 ─ 여전히 놀라울 정도로 잘 보존된 ─ 과 사방으로 펼쳐져 있는 아치형 통로들이 나타났다. 벽면, 혹은 손전등이 미치는 범위에만 나타난 벽의 일부에 무수한 그림과 곡선형 상형 문자가 새겨져 있었으며, 일부분은 내가 꿈을 꾼 시기 이후에 추가된 것이었다.

그렇게 그곳까지 와야 했던 운명을 새삼 통감하면서, 나는 왼쪽에 있는 익숙한 통로로 들어갔다. 경사로를 따라 위 아래로 이어진 통로가 그대로 보존돼 있었는데, 이상할 정도로 방향 감각에 대해 일말의 망설임도 들지 않았다. 태양계의 모든 역사를 보관하고 있는 그 방대한 공간은 천상의 기술로 지어진 것으로 우주가 사라지지 않는 한 영원히 지탱될 만큼 견고했다.

으리으리한 건축물 하나 하나가 수학적 천재성으로 배열돼 있으며, 지구의 핵처럼 단단하게 굳은 시멘트로 지탱되고 있었다. 보통의 이해력으로는 미치지 못할 영겁의 세월 동안 외부가 붕괴된 상태에서도 본질을 그대로 간직한 비결은 바로 그 때문이었다. 바닥에도 겨우 먼지만 조금 쌓였을 뿐 지금까지 지나쳐 온 것과 같은 잔해의 흔적이 거의 없었다.

그 지점부터는 비교적 수월하게 움직일 수 있었다. 그때까지 애타는 열망이 숱한 장애물 때문에 방해를 받았다면, 그 순간부터는 현란한 속도로 거침없이 앞으로 내달리는 상황이었고, 실제로도 나는 지붕이 낮은 통로를 따라 섬뜩할 정도로 기억에 생생한 길목을 질주하고 있었다.

줄곧 스치는 광경이 너무도 익숙해서 경악을 금치 못했다. 어디에나 거대한 상형문자가 새겨진 금속 문들이 유령처럼 눈가를 스쳤다. 어떤 문은 그대로 닫혀 있었고, 그와 달리 열려져 있는 문이나 약간 짓눌린 것도 있었지만, 그간의 지질학적인 격변도 그 거대한 건물 자체를 굴복시키지는 못했다.

여기저기 벌어지고 비어 있는 선반 밑에 먼지가 수북이 쌓여 있는 것으로 봐서, 격렬한 지진 때문에 서고들이 심하게 흔들렸음을 알 수 있었다. 이따금씩 눈에 띄는 표주(標柱)에는 서가의 분류를 가리키는 거대한 상징과 글자들이 적혀 있었다.

먼지를 뒤집어쓰긴 했지만 여전히 그대로 남아 있는 금속 상자를 발견하고 나는 잠시 멈추어 섰다. 그중에서 두께가 얇은 금속 상자 하나를 간신히 꺼내서 바닥에 내려놓았다. 상자 표면의 일부분은 낯설게 느껴지는 글자들도 있긴 했지만, 대부분 곡선형의 상형 문자로 이루어져 있었다.

갈고리 모양의 쇳쇠도 눈에 익었는데, 일단 나는 조금도 녹슬지 않은 상자의 뚜껑을 열고 책을 꺼냈다. 예상대로 책은 폭 50센티미터, 길이 40센티미터, 두께 5센티미터 정도의 크기였으며, 얇은 금속 표지로 묶여 있었다.

거친 섬유질 종이 역시 세월과 환경의 변화에 별로 영향을 받지 않은 것으로 보이며, 이상한 색조로 이루어진 글자들 — 일반적인 곡선형 상형 문자도 아니고, 인간 세계에 알려진 알파벳 문자도 아닌 — 을 막연한 기억을 떠올리며 살펴보았다.

그것은 꿈속에서 막연히 알고 지내던 어느 정신체의 언어였다. 그 정신체는 고대 생물체와 원시적인 행성 상당수가 살아남았다는 거대한 소행성대에서 소환된 자였다. 문득 문서국에서도 그쪽 지역은 지구 이외의 행성에 대한 기록을 보관했다는 기억도 떠올랐다.

책을 비추던 손전등 불빛이 약해지자, 나는 항상 갖고 다니는 여분의 건전지로 교체했다. 나는 환해진 손전등을 앞세우고 끝없이 이어진 통로와 회랑을 다시 탐사하기 시작했다. 이따금씩 익숙한 서고를 발견하거나, 그 지하 공간과는 전혀 어울리지 않는 나의 발소리에 마음이 불편해지기도 했다.

영겁의 세월 동안 먼지만 수북했을 그곳에 발자국을 남기고 있다는 생각을 하자 저절로 몸서리가 쳐졌다. 내가 간직한 광기의 꿈속에 일말의 진실이라도 있다면, 그 영원불멸의 보도를 걸어간 인간은 일찍이 단 한 명도 없었던 게 분명했다.

나는 자신이 그처럼 맹목적으로 지하를 질주하는 이유가 무엇인지 어렴풋한 단서조차 잡을 수 없었다. 다만 어떤 사악한 힘이 혼란에 빠진 나의 의지와 잠재된 기억을 이끌고 있으므로 그저 정처 없이 아무

곳이나 달려가고 있는 건 아니라는 짐작만 할 수 있었다.

나는 경사로를 내려가 더 깊숙한 지점으로 달려갔다. 발치에 번쩍이는 물체들이 보였지만, 살펴보기 위해 멈추지는 않았다. 머릿속에 소용돌이와 함께 일정한 울림이 전해졌고, 그 울림에 따라 오른쪽 손이 나도 모르게 꿈틀댔다. 자물쇠를 열어야겠다는 생각, 그렇게 해야 한다는 복잡 미묘한 압력이 느껴졌다. 미지의 그 물체에 현실 세계의 금고처럼 잠금 장치가 있다는 생각이 들었다.

꿈에서든 아니든, 나는 그것을 그때도 그 전에도 알고 있었다. 꿈과 무의식 속에 스며든 전설의 단편들이 어떻게 그처럼 세밀하고 복잡한 기억을 줄 수 있는지, 나는 애써 설명하고 싶지 않았다. 나는 이미 논리적인 사고력으로 설명할 수 없는 상태에 빠져 있었다. 미지의 폐허에서 느끼는 충격적인 익숙함이나 꿈과 신화의 단편에만 의지해 그 모든 것의 정체를 꿰뚫어 본 그때의 경험은 이성을 완전히 초월한 공포 때문이 아닐까? 그때는 그렇게 생각했지만, 지금 온전한 정신 상태에 있는 나는 내가 제정신이 아니었으며, 지하 도시 전체가 그저 환각의 일부에 지나지 않았다고 믿고 있다.

마침내 나는 지하 맨 아래층에 도착해서 경사로의 오른쪽으로 방향을 틀었다. 나는 막연히 발소리를 죽이고, 그때부터 속도도 줄였다. 그 깊숙한 지하에 지나치고 싶지 않은 공간이 있었던 것이다.

그곳에 가까워질수록, 내가 두려워하는 그 공간이 무엇인지 떠오르기 시작했다. 그것은 금속 막대로 봉쇄되고, 철저히 감시되던 해치 중 하나였다. 이제는 경비병이 있을 리 없지만 간담이 서늘해진 채 해치 비슷한 물체가 입을 쩍 벌리고 있는 검은색 현무암 공간을 지나갈 때 나는 거의 까치발을 하고 있었다. 싸늘하고 축축한 공기의 흐름이 느껴지자, 제발 다른 방향으로 접어들었으면 하는 마음이 간절해졌다. 물론 왜 굳이 그 길을 택했는지는 여전히 모를 일이었다.

이윽고 그 공간에 다다르자 해치가 활짝 열려져 있었다. 해치 앞쪽으로 서고가 다시 이어지고, 먼지 낀 바닥에는 금속 상자가 무수히 떨어져 있었다. 그때부터 나는 영문도 모른 채 극도의 공포감에 사로잡혔다.

어둠에 빠진 그 지하의 미로가 영겁의 세월 동안 지질학적인 격변에 시달리고, 붕괴의 여파에 휩쓸려 왔다는 점을 생각하면, 금속 상자가 바닥에 널브러져 있다고 이상하게 여길 일은 아니었다. 내가 왜 그토록 공포에 사로잡혔는지 깨달은 건 흩어진 금속 상자를 막 지나치려는 순간이었다.

널브러져 있는 금속 상자 때문이 아니라, 바닥에 쌓인 먼지의 두께 때문이었다. 전등빛 아래, 뜻밖에도 불과 몇 달 전에야 방치된 흔적처럼 바닥에는 아주 얇은 먼지가 쌓여 있었다. 아니, 먼지가 끼어 있는지조차 분간할 수 없었지만, 곳곳에 일정한 형태로 불규칙한 흔적이 남아 있다는 느낌 때문에 더욱 마음이 어지러워졌다.

불규칙한 흔적에 점점 마음이 쓰이자, 나는 지금까지와는 달리 그 이상한 흔적을 향해 손전등을 비추어 보았다. 그것은 총 폭 30센티미터쯤 되는 세 개의 일정한 형태로서, 각각 지름이 8센티미터 되는 다섯 개의 원으로 이루어져 있었고, 다섯 개 중 한 개의 원이 약간 앞쪽에 위치해 있었다.

발자국이었다. 그 30센티미터짜리 발자국은 두 갈래로 이어져 있어서, 마치 무엇인가 그곳을 왕래했다는 느낌이 들었다. 물론 흔적이 아주 희미했으므로 착각이거나 우연일지도 몰랐다. 하지만 희미한 발자국들이 내가 가려는 방향으로 이어져 있다는 생각이 무엇보다 섬뜩했다. 두 갈래의 흔적 중에서 하나는 얼마 전에 흩어진 것이 분명한 금속 상자 더미에서 멈추어져 있었고, 다른 하나는 그 불길한 해치로 향해져 있었다. 이제 경비병의 흔적도 없이 그저 상상을 초월한 심연의 어둠을 드러내고 있는 해치에서 여전히 싸늘하고 습한 바람이 흘러나왔다.

VIII

그러나 두려움을 압도한 건 예의 그 집요하고 맹목적인 유혹이었다. 발자국에서 이는 끔찍한 의혹과 오싹한 꿈의 기억을 물리치고 줄곧 나를 이끌어 온 힘의 정체는 분명히 이성과는 거리가 먼 것이었다. 그러나 여전히 나의 오른손은 일정한 리듬을 따라 뒤틀리며, 미지의 자물쇠를 열라고 내게 강요하고 있었다. 나는 흩어져 있는 금속 상자와 먼지가 거의 없는 통로를 살금살금 지나, 내가 소름끼치도록 잘 알고 있는 서고로 다가갔다.

나는 그때 막 떠오르기 시작한 서고의 기원과 실체에 대해 의문을 품고 있었다. 인간이 서고에 접근해도 괜찮을까? 영겁의 세월 동안 방치된 문을 인간의 손으로 열 수 있을까? 잠금 장치는 여태 제대로 작동하고 있을까? 그리고 대체 내가 무슨 짓을 하려는 것이며, 찾아내려고 애쓰면서도 두려워하는 그것은 무엇인가? 머리가 터질 듯 무시무시한 과거의 진실일까, 아니면 그 모든 것이 한낱 꿈에 불과하다는 증거일까?

나는 숨죽인 종종걸음을 멈추고 그대로 서서 익숙한 상형문자가 새겨진 서고들을 노려보았다. 놀라울 정도로 완벽하게 보존된 상태였으며, 서고에서 열려져 있는 문은 세 개에 불과했다.

서고를 바라보면서 느낀 형용할 수 없는 감정, 절대적이고도 집요한 그 감정의 실체는 오랜 익숙함이었다. 까마득히 떨어져 있는 맨 위 선반을 바라보며 과연 올라갈 수 있을지 막막했다. 그러나 밑에서 네 번째 선반에 열려진 문 하나를 붙잡고, 손과 발로 다른 문의 잠금 장치를 받침대로 삼으면 될 것도 같았다. 또 손전등을 입에 물면 양손을 자유롭게 사용할 수 있을 것이었다. 무엇보다 소리를 내지 말아야 했다.

생각처럼 수월할 것 같지는 않았지만, 등산용 이동식 고리에 외투 옷깃을 걸고 움직일 계획이었다. 그러다 잠금 장치가 망가지면 어쩌나 걱정이 되기는 했다. 그러나 꿈속에서 수없이 되풀이해 익숙해진 손놀림으로 문을 열 수 있다는 확신만은 변함이 없었다. 다만 등산 고리가 고장나거나 시끄러운 소리가 나지 않기를, 손놀림이 예전처럼 되살아나주기를 바랄 뿐이었다.

그런 생각을 하는 중에 나는 이미 손전등을 입에 물고 서고를 기어오르기 시작했다. 등산 고리는 썩 좋은 버팀대 역할을 해주지 못했지만, 예상대로 열려진 문이 큰 도움이 되었다. 나는 열려진 문짝과 문의 가장자리를 붙잡고 별다른 소리를 내지 않고 간신히 위쪽으로 올라섰다. 위쪽 문의 가장자리에 의지해 균형을 잡고, 내가 원하는 오른쪽 선반을 향해 몸을 쭉 뻗었다. 기를 쓰고 올라오느라 손가락이 반쯤 감각을 잃어 처음에는 서툴렀지만, 이내 잠금 장치를 능숙하게 어루만지기 시작했다. 게다가 기억의 리듬이 손끝에서 강렬하게 꿈틀댔다.

아주 오랜 시간이 흘렀지만, 자물쇠를 다루는 복잡하고 은밀한 방법이 다행히 머릿속에 남아 있어서, 5분도 채 걸리지 않아 찰칵하는 익숙한 소리가 들려왔다. 그러나 소리가 날거라고는 예상을 못했으므로 일순 소스라치게 놀라고 말았다. 잠시 후 낮게 그르렁거리는 소리와 함께 천천히 문이 열리기 시작했다.

줄지어 살짝 드러난 금속 상자의 회색 모서리를 넋을 잃고 바라보는 동안, 설명할 길 없는 감정이 거대한 파도처럼 밀려들었다. 오른손이 닿을 만한 상자 하나에 새겨져 있는 곡선형 상형 문자를 보는 순간, 단순히 공포라고 하기엔 복잡하고 강렬한 통증과 충격이 전해졌다. 전율이 채 가시지 않은 가운데, 뿌연 먼지를 일으키며 금속 상자를 잡아 가까스로 조용히 끌어당길 수 있었다.

다른 것과 마찬가지로 그 상자를 다루는 방법도 손에 익었으며, 크기 역시 폭 50센티미터에 길이 40센티미터였다. 상자 표면에 낮은 돋을새김으로 곡선형의 수학 기호가 새겨져 있었으며, 두께는 8센티미터 남짓이었다.

상자를 억지로 몸에 쑤셔 넣고 잠금 장치를 이리저리 흔들어 간신히 고리를 빼냈다. 그리고 몸을 돌려 고리에 옷깃을 걸었다. 이제 두 손이 자유로워졌으므로, 서툰 동작으로 먼지 낀 바닥으로 내려와 전리품을 꺼내들었다.

모래 먼지에 쭈그리고 앉아, 금속 상자를 앞에 내려놓았다. 손이 몹시 떨려서 그토록 원했던 책이지만 감히 상자 안에서 선뜻 꺼내지 못했다. 그러나 그래야만 한다는 생각이 더 강했다. 내가 왜 그토록 그 책을 찾으려고 애썼는지 깨달았으며, 그 때문에 사고체계가 완전히 마비되는 느낌이었다.

그 물건이 실제로 내 앞에 있었다면 ─ 그것이 꿈이 아니었다면 ─ 인간의 정신력으로 그때의 깨달음을 감당하지는 못했을 것이다. 무엇보다 그것이 결코 꿈이 아니라는 느낌이 견디기 어려웠다. 너무도 생생해서 지금도 그때의 광경을 떠올리면 오싹해진다.

마침내 나는 부들부들 떨리는 손으로 책을 꺼내들고, 황홀경에 취해 표지에 새겨진 상형 문자를 바라보았다. 예전의 상태 그대로인 것 같았다. 제목을 가리키는 상형문자를 바라보고 있자니, 능히 그 내용을 읽을 수 있다는 최면 상태로까지 빠져들었다. 내가 겪은 비정상적인 기억이 워낙 순간적이고 섬뜩해서, 내가 꿈속에서 그 내용을 읽었었는지 솔직히 지금 장담하지는 못하겠다.

얼마의 시간이 흘렀을까. 나는 결국 얇은 금속 표지를 들추고 말았다. 그러나 잠시 우물쭈물했다. 입에 문 손전등을 꺼내 건전지를 아끼기 위해 불을 껐다. 어둠 속에서 나는 용기를 내서 손전등도 켜지 않은 채 금속 표지를 넘기기 시작했다. 결국에는 책을 향해 손전등을 비출 수밖에 없었으며, 무슨 내용이든 소리를 지르지 않겠다고 마음을 다잡았다.

나는 잠시 책을 들여다보다 주저앉았다. 그러나 이를 악물고 비명을 참았다. 나는 완전히 바닥에 쓰러졌고, 심연의 어둠 속에서 간신히 한쪽 손으로 이마를 짚었다. 내가 두려워하고 기대했던 것이 그 책 속에 담겨 있었다. 내가 꿈을 꾸고 있던가, 아니면 시간과 공간에 문제가 생겼던가 둘 중 하나이리라.

꿈을 꾸고 있다고 생각했다. 그러나 현실이라면, 책을 가져가 아들에게 보여주며 그 공포를 시험해 봐야겠다는 생각도 들기는 했다. 온몸을 휘감은 칠흑 같은 어둠 속에서 아무런 형체도 보이지 않았지만, 나는 아찔한 현기증을 느꼈다. 적나라한 공포의 관념과 영상이 — 책을 살짝 들여다보고 얻게 된 통찰력에서 비롯된 — 나를 짓누르고 의식을 뒤덮기 시작했다. 먼지 낀 바닥에 발자국으로 보이는 흔적이 있다고 생각하자, 나 자신의 숨소리조차 섬뜩하게 들렸다. 다시 한 번 펼쳐진 책에 손전등을 비추는 순간, 독사 앞에서 꼼짝없이 죽음을 기다리며 독사의 눈과 독니를 바라보는 느낌이었다.

얼마 후, 나는 어둠 속에서 다시 책을 덮고 금속 상자에 집어넣은 뒤 뚜껑의 걸쇠까지 잠가 버렸다. 그 책이 실제로 존재하는 것이라면, 그 어둠의 심연이 허상이 아니라면, 그리고 나와 이 세계 자체가 실재한다면, 나는 그 책을 바깥세상으로 가져가야만 했다.

내가 비틀거리며 자리에서 일어나 돌아가려는데 돌연 이상한 생각이 들었다. 정상적인 세계와 분리된 상황이지만, 지하에 들어온 이후 한 번도 시간을 확인하지 않았다는 사실이 이상했던 것이다. 한 손에 손전등을 들고, 불길한 금속 상자를 한쪽 옆구리에 낀 채 나는 바람이 흘러나오는 오싹한 해치를 지나 발자국이 찍힌 바닥을 서둘러 달리기 시작했다. 끝없이 펼쳐진 경사로를 따라 올라가는 동안, 경계심이 약간 누그러지기는 했지만, 내려갈 때와는 달리 기묘한 불안감에 휩싸여 있었다.

도시 자체보다도 오래되고, 지하에서 올라오는 서늘한 바람이 가장 강렬해지는 검은색 현무암 공간을 다시 지나쳐야 한다는 생각에 소름이 끼쳤다. 그레이트 종족이 그토록 두려워했던 상대는 쇠약해지고 죽어 가는 상황일지는 모르지만, 아무튼 여전히 지하 어딘가에 숨어 있다는 생각이 들었다. 다섯 개의 원으로 이루어진 발자국과 꿈속의 기억을 떠올리며, 그 정체불명의 존재와 관련이 있다는 바람과 속삭임도 생각해 냈다. 그리고 거대한 바람의 괴물과 이름 모를 유적이 존재한다는 원주민의 전설도 떠올렸다.

나는 입구 쪽 — 맨 처음 책을 살펴본 곳을 조금 지난 지점 — 벽면에서 들어올 때 본 상징을 다시 발견했고, 마침내 여러 갈래의 통로가 시작되는 거대한 원형 공간에 다다랐다. 오른쪽에서 곧바로 눈에 들어온 것은 내가 그때까지 쭉 달려온 통로였다. 그 지점부터 문서국의 석조물 외곽이 붕괴된 상태였으므로 이동하기 어려웠다. 금속 상자의 무게가 부담스러웠고, 무엇보다 온갖 잔해 사이를 더듬거리며 움직일수록 소음을 억누르기가 점점 힘들어졌다.

얼마 후 천장 높이까지 석조물의 잔해가 쌓여 있어서 가까스로 길을 만들었던 지점이 나타났다. 다시 그 길을 헤치고 지나갈 생각에 섬뜩해졌는데, 이제 그 발자국을 본 후였으므로 처음 그곳으로 들어올 때처럼 꽤 요란한 소리를 내며 지나가야 한다는 사실이 두렵기만 했다. 게다가 좁은 틈을 비집고 가기에는 금속 상자가 큰 걸림돌이었다.

금속 상자를 다시 단단히 챙기는 순간, 손에서 미끄러진 상자는 앞쪽의 경사진 잔해들을 타고 요란한 소리와 메아리를 남기며 굴러 떨어졌다. 등줄기에 식은땀이 흘렀다. 나는 곧장 그쪽으로 뛰어들어 조용히 상자를 다시 집어들었지만, 잠시 후 발밑에서 느닷없이 소리가 들려오는 것이었다.

내가 낸 소리였다. 그러나 착각일지도 모르지만, 그 소리에 이어 멀리 뒤쪽에서도 또 다른 소리가 들려온 것 같았다. 난생 처음 들어보는 날카로운 바람 소리, 달리 설명할 만한 표현이 떠오르지 않는다. 만약 순간적인 공포를 제외하고 그저 으스스한 착각에 불과했다면, 아마 그 두 번째 사건은 벌어지지 않았을 것이다.

그때는 정말이지 내 광란의 정도가 절정에 달해 있었다. 나는 손전등과 금속 상자를 들고, 멀게만 느껴지는 사막과 달빛이 있는 온전한 세계로 도망치고 싶다는 일념으로 미친 듯이 앞으로 뛰기 시작했다. 함몰된 지붕 너머 거대한 어둠 속에 산더미만한 잔해가 쌓여있는 곳, 그곳에 도착한 후에도 나는 제정신이 아니었고, 들쭉날쭉한 석조물과 잔해로 이루어진 가파른 경사면을 오르는 동안 온몸에 상처가 나는 줄도 몰랐다.

곧이어 거대한 재앙이 일어났다. 나는 무작정 붕괴된 석조물 위로 올라서기 위해 버둥대는 순간, 움푹 패인 곳을 헛디뎌 무수한 잔해와 함께 미끄러졌고, 돌 부스러기들이 산사태처럼 건물 틈새의 어둠 속으로 굴러 떨어지면서 귀가 멍멍할 정도의 요란한 굉음이 울리고 말았다.

그 혼돈에서 어떻게 빠져 나왔는지 떠오르지 않지만, 언뜻 뇌리를 스치는 단편적인 기억에서 나는 딸그락거리는 소리와 함께 회랑을 따라 정신없이 달렸던 것 같다. 그때까지 금속 상자와 손전등을 지니고 있었던 것이다.

그리고 내가 그토록 두려워했던 태초의 현무암 공간에 도착했을 때, 나는 완전한 광기에 사로잡혔다. 잔해가 떨어지면서 생긴 메아리도 그쯤에서 사라진 상태였으므로, 아까 전의 오싹하고 기묘한 바람 소리가 계속해서 들려온다는 사실을 깨달았다. 이번에는 착각이 아니었으며, 무엇보다 끔찍한 건, 뒤쪽에 아니라 앞쪽에서 들려왔다는 사실이었다.

아마 그때 처음으로 비명을 질렀던 것 같다. '고대의 존재'[145]가 있다는 무시무시한 지하 공간으로 떨어지는 내 모습이 눈앞에 떠올랐고, 그 저주스러운 음향이 끝없는 지옥의 어둠을 향해 그대로 활짝 열려진 해치에서 솟구치고 있다는 생각이 들었다. 바람도 불었다. 단순히 서늘하고 습한 바람이 아니라, 정체 모를 음향이 들려오는 똑같은 심연 어딘가에서 격렬하고 의도적으로 뿜어지는 살기 어린 바람이었다.

점점 바람의 흐름과 날카로운 쇳소리가 강렬해지면서, 나는 되는대로 장애물을 마구 뛰어넘었던 것 같다. 바람과 음향은 지하 공간에서 교활하게 튀어나와 더욱더 의도적으로 내 주변을 휘감고 있었다.

뒤에서 불어오는 바람 때문에 움직임이 수월해지기는커녕 오히려 방해를 받았는데, 올무처럼 나를 옥죄는 기분이었다. 이미 소리를 감출 필요가 없어진 상황이었으므로 나는 요란스레 거대한 석조물 더미를 넘어 지표면으로 연결된 구조물에 들어섰다.

어렴풋이 기계실로 향하는 통로가 떠올랐고, 불길한 해치 중 하나가 입을 쩍 벌리고 있을 2층으로 연결된 경사로를 발견하는 순간 또 다시 비명을 지를 뻔 했다. 그러나 나는 비명을 지르는 대신, 그 모든 것이 이제 곧 깨어나게 될 꿈에 불과하다고 수없이 되뇌었다. 실제로는 캠프에 있으며, 아니 어쩌면 이미 집에 와 있는지도 모른다고 말이다. 다행히 효과가 있어서 나는 정신을 차리고 위층으로 향하는 경사로에 접어들었다.

1미터 넓이의 구멍으로 올라섰지만, 겁에 질려 있는 상황이라 구멍을 완전히 빠져나온 후에야 완전한 공포를 깨달을 수 있었다. 내려갈 때는 구멍을 쉽게 통과했다. 그러나 모래 둔덕으로 올라가는 동안에는 공포와 탈진에 짓눌린 상태에다 금속 상자의 무게까지 겹치고, 사악한 바람이 잡아끄는 힘 때문에 당연히 어렵지 않았을까? 나는 그런 생각을 마지막 순간에 떠올렸고, 정체불명의 생물체가 혼돈 너머 어두운 심연에 숨어 있을지 모른다고 생각했다.

손전등 불빛이 약해졌다. 하지만 흐릿한 기억으로 가늠해 보니 갈라진 틈 가까운 곳에 도착했다는 사실을 알 수 있었다. 뒤에서 되풀이되는 싸늘한 바람과 날카로운 새된 소리 때문에 정신이 마비된 것이 오히려 다행이었다. 앞에 버티고 있는 오싹한 균열에 대한 두려움을 덜어 주었으니 말이다. 그런데 이제는 앞에서도 바람 소리와 다른 소음이 들려왔다. 상상한 적도, 그럴 수도 없는 심연에서 솟구친 혐오의 물결이 갈라진 균열 사이로 빠져 나오고 있었다.

완전한 악몽의 절정이 찾아 들었다. 나는 실성한 상태에서 도망치려는 동물적인 본능 외에 아무것도 생각할 수 없었고, 균열 따위도 무시하고 그저 붕괴된 경사로를 올라가려고 기를 썼다. 그때 발견한 균열의 가장자리를 향해 있는 힘껏 뛰어오르는 순간, 나는 역겨운 음향과 살아 움직이는 어둠의 소용돌이에 그대로 갇히고 말았다.

그것이 내가 기억할 수 있는 마지막 부분이다. 그 이상은 주마등처럼 스치는 환영의 일부에 지나지 않는다. 현실감이 없는 몽환적이고 단편적인 환영 속에 꿈과 광기, 기억이 거칠게 합쳐진 결과일 뿐이다.

깊이를 가늠할 수 없는, 끈끈하고 의도적인 어둠 한복판. 그리고 지구상의 어떤 생물체에게도 알려진 바 없는 온갖 기이한 음향 속에 나는 내동댕이쳐진 상태였다. 마비된 감각이 다시 살아나면서, 그곳이 바로 날아다니는 괴물로 가득한 지옥의 나락이자 무한의 공간이며, 암흑의 바위 계곡과 해저와 창문 없는 거대한 현무암 건물로 이루어진 도시의 입구라는 생각이 들었다.

제대로 보고들을 수 없었지만, 원시 지구의 비밀과 그 영원한 세월의 깊이가 섬광처럼 떠올랐으며, 꿈속에서도 본적 없는 가장 난폭한 영상이 머릿속을 떠돌았다. 축축한 수증기가 차가운 손가락처럼 나를 더듬고 움켜쥐었으며, 어둠의 소용돌이에서 떠들썩한 소음과 침묵을 뚫고 예의 그 날카로운 소리가 울려 퍼졌다.

그리고, 그 동안 꿈에서 본 거대 도시의 모습이 떠올랐다. 폐허가 아니라 예전의 꿈 그대로의 모습이었다. 다시 인간이 아닌 원뿔 형태로 바뀐 나는 그레이트 종족과 불려온 정신체 사이를 분주히 움직이며 책을 들고 웅장한 회랑과 거대한 경사로를 오르내리고 있었다.

곧이어 다른 모습이 겹쳐졌는데, 그것은 순간적으로 스치는 끔찍한 영상이었다. 새된 소리와 함께 촉수를 뻗치는 사악한 바람, 반고체의 공기 속을 박쥐처럼 날아다니는 광기의 괴물들, 그들에게서 도망치려고 필사적으로 몸부림치는 무형의 존재들, 회오리바람 속으로 우글거리는 탈출의 행렬, 무너지는 석조물 사이를 버둥대고 허우적대는 모습.

한 차례 형체를 띤 모습들이 섬광처럼 떠올랐다가 사라졌다. 푸르스름한 발광체가 머리 위로 희미하게 흩어져 보였다. 곧이어 바람에 쫓겨 필사적으로 달빛을 따라 움직이는 내 모습이 떠올랐으며, 태풍이 몰아치는 가운데 내가 지나온 뒤편에서 끝없이 건물의 일부가 무너지고 있었다. 마침내 냉혹하고 무심한 달빛은 내가 이제 바깥의 현실 세계로 돌아왔음을 말해 주었다.

나는 호주의 사막을 엉금엉금 기어가고 있었으며, 내 주변에는 이 세상에서 한 번도 들어본 일이 없는 돌풍의 포효처럼 날카로운 비명 소리가 가득했다. 옷은 다 찢겨지고, 온몸은 멍과 상처투성이였다.

제정신을 차리기까지 꽤 오랜 시간이 필요했고, 한동안은 어디까지가 꿈이며 어디서부터 현실인지조차 알 수 없었다. 거대한 석조물 둔덕과 그 밑에 암흑의 심연이 있으며, 끔찍한 과거의 진실과 결국에는 소름끼치는 공포가 뒤따랐다는 느낌만 있을 뿐, 과연 그중에서 어느 정도까지가 현실일까?

손전등을 잃어 버렸고, 내가 실제로 발견했을지 모를 금속 상자도 사라지고 없었다. 과연 그 금속 상자 혹은 어둠의 심연, 아니 둔덕이 실제로 존재했던 것일까? 고개를 들어 돌아보았지만, 보이는 것은 그저 물결치는 메마른 사막의 모래뿐이었다.

악귀 같은 바람도 잠잠해졌으며, 허연 곰팡이처럼 부풀어 올랐던 달도 서쪽으로 붉게 고개를 떨구고 있었다. 나는 남서쪽 캠프를 향해 비틀거리며 걸어갔다. 내게 과연 무슨 일이 벌어졌던 것일까? 그저 사막에서 정신을 잃고, 몽유병 환자처럼 모래와 석조물 사이를 수 킬로미터 헤맨 것뿐인가? 그것이 아니라면, 나는 앞으로 얼마나 더 살아갈 수 있을까?

새로운 의혹과 함께, 내가 본 것이 전부 신화에서 잉태된 비현실의 세계라는 믿음은 한층 더 익숙한 의혹 속으로 굳어져 버렸다. 그 지하의 심연이 실제로 존재한다면, 그레이트 종족도 허상은 아니다. 그리고 대우주의 시간을 초월해 그들 종족이 행한 불온한 전이와 포획 역시 신화나 악몽이 아니며 영혼이 갈가리 찢길 만한 현실인 셈이다.

내 생애 어둡고 어리둥절한 공백으로 남아 있는 기억 상실의 기간 동안, 나는 실제로 1억 5천만 년 전의 인류 이전 세계에 있었던 것일까? 그 동안 고제3기에서 날아온 외계의 정신이 지금의 내 육체를 차지하고 있었단 말인가?

둔중한 공포에 사로잡힌 전이된 정신체로서 나는 진정 태초의 전성기를 구가하던 저주받은 거석의 도시에서 그레이트 종족의 오싹한 모습을 하고 낯익은 회랑을 오르내렸단 말인가? 그 황량하고 괴괴한 기억의 여파 때문에 20년 넘게 고통스러운 꿈속에 갇혀 있었던 것일까? 상상할 수도 없는 시공의 어딘가에서 불려온 정신체들과 대화를 나누고, 우주의 비밀과 과거와 현재를 알았으며, 그레이트 종족의 거대한 문서국을 위해 나 자신이 직접 이 세계의 역사를 저술하지 않았던가? 그리고 광기의 바람과 사악한 음향으로 이루어진 그 충격적인 엘더 종족은 실제로 어둠의 심연에서 은둔하며 서서히 세력이 약해졌지만, 한편으로 지구의 격변을 견디며 영겁의 세월 동안 다양한 형태의 후손을 번식시키지는 않았을까?

나는 알 수 없다. 그 심연과 그 속의 존재들이 실재한다면, 희망은 없다. 그렇다면 인간의 세계에 이미 시간을 초월한 무수한 그림자와 가상의 형체가 드리워져 있는 셈이다. 그러나 다행히 그 모든 것이 신화에서 잉태된 또 다른 꿈이 아니라고 할 만한 증거는 없다. 나는 증거가 될 만한 금속 상자를 가져오지 않았으며, 그 지하의 공간들도 지금까지 발견되지 않았다.

우주의 법칙이 관대하다면, 그 지하의 세계는 영원히 발견되지 않을 것이다. 그러나 나는 내가 보고 생각한 것을 아들에게 알려줌으로써 아들이 심리학자로서 내 경험을 냉정하게 판단하고 다른 사람들과 상의하도록 기회를 주어야 한다.

내가 말했듯이, 오싹한 진실은 고통스러운 꿈의 기억뿐 아니라 내가 그 거대한 지하의 폐허에서 봤다고 생각하는 생생한 현실에 기반을 두고 있다. 이 글을 읽는 분들이라면 능히 짐작하겠지만, 그곳에서 마지막 순간에 발견한 내용을 밝히는 것은 내겐 몹시 힘겨운 일이다. 지금 내가 말하고 있는 것은 물론 금속 상자에 보관돼 있던 책의 내용이다. 영겁의 세월동안 방치된 먼지 한복판에서 내가 살짝 엿보았던 책 말이다.

이 행성에 인류가 출현한 이후, 그 책을 보고 만진 인간은 아무도 없었다. 그러나 지하의 심연에서 그 책에 손전등을 밝히는 순간, 나는 오랜 세월을 거쳐 금방이라도 부서질 듯한 섬유질 종이에 기이한 안료로 쓰여진 글자를 보았으며, 그것이 지구 태초의 불가해한 상형 문자가 아니라는 사실을 깨달았다. 그것은 우리에게 익숙한 영어 알파벳이었으며, 바로 내가 쓴 필체였다.

446

133) 구울 의식(Cultes des Goules): 러브크래프트의 동료 작가이자 나중에 아컴 출판 사를 차려 러브크래프트의 작품을 전문으로 출간한 오거스트 덜레스에게서 영감 을 받아 만든 가공의 책이다.

134) 해충의 신비(De Vermis Mysteriis): 영화 「사이코」의 원작자 로버트 블록(Robert Bloch)이 만든 허구의 저자와 책이다.

135) 비밀 의식(Nameless Cults): 로버트 E. 하워드(Robert E. Howard)가 자신의 소설 『밤의 아이들The Children of the Night』(1931)에서 만든 가공의 책이다.

136) 에이본의 서(Liber Ivonis): 클라크 애슈턴 스미스가 만든 가공의 책을 러브크래프 트가 차용한 것으로, 위에 언급한 책들과 함께 여러 작품에서 등장한다.

137) 교착어(膠着語): 어근에 접사가 결합되어 문장 내에서의 각 단어의 기능을 나타 내며 첨가어라도 한다. 한국어, 터키어, 일본어, 핀란드어 따위가 여기에 속한다.

138) 고제3기(古第三紀): 지질시대의 신생대 제3기를 2분한 전반의 시기로, 팔레오세 ? 에오세 및 올리고세를 합한것.

139) 초시류(Coleoptera): 곤충강 딱정벌레목의 다른 명칭.

140) 찬-첸(Tsan-Chan): 훗날 지구에 도래할 가상의 사악한 제국. 「잠의 장벽 너머 Beyond Wall of Sleep」에서 조 슬레이터의 육체에 들어온 외계 존재가 이 제국에 대해 말하기도 한다.

141) 로마르(Lomar): 가상의 도시로 드림랜드(Dreamland)를 주제로 한 일련의 작품들 에 등장한다. 러브크래프트는 서한 중에서 『프나코틱 필사본』이 전해진 곳으로 로마르와 하이퍼보리아(北方淨土, hyperborea)를 몇 차례 언급한 것으로 보아 두 곳이 동일 장소일 수 있다. 「북극성」과 「미지의 카다스를 향한 몽환의 추적」에 등장한다.

142) 미치류(Labyrinthodontia): 도롱뇽과 비슷한 모양을 한 꼬리가 있는 양서류로서 데 본기 말에서 트라이아스기 말까지 번성하였다.

143) 장경룡류(Plesiosauria): 등딱지가 없는 거북 형태로, 트라이아스기 후기에서 백악 기 말기까지 번성하였다.

144) 엘트다운 서판(Eltdown Shards): 가공의 고대 문헌으로, 러브크래프트와 서신을 주고받던 리처드 시라이트(Richard F. Searight)가 언급한 것을 러브크래프트가 후 에 작품에 활용했다. 그러나 러브크래프트의 작품에서 가공의 금서로는 상대적으 로 설명이나 언급이 적다. 이 소설 외에 윌리엄 럼리(William Lumley)와 공동집필 한 「아론조 타이퍼의 일기The Diary of Alonzo Typer」에 등장한다.

145) 고대의 존재(Elder Things): 고대의 존재로 옮긴 'Elder Things'는 정체가 묘연한
존재이다. 「광기의 산맥」 중에서는 올드원(Old Ones)과 동일 존재라고 암시하고
있지만, 이곳에서는 그레이트 종족을 파멸시킨 '플라잉 폴립(Flying Folyps)'이라
는 또 다른 괴생물체를 의미한다.

고대의 길을 가는 아웃사이더 : H. P. 러브크래프트와 크툴루 신화

정진영

　문학의 지형에서 유독 어두운 길을 걸어온 사람들이 있다. 고성의 폐허와 음습한 지하 통로, 고대의 수도원을 배회하던 탐구자들, 1765년에 나온 호레이스 월폴의 『오트란토 성The Castle of Otranto』을 계기로 이들의 작품을 고딕 소설이라 칭하기도 한다. 상상력과 실험 정신으로 무장한 탐험가들이 외지고 음산한, 혹은 그렇게 보이는 노정에서 찾으려 했던 것은 인간의 어두운 내면이었다. 그들의 통찰은 계몽과 이성의 시대를 불편하게 만들었다. 사회 진보에 대한 낙관론이 유효한 가운데 일상의 안정을 갈구하는 대중들에게 인간의 광기와 탐욕과 위선을 보여주는 시도들은 곧 불온하고 저급한 것이었다. 하지만 그것은 저급한 동시에 매혹적이었으니, 문예사조와 시대정신이 성쇠와 변화를 겪는 동안에도 어둠에 대한 탐구는 계속되었다. 탐구자들이 걸어온 무수한 샛길은 큰길로 통하기도 하고 다시 여러 갈래로 분기했다. 19세기말, 급속한 산업화와 과학기술의 시대에서 이들 어둠의 순례자들이 던진 화두는 초자연적인 공포였다. 이 시점에서 극단의 상상력과 문학적 신념, 진정성으로 무장한 또 한 명의 탐험가가 판타지와 호러의 새로운 지평

을 열기 시작했다.

그의 이름은 하워드 필립스 러브크래프트, 1890년 로드아일랜드의 프로비던스에서 태어났다. 두 살 때 글을 배우고 네 살 때 어려움 없이 독서에 심취하면서 일곱 살 때부터 창작을 시작했다는 이 조숙한 소년에게 뉴잉글랜드 상류층의 유복한 생활을 제공한 이는 외조부였다. 하지만 그는 여덟 살 때 아버지가 정신병원에서 숨진 데 이어 13년 뒤에는 어머니마저 똑같은 병원에서 세상을 떠나는 불행을 맛본다. 한편 1904년 외조부의 죽음까지 닥치면서 그의 가계는 급속한 몰락의 길을 걷게 되고, 이 시기 러브크래프트가 에드거 앨런 포의 작품에서 접한 충격과 죽음의 그림자는 이후 전반적인 작품에 깊은 음영을 드리운다. 「현관 앞에 있는 것」을 비롯한 일련의 작품에서 나타나는 유전적 변이는 러브크래프트가 가계의 병적 징후에 민감했음을 짐작케 하는 부분이다. 심각한 신경발작으로 고등학교를 중퇴하고 대학 진학을 포기했을 때 그는 극심한 절망에 빠진다. 괴팍한 은둔자로 알려지기도 했으나 그의 생애에서 실제로 베일에 가려진 시기는 1908년에서 1913년에 이르는 5년뿐으로, 이 시기에 그는 예민한 감수성과 왕성한 지적 탐구욕으로 18세기 고전(특히 시)과 예술 지상주의에 심취했던 기존의 취향과는 달리 펄프 잡지를 탐닉한 것으로 보인다. 그는 은둔에서 벗어나 '고대의 길The Ancient Track'을 따라 어둠을 거슬러 올라간다. 러브크래프트는 그때 이미 자신이 영원히 시대 및 문학과 소통하지 못하는 아웃사이더로 남을 것임을 예감했을지 모른다. 인류 이전을 까마득히 거스르는 영겁의 과거, 거기에 그는 '이름없는 도시The Nameless City'를 세우고 무시무시한 어둠의 존재들을 불러들인다. 그는 상상의 세계에서 그들과 소통하고, 현실에서 무명에 가까운 47년의 생을 마감한다. 70년이 지난 지금, 그의 이름 없는 도시는 판타지와 호러의 메트로폴리스가 되었고 어둠의 존재들은 영화, 만화, 음악, 게임에 이르는 문화 전반에서 다시 태어나고 있다.

러브크래프트에게 있어 포의 영향은 스스로 벗어나고 싶을 정도로 짙은 것이었다. 톨킨 이전의 판타지의 지형을 대변하는 로드 던새니의 작품을 접한 것은 러브크래프트 본인의 말처럼 '전기에 감전되는' 충격이었다. 시에 비해 상대적으로 불완전한 형식이라 믿어 온 산문으로도 문학 세계를 구현할 수 있다고 그가 확신한 계기였다. 뿐만 아니라 던새니는 판타지 소설이 러브크래프트 문학의 또 다른 한 축(기존의 한 축은 물론 포의 연속선상에 있는 공포 소설)으로 자리매김하게 되는 동인이자 중대한 전환점을 제공했다. 러브크래프트는 포와 던새니를 전범으로 앰브로스 비어스와 앨저넌 블랙우드, 아서 메이첸의 표현 기법을 벤치마킹한다.

이후 러브크래프트는 외계의 존재를 묘사한 일군의 소설들을 펄프 잡지에 속속 발표한다. 인간이 상상할 수 없는 고대의 지구에 군림하던 일단의 외계 존재들이 영겁의 세월 동안 금서와 꿈, 소수 인간의 숭배 의식 속에 묘연하고 섬뜩한 자취를 남긴 채 부활을 기다린다는 세계관. 소위 러브크래프트 식 '코스믹 호러(cosmic horror)'는 모호하고 (obscure), 형언하기 어려운(unutterable, indescribable) 정체불명 (unknown, nameless)이라는 작가 자신의 단언적인 수식어를 앞세운다.

그렇게 러브크래프트는 '표현할 수 없는 공포'를 치밀하고 집요한 묘사로 그려내는 이율배반적인 모험을 감행한다. 그의 실험대 위에서 초자연적 공포는 과학과 이성이라는 메스로 해부 된다. 부패와 혐오, 불안과 공포의 끈끈한 점액질이 흘러나오고 형체 없는 존재의 울부짖음이 가득하다. 1920년대 말에서 1930년대, 그가 남긴 소설들은 실제와 가상, 현실과 꿈, 금서와 지형학(가상공간), 신적 존재와 유물론이라는 극단의 긴장감 사이에 배치된다. 《위어드 테일스》의 대표 작가로서 한정된 독자와 동료 작가 사이에 '러브크래프트 유파(Lovecraftian Circle)'가 형성되지만, 그의 죽음은 동료작가 로버트 E. 하워드에게처럼 너무도 빨리 찾아왔다.

러브크래프트 유파의 일원이자 그를 문학적 멘토로 여겼던 오거스트 덜레스, 그는 러브크래프트의 이름과 작품이 영원히 망각될 위기를 목도한다. 러브크래프트와 영욕을 함께했던 《위어드 테일스》는 잡지의 정체성과 존립 기반을 제공했던 대표 작가를 다시 살려내기엔 펄프 잡지의 몰락이라는 시대적 암운과 재정적 압박에 봉착해 있었다. 러브크래프트 본인보다도 더욱 그의 신화 체계에 매료되고 몰두했던 덜레스는 직접 아컴 출판사를 차리고 러브크래프트의 작품을 전문으로 출간한다. 그는 '사후 공동 집필'이라는 형태로(러브크래프트에 영감을 받았지만 대부분은 자신이 쓴) 소설까지 발표하며, 러브크래프트 문학의 체계화에 매달린다. 그가 시도한 체계화는 불완전함을 딛고 대단한 성공을 거둔다. 러브크래프트는 덜레스의 '크툴루 신화' 체계 속에서 화려한 부활을 알리며 미국 문학사상 가장 독특한 유산의 하나가 된다.

러브크래프트가 쓴 일련의 소설(주로 코스믹 호러를 주제로 한)에 명명된 크툴루 신화는 그레이트 올드원(Great Old Ones)으로 대표되는 일군의 신적 존재(Elder Gods)들이 체계의 중심을 형성한다. 그 신화 속에서 '아자토스'가 최상의 자리에 위치하며, '요그-소토스'가 그와 비슷한 위상으로, 둘 다 지상과 드림랜드Dreamland의 공간에 등장한다. 냉혹하고 무감각한 외계 신들의 대변자이자 메신저인 '니알라토텝'도 두 개의 공간을 넘나들며 독특하고 변화무쌍한 모습을 선보인다. 요그-소토스의 아내 '슈브-니구라스', 클라크 애슈턴 스미스의 창조물에서 스카우트한 '차토구아', 그 밖에도 '노덴스'라는 절대 심연의 제왕이 아자토스와 반대 세력으로 신화의 체계 속에 자리한다. 신들을 배치한 덜레스의 체계화 작업은 러브크래프트의 단편 「크툴루의 부름」 도입부에서 정신과 주제를 차용한 것이다.

세상에서 가장 다행한 일이 있다면, 인간이 스스로의 정신세계를 완전히 알 수 없다는 것인지 모른다. 끝없는 암흑의 바다 한복판, 우리는 그중에서도 무지라는 평온한 외딴섬에서 살아가고 있다. 다만 우리가 무지에서 벗어나기 위해 더 멀리 항해해야 한다는 의미는 아니다. 과학이라는 전문 영역은 지금까지 온갖 왜곡과 남용을 일삼아 왔으나 아직까지 인류에게 오싹한 위험을 알린 적이 없다. 그러나 언젠가는 제각각이었던 지식이 통합될 것이고, 그때라면 끔찍한 전망과 더불어 소름끼치는 현실이 그대로 드러날 것이다. 아마 우리는 그 현실에 미쳐버리거나, 진실을 외면한 채 또 다른 암흑 속에서 평화와 안정을 구할지 모른다.

신지론자들은 경이롭고 장엄한 우주의 순환이 있으며, 그 속에서 우리의 세계와 인류가 불완전한 사건의 일부로서 존재한다고 추정해 왔다. 또한 맹목적인 낙관주의를 버리고 피가 거꾸로 설 만큼 기이한 생물체의 존재를 인정해야 한다고도 주장한다. 그러나 그들 역시 금지된 영역, 즉 생각할 때마다 소름이 끼치고 꿈을 꿀 때마다 광기에 휩싸이게 만드는 영겁의 존재를 직접 확인하고 그런 추측을 한 것은 아니다.

나는 별개의 자료——낡은 신문 기사와 고인이 된 어느 교수가 남겨놓은 노트——를 우연히 종합하는 과정에서 그 영겁의 존재를 깨달았다.

——〈크툴루의 부름〉 도입부 중에서

1960년대 반문화(counterculture)의 조류를 타고 러브크래프트는 당대 많은 판타지 소설에 속속 등장함으로써 시대정신으로까지 언급된다. 더 많은 사람들이 러브크래프트의 '신'을 찾아 영감을 얻고 창조력을 실험하는 동안, 그 외계의 신들이 실존한다는 믿음이 확산된다. 린 카터와 브라이언 럼리 등의 작가들은 크툴루 신화를 더욱 구체화하기도 했다. 크툴루 신화는 신적 존재와 코스믹 호러를 기조로 금서(『네크로노미콘』, 『프나코틱 필사본』)와 가상공간(인스머스, 아컴, 미스캐토닉)이라는 글쓰기 전략, 현실과 허구의 경계를 깨뜨리는 포스트모더니즘, 이성과 혼돈의 극단과 맞물리면서 증폭된다. 이제 크툴루 신화는 일련의 러브크래프트 소설에 붙여진 명칭이 아니라 그것을 바탕으로 확장된 결과물과 영향력을 통칭하는 개념으로 자리 잡는다. 유명 무명의 창작자들이 크툴루 신화를 상상력의 근원과 표현의 수단으로 삼는 과정에서 그것은 다양한 변주를 낳았다. 변주는 때론 화려하고, 때론 엉뚱하며 때론 도발적이다.

마술계와 오컬트 일각에서 받아들인 크툴루 신화는 러브크래프트가 무신론자이자 유물론자라는 모순까지 뛰어넘을 정도로 대단한 반향을 몰고 온다. 그들에게 러브크래프트는 성전이고, 크툴루는 의식이다. 그들은 요술이나 속임수가 아니라 러브크래프트의 텍스트를 철저히 해독함으로써 '별이 제자리에 놓일 때'를 기다리고, 크툴루의 부활을 의심치 않는다. '데이곤 밀교', '러브크래프트 집회', '스태리 위즈덤', '트레피저헤드론' 등등 러브크래프트의 소설 속 허구를 딴 마술 종파들이 지금도 엄숙히 활동하고 있다. 그들은 금기의 지식을 쫓다 파멸하는 러브크래프트의 21세기적 주인공이 되기를 자처한다. 이는 물론 다양한 변주의 한 예에 지나지 않는다.

크툴루 신화는 대체 역사(Alternative History: '만약'을 가정하는 역사의 한 장르)의 흐름에도 관여한다. 『미래의 기억Chariots of the Gods』이라는 책에서 나즈카 문양이 우주인의 비행장으로 사용됐다고 주장한 에리히 폰 대니켄, 『시리우스 미스테리The Sirius Mystery』에서 서아프리카의 도곤(Dogon)족과 외계인의 접촉을 주장한 로버트 템플, 『신의 지문Fingerprints of the Gods』 등의 일련의 저서에서 초고대 문명과 생명의 기원을 주창한 그레이엄 핸콕 등의 주장에 러브크래프트 신화가 직, 간접적인 영향을 미쳤으리라는 진지하고 설득력 있는 추론이 가능하다.

로버트 E. 하워드, 클라크 애슈턴 스미스, 로버트 블록, 오거스트 덜레스 등의 소수 작가에서 출발한 러브크래프트 유파는 린 카터와 헨리 쿠트너, 콜린 윌슨, 브라이언 럼리를 거쳐 현대의 대표적인 거장들인 앤 라이스, 스티븐 킹, 닐 게이먼까지 일정한 영향권에 두고 있다. 닐 게이먼의 말대로 러브크래프트는 하나의 현상이다. 문학, 영화, 만화, 음악, 게임, 캐릭터 산업에 이르기까지 크툴루 신화가 몰고 온 문화 전반의 영향력은 가히 러브크래프트 현상이자, 문화다.

역자 후기

출발은 단순한 호기심이었다. 공포 영화에 스쳐가는 러브크래프트라는 이름이 궁금했다. 동성애자, 인종 차별주의자, 괴팍한 은둔자, 오컬티스트, 정신 이상자 등등 러브크래프트를 둘러싼 갖가지 추측들은 작품만큼이나 평범하지 않았던 삶에서 비롯된 것인지 모른다. 편견과 왜곡된 호기심에 의지해서라도 러브크래프트를 알리고 싶었던 일부 독자들의 충정까지 더해진 결과지만, 영화 「사이코」의 원작자로 잘 알려진 로버트 블록의 말처럼 이제 러브크래프트는 편견에 의지할 필요가 없을 정도로 그 작품과 영향력에서 적절한 평가를 받고 있다.

로버트 E. 하워드, 클라크 애슈턴 스미스, 로버트 블록, 닐 게이먼, 스티븐 킹……. 기라성 같은 작가들의 그 자체로도 가치 있는 서문과 헌사를 통해 공포 문학의 거장으로 추앙되어 온 러브크래프트는 이제 마니아층의 '그들만의 숭배'에서 벗어나 독자들을 향해 성큼 다가서 있다. 역자로서 러브크래프트에 빠져들게 한 매력은 그 치열함이었다. 대가들의 영향력을 수용하는 한편, 그 영향력에서 벗어나 자기만의 문학세계를 구축하려는 치열함에서, 싸구려 대중 소설이라고 외면당했던 작품 속에서 문학의 진정성을 발견했기 때문이다. 개인적으로는 러브크래프트의 잠재력과 방대한 체계를 제대로 이해하려면 더 많은 시간이 필요하다는 사실 또한 깨달았다.

역자보다도 더 오래 전부터 러브크래프트에 관심을 가지고, 오랜 시간 역자의 성급함과 욕심을 다독이며 러브크래프트의 장점을 최대한 살리려고 노력한 황금가지 출판사에 감사한다.

2009년 여름, 정진영

옮긴이 | 정진영

홍익대 영문학과를 졸업했다. 현대 호러의 모태가 되는 고딕(Gothic) 소설과 장르 문학에 특히 관심이 많
다. 국내에 잘 알려지지 않은 걸작들을 소개하려고 노력하고 있다. 주요 역서로는 『세계 호러 걸작선』 시
리즈, 스티븐 킹의 『그것』, 『아울크리크 다리에서 생긴 일』 외에 필명(정탄)으로 『피의 책』, 『셰익스피어
는 없다』 등이 있다.

러브크래프트 전집 2

1판 1쇄 펴냄 2009년 8월 17일
1판 27쇄 펴냄 2024년 7월 12일

지은이 | H. P. 러브크래프트
옮긴이 | 정진영
발행인 | 박근섭
편집인 | 김준혁
펴낸곳 | 황금가지

출판등록 | 2009. 10. 8 (제2009-000273호)
주소 | 06027 서울 강남구 도산대로 1길 62 강남출판문화센터 5층
전화 | 영업부 515-2000 **편집부** 3446-8774 **팩시밀리** 515-2007
홈페이지 | www.goldenbough.co.kr

도서 파본 등의 이유로 반송이 필요할 경우에는 구매처에서 교환하시고
출판사 교환이 필요할 경우에는 아래 주소로 반송 사유를 적어 도서와 함께 보내주세요.
06027 서울 강남구 도산대로 1길 62 강남출판문화센터 6층 민음인 마케팅부

ISBN 978-89-6017-207-4 04840
ISBN 978-89-6017-205-0 04840 (세트)

㈜민음인은 민음사 출판 그룹의 자회사입니다.
황금가지는 ㈜민음인의 픽션 전문 출간 브랜드입니다.